존 치버의 편지

THE LETTERS OF JOHN CHEEVER
by John Cheever

이 도서의 국립중앙도서관 출판예정도서목록(CIP)은
서지정보유통지원시스템 홈페이지(http://seoji.nl.go.kr)와
국가자료공동목록시스템(http://www.nl.go.kr/kolisnet)에서 이용하실 수 있습니다.
(CIP제어번호: CIP2016001026)

존 치버의 편지

THE LETTERS OF
JOHN
CHEEVER

존 치버 지음
민은영 옮김

문학동네

■ 일러두기

1. 34쪽의 원주를 제외한 이 책의 각주는 전부 옮긴이 주다.
2. 본문 중 굵은 고딕체는 원서에서 이탤릭체로 강조한 부분이다.
3. 신문은 ' ', 주간지·월간지·장편소설은 『 』, 시·단편소설은 「 」, 영화·음악 등은 〈 〉로 표시했다.
4. 31쪽 '편집에 관한 메모'에서는 존 치버의 편지에서 발견된 오탈자를 수정하지 않고 그대로 실었다고 밝힌다. 한국어판에서는 편지의 맥락과 내용 이해를 우선하여 우리 맞춤법에 맞게 번역했으며 오탈자에 관한 내용은 별도로 표시하지 않았다. 단, 설명이 필요한 곳에는 옮긴이 주를 달았다.
5. 이 책의 차례에 따옴표로 묶인 부분은 원서를 그대로 따랐다. 원서를 편집한 존 치버의 아들 벤저민 치버가 각 장에서 중요하다고 여긴 문장을 차례에 밝힌 것으로 보인다. 한국어판은 원서를 따라 해당 문장이 있는 곳을 별도로 표시하지 않았다.
6. 이 책에 인용된 존 치버의 작품들은 기존에 출간된 한국어판을 참고하되 서간문의 맥락에 맞게 새로 번역했다. 단, 일기는 『존 치버의 일기』(박영원 옮김, 문학동네, 2016)를 인용해 실었다.

J. M. C., 그리고 어머니와 아들에게

차례 THE LETTERS OF JOHN CHEEVER

내가 안다고 생각했던 사람 _011

존 윌리엄 치버 _034

1930년대: 출발 _039

"…엉뚱한 데다 돈을 쓰는 결과가 됐을 거예요." _047

전쟁과 결혼 _087

"그 책은 정말 골칫거리야." _095

기초 훈련 _119

"너희들이 일사병으로 죽어버리면 다들 나한테 책임을 물을 거 아냐." _130

정규군: 사우스캐롤라이나 주 스파튼버그의 캠프 크로프트에서 조지아 주 오거스타 외곽의 캠프 고든으로 전출되다 _137

"불붙인 다이너마이트 봉을 든 병사가…" _190

영화 전쟁 _193
"동방에 만연한 달짝지근한 반죽음의 냄새…" _205

1945년 11월 21일, 제대하다 _211
"뭘 하든 간에, 존, 절대 목을 매지는 말게." _267

교외로 _283
"너무 덥기도 했거니와 애견대회 야외경기 챔피언의 증손녀인
레트리버에게는 혐오스러운 환경이었어요." _316

영화 판권 수입 _341
"…기를 꺾는 편지를 쓰기도 합니다." _357

해외 체류 _363
"제가 이 오래된 도시 로마의 사교 생활에 대해
아는 만큼만 얘기해볼게요." _381

다시 미국으로 _415
"네가 전미도서상을 받고 싶어할 경우에 대비해…" _421

러시아 _483
"예브게니, 난 선물을 원하지 않아요." _488

악마의 술 _529
"몇몇 비평가들은 내게 세인트보톨프스로 돌아가라고 권하지만…" _560

네브래스카로 가는 관문 _595
"내 성적 욕구와 편지 욕구가 얼마나 끈질긴지는 유명하단다." _615

보스턴 대학교 _619
"제 번호는 617-266-2351입니다. 모두에게 전해주세요." _623

스미더스 _629
"20파운드 가벼워진 몸으로 환성을 지르며…" _645

팔코너(크노프, 1977) _661
"어쩔 수 없이 동성애에 대해 곱씹으며…" _686

단편집 _721
"소설은 얻는 게 있으면 잃는 게 있다는 점에서 사랑과 아주 닮았단다." _732

암 _761
"…여름에 꽃들이 모두 피어날 때쯤 나는 다시 온전해질 거야." _771

감사의 말 _781

옮긴이의 말 소박한 것에서 시작되는 위대함 _788

내가 안다고 생각했던 사람

아버지가 숨을 멈췄을 때, 나는 아버지의 폐를 다시 작동시키려고 입으로 숨을 불어넣었다. 그러다 아버지를 팔로 감싸 안았다. 어머니와 누나도 다가와 함께 아버지를 안았다. 누나와 어머니의 울음소리가 들리더니, 이윽고 내 울음소리도 들렸다.

장의사에서 사람이 왔을 때 우리는 침대 발치에 서 있었다. 세 사람 모두 얼굴이 눈물범벅이었다.

알몸의 아버지는 다리 한쪽에 하얀 새 깁스를 하고 있었다. 그 주 초반에 심한 낙상을 당했기 때문이다. 아버지의 피부는 창백하게 빛나는 것이 마치 양피지 같았다. 앞으로도 한참은 괜찮을 피부인데, 하고 생각했던 기억이 난다.

장의사 직원은 바퀴가 달린 접이식 들것에 초록색 시체 운반용 부대를 가지고 왔다. 건장한 그 남자는 가는 줄무늬가 있는 어두운 색 양복 차림이었는데 노동자들이 위아래가 붙은 작업복을 입은 것과 똑같은 느낌이었다. 격식을 갖춘 옷차림이 존중의 표현 같지는 않았다. 먼저 그는 가져온 장치를 조립한 뒤 우리에게 나가 있으라고 말했다. 우리는 싫다고 했다. "보고 싶지 않을 거요." 그가 말했다. "도뇨관을 달고 있잖아요." 우리는 알고 있다고, 우리가 직접 달아준 거라고 말했다. 장의사 직원은 어깨를 으쓱하더니 일을 계속했다. 그는 숨을 거칠게 몰아쉬며 움직였고, 마치 168센티미터짜리 감자포대를 다루듯 시신을 다루었다. 그는 바퀴 달린 들것에 시신을 올리고 초록색 비닐 부대의 지퍼를 잠갔다.

그는 들것을 방밖으로 옮긴 뒤 진입로로 나가기 위해 계단 아래로 힘껏 끌어당겼다. "도와드릴까요?" 내가 물었다. "아니요." 계단참에서 다음 계단을 향해 덜커덕거리며 들것을 옮기던 그가 대답했다. 나는 진입로까지 들것을 따라갔다.

"살살 다뤄주세요. 안 그러면 우리 아버지가 꽉 물어버릴지도 몰라요." 내가 말했다.

"괜찮아요." 남자가 말했다. "난 록펠러도 처리한 사람이오."

"그러시겠죠." 나는 말했다. "하지만 록펠러는 죽어 있었을 거 아니에요."

아버지가 죽었다는 사실은 지금도 받아들이기가 힘들다. 그날 오후 이후로 나는 언뜻 보기에 서로 모순되는 두 개의 목표를 이루기 위해 노력하고 있다. 첫째는 이 죽음을 인정하는 것, 둘째는 그것을 무산시키는 것.

아버지는 오후 4시쯤, 뉴욕 주 오시닝의 집 안방에서 숨을 거두었다. 1982년 6월 18일이었다. 그후로 나는 아버지를 되살려 늘 내 곁에 있는 현실적인 존재로 만들기 위해 적당히 효과적인 방법들을 고안해왔다. 아버지의 시계를 차고, 아버지의 책들을 다시 읽고, 아버지의 친구들과 이야기를 나눈다. 그리고 아버지의 편지들을 읽는다.

그 편지들을 버리라고 아버지는 늘 말했다. "편지를 간직하는 건 키스를 보존하려고 애쓰는 것과 같아." 나는 말을 잘 듣는 아들이었지만 그 충고는 따르지 않았다. 나는 아버지의 서신을 소중히 보관했고 다른 많은 지인들도 그렇게 했다. 이 편지들이 이렇게 강렬한 이유, 글쓴이를 이렇게 생생하게 되살리는 이유는 읽고 버려질 거라 생각하고 쓴 글이기 때문이다.

아버지는 자식들에게 극단적으로, 거의 강박적일 정도로, 자신을 적나라하게 드러내는 사람이었다. 아버지가 진을 너무 많이 마셨을 때, 스스로를 창피해할 때, 외도를 할 때, 나는 늘 알았다. 여자가 바른 립스틱 색깔이 무엇인지도 알았다. 때로는 원하는 것 이상으로 많은 얘기를 듣기도 했다. 그럼에도 나는 이 편지들을 보며 간간이 충격을 받았다.

아들로서 가장 힘들었던 부분은 아버지의 동성애 성향이 어느 정도였는지 드러난 대목이었다. 나는 그 문제에 대해 객관적인 태도를 취할 수도 없고 내 두려움을 배제한 채 아버지의 두려움을 읽어낼 수도 없지만, 본인이 괴로워했다는 사실만은 확실하다. 아버지가 돌아가신 후 책상에서 발견한 쪽지에 이런 글이 쓰여 있었다. "'아빠는 투명한 얼음 위에서 스케이트 타는 게 두렵죠, 안 그래요?' 내 딸이 말했다. '아빠랑 벤은 밑이 보이는 얼음 위에서 스케이트 타는 걸 두려워하던데요.' 내가 두려워한다는 건 사실이다. 오랜 세월 내가 동성애자일지도 모른다는 생각에 두려웠다. 그 이상으로 타당한 두려움의 원인은 생각나지 않는다. 내겐 동성애 본능이 있었고 내가 알았던 동성애자들은 내가 바라는 내 모습에 전혀 부합하지 않았다……" 아버지는 자신이 세운 기준들에서 몇 가지를 충족시키지 못했던 것 같은데 그중 하나가 바로 이 문제였다.

아버지가 때로 얼마나 냉정하게 위선을 행할 수 있었는지를 알고 나는 깜짝 놀랐다. 아버지가 이야기를 지어낸다는 것, 그리고 같은 이야기를 때에 따라 마음대로 바꾸곤 한다는 것을 알고 있었지만 그건 항상 이야기 자체를 위한 것이라고, 그 이야기가 주는 즐거움을 키우기 위한 것이라고만 생각했다. 나는 아직도 대개는 정말로 그랬을 거라고 짐작하지만, 이따금 어떤 작가를 한껏 치켜세워놓고, 그와 알고 지내는 다른 동료에게 편지를 쓸 때는 그를 깔아뭉개는 아버지의 모습도 볼 수 있었다.

하지만 이런 불만들, 그리고 알코올중독자의 자식이 갖게 마련인 보다 흔한 불평들은 이 책의 주제가 아니다. 이 편지들은 비범한 사람의 글이며, 아버지가 비범했던 것은 그의 냉혹함이나 결함 때문이 아니었다. 아버지의 비범함은 그가 느낀 기쁨과 그 기쁨을 주변 사람들에게 전달하는 재능에서 비롯되었다.

쾌활함은 일반적으로 세상의 어두운 면을 직시하지 않거나 그 유혹을 인정하지 않는 단순한 성격과 결부되는 경우가 많다. 하지만 아버지의 경우는 달랐다. 언젠가 『타임』이 '오시닝의 오비디우스'라는 커버기사에서 아버지를 좀 거창하게 다룬 뒤로, 소설가 조세핀 허브스트는 아버지에게 보낸 편지에 이렇게 썼다. 『타임』 기사가 존 치버의 작품세계를 논하며 열렬히 언급한 삶에 대한 찬양은 아무런 바탕 없이 나타난 것이 아닌 깊은 비관주의에서 온 것이라고. 아버지에 대해 알면 알수록 나는 그 말이 얼마나 진실에 가까운지 깨닫는다.

1964년 3월 27일자 『타임』에 실린 같은 기사에서 아버지는 말했다. "소설 한 편이 저마다 다른 사건들을 한데 모아 서로 관련되게 함으로써, 인생 자체가 창조의 과정이라는 느낌, 어떤 것이 다른 것과 만나게 되는 데는 목적이 있다는 느낌, 하나의 만남에서 상실한 것은 다음 만남에서 채워진다는 느낌, 그리고 우리에게 주위에서 벌어지는 일의 의미를 헤아릴 능력이 조금은 있다는 느낌을 확인시켜줄 때, 제게는 그런 작품을 쓰는 것보다 더 큰 즐거움은 거의 없습니다."

삶의 조각들을 한데 모아 서로 긴밀히 연결해 정신적인 의미를 갖는 하나의 은하계를 만들려는 시도는 아버지가 타자기에서 떨어져 있을 때에도 멈춘 적이 없었다. 그에게는 보고 만지는 모든 것이 살아 있었고 의미를 지녔으며 긍정적이든 부정적이든 어떤 감흥을 주었다. 아버지와 나는 거리를 지나는 사람들을 보며 아무나 한 명을 고른 다음, 그 사람의 여생에 대해 상상하는 놀이를 하곤 했다. 저 사람의 욕실에는 은빛 벽지가 붙어 있다, 아침식사로는 바짝 그을린 머핀을 좋아한다, 달걀노른자에 치명적인 알레르기가 있다, 등등.

내가 분가하기 전까지 아버지는 밤이면 식당 벽난로 옆의 노란색 안락의자에 앉아 나를 기다렸다. 대개 탁자에 진을 한 잔 놓아두고 한 손에 담배를 들고 있었다. 아버지는 얘기를 하고 싶어했다. 내가 겪는 문제에 대해 듣고 싶어할 때도 있었고, 아버지의 문제를 털어놓고 싶어할 때도 있었다. 아버지가 술을 그렇게 많이 마시는 사람이 아니었기를 바라지 않느냐고 묻곤 했고, 그럴 때마다 나는 아니라고 대답했다. 나는 이것이 '익명의 알코올중독자들Alcoholics Anonymous' 모임에서 말하는 협조자의 역할, 그러니까 알코올중독자가 술로 자신을 망가뜨리는데도 문제를 느끼지 못하게 만드는 역할을 하지 않았나 하는 생각이 든다. 그럴지도 모른다. 하지만 그때도 지금도 사랑하는 사람을 있는 그대로 받아들여야 한다는 생각에는 변함이 없다. 사랑하는 사람이 지닌 최악의 기질은 그 사람의 최고의 기질과 이어져 있는 경우가 많다.

우리는 이야기를 마치고 나면 개들이 그 위에서 자지 못하게 안락의자와 소파 위의 쿠션을 모두 걷어 들고 2층으로 자러 갔다. 그후 술로 인해 여러 문제들이 생기면서 아버지의 음주에 대한 내 기억은 부정적으로 채색되었고, 부자 관계에 기복이 있었던 것도 사실이다. 아버지는 나와 다툰 기억이 딱 한 번밖에 없다고 즐겨 말했지만 아버지의 기억은 내 기억보다 훨씬 선택적이었다. 때로 아버지를 생각하면 쓰라린 감정이 든다. 하지만 과음이나 흡연을 하지 않는 내게, 진과 담배가 어우러진 향은 지금도 참으로 기분좋은 냄새로 남아 있다.

아버지는 본질적으로 엄청난 모순이 있는 사람이었다. 자신은 불륜을 저지르면서도 일부일처제를 열렬히 찬양하는 글을 썼다. 양성애자이면서도 성적 지향의 모호함을 혐오했다. 나는 어릴 때 '동성애 혐오'라는 말이 무슨 뜻인지 몰랐지만 '호모 새끼'가 무엇을 뜻하는지는 알았고 실제로 발설되는 걸 듣기도 했다. 아버지는 언젠가 자신의 묘비명을 다음과 같이 써야 한다고 말했다. "존 치버 여기 잠들다. 그는 한 번도 다가온 여자를 실망시켜본 적이 없으며, 엉덩이로 그 짓을 한 적도 없다." 지금 들으면 심리적 부정의 전형적인 사례로 느껴진다. 존 치버가 양성애자였다는 사실은 모두가 알고 있었던 것 같지만 나는 아버지가 60대가 되도록 의심조차 하지 않았다. 아버지의 친구나 이웃들 중 일부는 아직도 그 사실을 부정한다. 그런데 아버지의 경우는 단순히 커밍아웃하지 않은 동성애자의 사례라고 볼 수 없다. 지금 생각하면 기만은 아버지의 성격을 이루는 핵심적인 부분이었던 것 같다. 게다가 아버지의 동성애 충동이 이성애 충동을 억누른 것도 아니다. 60대 후반의 아버지는 둘 이상의 젊은 남자들에게 지독하게 음란한 연애편지들을 쓰던 시절에도 아침이면 7시에 일어나 어머니를 위해 쟁반 위에 아침식사를 차렸다. 거기에는 잉글리시머핀과 달걀, 신선한 오렌지주스, 작은 꽃병에 꽂은 장미꽃 한 송이 등이 담겨 있었다. 아버지는 아직 누워 있는 어머니에게 쟁반을 들고 가서는 식사가 끝나면 침대로 기어들곤 했다.

하지만 아버지는 자신에게 모순이 많다는 것, 그리고 그것에 대해 생각해낼 만한 설명이 너무도 단순하고 어이없을 정도로 부적절하다는 것을 알고 있었다. 1966년에 아버지가 동료 작가 존 위버에게 보낸 편지는 이렇다. "정신과에 갔는데 헤이스라는 의사가 하는 말이, 내가 뿌리깊은 소외감과 적개심을 감추려고 쾌활함을 내세워 처절하게 겉치레를 쌓아왔다는 거야. 그래서 한 시간 전에 그 얘기를 곰곰이 생각하고 있던 참이었는데 전화가 울려서 받아보니 『에스콰이어』더라고. 재닛 랜드가드에 대한 양면 펼침 기사를 올리려는데 재닛이 그랬대. 사진 설명을 부디 우리 시퍼스 씨께서 (치버를 그렇게 잘못 발음하는 경우가 많거든) 써주실 수는 없느냐고, 시퍼스 씨가 아니면 누구에게도 그 일을 맡기고 싶지 않다고. 그래서 내가 사진 설명을 쓰겠다고 했지. 상황은 일단 여기까지." 재닛 랜드가드는 아버지가 영화 〈헤엄치는 사람〉*의 촬영장에서 만난 여배우였는데, 위버에게 보낸 다른 편지에서 그녀를 이렇게 묘사했다. "기가 막힌 열여덟 살짜리 영계야. 염색 안 한 벌꿀색 머리카락에 커다란 눈동자는 연파랑색이고 이가 살짝 비뚤어졌어. 다리는 무슨 힘이나 있을까 싶은데 아주 예뻐."

그런 모순들에도 불구하고, 혹은 그런 모순들 때문에, 존 치버는 성공을 거두었다. 소설가로서만이 아니라, 아버지로서, 남편으로서, 친구와 연인으로서도. 그리고 아버지는 정말로

* 존 치버의 단편소설 「헤엄치는 사람」(1964)은 1968년에 영화화되었다.

재미있는 사람이었다. 단적인 예로 『어느 팬의 기록A Fan's Notes』(1968)을 쓴 프레더릭 엑슬리Frederick Exley에게 1965년에 보낸 두 통의 편지가 있다. 당시 아버지는 얼마 전 백악관 만찬에 다녀온 참이었다.

…… 어젯밤 늦은 시간에 돌아와 냉장고를 열고 차가운 햄을 한 조각 꺼내 먹다가 틀니를 삼켜버렸어요. 플라스틱으로 된 뒤판에 날카로운 갈고리가 두 개나 달린 것을 말입니다. 내과의사도 치과의사도(워터타운에서 온 친구예요) 병원을 비운 채 내일이나 돌아온다는군요. 하지만 이제 정오가 다 되어가는데, 잔뜩 흐린 월요일이 주는 괴로움말고는 아무 느낌도 없단 말이죠. 지금 계속해서 되뇌고 있어요. 나는 부자다, 유달리 아름답고 열정적인 여자들 여럿이 나를 좋아한다, 돌로 지은 18세기풍의 집과 충성스러운 래브라도레트리버 한 쌍을 소유하고 있으며, 예쁘고 총명한 자식 셋의 아버지인데다 백악관 초청도 자주 받는 사람이다. 그런 절세의 인물이 어떻게 고작 틀니 하나 때문에 무너진단 말인가?

그리고 일주일 후.

엑슬리 씨,

결국 가장 괴로워하는 사람은 그 워터타운 출신의 치과의사인 듯해요. 내게 턱받이를 씌우고 완전무장을 시킨 뒤 틀니의 어느 부분을 삼켰느냐고 묻기에 몽땅 다 삼켰다고 하자 낯빛이 창백해졌어요. 아마도 배설되어 나온 것 같다고 내가 쾌활하게 말했더니 그가 쉰 목소리로 의학적인 조치 없이는 밖으로 나왔을 리 없다는 거예요. "불가능해요." 그가 말했어요. "그 갈고리들 때문에요." 그때는 당장 그 의사 입을 꿰매버리고 싶었는데 지금 보니 그 작자가 뭔가 잘못 안 것 같아요. 요즘에는 방귀 소리가 흡사 경찰 호루라기 소리 같긴 한데 통증은 거의 없는데다 택시를 부를 땐 무척 유용하군요.

아버지가 틀니를 삼켰다고 생각한 날 밤을 나는 기억하고 있다. 이웃집 수영장에서 놀다가 돌아온 뒤였다. 우리는 틀니가 없어진 걸 알고 손전등을 챙겨 다시 그 집 수영장에 갔다. 아버지가 손전등을 비추는 동안 나는 물속에 들어가 틀니를 찾아보았다. 하지만 허사였다. 결국 그 틀니는 수영장 배수구에서 발견되었다. 우리보다 훨씬 부유한 손님이 잃어버린 다이아몬드 반지를 찾던 그 집 정원사가 발견한 것으로 기억한다. 어찌됐든 아버지의 방귀가 음조나 음량 면에서 크게 달라진 것도 아니었다. 굳이 내가 이런 이야기를 하는 이유는, 아버지의 관심사가 우리들이 흔히 사실이라고 여기는 것을 전달하는 것보다 재미있는 이야기를 하는 쪽에 기울어 있었음을 처음부터 아는 것이 중요하기 때문이다. 아버지는 1980년에 존 업다이크에게 보낸 편지에서 이 점에 대해 언급했다. 『이 얼마나 천국 같은가』(크노프, 1982)를 쓰고 있을 때였다. "장편소설을 하나 쓰고는 있는데 그렇다고 말하기가 참 힘드네. 자네도 이런 어려움을 겪는지 궁금하네. 저녁에 사람들을 만나면 가끔 내게 물어. '아직도 집필중이세요?' 나는 말하지. '아, 그럼요. 전 지금 부스 타킹턴Booth Tarkington*의 모든 것을 망라한 전기를 쓰고 있거든요.' 효과는 있는데 사실은 아니라서 말이지."

효과적인 대답은 종종 사실과 달랐다. 하지만 그런 왜곡이 즐거움을 줄 때도 많았고 때로는 그 나름의 진실을 드러내기도 했다. 이 책에서 나는 아버지의 일기와 작품 구절들을 인용하고 있는데, 이는 실생활의 모습이—실제로 동일한 사건들도 있다—그의 문장이라는 프리즘을 통해 어떻게 다르게 반영되었는지 보여주기 위한 것이다.

바라건대 이 책은 일반적인 의미의 서간집이라기보다 서신을 통해 드러난 한 인간의 초상화가 될 것이다. 아버지의 삶에서 일어난 중요한 일화 중에 편지에서 언급되지 않고 지나간 것은 없다. 아버지는 일주일에 열 통 내지 서른 통에 이르는

---

* 1869~1946. 미국의 소설가, 극작가.

편지를 참으로 다양한 상황에서 썼다. 아버지는 아내에게, 자식들에게, 애인들에게, 편집자들에게, 그리고 육체적 관계를 맺고 있던 남자들에게 편지를 썼다. 집에서 별다른 일이 없을 때도 썼고 로마에 가서도 썼으며 병원 입원실에서나 알코올중독 치료실에서도 썼다. 조지아의 군 주둔지에서도, 베벌리윌셔 호텔에서도 썼다. 그리고 아버지는 편지를 잘 썼다. 『뉴요커』에서 아버지를 담당하며 40년 이상 서신을 주고받은 편집자 윌리엄 맥스웰은 말했다. "존 치버는 형편없는 편지를 쓴 적이 없다. 내게 쓴 편지에서 그는 항상 고공 줄타기를 하는 사람 같은 느낌을 주었다."

하지만 전화통화는 서툴렀다. "편지 보냈다." 아버지의 그 말 뒤로 이어지는 것은 길고 괴로운 침묵이었다. 할말은—정말로 하고 싶은 말은—모두 편지 안에 있었다. 그리고 아버지는 앞서 확실히 밝히지 않은 얘기, 또는 편지가 아니라면 하지 않았을 얘기를 편지로 전달하는 경우가 많았다. 예를 들어, 대학에 입학한 지 몇 달 지나지 않아 나는 오하이오 주 신시내티에서 베트남전쟁에 반대하는 시위에 참가했다가 경찰에 체포된 적이 있다. 그로부터 몇 달이 지나고 나는 아버지가 내 행동을 인정한다는, 아니 내 행동까지는 아니어도 최소한 나 자체는 인정한다는 것을 알게 되었다. 아버지는 신시내티에서 연설을 해달라는 제안을 받았지만 거절했다며 편지에 이렇게 썼다. "내 큰아들을 체포한 도시에서 허수아비 역할을 하지는 않겠다고 말했어."

내 누나가 회고록 『해질녘의 집Home Before Dark』(호턴 미플린, 1984)에서 강조한 요점 중 하나는 아버지가 화려한 사교 생활을 누리며 살지는 않았다는 사실이다. 동시대의 뛰어난 작가들과 편집자들을 알고 지냈지만 자주 만나지는 않았다. 그러나 그들과 서신으로 고귀한 교분을 나누었다. 아버지는 솔 벨로, 맬컴 카울리, 윌리엄 맥스웰, 엘리너 클라크, 존 업다이크, 조시 허브스트, 존 위버, E. E. 커밍스, 그리고 여배우 호프 랭등에게 편지를 썼다. 아버지의 편지들은 대부분 사라지고 없다. 보내기 전에 복사를 해놓지도 않았고 답장으로 받은 편지들은 대부분 없애버렸다. 하지만 아버지의 편지를 받은 사람들이 보관해둔 것이 아직도 수천 통 남아 있어 그가 작가와 인간으로서 이룬 수평적 발전 과정을 보여준다.

아버지의 삶과 작품은 밀접한 관련을 맺고 있지만 수수께끼 같은 부분도 있다. 그는 소설이 "암호화된 자서전"은 아니라고 즐겨 말했다. 그런 말을 한 자명한 이유 가운데 하나는 자신의 글에서 명예훼손을 당했다고 느끼는 친구와 가족의 공격으로부터 스스로를 보호하기 위해서였다. 하지만 아버지는 좋은 글이라면 그것이 비롯된 실제의 삶을 초월하기에 그 삶 자체를 캐봤자 엄청난 오해에 이를 뿐이라고 거듭 주장했다. 물론 아버지의 말은 옳았다. 하지만 이것은 아버지가 쓴 편지이지 그의 치과기록 같은 것이 아니다. 편지들은 아버지의 삶이나 소설을 구체적으로 설명해주지 못하지만 그 두 가지 모두를 이해하는 데 도움이 될 수는 있을 것이다. 내게는 그러했다.

이 책을 엮으면서 나는 아버지가 작가로서 생계를 꾸리느라 얼마나 어려움을 겪었는지 알게 되어 놀랐고 감동도 받았다. 내가 태어난 1948년에 아버지는 서른다섯이었고, 내가 주변의 세상을 인식할 수 있게 되었을 때 아버지는 직업적으로나 금전적으로 확고하게 자리를 잡은 것처럼 보였다. 이 편지들을 읽고 나서야 그것이 얼마나 애써 얻은 안정이었고 얼마나 유지하기 힘든 안정이었는지 온전히 알게 되었다. 예를 들어 나는 아버지가 10대 시절부터 장편소설을 쓰고자 했다는 것을 알지 못했다. 그저 『뉴요커』에 단편소설을 싣는 작가로도 충분할 거라고 생각했다. 하지만 아버지 자신은 그렇게 생각하지 않았다. 1947년에 아버지는 존 위버에게 금전적인 필요 때문에 또 한번 장편소설을 접고 단편을 써야 했다며 이렇게 말했다. "단편 쓰는 것 좋지. 닭이랑 씹하고 싶을 만큼, 딱 그만큼 하고 싶은 일이지."

맬컴 카울리는 예전부터 아버지에게 원고료를 가불받아 장편을 쓸 방법을 찾아보라고 권했다. 그래서 아버지는 초기에 썼던 장편들 중 하나를 골라 맬컴에게 일부를 보여줬는데 자신의 멘토인 그의 시원찮은 반응을 보고는 작품을 폐기해버렸다. '호랑가시나무The Holly Tree'라는 제목의 다른 장편소설은 1930년대에 사이먼 앤드 슈스터에 보여줬다가 거절당했다. 그뒤로 호턴 미플린에서도 원고 혹은 개요서를 거절당했다. 아버지는 1952년에 또다른 책을 제안했지만 랜덤하우스는 출간을 원하지 않았다. 결국 『왑샷 가문 연대기』는 1957년이 되어서야 하퍼 앤드 로에서 출간되었다.

평론들은 아버지의 초기 단편집들이 절제가 과하다며 비판했다. 평론가들은 말했다. 그는 아름답고 정제된 작품들을 쓴다. 그는 훌륭한 중급 소설을 쓰는 작가다. 그는 엉뚱한 사람들이 엉뚱한 이유로 좋아하는 단편들을 써낸다. 교외의 삶을 단편소설로 버무리는 솜씨 좋은 장인으로 치부되던 아버지가 그 저주에서 벗어난 것은 『왑샷 가문 연대기』의 성공 이후 아주 잠깐뿐이었다. 1964년에 하퍼 앤드 로에서 발간한 『왑샷 가문 몰락기』 역시 좋은 평을 받았지만 악평이 없었던 것은 아니다. 스탠리 에드거 하이먼은 다음과 같은 반응을 보였다. "추앙받는 단편 작가가 장편소설을 시도했다 실패하면 이 신기한 나라에서는 마치 성공을 거둔 것처럼 보상받는다…… 존 치버의 『왑샷 가문 연대기』는 전미도서상을 받았다. 『왑샷 가문 몰락기』에서 그는 단편의 재료를 장편으로 부풀리며 또 한번 시도했고 또 한번 실패했다. 실패를 두 번 기록했으니 이제 그는 퓰리처상을 기대해도 될 듯하다." 아버지가 1969년에 전통적인 소설에서 벗어난 『불릿파크』(크노프)를 내놓았을 때 부정적인 반응은 더욱 강했다.

힘든 시절이었다. 아버지의 알코올중독은 더욱 심해졌고 그로 인한 병세도 더욱 뚜렷해졌으며 가족의 불화는 깊어졌다. 하지만 이러한 시기는 예외적일 뿐 늘 그랬던 것은 아니다. 요즘은 예술가를 고통받는 영혼으로 그리는 상투적인 경향이 있다. 내 아버지가 깊은 불행과 불안을 경험한 사람이었던 것은 분명하지만 동시에 넋 놓고 행복해할 수 있는, 그리고 자주 그런 행복을 느꼈던 사람이었음을 잊어선 안 된다. 언젠가 빌 맥스웰과 이런 이야기를 나누며 나는 아버지를 불행한 사람으로 보는 것은 정확한 시각이 아니라고 말했다.

"정확하지 않을 뿐만 아니라," 빌이 말했다. "무례하기도 하지."

나는 빌에게 말했다. 여름에 어머니가 뉴햄프셔의 친정에 다녀오는 동안 나는 공부 때문에, 아버지는 글 때문에 집에 남게 되면 둘이서만 보내는 시간이 얼마나 즐거웠는지를. "마치 집에 어른이 없는 것 같았어요. 스토퍼스Stouffer's에서 나온 냉동 로스트비프해시를 곧잘 먹었고요. 오시닝 집 현관의 돌 타일 위에 나란히 앉아 알루미늄 포장 그릇을 사이에 두고 각자 양쪽에서 가운데를 향해 포크로 퍼서 먹는데, 빨리 먹는 사람이 많이 먹는 거였죠. 개들도 우리 주변에 둥글게 앉아 무슨 재미있는 구경거리인 양 쳐다봤던 기억이 나요. 늘 웃음이 가득했죠. 그때 아버지가 50대였어요."

"그래." 빌이 말했다. "늘 아이처럼 살던 친구였지."

"아이들은 원하는 걸 맘대로 할 수 없다는 사실만 빼면요. 진짜 아이라면 누가 바닥에서 밥을 먹게 놔두겠어요?"

"맞아." 빌이 말했다. "네 아버지는 원하는 걸 맘대로 할 수 있는 아이처럼 살았어."

그런 아이 같은 성격 때문에 아버지가 한심하거나 무력한 사람이었을 거라고 생각하면 오산이다. 또한 그런 생각은 사람들이 너무 자주 저지르는 실수이기도 하다. 보잘것없는 전기 작가라면 아버지의 좋은 점들은 깎아내리면서 정말로 불쾌하거나 우스꽝스러운 특징 하나를 붙잡고 그것을 이용해 사람 전체에 대한 인상을 흐려놓는 그럴듯한 전기를 쓸 수도 있을 것이다. 그런 전기 작가들은 어느 정도의 사악함이 평범한 사람에게는 일반적인 면인 만큼 비범한 사람에게는 본질적인 면일 수도 있다는 생각을 미처 하지 못하는 것 같다.

진화론이 우리에게 알려주는 것은, 아주 오랜 시간이 지나는 동안 어쩌다 한 번 땅 위를 걷는 물고기가 나타나고 그 물고기가 살아남아 번성하는 일이 생긴다는 사실이다. 그런데 나는 항상 그런 개념을 받아들이기 힘들었다. 내가 보기에 어떤 물고기가 걷는 법을 배우면 다른 물고기들은 칵테일파티에서 그를 무시하거나 회사에서 해고시키거나 저당잡힌 재산을 몰수해버린다. 그런 물고기의 생존 가능성은 극히 미미한 것 같다. 하지만 아버지는 그런 물고기였고 번성했지만 그 비결의 일부는 기만이었다. 아버지는 세상이 자신에게서 보기를 원한다고 생각하는 모습을 보여주었다. 아버지가 보여준 모습은 기민하고 재치 있고 설득력 있었지만 거짓일 때가 많았다.

나 역시 속아넘어간 사람들 중 하나라는 사실을 깨닫는 심정은 고통스러웠다. 이 지점에서, 아버지의 인생을 이해하기 힘들었던 다른 많은 지점에서 그랬던 것처럼, 아버지의 소설을 보는 것은 유익하다. 나는 『왑샷 가문 몰락기』의 도입부를 생각한다. 크리스마스이브에 나이든 역장 조웨트 씨는 사랑해 마지않는 세인트보톨프스 마을의 풍경을 내다보고 있다. 함박눈이 펑펑 내리고 있다. "어디에 또 이런 곳이 있을까, 조웨트 씨는 생각했다. 그에게는 철도 통행권이 있는데도 여행을 다니고 싶다는 생각은 별로 들지 않았다. 이곳에는 다른 마을들과 마찬가지로 짐승 같은 남자와 성깔 사나운 여자, 도둑과 치한 들이 있다는 것을 그 또한 모르지 않았지만, 역시 다른 마을들과 마찬가지로 그런 사실을 예절의 광채 속에 가리려 한다는 것, 그리고 그 예절은 위선이 아니라 희망의 변장 혹은 표현양식이라는 것 또한 알고 있었다."

그렇게 아버지의 예절 또한 뻔뻔한 위선이 아닌 희망의 변장 혹은 표현양식이었는지 모르겠다.

지금 내가 알고 있는 것들을 모두 제쳐두고 아버지의 좋은 모습만 골라내 보여주는 일은 할 수도 없거니와 아버지도 그것을 바라지 않을 것이다. 아버지처럼 글을 쓰기 위해서는 삶의 야수성을 인식하려는 철저한 헌신이 필요하다. 이런 이유로 어떤 이들은 아버지의 소설에 깊은 반감을 갖기도 한다. 아버지는 "기쁜 소식을 전하고 싶은" 충동 때문에 글을 쓴다고 자주 말했다. 하지만 그는 세상을 단순화시켜 더 유쾌한 곳으로 그리는 일은 하지 않으려 했다. 아버지는 삶을 너무도 사랑했고 독자를 너무도 존중했기에 그럴 수 없었던 것이다.

이 편지들로 인해 다시 살아난 한 인간은 내가 안다고 생각했던, 내가 알고서 사랑했던 그 사람보다 더 완전하다. 하지만 그 모습이 내게 낯설지는 않으며, 아버지를 좋아했고 그의 작품을 높이 평가했던 다른 많은 사람들에게도 마찬가지일 것이다. 편지 속의 아버지는 철저히 자기 모습 그대로, 세상에 고귀한 충만함을 선사한다. 내가 아버지와 함께 있을 때 늘 느꼈고, 지금도 절절하게 그리워하는 바로 그 진실성을.

편집에 관한 메모

아버지는 자주 "미학 규칙 제1조는 흥미"라고 말했고, 내가 편지를 선택하고 편집할 때도 흥미를 최우선으로 고려했다.

『뉴요커』의 편집자 로버트 고틀립은 『존 치버 단편선집』(크노프, 1978)을 엮으면서 아버지의 초기작들은 후기작만큼 훌륭하지 않은 것 같다고 내게 말했다. 그 판단에 의문을 품었던 기억이 난다. 나는 아버지의 재능이 늘 한결같았다고 생각했다. 하지만 지금은 고틀립이 옳았음을, 아버지가 쓴 단편소설과 편지는 시간이 지나면서 점점 좋아졌음을 깨닫는다. 초기의 편지들은 대부분 여백이 넓은 편지지 두 쪽 분량이었고, 때로는 서너 쪽에 달하는 것들도 있었다. 1950년경부터 문체가 간결해졌고 여백이 좁아졌으며 세 단락을 넘기는 편지는 거의 없었다. 하지만 나는 초기의 허술한 서신 일부에서 문장의 질과는 상관없이 상당한 분량을 뽑아 이 책에 실었는데, 그럼으로써 이 글들이 이후의 더 훌륭한 글들과 대조를 이뤄 또다른 각도에서 저자를 드러낼 수 있도록 하려는 것이다. 그뿐 아니라 아버지가 어떻게 자신의 필력을 단련해나갔는지 지켜보는 것 또한 대단히 흥미롭다. 편지를 보면 그 과정이 확연히 드러난다. 아버지는 편지를 다시 고쳐 쓴 적이 없는 듯하고, 어떤 경우에는 쓴 편지를 읽어보지도 않고 보낸 것 같기도 하다.

글의 일부를 잘라낸 부분은 말줄임표로 표시했다. 수신인 한 사람의 이름은 신중할 필요가 있어 누락시켰고, 편지에서 중요한 의미를 지니지 않으면서 드러난다면 당사자가 불필요한 피해를 입을 경우에는 이름이 밝혀져 있더라도 약자로 대체했다. 그 이름들이 없어도 편지는 여전히 재미있으며 아울러 피해는 줄일 수 있다. 더불어 편지에 적힌 신분을 숨길 수 없는 경우에 자신의 이름을 공개하도록 허락함으로써 이 책이 세상에 나올 수 있게 해준 모든 분들께 감사의 말씀을 전한다.

철자나 문법의 오류는 독해에 심각한 영향을 끼치지 않는 한 고치지 않았다. 아버지의 실수를 집어내는 일이 싫어서가 아니라—사실은 재미있었다—이 편지들이 얼마나 자유롭게 쓰였는지 독자들이 느낄 수 있도록 하기 위해서다.

아버지는 편지에 날짜를 쓰는 일이 거의 없었다. 편지 첫머리에 "화요일"이라고 쓰거나 "화요일, 아마도"라고 쓴 경우도 있다. 언젠가 아버지는 편지 대여섯 통에 내내 7월 15일이라고 적었는데 알고 보니 8월이었더라는 얘기를 한 적이 있다. 그때는 그 얘기가 왜 그렇게 우스웠는지 모르겠다.

내가 엮은 편지들의 시간 순서는 전체적으로 정확하며, 이는 아버지의 편지를 때로는 봉투까지 그대로 간직해준 친지들의 큰 도움이 있었기에 가능했다. 내가 적어넣은 날짜, 그리고 시간과 장소에 대한 메모는 대괄호—[ ]—로 표시했다. 이외에 편지의 표제는 원본 그대로 실었다.

이 프로젝트에 대해 아버지가 알았다면 보였을 반응과는 무관하게, 본인이 이런 일을 대비하지는 않았다는 사실만은 확실하다. 이런 일을 대비하려는 생각에 담긴 허영심을 아버지는 역겨워했을 것이다. 1959년 말, 그의 오랜 친구인 소설가 조세핀 허브스트는 아버지에게 받은 편지를 잘 보관하고 있다고 썼다. 아버지의 답장에서 언급된 조 슈랭크는 공통의 지인인데, 그다지 통찰력이 없는 사람으로 묘사된다.

스카버러

금요일

조시,

편지가 아직도 남아 있다니 기분이 이상하군요. 난 항상 그 망할 것들을 다 내버리는데 말이에요. 그건 어제 핀 장미, 어제 한 키스, 어제 내린 눈과 같아요. 조 슈랭크는 내가 곧 유명해질 거라고 생각한다는데 듣기가 참 민망하더군요. 참으로 조 슈랭크다운 생각이에요. 내가 유명한 사람이라면 궁둥이에 구멍난 바지를 왜 입고 있겠으며, 지난달 치 고지서를 처리할 돈이 왜 부족하겠어요……

존 윌리엄 치버

존 윌리엄 치버는 1912년 5월 27일에 매사추세츠 주 퀸시에서 태어났다. 구두 영업사원* 프레더릭 링컨 치버(1863~1946)의 둘째아들이었다. 그의 어머니 메리 데브루 라일리 치버(1873~1956)는 영국에서 태어났다. 세월이 지난 후 아버지는 우리에게 자신은 부모가 원치 않았던 아이였다고, 당신의

* 아버지는 말년에 할아버지가 구두 제조회사의 소유주였다고 말하곤 했다. 휴일이면 할아버지가 공장에 데려갔고 자신을 안아올려 점심시간을 알리는 호루라기를 불 수 있게 해주었다고도 말했다. 나는 그 얘기가 사실일 거라고 생각했는데, 이 책을 준비하면서 아버지의 소설 속 인물들이 거의 항상 구두 제조업자가 아닌 구두 영업사원임을 주목하게 되었다. 1964년 『타임』의 커버기사에서 프레더릭 링컨 치버는 영업사원으로 언급된다. 아버지가 아직 공장 이야기를 지어내기 전이었을 거라고 생각한다.— 원주

아버지가 인공유산을 제안했으며 낙태 시술사를 저녁식사에 초대하기까지 했다고 말해주었다.

집안은 아버지가 태어날 무렵에는 부유했지만 자라면서 경제적으로 어려움을 겪었다. 프레더릭 링컨 치버는 1920년대에 구두업계를 떠나 주식투자에 뛰어들었는데 증권시장 붕괴로 주식은 휴지조각이 되고 말았다. 그뒤로 치버 부부는 윈스럽 가 123번지에 있는 빅토리아풍의 큰 주택을 담보로 돈을 빌리기 시작했다. 1933년에는 집을 압류당했다. 집을 잃은 후 조부모는 3년 동안 친척집과 월세방을 전전하며 살았다. 그러다 부부는 별거를 시작했으나 나중에 화해하고 다시 살림을 합쳤으며, 할아버지가 계속 실업자로 지내는 동안 할머니가 기념품점과 찻집을 운영했다. 기념품점에서는 가족 소유의 물건까지도 판매했다. 아버지는 예전에 자신이 쓰던 침대까지 할머니가 팔아버렸다고 내게 말한 적이 있다.

한참 후 아버지에게 보낸 편지에서 할아버지는 자신의 몰락을 이렇게 묘사했다. "24년 동안 내 돈을 관리한 은행이 내 집을 압류해버렸어…… 생명보험 두 개를 해약했는데 1달러를 65센트로 쳐서 돈을 주지 뭐냐. 53년을 일하고는 완전히 빈털터리가 됐어……"

이 어려운 시기 동안 아버지와 가장 특별하게 관계를 맺은 대상은 아버지의 형 프레더릭(1905~1976)이었다. 두 형제는

1931년에 독일로 도보여행을 떠났다. 그뒤로 둘은 함께 살았는데, 내가 자주 들은 얘기로 이때 아버지는 형과의 관계가 지나치게 밀접하다는 것을 깨닫고 뉴욕으로 도망쳤다고 한다. 그런 균열을 겪고도 형제는 서로에 대한 존중을 거두지 않았다. 프레드는 이 젊은 작가에게 일주일에 10달러씩 보냈다. 형제간의 이런 힘든—반쯤은 허구이고 반쯤은 진실인—사랑은 그의 소설에서 반복적으로 나타난다. 「참담한 작별」(『뉴요커』, 1951)에서는 형이 바닷물에 쓸려온 부목으로 남동생의 뒤통수를 가격한다. 『팔코너』에서는 남동생이 형을 죽인다. 프레드가 아버지의 첫번째 동성애 파트너였다고 짐작할 만한 징후도 있는데, 둘 사이의 애정이 정신적이었을 거라는 가정도 전적으로 가능하다. 육체적 관계에 대한 암시는 곧잘 진실과 허구를 합성하기로 유명한 아버지가 세월이 흐른 후에 그저 시도해본 것일 수도 있다. 아버지는 한때 아이리스 글래드윈과 사귄 적이 있는데 그녀는 나중에 프레드와 결혼했다.

맬컴 카울리는 존 치버의 단편소설을 처음으로 출판한 문학잡지 편집자다. 1930년 10월에 「추방」이 『뉴 리퍼블릭』에 실렸다. 이 단편은 자신이 "열일곱 살 때 담배를 피워 세이어 아카데미에서 쫓겨난" 경험을 토대로 쓴 작품이라고 어쨌든 저자 본인은 그렇게 설명했다.

1979년에 시카고의 뉴베리 도서관이 맬컴을 예우하여 주최한 만찬에서 아버지는 뉴욕에 있는 맬컴의 집에서 열렸던 파티에 간 일을 회상했다.

맬컴의 첫 부인 페기가 문간에서 저를 맞으며 외쳤습니다. "존 치버 씨 맞죠? 다른 분들은 다 와 있어요." 그런데 매사추세츠에서는 그렇게 하지 않거든요. 술은 두 종류가 있었어요. 하나는 초록 기가 돌았고 다른 건 갈색이었죠. 하나는 맨해튼이고 다른 건 페르노라고 하더군요. 제가 그때 신경쓴 것은 오직 하나, 엄청나게 세련된 사람으로 보이는 거였어요. 술은 맨해튼을 주문했죠. 맬컴이 친절하게 저를 손님들에게 소개시켜줬어요. 저는 매사추세츠 주 퀸시 같은 소도시 출신이라는 걸 사람들이 알지 못하도록 계속 맨해튼을 마셔댔어요. 그런데 네댓 잔을 마시고 나니 토할 것 같은 거예요. 카울리 부인에게 달려가 즐거운 파티였다고 감사인사를 하고 그 집 복도로 나간 순간 저는 뱃속에 든 것을 온통 다 벽지 위에 토해내고 말았습니다. 그때의 피해를 맬컴은 단 한 번도 언급하지 않았고, 그후로도 이렇게 오랜 세월 우정을 나누는 동안 제게 친절과 관용을 아낌없이 베풀었습니다.

1930년대

: 출발

이 편지는 매사추세츠 주 퀸시에 있는 내 조부모의 집에서 쓰인 것이다. 바로 얼마 전 아버지는 카울리 부부의 집에서 열린 파티에 다녀왔다. 유명인들이 많이 참석한 파티였는데 메이 웨스트*가 있었을 수도, 아닐 수도 있다. 커티스 글로버는 딱 한 번 언급되지만 맬컴은 그 이름을 기억하지 못한다. 프리츠는 프레드의 약칭이다. 이 편지는 내가 본 그대로를 실은 것이므로, 생략 부호는 아버지가 쓴 것이며 편집상 생략을 의미하지 않는다. 철자 오류 또한 원문 그대로다. 이 편지는 내가 읽은 아버지의 글 중 단연 최악이지만 뒤에서도 계속 이런 식

* 미국의 여배우이자 가수, 극작가이며 섹스심벌로 이름을 날렸다.

은 아니므로 낙담하기에는 이르다.

맬컴 카울리,

어제 오후에 커티스 글로버가 "교육 문제를 의논"하고 싶다고 집으로 찾아왔어요. 기억하는지 모르지만 (전에는 그 사람 이름을 들어본 적이 없거든요) 이 녀석은 몇 년 전에 고등학교에서 도망쳐 나왔고, 재작년에는 다트머스 대학교에서 도망쳤답니다. 우리는 과격파라는 공통의 유대의식을 가지고 만났어요…… "현대의 미국에서 과격파가 된다는 것은 외롭게 산다는 뜻이에요. 따돌림을 당한다고 느끼고, 많은 이들의 멸시를 받으며 약간의 열등감도 느끼면서 사는 거죠……"

오랜만에 정말 재미있는 시간을 보냈어요.

커티스는 금발에 키가 크고 홍조가 도는 흰 피부에 골반이 넓적하고 입이 헤벌쭉 벌어진 친구예요. 코로 웃음소리를 내고, 포크와 나이프를 써서 토스트를 잘라 먹고, 『뉴 리퍼블릭』을 충실히 읽어요. 열의도 없고 열정도 없고 턱도 없더군요. 우리는 다시 연락하기로 약속하고 헤어졌죠.

그 친구는 내년에 고등학교에서 수학을 가르칠 거래요.

어쨌든 엄청 재미있었어요. 대학에서 도망친 이유도 학업과 관련된 게 아니라 어울리던 사람들 때문인 것 같아요. 지금은 하버드에 다녀요. 슈펭글러*는 좀 맘에 안 들고, 조이스**는 포르노 같다고 하더군요. 전축으로 〈봄의 제전〉을 틀었는데 꿈쩍도 안 해요. 올해 하버드를 마치고 자신의 "영향력을 발휘해 현재의 시스템을 천천히 바꿔나가겠다"고 합니다.

혹시 시러큐스 대학에서 온 편지를 발견하면 (메이 웨스트가 앉아 있던 곳 바닥에서 마지막으로 봤거든요) 제게 좀 보내주시겠어요? 답장을 하려고요.

돈이 충분히 모이면 한두 주 멀리 가서 시작해놓은 단편들을 계속 써야겠어요. 가족들이 자꾸만 "오늘은 좀 썼니…… 정말 멋진 일이야…… 오늘은 뭐에 대해 썼니" 하면서 절 도저히 참을 수 없게 만들어요. 그러면서 여성동호회의 청소부부터 회장까지 아무나 붙잡고 제가 책을 쓴다고 말하고 다니거든요. 『뉴 리퍼블릭』 기고문의 원고료를 받을 수 있을까요? 포럼에서 글을 가져가면 그 사람들은 원고료를 줄까요? 음악 시즌이 다시 시작되면 한두 주 정도 신문사 일로 돌아가야겠어요. 프레스콧 타운센드Prescott Townsend***가 프로빈스타운에 있는 집을 한 달 동안 빌려줄 가능성이 아주 높고, 프리츠는 밥값을 대줄 겁니다.

---

* 오스발트 슈펭글러. 독일의 역사가, 철학자.

** 제임스 조이스. 아일랜드의 소설가, 시인.

*** 미국 최초의 동성애 인권운동가.

하트 크레인*을 만나고 집으로 가서 「다리」**를 읽었어요. 전 그렇게 좋진 않던데요. 중첩된 여러 심상들로 이루어진 대위법적 장식을 헤치고 들어가봐도 그에 상응하는 심오한 소재를 찾을 수가 없다는 느낌이 듭니다. 「재의 수요일」***을 염두에 두고 보면 크레인은 시적 모호함을 잘못 활용하고 있는 것 같아요. 그의 힘, 열정, 원대한 시각 등은 전부 멋지지만, 시에서 나타나는 신경증적 경향 때문에 시인이 마치 문명에 낙담한 사람으로 비치는 결과를 가져온다고 생각해요. 힘을 지녔지만 섬세한 사람들조차 충분히 이해하지 못해 그저 평범하게 보이고 마는 사람…… 택시 경적과 기계 소리에 끊임없이 시달린 나머지 미학적 간질에 걸린 사람처럼요.

하지만 전 아직 사춘기를 못 벗어나서 잘 모르겠어요. 아직 연애도 못해본걸요.

그래도 엘리엇의 시는 좀더 중요한 내적 모호함을 지니고 있는 듯하고, 그로써 우리의 망가진 거대도시적 삶을 그것이 속한 차원에 갖다놓고 보여준다는 생각이 들어요.

아마도 이 두 시인이 우리 사회에서 시멘트와 망치와 커피잔과 담배가 만들어낸 미치광이 유형의 양극단을 이루고 있는 건

---

* 미국의 시인으로 T. S. 엘리엇의 영향을 받았다고 알려져 있다.

** 하트 크레인이 뉴욕의 브루클린 다리에서 영감을 얻어 지은 장시.

*** T. S. 엘리엇의 시.

아닐까 싶네요.

하지만 크레인은 그러한 하락의 중간 혹은 절정에 속한 반면, 엘리엇은 그 부류의 최후 일인이라는 생각이 들어요.

존 치버

화요일 밤의 멋진 행사 감사합니다.

아버지의 초기 작품 중 「늦은 시간의 모임Late Gathering」이 1931년 계간지 『페이거니Pagany』에 실렸다. 다음의 두 편지는 이 잡지의 편집자 리처드 존스에게 보낸 것이다. 이 무렵 아버지는 자신의 이름을 Jon이라고 쓰고 있었다.

내 이름의 h를 찾아주신 것도 감사드립니다. 저도 오랫동안 그 글자를 되찾고 싶었거든요.

리처드 존스,

제 단편의 출간 계획을 알려주셔서 정말 감사합니다.

그동안 너무 지겨웠거든요. 오랫동안 타자기 앞에만 앉아 있는데 받는 소식이라고는 이런 것뿐이었죠. '재차 고민한 후 수백 명의 다른 편집자들의 조언을 듣고 난 끝에 우리 편집위원회는 이 시 또는 단편소설을 출판하지 않기로 결정했습니다. 그러나 4호지가 발간 준비중에 있으니 다른 시나 단편이 있으면 기꺼이 보

여주시기 바랍니다.'

「늦은 시간의 모임」이 어떤 내용이었는지 확실히 기억나지 않지만, 혹시 농장에 관한 얘기이고 등장인물들에게 매니, 레이철, 진 같은 이름을 썼다면 그 이름들 좀 바꿔주시겠어요?

다시 한번 감사드립니다.

존 치버

야도는 뉴욕 주 새러토가스프링스에 있는 예술인 마을이다. 엘리자베스 에임스는 그곳의 사무처장이었다. 세월이 흐른 후 아버지는 젊은 후배에게 보낸 편지에서 그곳을 이렇게 설명했다. "야도는 수백 에이커의 땅에 성처럼 생긴 건물 한 채와 별채들로 구성되어 있는데 1920년대 후반에 작가, 화가, 작곡가들에게 작업 공간으로 개방된 곳이라네."

고등학교에서 퇴학당한 사람이 문학에 대해서 아래와 같이 학술적인 접근을 하고 있다는 사실이 흥미롭다. 내가 아는 그 남자는 문학평론집을 읽었지만 그에 대해 심도 있게 논의한 적은 거의 없었다. 1966년, 단편 「헤엄치는 사람」이 영화로 만들어져 촬영되는 동안 아버지는 지식인과 학자로 묘사된 자신의 이력에 버트 랭커스터가 강한 인상을 받았다는 사실을 무척 재미있어했다. "그자는 내 성인기의 대부분을 바쳐 빠져나오려고 애썼던 그 섬에 나를 갖다놓으려 하고 있어." 아버지는 그렇게 말했다.

[1933년]

핑크니 스트리트 6번지, 수요일

맬컴,

에임스 부인께 절 추천해주셔서 감사합니다. 부인께 편지를 쓰긴 했는데 야도가 지금은 꽉 차 있는 것 같아요. 하지만 여름이나 가을쯤에는 빈자리가 생길지도 모른다고 하시는데, 그때가 더 재미있을 것 같아요. 제 경우에 그다지 급할 건 없습니다. 잠자리도 있고 먹을 것도 충분하니 이 정도면 다른 사람들보다 가진 게 많다고 봐야겠죠.

읽어보고 되돌려주신 글은 출판하지 않게 되어 다행입니다. 사람들에게도 전혀 즐거움을 주지 못했을 것이며, 저도 굉장히 불만이 많았을 테고, 엉뚱한 데다 돈을 쓰는 결과가 됐을 거예요. 앞으로 5년 정도는 출판할 가치가 있는 작품을 쓰지 못할 것 같습니다. 시간은 정말 많아요. 제가 뭘 하고 싶은지조차 모르겠는데, 생각해보니 자기가 뭘 하고 싶은지 안다 한들 당장 하고 있는 일을 제대로 해내는 데 미치는 영향은 미미할 것 같아요. 올겨울 케임브리지에 있는 T. S. 엘리엇의 존재가 제 의지를 꺾기도 하고 자극하기도 하는 요인이 되고 있습니다. 그분이 비평에 끼친 절제의 영향력은 정말로 대단하더군요. (문학비평이 개선되었다는 의미에서가 아니라 비평이 많이 줄었다는 의미에서요.) 하지만 그런 절제를 시나 산문에 적용한다고 생각하면 그리 대단하게 느껴지진 않습니다. 그가 사용한 비평 도구를 크레인이나 커밍스에게 적용할 경우 그 효력이 어떻게 발휘될까 곰곰 생각해보면 어떤 불일치가 분명히 드러난다는 느낌이 있어서요……

변함없이,

존 치버

작곡가이자 작가인 네드 로럼은 야도에 체류한 적이 있는데, 1960년대 초에 엘리자베스 에임스와 함께 저녁식사 테이블에 앉아 있던 아버지를 본 적이 있다고 기억한다. 엘리자베스는 귀가 어두워서 (그때 이미 약간의 인기를 누리고 있던) 아버지는 대화를 이어나가기 위해 기꺼이 목청을 높여 얘기했으며, 그렇게 창피함을 무릅쓸 정도로 노부인에 대한 각별한 애정이 역력하게 드러났다고 네드는 회상한다. 1930년대에 아버지는 여러 곳을 이동해 다녔고, 형의 집, 부모님의 집, 야도, 그 외에도 맨해튼과 매사추세츠, 워싱턴 D.C. 등의 다양한 아파트와 셋방을 전전하며 지냈다.

[1934년 보스턴]

에임스 부인께,

작년 이맘때에 저는 맬컴 카울리의 제안으로 부인께 편지를 드려 야도에 체류하는 문제를 여쭤본 적이 있습니다. 상당히 늦게 편지를 드려서 그때는 방이 없었는데요, 카울리 씨가 올해도 다시 한번 편지를 드리라고 제안했습니다.

제가 하는 일에 관해서는 카울리 씨가 편지로 말씀드렸을 거라 생각합니다. 무엇을 얼마나 얘기했는지는 모르겠습니다. 저에 대해 드릴 말씀은 매우 간단합니다. 저는 스물두 살이고, 몇 년 동안 글을 써왔지만 1932년 이후로 출판된 것은 없습니다. 야도에 머무르게 된다면 그곳에서 할 일의 질이나 장래성은 몰라도 양에 대해서는 장담할 수 있습니다.

당장 진행중인 작업에 대해 이야기하는 것은 누구나 꺼리지 않을까 생각합니다. 저는 평생을 보스턴이 보이는 곳에서, 그리고 지난 두 해는 거의 보스턴 안에서 살아왔습니다. 보스턴은 현 세기와 보조를 맞추지 못하는 오래된 도시이지만, 노화가 그곳 고유의 특성들을 더욱 강화시켜온 것 같습니다. 조지 왕조풍의 고루한 건물 앞에서 공산주의자들이 몽둥이찜질을 당하죠. 과거의 유산이 끊임없이 현재를 뚫고 나옵니다. 어떤 사랑의 꿈은 사암으로 지은 공동주택 건물보다도 오래 살아남지요. 편집증 환자가 공공도서관을 망쳐놓기도 해요. 그리고 차를 타고 나가면 삼십 분도 못 가 뉴잉글랜드의 시골 풍경이 나오는데 간간이 나타나는 버려진 집들을 보거나, 도로변 광고판이나 핫도그 가판대의 습격에도 살아남은 풍경들을 보면 예기치 않게 기억이 왜곡되기도 합니다. 제가 지금 작업하고 있는 글은 벽돌로 지어진 이 도시의 공포와 영광을 다루게 될 것 같습니다.

이 도시에서 2년 내내 살아온 지금, 잠깐이라도 이곳을 떠난다는 생각이 이리도 요원하고 매력적으로 느껴진 적은 없었습니다.

진심을 담아,

존 치버

아버지는 1934년에 오랫동안 야도에 머물렀다. 뉴욕에서는 MGM 영화사의 의뢰로 책을 읽고 줄거리를 요약하는 일을 하며 한 건당 5달러를 받았다. 회사의 높은 사람들은 그 요약본을 보고 어떤 책을 영화화할 것인지 심의했다.

허드슨 스트리트 633번지, 뉴욕 시

에임스 부인께,

허드슨 스트리트는 보스턴과 전혀 다른 곳인데, 지금까지는 허드슨 스트리트 쪽으로 마음이 기웁니다. 수요일에 이곳에 도착해 즉시 일거리를 찾았어요. 수입은 아직도 상당히 불안정하고 집주인 아주머니는 걱정을 거듭하고 있지만, 적어도 한두 주 정도는 버틸 수 있을 것 같습니다. 지금은 MGM에서 검토를 맡긴 소설들을 읽고 있고, 다음주엔 서평 일거리가 생길 듯해요. 수입은 겨우 입에 풀칠할 정도인데 검소하게 쓰면 충분합니다. 유일한 불만은 여기에 머무르며 이 일을 하면 제 글을 쓸 기회가 없다는 거예요. 일 자체에는 시간이 많이 들지 않지만, 날이 더울 때에는 일을 배분하는 루턴 부인이 예상치 못한 시간에 불규칙적으로 일을 주는 바람에 실제로 일하는 시간보다는 책을 기다리면서 내일은 무슨 돈으로 사나 걱정하는 시간이 더 많습니다. 세상일이 다 그런 거죠.

잠시나마 제 일을 놓고 있으려니 조급하고 의기소침해집니다. 야도에서 썼던 미완성 단편의 원고 뭉치는 아직도 그대로인데 장편도 한번 써보고 싶어요. 제 글쓰기 방식이 지겹다는 생각이 듭니다. 너무 정제하고 신중을 기하는데다 묘사는 지나치게 세밀하면서 사건은 별로 없는 이런 글이 지겹네요. 일을 할 때도 어느 정도의 조급함이 있는데 일을 완전히 밀쳐두고 있으니 조급함이 더 강해집니다. 그리고 이 조그만 방에서 하루종일 다른 사람들의 책을 보며 일하다가 저녁을 먹고 나서 제 자신의 책을 쓴다는 건 불가능에 가까운 일인 듯합니다. 9월이나 10월에 야도에 빈자리가 생긴다면 정말로 감사할 것 같습니다.

변함없이,

존 치버

『뉴요커』는 1935년 봄에 치버의 초기작 두 편을 샀는데, 「브루클린의 셋방The Brooklyn Rooming House」에는 90달러를, 「버펄로Buffalo」에는 45달러를 지불했다. 그럴듯하게 들리는 이야기를 지어내는 아버지의 성향상 나는 『스토리』에 단편 「셰익스피어에 경의를 표하며Homage to Shakespeare」를 팔았다는 그의 이야기가 순전히 허구라고 확신했지만 나의 장인 폴 매슬린은 그 작품을 유람선 도서관에서 발견했다고 했다. 그 작품은 누군가를 볼티모어행 기차에 타도록 유혹하지는 못했지만 『옥스퍼드 단편선집』에는 들어갈 수 있었던 것이다. 트라이어나triuna는 조지 호수 위의 여러 섬을 일컫는 지명인데, 야도의 법인이 소유 및 운영을 맡고 있었다.

커머셜 스트리트 733번지, 매사추세츠 주 이스트웨이머스
1935년 4월 22일

에임스 부인께,

지난 10월의 비오는 날에 처음으로 야도를 떠난 이후 다시 시골에 와 있습니다. 어쨌든 며칠간은 그래요. 같은 시골은 아니고요. 매사추세츠 주 남쪽의 곶이 시작되는 부근입니다. 산은 별로 없어요. 돌과 모래가 많은 평평한 땅인데, 나무들은 약 90년 전에 잘려나가 죄다 증기기관차 뱃속으로 들어갔을 겁니다. 하지만 괜찮아요. 매사추세츠에서 경치 좋기로 유명한 이 지역의 아

름다움은 기껏해야 키 작은 단풍나무 지대와 녹슨 방앗간 기계한 무더기에 불과한 듯해도 전 이곳이 좋습니다. 저는 지금 옛 농장이었던 곳에서 (제 어머니가 여름 동안 이곳에서 식당을 하시거든요) 71세가 되신 아버지와 함께 지내고 있습니다. 며칠만 머무르려고 해요. 지내기엔 충분히 좋지만 뉴욕을 떠나면 수입이 끊기니 조만간 돌아갈 생각입니다.

겨울 동안은 아무런 수확도, 어쨌거나 문학과 관련해서는 별 수확이 없었습니다. 『뉴 리퍼블릭』과 『뉴요커』에 단편 몇 편을 팔았죠. 『스토리』는 제 작품의 출간을 무기한 연기한 것 같아요. 적자를 보고 있어 신문 가판대에서의 판매 부수를 늘리려고 전전긍긍하는데다, 제 작품 제목('셰익스피어에 경의를 표하며') 또한 이 잡지를 한 권 사기 위해 볼티모어행 기차표를 끊도록 누군가를 유혹하기엔 역부족인 듯해요. 제가 잘 안 팔리는 작가라는 생각에 가끔 걱정이 됩니다. 걱정해야 할 때가 되었어요. 며칠 전에 저작권 대리인을 구해서 이제는 좀 나아질지도 모르겠지만 지금까지의 문제는 대부분 저 자신으로 인한 것이라는 생각이 들어요. 편집자들은 탁월한 작품을 알아보는 눈이 있는데, 제 단편들은 그들을 뒤흔들 만큼 좋지 않았던 거죠. 그나저나 그동안 책을 한 권 시작했는데 좋은 작품이 될 거라는 확신이 들어요. 지금까지 오랫동안 저는 길게 지속되는 작업은 피해왔습니다. 장편소설(그 정의 자체가 부정적으로 느껴지는데)이 제 세대 남자들에게는 생소한 중산층의 성장과 쇠퇴에 의해, 또는 그것을 위해 쓰였다고 느끼기 때문이지요. 우리들의 삶은 지속적이지도, 늘 변함없거나 질서정연하지도 않잖아요. 우리의 인물들은 침대에 누워 죽지 않아요. 지나가버린 또는 지나가고 있는 시간에 대한 강한 의식, 장편소설을 정의할 만한 훌륭한 특성인 그런 의식은 우리의 속성이 아닙니다. 우리의 삶은 잘 서술된 긴 이야기가 아니죠. 하지만 어찌 보면 그것들을 꼭 한계라고 할 수만은 없어요. 작업을 하다보면 오히려 흥미로운 발견처럼 느껴져요.

그런 측면에서, 다시 말해 지속적인 작업이라는 측면에서, 저는 아직도 야도나 트라이어나에 관한 부인의 소식을 애타게 기다리고 있습니다. 저는 할 일이 굉장히 많을 듯해요. 제게는 그게 전부이기도 하고요. 여름 동안 글을 쓸 기회를 주신다면 정말로 감사하겠습니다. 글을 쓰기에 그곳보다 더 좋은 곳은 없음을 잘 알고 있어요. 그곳에 머무를 가능성이 좀더 높아진다면 기꺼이 운영업무도 맡겠습니다. 운전과 수영을 잘하니 배를 책임질 수도 있고, 도끼를 다룰 줄도 압니다. 무언가 대단한 기술을 가진 건 아니지만 전반적으로 도움이 될 수 있을 거예요. 그리고 한 가지 업무 정도는 글을 쓰는 중간중간에 끼워넣을 수 있을 것 같습니다.

변함없이,

존 치버

추신: 이 지역 석간신문을 보다가 '기적'에 관한 부인의 관심이 떠올라 주의깊게 읽은 글이 있는데, "매사추세츠 주 브리지워터 소재 성령협회 주식회사 소유"인 은으로 된 왕관이 네 가지의 가벼운 치유능력을 지녔다고 인정받았답니다. 그 왕관은 현재 협회 회장이 맡아 재임기간 동안 보관중이라는데 "합당한 사유를 가진 사람이 원할 경우" 대여해주기도 한다고 합니다.

J.C.

아버지의 살아온 경험이 워낙 독특한지라 당시 실업률이 위기 수준이었다는 것을 망각하기 쉽다. 1933년에 루스벨트가 대통령에 취임했을 때 소요에 대한 우려가 얼마나 컸는지 가두행진 경로에 기관총을 대기시켜놓을 정도였다.

엘리자베스는 아버지에게 일자리를 구하라고 조언했다.

애서니피, 매사추세츠 주

1935년 5월 4일

에임스 부인께,

글쓰기 외에 다른 일자리에 시간을 할애해보라는 부인의 조언을 듣고 매우 감사했습니다. 저도 거기에 대해 생각도 많이 하고 걱정도 많이 했거든요. 그리고 제가 에너지를 적응이 아닌 보전에 집중하고 있다는 말씀도 잘 들었습니다. 저로서는 굉장히 개인적인 시점에서 생각할 수밖에 없네요. 지난겨울에, 그리고 매사추세츠에 와 있는 동안 내내, 그 점에 대해 생각했습니다. 저는 그것이 직업 갖기를 회피함으로써 불가피하게 약해지는 적응력의 문제라고 보지 않습니다. 그건 작가들만의 문제라기보다 젊은 세대 모두의 문제입니다.

저는 열다섯 살 무렵 폐쇄된 지하철 터널에서 창고물품 관리 일을 시작한 이래로 거의 항상 일을 했습니다. 트럭을 몰거나, 작은 신문사에서 일하거나, 어떤 식으로든 평균적으로 일자리를 유지하며 살았죠. 그런데 약 2년 전부터 이런 일들을 유지하는 게 불가능해졌습니다. 저는 기술도 학위도 없고 전문교육을 받은 경험도 없어요. 식당의 웨이터 조수든, 광고회사 카피라이터든, 어떤 일이든지 곧장 지원했지만 매번 떨어졌어요. 1933년 겨울에는 시간제 일들을 했지요. 1934년 겨울에는 정치계에서 일을 했고요. 이번 겨울에는 MGM에 소설 줄거리를 요약해주는 일로 먹고살아요. 좋아서 하는 일이 아니라, 예컨대 직물공장의 직조기 수리라든가, 그 밖의 다른 일자리를 찾을 수 없기 때문에 하는 겁니다. 온갖 수단을 다한다면 이번 가을에는 조선소에서 일자리를 찾을 수 있을지도 몰라요. 편집 일을 포함해 다른 어떤 일보다도 전 그 일이 더 좋을 것 같습니다.

적응이라는 것은 개인의 용기와 재능에 관한 문제 같습니다. 어떤 사람들은 엄청나게 많은 연인을 사귀고 비행기나 기차를 타고 이 주에서 저 주로, 이 나라에서 저 나라로 돌아다니면서도 여전히 겁쟁이나 어린애로 남아 있는 경우가 있습니다. 또 어떤 사람들은 한 도시에 정착해 한 명의 아내에게 충실하면서 원숙하고 믿음직한 남자로 성장해가기도 합니다. 학자들이나 예술가들은 연구와 예술활동이라는 환상에 젖어, 초창기를 넘어선 뒤로는 아무런 적응도 못하는 경우가 간혹 있습니다. 그래서 서른이나 마흔쯤이 되면 여전히 똑같은 방에서 늘 똑같은 사소한 결정을 놓고 이리저리 재느라 편지는 부치지도 않고 자신의 젊음에 먼지만을 쌓은 채로 살아가기도 하지요. 하지만 경제적, 정서적으로 독립한 사람은 그런 상태에 도달하는 것 자체가 불가능합니다. 돈이 없으면 어쨌거나 지속적인 불안 속에서 살게 되니까요.

이 얘기를 이렇게 장황하게 늘어놓은 것은 다른 무엇보다도 제 마음을 달래기 위해서였던 것 같습니다. 듣기에 너무 혼란스럽거나 지루하지 않았으면 좋겠습니다. 곧 다시 연락 주시기를 기다리겠습니다.

변함없이,

존 치버

아래의 편지를 쓸 당시 아버지는 스물셋이었다. 허드슨 스트리트에 면한 주당 3달러짜리 셋방은 현대미술관에 걸린 워커 에번스 사진의 소재가 되기에 충분할 정도로 황량했다. 뮤리얼은 맬컴이 1932년에 재혼해 지금까지 가정을 이루고 있는 두번째 부인이다.

허드슨 스트리트 633번지, 뉴욕 시

1935년 10월 23일

맬컴,

일주일 전쯤 어느 비 오는 밤에 뱅크 스트리트에서 우연히 뮤리얼을 만났어요. 뮤리얼은 처음에 절 주정뱅이로 착각하더니 조금 후에야 알아보더라고요……

지금 뉴욕은 지난겨울과 똑같은 모습입니다. 공공사업진흥국* 일은 놓쳤어요. 생활보호혜택을 못 받아서 그런 것인데, 생활보호를 못 받은 건 주거지가 확실하지 않아서였죠. 하지만 그것 말고 다른 일자리는 없는 듯합니다…… 당분간은 기다리며 궁리하는 일을 하려 합니다.

혹시 제가 할 수 있는 일이 있으면 언제라도 말씀만 하세요. 시간이 아주 남아돌거든요.

---

* 루스벨트 대통령이 뉴딜정책의 일환으로 설립한 공공사업 계획기관.

변함없이,

존 치버

맬컴은 아버지에게 장편소설을 제안해 선금을 받아보라고 충고했다. 해리슨 스미스가 작품개요서를 달라고 요구했던 것 같다.

목요일

허드슨 스트리트 633번지

맬컴,

스미스가 선금 지불을 거부한 것은 단편 작가와 장편 작가는 종이 다른 새 두 마리와 같다고 생각하기 때문인데, 제가 아무리 많은 단편을 썼더라도 그 사람은 저를 소설가로 보지 않을 거예요. 그래서 전 매사추세츠로 가서 그 사람이 원하는 일을 할 겁니다. 저도 책을 쓸 수 있다고, 아마 좋은 책이 될 거라고, 어쩌면 잘 팔릴 수도 있을 거라고 굳게 확신해요. 그렇지만 그 책을 아직 보지 못했다면 누군들 어떻게 저를 믿겠어요?

스미스도 뭔가 생각은 있는 듯한데 머릿속으로 저에 대해 이모저모 따져보는 것 같아요. 글쓴 지 얼마나 되었는지 묻기에 10년이라고 대답했어요. 사실이거든요. 그가 저를 미심쩍은 눈빛, 흡사 서글픈 듯한 눈빛으로 쳐다보더군요. '그런데 이게 다라고?

이만큼밖에 못한 거야? 10년 동안?'

뮤리얼에게 안부 전해주세요.

변함없이,

존

아버지는 시간제로 워커 에번스의 조수 일을 시작했다.

워커 에번스 전교

베튠 스트리트 20번지, 뉴욕 시

화요일

에임스 부인께,

다시 소식을 들으니 기쁩니다. 이곳은 무지막지하게 혼란스럽습니다. 이 도시와 저의 관계는 다양하고 복잡합니다. 제가 여기를 좋아하고 여기에 남아 있는 주요한 이유는 어느 모로 봐도 미국 소도시의 느낌이 전혀 나지 않는 곳이기 때문입니다. 보스턴에서 보낸 이틀은 없어도 될 이틀이었습니다. 풍경도 좋았고 날씨도 맑았고 독 스퀘어와 패뉴얼 홀에 모인 군중도 다 괜찮았어요. 하지만 펨버턴 스퀘어와 변호사 사무실들을 지나 애시버턴 플레이스 쪽으로 걸어가는 순간이면 회한에 찬 창백한 얼굴들과 마주치게 됩니다. 그런 사람들 속에서 때로는 무관심을 때로는 강렬한 혐오를 느끼며 몇 년을 산 뒤 저는 기꺼이 배에 올랐죠.

배를 타고 밖으로 나갔습니다. 맑은 밤하늘 아래에서 즐거운 여정이었어요. 세관 건물이 점점 작아지고 점점 낮아지는 모습을 지켜보는 것도 기분좋더군요. 하지만 그건 아주 오래전 일이죠.

몇 주 전부터 어떤 사진작가의 조수로 일하고 있어요. 그리고 『뉴 리퍼블릭』과 『스토리』에서 단편 몇 편을 더 가져가서 돈을 좀 벌었습니다. 크리스마스에는 백화점에서 일자리를 얻을 수 있을 것 같아요.

또한 변함없이,

존

아버지는 부모님 댁에 머무르고 있었다. 엘리자베스에게 두 번째 편지를 쓰던 날이 자신의 스물네번째 생일이었다는 사실을 말하지 않은 것은 본심이든 아니든 겸양의 태도를 지니고 있었음을 드러낸다. 아버지는 트라이어나로 가는 배가 정박하는 볼턴 선착장으로 갈 예정이었다. 야도에서 뱃사공 일을 하기로 되어 있었다. 소설 출판은 거절당했다.

스피어 스트리트 60번지, 매사추세츠 주 퀸시

1936년 5월 25일

엘리자베스,

새러토가에서 여기까지 곧장 차를 타고 함께 온 뒤로 저는 이곳 부모님 댁에서 지내고 있습니다. 소설을 마무리하면서 술 마시고 볼링하고 예전에 알던 사람들을 만나고 있는데 굉장히 즐거워요. 이곳은 인구가 6만 명쯤 되는 소도시로, 17세기 초반에 정착을 이뤘습니다. 가죽과 화강암으로 부를 축적했다가 다시 가죽과 화강암 때문에 가난해진 곳이죠. 인근에 헨리 애덤스가 여름을 나던 집이 있어요. 이곳 사람들은 이름이 모두 고풍스럽지요. 굉장히 아름다운 유니테리언 교회가 있고, 리처드슨이 지은 공공도서관이 있으며, 광장 한가운데에는 델시베어 킹Delcevare King*이 지은 14층짜리 고층건물도 하나 있습니다. 킹의 아내는 델시베어라는 이름을 받을 수밖에 없는 남자가 생겨서는 안 된다며 아들 낳기를 거부했다죠. 이곳은 제가 가장 잘 아는 도시, 눌러살고 싶지는 않지만 올 때마다 정겨운 곳입니다.

앞으로의 계획은 아직도 불투명하고 순전히 자금 사정에 따라 달라질 겁니다. 유일하게 확실한 것은 6월 1일에 볼턴에 갈 거라는 사실인데, 그날을 손꼽아 기다리고 있습니다. 소설은 완성해서 우편으로 발송했어요. 축하의 의미로 올리언스까지 차를 몰고 가 해변에서 통닭 한 마리에 버건디 와인 한 병을 마셨습니다. 수영도 하고 레슬링도 했지요. 케이프코드에는 일이 년 만에 가서 그런지 정말 좋은 경험이었어요. 새거모어나 본에서 운하

* 매사추세츠 출신의 부유한 은행가로서 금주령의 열렬한 지지자였다.

를 건널 때는 마치 다른 세계로 넘어가는 듯한 느낌이 듭니다. 앞으로도 늘 그런 느낌일 거고요. 심지어 주유소 건물의 판자벽 모양도 다르고, 반스터블 곳곳의 습지들도 달라 보여요. 모래언덕은 모양새도 보기 좋고 친숙했는데, 하얀 파도를 높이 일으키는 바다는 거세고 차갑고 냄새가 강렬했어요. 뉴욕에 가지 않게 되더라도 상실감이 그리 크지는 않을 겁니다. 지금쯤 사이먼 앤드 슈스터는 아직 제 소설을 읽지 못했을 텐데, 제가 뉴욕에 가려는 유일한 현실적인 이유는 그들과 얘기를 하려는 거예요.

볼턴에서 뵐게요.

변함없이,

존

스피어 스트리트 60번지, 매사추세츠 주 퀸시

1936년 5월 27일

엘리자베스,

아버지가 제게 계속, 호루라기 한 번은 우현 방향 통행, 두 번은 좌현 방향 통행, 세 번은 인사, 네 번은 후진이라고 말씀하시면서 잊지 말라고 당부하십니다. 저는 선박 엔진 취급설명서도 공부하고 있어요.

변함없이,

존 치버

야도, 뉴욕 주 새러토가스프링스

1936년 12월 16일

맬컴,

수표 받았어요. 정말 감사합니다. 최근 두 달의 자금 사정은 지난 2년 중 최악이었습니다. 그래서 슬퍼집니다. 대략 일주일 안에 돈을 갚을 수 있기를 바랄 뿐입니다. 『애틀랜틱』이 중편 하나를 검토하고 있는데 그건 통과될지도 모르겠어요.

한편 장편소설은 먼지만 뒤집어쓰고 있어서 정말 씁쓸합니다. 가끔 밤에 그걸 꺼내 읽어보며 의욕을 불태우지만 아침에는 다시 치우고 단편으로 돌아가곤 합니다. 장편을 쓰려고 메모해둔 것들을 대부분 단편에 맞게 고쳐 써야 했는데, 정말 아까운 낭비라는 생각이 들어요.

여기 위쪽은 지금 겨울입니다. 눈이 30인치 가까이 쌓인 적도 한두 번 있어요. 비가 와서 눈은 대부분 녹아버렸고 슬슬 시작했던 스키도 중단했어요. 일하기에 좋은 곳이지만 한 달을 여기에서 보내고 나니 가슴이 답답하고, 아침에 잠에서 깨면 군대나 현수막이나 시립 기념물 같은 것들이 거대한 이미지로 떠오릅니다……

변함없이,

존

야도에서 아버지는 조세핀 허브스트를 만났다. 내가 조시를 마지막으로 본 것은 1967년 누나와 맬컴의 아들 로버트 카울리의 결혼식 연회에서였다. 내 눈에 조시는 저명한 작가라기보다 주황색 서라피*를 걸치고 담배를 많이 피우며 계속 "세상에나!"라고 말하는 자그마한 여자로만 보였다. 조시는 내가 어렸을 때 우리집에 자주 놀러왔고, 그보다 더 전에는 우리가 펜실베이니아 주 어위나에 있는 그녀의 집에 가서 얼마간 지내기도 했다. 그곳은 아버지에게, 그다음에는 아버지와 어머니에게, 그다음에는 우리 가족 모두에게 시골의 피난처가 되어주었다. 그 집은 조시의 얼마 안 되는 재산 가운데 하나였지만, 그녀에게는 소유에 대한 마르크스주의자의 책임감이 있어서 자기가 그곳에 머무르고 있건 아니건 상관없이 그 집을 다른 사람들과 함께 사용했다.

조시는 내가 그녀를 알던 세월 내내 독신으로 살았고 아이도 없었다. 그녀는 맥스웰 앤더슨과 사귀던 시절에 낙태를 한 번 했는데 그후로 아이를 갖지 못하게 되었는지도 모른다. 사람들은 그녀가 어린아이의 감수성을 이해하지 못할 거라 여겼을 수 있지만 사실은 그렇지 않았다. 나와 누나 수전은 거의

* 멕시코 남자들이 주로 걸치는, 기하학적 무늬가 새겨진 담요 모양의 외투.

모든 문제에서 서로 의견이 달랐지만 조세핀 허브스트를 찬양하는 마음만은 똑같았다. 조시의 목소리는 풍부하고 허스키했는데, 그 많은 담배들이 적어도 부분적으로는 영향을 미쳤으리라는 데 의심의 여지가 없다. 조시는 우리에게 몇 시간이고 책을 읽어주었고, 비 오는 오후를 생생한 색채와 사건으로 채워주었다. 아이들에 대한 다정함이 도덕적으로 어떤 의미를 지니건 (신약성서는 이 점에 대해 매우 명쾌한 입장을 보여주는데) 조시는 우리에게 너무도 잘해주었다. 하느님이 세 살짜리 어린아이라면 (예수도 자주 어린아이로 묘사되지 않는가) 나는 그녀가 하느님의 오른편에 앉을 거라고 확신한다. 하지만 조시는 마르크스주의자였으므로 아마도 하느님과는 아무런 관련이 없을 것이다.

나는 이 책의 편집을 시작하고 나서야 엘리너 랭어가 1984년에 쓴 훌륭한 전기 『조세핀 허브스트』(리틀 브라운)를 읽었고, 아이들에게 그토록 다정했던 여인의 수많은 성취에 대해 알게 되었다. 내가 10대 시절에 『해는 또다시 떠오른다』를 읽었을 때 아버지는 조시가 그 작가의 친구라고 말했다. 한번은 헤밍웨이가 허리케인이 몰아치는 날 조시와 다른 친구들을 배에 태워 바다로 나갔다고 했다. 파도가 높아지자 배에 탄 사람들이 겁에 질려 헤밍웨이에게 항구로 배를 돌리라고 애원했다. 그런데 그가 말을 듣지 않자 조시가 선실로 내려가 상어를 만나면 쏘기 위해 배 안에 두었던 소총을 꺼냈다. 그녀는 총을 들고 갑판으로 올라가 남성적 용기의 대명사로 한 시대를 풍미했던 남자를 향해 총을 겨누었다. 조시는 당장 배를 돌리라고 말했고 그들은 육지로 돌아왔다. 이 이야기가 정말인지는 모르겠지만 아버지가 오랜 친구에게 느꼈던 감탄의 일면을 보여주는 것은 사실이다. 게다가 스페인 내전에 기자로 참전하기도 했던 그녀의 용기가 이 이야기에 신빙성을 더한다.

조시는 친절하고 다정했지만 아주 매정한 면도 있었다. 아버지와 조시의 우정은 1969년에 그녀가 사망할 때까지 지속되었지만, 그 사이에 두 사람이 편지도 말도 하지 않고 지낸 기간이 몇 년쯤 있었다. 델모어 슈워츠라는 이름의 고양이 한 마리와 관계된 사연이었다.

사서함 1호, 뉴욕 주 볼턴

월요일 밤

허브스트,

여름 내내 배를 몰았어요. 그런데 괜찮았어요. 여러 방식으로 스카치를 굉장히 많이 마셨고, 경치도 잘 구경했어요. 윌리엄이나 메리, 비버와 시러큐스 같은 곳에서 온 멋진 아가씨들도 많았고, 수상스키도 좀 탔죠. 그러던 어느 날 아침, 숙취에 시달리며 잠에서 깼는데 땡전 한푼 없고 어떻게 이곳에서 빠져나갈지 도

무지 아무런 생각이 나지 않는 거예요. 차는 있는데 운전대가 고장난 상황이었던 거죠.

지독하게 바람이 불고, 지독하게 춥고, 지독하게 경치가 좋고, 지독하게 외로운데, 일은 좀 할 수 있을 것 같아요. 장편소설을 처음부터 통째로 단어 하나하나 손봐야 해요. 그런데 보스턴과 뉴욕에 관한 책을 쓰면서 왜 깊은 산속이나 섬에 살아야 하는지 아무리 생각해봐도 잘 모르겠어요.

변함없이,

존

야도

1937년 2월 1일

엘리자베스,

……제 편집자들이 마침내 소액의 돈을 마련해줘 목요일에 일하러 돌아왔습니다. 돌아오는 기분이 정말 좋더군요. 이 책의 집필만큼 하고 싶은 일은 없어요. 그리고 글쓰기에 여기보다 더 좋은 곳도 없지요. 공기가 좋네요. 주변도 조용해요. 더이상 바랄 게 없습니다.

여기 돌아오기 전 뉴욕에서 일주일을 보내며 보고 싶었던 사람들 몇 명을 만났어요. 그리고 제 형이 금요일 아침에 뉴욕으로 와 함께 4시 기차를 타고 보스턴으로 갔죠. 정신없는 한 주였는데, 금요일 밤에 퀸시의 메인 스트리트에 도착하니 존*과 존 퀸시**와 헨리 애덤스***가 예배를 드리던 교회의 철제 종이 9시를 알리고 있더군요.

……제 아버지는 기억이 매우 정확하고 다채로운 분이어서 우리에게 들려주는 이야기들이 정말 재미있습니다. 남북전쟁 후에 발생한 장티푸스 때문에, 이미 가난과 환멸에 찌들어 있던 뉴버리포트****가 더욱 비참해졌던 시절을 떠올리시더군요. 할머니가 병에 걸려 섬망에 시달렸던 일이며, 줄리아나 이모할머니가 남편이 동방에서 가져온 중국식 외투들과 상아를 깎아 만든 정크선들 사이에 앉아 인디언 '영매'와 대화를 나누던 일도 이야기해 주셨어요. 아버지의 삼촌 에버니저는 노예제 폐지론자였어요. 비스킷 공장을 운영했는데 항해 선박에 공급할 딱딱한 건빵을 만들었죠. 남북전쟁이 선포된 뒤 군용건빵 지급계약을 제안받았어요. 그런데 그분은 자기 건빵이 북군 군인들에게 먹이기엔 품질이 떨어진다고 생각해서 계약을 거절했거든요. 대신 피어스라는 경쟁자가 계약을 받아 큰돈을 벌고 그 수익으로 왕조를 이룩했지요. 에버니저 할아버지는 후회하지 않으셨어요. 플루트를

---

* 제2대 미국 대통령 존 애덤스.

** 제6대 미국 대통령 존 퀸시 애덤스.

*** 미국의 작가이자, 역사가. 미국 제2대 대통령 존 애덤스의 증손자이자 제6대 대통령 존 퀸시 애덤스의 손자이다.

**** 매사추세츠 주에 있는 작은 해변 도시.

연주하는 분이었죠. 피어스 베이커리는 계속 성장해 내셔널 비스킷 컴퍼니가 되었는데, 에버니저 할아버지의 버려진 제분소에는 바람만 황량하게 불었다고 합니다.

변함없이,

존

퀸시의 부모님 댁으로 돌아온 아버지. 그때 맬컴과 뮤리얼은 지금과 마찬가지로 코네티컷 주 셔먼의 주택에서 살고 있었다. 아버지가 당신의 할머니에 대해 쓰지 않겠다고 말했다는 사실이 흥미롭다. 특정인물을 모델로 했다고 단언할 수는 없지만 아버지 집안의 여자들과 공통점이 많은 오노라 왑샷은 그의 첫 두 장편소설에서 중심이 되는 인물이다.

스피어 스트리트 60번지, 매사추세츠 주 퀸시

1937년 5월 25일

맬컴과 뮤리얼,

자동차를 타고 이곳으로 오는 길이 멋지더군요. 하트퍼드 북쪽 인근에서는 쌍무지개도 보았습니다. 연달아 세 번이나 쌍무지개를 보게 되네요. 뇌우를 피하려고 시간을 끌었는데 결국은 바로 뒤에서 쫓아오더니 하트퍼드에서 저를 따라잡더군요. 하지만 그렇게 심하진 않았고 자동차 배선이 젖지도 않았어요. 선배님 부부가 사시는 시골은 오는 길에 본 마을들 중에 최고인 것 같아요. 프로비던스 근처로 가면 땅이 아주 평평해지는데 구릉지대가 있지만 그곳 마을 같은 느낌은 없어요. 하이애니스까지 가는 고속도로 교차로가 굉장히 많고요, 사람들이 다들 길가에 나와 가보를 내다팔고 있어요. 여기가 좋긴 하지만 눌러살고 싶지는 않은데다 아무리 애써도 여기에서는 일을 할 수 없어요. 이 지역은 바깥세상과 아무 관련이 없다는 느낌이 강하게 듭니다. 전 제 할머니들보다는 세상에 관심이 많거든요. 제가 할머니들에 대해 글을 쓰고 있다면 괜찮겠지만, 그런 건 아니라서요.

어젯밤에는 마을에 서커스단이 왔는데 공연은 시원찮았어요. 코끼리 똥과 짓밟힌 풀 냄새는 제게 고향의 냄새와 다름없었지만, 어찌나 시끌벅적하던지. 게다가 요금을 입장할 때 한 번, 자리에 앉을 때 한 번, 계속 앉아 있으니 또 한번, 그렇게 연거푸 받는 거예요. 스코틀랜드 밴드에 있던 여자는 전에 관람한 스파크스 서커스에서 본 사람이더라고요. 두 분도 보신 적 있을지 모르겠네요. 정말 아름다운 여자인데 눈이 하나밖에 없어요. 그래도 정말 아름답긴 합니다.

변함없이,

존

1938년에 아버지는 공공사업진흥국에서 글을 쓰는 일자리를 얻었다. 이 편지를 쓰던 당시 아버지는 워싱턴 D.C.의 하숙집에서 작가 네이선 아시와 함께 살고 있었다. 네이선은 작가 숄럼 아시(1957년 사망)의 아들이다. '오래된 포드'는 모델 A 차종인데, 내가 성인이 된 후에도 아버지는 여전히 그 차의 믿음직함과 단순성에 대해 애정을 담아 얘기했다. 아버지는 야도에 빚이 있었던 것 같다.

노스웨스트 20번가 2308번지, 워싱턴 D.C.
토요일 아침

엘리자베스,

어제 아침, 저는 큰 어려움 없이 존 애덤스의 전철을 밟아 이곳에 도착했습니다. 용커스에서 타이어가 펑크 났고, 하이어츠빌에서는 눈에 염증이 생겨 차라리 기차를 타는 편이 현명하고 경제적인 방법이었으리라는 생각이 들었습니다. 하지만 그랬다면 그간 지나온 풍경이나 사람들을 보지 못했겠지요. 그리고 꼭 즐겁기만 하다고는 할 수 없지만 항상 좋은 경험이 되는 것은, 오래된 포드를 타고 생전 처음 가보는 길을 덜컹덜컹 달리는 일입니다. 주머니에는 달랑 몇 푼만 든 채 자기 고향도 아닌 시골길을 지나는 거지요……

어제는 네이선이 시내 관광을 시켜주었고, 오늘 오후에는 앞으로 함께 일하게 될 사람들 몇을 만나려고 합니다. 네이선은 원기 왕성합니다. 저는 예전에 조시가 쓰던 방을 쓰고 있는데 베란다도 있고 주변에 나무가 굉장히 많아요. 여기는 비싸지 않으면서도 훌륭한 거처인 것 같습니다. 장편소설에 매진할 수 있을 만큼 충분히 돈이 모인다면 좋겠어요. 제가 바라는 것은 그뿐입니다.

사랑을 담아,

존

노스웨스트 20번가 2308번지, 워싱턴 D.C.

엘리자베스,

……우리가 머물고 있는 곳은 하숙집치고는 좀 술에 절어 있는 편이고요, 식사를 같이 하는 사람들은 러시아 대사관의 서기관 두 명, 사서 두 명, 관세위원회에서 일하는 남자 한 명, 정부 관리 한 명, 그리고 저말고 우리 사무실에 다니는 남자 한 명입니다. 식탁의 상석에 앉는 나이든 부인이 있는데, 공공사업진흥국 직원들은 모두 게으르고 쓸모없는 사람들이라면서 제게서 리마콩 접시를 전달받는 일이 날이 갈수록 힘들어진다고 불평합니다.

이 도시의 특징 가운데 하나는 뒷소문이 신속히 퍼지고 그 내용도 특이하다는 점입니다…… 하루아침에 들리는 소식을 열거하자면, 지난주에 문서기록관리청에서 생쥐 한 마리가 발견되었다는 소식, 쿠바 대사관의 상무서기관이 알 수 없는 이유로 해고되었다는 소식, 조지 아벨의 아내가 드루 피어슨*의 아이를 가졌다는 소식, 국왕 폐하의 정부政府가 국왕 폐하의 대사에게 지금 사용중인 코드 자동차보다 좀더 눈에 덜 띄는 차를 타고 다니라고 요구했다는 소식, P모 공작이 날마다 네 시간씩 책상에 앉아 신문에서 그림을 오리는 등의 일을 하는 즐거움을 위해 이탈리아 대사관에 돈을 내고 있다는 소식 등입니다. 며칠 전 육군 정규군 장군의 과부가 저를 구석으로 데리고 가더니 제게 워싱턴에서 성공할 수 있는 확실한 해법을 알려주었어요. "존 L. 루이스**에게 딸이 하나 있어." 그 부인이 말하더군요. "아가씨가 좀 뚱뚱하고 엄청난 미인은 아니지만 그 아가씨한테 적극적으로 다가가면 자네는 팔자 펴는 거야."

지난 봉급날 빚을 모두 갚았어야 했는데 돈 쓸 일이 하나 늘어서 그러지 못했습니다. 아버지께 틀니를 해드렸거든요. 이 지칠 줄 모르는 양반이 한 달 전에 수영을 하러 가셨어요. 파도가 아버지를 위로 들어올렸다가 내동댕이쳤는데 그러면서 아버지의 이를 여러 개 뽑아 대서양의 뱃속으로 쓸어넣어버렸답니다.

---

* 미국의 언론인으로서 유명 인사들을 두루 비판한 '워싱턴 메리고라운드'라는 칼럼으로 유명했다. 실제로 아벨 부인은 천문학자였던 전남편 조지 아벨을 떠나 피어슨과 재혼했다.

** 미국의 노동조합 지도자로 산업별 노조를 창립하고 이끌었다.

사랑을 담아,

존

공공사업진흥국

워커존슨 빌딩, 노스웨스트 뉴욕 애버뉴 1734번지

워싱턴 D.C.

해리 L. 홉킨스 행정관

노스웨스트 20번가 2308번지

목요일

조,

……『콜리어스』지를 다시 뚫어봐야 할지 아닐지 잘 모르겠어요. 안 그러는 게 낫겠다 싶긴 해요. 지금 쓰는 단편을 완성할 때까지 기다렸다가 영화사쪽 반응을 한번 보고, 그쪽에서 관심을 보이지 않으면 그때쯤 다른 수를 써봐야겠어요. 그쪽 지역에 집이 있으면 정말 좋겠어요. 집과 아내와 위스키 한 병과 일할 수 있는 기회. 그 외에 원하는 건, 젠장, 아무것도 없어요.

사랑을 담아,

존

노스웨스트 19번가 1603번지, 1일까지

조,

거의 유일하게 유쾌했던 때는 말을 타며 보냈던 며칠뿐이에요. 술 마시는 것보다 돈이 덜 들고 시골 풍경도 볼 수 있으니 좋더군요. 토요일 오후에는 메릴랜드까지 차를 타고 나가 포트벨부아 외곽의 숲에서 어두워질 때까지 말을 탔습니다. 기분좋았어요. 나무다리 위로 말을 타고 지나가면 다리가 천둥처럼 요란하게 울려요. 옥수수는 단으로 묶여 갈무리되어 있고, 들판 위에는 아지랑이가 피어오르고, 너도밤나무 이파리는 색깔이 변했더군요. 여기는 메릴랜드야, 하고 혼자서 중얼거렸어요. 여긴 메릴랜드야, 이 씨발놈아, 그리고 넌 지금 말을 타고 있어……

사랑을 담아,

존

아버지는 공공사업진흥국이 발행하는 『뉴욕 시 안내서』의 최종 편집본 작업을 하고 있었다. 이 편지가 쓰인 편지지는 '웨스트 23번 스트리트와 7번 애버뉴 교차로, 노트 주식회사 산하'의 첼시 호텔 비품이었다. 편지지 맨 아래에는 '1939년 뉴욕 세계박람회 관람 예정'이라는 메모가 있다. '이 나라의 교외'라는 아버지의 표현은 워싱턴 D.C.를 뜻한다.

조,

……난 요즘 믿을 수 없을 정도로 게으른 개자식들이 써놓은

문장들을 풀어헤쳐 정돈하는 데 온통 시간을 쓰고 있어요. 안내서에서는 이런 곳을 천편일률적으로 '협곡'이라고 묘사하던데, 위를 올려다보니 날씨는 좋은 것 같네요……

이 나라의 교외에서 살다 오니 뉴욕이 괜찮게 느껴지고 있어요. 이곳에서 가장 좋은 점은 물가가 가까이 있다는 사실이에요. 오늘 정오에 뱃놀이가 있었는데, 빌어먹을 웨스트사이드가 온통 들썩거렸어요. 여기에는 남부 억양으로 말하는 점원들도 없고, 건방 떠는 정부 관리들로 꽉 들어찬 거리도 없어요. 술집에는 서서 마시는 자리도 있고 일요일에도 술을 마실 수 있죠.

사랑을 담아,

존

첼시 호텔 편지지에 쓰인 서신 하나 더.

엘리자베스,

15일까지 워싱턴에 사본을 보낼 수 있도록 밤이고 낮이고 일만 하면서 일주일 내내 만난 사람도, 다른 하는 일도 없이 지내고 있습니다. 네이선은 새해를 보내려고 아주 말쑥한 모습으로 뉴욕에 왔어요. 57번가에 있는 펜트하우스에서 그를 만났죠. 어쨌든 그 친구는 7월까지 일자리가 확실한 것 같아서, 워싱턴에서 성공한 사람의 모든 요건을 갖췄다는 느낌이 들더군요. 본인이 그걸 바라는지는 몰라도요…… 워싱턴의 노스웨스트 구역에서 지내다보면 불안정했던 상태를 기억하거나 상상하기가 굉장히 어려워요. 저는 그곳의 거리에서 거지를 볼 때마다 저 사람은 왜 하필이면 저런 삶의 방식을 선택했을까 의문을 품곤 했지요. 왜 공무원이 되지 않는 걸까, 하고요.

사랑을 담아,

존

여기에 언급된 엘리너는 소설가이자 로버트 펜 워런*의 아내인 엘리너 클라크이다. 아버지는 1936년 겨울에 야도에서 그녀를 만났다. 당시 엘리너와 조시는 친한 사이였지만 정치적 관점 차이로 인해 소원해졌다가 결국 관계가 어그러졌다. 조시는 스탈린주의자였던 반면 엘리너는 트로츠키주의자였다. 1936년 모스크바 재판**으로 인해 스탈린주의자와 트로츠키주의자는 잘 지내기가 어렵게 되었다. 아버지는 두 친구들 사이의 우정이 식었음을 드러내놓고 언급한 적이 없었다.

---

* 미국의 시인, 소설가, 문학비평가로서 소설과 시 부문에서 모두 퓰리처상을 받았다.

** 소련의 전직 고위당원을 기소, 고문, 협박 등을 거쳐 재판하며 스탈린 반대파를 대규모로 숙청한 사건으로서, 트로츠키 지지자들은 스탈린 암살을 모의했다는 죄목을 뒤집어쓰고 대거 처형당했다.

호수
수요일 밤
[1939년]

조,

소식을 듣고 좀 우울해졌습니다. 그 소식과 온 섬을 뒤흔들며 휘몰아치는 바람, 급격히 바뀌어버린 전체적인 분위기, 색조가 변해가는 이곳 풍경 모두. 볼턴 선착장은 텅 비었어요. 오늘 A&P 슈퍼마켓에서 정육점 주인이 어떤 여자에게 이렇게 말하더군요. "옴스비 부인이 원하시면 저녁 준비하실 시간에 맞춰 이 고기를 부인께 가져다드릴게요." 호수에도 남은 배가 거의 없습니다. 날씨도 정말 계속 춥네요. 날빛은 회색이고 태양은 흐릿한 이런 오후엔, 영국인들을 잡는 데 혈안이 된 인디언들이 언제라도 벅 마운틴에서 우르르 몰려내려올 것 같습니다. 지금이 가을이라는 것도, 현재 부상자들을 파리로 이동시키고 있다는 것도 다 믿을 수가 없네요. 오늘 아침 '뉴욕 타임스'를 보니 누군가 도서관에서 면지綿紙에 인쇄한 1917년도* 신문을 슬쩍해온 것 같은 착각이 들더군요.

이 모든 위기가 우리 아버지에게는 남북전쟁 직후의 시절을 떠올리게 하는 촉매가 되고 있습니다. 저는 형의 소식이 오기를

* 제1차세계대전(1914~1918) 기간.

고대하고 있어요. 뉴잉글랜드에서는 유럽의 전쟁 같은 것에 대한 반응이 정말 믿을 수 없을 정도로 느리거든요. 저는 일을 하고는 있지만 별 열의가 없는데 꼭 전쟁 탓이라고 할 수는 없군요. 한시라도 빨리 뉴욕에 가서 맹보셰 코르셋을 입은 여자들 모습은 어떤지도 보고 싶고, 겨울을 날 대책도 좀 마련해놓아야 할 것 같습니다……

그나마 일상을 밝혀주는 건 수상스키입니다. 월요일에 엘리너를 버스에 태워 보낸 뒤 얼마 지나지 않아 콤스톡이 가우드Gar-Wood 모터보트를 타고 요란스럽게 다가오기에 어두워질 때까지 함께 수상스키를 탔어요. 가우드는 우리 배에 비하면 굉장히 우수한 배여서, 수면의 항적을 벗어나기만 하면 어마어마하게 짜릿한 스키를 탈 수 있어요. 그리고 항적을 벗어나면서 상당히 높이 점프할 수 있는데, 거의 이삼 피트쯤 튀어올라요. 콤스톡 부부가 떠나고 나서는 우리 배 뒤에 매달려 텅 빈 호수의 이편저편을 철벅거리고 다녔지요. 하지만 심지어, 사실 이런 말 하기는 싫지만, 수상스키마저도 우라지게 지겨워질 수가 있더라고요.

경치가 대단찮은가보다고 생각하지는 마세요. 저는 타자를 치다가 일어서서 하늘과 산들을 자주 쳐다보곤 합니다. 휴우. 북동풍이 일주일 동안 불고 관광객들이 빠져나가고 나면 이곳이 어떻게 변하는지 선배님은 모를 거예요. 그곳에서는 언제 떠나세요? 떠나면 어디로 가시고요? 어쨌든 곧 만나기로 합시다.

엘리너에게 안부 전해주시고요.

사랑을 담아,

존

'막다른 골목'은 엘리너가 당시 아버지 글의 사실주의적 스타일을 묘사할 때 쓰던 말이다. 최근 이에 대해 엘리너에게 물었더니 그녀는 아버지가 초창기 소설에서 추구하던 사실주의에 공감하지 않았으며 '경박한 사실주의'는 막다른 골목이라고 말한 적이 있다고 답했다. 역시 작가인 로이드 (피트) 콜린스Loyd (Pete) Collins는 아버지의 오랜 친구였다. 그의 첫 장편소설 『날 이스마일이라 불러주오Call me Ishmael』는 1935년 도드 미드 앤드 컴퍼니Dodd, Mead&Co.에서 출간되었고, 두번째 소설은 출간되지 않았다. 그의 첫번째 아내는 프랜시스 린들리로, 나중에 『하퍼스』에서 아버지의 담당편집자로 일하게 된다. 두번째 아내 리브 로건 콜린스는 화가인데 지금까지도 우리 가족과 친구로 지내고 있다.

트라이어나 섬, 뉴욕 주 볼턴

일요일

조,

……어제 엘리너 클라크를 만났습니다. 이곳에 오게 하려고

제가 계속 지분거리고 있어요. 엘리너는 아직 완전히 낫지 않아서 피부에 발진이 심하더군요. 단편소설을 쓰고 있대요. 어디에 발표할 거냐고 물었더니, 그걸 좀 중요시하는 것 같아서요, 『파르티잔 리뷰』나 『서던 리뷰』, 또는 『뉴 레터스』 중 하나를 생각하고 있다더군요. 그 잡지 세 권이 심오한 타협, 당치않은 속물근성, 지어낸 고요의 분위기를 띠고서 책장에 나란히 놓여 있는 모습을 떠올리니 저는 이 악취 진동하는 막다른 골목에서 행복에 겨워 어쩔 줄을 모르겠어요.

피트가 여기 왔는데, 무게가 7파운드 넘는 송어가 호수 바닥에 도사리고 있을 거라 굳게 믿고 견지낚시에 엄청난 시간을 쏟고 있어요. 저도 함께 나가봤는데 노를 저어 가고, 물고기가 미끼 물기를 기다리고, 사위가 어두워지는 모습을 지켜보는 일이 참 좋습니다. 해질녘이 되면 둑 근처에 있던 낚싯배들이 쓰레기통에서 날아올라 흩어지는 파리떼처럼 순식간에 모두 물러갑니다. 그리고 우리는 시내에서 바텐더와 술 내기 다트 게임을 해요. 어느 날 밤 저녁을 먹으러 야도에 갔을 때 떠오른 생각이, 이런 생활이 이젠 빼도 박도 못하는 제 삶의 일부가 되어버렸다는 거였어요. 어린 시절에 가지고 놀던 장난감말고, 이렇게 느낌이 이상하게 변해버린 게 또 있을까 싶어요. 이 복도, 곰팡내 풍기는 카펫, 테니스화를 신고 계단을 내려오다 넘어지는 어떤 작곡가, 조용한 복도와 서재들을 지나 울려퍼지면서 조바심 가득한 서른 개의 귀에 또 하루가 저물었다고 이제 술을 마셔도 된다고 알려주는 저녁식사 차임벨의 희미한 화음. 아, 젠장.

존

한참 세월이 흐른 뒤 아버지는 맬컴의 요청을 받고 1930년대를 회상하는 편지를 썼다. 그 시절 아버지는 형 프레드와 함께 독일로 도보여행을 떠났다. 브루스 블리번은 당시 『뉴 리퍼블릭』의 편집자였고, 나일스 스펜서는 화가이자 술친구였다. 메리는 메리 윈터니츠, 즉 1941년에 아버지가 결혼하게 되는 여성이다.

맬컴,

30년대에 대해 적어놓은 메모들을 훑어보는데 쓸 만한 게 별로 없습니다. 그 10년은 제게 시간의 한 분절로서 전혀 현실성이 느껴지지 않아요. 특별한 풍미도 음악도 없고, 임박한 전쟁이 결이 거친 어둠처럼 내려앉고 있었다는 기억뿐입니다. 그 10년의 초입을 생각하면 약간의 서광이 비치는 것도 같은데 그후로는 온통 어둠이네요. 1931년 여름은 프레드와 독일에서 보냈어요. 눈에 닿는 모든 것이 전쟁을 의미하고 있었지만 아무도, 특히 브루스 블리번은 국가사회당*에 대한 제 해석에 관심이 없는 것 같았어요. 32년도에는 크루거 앤드 톨이 파산했고, 제 아버지가 마지막 남은 돈을 다 잃었으며, 은행이 퀸시에 있는 우리집에 담보권을 행사했고, 어머니는 하노버의 농장에 기념품점과 식당을 열었죠. 제겐 그곳에 남은 게 아무것도 없어서 뉴욕으로 이사했어요.

저는 가난했고, 추운 계절에는 추웠으며 가끔 배가 고팠습니다. 쇼티 쿼트가 말했어요. "언젠가는 돈이 좀 생길 거야. 그러면 난 아침마다, 매일 아침마다, 새 면도날로 면도를 하고 깨끗한 양말을 신을 거야. 날마다 깨끗한 양말을 신을 거야." 적어둔 메모를 보니 대충 마련된 칵테일파티들과 늘 내리막으로 치닫던 대화에 대한 서술이 꽤 많네요. 어떤 녀석이 제게 물었어요. "스물한 살에 우리 모두 삶을 마감하게 된다는 게 사실이야?" 워커 에번스가 말했습니다. "난 우리가 전쟁에 휘말리게 되리라는 걸 확신해. 그리고 내가 죽게 될 거라는 것도." 이런 말들은 당시 풍조의 반영인 거죠. 피임도구가 눈부시게 발전했고 낙태라는 의식은 사라져가는 중이었어요. 비록 C가 중절수술을 받은 후에 함께 머레이힐 호텔에 올라가 한잔했던 기억이 나긴 하지만요. 우울한 작은 파티가 하나 있었는데, 그곳에서 역사의 한 페이지가 넘어가는 모습을 본 것 같아요. 날짜를 적지 않은 메모가 하나 있네요. 아마 1937년이었을 거예요. 새벽 3시에 어떤 술 취한

* 히틀러가 이끌던 나치스 정당.

여자가 11번가에서 "나는 미합중국이다. 나는 미합중국이다" 하며 고래고래 소리를 질렀다는 이야기예요. 물론 스카이라인은 완전히 달라졌죠. 그리니치빌리지도 마찬가지고요. 그리고 창가로 가면 축음기와 라디오 소리가 조그맣게 들려왔을 뿐 텔레비전에서 포격 소리가 흘러나오진 않았고, 물론 안테나나 에어컨은 사용할 수 없었어요. 역시 날짜를 적지 않은 메모를 보면, 라이커스 교도소 앞에 주차된 1910년산 피어스 애로 자동차 주변에 사람들이 모여 있는 모습이 묘사되어 있군요. 상당히 술에 취한 나일스 스펜서가 자동차 발판 위에 서서 말합니다. "이 차를 비웃지 마시오. 감히 이 차를 비웃지 말란 말이오. 1910년의 세상은 당신들이 여태 알던 그 어느 곳보다 더 나은 곳이었어."

메리는 1936년 여름 내내 평화운동 단체와 함께 뉴잉글랜드 지방을 순회했어요. 메리가 말했습니다. "숨을 한 번 들이쉴 때마다 여러분은 조직적 대량학살에 좀더 가까워지고 있습니다. 여러분은 징병을 당하게 됩니다. 모든 남자, 여자, 아이 들이 전쟁이라는 거대한 괴물에게 노동과 생명과 사랑하는 사람들을 바치라는 요구를 받게 될 것입니다." 그녀는 여름밤에 야외 연단에서서 연설을 했죠. 사람들은 상냥했지만 열의가 없는 모습이었고 전단지로 부채질을 하고 있었어요.

물론 워싱턴 시절 이야기도 있지만 메모들은 대부분 그리피스 스타디움에 가거나 파티에 간 얘기, 웨이트리스 엉덩이를 더

들은 얘기, 포트벨부아에서 말을 탄 (반딧불이를 봤네, 어쩌네) 얘기들이고, 파티에서 대통령의 말투를 흉내내는 익살꾼들을 통해 드러나는 대통령의 성격에 대한 얘기도 있습니다. 하노버를 아주 떠나오기 전에 저는 삽으로 텃밭을 갈고 감자를 심었어요. 전몰장병 추모일이었는데, 마을에서 악대의 연주가 들리더군요. 저는 제가 심은 감자를 먹으러 돌아오지 못할 거라고 생각했고 (전 감자를 싫어합니다) 다가오는 전쟁이 앞으로는 저의 여러 충동들을 줄이거나 변색시킬 거라고 생각했어요. 그리고 실제로 8월 31일에 앤트워프에서 배를 탔을 때로부터 군에 입대할 때까지 그런 생각들은 대부분 사실로 판명되었지요.

변함없이,

존

전쟁과 결혼

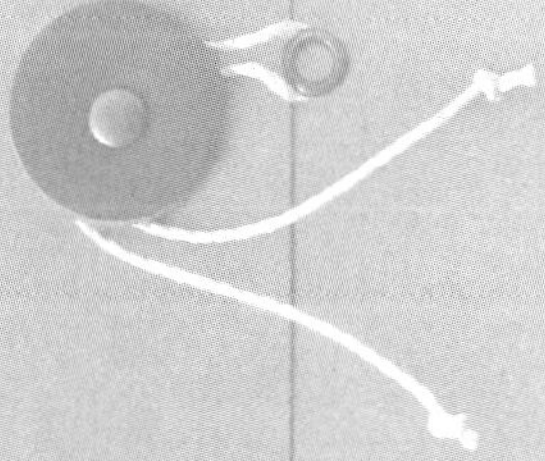

아버지는 야도에서 막 돌아와 저작권 대리인 맥심 리버를 만나러 가는 길에 어머니를 처음으로 만났다. 두 사람은 5번가 545번지, 리버의 사무실이 있는 건물의 엘리베이터 안에 있었다. 1939년이었다. 아버지는 스물일곱, 어머니는 스물한 살이었다. 봄에 세라로런스 대학교를 졸업한 어머니는 리버의 사무실에서 일하고 있었다. 아버지는 어머니의 미모에 끌렸고, 보자마자 결혼하고 싶다는 생각이 들었다고 말하곤 했다.

어머니는 아버지가 갈색 트위드 코트를 입고 있었는데 소매가 손등을 덮을 정도였다는 것을 기억하고 있다. "그 코트를 잊지 못할 거야. 추운 밤에는 우린 그걸 담요처럼 뒤집어썼거든."

"아버지의 외모는 어땠어요?" 나는 물었다.

"엄청나게 잘생긴 남자는 아니었지." 어머니가 말했다.

두 사람 모두 리버의 사무실로 들어갔고, 어머니가 자기 자리로 가 일하고 있을 때 아버지는 뒤편 사무실로 들어가 당시의 담당자와 회의를 했다. 어머니는 리버가 아버지를 직접 담당하지 않았다는 사실을 또렷하게 기억하고 있다. 아버지가 뒤편 사무실에서 나왔을 때는 읽을거리를 가지고 있었고 어머니의 타자기 옆에 앉아 그것을 읽었다. 그러다가 어머니에게 말을 걸었다.

"그리고 데이트를 하신 거예요?"

"그런 것 같아. 그 시절에서 유일하게 기억나는 건 스카치 앤드 소다 맛뿐이야."

"어떤 맛이었는데요?"

"좋은 맛이었지."

당시 어머니는 67번가에서 가구가 딸린 방에 살고 있었다. 욕실은 있지만 부엌은 없는 방이었는데, 한번은 그곳에서 어머니가 아버지를 위해 저녁식사를 준비했다. "양갈비와 신선한 완두콩이었어. 콩을 커피메이커에 넣고 끓였단다." 어머니가 그 방에서 이사를 나와야 했을 때 아버지는 라인랜더가든스Rhinelander Gardens에 있는 방을 얻을 수 있도록 도와주었고, 자신도 복도 저편에 있는 방으로 이사해 들어갔다.

"아버지는 미남이었어요?" 내가 물었다. "다른 사람들은 미남이라고들 했지."

"그 나름대로 아주 잘생긴 사람이었지만 뭐랄까 어깨가 움츠러든데다 키가 작았어. 아주 작았지."

어머니는 리버 사무실을 그만둔 후 우편을 통해 글쓰기를 가르치는 회사에 취직했다. 그리고 거기에서 G. P. 퍼트넘스 선스G. P. Putnam's Sons 출판사로 직장을 옮겼다. 처음에는 비서 일을 했으나 순조롭지는 않았다.

"타자는 칠 수 있었어. 그런데 전화 목소리가 끔찍하게 안 좋았지. 지금도 그래. 그리고 조심성이 없었어. 당시 상사의 아내가 어느 날 전화를 해서 자기 남편이 어디 있느냐고 물었는데 내가 통장 잔고가 바닥나 은행에 갔다고 말한 거야. 그런 말을 하면 안 된다는 건 생각조차 못했어."

어머니는 계속 출판사에서 일했지만, 담당업무가 뒤편 사무실에서 원고 교정하는 일로 바뀌었다. "난 그 일을 상당히 잘했는데 딱 한 번 끔찍한 실수를 저지른 적이 있지. 해군 역사에 관한 원고였는데 거기에 함대fleet의 장군이 한 명 나와. 그런데 엘l이 빠져 있는 걸 잡아내지 못한 거야. 그래서 '함장'이라고 해야 할 곳에서 '발feet 장군'이 되어버린 거지."

다음의 편지에 어머니에 대한 언급은 없지만 이때는 이미 어머니가 그 스카치 맛을 본 뒤다. 페그 워딩턴은 아버지가 어머니를 만나기 전에 야도에서 사귀던 여자이고, 마셜 베스트는 바이킹 출판사의 편집자다. 워든은 새러토가에 있는 사업장으로서, 여러 편지들에서 자주 언급되는 술집과 거의 언급되지 않는 객실을 갖춘 곳이었다. 아버지는 부모님을 뵈러 본가에 가 있었다.

스피어 스트리트 67번지, 매사추세츠 주 퀸시

1939년 12월 26일

엘리자베스,

저는 제 할머니가 풍요의 집이라 부르던 곳에 다시 돌아와 오리구이와 야들리Yardley에서 나온 목욕비누와 노처녀들이 크리스마스 선물로 나눠준 발삼 전나무 베개 냄새가 아웅다웅 뒤섞인 공기를 킁킁거리며 들이마시고 있습니다. 전체적으로 열띤 휴일이었어요. 크리스마스이브에 동창 하나가 연 파티에 갔는데, 모두들 노웰에 있는 그 집 부엌에 둘러앉아 새벽 2시까지 테니스 우승 트로피에 에그노그*를 따라 마셨습니다. 세이어 고등학교에 함께 다녔던 동창 녀석들이 얼굴에는 안경을 끼고 곁에는 임신한 아내를 동반한 채 많이들 왔더군요. 그리고 다시 이곳에 와서 월요일 아침에 블루힐 주립공원에서 말을 탔고, 어머니와 아

---

* 브랜디나 럼 같은 독주에 달걀, 우유, 생크림 등을 넣어 따뜻하게 마시는 크리스마스 음료.

버지랑 저녁을 먹었습니다. 초저녁에는 다시 함께 노웰로 가서 격자무늬 양말과 점무늬 넥타이와 연노랑 장갑을 선물로 받았어요. 집안은 사람들로 북적였고 샴페인도 엄청 많더군요. 꼬마들 셋이 거실을 빙빙 돌아다니며 기계장치 장난감의 스프링을 망가뜨리고 목청이 터져라 소리를 질러댔으며, 전보가 와서 데스 아주머니(남아공의 친척 아주머니들 중 하나)가 정전된 스키티아호*를 타고 정전된 사우샘프턴에 안전하게 도착했음을 알렸어요. 아이들은 가게 놀이, 소꿉놀이, 다과회 놀이 등을 했고 여자들은 브리지 카드 게임, 남자들은 다트 게임을 했습니다. 여기저기에 흩어진 선물 포장지가 사람들의 무릎까지 올라올 정도였고, 창밖의 하늘은 여태 제가 뉴욕 시 가장자리에서 보았던 것과는 완전히 다른 빛을 내고 있더군요. 그 지역 지주가 아스픽**을 한 항아리 들고 나타났고, 아이들은 트리 장식을 부수기 시작했어요. 차를 타고 집으로 돌아오는 길에 달빛은 낮처럼 환했고 지나는 호수마다 사람들이 스케이트를 타고 있더군요. 그래서 우리는 이렇게 평화의 왕자를 기억하나니, 하느님께서 기뻐하시기를.

저는 30일에 뉴욕으로 돌아가 페그 워딩턴과 마셜 베스트가

---

* 영국 사우샘프턴에 본사를 둔 큐나드 항운회사 소속 유람선으로 영국의 리버풀과 퀸즈타운을 거쳐 미국의 뉴욕과 보스턴을 오갔다.

** 육류, 생선 등의 육수를 젤리 상태로 만든 음식.

결혼식을 올리고 과테말라로 가는 배에 오르는 모습을 볼 거예요. 그 둘은 유카탄 반도에 가고 싶어하는데 "유카탄의 하층민 사회에 불안정이 심화되고 있다"고 말하더군요. 이곳에 와서 사흘 동안 한 일이 뉴욕에서 3주 동안 한 일보다 더 많다는 사실은 제가 전원적인, 최소한 반쯤이라도 전원적인 환경에 얼마나 빨리 반응하는지 보여주는 증거라는 생각이 들면서, 첼시 호텔의 곰팡내 나는 방으로 돌아가기가 달갑지 않습니다. 어쩌면 일주일 정도 워든에 가 있을지도 모르겠어요. 뉴욕에서 해놓은 일은 변변치 않고 쓴 돈은 터무니없는데다 별로 기억나는 일도 없네요. 산다는 일에 대해 아직 배울 게 많다는 생각이 듭니다.

사랑을 담아,

존

다음의 편지를 썼던 1940년에 아버지는 어머니와 잘 아는 사이가 되어 있었다. 어머니는 가족과 함께 뉴햄프셔 주 브리스틀에 있는 여름별장에 가 있었다. 트리톱스라 불리는 그곳에 우리는 아직도 여름이면 자주 놀러간다. 아버지는 시인 뮤리얼 루카이저의 그리니치빌리지 아파트에 머물고 있었다.

뱅크 스트리트

달링,

그 책은 정말 골칫거리야. 하루에도 대여섯 번을 시작했다가 그만두었다가, 나 자신을 욕하고 자학하고 책장에 꽂힌 소설들을 힐끔거리고 내 문제가 뭘까 길게 적어보곤 해. 지금으로선 내놓을 만한 글이 써지지 않을 게 확실해. 지난 2년간 메모해둔 아이디어는 정말이지 변변찮아. 내가 전적으로 확신할 수 없는 것을 가지고 글을 시작하는 것, 마음을 쏟지 못하거나 친숙하게 느끼지 못한 것에 대해 글을 쓰는 것은 잘못된 태도 같아. 그 경험에 대한 강렬한 감정이 없기 때문에 일관되고 사실적인 서술을 할 수가 없어. 그리고 지어낸 환상으로는 9만 단어에 육박하는 페이지를 채울 수 없는 것 같아. 그렇다고 인습적인 이야기나 서사로는 내가 흥미를 느끼는 현대적 삶의 특성들을 살릴 수 없을 듯해. 나는 시도하는 일마다 너무 성급하게 굴어서 문제라는 생각이 들어. 책상을 온통 뒤덮은 것은 이런 메모들이야. "기괴한 것들로 채워진 사실적인 작품, 친숙한 인물들로 채워진 기괴한 작품, 기타 등등, 기타 등등."

비올라를 공부하는 여자가 있는데 늘 종이봉투에 담긴 음식을 저녁으로 먹거든. 그 여자가 지금 무자비할 정도로 활을 그어대고 있어. 도대체 실력이 늘지를 않네.

사랑을 담아,

존

이어서,

지금은 다른 날인데, 일이 아주 잘 풀리고 있어. (편지봉투가 없어서 뮤리얼네 초대장 봉투를 슬쩍했어.) 지금껏 이 기계를 죽어라 두드려대고 있는데, 굉장히 좋은 징조야. 다음주쯤 만나. 돈을 좀 구하게 되면 화요일 밤에 전화할게.

사랑을 듬뿍 담아,

존

부기우기를 연주한 남자는 윌리엄 숀William Shawn이다. H&M은 호턴 미플린 출판사이며, 개요서는 장편소설의 개요서를 뜻한다.

뱅크 스트리트

달링,

내가…… 베스트 부부 집에 저녁을 먹으러 갔어(당신도 초대를 했던 참이라 계속 당신 소식을 묻더군)…… 작은 키에 어깨가 처지고 목소리가 작은 남자가 피아노로 부기우기를 연주했는데, 나중에 알고 보니 『뉴요커』의 편집장인 거야. 다 함께 게임을 했어. (내 이름은 S로 시작해요, 어쩌고 하는 게임.) 마셜이 술래였는데 심프슨 대령*을 고르더라고. 윌리스 워필드**의 두번째

* 어니스트 앨드리치 심프슨. 선박회사 중역이었으며 제2차세계대전중에는 해군 장교였다.

남편 말이야.

이번 주는 거의 아무도 만나지 않고 계속 일만 했으면 해. H&M에 개요서와 함께 (지난 4년 동안 알고 지낸 사람들에 대한 장편소설을 쓰고 싶거든) 긴 장章 하나를 보낼 계획이야.

존

조지 데이비스는 당시 『하퍼스 바자』의 소설 편집자였다. N.R.은 『뉴 리퍼블릭』을 의미한다. 피트와 리브는 피트 콜린스와 리브 로건 콜린스이다.

달링,

이번 주말은 아니겠지만 다음 주말은 확실해. H&M 일을 끝내기 전까지는 움직이고 싶지 않은데 일이 좀처럼 풀리지 않네. 그리고 아직도 수표를 기다리고 있어. 데이비스가 어젯밤 내게 저녁을 사주며 수표가 자기 손을 떠난 지 열흘이 지났으니 곧 리버의 사무실에 도착할 거라고 하더군. 데이비스의 말로는 칼턴 브라운(N.R.에서 내가 하고 싶었던 일을 꿰찬 사람)이 그저께 정신병원에 실려갔대. 그래서 그 자리에 다시 한번 도전해볼까 해……

** 윈저 공작부인. 심프슨 대령과 이혼하고 에드워드 8세와 결혼했다. 에드워드 8세는 그녀와 결혼하기 위해 왕위를 버리고 윈저 공작 작위를 받았다.

어제는 끔찍했어. 후텁지근하고 울적했어. 바이올린을 켜는 노인이 우리집 가까운 곳에 자리잡고 한참을 있었는데, 건너편 비올라 연주자가 그 선율을 받더니 그 여자가 끝을 내니까 이젠 코넷 연주자가 연습을 시작하더군. 오후 늦게 피트와 리브가 그다지 밝지 않은 모습으로 찾아왔고, 초저녁에는 데이비스가 『뉴요커』에 글쓰는 자들은 그것말고는 아무것도 못한다는 둥 이런 저런 소리를 떠들어댔어.

하지만 오늘은 날이 화창하고 선선한데다 비올라도 코넷도 잠잠하고 바이올린 연주자는 다른 구역에서 연주하고 있어. 그리고,

사랑을 담아,

존

Mme.는 『마드무아젤』을 의미한다.

달링,

당신한테 편지를 쓴 뒤 부리나케 『뉴 리퍼블릭』으로 달려가 맬컴을 만나고 블리번과 약속을 잡았는데 이미 너무 늦었더라고. 브라운의 일을 벌써 다른 악귀한테 줘버린 거야. 하지만 블리번은 내게 친절하게 관심을 보이면서 그는 임시로 데려온 사람이라며 가을에 날 채용할 가능성이 있다는군. 참 재수없는 자

리인 것 같긴 해. 그 일 하다가 쓰러져 실려나간 사람이 브라운이 처음은 아니거든.

지금은 깊은 밤이야. 장편을 쓰고 있었어…… 내일 다시 맬컴을 만날 거야. 내가 해낼 만한 일자리들을 알 수 있는 위치에 있는 사람이고, 내가 계속 귀찮게 굴면 어떤 자리든 생각해낼지도 몰라. 프리랜서로 일하는 건, 아무리 대형 잡지사와 일한다 해도 결혼해서 살림을 꾸리기엔 수입이 불충분하니 일자리를 찾아야 돼. Mme.로부터 오늘 편지를 받았는데 크리스마스에 관한 단편을 하나 써달라고 하네. 딩동, 딩동. 모두에게 즐거운 크리스마스 보내라고 전해줘.

사랑을 듬뿍 담아,

존

bb는 빈대bed bug를 뜻한다. 프리츠는 아버지의 형 프레드이고, 아이리스는 프레드의 아내이다.

스피어 67번지, 퀸시

달링,

망할 놈의 bb가 너무 많아 간밤에는 욕조에서 자려고 해봤어. 샤워기에서 물은 뚝뚝 떨어지지, 다리는 저리지, 결국은 욕조 밖으로 뻗은 다리에 감각이 점점 없어지기 시작해서 여기로 오려고 집을 나섰어. 눈은 게슴츠레하고 정신은 흐리멍덩히 혼미한데도 새벽의 허드슨 강과 도시는 아름답더군. 뉴헤이븐에서 주유소에 차를 세우고 운전대에 기대어 한숨 푹 잤어. 사십오 분 동안을 잤는데 주유소 직원이 그냥 놔두더군. 졸리고 우울해서 그랬는지 뉴잉글랜드로 돌아가는 기분이 평소보다 달갑고 감상적이기도 했어. 시골 풍경이 천국처럼 보이면서 그 모든 수수한 사람들이 그렇게 정겨울 수가 없는 거야.

저녁을 먹고 우린 현관에 앉아 교외의 냄새들을 맡으며 때로 음악처럼 들리는 목적 없는 대화를 나눴어. 긴 이야기가 오갔는데 주제는 훈제청어 페이스트와 훈제연어, 신문에 난 뉴스, 서쪽 지역 호텔들, 아이들이 점심으로 먹어야 하는 음식, 멋진 속담들, 느릅나무 딱정벌레의 유해성, 부동산 가격 상승, 구름의 색깔, 산울타리 위의 거미줄, 바다 냄새 등등이었어. 프리츠와 아이리스도 있었어.

난 아직도 너무 졸려서 내 계획이 정확히 뭔지 잘 모르겠어. 장편소설은 특히나 걱정이 되지. 조지 데이비스가 어제 단편 하나를 사면서 긴 것들은 왜 안 쓰느냐고 묻더군. 3만 단어쯤 되는 것들 말이야. 참내, 나도 쓰고 싶다고.

내 모든 사랑을 담아,

존

'로브래너'는 『뉴요커』의 편집자였던 거스 로브래너를 의미한다. 그는 캐서린 화이트의 뒤를 이어 소설 편집자가 되었다. 포터는 캐서린 앤 포터이다. 그녀는 조시 허브스트의 친한 친구였다가 사이가 멀어졌고, 아버지는 나중에 조시에게 보낸 편지에서 그녀를 우스꽝스러운 인물이라고 언급했다. 성공을 거둔 인상적인 사람이지만, 그래도 어쨌든 우스꽝스러운 인물이라고. 플래너리 루이스 역시 작가다. 네이선은 네이선 아시이며, 존은 야도의 가정부다.

야도

수요일

달링,

『뉴요커』가 내 단편을 퇴짜놓았어. 그래서 오늘 아침은 뜨겁고 칙칙하고 숨이 막힐 것 같아. 『콜리어스』에 보낼 단편 두 편은 어제 수정해 타이핑까지 마쳤고, 이번 주 나머지 시간은 로브래너에게 다 쓰게 될 것 같아. 어제 늦은 오후에는 한 시간 동안 뜰에서 일하다가 술도 없는 저녁을 먹으러 갔어. 아주 따분했지. 사람들은 아직도 숙소 분위기에, 그리고 생판 처음 본 사람들 스무 명 사이에 자신이 내던져진 상황에 상당히 주눅들어 있어. 커피를 마시며 나누는 대화에 끙끙거리는 소리와 투덜거리는 소리가 섞여들었지. 누군가 음악실로 가더니 〈봄의 제전〉을 연주했어. 극작가 한 명은 말벌을 깔고 앉았다가 볼기에 침을 쏘였지. 결국은 한명 한명 자기 방으로 올라가더니 문을 열어놓고 앉아 양손 엄지를 배배 꼬고들 있더군. 10시가 되자 숙소는 깜깜해졌어. 물론 이건 폭풍우가 몰아치기 전의 고요에 불과해. 이건 정말이지 이상한 폭풍우, 이곳 밖에서 보던 것과는 완전히 다른 폭풍우가 될 거야.

아침식사 시간에 엑스트런드라는 놈이 포터에게 고개를 돌리며 물었어. "무슨 일을 하시나요? 작가나 뭐 그런 거예요?" 흰 옷을 입고 연하게 향수를 바른 포터가 대답했어. "음, 네. 전 글을 써요." "뭘 쓰시죠?" 엑스트런드가 힐끔거리며 물었지. "아, 많이 쓰진 않고요," 포터가 말했어. "사실은 아주 조금 써요. 거의 안 쓰는 거나 다름없죠." "그러니까 책이나 뭐 그런 것을 쓴다는 거예요?" 엑스트런드가 또 힐끔거리며 물었어. "지금까지 두 권을 썼어요." 포터가 다정하게 대답하자 엑스트런드가 오, 하고 말했어. 포터는 굉장해. 내가 상관할 바는 아니지만 그녀가 자신의 특별한 관찰력을 발휘하는 데 이보다 더 좋은 장소는 없을 듯해. 이 음산하고 예민한 얼굴들, 그리고 이 흉측한 숙소는 포터의 세상이 될 거야.

비가 올 것 같네. 새들이 모두 땅에 납작 붙어다녀. 플래너리 루이스는 상냥한 친군데 눈이 늘 빨개. 네이선과 캐럴은 새러토가에 아파트를 얻을 거야. 둘의 결혼생활은 행복해 보여. 여기는 네이선에겐 새로운 곳이지. 캐럴은 좋은 여자야. 방금 창밖에서 존이 새로 도착한 사람에게 인사하는 소리가 나는군. 시인 같은데, 귀갑테 안경을 끼고 검은 양복에 파란 셔츠와 타이 차림이야. 나무상자에 거미줄을 친 거미가 방금 파리를 한 마리 잡았어.

사랑을 담아,

존

야도

목요일

윈터니츠 양 귀하,

왜 편지를 안 쓰는 거야, 이 게으름뱅이.

캐서린 앤 P.는 그다지 굉장하지 않더군. 내가 너무 많은 걸 기대했나봐. 간밤에 포터 님과 조피, 플래너리와 함께 워든에 갔는데 대화방식이 어찌나 고고하던지 끔찍하게 실망스러웠어. 웨이터 지미가 워든을 떠나 자기 가게를 차렸다고 해서 우리도 그곳으로 자리를 옮겼지. 포터의 대화는 오든과 조지 데이비스 등으로 시작했어. 그러다 지난 세계대전중에 비행사들을 만났던 이야기로 몇 분 정도 빠지더니 다시 돌아와서 늘어놓는 것이 오든과 데이비스와 매컬먼과 에스콧과……

플래너리와 나는 사람들을 지미의 가게에 남겨두고 찰리네로 갔지. 지금은 앰배서더라고 불리더군. "전쟁 때문에요." 찰리가 말했어. "전쟁 때문에 이곳 이름을 바꾼 거예요." 찰리는 내가 노래 가사를 쓴다고 생각해. 그래서 나는 플래너리도 작사가라고 소개하고는 우리가 방금 〈몰리 멀론의 귀신〉이라는 노래를 완성했다고 말했지. 그는 노래 제목이 멋지다며 노래가 언제 발표되는지 알려주면 가게 주크박스에 포함시키겠다는 거야. "지금은 〈빈 숲속의 이야기〉*를 틀 거다"라면서 "좋은 음악으로 대중을 교육시키려 한다"고 하더군. 그러더니 목소리를 낮추면서 묻는 거야. "그리니치빌리지에 있을 때 레즈비언 본 적 있어요?" 우리가 찰리에게 그리니치빌리지의 성생활에 대해 대략 설명해줬지. 질문 한마디 없이 모든 이야기를 듣더군. 우리는 생각에 잠긴 그를 남겨두고 나왔어.

편지해.

사랑을 담아,

존

작가 돈 엘더Don Elder는 캐서린 앤 포터의 절친한 친구다. 대니얼 푹스Daniel Fuchs는 소설가이자 극작가로서 아버지가 존경하며 교분을 나누던 사람이다. 푹스, 진 스태퍼드, 빌 맥스웰

* 요한 슈트라우스 2세의 왈츠곡.

과 아버지는 1956년에 함께 단편선집을 냈다. 매리언 그린우드는 화가이자 조시의 연인이었다.

일요일 밤

달링,

어제 아침에 돈 엘더가 내 창문을 올려다보며, 차로 새러토가에 가서 캐서린 앤을 경마장에 데려갈 참인데 함께 가겠느냐고 소리쳐 물었어. 난 휴일을 즐길 자격이 없다는 생각이 들었지만 그러자고 했고, 어제 아침에 갔다가 밤에 돌아왔어. 돈과 캐서린 앤이 경주를 보러 간 사이 나는 여기저기 돌아다니며 만나는 사람마다 안녕하시냐고 묻고 악수하고 활짝 웃으며 음료를 얻어 마셨지. 정말 즐거운 시간이었어. 저녁에는 좀 황량한 캐서린 앤의 방에서 버번을 마시며 놀았어. 이 불쌍한 여인은 야도에 머무르는 이들에게 온통 구박을 받는 바람에 내가 그녀를 만났던 6월부터 지금까지 계속 신경쇠약에 시달리고 있더라고. 자기 잘못을 완전히 깨닫고 상당히 초췌한 모습을 하고 있으니 훨씬 진정성 있고 매력적인 사람처럼 보이더군. 새벽 2시에 지워진 화장 밑으로 주름살과 거친 피부를 전부 드러낸 채 침대 끝에 앉아 외로움에 대해 이야기하는 포터를 보니 꾸며낸 분위기와 허영심을 뚫고 그 안의 진짜 인간을 엿본 듯한 기분이 잠깐 들었어. 우리는 약 2시경에 야도를 떠났어. 엘더는 돌아오는 길 내내 잤고, 나는 운전이 힘든 줄 모를 만큼 내려오는 길이 좋았어. 달빛이 환한 밤에 공기 냄새도 좋았고 지나는 차도 없었지. 헨리허드슨 파크웨이를 타고 도심으로 들어섰을 때는 새벽이 밝아오고 있었어. 그 시간의 도시와 강은 짜릿할 만큼 멋지더군. 7시에 잠자리에 들었다가 정오에 일어났어. 지금은 정말 녹초가 된 기분이야.

……댄과 수지 푹스가 겨울 동안 새러토가에 집을 얻을 거래. 그 도시는 결국 예술가 마을이 될 것 같아. 네이선과 캐럴을 만났는데 『레드 북』에 단편을 하나 팔았다면서 굉장히 행복해했어…… 매리언 그린우드가 지금 복도를 따라 방들을 급습하며 투숙객들에게서 이것저것 강탈하는 중이야. 숲속에는 검은 안경을 낀 음울한 극작가들이 가득하더군.

오늘 여기는 굉장히 후텁지근하네. 모든 게 끈끈하게 들러붙어. 내일 맬컴을 만나 내 취직 가능성에 대해 계속 이야기를 해볼 거야. 달링, 우리에겐 좋은 삶이 올 거야. 멋지고 아름다운 삶이.

사랑을 담아,

존

N.Y.는 『뉴요커』다.

스피어 스트리트

토요일

[9월이며 아버지가 다시 부모의 집에 가 있던 시기다.]

달링,

우린 곧 안장을 얹고 예스러운 시골마을로 달려갈 참인데, 거기에서는 모든 게 백 년 이상 묵은 것들이야. 과일 샐러드까지도 그렇지. 멋진 9월의 날씨군. 화요일에 돌아가면 뉴욕에서도 잠깐이나마 이런 날씨를 볼 수 있으면 좋겠어. 일은 많이 못했지만 어제는 내가 처음 썼던 장편소설을 읽으며 내 약점이 무엇인지 파악해보려고 했어. 이번 주 N.Y.에 단편이 하나 실릴 거야. 개중 잘된 작품이야.

조선소가 발달한 퀸시는 지금 호황을 누리고 있어. 어제 포어 강까지 갔다가 남쪽 해안을 따라 지났어. 전면조업에 들어간 조선소는 정말이지 끝내주는 볼거리더군. 이주노동자들이 흘러들어오니 각양각색의 시설들도 따라와 (매음굴, 선교집단, 포목 체인점 등) 퀸시 포인트의 대로변에 속속 들어서기 시작했어. 이른 아침이면 노동자들이 속옷 차림으로 대로를 따라 어슬렁거리거나 바다 경치를 감상하는 모습이 흔히 보여. 곶과 섬들이 자리한 아름다운 바다지.

그리고 레프테넌트 피서마이어Leftenant Pissamire*로 가 촛불 아래에서 대구大口** 아주 조금과 조니 케이크*** 한 장을 먹었어.

사랑을 듬뿍 담고 또 담아,

존

C부인은 아버지의 어머니를 뜻한다.

스피어 스트리트

토요일

달링,

우리는 예스러운 시골마을로 가 바다가 내려다보이는 현관 베란다에서 바닷가재를 먹었어. 아름다운 초록빛 바다는 여울 근처에서 연녹색으로 변했고, 평범한 여자 이름을 딴 바닷가재 낚싯배들이 해안의 어망 주위를 돌아다녔어. 절름발이와 불구자들이 해변이나 방파제에 앉아 남이 책 읽어주는 소리를 듣고 있는 사람처럼 멍한 표정으로 대서양을 바라보고 있었지. 크랜베리 덩굴이 자라는 습지를 정말 오랜만에 봤어. 그 작은 마을들, 낮은 목조건물들, 그 창틀에 꽂히는 무지갯빛 햇살과 다른 주에서 온 커다란 차들이 좁은 거리를 헤치고 나아가는 모습, 그리고

---

* '피서마이어 중위'라는 뜻의 식당. 중위를 뜻하는 lieutenant를 leftenant로 쓰거나 읽는 것은 지금은 사라진 예스러운 관습이다.

** 흰살생선의 일종.

*** 옥수수가루 반죽으로 만든 팬케이크의 일종.

해산물을 요리하는 냄새도 모두 오랜만이었지. 정말 좋았지만, 너무나도 특이해서 나라면 그저 내륙에 살면서 멀리서 좋아하는 편이 낫겠다 싶더라고. 경매가 열리는 곳도 한 군데 들렀는데, 그 뒤로 한 곳이 더 보였을 때는 C부인이 또 가자고 할까봐 마구 달려 지나쳐버렸지.

장편소설 때문에 늘 걱정이 많아. 로브래너가 10일에 돌아오는데 그때 보여줄 게 좀 있으면 좋겠거든. 그리고 데이비스가 말한 긴 작품도 써야 하고. 모르겠어.

존

MLLe.는 『마드무아젤』을 가리킨다. I는 아이리스, F는 프레드이다.

일요일

달링,

신문에서 오늘밤 허리케인이 덮칠 거라고 해서 집에 처박혀 바람이 휘몰아치고 누더기 같은 침울한 구름이 몰려오기를 기다리고 있어. 『뉴요커』 직원들이 모두 파이어 섬에 모여 주말을 보낸다는데 허리케인에 휩쓸려내려가지 않기를 바랄 뿐이야.

MLLe.에 보낼 크리스마스용 단편은 어젯밤에 끝냈고, 오늘은 노웰로 차를 몰고 가서 I와 F, 그리고 불핀치라는 그 집 손님과 함께 저녁 시간을 보냈어. 그 손님은 자선 바자회에서 칵테일을 너무 많이 마셨더군. I는 바자회에서 선물 추첨을 맡았는데, 자신이 질 좋은 영국제 스웨터와 종류가 다양한 여러해살이식물들을 얻었어. 노웰 사람들 모두 I가 꼼수를 썼다고 생각하는데 나도 같은 생각이야……

사랑을 담아,

존

엘리너는 엘리너 클라크다.

웨스트 11번가 114번지 [1941년]

화요일

엘리너,

메리와 난 22일에 결혼식을 올리려고 해. 메리는 직장을 그만둘 수가 없어서 우린 가을까지 이 도시에 머물러야 할 것 같아……

……뉴욕에 오면 한번 들러줘. 초인종이 고장났지만 현관문을 밀면 쉽게 열릴 거야. 꼭대기층 전면에 있는 집이야.

존

밀턴 찰스 윈터니츠 박사 내외의 딸 메리 왓슨이

존 윌리엄 치버와 결혼식을 올립니다.

1941년 3월 22일 토요일

프로스펙트 스트리트 210번지, 코네티컷 주 뉴헤이븐

『뉴요커』가 지불한 '급여'는 원고 우선 검토권에 관한 합의의 대가였다. 이는 잡지가 단편을 구매할 때 단어당 일정 금액의 원고료를 보장하며, 아버지는 집필한 모든 작품을 다른 곳에 팔기 전에 『뉴요커』에 먼저 보여줄 의무를 진다는 합의였다. 빌 맥스웰의 말에 따르면 아버지는 소설 부문의 최고요율보다 낮은 원고료를 받은 적이 없다고 하지만 그의 '급여'는 일 년에 천 달러를 넘은 적이 없었다.

이스트 8번가 19번지, 뉴욕 주 뉴욕 시

1942년 1월 3일

맬컴,

선배님이 워싱턴에 볼일이 있다는 걸 알자마자 이렇게 편지를 씁니다. 혹시 일자리가 생기면 절 생각해달라고 말씀드리려고요. 새러토가스프링스와 조지타운에서도 비슷한 편지들을 썼던 기억이 납니다. 『뉴요커』에서는 아직도 급여를 받고 있지만 더 나은 일감이 생기지 않고, 메리가 반대하지 않는다면 군에 입대할까 생각중입니다.

선배님과 뮤리얼이 우리의 보금자리에 한번 들러주시기를 봄부터 기대하고 있습니다. 네이선이 일주일 전에 뉴욕에 와서 프레 카트랑*에 대해 이야기하더군요. 피트 콜린스가 포트 이선 앨런**에서 편지를 썼는데 얼마 전에 75***를 몰고 새러토가스프링스를 지났다고 했어요.

변함없이,

존

뉴헤이븐은 어머니의 부모님이 살던 곳이다.

1942년 1월

이스트 8번가 19번지

월요일

조,

……피트는 등급 심사를 받고 버몬트에서 적군 정보를 수집하고 있습니다. 리브는 여전해요. 불안에 떨며 독수공방하는 군

---

* 1906년에 문을 열어 현재까지 파리에서 영업중인 유서 깊은 레스토랑 르 프레 카트랑Le Pré Catelan을 의미하는 듯하다.

** 과거 버몬트에 있던 미 육군 시설.

*** 1940년에 출시된 캐딜락 75시리즈 컨버터블 쿠페를 지칭하는 것으로 보인다.

인의 아내죠. 시간이 흐를수록 이곳에는 그런 여자들이 점점 늘어날 거라고 생각되네요. 치버 부부의 생활은 정말 행복하고, 정말 평온한데, 제 개인에게는 모든 게 불완전해 보입니다. 어쩌면 우리에게 전쟁은 없을지도 모르겠습니다. 기껏해야 성냥을 살 때마다 붉은색 마찰면이 작아졌다고 느끼는 정도에서 전쟁을 실감하고 말지도 모르죠. 머지않아 저는—면도를 하는 사람이라면 다 마찬가지겠지만—군대에 불려갈 거라 예상하는데, 그래서인지 지금 우리의 행복에 오묘한 빛이 서린 느낌이에요. 이젠 술을 과하게 마시는 자리는 점점 피하게 됩니다. 다들 비슷할 거예요. 메리와 전 화요일 밤에는 배드민턴을 치고 토요일에는 외식을 하는데, 어찌 보면 정신적 충격의 여파로 과거의 습관에 갇혀버린 환자가 된 듯도 하네요. 메리는 바야흐로 대재앙에 접어들 것으로 보이는 이 전쟁 기간 동안 뉴헤이븐에 갇혀 지내야 할까봐 두려움에 떨고 있습니다.

존

'메리의 멋진 아버지' 밀턴 찰스 윈터니츠는 앞으로의 편지에서, 실생활에서 그랬던 것과 마찬가지로, 윈터, 그램, 거츠 등으로 불리게 될 것이다. 그는 비상한 성공을 거둔 사람이었다. 열네 살에 대학에 입학했고, 스물한 살 무렵에는 학생들에게 의학을 가르쳤다. 15년 동안 예일 의과대학 학장으로서 대학의 명성을 현저히 드높였다. 그는 예일에서 최초로 중요 직위에 오른 유대인 가운데 하나였다. 의대 입학생들을 철저히 가려 선발했으며 반유대주의자라고 비난받기도 했다. 비상한 능력만큼이나 심술도 대단했으며, 아버지는 장인의 그 두 가지 면을 모두 우러러보았다. 그는 전시 독가스 사용에 대한 책을 썼는데 오늘날에도 여전히 참고도서로 쓰이고 있다. 그는 가족 사이에서 언어폭력을 행사하기로 유명했다. 그의 가장 눈부신 기술 중 하나이자 두번째 부인(즉, 내 어머니의 새어머니) 폴리와의 공통점이기도 했던 것은 상대가 들을 줄 뻔히 알면서 상처가 되는 말을 내뱉는 행동이었다.

아버지가 즐겨 하던 이야기는 당시 학장이었던 그램이 자신의 말을 차마 거절하지 못할 젊은 의사를 가족의 여름별장인 트리톱스로 초대해 벌이던 일들이었다. 그램은 초대를 하면서 업무상 중요한 일인 듯한 낌새를 풍겼다. 불쌍한 젊은이는 차를 빌리고 시간을 내어 당시에는 최소 여섯 시간 정도 걸리던 길을 운전해 와야 했다. 그램은 초대받은 이의 비위를 살살 맞추며 그와 그의 젊은 아내에게 하룻밤 묵고 가라고 강권하곤 했다. 손님들이 마침내 표지판도 없는 비포장도로를 한참이나 달려 본채를 찾은 후 차에서 내리면 그들을 발견한 비니*는 상

* 그램의 두번째 아내 폴리의 다른 이름.

대에게 들릴 만한 큰 목소리로 말하곤 했다. "세상에, 진짜로 왔어." 이로써 포문을 연 일제사격은 남은 주말 내내 지속되며, 예컨대 손님용 오두막에 화장지를 두지 않는 등 생각할 수 있는 모든 모욕이 다 동원되었다.

가족들 사이에 전하는 이야기에 따르면 그램의 아들 하나가 결혼할 여자를 아버지에게 소개하려고 뉴헤이븐의 집으로 데려와 저녁을 먹기로 했다고 한다. 그램은 그들이 다가오는 발소리를 듣고는 역시나 잘 들릴 만한 목소리로 말했다. "얘는 저 여자의 어디가 맘에 든다는 건지 알 수가 없네. 내 실험실 조교들 중에 가장 무능한 놈도 죽은 까마귀하고 나뭇가지 두 개만 주면 저보다 더 매력적인 걸 만들어낼 수 있겠구먼." 하지만 그램은 남달리 친절하고 관대할 때도 있었으며, 아버지와는 오랫동안 친밀한 관계를 유지했다.

내 어머니의 어머니, 그러니까 그램의 첫 부인은 젊은 나이에 세상을 떴다. 역시 의사였는데 이름은 헬렌 왓슨이며 토머스 왓슨의 딸이었다. 알렉산더 그레이엄 벨이 전화를 발명했을 때 도움을 주었고, 벨이 "왓슨 씨, 여기에 좀 와보세요. 도움이 필요해요" 하고 말했을 때 그에게 갔던 사람이다. 헬렌이 죽은 뒤 그램은 폴리와 결혼했다. 사교계 명사였던 폴리는 스티븐 휘트니와 결혼한 적이 있었는데, 전남편의 이름 자체가 당시에는 상당한 배경으로 간주되었다.

[1942년 초]

이스트 8번가 19번지

월요일

조,

더 일찍 편지를 쓰지 못한 것은 무슨 일이라도 일어날 것 같아 잠자코 기다리느라 그랬습니다. 아무 일도 안 일어나더군요. 육군에서 신체검사를 한 번 받았어요. "발작이나 경련을 잘 일으킵니까?" 그 사람들이 묻더군요. "자다가 이불에 오줌을 쌉니까?"……

얼마 전 주말에 뉴헤이븐에 갔는데, 메리의 멋진 아버지가 자신의 실험실로 우리를 데리고 가 (비밀리에) 진행중인 실험의 일부를 보여줬어요. 용기勇氣의 화학적 성질에 관한 실험이라더군요. 자기 기질의 수수께끼 같은 힘에 늘 압도당해온 장인은 인간의 성격을 염분과 칼륨의 차원으로 축소시키고 싶어하는 듯합니다. 실제로 그 실험들은 항공기의 상승한도나 의학의 충격치료 등을 다루더군요. 뉴헤이븐 처가의 관리인은 매일 밤 등화관제용 커튼을 치고, 메리의 의붓여동생은 오믈렛 만드는 법을 배우고 있어요…… 전 메리를 정말로 사랑하기 때문에 우리가 어떻게든 이 상황을 뚫고 나아갈 수 있으리라 생각하지만, 피해서 돌아갈 수 있으리라는 생각은 들지 않습니다. 게다가 이런 시기에 몸 성한 20대 남자가 무슨 글을 쓸 수 있겠으며, 쓸 수 있다 한들 누가 읽겠어요.

존

조,

지난 두 주간 징병위원회는 불길한 침묵뿐입니다. 우리의 세상을 곧 집어삼킬 듯한 거대한 비효율이 거기에서도 시작되고 있는 모양입니다. 제가 아는 사람들 중 몇 명은 생텍쥐페리의 허풍에 고무되어 이미 전장으로 떠났습니다. "패배에 절망이 끼어들 여지는 없다…… 죽음이라는 저 거대한 형제애, 이러쿵저러쿵." 전쟁에 대해 제가 아는 거라고는 10년 전에 본 영화 속 장면들뿐이고, 저는 아직도 그것을 모두 믿어요. 비명소리, 잘려나가 가시철조망 위에 걸린 손, 참호 속의 쥐들. 과거의 용사들은 아직도 라파예트 호텔 근처를 웅성거리며 돌아다니죠. 간밤에 나일스가 말하길 아프리카로 가 구급차를 운전하겠대요. 지난 전쟁을 놓치고 다들 엄청나게 아쉬웠나봐요.

존

기초 훈련

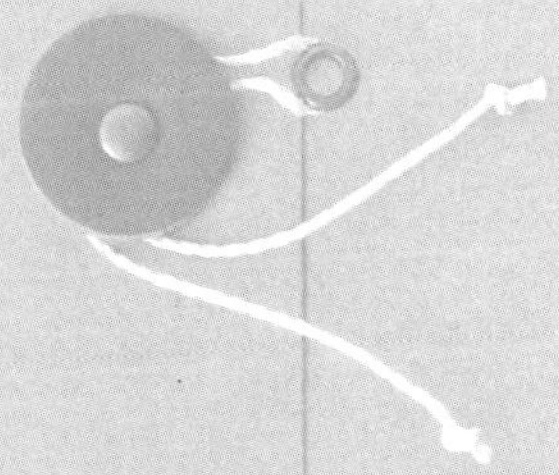

육군은 아버지를 1942년 5월 7일에 입대시켰다. 이때 아버지는 처음으로 어머니와 타자기로부터 장시간 떨어져 지냈다. 그 두 이별 모두 아버지에게는 엄청난 시련이었다. 하지만 그는 수기로 단편과 편지들을 계속 써나갔다.

군 생활은 결국 성공적이었지만—육군 통신대로 전출된 아버지는 하사 계급을 달았다—입대 초기에는 훈련에 따르는 육체적 고난과 더불어 아이큐 테스트에서 너무 낮은 점수를 기록해 장교후보생학교에 낙방했다는 창피함에 시달렸다. 그리하여 민간인 사회에서 친구로 지내던 사람들 대부분이 장교로 임관된 후에도 아버지는 이등병으로 남아 있었다. 분이 난 아버지는 열심히 수학을 공부해 다시 시험을 치르고 합격했다. 초기의 편지들에서 아버지는 자신이 느꼈던 씁쓸함을 완전히 감추지 못한다. 하지만 결국 단순한 산수에 대한 이해력을 증명하는 데 실패함으로써 아버지는 목숨을 구했는지도 모른다. 그가 원래 배정받은 부대, 다시 말해 장교로 승진했다면 계속 남아 있었을 그 부대가 노르망디 상륙작전에서 치명적인 반격을 당했기 때문이다. 아버지는 사상자 비율이 150퍼센트를 넘었다고 말하곤 했는데 그것은 '모두가 부상을 입었고 대부분이 죽었다는 뜻'이었다. 여기에서도 수학에 대한 아버지의 직관적인 접근을 엿볼 수 있다.

낮은 아이큐 점수를 시인하는 모습은 아버지의 소설에 두 번 이상 등장한다. 『팔코너』에서 주인공 에제키엘 패러것은 사회에서 대학교수였지만 "아이큐 테스트에서 119점을 넘겨 본 적이 없고 한번은 101점까지 내려간 적도 있었다. 그 때문에 군에서는 지휘관 계급에 오르지 못했으나 또한 그 때문에 목숨을 부지할 수 있었다."

군 생활은 풍부한 소설 재료가 되었다. 다음의 편지들에서 처음 묘사된 주제와 사건들은 이후 아버지의 작품에 거듭 등장하며 시간이 흐를수록 그 깊이와 울림을 더해갔다. 군대에서 만난 선임하사에 대해 아버지가 했던 이야기가 기억난다. 그 하사는 극도로 잔인하여 부하들에게 엄청난 미움을 받는 사람이었다. 외박을 나간 그가 부하들과 마주쳤고, 그중 하나가 주먹싸움을 걸어왔다. 얻어맞고 땅바닥에 쓰러진 그는 상대 이등병에게 기어가 다리를 물었다. 이등병은 자신의 지휘관을 내려다보며 말했다. "이런 씨발놈." 이 싸움을 맨 처음 허구로 구성한 작품은 '라임버너 하사'라는 제목의 단편으로 『뉴요커』에 게재되었다.

하사는 그곳에서 먼저 빠져나와 거리를 가로질러 걸어갔다. 브라운과 플루진스키, 그리고 나머지 소대원들이 뒤를 따랐다. 하사가 걸음을 멈추자마자 브라운이 그를 따라잡았고 나머지가 그 둘 주위로 둥글게 둘러섰다. 초조한 모습의 하사가 먼저 오른손 공격에 나섰으나 헛방이었다. 브라운은 왼손으로 그를 쉽사리 가격한 뒤 오른손으로 턱뼈를 부러뜨렸는데 빠직 소리가 거리 저편에서도 들릴 정도였다. 하사는 흙바닥에 철퍼덕 주저앉아 한 손으로 턱을 만졌다.

"별거 아니군." 브라운이 말했다. 하사는 무릎을 꿇고 몸을 일으키더니 갑자기 브라운의 다리를 부여잡고는 그의 오른손을 세게 물었다. 브라운은 비명을 지르며 하사의 배를 걷어찼다. 하사는 뒤로 벌러덩 넘어졌다. "허접스러운 놈." 브라운이 말했다.

1943년의 『뉴요커』에게는 '씨발놈'이라는 말이 너무 강했던 모양이다.

『왑샷 가문 몰락기』에서도 코벌리 왑샷과 갠트리크레인 기사인 피트 머피 간에 비슷한 싸움이 벌어진다.

"잘 들어." 머피가 말했다. "당신은 지금 무단침입을 했어. 내.땅에 들어온 거라고. 내 땅에서 나가지 않으면 병신 꼴로 집에 돌아가 평생 그렇게 살 줄 알아. 눈을 파고, 코를 부러뜨리고, 귀를 뜯어버리겠어."

코벌리는 오른손 주먹을 허리께에서부터 크게 휘둘렀다. 몸집은 크지만 겁쟁이처럼 보이는 머피가 바닥으로 쓰러졌다. 코벌리는 조금 어리둥절한 채로 제자리에 서 있었다. 그러자 머피가 네발로 기어와 코벌리의 정강이를 세게 깨물었다.

여기에도 '씨발놈'은 나오지 않고, 이가 박힌 곳은 손이 아니라 다리다.

아버지가 군대에서 쓴 편지들은 대부분 수기이며 다음의 복사본은 그나마 읽기에 더 나은 편지들 중에서 고른 것이다. 극도로 해독하기 힘든 아버지의 글씨체를 보면 그의 단편 「다섯 시 사십팔분」에 나오는 덴트 양이 생각난다. "그녀의 필적을 보고 그는 그녀가 어떤 내면적—어떤 정서적—갈등을 겪어온 사람이라는 느낌, 그 갈등의 격렬함이 그녀가 종이 위에 쓰는 글씨의 연속성을 깨뜨렸다는 느낌이 들었다."

[수기]

수요일

달링,

방금 2달러짜리 만년필을 새로 샀어. 매점 사내가 저절로 써지는 만년필이라고 했으니 이젠 더는 내 글씨를 읽느라 고생하지 않아도 될 거야. 8달러짜리 펜도 있다면서 그게 더 잘 써진다고 하더니 그 말이 사실인가봐. 이 펜에 문제가 좀 있는 걸 보면. 오늘 타자기를 가진 사람을 봤어. 휴게실 쪽으로 가던데 분명 작가일 것 같아. 안경을 썼고, 엉덩이가 굉장히 펑퍼짐해서 훈련복이 잘 안 맞더라고. 그런 사람이 작가가 아니면 뭐겠어?

아버지는 포트 딕스에서 육군에 입대한 뒤 사우스캐롤라이나 주 스파튼버그 외곽의 캠프 크로프트로 이송되었다. "이곳에서는 8주에서 13주 정도 보병 집중훈련을 받을 거야." 아버지는 편지에 썼다. 어머니는 휴가 나온 아버지를 만났던 때를 기억하고 있다. 아버지는 안쓰러울 정도로 말라 있었다고 했다. 한밤중에 잠에서 깨보니 아버지가 잠결에도 초조하게 구령을 붙이고 있더라고도 했다. 기초 훈련 기간 동안 악몽의 주인공은 더럼 하사로, 앞에서 언급한 싸움 이야기의 소재가 된 사람이다. 그 작품은 다음과 같이 시작한다.

정규군 부대에서 풋내기 병사임을 드러내는 가장 확실한 표시는 훈련

초기의 몇 달간 자신을 지도한 하사가 얼마나 가혹했는지 얘기하고 싶어 안달을 내는 태도이다. 어느 사단에서나 신참들이 들어오고 나면 매점이나 중대 안 길거리, 막사 등에서 그 이야기들이 들린다. 이것은 그런 하사들 중 하나, 윌리엄 라임버너라는 남자에 관한 이야기다.

실제로 그 가혹한 상관은 아버지가 어머니에게 보낸 편지에서 처음으로 언급된다.

[수기]

우리 부대 하사는 이상하고도 흥미로운 사람이야. 내 생각엔 테네시나 미시시피 산간벽지의 사교성 없고 근면한 가정에서 자란 사람인 듯해. 친구도 없고, 머릿속엔 오직 한 가지 생각, 자기 소대를 중대 내 최고로 만드는 것뿐이야. 히스테리가 대단해. 우리를 막사에 가둬놓고는 매점에 가서 한참 맥주를 마시고 오지. 그런 다음 막사로 돌아와서 하는 말이 이런 감금이 다 우리를 위한 일이라는 거야.

리버는 맥심 리버, 아버지의 저작권 대리인이다.

[수기]

5월 28일 [1942년]

달링,

캠프 크로프트 군사학교의 학생들은 오늘 브리튼 전투에 대한 강의를 듣고 소총 사격훈련을 받았어. 훈련은 '삼각측량'이라 불리는 방법을 배우는 걸로 시작했는데, 치버 이등병은 그다지 잘해내지 못했어. 다리도 눈도 다 늙는다는 느낌이 들기 시작하는군. 어제는 서른 살의 하루하루가 어떤 것인지 알겠더라고. 눈이 좀 이상해서 총을 조준할 때 양쪽 눈을 다 떠야만 해.

리버가 오늘 보낸 단편은 일요일에나 수정할 수 있을 거야. 내가 이 악필로 개발새발 쓴 수정본을 당신한테 보낼 테니 타자로 쳐서 리버한테 좀 보내줘.

간밤에 사람들과 얘기를 나눴는데, 다들 '소등' 후에도 한 시간 정도는 잠들지 않으려 한다는군. 지금껏 행복했던 날들을 추억하려고 말이야. 나 역시 그래왔는데, 이 모든 전과자들과 증기 파이프 수리공들에게 추억이란 게 있다는 사실이 놀라웠어. 물론 그들에게도 추억은 있겠지.

사랑을 담아,

존

[수기]

달링,

……마스크도 쓰지 않고 다섯 종류의 독가스 구름을 뚫고 달

렸어. 제라늄이나 마늘 같은 여러 가지 낭만적인 냄새가 날 거라더니 실제로는 굉장히 희석되었을 경우에만 그런가봐. 농도가 짙은 것들은 모두 냄새가 끔찍하더군. 그다음엔 가스가 가득 찬 방에 들어갔고, 이어서 기타 등등의 훈련을 받았어. 훈련을 지휘한 장교는 자그맣고 기운찬 소령이었는데 우리가 마스크를 얼마나 빨리 쓰는지 보려고 연막탄을 계속 던지는 거야. 그러고는 마스크를 쓴 채 몇 마일을 행군했고, 제식훈련으로 아침을 마무리했지. 오후에는 내내 달리고 또 달리고 넘어지고 또 달리고 총검으로 인형을 찔러댔어. 정말 더워서 미칠 것 같더군. 하사는 우리의 성적이 맘에 안 든다며 저녁식사 후에 또 연습을 시키는 거야. 그다음엔 모두 몰려가 맥주를 마셨고, 난 만년필을 사서 지금 여기 이렇게 앉아 있어.

……만년필이 문제를 모두 해결해줄 것 같진 않군. 하지만 오늘밤엔 너무 피곤해서 더 애쓰기는 힘들어. 내일 밤엔 내 필체가 글씨 선생들의 자랑이 되어 있을 거야. 잘 자, 내 사랑.

존

추신: 우표를 구할 수 있어서 오늘 우편으로 단편 하나를 부쳤어. 받으면 알려줘. 그리고 피트에게서 편지가 왔는데 하사가 이등병에게 편지를 쓰면 딱 이런 느낌이겠구나 싶더군.

다시 한번, 잘 자.

[수기]

……오늘 아침 5시 반부터 더럼이 악을 쓰고 있더라고. 막사에 이가 득시글거려서 모두 침대를 바깥으로 옮겼어. 그다음엔 죽어라 행군을 했고, 숲속으로 들어가 아침 내내 모의 화재 현장에서 참호를 팠어. 11시 반쯤 되니 비가 올 것 같아 막사를 향해 빠른 걸음으로 출발했지. 침대가 젖기 전에 안으로 들여야 하니까. 구보를 하라기에 달리고, 달리고, 또 달렸어. 아수라장이었지. 오늘 제일 웃겼던 일은 미트볼 녀석의 배낭이 벌어져버렸을 땐데, 그러다 그놈 바지까지 흘러내린 거야. 이곳에 도착하니 막 빗줄기가 굵어지기 시작하더군. 침대가 너무 젖기 전에 안으로 들일 수 있었지.

[수기]

수요일

달링,

숲속으로 행군을 나가 어제 판 참호를 다 메웠어. 그다음엔 소총 사격훈련을 좀더 받았고, 오후는 브라우닝 자동소총을 해체 조립하며 보냈지. 힘들진 않았어. 방아쇠 당기는 걸 잊어버려서 벌점을 받고 같은 처지의 여남은 명과 함께 초저녁 내내 바닥 굽도리를 박박 닦았어.

이건 휴게실에서 쓰는 편지라 막사에서 쓰는 편지와는 달라. 두 곳 모두 시끄러운 건 비슷한데 휴게실에는 편지를 올려놓을 탁자가 있지만 막사에서는 종이를 무릎에 올려놓고 써야 하거든. 그래서인지 이번에는 내 필체를 좀더 알아보기 쉬울 거라는 망상이 드는군. 게다가 난 음악의 박자에 맞춰서 글씨를 써보려 하고 있어.

잘 자, 내 사랑,

존

달링,

기온이 100도* 가까이 올라갔어. 걸핏하면 픽픽 쓰러지는 훈련병이 하나 있는데 어제도 그 녀석이 어지러워하니까 상병이 잠깐 그늘에 앉아 쉬라고 했어. 그런데 중대가 행군을 나가면서 그 훈련병을 깜빡 잊어버린 거야. 그리고 그놈은 또 쓰러졌어. 결국 의료부대가 수습을 했고, 더럼은 혼쭐이 났지. "너희들 쓰러지건 말건 난 신경 안 써." 더럼이 오늘 아침에 그러더군. "하지만 쓰러질 거면 나한테 말을 하고 쓰러지라고! 너희들이 일사병으로 죽어버리면 다들 나한테 책임을 물을 거 아냐."

잘 자, 내 사랑,

* 섭씨 38도가량.

존

[수기]

월요일

달링,

미안해. 내 편지들이 그렇게 우울하게 느껴졌다니 깜짝 놀랐어. 분명 필체 때문일 거야. 내가 점심시간 편지들 운운했을 때 그건 **내가** 점심시간에 쓴 편지들 얘기였어. 그 단어는 '요란한loud'이나 '가라앉은low'이 아니라 '변변찮은lame'이었고. 분명 내 필체 때문일 거야. 난 기분이 가라앉지도 외롭지도 않아. 때로는 내가 군대를 참 좋아하는 것 같기도 해.

[수기]

캠프 크로프트, 사우스캐롤라이나 주 캠프 크로프트

7월 28일

달링,

이번에도 막사에 앉아 떨리는 무릎에 종이를 올려놓고 편지를 써. 일등기계병—대단한 속물이야—의 라디오에서 〈지그펠드 폴리스〉* 쇼의 음악이 흘러나오고 있어. 내무반원 절반 정도

* 1907년에 시작되어 1950년대까지 공연된 브로드웨이 쇼.

가 안에 있는데 너무 더워. 59번가에 있는 차일즈 레스토랑에서 접시 치우는 일을 하다 온 이 빠진 얼뜨기가 하나 있는데, 쿠키라는 이 녀석이 제가 여태 알고 지낸 돈 많고 아름다운 여자들에 대해 떠들어대고 있어. 봉급날만 되면 그린빌로 가는 애야. 거기 사람들은 약을 탄 음료수를 먹이고 주머니를 턴 다음 녀석을 감방에 집어넣어버려. 그런데 항상 얘는 자기 주머니를 털어간 자들이 좋은 사람들이었다고 말하지.

잘 자, 달링.

에디 뉴하우스Eddie Newhouse는 소설가로서 평생을 아버지와 친구로 지냈다. 빌 맥스웰은 『뉴요커』에서 거의 40년 동안 아버지를 담당한 편집자였다. 로스는 『뉴요커』를 창간한 편집자 해럴드 로스다. 나는 이 편지들을 읽다가 아버지가 보병대에서 나오려고 했다는 사실을 알고 깜짝 놀랐다. 아버지는 내게 군복을 벗기가 싫었다고 말하곤 했기 때문이다.

할아버지가 보낸 편지들을 그렇게 거칠게 무시했다는 사실도 흥미롭다. 이 시기 이후에 보낸 프레더릭 링컨 치버의 편지들이 일부 남아 있는데, 애정 넘치고 자상한 그 편지들을 봐서는 할아버지가 「국민적 오락거리The National Pastime」와 같은 단편에 등장하는 엄격하고 가차없는 인물에 영감을 주었다고 생각하기가 힘들다.

스파튼버그

일요일

달링,

어제는 꽤 수월한 날이었어. 훈련 점검이 있다고 해서 다들 법석을 떨었는데 점검할 장교가 오지 않았어. 점검받을 동작은 한 손에서 다른 손으로 소총 바꿔 들기, 전방 주시하기, 노리쇠 열기 등이었어. 장교 앞에서 그런 걸 해야 한다는 생각에 많은 훈련병들이 패닉에 빠졌거든. 그랬다면 어쨌든 엄청난 소동이 일었을 테고, 그런 모습을 본 장교들도 상당히 사기가 꺾였을 거야.

에디는 장교 일을 어떻게 해나가고 있는지 궁금해. 이곳 장교들은 굉장히 엄격하고 꼿꼿한 자들이거든. 400명의 병사들을 체조 교련 시키는 일로 하루를 시작하지. 나라면 결코 할 수 없을, 그리고 에디가 하는 모습도 차마 상상할 수 없을 그런 일이야.

아버지한테서 편지가 오기 시작했는데, 당신한테도 편지를 보내기 시작했다고 쓰셨더군. 굳이 답장할 필요 없고, 흥미가 일지 않는다면 굳이 봉투를 열 필요도 없어.

오늘 거스와 빌의 편지도 도착했는데, 내가 트리톱스에서 썼던 단편들 중 하나와 포트 딕스로 귀대하기 전 월요일에 썼던 것을 사기로 했어. 그리고 로스가 화이트 대령에게 편지를 써서 잡지 『양크Yank』*에 대해 얘기했어. 그런데 내가 기초 훈련을 마치기 전에는 그들이 할 수 있는 일이 없다는 거야. 훈련이 끝나고 나서는 제발 뭔가 해볼 수 있기를 바라고 또 빌고 있어. 두 달은 순식간에 지나갈 테고, 어쩌면 뉴욕에서 당신과 함께 지낼 수 있을지도 몰라. 하지만 일단 그때까지는 시간이 나는 주말에 당신이 여기로 와줘야 돼. 『뉴요커』 일로 통장 잔고가 좀 늘었고 아마도 그렇게 유지할 수는 있을 것 같으니 당신 여비는 충당할 수 있어.

사랑을 담아,

존

나는 내 부모가 그들의 삶에서 이 시기에 서로에 대해 느꼈던 열정의 강도와 순도에 크게 감동받았다. 늘 그랬던 것은 아니지만 말이다. 소설이나 영화가 결혼이나 죽음으로 그 끝을 맺는 것은 흔한 방식이다. 작가들이 그렇게 끝을 내는 이유는 죽음 뒤의 일에 대해서는 알지 못하고, 결혼 후의 일에 대해서는 알고 싶지 않기 때문이라고 생각해볼 수 있다. 더 나이든 후 아버지는 '성스러운 혼인'의 서약은 터무니없지만 지극히 유용한 거짓말이라고 말하곤 했다.

* 제2차세계대전중에 발행된 군 주간지. 뉴욕에서 편집해 전 세계로 보내면 해당 지역의 편집자들이 지역 소식을 담아 인쇄했다.

목요일

달링,

내가 세상과 동떨어진 느낌이라고 말한 건 물론 우리가 부부라는 사실을 잊었다는 뜻은 아니었어. 그걸 어떻게 잊겠어. 이곳에서 나를 견디게 하는 거대하고 멋진 그 사실을. 내 말은 당신을 만나고 싶은 마음에 갈수록 조바심이 나고, 그리움이 계속 깊어진다는 뜻이야. 내가 생각할 수 있는 유일한 삶은 당신과 함께하는 삶이야……

사랑을 담아,

존

[손으로 또박또박 쓴 글씨]

달링,

단편 하나를 동봉할게. 그걸 타자기로 쳐서 최대한 빨리 『뉴요커』에 보내줄 수 있을까? 그쪽 사람들이 잘 정리해서 실을 수 있을 거야. 침대 모서리에 앉아서 아둔한 어린아이처럼 조심스럽게 또박또박 썼어.

사랑하고, 사랑하고, 사랑하고, 또 사랑하는

존

정규군

: 사우스캐롤라이나 주 스파튼버그의 캠프 크로프트에서 조지아 주 오거스타 외곽의 캠프 고든으로 전출되다

조지아 주 오거스타 캠프 고든, 22 보병연대 E 중대

일요일

달링,

오늘 당신한테 전화하려고 날이 밝기 전에 일어났는데 휴게실 전체가 잠겨 있었어. 8시까지 앞쪽 계단에 앉아 있는데 어떤 남자가 와서 문을 열더군. 그때가 되니 통화량이 너무 많아 연결이 되지 않았고 비로소 신호가 갔을 때는 당신이 아마 해변에 나간 후였던 모양이야.

금요일에 여기로 내려왔어. 물론 오는 길 내내 모두 어디로 가게 될 것인지 입씨름들을 했지. 기차에 올라 점심으로 샌드위치를 받고 나니 단거리 여행이 될 거라는 생각이 들더군. 사실이

그렇긴 했는데 우리 기차는 다른 기차들을 먼저 보내느라 연거푸 측선으로 빠져 기다리는 통에 여기까지 오는 데 하루종일 걸렸어. 우리는 우울해하다가 흥분하기를 반복했지. 마침내 도착했고, 양떼처럼 서로 꼭 붙어 있었던 우리는 금세 헤어져서 수많은 소대와 중대와 연대로 나뉘어 같은 막사를 쓰는 사람은 아무도 없게 되었어. 짐을 정리한 뒤에는 미리 정한 대로 모두 매점에서 모였는데, 다들 캠프 크로프트와 더럼 하사가 그립다고 얘기했지.

수요일

달링,

이것도 정오에 쓰는 편지야. 오늘 우편물에는 신경학연구소의 어떤 의사가 보낸 편지가 있었는데 내게 왜 편지를 쓰지 않느냐고 묻는 거야. 아마도 환자를 구하고 있는 것 같아.

빌 맥스웰은 전쟁 전부터 아버지를 알고 있었다. "그때 네 아버지는 정말 젊고—아마 20대였을 거야—잘생긴 청년이었지. 라인랜더가든스에 살았는데 갑자기 결혼을 하더라." 빌은 1936년부터 1976년까지 『뉴요커』에서 일하며 아버지의 편집자이자 지지자이자 친구로 지냈다. 1964년에 출간된 『왑샷 가문 연대기』는 W.M.*에게 헌정되었다. 1942년 8월 16일에 아버지는 조지아 주 캠프 고든에서 빌에게 편지를 보냈다. 여기 언급된 단편은 『존 치버 단편선집』에는 포함되지 않은 작품으로 「문제 4번Problem No. 4」이 틀림없는 듯하다. 『뉴요커』는 원고료로 250달러를 지불했고, 1942년 10월 17일자 잡지에 이 작품을 수록했다.

일요일

빌,

이번 단편이 마음에 든다니 매우 기쁩니다. 쓰면서 정말 재미있었어요. 워낙 즐겁게 글을 쓰고 나니 훈련봉을 따라 총검을 휘둘러야 할 때 멍하니 소설 아이디어를 떠올리며 시간을 보내고 있어요. 때로는 글쓰기를 완전히 그만두어야할 것 같기도 한데, 그러다가 생각을 고쳐먹죠. 좆까라 그래. 여기에선 그런 식으로 말하거든요.

지난 토요일 밤은 처음으로 캠프 고든 안에서 보낸 토요일 밤이었는데, 나쁘진 않았어요. 주말에 시내로 외출해 술 마시러 갈 곳들이 너무 뻔해졌거든요. 우리가 오기 전에 일반인을 상대로 영업하던 호텔 바가 하나 있는데 그곳에 앉아 있으면 좋긴 해요. 예전에 리조트 호텔이었던 곳도 하나 있는데 이대로 군인들을 상대하다가는 앞으로 넉 달도 못 버틸 것 같아요. 야자수는 다

---

* 윌리엄(빌) 맥스웰의 약자.

죽었지, 천장은 금이 가고 어떤 곳은 내려앉았지, 가구는 대부분 부서졌거나 도난당했어요. 하이델베르크라는 흔한 호프브로이* 도 있는데 거기에서 우리는 맥주를 마시고 〈로렐라이〉와 〈마인 허츠 인 하이델베르크Mein Hertz in Heidelberg〉** 등을 불러요. 레드라이언이라고 웨스트체스터의 분위기를 흉내낸 술집에서는 일요일 밤마다 뷔페를 차리는데 어찌나 형편없는지 찬드라포어***에서 병조림 콩을 먹는 영국인이 된 기분이에요. 그 외에도 군대와 함께 생겼다가 군대가 떠나면 없어질 시설들이 있죠. 주크박스, 엎질러진 맥주, 걸핏하면 술에 약을 타거나 잔돈이 없다고 우기고, 맘에 안 들어? 그럼 헌병대 부를 거야, 그러는 곳들.

그리고 오늘은 처음으로 이곳 날씨가 동부와 조금이라도 비슷했던 날이에요. 춥고 흐리고 비가 내렸죠. 북동부의 강풍과 똑같아서 전 너무 행복했어요. 우리집 영감님이 기압계를 읽으려고 톡톡 두드리는 모습, 현관의 가구를 안으로 들이고 사흘 동안 창문을 꽁꽁 닫아두는 모습이 보이는 듯해요.

그럼 이만,

존

* 다양한 종류의 구운 고기를 샌드위치 등으로 만들어 술과 함께 파는 미국식 식당.

** 하이네의 동명의 시 「로렐라이」에 곡을 붙인 노래와 '하이델베르크에서 사랑에 빠졌네'라는 제목의 노래.

*** E. M. 포스터의 『인도로 가는 길』에 나오는 허구의 도시.

거스 로브래너는 뉴욕 주 북부의 크랜베리 호수에 있는 그의 황야 별장으로 아버지를 데려가 낚시를 하곤 했다. Y-k는 『양크』를 의미한다. 여기에도 거친 하사가 등장한다. 「라임버너 하사」에서는 시내에서 이등병에게 얻어맞은 하사가 부대로 돌아오지 않는다. 현실의 하사는 소설 속 인물보다 훨씬 근성이 있는 사람이었던 모양이다.

조지아 주 캠프 고든, 22 보병연대 'E' 중대

거스,

방위 나침반을 들고 방향을 찾다가 비틀거릴 때마다 선배가 생각나요. 누가 시키지도 않았는데 크랜베리 호수에서 그렇게 했다는 얘길 해줬던 게 기억나서요. 그리고 선배가 생각날 때마다 육군이나 해군에 입대하지 않으셨기를 빕니다…… 오늘 상병으로 진급해 보직을 제안받았는데 겨우 군목 비서인데다 대위가 비웃는 듯 힐끔거리며 제안하기에 싫다고 말했어요. Y-k에서 연락이 오기 전에는 모든 비전투 보직을 멀리할 생각입니다. 여기는 대규모 부대인데 별의별 사안에 죄다 등급을 매기는 듯해요. 예컨대 아침에 담배꽁초를 가장 많이 주운 사람에 대한 등급도 있거든요.

훈련소와 정규부대 사이에는 매우 흥미로운 차이가 있어요.

수녀원과 실생활 사이의 차이 정도랄까. 훈련소에서 온 지 얼마 안 된 신참은 보면 바로 알 수 있어요. 밤중에 일어나 신발을 닦고 면도를 하고 옷을 입고 대형 야전배낭을 싼 뒤 침대 끝에 앉아 떨고 있거든요. 그리고 입만 열면 자신의 옛 하사가 얼마나 악랄했는지 얘기하죠. 저도 아직 그러고 있어요. 여기 온 지 3주밖에 안 되었으니까. 크로프트에서는 우리가 하사를 완전히 때려눕힌 줄 알았어요. 그자한테 술을 엄청나게 먹였더니 뻗어버리기에 이등병 하나가 그를 죽도록 패주었는데, 하루이틀 뒤에 얼굴을 꿰매고 까만 선글라스로 눈을 가린 채 다시 나타난 거예요. 비가 오는 날이었어요. 우리가 떠나기 며칠 전에는 엄청 취해서 변소에 들어오더니 자기 애인이—텍사스에 있대요—목재소에서 손가락 두 개가 절단되는 사고를 당했다고 했어요. 크로프트를 떠나던 날에는 15초 만에 막사를 나와 헤쳐 모이라고 하더군요. 아홉 번인가 열 번을 시도한 끝에 물리적으로 불가능한 일이라는 걸 깨달은 뒤에야, 그리고 몇 명이 계단에서 굴러 다친 뒤에야, 18초로 바꾸더라고요. 이곳의 하사는 맥주를 마시는 서글서글한 사내인데…… 저는 더럼이 그리워요.

[수기]

화요일 밤

달링,

이 편지를 쓰고 화급히 돈을 부쳐달라는 전보를 보내게 될 것 같은데, 어쩌면 일주일이나 열흘 정도 휴가를 받을지 모르겠어…… 전보는 주머니에 휴가증을 넣고 주둔지를 벗어나자마자 보낼게. 언제 뉴욕에 도착할지는 기차 연결시간에 따라 다르겠지. 아마도 토요일 밤이 될 거야…… 오, 오, 오, 이럴 수가!

사랑을 담아,

존

이 휴가 기간에 내 누나가 생겼다.

수요일 밤

달링, 안녕?

또다시 이렇게 편지를 쓰고, 호시탐탐 편지 쓸 시간을 찾는 일상이 시작되었군. 당신은 정말 사랑스러워. 아, 당신과 보낸 일주일은 정말이지 좋았어. 여기로 내려오는 기차 안에서 내내 다음 만남만을 생각했어. 여기까지 24시간이 걸렸으니 그 충분한 시간 동안 속속들이 꼼꼼하게 상상했지. 워싱턴에서 사십 분 여유가 생겨 데일리, 러바인과 함께 술집에 가서 맥주를 마셨어. 워싱턴 여자들에 대한 얘기는 사실인가봐. 그곳은 술 취한 여자들로 가득했는데 가짜 쥐를 들고 서로 겁을 주고 있더군. 운좋게 조명이 고장난 칸에 타서 주위가 캄캄한 덕분에 워싱턴에서부터 캐롤라이나 주의 어느 도시에 정차할 때까지 푹 잘 수 있었어. 플로렌스에서 오거스타 사이를 낮에 지나간 적은 처음이라 시골 풍경을 유심히 봤는데 역시나 온통 가난과 침식된 토지뿐이더군. 비포장 사거리에 정차했을 때 판잣집 몇 채와 주유소 하나, 그리고 큰길에서 먼지를 일으키며 달려가는 레이저백* 멧돼지를 보니 이런 도시들이 누군가에겐 고향이겠지, 하는 생각이 머리를 떠나지 않았어. 유독성 습지와 스페인 이끼로 뒤덮인 죽은 나무들, 굶주린 모습의 주민들이 보였어. 그리고 수백 마일을 가도 건물들의 크기와 모양이 거의 똑같은 거야. 현관 지붕이 경사진 방 두 개짜리 단층 건물들인데 높이 쌓은 바위 위에 얹어 땅에서 띄워놓았더군. 마당은 갈퀴로 긁거나 비로 쓸어 고른 흙바닥이고, 풀이라고는 왜 거기에서 자라고 있는지 알 수 없는 팔메토 야자수와 서향나무 덤불만이 듬성듬성 나 있었어.

오거스타에 오후 일찌감치 도착해 YMCA에서 면도와 샤워를 한 뒤 귀대의 충격을 좀 덜어보려고 밖으로 나갔어. 물론 시내에 군인들은 하나 없고 거리에는 여자들이 우글우글하더군. 그건 이곳의 여자들이 정말로 퍼다** 속에서 살고 있다는 뜻이겠지…… 우린 어떤 불량기 있는 녀석들과 어울리게 되어 파인애

---

* 미국 남부에 흔한 반야생 멧돼지로 등에 뾰족하게 솟은 털이 특징이다.

** 이슬람교에서 여자의 얼굴을 가리는 베일, 또는 여자를 남자와 엄격히 분리해 생활하게 하는 제도.

플을 닮은 여자들 몇 명과 왈츠를 추며 본에어 호텔 바 안을 누비고 다녔지. 10시에 잠자리에 들었다가 비 오는 아침에 아주 우울한 기분으로 잠에서 깼어. 하지만 며칠만 지나면 이곳에 익숙해질 거야.

내 모든 사랑을 담아, 스위트하트,

존

아버지는 1930년대에 E. E. 커밍스를 만났고, 그의 글과 '대단한 개성'을 열렬히 숭배하게 되었다.

[수기]

1942년 10월 8일

22 보병연대 'E' 중대, 조지아 주 캠프 고든

친애하는 매리언과 커밍스,

제가 손으로 쓴 편지를 보내는 건 사실 별 의미가 없습니다. 지금껏 제 글씨를 읽을 수 있는 사람은 없었으니까요. 부대 안에 타자기가 하나 있긴 한데 지난 몇 주 동안 그걸 사용할 수 없었고, 그러다 겨우 쓸 수 있게 되면 사람들이 제 주위로 몰려와 타자기에서 찍혀 나오는 글씨를 하나하나 지켜보는 겁니다. 쓸 얘기가 정말 많은데 다음번에 쓰겠습니다. 오늘은 보내주신 편지와 붉은 나뭇잎과 현금 5달러에 감사한다는 말씀만 전하고 싶습니다. 정말로 감사합니다.

이 부대의 막사는 흰색 판자벽과 조그만 창문들과 붉은 벽돌 굴뚝이 있는 건물인데, 가끔 저는 이곳을 보면 하버드가 생각납니다. 군 생활은 전혀 힘들지 않고, 물론 전쟁 비슷한 것을 본 적도 없습니다. 살이 너무 쪄서 군복 솔기가 터질 지경인 이들도 많고요, 소총 사격장에 나가면 항상 상의에 신선한 과일을 잔뜩 집어넣어옵니다.

얼마 전에 휴가를 받아 당연히 뉴욕에 갔고 최고로 행복한 시간을 보냈습니다. 정말이지 아름답고도 아름다운 도시예요. 하지만 그 얘기와 그 밖의 얘기는 타자기를 사용할 수 있게 되면 쓰도록 하겠습니다.

다시 한번 감사드립니다.

존

이번에 아버지는 타자기를 쓸 수 있었다. 『거대한 방』은 커밍스가 제1차세계대전 당시 프랑스의 전쟁포로 수용소에서 겪었던 일을 쓴 책이다. 아버지가 가장 좋아하는 책 가운데 하나였다.

캠프 고든, 조지아 주 오거스타

친애하는 커밍스와 매리언,

당연히 누군가 제 어깨너머에서 이 글을 읽고 있습니다. 그래서 비밀스러운 군대 얘기나 다정한 인사는 줄이도록 하겠습니다. 두 분 모두 연락 주셔서 정말 기뻤습니다. 군대는 전혀 힘들지 않고, 지난 6개월간의 경험에 비춰보면 미군은 독일군에게 공격당해 죽을 위험보다 친절과 소화불량 때문에 죽을 위험이 더 큰 것 같습니다. 물론 향수병은 만연하지요. 향수병과 성적 굶주림과 왜 우리가 인생의 일부를 조지아에서 보내야 하는가에 대한 의문들이요. 조지아 주의 이 지역은요, 커밍스 씨, 정말 끔찍합니다. 여자들은 비쩍 말랐고 햇빛을 가리는 보닛을 많이들 써요. 일요일에는 술을 팔지 않고, 토양 침식이 너무 심해 주변의 시골 풍경을 보면 요세미티 국립공원이 하나 더 생기고 있나 싶을 정도입니다. 지층은 붉거나 누르스름한 진흙을 다 드러내고 있고 초목도 거의 찾아보기 힘들며 기후도 단조로워요. 사람들 얼굴이나 건물은 워커 에번스와 마거릿 버크화이트가 그렇게 열심히 사진을 찍어대던 그런 얼굴과 건물이에요. 경장갑차에 앉아 길가의 소작인들과 맨발로 다니는 그들의 아이들에게 손을 흔들 때마다 제가 이곳에 온 이유가 호기심이나 사회복지 업무 때문이 아니란 것이 얼마나 다행스러운지 모르겠어요.

이곳 부대의 사람들은 정말 굉장합니다. 우리 소대원들은 대부분 남부 사람들인데, 머리 없는 사람이 있다고 믿고 있으며 퇴각훈련 후에는 신발을 벗습니다. 사우스캐롤라이나의 훈련소에서는 스모코라는 전직 소방수와 체이스 내셔널 뱅크의 은행원, 웨스트버리 호텔의 웨이터, 나이트클럽 사회자 두 명, 피에르 호텔의 와인 담당자, 그리고 부두노동자, 증기파이프 설치기사, 승강기 운전원 등이 10여 명 있었습니다. 정말로 애처롭기 그지없는 유대인 녀석도 하나 있었는데 아무 일도 해본 적이 없는 사람이었어요. 정말 아무것도.

저는 영창 보초를 설 때마다 『거대한 방』을 생각합니다. 여기는 청결하고 정돈된 교도소인데 마당을 개떼처럼 뛰어다니는 명랑한 남부 아이들로 꽉 차 있어요. 하지만 교도소이므로 그들은 무장한 경비의 감시하에 감금되어 있고, 일부는 2년까지도 복역합니다. 죄목은 대개 탈영이죠. 서너 달 사라졌다가 어느 날 아침 막사로 돌아와 침대 모서리에 앉아 담배를 빌리며 물어요. "뭐 아는 거 있어?" 이들은 대개 일주일 정도 막사에 구금되었다가 군법재판을 받고는 사라집니다.

이곳에서 편지는 금덩어리와 다를 바 없으니, 다시 시간 내어 편지를 써주신다면 감사하겠습니다.

마음을 담아,

존

아버지는 커밍스에 대해 얘기하기를 즐겼고, 그리니치빌리지의 패친 플레이스에서 시인 그리고 그의 아내 매리언과 함께 차를 마신 좋은 기억들을 떠올리곤 했다. 군대에 있는 아버지에게 커밍스가 보낸 편지는 우리 가족의 전설이 되었다. 하지만 나는 1962년 시인의 사후에 매리언에게 보낸 편지를 통해 아버지가 그 편지에 대해 직접 말할 수 있도록 하겠다. 여기에서는 앞에 나온 5달러가 10달러로 바뀌어 있음을 알 수 있다.

수요일 [1962년 9월 5일]

친애하는 매리언,

이미 감당할 수 없을 정도로 서신이 쇄도하고 있을 테니 저까지 그 부담을 더하고 싶지는 않습니다만 제가 커밍스를 얼마나 사랑했는지 말하지 않고는 오늘을 보낼 수 없을 것 같습니다. 커밍스는 제게 끝없는 아량을 베풀어주셨지만 그중에서도 군대에 있던 제게 보내주신 편지가 생각이 납니다. 이렇게 쓰셨죠. "나 역시 입가에 다른 사람의 군화가 닿은 채로 잠들어본 적 있어." 편지와 함께 가을낙엽과 10달러짜리 지폐를 보내주셨어요. 저는 특별히 신심이 깊지는 않지만 그는 천사였다고, 지금도 천사가 되었을 거라고 생각합니다. 세상은 부인이 그의 삶에서 맡은 역할에 감사할 거라고 믿습니다.

변함없이,

존

캠프 고든, 조지아 주 오거스타

달링,

전화로 당신과 얘기한 후로, 서른이 가깝거나 넘은 사람들은 소위 진급을 할 수 없다는 걸 알게 되었어. 중위가 되거나 아니면 아무것도 안 되거나. 그게 이곳 방침인가봐. 어쨌거나 당신 남편이 장교가 될 거라는 기대는 버려야겠어.

사랑을 담아,

존

캠프 고든, 조지아 주 오거스타

달링,

오늘밤에 봉급이 나오면 시내는 아마 카슨시티를 방불케 할 거야. 어젯밤엔 나 빼고 모두가 빈털터리라 식당들이 하나같이 텅 비었는데 우리가 오기 전에 오거스타가 이랬겠지 싶더라고. 장교후보생학교에 있는 애 하나랑 시내에 갔는데, 그 녀석은 임관을 닷새 남기고 낙방해버렸대……

우리가 술을 마신 곳은 트로피컬스폿이라는 술집인데 오래된 은행을 개조해 뉴욕의 나이트클럽처럼 꾸며놓았어. 여기저기에서 인조가죽이 번들거리고, 이브닝가운 차림의 섹시한 여자가 〈화이트 크리스마스〉를 부르더라고. 여자들이 두어 명 더 있었는데 굉장히 취해서는 화장실로 갔고, 그 가수 역시 휴식시간에 화장을 고치려 했는지 뒤이어 들어갔어. 그런데 어떻게 된 건지 그 가수가 머리끝까지 화가 나서 뛰쳐나오고 곧 다른 아가씨들도 역시나 화가 나서 나오더니, 쓰레기라느니 잡년이라느니 하면서 셋이 서로 욕을 하더라고. 앉아 있던 남자들이 다들 "난 누가 나한테 쓰레기라고 하면 가만 안 둘 것 같은데, 그렇지 않아?" 하면서 아가씨들을 부추겨 더 싸우게 하려고 했지만 여자들은 더는 싸우지 않고 그냥 흩어져 자기 갈 길을 갔고 남자들은 다들 실망했지.

사랑을 담아, 스위트

존

아버지가 아래 편지에서 서명 대신 쓴 X는 시골뜨기 동료들과의 연대감을 장난스럽게 표현한 것 같다.

월요일

달링,

우린 아마 이 편지가 도착하기 전에 만날 수 있겠지. mais, ca put.* E. E. 커밍스가 지난번에 보낸 상형문자 편지에 이렇게 썼

---

* 프랑스어 'mais ça peut'(그래도 상관없어)의 오기인 듯하다.

어. 심지어 악센트까지 붙여서. 난 영창 보초를 서다가 전화기로 바로 달려갔고, 전화기에서 또 여기로 달려왔어. 영창은 정말 흥미로운 곳이야. 최소한 밖에서 보기엔 그래. 재소자들은 내가 군대에 와서 본 중에 가장 근사하게 생긴 남자들이야. 밝고 맑은 눈과 하얀 치아에, 작업복은 자주 문질러 빨아 색이 바랬지만 티끌 하나 없이 깨끗해. 갇힌 사람이라는 낙인 때문인지 보통의 군인들에게는 찾을 수 없는 열기와 기백이 있어. 수감 생활은 쉽지 않아. 아마도 굉장히 힘들 거야. 그런데 문밖으로 나올 때는 이를 다 드러내는 환한 웃음을 띠고는 고개를 들고 있으니 오히려 우리 경비초소가 정말로 칙칙해 보여.

내 임무는 노역형을 받은 수감자 두 명을 나무가 쌓인 곳으로 데리고 가 이들이 장난을 쳐가며 불쏘시개로 쓸 장작을 패고, 서로 놀리고, 석방되면 뭘 할지 얘기하는 동안 장전한 총을 들고 감독하는 거야. 이들은 편지를 일주일에 한 통밖에 보낼 수 없어. 영창에서 밖으로 나가거나 안으로 들어올 때도 꼼꼼하게 몸수색을 받지. 교도소의 시야에서 벗어나기만 하면 바로 바닥에 앉아 신발을 벗고 엄청난 양의 편지들을 꺼내는데, 그러면 나 같은 만만한 보초가 대신 편지를 부쳐주는 거야. 발각되면 수감자도 보초병도 처벌을 받지만 아직까지 들키지는 않았어. 수감자들 대부분은 남부 출신인데 그들이 준법을 배우는 일은 아마도 없을 거야.

그리고 기대한 만큼 간단하게 사무 보직을 받을 수 없을 것 같아. 케니언이 간밤에 날 방으로 부르더니 그 일을 받아들이지 말라면서 소대에 남아 있기만 하면 날 위해 자기가 할 수 있는 건 뭐든 해주겠대. 자기 소대의 하사가 하는 말을 무시하기는 쉽지 않지. 어쨌든 난 걱정하진 않아.

곧 만나, 자기.

X

아래에 언급된 단편은 1942년 11월 21일자 『뉴요커』에 '뉴욕을 아주 그리워한 남자The Man Who was Very Homesick for New York'라는 제목으로 게재되었다. 아버지는 원고료로 365달러를 받았다. 나는 어머니에게 아버지의 글을 타자기로 옮기면서 제목을 고쳤는지 물어보았다. 어머니는 기억이 안 난다면서 그랬을 가능성도 있다고 말했다.

월요일

달링,

거스에게서 편지가 왔어. 이 단편을 정말로 좋아하는 것 같아. '외로운 남자'라는 제목은 어떻게 나온 거지? 원래 제목은 '뉴욕을 아주 그리워한 남자'거든. 당신이 제목을 생각해낸 거야, 아니면 『뉴요커』가 바꾼 거야?

오늘 처음으로 소대 훈련을 지휘하면서 구령을 외쳤어. "우로어깨총, 좌로어깨총, 앞으로가 등등." 정말 재미있었어. 그럼 이만. 염병할 정도로 춥네, 여긴, 오늘밤에……

사랑을 담아,

존

금요일

달링,

메이시스 백화점 소포가 오늘 도착했어. 치즈랑 정어리 등이 있어. 근사해, 전혀 우습지 않고. 난 지금 사탕을 빨아먹고 있는데, 다음주 야전 작전에 나간다면 생선이 아주 유용할 것 같아.

추수감사절엔 날이 흐렸어. 동부에서 추수감사절에 이런 날씨였던 걸로 기억하는데. 눈에 띄게 우울해 보이는 사람은 없더군. 아침에는 여기에서 일하고, 저녁 먹기 전에 보일러실에서 독한 술을 몇 잔 마셨지. 언제나처럼 식당 앞에 줄을 서 있었는데 취사담당 하사가 나와—우리가 명절 예법을 지키지 않을까봐 걱정하는 게 역력한 모습으로—조용히 줄을 서서 들어가 식탁에 자리를 잡으라더군. 식탁마다 천으로 된 시트를 깔고, 한가운데에는 과일과 견과류를 놓은 접시, 올리브를 담은 대접, 크랜베리 소스 등을 차려놓았어. 내 옆에 있던 사병이 뱉은 첫마디. "세상에, 앞으로 3주 동안 깨끗한 침대보 깔기는 다 틀렸다"…… 취사병 중 하나가 중얼중얼 기도를 한 뒤 끝을 이렇게 맺더군. "주님, 맙소사!"*

사랑을 담아, 스위트하트, 존

1943년 3월에는 랜덤하우스의 베넷 서프가 펴낸 아버지의 첫 책 『어떤 사람들이 사는 법The Way Some People Live』이라는 단편집의 표지사진 촬영이 있었다. 톰은 어머니의 오빠, 엘리자베스는 그의 아내다.

12월 14일

안녕, 달링,

당신의 정말 근사한 아버지가 오늘 편지와 함께 크리스마스 선물로 10달러 수표를 보내주셨어. 정말로 감사할 따름이야. 지금 너무 늦지 않았다면 시내에 나가서 당신하고 베넷 서프에게 사진들을 보낼 생각이야……

오늘 조시가 보낸 소포에는 훌륭한 스파이스 케이크가 있었어. 촉촉한 케이크가 왁스 입힌 종이 여러 겹에 싸여 양철상자에 들어 있는데, 뚜껑을 연 순간 어위나의 냄새가 났어. 톰과 엘리자베스도 조그맣고 묵직한 소포를 보냈는데 '언제까지는 열지

---

* for Christ's sake. 말 그대로는 '주 예수를 위하여'라고 풀이될 여지가 있지만 실제로는 '세상에' '맙소사' '제기랄' 등의 속된 감탄사로 쓰인다.

마시오'라고 적힌 쪽지가 있어서 아마도 난 그대로 따를 것 같아. 요즘엔 날마다 병사 어머니들이 중대 지휘관에게 편지를 보내는데, 앞부분이 대충 이런 식이야. "우리 랜돌프는 크리스마스를 언제나 집에서 보냈습니다. 그때 큰 가족모임이 있으니 우리 랜돌프에게 닷새만 휴가를 주시면 정말로 감사하겠습니다." 오늘은 이런 편지도 있더군. "중대 장교한테 가서 5일 휴가를 받아. 내가 지금 5개월 반이거든. 그러니 빨랑 집에 와서 나랑 결혼하는 게 좋을 거야." 물론 이건 기밀이야.

달링,

……모두가 상병이 되고 하사가 되고 뭐가 되는데 나는 아직도 작대기 하나라 얼간이가 된 기분이야. 이번 주에 장교후보생 아이큐 시험을 다시 볼 수 있을 것 같아. 멍청이 계급에서 위로 좀 올라갈 수 있을지도 모르지. 그렇게 못하면 당신은 계속 멍청이랑 어울려야 할 거야.

몇 주 전에 남부 아이들 중 하나가 "지저스 크라이스트"* 하고 외치는 거야. 패거리의 다른 녀석들이 단번에 "그런 북쪽 애들 욕지거리를 지껄이는 이유가 뭐냐" "우라질 양키같이 말본새가 그게 뭐냐" 하면서 야단이더군. 다 웃자고 한 얘기였는데, 하느

* '예수 그리스도'라는 뜻이지만 욕을 할 때 '우라질' '세상에' '이럴 수가!' 등의 감탄사로 쓰인다.

님(또는 성령이나 성자)의 이름을 운운하는 게 양키들 습관이라는 건 처음 알았어. 정말 그런 것 같기도 해.

급여장부를 담당했어. 사병 전체가 하나의 대형을 이루는 시간이지. 다들 주간휴게실로 하나둘 들어와 줄을 서서 자신들의 평범하거나 특이한 이름을 장부에 적는 동안 건물로 사방이 둘러싸인 안뜰에서는 악대가 "꿈속에 보는 화이트 크리스마스"를 연주했고, 연대경비대는 총기 검사를 진행했어. 이 행사—관련된 모든 이들의 딱딱한 군대식 태도—와 감상적인 음악이 난 항상 웃기면서도 감동적이야. 지금 보니 내가 급여 지급 얘기를 하다가 연대경비대 얘기를 하고, 서로 아무 관련도 없는데 뒤죽박죽 섞어놓았군. 아주 피곤해, 자기, 그래서 이만 쓰려고 해.

사랑을 담아,

존

편지에서 묘사된 이미지들이 소설에 반영된 경우를 샅샅이 찾아내는 일은 힘들기도 하지만 이해에 특별히 도움이 되지도 않을 것이다. 위 편지의 마지막 단락에서 흥미로운 것은 이 장면이 소설에 거듭 등장하면서 그 묘사가 갈수록 아름답고 복잡해진다는 사실이다. 크리스마스캐럴이 군대식 조직이나 심지어 불결한 환경과 눈부신 대조를 이룬다는 점 외에는 어쩌면 별다른 관련이 없을지 모르지만, 나는 이 편지를 읽으면 곧

바로 『팔코너』에 나오는 끔찍한 오후가 떠오른다. 소설에서는 병사들이 아니라 죄수들이다. 교도소는 그들을 교육동으로 몰아넣어 서식을 작성하게 하고, 플라스틱 크리스마스트리 옆에 세워놓고 사진을 찍었다. 이는 폭동을 예방하려는 교도소 행정당국의 일방적 계산에 의해 실시된 조처로, 그들은 죄수들이 작성한 서식을 갈가리 찢어서 공중으로 뿌린다. 하지만 잘린 종이들이 눈처럼 흩어지는 가운데 줄지어 걸어나오는 죄수들은 노래를 부른다. 때는 8월이고 그들은 행정당국의 의도를 제대로 파악하고 있지만, 가짜 크리스마스트리에서 멀어져가는 동안 〈고요한 밤 거룩한 밤〉을 부르기 시작한다.

……커콜드가 듣기 좋은 저음으로 따라 불렀고, 이어서 모두가 이젠 캐럴을 부르는 삶에서 너무도 멀어진 사람들임을 감안하면 의외로 강력한 작은 합창단을 이루어 성모 마리아의 노래를 열정적으로 불렀다. 죄수들이 부르는 오래된 캐럴과 부드럽게 흩날리며 머리와 어깨 위로 떨어지는 종잇조각들은 숨막히게 덥고 비 내리는 그날을 씁쓸하게 일깨우기보다는 내리는 눈 속에서 철없이 뛰놀던 즐거운 추억을 떠올리게 했다.

폴리는 비니라는 애칭으로 불리기도 했다.

일요일

달링,

내가 사진이 안 받는 사람이라고 갑자기 날 사랑하지 않으면 안 돼. 로버트 테일러 정도가 아닌 이상, 누구든 오거스타에서 피아노 의자 위에 앉아 사진을 찍으면 이렇게 끔찍한 모습일 거야. 어쩌면 로버트 테일러라도 이렇게 끔찍해 보일지 몰라. 당신이 서프에게 전화해서 그 사진은 없던 걸로 하라고 말해주는 게 좋겠어. 못생겨 보이는 건 상관없는데 감상적인 미소를 전국에 광고하는 짓은 정말 하고 싶지 않아.

톰과 엘리즈가 보낸 소포와 폴리가 보낸 소포 모두 '언제까지 열지 말 것'이라고 꼬리표가 붙어 있는데, 사물함에 빈 공간이 없어서 둘 다 개봉했어. 스웨터는 훌륭하고 근사한 폴리 향기를 풍기더군. 군대에서 심지어 조지아 주 어디에서도 맡기 힘든 냄새야. 조지아의 여자들은 모기약 냄새와 매우 흡사한 향수를 쓰더라고. 칼 두 자루는 두고 쓰기에 딱 적당한 개수야. 그때그때 둘 중 하나를 골라 책상을 파거나 손톱을 깎거나 복무기록 서류철에서 스테이플러 침을 빼내거나 과일 케이크를 자르거나 텐트 말뚝을 날카롭게 갈거나 캔을 따거나 해. 톰과 엘리즈와 폴리에게 편지할게.

사랑을 담아, 스위트,

존

빌,

오늘은 크리스마스이브인데 숙취 때문에 죽을 지경이에요. 모든 휴가가 취소되었고 대원들 중 열에 한 명만 주말 외출을 허가받아 불만이 대단합니다. "크리스마스를 이런 끔찍한 곳에서 보내다니." 다들 침울하게 창밖을 바라보며 서로 이렇게들 말해요……

디킨스 책들을 보낼 생각을 하셨다니 굉장히 좋았습니다. 빌, 정말로 감사합니다. 『피크위크 클럽 유람기』는 아직 읽어보지 않았는데, 지금은 책 읽을 시간도 많아 읽을거리를 찾던 참이었어요. 여기 도서관에는 신작 소설을 빼면 아무것도 없다시피 한데 대부분이 여성작가들 작품이에요. 무슨 이유에선지 정기간행물은 하버드, 예일, 윌리엄스, 럿거스 등 대학교 동창회지들이 장악하고 있어요. 병영이 어지럽고 정신없을 때는 영화보다 책이 훨씬 낫다는 걸 깨닫는 참입니다.

남부 애들 중 하나가 어제 긴급휴가를 신청하러 왔어요. 형이 연방경찰 살인죄로 전기의자에 앉게 되었다며 작별인사를 하러 집에 가고 싶다더군요. 어제 보험 관련 일로 찾아온 또다른 남부 아이는 이름이 칼립 뮤즈예요. 형제들 이름은 플레이토*와 앤디 잭슨**이고, 사는 동네 이름은 테네시 주의 파이어니어랍니다. 칼

* 플라톤의 미국식 발음.

** 앤디는 앤드루의 애명이며, 앤드루 잭슨은 미국의 제7대 대통령의 이름이다.

럽은 깡마르고 나이들어 보이는데다 노처녀 같은 분위기를 풍기는데 이애가 막사로 들어오면 비어든이라는 다른 남부 애가 항상 "칼립 뮤즈 오시네. 숫염소처럼 냄새가 지독해. 나나나, 나나나" 하고 소리쳐요……

툿시는 아직 태어나지 않은 나의 누나를 가리킨다.

1942년 12월 31일

달링,

오늘은 새해 전날인데, 이 낡은 혈관을 타고 흐르는 것이라고는 3.2도짜리 작은 맥주 하나뿐이야. 이런 일은 거의 15년 만에 처음이군. 시내로 나가자는 말들이 오고갔는데 난 그럴 가치가 별로 없을 것 같아 영화관에 가서 〈허니문에서 생긴 일〉*인가 하는, 진저 로저스와 캐리 그랜트가 나오는 영화를 봤어. 이름은 기억 안 나지만 진저 로저스와 결혼하는 B급 캐릭터 배우, 그런 자들의 수작으로 유럽이 몰락하고 있다는 게 영화의 주장인 듯하더군.

---

* 치버는 'It happened on a Honeymoon'이라고 썼지만 원제는 'Once upon a Honeymoon'이다. 나치 조력자인 오스트리아의 남작(편지의 'B급 캐릭터 배우')과 그와 막 결혼식을 올린 새 신부(진저 로저스) 그리고 남작의 본색을 밝히고 신부를 구해내는 미국 기자(캐리 그랜트)의 이야기를 그린 로맨틱코미디 영화다.

이 편지를 쓰다가 잠시 멈추고, 불침번을 서는 하사가 자기가 하는 슬롯머신 사업에 대해 얘기하는 걸 들어주었어. 피츠버그의 한 차고에 7천 달러어치 슬롯머신들을 보관하고 면허료로 3천 달러를 냈는데 이제 피츠버그에서 슬롯머신이 불법이 되었다는 거야. 자기 아내가 편지에 이렇게 썼대. "가진 돈을 모두 슬롯머신에 묶어놓는 게 아니었어. 그걸 먹을 수나 있으면 몰라."

오늘은 사단 전체가 숲으로 나갔어. (취사병, 헌병, 행정병 등 모두.) 머리 위로 기관총 40정이 불을 뿜고, 야전포 네 대가 대포를 쏘았지. 머스탱 전투기가 우리 전방구역에 기관총을 쏘아대고, 활공폭격기들이 최루탄을 뿌리고, 중폭격기들이 사방에 500파운드 폭탄을 투하했어. 가장 인상적이었던 건 머스탱 전투기들이었는데 매나 갈매기가 사냥하는 방식으로 목표물에 달려들었지. 다만 훨씬 빠르고 훨씬 치명적이라는 점만 다를 뿐. 3500피트 상공에서 하강해 목표물로부터 15피트까지 내려오더라고. 멋지더군.

당신이 즐거운 새해를 보내길 비는 대신 내년 이맘때 당신과 툿시와 함께 보낼 수 있기를 기원할게. 그렇게 안 될 이유야 없겠지.

사랑을 담아,

존

프레드는 침대시트를 제조하는 회사에서 일했다.

캠프 고든, 조지아 주 오거스타

금요일 밤

안녕 스위트,

오늘은 대규모 야외훈련이 있었다고 들었어. 오늘 아침 바턴 장군이 내려왔는데 그가 오면 항상 엄청난 소동이 일지. 그리고 오후에는 난 참가하지 않은 6마일 구보가 있었어. 이 코스를 달린 게 이번이 열번째쯤 되기 때문에 병사들은 당연히 덤불을 가로지르는 지름길이나 고생을 덜 수 있는 다양한 방법들을 발견하기 시작했지. 그러자 중대 지휘관들이 위반자들을 모두 발각해 일주일간 근신조치를 내리고 이번 주 야간에 같은 코스를 구보하도록 명했어.

프레드가 편지에 불평을 늘어놓으면서 정부가 얼마 전에 침대시트 1100만 장을 주문했다고 하더군. 형은 주당 40시간 근무제로 돌아가는 페퍼럴 사가 일주일 동안 어떻게 그 많은 시트를 만들 수 있을 거라고 기대하는지 이해할 수가 없대. 형은 당신이 임신중인 얘기도 하면서 정말 괜찮은 여자라고 칭찬하는군. 어머니와 아버지도 편지를 쓸 때마다 같은 말씀을 하셔. 당신은 정말로 괜찮은 여자 맞아. 그리고 나는 당신의 몸 상태가 너무 나쁘지 않았으면 하고 바라고 있어. 그리고 담배를 꼭 끊어야 하는지는 의문이네. 아이리스는 임신한 내내 담배를 피우던데. 뒤로 가면서 술은 잘 마시지 못했는데, 그때도 맥주와 와인은 마실 수 있더라고.

사랑을 담아, 스위트,

존

월요일

달링,

여기는 아직도 추워. 여덟 시간인가 아홉 시간 전에 당신한테 편지를 쓴 이후로 여전히. 이 근처에서 통나무집에 사는 사람들은 흑인이고 백인이고 할 것 없이 다들 아주 죽을 맛일 거야. 간밤에 『천사여 고향을 보라』*를 조금 읽었는데 나는 아주 좋았어. 오, 길을 잃었네, 오, 길을 잃었네, 하는 단락도 거슬리지 않았고, 나머지는 수다스럽고 재치가 풍부한 것이 구식 영국 소설 같더군. 아직 앞의 몇 장章밖에 못 읽었지만. 오늘밤엔 폴리와 당신 아버지에게 편지를 써서 보내주신 선물에 감사하다는 말씀을 드릴까 해.

이만 줄일게, 허니.

사랑을 담아,

---

* 1929년에 출간된 미국 소설가 토머스 울프의 첫 작품.

존

아버지는 육군에서 만난 '남부 아이들'에게 매료되었다. 한 번은 샤워하러 들어갔다가 칼립이 발톱과 손톱을 꽃분홍색으로 칠한 걸 봤다고 말했던 기억이 난다. "예쁘지 않아?" 그는 자신이 위반하고 있는 엄격한 성적 관습을 전혀 의식하지 못한 채 아버지에게 물었다고 한다. '툿시'는 아직 태어나지 않은 내 누나의 예명이었다. 어머니는 좀더 넓은 아파트를 물색하고 있었다.

월요일

안녕 스위트,

『무기여 잘 있거라』는 굉장한 책이지만 그 안에는 캐롤라이나나 조지아에서 한두 해를 보내는 이야기 같은 건 전혀 없군. 게다가 여기엔 아름다운 영국 간호사들이 없어. 이따금 행군에서 돌아올 때 보면 소나무, 모래, 빨간 지붕을 인 하얀 집들 때문인지 군 주둔지가 언덕 위에 자리한 이탈리아 도시처럼 보이기는 해. 하지만 우린 병원에서 퀴멜 술을 마시거나 헛간에서 샴페인을, 그리고 카페에서 스트레가*를 마시지 않아. 당신도 그렇진 않

* 달고 민트향이 나는 이탈리아 술.

겠지, 허니. 『타임』을 보니 뉴욕에서 소간이 1파운드*에 1.15달러라던데, 사실이야? 당신과 툿시가 살코기를 충분히 먹으며 지내기를 바라는 마음이야.

난 아파트에 대해선 별로 꿈꾸지 않지만, 전쟁이 끝나는 날은 늘 꿈꾸고 있어. 항상 시골을 떠올려. 동부 어딘가 풀이 무성하고 느릅나무가 있는 곳, 당신은 언제나 스웨터를 입은 모습이지…… 하지만 군대에서의 삶은, 다른 모든 종류의 삶이 그렇듯, 기지를 얼마나 충분히 발휘하느냐에 많은 것들이 달려 있어. 나도 그런 기지를 갖춰 이곳에서의 삶을 좀더 의미 있게 만들고 싶어.

매우 우울한 그대의 남편이 사랑을 보내며,

존

치버는 예나 지금이나 특이한 이름이다. 어머니의 가족은 뉴헤이븐에 살고 있었다.

수요일 밤

달링,

……지금 이곳의 담당 장교는 앨콘 중위야. 그가 삐딱한 사람

---

* 약 450그램.

이 아니라는 건 대단한 일이야. 목소리는 듣기 좋고, 위로 치솟은 코에는 조그만 사마귀가 있어. 걸을 때는 고개를 한참 위로 쳐들고 마치 발허리뼈가 부러진 사람처럼 움직여. 나는 이곳 사람들을 보면 민간인이었을 때 어떤 옷을 입었을지 상상하면서 그들을 가늠하고는 해. 군복을 입고 한쪽 어깨에는 경기관총을 늘어뜨린 채 철모를 쓴 모습을 보면 그런 상상을 한다는 게 굉장히 제한적이지만, 이들이 과거에는 도대체 어떤 사람들이었는지 궁금할 때가 많아. 중위로 진급한 사람은 6개월 안에 프리마돈나의 신경질, 매우 연극적인 태도와 과장된 걸음걸이, 그리고 약간의 위궤양 기를 보이게 돼. 그들 중 누구도 민간인일 때는 없었을 호사를 누린다고 볼 수 있지……

정오 우편에 조시가 보낸 편지가 있었어…… 또 일리노이 주 스프링필드에 사는 메리 앤 치버라는 이는 이렇게 편지를 썼더군. "저는 열아홉 살이고 주 정부 일을 하고 있어요. 제겐 언니들이 네 명 있고, 오빠가 하나 그리고 남동생이 하나 있어요. 아저씨는 몇 살이세요? 제가 좀 무례한가요?" 『콜리어스』에서 내 이름을 봤는데 이게 정말로, 진짜로 내 이름인지 알고 싶었다나.

……주중에 날마다, 때로는 하루에도 두 번씩 당신에게서 편지를 받으니 정말로 좋군. 일요일마다 당신이 너무 쓸쓸하면 가끔 뉴헤이븐에 가서 바람 좀 쐬고 오는 게 좋을 것 같아. 일요일마다 당신과 함께 보낼 수 있다면 좋겠어. 월요일도. '애틀랜타

컨스티튜션Atlanta Constitution'에 실린 기사를 봤는데 어떤 연인이 미합중국 우편 서비스를 통해 30년 동안 애정을 키워나갔다고 하더군.

사랑을 담아, 허니,

존

현금 도난 사건으로 중대 전체가 막사에서 근신한 이야기는 문학에서 워낙 흔하기 때문에, 그 자체로만 보면 이 세상에 섭리에 따른 질서가 존재한다는 논거로서 상당한 힘을 지닌다. 그 사건은 오거스타의 아버지의 중대에서도 발생했다. 아마도 허먼 넬슨의 불운은 1943년 8월 『뉴요커』에 실린 단편 「보이지 않는 배The Invisible Ship」에 영감을 주었을 것이다. 넬슨은 60달러를 잃어버린 앨고트 라슨으로 바뀌었다. 이는 현실에서 도난당한 66달러보다 적은 액수이며, 이러한 차이는 소설의 효과를 강화하기 위해 반드시 과장이 필요하지는 않다는 것을 증명—증명을 필요로 하는 사람들이 있다면—한다. 단편 속의 범죄자는 붙잡혀 처벌을 받았지만 현실의 도둑은 정체도 밝혀지지 않았다. 하지만 그것은 완전히 다른 차원의 문제다.

목요일

달링,

그제 밤에 누군가 허먼 넬슨의 돈을 훔쳐서 중대가 무기한 근신에 들어갔어. 허먼 넬슨은 노스다코타에서 온 참 괜찮은 친구인데 오늘 제대할 예정이었거든. 물론 도둑을 잡지 못해 모두가 의심을 받았지만, 불쌍한 허먼은 돈 한푼 없이 노스다코타로 돌아가야 해. 'I' 중대는 볼거리 때문에 근신에 들어갔는데 앨콘 대위가 어젯밤에 우리를 주간휴게실로 부르더니 절도는 볼거리보다 나쁘다면서 다음 고지가 있을 때까지 계속 근신하고 있으라더군.

근신에 들어가면 아마 당신에게 편지를 쓰지 못하겠지만 대위가 오늘밤이나 내일쯤 근신을 풀지도 모르겠어.

모든 사랑을 담아, 스위트,

존

제프리는 아버지가 아직 태어나지 않은 내 누나에게 썼던 또다른 이름이다.

금요일 밤

안녕 스위트,

앨콘이 어젯밤에 근신을 해제했어. 도둑은 적발되지 않았고 아마도 며칠만 지나면 이 일은 그냥 잊히겠지. 넬슨은 내 옆 침대에서 생활한 아주 괜찮은 친구였어. 노스다코타에서 온 서른

여덟 살 먹은 밀 농사꾼이었는데 그런 배경 때문에 군에서 제대를 시킨 거야. 이때를 대비해 고생고생해가며 돈을 모아 66달러에다 푼돈을 얼마간 만들었는데 도둑이 그걸 가져가버린 거지. 우리가 십시일반으로 25달러를 만들어줘서 그만하면 대충 지낼 수 있을 거야. 서른여덟부터 그 위로는 모두 부대를 떠나고 있고 그 자리를 열여덟, 열아홉 아이들이 채우고 있어.

오늘 노엘 헤먼딩거가 편지를 했는데 이제 막 장교로 임관해 다른 장교들에게 법을 가르칠 거라고 하더군. 냇 골드스타인도 임관 후 리틀록으로 나갔대. 군복 가격이 비싸다고 투덜거리고 있다더군. 이건 다 장교 부서에서 나온 뉴스야. 시비스킷이 세탁전문사관으로 직접임관*을 노리고 있다는 것만 빼면. 사병들은 변함없이 멋져. 어젯밤엔 하드윅이라는 사병이 제 여자친구들 중 하나가 쓴 편지를 내게 보여줬어. 맞춤법 초월의 걸작이더군. 하드윅이 한 여자한테 사진을 보낸 적이 있는데 편지를 쓴 이 여자가 자기에게도 사진을 달라면서 자기는 왜 빼먹었느냐고 따지는 거야. "나한테 어떻게 했는지 기억 안 나?" 여자가 물었어. "그날 밤 엉클조의 난로 아래 바닥에서 뭐 했는지 기억 안 나냐고. 진심이 아니었던 거야?"

당신과 제프리에게 잘 맞는 예쁜 옷을 사 입어, 허니. 삭스나

* 사관학교, ROTC, 장교후보생학교 등을 거치지 않고 전문기술을 인정받아 곧바로 장교가 되는 경로.

메리루이스 같은 데 가면 뭔가 있지 않을까 싶은데. 그리고 아이큐 점수를 쉽게 올릴 수 있는 방법에 대한 책을 좀 보내봐. 사랑해, 스위트하트. 당신과 함께 있다면 얼마나 좋을까.

존

화요일 밤

안녕 스위트,

요즘 서비스클럽에서 식사를 하다보니 돈이 좀 필요해. 항공우편으로 돈을 보내줄 수 있을까? 수표도 우편환만큼 유용해. 사실 수표가 더 좋지. 브릴 대위가 수표에 이서를 할 테니 현금으로 바꾸기도 쉽고. 한 시간 전에는 리브 대위가 부르더니 나를 연대신문 편집자로 보내라는 명령이 내려와 내일이나 모레쯤 시행될 것 같다고 했어. 하도 오래 미뤄지던 일이라 별로 들뜨지도 않는군. 린 스트리터가 만화를 그릴 건데, 어쨌든 좋은 신문을 만들어야 할 거야. 보직이 바뀌면 긴 나눗셈이나 분수 계산을 공부할 시간이 생길지도 몰라. 지금은 그런 시간을 내기가 어렵거든. 수학책을 들춰 봤는데 정말 좋더군. 책 보내줘서 정말 고마워, 달링. 당신을 직접 만나 정수整數와 연대신문과 특무대위와 가분수 등등에 대해 얘기할 수 있으면 얼마나 좋을까.

사랑을 담아, 달링,

존

월요일

달링,

군악대원 하나가 연애하던 여자가 있는데 알고 보니 척수막염에 걸렸다고 해서 이제 우린 군악대도 없고, 아침 제식훈련도 없고, 퇴각행진이나 경비대 의식도 없어졌어. 군악대가 격리에서 해제될 때까지는 계속 이런 상태일 것 같아……

내일 아침 8시 반에, 그리고 수요일에도 한 번 부대 점검이 있을 예정이야. 이렇게 문질러 닦고 윤을 내고 하는 동안 병사들이 또 이런저런 말들을 하는데, 가장 그럴듯한 얘기는 지금 이 근처를 돌고 있는 리어 장군(오호!)이 우리 부대를 시찰할 거라는 추측이야. 장군은 가는 곳마다 쑥대밭을 만드는 사람이라는데 어딘가에서 먼지라도 발견하면 당연히 장교들은 쩔쩔매겠지. 어제 돌았던 소문은 군대의 특징적인 일면을 드러내는 듯해. 이곳엔 펜실베이니아에서 석탄 광부를 하다 온 사람들이 여럿 있는데 항상 이들은 군대에 있느니 가장 위험한 탄광에서 쥐꼬리만한 봉급을 받고 일하는 게 낫다며 (어서) 그렇게 되면 좋겠다고 말하곤 하지. 그런데 어제 석탄 광부들을 제대시켜 다시 탄광으로 돌려보낸다는 소문이 돌았어. 광부들은 그 계획을 듣고 주춤하는 것 같더라고. 사실 그 사람들은 도저히 어쩔 수 없을 때나 탄광으로 돌아갈 테고, 갱도에서 볼 때 군대 생활이 아주 속 편하고 행복하게 느껴질 거라는 건 보나마나 빤한 일이지.

사랑스러운 메리, 용감하게 헌혈도 하고. 여기 있는 이 일병 같았으면 기절해 쓰러지고 말았을 거야.

존

수요일

안녕 달링,

주말 휴가가 불가능했던 건 사격훈련에 대비해 금요일과 토요일에 소총 사격술을 연습해야 했기 때문이야. 이번이 세번째 대비연습이로군. 우리의 위대한 신문은 등사지 준비를 마쳤고, 내일 언제쯤 등사기로 찍어내 그리고 내일 언제쯤 제본할 것이고, 그런 다음에는 다음 호 준비를 시작하게 될 거야. 이번 호에서는 스트리터와 함께 사단신문의 '기자의 질문'란을 풍자적으로 모방한 기사를 쓰며 즐거운 시간을 보냈어. 사본을 한 장 동봉할게. 소령이 어떻게 받아들일지는 몰라도 병사들은 분명히 좋아할 거야. 오늘밤엔 영화관에 가서 앤 서던이 훌륭한 바이올리니스트로 나오는 영화를 봤어. 당신은 앤 서던처럼 하지 말고 날 기다려주었으면 해. 그 여자는 멜빈 더글러스가 리스본으로 떠나자마자 아주 세련된 작곡가와 아주 건방진 음악평론가를 따라가버리거든. 젠장, 뭐 그리 시시한 거야.

잘 자, 스위트하트,

존

DD는 아버지와 린 스트리터가 합작해 발행한 연대신문 '더블듀서Double Deucer'를 가리킨다.

목요일

안녕 허니,

오늘 아침 7시경에 휴게실로 갔어. 기온이 0도* 정도인데 보일러가 꺼져 있어서 불을 피우려고 했지. 그런데 불을 붙일 수가 없더라고. 오키프가 와서 둘이 함께 해봤는데도 안 되는 거야. 그러자 잭슨 중위가 장교후보생학교에서 강의하는 단호한 공군 장교들과 함께 오더니 그러는 거야. "정확한 방식으로 불을 피우겠다." 그래서 그렇게 했지. 불이 붙고 건물이 점점 훈훈해지기에 난 건물 뒤쪽에 있는 사무실로 들어가 이번 주 DD의 등사원고를 뜨기 시작했고, 골디와 스트리터가 10시경에 들어왔어. 그런데 잭슨 중위가 "즉시 건물 밖으로 나가" 하고 소리치는 게 들리는 거야. 난 등사원고를 끼운 타자기를 들고 뒷문으로 달려 나갔는데 다행히 열려 있었어. 연기와 불꽃이 우리 뒤를 바짝 따라왔고, 약 이십 분 뒤에 건물의 90퍼센트 정도가 소실되어버렸어.

* 섭씨로 약 영하 18도.

하루종일 위원회가 소집되었는데 보일러가 자동으로 가동중이었기 때문에 누구에게도 책임을 물을 순 없었어. 보일러장치의 전선에 결함이 있었던 것 같아.

굉장한 화재여서 소방차들이 와서 물을 뿜어대고, 굴뚝은 무너지고, 장군과 그 무리들과 대략 열 명쯤 되는 대령들도 모여들었지. 건물 관리를 맡고 있는 불쌍한 리브 대위는 아마 조사를 받게 될 거야. 정말 운이 나쁜 사람이야. 지난가을에 대위가 수영장 파티를 열었을 때는 병사 한 명이 익사해버렸어. 그의 사무실은 지금 폐허가 되어 연기를 뿜고 있고. 우리는 물건을 모두 밖으로 꺼내올 수 있었으니 내일은 DD에 화재에 관한 특별기사를 실을 거야.

토요일

허니,

피그뉴턴스Fig Newtons 과자도 그렇고 우리 툿시도 그렇고, 당신은 정말 사랑스러운 사람이야. 좋은 집을 찾을 수 있기를 빌어. 당신의 다정한 편지들 덕분에 난 정말 행복해.

어젯밤에 오키프와 함께 시내에 나가 남부식 카페테리아에서 저녁을 먹었어. 조명도 밝고 굉장히 깨끗한 식당이었는데, 한 노인이 창가에 앉아 오르간으로 슬픈 음악을 연주하더군. 머리에 화려한 스카프를 두르고 금귀걸이를 한 노파였지. 음식은 좋았는데—자동판매식 식당 정도—쟁반에 먹을 음식을 담으면 깔끔한 유니폼을 입은 웨이트리스가 와서 쟁반을 받아 테이블까지 가져다주니 양손으로 쟁반을 들고 서성이는 난감한 모습을 보이지 않아도 됐어. 웨이트리스는 식탁에 음식을 잘 놓아주고, 테이블마다 전기 촛불이 하나씩 있어서 케첩이 필요하거나 차를 한 잔 더 마셔야겠다 싶을 때 그걸 켜면 깔끔한 유니폼을 입은 웨이트리스가 와서 모든 주문에 다 응대해줘. 이 식당은 미국의 이쪽 지역이 노예를 부리는 데 너무 익숙해서 카페테리아 운영방식도 바꿔야 한다는 걸 보여주는 사례랄까.

DD 세 부와 오키프가 탄생시킨 '아이비리프Ivy Leaf' 한 부를 함께 보낼게. 창간호는 딱 한 부밖에 찾을 수가 없는데 그건 1면이 거꾸로 인쇄되어 있어. 화재 다음날 나온 신문이 3호인데 우린 그걸 한데 모아 잘 쌓은 다음 소형 화염분출기로 가장자리를 살짝 태워 화염 속에서 구해낸 것처럼 보이게 만들었어. 2호의 손상 부분은 진짜야.

사랑을 담아, 스위티,

존

'세액을 허위로 기재'한다는 태연한 말이 충격으로 다가온 이유는 그것이 계획적인 부정행위라서가 아니라 그 안에 내포된 탐욕 때문이었다. 아버지는 자주 돈에 쪼들렸지만 인색한 적은 거의 없었다. 웨스트체스터에서 새 차를 살 때 매번 가격표대로 다 주는 사람은 아버지를 빼면 몇 되지 않을 것이다. 아버지는 쇼핑을 할 때면 신경이 과민해졌고 흥정을 절대로 하지 않았다. 한번은 아버지가 어머니에게 줄 선물을 사려고 보석가게에 들어가 장식장 유리 밑에 놓인 팔찌 하나를 가리켰는데 점원이 장식장에 손을 넣어 다른 팔찌를 꺼냈다. 점원의 서투름에 난처해진 아버지는 그게 맞다며 고개를 끄덕이고는 사고자 했던 팔찌 바로 옆에 진열되어 있던 그 팔찌를 가격표에 적힌 금액대로 지불하고 샀다. 점원은 값을 깎아줄 생각이었지만 아버지는 점원에게 미처 그런 말을 할 틈도 주지 않았다.

[1943년 2월]

달링,

『뉴요커』에서 세금계산서를 보내줘 한편으로는 잘됐다 싶어. 세액을 허위로 기재하기에 딱 좋은 서류니까. 거기에 내 군대 봉급을 추가로 기입해 공제를 받고 끝내는 거지. 『콜리어스』는 분명 세금계산서를 안 보내줄 거야. 이미 너무 늦어버렸겠지. 오늘 밤 인사과에 가서 재피에게 세금 계산 좀 해달라고 해야겠어. 재피는 사람들 소득세 계산해주는 걸 좋아하는데 공제액 산출도 아주 잘해.

아침에는 내내 소총 가늠자를 들여다보고 있었고 오후에는 사격장에 나가 유탄발사기를 발포했어. 그다음 퇴각훈련은 생략하고 샤워를 한 다음 초코바를 하나 먹었더니 기분이 끝내주는군. 하지만 오늘 조지아 날씨는 당신에겐 잠깐도 겪게 하고 싶지 않아. 정오부터 중간급 모래폭풍이 불고 있어서 먼지가 사방에 스며들고 날아다녀. 창문이며 문을 모두 닫고 있는데도 막사로 식당으로 들어오고, 잇새로도 눈 속으로도 들어와. 오늘 오후엔 표적도 보이지 않는데다 먼지구름 속에서 흐릿한 형체만 나타났다 사라지기를 거듭하더군. 이런 풍경을 보니 크로프트의 사격장에서 경험하곤 했던, 마치 성경에 나올 것 같은 장면들이 떠오르더라고. 뿌옇게 먼지가 일고 나면 갑자기 먼지 속에서 100여 명의 군인들이 나타나 사격장의 장교 통제탑을 어깨에 지고 비틀거리며 나아가는 것처럼 보였거든.

사랑을 담아, 스위트하트, 잘 자.

존

『어떤 사람들이 사는법』은 1943년 봄에 랜덤하우스에서 출간되었다. 아버지의 첫번째 단편집인 이 책을 보고 관심을 가진 어느 장교가 아버지를 보병대에서 빼내 통신대로 옮겨주었다.

일요일

안녕 스위트,

나는 무슨 일이든 소문에 의지하지 않는 편인데, 4월 언젠가 포트 딕스로 이동할 거라고 가족들에게 편지로 알려도 된다는 말이 돌고 있어. 그후로는 주둔지 변경이 없을 거라는 말도 들리는데 그렇다면 해외로 파병되지 않는다는 뜻이야. 설사 와이오밍 주로 가게 된다 해도 놀라지 않을 테지만 그래도 소문대로 되기를 빌고 있어.

장교들 몇 명을 신중하게 선택해 책을 나눠주었어. 대령에게는 한 권 줄 수밖에 없어서 크로프트에서부터 친구로 지낸 사토장이에게는 내 몫으로 남은 한 권을 돈 받고 팔았어. 함께 맥주를 마셨는데, 꽤나 폼을 잡으면서 새뮤얼 언터마이어Samuel Untermyer*를 심었던 얘길 하더군. '심었다'는 건 그 친구가 쓰는 표현이야. 모솔륨mausoleum**을 리놀륨처럼 발음하면서, 부자들 중에 가장 믿을 수 없는 부류는 우들론에 묘를 정한 사람들이라고 말하지. 잘 감시하지 않으면 다른 묘에 있는 철쭉이나 철제 벤치를 훔친다는 거야. 이 친구는 밴더빌트 가문과 모건 가문과 텍스 리카드***에 대해 아주 내밀한 부분까지 알고 있더군. 물론

* 미국의 변호사이자 백만장자.

** 중요한 인물의 크고 웅장한 묘 또는 그 묘를 포함하는 건물. 리놀륨linoleum은 고무 소재의 장판.

다 땅에 묻힌 사람들이지만. 그렇다고 시체 같은 걸 좋아하는 음침한 친구는 아니야. 그 직업은 대공황 때도 그다지 부침이 없었다면서 자기 일을 아주 좋아해.

이제 글을 좀 써야겠어, 허니. 오늘 여긴 날씨가 참 좋군. 따뜻하고 쾌적하고. 단편들이 책으로 묶여 나온 걸 보니 기분이 좋았어. 내가 얼마나 더 공부해야 하는지 어떤 건 하면 안 되는지 잘 알 수 있으니까.

사랑을 담아,

존

일요일 [1943년 3월]

안녕 스위트,

금요일에 스트리터와 함께 탄약 운반차량을 타고 들어왔어. 부대는 텅 비었고 다락방 냄새가 나는 막사에서는 바퀴벌레들이 즐겁게들 놀고 있더군. 구슬프고 청명하고 훈훈하고 아름다운 봄밤이었는데 이곳에 생전 처음 온 듯한 느낌이 들었어……

……나 대신 툿시에게 칼라민 로션을 발라줘, 허니. 모든 사랑을 담아,

*** 미국의 유명 권투 프로모터.

존

로즈 펠드가 쓴 서평을 읽었는데, 내 책을 대단찮게 여기더군. 서평은 괜찮았어. 내가 무엇에 대해 쓰는지를 전혀 모르는 게 문제지.

로즈 펠드의 서평은 1943년 3월 14일 『북 리뷰』에 실렸고 다음과 같은 내용을 포함하고 있었다.

글쓰기의 세계에서 모든 재료를—스케치, 잡지나 신문기사, 지어낸 이야기 등등—단편소설이라고 부를 수 있다면, 존 치버의 『어떤 사람들이 사는 법』도 단편소설집이라고 부를 수 있을 것이다. 하지만 전통적인 의미에서 보자면 30편의 이야기 중 단편소설의 일반적인 형식적 요건을 충족하는 작품은 단 몇 편뿐이다. 나머지는 등장인물의 삶에서 포착한 순간 또는 분위기의 서술에 지나지 않으며 개성은 도드라지지만 효과 면에서는 모호하다.

화요일 [1943년 3월]

안녕 달링,

당신이 흥미를 느낄 만한 암흑가 캐릭터 몇 명을 최근에 우연히 알게 되었어. 하나는 오늘 불쑥 나타난 ___라는 녀석인데 예전에 플랫부시에서 밤무대 사회자를 했대. 오거스타에서 어린 여자들에게 매춘을 알선한 죄로 재판을 받았다가 무죄로 풀려났다고 해. 타락한 수고양이 같은 도덕관념을 가진 놈인데 어떻게 무죄 판결을 받았는지 그 이유가 궁금할 따름이야……

그러다 놈이 제 소속부대가 최근에 주둔했던 오클라호마 주의 포트 실Fort Sill에 대해 얘기하더라고. 내가 거긴 조그만 도시 아니냐고 물었더니 완전히 정색을 하고 답하는 거야. "아니, 아니야. 맙소사, 조그만 도시가 아니야. 뒷골목들이 많거든." 그러고는 포트 실에서 어느 탭댄서와 연애한 얘기를 길게 늘어놓더군. 여자는 밴드의 색소폰 주자와 결혼한 상태였지만, "나는 코미디언이니까, 색소폰 주자보다 나하고 있으면 더 행복할 거라고 그 여자는 생각한 거지. 코미디언은 웃고 떠들기에 좋지만 색소폰 주자는 밤새 일해야 하잖아. 그 여자는 코가 커서 내가 앵무새라고 불렀어. 창녀는 아니야. 하느님께 맹세하지만 그 여잔 창녀가 아니고 훨씬 여성스러운 스타일이어서 나로서는 아주 좋았지." ___는 그 연애사건을 클라이맥스까지 자세히 얘기했는데 결국 여자의 남편이 놈을 집밖으로 내쫓으며 말했대. "제발 우리 가정을 망가뜨리지 말고 나가주세요."

두번째 멍청이는 ___라는 남자인데 연대에서 유도와 레슬링을 가르쳐. 기동연습에 같이 나가 지켜볼 기회가 많았지. 그자는 말끝마다 겁보라는 말을 달아. "내가 예전에 고리대금업자 밑에서 일한 적이 있어, 이 겁보야." 나한테 그렇게 말하더군. "대단한 사람들을 많이 안다고, 이 겁보야. 상류층 사람들 말이야." 이자는 굉장히 근육질이고 굉장히 게으르고 굉장히 허영이 심해. 아침에 일어나면 계집애처럼 얼굴이나 옷차림에 전전긍긍한다니까. 여기저기 카니발을 전전하며 〈매스크드 마블Masked Marvel〉*의 주인공처럼 차려입고서 촌뜨기들을 상대로 돈을 걸고 제한시간 동안 싸우는 일을 했다나봐. 코가 심하게 부러진 것이 펀치드렁크** 환자인가 싶기도 해. 어쨌든 이해력이 아주 기초적인 수준에 지나지 않고 귀머거리나 바보처럼 좀 모자란 듯싶게 어리둥절한 표정을 짓거든. 뉴욕에서 경호원으로 일한 적이 있다는데 나이트클럽이나 카페를 전전하는 사람들과 어울려 다닌 이력이 있어서인지 하는 말의 3분의 1은 슈라프트 레스토랑의 여자안내원 같은 느낌이야. 가령 새끼손가락을 살짝 구부리면서 "커피를 아주 살짝만 더 따라주시겠어요?" 하는 것처럼. 그런 방언을 구사하다가 갑자기 유얼, 위얼, 쇼너프*** 해가며 오거스타에서 배운 남부식 말투로 직진하곤 해. 그러다가 이스트사이드에서 자라면서 배운 거칠고 추잡한 욕으로 되돌아가는 거야. 그럼, 암흑가 이야기는 여기까지.

---

* 1943년에 개봉한 영화로 가면을 쓴 영웅이 일본 공작원과 스파이 조직에 대항해 싸우는 내용이다.

** 권투선수들이 반복적인 두부 손상을 입어 생기는 뇌장애 증후군.

*** you-all, we-all, sho-nuff. '너희' '우리' '확실히'를 뜻하는 미국 남부 사투리.

내일은 기관총 실탄사격 훈련 코스를 돌 거야. 병사들이 배려 깊게도 리스트에서 내 이름을 빼놓았기에 오늘밤 중대 사무실로 가서 자원했지. 달러드가 미친 거 아니냐는 듯이 날 쳐다보며 "이런 얘긴 **내가** 책에다 써야겠구먼" 하더군. 어떨지는 직접 보는 게 낫겠지.

존

랜덤하우스는 『어떤 사람들이 사는 법』을 2750부 인쇄하여 2000부가 조금 못 되게 팔았다.

[1943년 3월]

안녕 베이비,

결혼기념일 선물로 꽃을 보내려고 했는데 시내에 나가질 못했어. 그리고 전쟁에서 이기려면 2년이 더 걸릴 거라는 처칠의 말은 과장이라고 생각해. 여기를 떠나기 전에 단편 하나를 더 쓰려고 힘써볼 거야. 쓸 수 있게 되면 당신은 뭐라도 갖고 싶은 걸 좀 사. 좋은 시계라든가, 유용하고 값나가는 걸로 사서 내 선물이라고 생각해. 난 서평에는 전혀 개의치 않아. 그저 판매에 찬물을 끼얹지 않기만을 바랄 뿐이지.

안녕, 스위트, 잘 자,

존

금요일 밤

안녕 허니,

오려 보내준 기사는 오늘 받았어. '뉴욕 타임스'에 실린 건 정말 재미있었어. 하지만 전반적으로 서평을 쓴 사람들은—비록 나를 싫어하더라도—굉장히 성실하고 진지한 이들이더군. 우울한 젊은 작가를 바른 길로 인도해주려는, 그리고 독자들의 안전한 투자를 도우려는 열의가 대단한 것 같아.

『새터데이 리뷰』에 내 책을 극찬하는 서평이 실릴 거라고 얘기했던가? 어쨌든 서프 말로는 그럴 거라고 해.

잘 자, 스위티,

존

수요일

안녕 스위트,

……오늘 오후에 한 훈련은 우리를 구덩이에 몰아넣고 그 위로 탱크가 지나가는 거였어. 그런 훈련이 있다는 얘기는 오래전부터 들었지만 설마 했는데, 어쨌든 무사히 끝났어. 맨 앞쪽에 있던 사람은 꽤 불안했을 것 같은데 내가 있는 곳까지 탱크가 왔을 때에는 이미 많은 사람들 위로 지나온 뒤라 별거 아니었어. 그다음에는 구덩이 밖으로 나가 기관총이 발사되는 가운데 기

어다녀야 했지. 유일하게 힘든 점은 기어다니는 수고뿐이었는데, 당신도 알다시피 난 기는 데는 도사이기 때문에 별문제 없었지……

캠프 고든, 조지아 주 오거스타

목요일 [1943년 5월]

안녕 허니,

이건 기상나팔이 울린 직후에 쓰는 편지야. 사위가 점점 밝아지고 있고 난 아직 잠에서 덜 깼어. 아파트의 모습을 그려서 보내주다니 고마워. 좋은 아파트 같군. 나도 그곳에 살면서 삽으로 뜰의 흙을 파고 울타리에 페인트를 칠하고 선반을 달고 있다면 좋겠어. 사흘 휴가를 받으면 그렇게 할 수도 있겠지. 당신 생일을 잊고 지나가버렸어, 스위트. 하지만 기억했다 해도 카드말고는 아무것도 보내주지 못했을 거야. 오늘은 훈련 일정을 단축하고 나머지 시간을 이동 준비에 쓰고 있어. 글쓰고 있는 나를 누군가 발견해 창문 닦는 일을 시키지만 않는다면 앞으로 며칠 안에 단편을 하나 끝낼 수 있을 테고, 그럼 당신은 그 돈으로 생일 선물을 살 수 있을 거야. 그리고 나도 이동 때문에 돈이 좀 필요해서 오늘 오후에 10달러를 보내달라는 전보를 칠 수도 있어.

대령이 날 상병으로 진급시키겠다고 생각한 모양인데, 필요한 등급을 받으려면 근무중대로 전출해야 하는 것 같아 걱정이야.

거긴 정말 후진 곳이거든. 그리고 어제 아이큐 테스트를 다시 치러 2군으로 합격해서 장교후보생학교에 들어갈 수 있게 됐어. 애초에 왜 낙방했는지 이해가 안 돼. 정말 단순하고 아주 괜찮은 테스트인데 말이야. 수학의 기초만 안다면 분명 눈부신 성적을 낼 거야. 난 당신이 보내준 책들을 다 봤는데도 수학은 잘 모르겠어. 이동할 때까지는 특무중대에 남아 있다가 포트 딕스에 가서 점수를 한번 보려고 해. 그런 다음 훈련 일정이 계속된다면 야전으로 나가 거기에서 특출한 군인이 되도록 애써보겠어.

금요일

안녕 허니,

레인저스는 당신도 알겠지만 특공대에 해당하는 건데, 오늘 여기에서 중대별로 장교 한 명과 하사 한 명에게 실시하는 2주 집중 레인저스 코스가 있어. 아주 힘든 훈련이야. 그다음에는 이틀간 우리가 받는 속성 레인저스 코스가 있지. 수요일에는 새벽 무렵에 숲으로 나가 참호에 몸을 숨긴 기습 표적을 향해 허리총 자세로 사격하는 훈련을 받았어……

그런 다음 공병대에서 나온 신참 소위에게 특정 폭약들의 속성에 대해 강의를 들었어. 소위가 엄청 거드름을 피우면서 계속 우리 쪽으로 티엔티와 다이너마이트를 던지는 거야. 그것들은 기폭장치가 없으면 터지지 않는 폭약들이거든. 그자가 25파운드

다이너마이트를 가지고 땅에 폭탄 구덩이 만드는 방법을 보여주었어. 소위가 고른 현장 주변에 이미 구덩이가 여러 개 있어서 나같이 나서기 좋아하는 이등병 몇 명이 폭약에서 가장 가까운 구덩이로 들어갔어. 갑자기 요란한 폭발음이 들리더군. 애초에 화약을 부족하게 채워넣었기 때문에 뇌진탕은 없었지만, 순식간에 하늘이 캄캄해지고 엄청난 양의 흙이 우리의 머리와 어깨 위로 소나기처럼 쏟아져내렸어. 단 일 분 정도의 순간이었는데 오 분은 되지 않았을까 싶더군. 산 채로 매장당하는 것처럼 불편하고 무기력한 기분을 경험했지…… 그다음에는 어두워진 숲속으로 행군해 들어가 어둠 속에서 들려오는 여러 가지 소리를 향해 사격하는 훈련을 했어. 어둠 속에서 자신의 시청각과 방향감각이 얼마나 정확한지 스스로 느껴보라는 취지의 훈련이었지. 그러고는 야영지로 가서 취침. 다들 잘 잠들지 못해서 허가를 받고 모닥불을 피웠어. 별이 총총하고 포근한 밤이었지.

아침에는 다시 폭발물과로 복귀했어…… 병사 네 명을 한 조로 묶고 각각 다이너마이트 봉 하나와 뇌관 하나, 시한신관時限信管을 하나 주더군. 우리는 수류탄을 만들어 신관에 불을 붙였지. 불붙인 다이너마이트 봉을 든 병사가 얼른 그걸 넘겨버리고 싶어 벌벌 떨고 있는데 가장 절친한 사람에게 전달하라는 명령이 떨어졌어. 전에 한 번도 본 적 없고 아마 앞으로도 볼 일이 없을 우리 조의 그 사람이 불붙인 다이너마이트를 내게 넘기는 거야.

그러다가 다이너마이트를 옆 사람에게 전달하라는 명령이 떨어졌는데, 물론 그쯤 되니 내 옆엔 아무도 없고 200야드쯤 떨어진 곳에나 사람이 있는 거야. 난 훈련장을 가로질러 1대대 본부 행정병에게 다이너마이트를 흔들며 달려갔지. 마침내 그걸 그 사람 손에 쥐어주었는데, 계속 내게 "난 같은 중대도 아니잖아요. 같은 대대도 아니잖아요" 하는 거야. 그래도 받아야지 어떡하겠어. 이윽고 수류탄을 던지라는 명령이 떨어져 그렇게 하고 나니 모두 폭발하면서 흙을 어마어마하게 튀기더라고.

그다음엔 기뢰부설과로 갔어. 역시나 공병들이 훈련을 진행하는데 굉장히 지루했어. 폭발물을 쓰지 않으니까 다들 곯아떨어졌지. 그다음엔 돌격진지 훈련과 머스터드가스로 경공격 훈련. 알겠지만 마늘 냄새가 풍기는 가스야. 그즈음 되니 너무 피곤하고 배가 고파 가스 냄새가 밥냄새처럼 느껴져 위액이 돌면서 각성제 역할을 하더군. 그러고는 반궤도차량을 타고 아주 더럽고 피곤한 상태로 부대에 복귀했어……

허니, 우린 이제 딕스로 가. 오늘 공식 명령이 떨어졌어. 4월 중순쯤 떠날 예정인데, 모르지, 몇 주 후에 당신을 만나게 될지도.

사랑을 담아, 허니,

존

다시 포트 딕스에서.

[수기]

달링,

방금 25달러짜리 만년필을 사서 시험 삼아 써보는 중이야. 어제는 새벽 1시까지 150파운드 자루에 귀리 담는 일을 했어. 취사근무 때문에 4시 30분에 일어났고 오늘밤 8시에 일을 마쳤어. 막 샤워를 하고 맥주를 한 잔 마시니 완전히 만사태평이로군. 맑고 바람 한 점 없는 이 저녁에 이곳은 더도 말고 덜도 말고 육군 주둔지의 모습 그대로야. 무수한 외로운 병사들이 울타리 기둥에 앉아 멍하니 앞만 바라보고 있고, 누군가 조율 안 된 피아노로 〈마이 멜랑콜리 베이비〉를 연주하고 있어……

사랑을 담아,

존

영화 전쟁

아버지는 포트 딕스에서 퀸스의 애스토리아에 있는 통신대로 배정되었다. 그곳에서 아버지는 병사들이 양치를 해야 하는 이유나 총의 공이치기 사용법에 대한 영화를 만들었다. 함께 일하며 친분을 나눈 동료들 중에는 존 위버, 어윈 쇼, 돈 에틀링거, 레너드 필드, E. J. 칸 주니어, 윌리엄 사로얀 등이 있다. 이 편지는 어머니가 이사해 들어간 첼시의 아파트에서 쓴 것이다. 애스토리아로 전출된 후 아버지는 어머니를 매우 자주 만났기 때문에 1945년에 아버지가 로스앤젤레스를 거쳐 태평양으로 나갈 때까지 어머니에게 보내는 편지는 점점 줄어들었다.

웨스트 22번가 329번지, 뉴욕 주 뉴욕 시

1943년 8월 9일

조,

7월 31일, 새벽 3시경에 메리가 8파운드 나가는 딸을 낳았어요. 이름은 수전 라일리 치버. 아주 오랜 시간 산통을 겪었지만 첫 출산 때는 그게 정상인 것 같습니다. 메리의 아버지 윈터는 사생아의 경우를 제외하고 임신과 해산 과정이 이렇게 무탈한 것은 본 적이 없다고 했어요. 메리는 젖도 물렸는데 아기가 먹고도 남을 정도로 젖이 많아요. 자기도 뿌듯해하면서, 누군가 아기 가까이에 다가오기만 하면 암곰처럼 소리를 칩니다. 아내는 내일 퇴원해 집으로 올 겁니다.

8파운드가 나간다는 건 그리 허약하진 않다는 뜻이고, 다행인 것은 아기가 뭐든 잘 소화하고 어디에서든 잘 자서 머지않아 제가 알아서 잘 자랄 것 같습니다. 그렇게 어린아이치고는 얼굴이 갸름하고 눈은 연파랑에 머리색도 밝은데, 이미 너무 커버려서 다정한 친척들이 우편으로 보내준 조그만 양말과 까칠까칠한 아기모자는 맞지도 않아요. 메리는 그동안 정말 굉장했습니다. 임신한 상태를 즐겼고—몸무게는 20파운드밖에 늘지 않았지만—출산을 꺼리지도 않았고 이제는 수유도 좋아해요. 그리고 제가 내내 함께할 수 있었다는 건 정말이지 너무도 다행스러운 일이었어요. 마음의 태도가 큰 차이를 내는 것 같습니다. 메리와 같은 병실에 입원한 여자는 남편이 아프리카에 있다는데 아주 힘들어하더라고요.

제 진로는 아직 확실치 않습니다. 메리가 회복하고 나면 어떤 상황이 닥쳐도 개의치 않을 거예요. 이곳에 아주 오래 머물 거라는 생각은 안 하는데 벌써 거의 3개월을 있었네요. 위대한 우리 사단은—"세계에서 가장 거칠고, 가장 굳세고, 가장 투지가 강한"—아직도 뉴저지 남부에 주둔한 채 4년째 전시대비 훈련을 이어오고 있습니다.

모두의 사랑을 담아,

존

피트는 피트 콜린스, 엘리자베스는 엘리자베스 에임스이다.

금요일

조,

피트가 영국 여행에서 돌아왔어요. 이번에 피트가 쓴 전쟁에 대한 단편들은 거의 다 음식 얘기더군요. 네덜란드 배를 타고 가는 내내 네덜란드 진을 마시고 네덜란드의 동인도 요리를 먹었답니다. 한번은 낚시를 하다가 상어를 잡았다는데 비버킬*의 무

* 뉴욕 주 델라웨어 강의 지류.

지개송어가 그립대요. 어제는 엘리자베스에게서 슬프고 차분한 편지를 받았는데, 휴식이 필요한 자신에 대해, 20년 동안 끊임없이 사용해 수리가 필요한 저택에 대해 얘기하더군요…… 제 기억 속에 전쟁 전의 세상이라고 부를 만한 게 있다면 그건 야도입니다. 아, 그 분수들, 그 도시락들, 계단 위편의 그 스테인드글라스.

……첼시에는 엄청난 소동이 일고 있습니다. 우리집에서 몇 집 떨어진 곳에 검둥이 창녀 두 명이 이사해오자 흰둥이 창녀들이 죄다 들고 일어났거든요…… 그리고 에디 뉴하우스는 아직 소령이 되지 못했어요.

최근에 선배님이 보신 이후로 수전은 많이 자랐어요. 이제 조그맣고 날카로운 이도 하나 나왔고, 혼자 중얼거리거나 가끔은 우리에게 무슨 말인가를 하면서 많은 시간을 보냅니다. 수전은 요즘 보틀(보플), 패티케이크, 볼, 바이바이* 등을 말하는데 메리는 애가 그보다 훨씬 많은 말을 한다고 생각하죠. 아내는 첼시 생활에 아주 만족해요. 특히 사람들을 많이 만날 수 있는 식품점을 좋아합니다. 메리는 7월에 아이를 데리고 뉴햄프셔로 갈 겁니다.

그럼 이만,

---

* 네 단어 각각 젖병, 자장가의 일부, 공, 안녕을 의미한다.

존

부모님은 첼시를 떠나 92번가에 있는 타운하우스로 이사해 다른 두 가족과 함께 살았다. 이 생활공간에서 아버지는 타운하우스를 배경으로 한 이야기들의 영감을 얻었다. 이 작품들은 나중에 연극으로 각색되어 보스턴과 뉴욕에서 잠깐 동안 상연되었다.

이스트 92번가 8번지
루스벨트가 다시 대통령에 당선되기 전날*

조,

저는 유럽에 가지 않고 여기에 있어요. 제 해외여행 이야기는 다음과 같습니다. 아시다시피 저는 올봄에 잡지 『양크』의 편집부로 전출되어 침공** 뒤 몇 주 안에 프랑스에 가게 될 예정이었죠. 그런데 다른 부서에서 저를 원한다는 걸 알고 나자 우리 대령은 갑자기 절 보내줄 수 없다는 거예요. 대령은 패러마운트의 사장이었던 사람인데, 『양크』를 RKO픽처스 아니면 20세기폭스 쪽이라 여겨 자기 작가들 중 하나를 그들에게 내줄 수는 없다고 생각한 거지요. 그래서 출국 예정일 며칠 전에 전출 요청을 파기

* 루스벨트 대통령은 1944년 11월 7일에 4선에 성공했다.

** 연합군이 노르망디 상륙작전으로 프랑스를 침공한 사건을 가리킨다.

했고, 그간 그리도 따뜻하게 나눴던 작별인사는 다 무효가 되고 말았습니다. 하지만 대령은 훨씬 좋은 조건으로 해외에 보내주겠다고 장담했고, 그래서 7월 말에 두번째로 여행을 준비했죠. 그런데 이것도 불발. 그러다 세번째. 그다음 네번째. 이제 전 림프절 페스트만 빼면 모든 예방주사를 다 맞았고, 당장이라도 해외로 나가기를 기다리며 넉 달을 보내고 있습니다. 아직도 기다리고 있죠.

당연히 메리는 좀 지겨워합니다. 저 없이 살게 될 것을 예상해서 다른 두 가족과 집을 함께 쓰려고 시 외곽으로 이사한 참이니까요. 지금 우리는 계속 서로를 피곤하게 하고 있어요. 우릴 보러 한번 오세요. 여기엔 서재도 있고 모닝룸도 따로 있고 수세식 변기가 여덟 개예요. 전화번호는 앳워터 9-6118. 전화를 걸면 좀 오래 기다려야 할 거예요. 전화기는 침실에 있는데, 메리는 가령 서재에 있거나 모닝룸에 앉아 자수를 놓고 있거나 해서 우리 부부의 침실로 올라오는 데 이십 분 정도는 걸릴 테니까요. 곧 만나게 되기를 기다릴게요.

수전과 메리의 사랑을 담아,

존

아버지는 얼마간 로스앤젤레스에 머무르다 태평양으로 나갔고 다시 로스앤젤레스로, 그리고 뉴욕으로 돌아왔다. 다음 몇 통의 편지는 캘리포니아와 태평양의 섬에서 보낸 것이다.

수요일

안녕 달링,

오늘 칼 포어먼과 함께 브라운더비 체인점에서 점심을 먹었어. 그 식당은 하워드존슨 체인점과 비슷한데, 외관이 식민지시대 대저택이 아니라 갈색 더비 모자 모양이라는 점만 차이가 나더군. 점심으로 칼은 몬테크리스토라는 샌드위치를 먹었어. 프렌치토스트 석 장 중간중간에 칠면조 고기를 끼우고 위에는 슈거파우더를 뿌려 세 조각으로 잘라 나오는데 하나하나가 나폴레옹 토스트처럼 보이더라고. 그걸 나이프와 포크를 써서 먹는 거야. 오늘 나의 할리우드 생활기는 여기까지.

군 전화국, 퍼시픽 전신회사

화요일

안녕 스위트,

지연은 계속되고 있고 여전히 아무런 소식도 없어. 『애덤 비드』를 다 읽었고 『플로스 강의 물방앗간』은 반쯤 읽고 있는데, 출발 전에 『로몰라』와 『사일러스』*도 다 읽을 수 있을 거야. 이런

* 네 권의 책 모두 영국의 소설가 조지 엘리엇의 작품. 『사일러스』는 『사일러스 마너』의 축약이다.

종류의 여정에 조지 엘리엇은 탁월한 선택이야. 아주 재미있게 읽고 있거든. 이 소설들에서 유일하게 구닥다리로 느껴지는 부분은 오랜 세월 고통받는 신심 깊은 여자들인데, 당시 영국문학 대부분에서 나타난 이런 유형의 여성들이 결국은 『황폐한 집』의 독실한 에스더 서머슨으로 발전되었겠지. 여주인공의 행동 동기는 상당히 단순화된 것 같고—19세기 여자들의 입장을 대변한다고 보는데—우리에게 익숙해서 당연하게 받아들이는 프로이트적 인물 범주가 하디의 작품에서도 보이는 걸 보면 그 영향이 마치 전기電氣처럼 미래로 퍼져나온 거라고 봐. 이 모든 게 나타내는 사실은 머리가 콩깍지처럼 텅 비어 있더라도 난 계속 타자기를 두드리게 될 거라는 점이지.

날씨 얘긴 할 수 있겠다. 빼어난 날씨야. 햇살은 뜨거운데 그늘은 시원해. 하늘에는 구름 한 점 없고 저녁이 되면 잔광은 동부에서보다 훨씬 더 깊고 강렬한 푸른색을 띠어. 이곳 병영은 조지아보다 소란도 술도 싸움도 덜하지만 인간 유형은 아주 다양해. 어젯밤에는 두 얼간이들이 군대에 대한 불만을 늘어놓는데 어찌나 틀에 박힌 유형인지 몇 마디만 흘려들어도 무슨 얘긴지 훤히 알겠더라고. 하나는 멕시코 출신인데 군대가 싫은 이유가 멕시코 음식이 나오지 않기 때문이래. 원성을 높이면서 하는 말이 식사 때 나오는 건조 달갈에 고추를 좀 넣어주지 않으면 굶어 죽을 것 같다는 거야. 다른 하나는 텍사스 출신인데 어서 무슨 일이라도 벌어졌으면 좋겠대. "군인 노릇을 좀 할 수 있으면 난 다 괜찮아" 하고 계속 지껄이더라고. 진정한 얼간이들이 후렴처럼 반복하는 말이지.

당신 편지를 받지 못해 안타까워. 부활절에 수와 함께 5번가를 걸었다는 당신의 예전 편지를 읽고 또 읽고 있어. 하지만 아직도 주소는 없어.

사랑을 담아,

존

4월 23일

필리핀 어딘가

안녕 스위트,

소너미가 1년 전 당신과 수를 찍은 이 변변찮은 사진들은 내게 큰 기쁨이 되고 있어. 둘 다 실물과 다르게 나왔지만 그래도 이 사진들을 오래 들여다보고 있어.

여긴 정말 더워. 어쨌든 아주 후텁지근해. 점심으로는 크림소스 칠면조 고기와 콜슬로 샐러드, 완두콩, 브레드푸딩, 그리고 시원한 음료가 나왔어. 오늘 아침에는 현지인이 우리 텐트로 들어와 바나나를 팔았는데, 내 침대 끝에 앉아 있던 원숭이가 그 현지인을 물어버린 거야. 그는 원숭이가 내 것인 줄 알고 항의를 하더라고. 이건 정신 나가서 하는 소리가 아니야. 하여간 우리

생활이 단순하지 않다는 건 알겠지?

이만 줄일게, 사랑을 담아, 잘 자,

존

1945년 5월 2일

안녕 스위트,

마침내 당신을 위해 원뿔 모양 밀짚모자를 샀어. 내가 돌아가 플라자 호텔 뒤편 방에 갈 때 당신이 이 모자를 써주었으면 해. 요즘 그날 뭘 할까 하며 이리저리 궁리하고 있어.

이쪽 세상에서는 원숭이를 애완동물로 살 수도 있고 날개 끝을 자른 조그만 비둘기를 손에 들고 다닐 수도 있어. 비둘기는 담배 한 갑 값이야. 하루종일 햇볕에 내걸어둔 고깃덩어리나 도시의 한 블록을 뒤덮을 만큼 냄새가 강한 말린 생선을 살 수도 있어. 길거리에서 일본 돈을 주울 수도 있지. 희고 조그만 꽃으로 만든 화환을 사서 목에 걸고 훌륭한 극동의 냄새를 맡아볼 수도 있고 누군가가 이미 개봉한 샤넬 넘버파이브 향수 한 병을 무려 75달러에 살 수도 있어. 볼로 칼*이나 삼베, 수탉, 깡통에 든 알코올, 조개껍질, 기념우표들, 파인애플 등을 살 수 있고, 탁구공만한 아이스크림을 25센트에 살 수도 있지.

---

* 필리핀에서 유래한 긴 칼로 나무나 풀을 쳐내는 데 주로 썼다.

돔형 건물이 들어설 만한 규모의 도시들에는 으레 광장이 하나 있는데, 즐비하게 늘어선 가판대에서 묵주와 기도서, 장난감, 화로에서 막 꺼낸 뜨거운 음식, 또는 몇 가지 안 되는 싸구려 잡동사니를 늘어놓고 팔아. 뼈만 앙상한 노파들이 초를 팔고, 눈알이 허연 맹인들이 바닥에 무릎을 꿇은 채 한 손엔 묵주를 들고 다른 한 손은 벌려 센타보*를 구걸하지. 교회 중앙의 문 두 개가 모두 열려 있어 광장을 휘젓는 생기가 신도석 중간까지 스며드는 듯해. 동방에 만연한 달짝지근한 반죽음의 냄새만 아니라면 이곳은 이탈리아 같은 느낌도 들어.

아버지는 미국으로 돌아왔다. 어머니는 조시에게 가 있었다.

수요일

안녕 달링,

지금쯤 벅스에 있겠군. 부디 뜨거운 태양과 펜실베이니아의 더치 미트로프**와 시냇물 목욕을 경험해보기 바라. 나도 당신과 함께 거기 있다면 좋겠어. 세계적으로 유명한 캘리포니아의 태양은 오후 4시가 되어야 겨우 나오고 그 해가 지기 시작하기 전

---

* 필리핀의 화폐 단위.

** 간 고기, 빵가루, 양파 등을 섞어 덩어리로 구운 뒤 토마토소스를 올려서 먹는 요리.

까지 나는 사무실 밖으로 나가지 않아. 필리핀 섬에서 돌아왔을 때 난 남태평양의 해에 시커멓게 그을려 있었는데, 이젠 아침에 면도를 하고 보면 새하얀 얼굴에 눈만 벌겋군.

낮에는 영화 일을 하고 밤과 일요일에는 단편을 쓰는데 두 가지 일이 서로 발목을 잡아 진전이 느리네. 일주일에 사흘 정도는 밤외출을 하지만 특별한 일은 생기지 않아. 돌아가면 내 화려한 밤 생활에 대해 자세히 설명해줄게. 하루는 저녁을 먹으러 체이슨스 레스토랑에 가봤는데 트웬티원하고 비슷한 곳이었어. 자리가 없어서 좀 애를 먹다가 내가 체이슨 씨를 불러서 해럴드 로스의 친구라고 말했더니, 와, 곧바로 그 식당은 내 차지가 되었지. "제가 가진 모든 것이 해럴드 로스의 덕입니다" 하고 체이슨이 말하더군. 그쪽에서 먹은 음식 중 최고였고, 건물은 방금 지어올린 것처럼 새것이었어.

이만 줄일게, 스위트.

사랑을 담아,

존

화요일

안녕 스위트,

난 요즈음 비판적 관찰이란 촌스러운 것이라고 느껴질 만큼 할리우드에 충분히 익숙해지고 있지만 몇 가지 얘긴 해도 좋을 것 같아. 일요일에 바짝 마른 중년 여자와 그 딸을 봤어. 다섯 살쯤 되어 보이는 아이의 노란 머리는 뽀글뽀글 파마를 해놓았고 엄마는 팔에 아이의 의상을 걸치고 있었지. 발레복과 스팽글이 달린 이브닝드레스와 팬티스타킹 따위였어. 그리고 어느 날 밤엔 루스벨트 호텔에서 저녁을 먹었는데, 웨이터가 게살 칵테일을 내 앞에 놓더니 접시 왼쪽에 있는 식기를 가리키며 말했어. "포크를 사용하십시오."

사랑을 담아,

존

뉴욕에 돌아와 제대를 기다리는 아버지.

토요일 [1945년]

조시,

우리 부부에게는 책을, 수지에게는 인형을 선물해주셔서 감사하다고, 둘다 한참 전부터 편지를 쓰려고 했습니다. 그런데 이곳에서는 무언가를 쓰는 일이, 『뉴요커』에 보낼 단편들도 포함해서, 다 허드렛일이 될 정도로 삶이 교착상태에 빠진 느낌입니다. 그 이유 중 하나는 제가 아직 군에 있기 때문인데요, 부대는 예산이 끊긴 정부기관들이 으레 그렇듯 빈사 상태의 기나긴 몸부림 속에서 해체되고 있어요. 잉여물자처분위원회에서 매일 사람들이 나와서 책상 하나하나 번호를 적어 갑니다. 우리는 뭔가 생산적인 일을 하는 척하지만, 일을 해도 모두 불태워지거나 분실될 거라는 걸 알고 있어요. 아마 전 추수감사절 전에 제대하게 될 거예요.

책들은 읽기에도 좋지만 장식용으로도 그만이에요…… 저번에 선배님을 만난 뒤로 우리는 나이액Nyack 근처 시골에서 주말을 보냈어요. 메이어라는 부유한 자유주의자들의 집이었죠. 정원 맨 아래에 수영장도 있고 스피넷* 위에는 『뉴 매시스』**도 한 부 놓여 있더군요. 우리의 여주인은 어느 여름에 단세제***를 실시하는 애머스트의 집단거주지에 남편과 함께 투자했던 일을 길게 이야기하더라고요. 거주지를 운영하는 조지의 제자가 알고 보니 동물을 학대하는 사람이더래요. 어느 날 말을 때려죽이는 걸 보고 부부는 단세제에 대한 관심을 접었다고 했어요.

어제 공원에서 어떤 남자애가 수지의 인형 유모차를 뺏으려고 하자 수지가 그 꼬마를 물어버렸어요.

사랑을 담아,

---

* 작은 업라이트 피아노 또는 하프시코드.

** '새로운 민중'이라는 의미의 마르크시즘 지향 잡지로 미국에서 1926년부터 1948년까지 발간되었다.

*** 모든 세금을 한 종류로 단일화해 과세하는 조세제도로 미국의 경제학자 헨리 조지가 자본주의의 생산적 역동성을 유지한 채 그 결실을 좀더 공정하게 나누는 경제제도를 만들려는 목적으로 주창했다.

존

아래는 어머니가 쓴 편지다. 이것을 싣는 이유는 어머니의 판이한 감성을 엿보게 해줄뿐더러 우리가 1951년 봄까지 살았던 59번가 아파트에 대한 묘사가 담겨 있기 때문이다. 타운하우스 생활에 대해 쓴 대하시는 리라 반주에 맞춰 낭송된 것이 아니라 아예 연극 무대에 올려졌다.

존 치버 부인

1945년 7월 22일

친애하는 조,

좋은 소식(마침내): 아파트를, 좋은 아파트를 구해서 이번 주에 이사 들어갈 거예요. 지금은 전체적으로 페인트를 새로 칠하고 깨끗하게 단장하고 있어요. 거실에 가려면 계단 여섯 개를 내려가야 해요. 수에게는 방을 따로 주었는데, 화장실까지 딸린 방에 노란 페인트를 칠해줬죠. 저만의 방이 함정이라는 것, 이젠 더이상 우리 뒤꽁무니를 졸졸 따라다니며 모든 일에 끼어들 수 없다는 것을 알게 되면 수는 물론 좋아하지 않겠지만 적어도 우리는 좋을 것 같아요. 이 집은 순전히 운이 좋아서 얻게 된 거고, 그전까지는 정말 암담하고 절망적이었어요. 어위나에서 돌아온 그 순간부터 모든 게 나빠지고 틀어지고 엉망이 되었거든요. 집

안에 무질서와 히스테리와 해충이 끊이지 않았으니까요. 하지만 지금 그 얘기는 하지 않을게요. 그건 리라 반주에 맞춰 낭송해야만 하는 대하시거든요. 저희 집 새 주소는 이스트 59번가 400번지예요.

언니 댁에서 열흘을 그토록 즐겁게 보내지 않았더라면 전 아마도 견디지 못했을 거예요. 이제야 편지를 드려 염치가 없지만 개의치 않으셨으면 하고 바랄 뿐이에요. 책하고 담배는 받으셨어요? 이제 이곳에선 담배 구하기가 훨씬 수월해졌어요……

이사 뒤에 2주 정도 뉴햄프셔에 갈 것 같아요. 존이 지금껏 연기되었던 휴가를 받을 거라서요. 저희 부부 둘 다 큰 사랑을 담아 보냅니다.

메리

1945년 11월 21일,
제대하다

목요일

조,

화요일 3시 반에 군에서 제대했습니다. 오르간 음악을 틀어놓고 민간인과 시민으로서 우리의 책임에 대한 아주 양식 있는 연설을 한 뒤 풀어주더군요. 졸업식을 마친 학생들처럼 모두가 소리를 지르며 예배당 밖으로 뛰쳐나갔고, 이젠 전부 끝났어요. 이곳 뉴저지 주 포트 몬머스에서. 제 군 생활이 얼마나 편했는지, 그리고 '뉴욕 타임스'에 실리는 뉴스는 아직도 얼마나 암울한지 생각하면 군 관할에서 빠져나왔다는 데 굉장한 해방감을 느낍니다.

요즘 뉴욕은 시시해요. 최소한 제가 보기엔 그렇더군요. 다들 마티니를 아주 많이 마시는데, 사람들은 너무 많이 봐온 이들이고 농담들도 다 예전에 어디선가 들어본 것들이에요. 밤에는 선배님이 주신 『세계를 뒤흔든 열흘』 어쩌고 하는 책을 읽고 있는데 정말 읽을 만하더군요.

그럼 이만,

존

조시는 미국 공산당원과 결혼했던 적이 있는데, 엘리너 랭어가 쓴 『조세핀 허브스트』에 따르면 그는 휘터커 체임버스 Whittaker Chambers*와 관련이 있었다고 한다. 실제로 이 책에는 조시의 남편 존 허먼이 1934년 듀폰트서클 근처의 중국음식점에서 체임버스를 앨저 히스**에게 소개했다는 주장이 설득력 있게 제기된다. 아버지는 문인으로서 가능한 범위 내에서 정치와 거리를 두었다. 1930년대에 정치에 관심 없는 작가는 비정상으로 간주되었다. 아버지는 20대에 『뉴 매시스』에서 퇴폐적 부르주아 계급의 마지막 목소리로 지목된 적이 있다고 말하곤 했다. 어쨌든 그런 아버지도 조시의 신념에 대해서는 비꼬는 말을 하고 있었다.

---

* 미국의 작가. 미국 공산당원이자 소련 스파이로 활동했으나 나중에는 공산주의를 버리고 반공에 앞장섰으며 앨저 히스의 간첩 재판에 증인으로 섰다.

** 미국의 정부 관리. 간첩혐의로 재판을 받았다.

금요일 [1946년 1월]

조시,

오늘 인형이 도착했는데 수지가 엄청 좋아합니다. 이 인형이 들어옴으로써 우리가 아이 놀이방에 재현하고자 한 사회구조가 완성되었습니다. 수지는 흑인 인형, 노동자 유형의 인형, 넝마 인형(부랑아)뿐만 아니라 중산층 인형들도 다양하게 구비하고 있는데 이제 곱슬머리에 실크드레스를 입은 인형이 들어와 그림을 완성해주었어요.

선배님의 그림도 수지의 그림만큼 폭넓기를, 아니 최소한 제 것보다는 낫기를 바라는 마음입니다. 11월에 제대하고부터 지금까지 쓴 글은 콩깍지 안에도 넣을 수 있을 만한 분량이에요. 할리우드에서 제 타운하우스 시리즈에 조금씩 관심을 보이고 있는데, 아직은 아무 일도 없고 아마 앞으로도 아무 일 없을 것 같습니다. 장편을 시작하고 싶은데 아직도 써야 할 단편이 세 편이나 있어요. 언제 그걸 다 쓰게 될지는 알 수 없는 일이죠.

지난주에 빌 맥스웰과 정치 얘기를 좀 했는데요, 빌의 말로는 장미가 열두 송이에 15달러나 하는 걸 보면 인플레이션 급등에 대한 정부의 대응책이 모두 수포로 돌아간 거라더군요. 상당히 보수적인 사람들 다수가 (사실 인플레이션이 사람들 다수를 상당히 보수적으로 만든 건데) 계속 공산주의에 대해 얘기합니다. 하지만 저는 일종의 태양숭배에 온 마음을 쏟아볼 작정입니다.

존

1946년에 엘리너 클라크의 『비터 박스』(더블데이)가 출간되었다. 카슨은 카슨 매컬러스, 보엔은 엘리자베스 보엔이다.

이스트 59번가 400번지

화요일

조,

엘리너가 쓴 책을 다 읽었는데, 얼른 보고 싶으시다면 제가 우편으로 보낼 수도 있지만 5월에 직접 받으셔도 되지 않겠어요? 게다가 나중에 읽어도 무방하다고 느낄 책이라는 생각도 듭니다. (하지만 우리집 책장에 장식용으로 꽂혀 있는 책들 중 원하시는 게 있으면 엽서에 써서 보내주세요. 바로 쏴드립니다.) 제 생각에 비터 B-X는 아주 형편없습니다. 원래 저는 엘리너의 친구들보다는 적들에게 더 공감하는 편이에요. 소설의 주인공은 어느 시대에나 등장하는 그런 케케묵은 인물이에요. 장 폐색과 기가 센 어머니에게 시달리며 가구 딸린 집에 혼자 사는 신중한 인물인데, 타인의 이해관계에는 가능한 한 관여하지 않으려는 자발적 외톨이입니다. 엘리너가 사실주의를 '막다른 골목'이라고 말한 기억이 나는데, 지금 그녀가 있는 곳보다 더 꽉 막히고 에둘러 가는 골목은 저로선 본 적이 없습니다. 전 엘리너를 좋아하고, 일에 대한 그 친구의 헌신적인 태도에 감탄해요. 정말 굉장히 감탄하는데, 저와는 다른 종류의 작가라는 생각이 드는군요.

……보엔 단편집도 읽었습니다. 그분은 모란, 빈방, 빛의 변화 등을 묘사하는 데 현존 또는 사망한 작가들을 망라해 그 누구보다도 탁월하지만, 책을 읽다보면 다음과 같은 문장들이 자꾸 반복되더군요. "그녀는 꽃을 향해 고개를 숙였다. 그의 말을 잘 듣기 위해서가 아니라 그 순간을 포착하고 싶어서." 그리고 문체가 글의 주제를 앞질러 가는 느낌도 들어요. 이렇게 훌륭한 책들을 열심히 공부한 뒤 저는 내일 아침에 야도로 떠납니다. 거기 두고 온 원고를 가지러 간다는 핑계를 대고 있지만 진짜 이유는 하루쯤 도시에서 벗어나 워든에서 한잔하려는 거예요. 수요일 밤에 워든에서 자고 목요일에 돌아오려고요. 음울한 전나무들과 시큰둥한 호수, 브루투스의 흉상과 전질 구비된 『펀치』 잡지, 금박 입힌 응접실 천장과 철제 침대 틀, 그리고 카슨과 캐서린 앤에게 선배님의 안부를 전하겠습니다.

그럼 이만,

존

에드먼드 윌슨과 메리 매카시는 결혼했다 이혼한 사이다.

이스트 59번가 400번지, 뉴욕 주 뉴욕 시

1946년 3월 19일

조,

여기에는 매주 이틀 정도 가짜 봄이 찾아오는데 정말 좋아요. 기온이 쑥 오르면서 모피코트를 입고 높은 신발을 신은 여자들이 5번가를 따라 축 늘어져서 걷고, 그러다가 다시 추워집니다. 수지는 제 방에 사자가 있다고 생각하고 메리는 자기 방에 새 가구를 들이고 싶어해요…… 호턴 미플린이 세인트레지스 호텔에서 카슨 매컬러스를 위해 칵테일파티를 열었는데 전 초대받지 못했어요. 에드먼드 윌슨이 낸 단편집에는 꽤 문제가 될 만한 작품들이 많은데 그중 하나에 성교 장면이 길게 묘사되어 있습니다. 그처럼 큰 주제에 천착한 작품이 아니었다면 성교라는 행위 자체에 회복 불가능한 손상을 입힐 뻔했던 장면이죠. 메리 매카시가 그 이야기에 자기도 나오는지 알아보려고 뉴욕에 와 출판인에게 물었어요. "저, 얼굴도 구분이 가능한가요? 내용에 여자 얼굴이 어떻게 생겼는지도 나와 있나요?" 그러자 출판인이 말했어요. "아뇨, 윌슨 부인, 얼굴은 알아보기 힘든데 음문은 여기저기에서 구분이 아주 잘되더군요."

용서하세요. 그리고 어디에 계시는지 알려주시고요.

존

우리 가족은 조시의 펜실베이니아 집으로 놀러갈 계획이었다. 조시는 헤밍웨이의 아이들에게도 자상했던 것 같다. 에디는 에디 뉴하우스다.

6월

조시,

……죄송스럽지만, 수가 봄방학 생각에 사로잡혀서 줄곧 하고 있는 얘기를 말씀드리자면, 자기는 봄방학 내내 조시랑 함께 잘 것이고, 밖에 나가 인디언들과 어울릴 것이고, 송어와 거북이와 개구리를 잡을 것이고, 낙엽 위를 고양이처럼 살금살금 걸어가 사냥감과 인디언 적들을 놀라게 해줄 거랍니다. 수는 선배님이 하신 말씀을 한마디도 잊지 않고 있어서 며칠간 꼼짝없이 잠 못 드는 밤을 보내게 될 것 같습니다. 수는 헤밍웨이의 아들들과는 다르거든요.

……지난 10년 내지는 20년 동안 많은 작가들이 일제히 보여준 움직임은 중산층의 환심을 얻고 은행원처럼 살아가면서 혼란의 외적인 흔적을 감추려는 것이었어요. 훌륭한 시도 같습니다. 단, 그것이 스파이 행위라는 자각, 천적의 관습을 잘 관찰할 수 있는 위치에 서려는 의도라는 자각이 있을 경우에만 그렇겠지요. 하지만 에디는 그런 변장을 너무 진지하게 받아들인 나머지, 그로턴*에 대해 얘기하고 비싼 옷을 입기 시작하면서 자신의 의도가 무엇이었는지 잊어버린 것 같아요. 올겨울 어느 날 밤의 모

임에서는 에디가 제게 다가오더니 하는 말이, 미국에서 정당하게 가문의 문장을 사용할 수 있는 유일한 사람들은 솔턴스톨 가문뿐이라고 하더군요.

숙취가 심하네요. 사슴 사냥 공부를 열심히 하고 있어요. 한번 놀러오세요.

존

이 편지는 트리톱스에서 쓴 것이다. 어머니의 새어머니 폴리는 우아함이 넘치는 사람이었다. 어머니는 새어머니와 함께 뉴햄프셔 주 프랭클린 시에 도착했던 어느 날을 기억하고 있다. 온가족이 트리톱스로 가는 길이었다. 눈이 펑펑 내리던 그때 누군가 그들의 여름별장에 진이 얼마 남지 않았다는 사실을 기억해냈다. 프랭클린의 주류 판매점은 문을 닫은 시간이었다. 어머니는 그때 아기를 품에 안고 있었는데, 그게 나였는지 수전이었는지는 기억나지 않는다고 했다. 그런데 폴리가 어머니의 품에서 아기를 낚아채 안고서 주류 판매점 뒤에 있는 살림집 대문까지 걸어가 문이 열릴 때까지 두드렸다. 그러고는 술을 사고 싶다고 말했다. 주인은 가게 문을 닫았고 지금

---

* 루스벨트 대통령을 비롯해 수많은 정재계 인사를 배출한 매사추세츠 주의 명문 학교 그로턴스쿨 또는 1940년대 중반에서 1970년대 초반까지 운영했던 매사추세츠 주의 컨트리클럽.

다시 여는 것은 불법이라고 말했다. 그때 폴리는 불빛 가까이에 아기를 들어올려 보이고는 "어린 아기가 있단 말이에요" 하고 말했다. 분명 고압적이면서도 불만에 찬 말투였을 것이다. 주인은 그녀에게 진 1쿼트를 팔았다.

돈과 카트리나는 돈 에틀링거와 카트리나 에틀링거다. 돈은 통신대에서 아버지와 함께 복무한 작가다.

목요일 [1946년 8월]

조시,

수지에게 조촐하지만 훌륭한 생일파티를 열어주었습니다. 요리사가 케이크에 화이트마운틴 프로스팅*을 입혀주었고, 폴리가 그 위를 자른 꽃으로 장식해주었어요. 수지는 촛불을 끄고 나서 자른 꽃을 먹었죠. 메리에게 정서적으로 불안정한 언니가 있는데 어찌나 케이크를 많이 먹어대는지 보고 있는 제가 다 초조해져서 올드패션드 칵테일을 너무 많이 마셨어요. 수는 선물로 외바퀴 손수레와 갈퀴, 괭이, 삽, 인형, 장례식이나 정치집회를 위한 접이식 의자, 그리고 잠옷 세 벌과 드레스 두 벌을 받았습니다.

아시다시피 저희는 6월 18일에 여기 왔고, 그때 저는 3주나 한 달 정도 머무를 계획이었어요. 그런 다음 7월 15일에 저 혼자

---

* 달걀흰자를 거품낸 후 불규칙한 결을 살려 케이크 위에 하얗게 씌우는 요리법.

뉴욕으로 되돌아가 집에 온 기념으로 여러 술집을 전전하며 지냈는데, 콜로라도스프링스에서 결혼식을 올린 돈과 카트리나가 앞으로 살게 될 베른(스위스)으로 가는 길에 뉴욕에 들렀더군요. 날씨가 더워 플라자 호텔에서 진과 샴페인을 마셨어요. 그런데 어느 날 밤 요란한 파티가 끝나고 나서 저는 그랜드센트럴 역으로 휘청휘청 걸어가 여기로 오는 기차를 타버렸어요. 결심한 대로 돌아가지 못해 아직도 좀 마음에 걸리지만—지금은 일몰과 야생화나 묘사하면서 많은 시간을 보내고 있거든요—저는 시골이 좋고 시골에 있어 기분이 좋으니 뭐 될 대로 되라는 심정이에요.

여기 있으면 가끔 트라이어나가 생각납니다. 9시부터 1시까지 일하다가 점심을 몽땅 먹어치운 다음, 장작을 패고 건초를 긁어모은 뒤 아이스크림을 만들고, 늦은 오후에는 제가 아주 좋아하는 수영을 해요. 그런 다음 폴리의 오두막으로 가서 마티니를 마시며 풍경을 감상하고, 저녁식사 후에도 거기로 가 커피를 마시며 일몰을 감상합니다. 시골 경치가 아름다워요. 물론 시골은 대부분 아름답지만, 여기는 뉴잉글랜드잖아요. 초원에는 돌이 많고 산은 위엄 있고 지역 사람들은 뚱하고 돈만 밝히죠. 해질녘엔 사방이 빨갛고, 초저녁에는 호숫가에서 꼬마들의 호기롭고 순진한 목소리가 들립니다. 아이들은 윙커통크 야영지에서 놀고 있으니 재미있다나 뭐라나 하며 횡설수설 노래를 부르지요.

이곳의 등장인물들도 하나같이 다르고 다채롭습니다. 밭을 경작하는 공산주의자 농부는 제게 오하이오 주 노워크에서 인쇄된 '액션'이라는 신문을 몇 부 빌려주더군요. 요리사의 딸은 병약하고 입술이 얇은 아이인데 종교책자를 배포해요. 메리의 언니는 제정신이 아니고요, 메리의 아버지는 우리에게 기질의 화학작용에 대해 강의를 하고, 메리의 새어머니는 언젠가 해밀턴 피시*와 캐슬워크 춤을 추다가 파니에를 넣어 부풀린 치마에 발이 걸려 넘어져 머리가 깨진 날 밤을 회상하죠. 즐거운 술자리가 자주 벌어집니다. 수지 할머니가 마티니 여섯 잔을 마시고는 "농부들은 이렇게 말을 타지요, 다그닥 닥, 다그닥 닥……"** 하며 노래하는 모습을 선배님도 보셔야 하는데.

당연히 전 책을 거의 읽지 못했습니다. 유도라 웰티의 소설 앞부분을 읽고 있었는데 누군가 야간등을 고장내는 바람에 읽기를 그만뒀어요. 제 생각에 웰티는 급이 많이 떨어지는 소설가 같습니다. 윌슨의 책을 어윈 쇼에게 빌려주었는데, 이 녀석의 자기중심주의는 한이 없어서 며칠 뒤에 제게 그 책을 빌려주겠다고 하더군요. 이제 그 책은 다시 볼 수 없을 것 같습니다. 어쨌거나 그 책은 워낙 느낌이 나빠서 읽고 나면 일주일 정도는 타자기를 쳐다볼 수도 없게 만드는 그런 종류의 책이에요. 저는 심지어 신문

---

* 미국의 정치가로 뉴욕 주지사, 상원의원, 국무장관을 역임했다.

** 아기를 안고 앉아 무릎을 올렸다 내렸다 하며 부르는 자장가의 일부.

의 출판계 소식도 보지 않습니다. 그런 건 다 쓰레기라는 걸 알거든요. 타운하우스 시리즈의 연극 판권으로 지금까지 총 173달러를 벌었는데, 서부해안의 H____ M____이라는 주정뱅이가 그 단편들로 희곡을 쓰고 있어요. 희곡이 완성되기는 할는지 어떨지 모르겠지만 사람은 좋아 보이더군요. 메리와 수지는 갈색으로 그을려 예쁘고 행복해 보입니다. 수지는 가을에 학교에 들어가요.

존

에틀링거 부부는 서턴플레이스에서 살았다. 두 사람은 막 유럽으로 떠난 참이었다. 프레디는 폴리가 첫번째 결혼에서 얻은 아들이다. 그는 당시 미혼이었고, 어머니에게 매우 잘했으며 골동품상으로 일하고 있었다.

트리톱스, 뉴햄프셔 주 브리스틀

8월 17일

돈과 카트리나에게,

내가 두 사람에게 작별인사를 할 때도…… 난 정말로 갈 거라고는 생각 안 했어. 그러다 황금연필을 받고도 이렇게 생각했지. 이 사람들이 모두에게 선물을 보내고 서턴플레이스에 숨은 걸 거야. 파리에서 보낸 편지를 보고 기뻤지만 그런 상태로 어떻게 거기까지 갔는지는 이해가 안 돼. 그리고 연필을 받고도 기뻤지만 이걸 소설 쓰는 데 사용하진 않을 거야. 사디스Sardi's* 레스토랑에서 주문할 음식을 표시하는 데 사용할 거야. 수지는 파리 이야기를 굉장히 많이 해. 상상 속의 모든 배와 탈것들이 그애를 데려가는 곳이 바로 거기인가봐.

우리는 매사추세츠에 가서 일주일을 지냈어…… 비행기로 대서양을 건너는 사람들에게는 그다지 대단할 것 없는 여행이겠지만. 보스턴 리츠 호텔에서 수지에게 점심을 먹이고, 여태까지 본 중에 가장 말도 안 되는 차를 타고 프레디와 함께 이곳에 돌아왔어. 기계장치로 창문을 올렸다 내리고, 기계장치로 좌석을 당겼다 밀고, 모터는 시속 120마일까지 달릴 수 있다고 해. 또 어떤 기계장치가 앞유리창에 미세한 물줄기를 뿌리는데, 크기가 작을 뿐이지 마치 베르사유 궁전의 분수 같더군.

지난 몇 주 동안 내 시간을 가장 많이 잡아먹은 것은 닭장 뒤 숲속으로 이사 온 너구리 가족이야. 옥수수를 먹는데, 하룻밤에 60~70개를 먹어치울 때도 있어. 놈들을 사냥하려고 이곳 포도주 저장고에서 오래된 소총을 한 정 찾았지. 어느 날 밤 모닥불가에서 토디 술을 마시며 총을 멋지게 청소한 뒤 요리사 아들 녀석 앞에서 내 굉장한 사격 솜씨를 보여주었어. 그러고는 어느 밤에 어두워진 들판으로 나갔는데 너무 어두워서 아무것도 보이지

* 뉴욕 브로드웨이의 극장거리에 있는 고급 레스토랑.

않아 쏘아 맞춘 거라고는 옥수수뿐이었어. 일주일 내내 밤마다 이런 상황이 계속되었는데 여기 주민 하나가 덫을 쓰라고 일러주더군. 그래서 덫을 네 개 샀지. 그걸 설치한 첫날 저녁에 비가 내리는 바람에 스프링이 녹슬어버렸고, 너구리들은 미끼를 올려놓는 판 주위로 진흙 발자국을 남겨놓았더라고. 그래서 덫의 톱날 모양 모서리를 갈아내 좀더 민감하게 반응하도록 만들어놓았더니 해질녘에 덫을 내놓으면 참새들이 걸려 있는 거야. 아무 소용이 없겠다 싶어서 오늘은 마을로 나가 덫을 네 개 더 샀어. 철물점의 폴랜스비 씨가 덫 위에 조그만 거울 조각들을 달아놓으라더군. "그놈들이 잘 볼 수 있게 말이오" 하고 폴랜스비 씨가 말했어. 날 놀리는 건지 아닌지 판단은 안 되지만 그래도 거울하고 실을 가지고 이제 나가려고 해.

그럼 이만,

존

프랭크(또는 프롱크)는 현재 시카고의 주교가 되어 있다.

트리톱스

8월 19일

돈과 카트리나에게,

바로 전에도 편지를 썼는데 항공우편으로 보내는 걸 깜빡해서 아마 크리스마스 전에 도착하긴 힘들 거야. 어쨌거나 편지라고 할 만한 것도 아니었어. 거의 다 너구리 얘기였으니까……황금연필은 정말 멋있더군. 마을에 갈 때마다 가져가서 수시로 꺼내 보이고 있어.

……폴리는 매디슨에서 결혼식에 참석한 후 메이슨 섬으로 가셨어. 돌아올 때는 여덟 살짜리 어린 손자를 데려왔는데 내가 본 중에 가장 환상적인 브룩스Brooks* 스타일의 의상 일체를 구비한 아이야. 식사 시간에는 조그만 블레이저를 입고 살짝 비뚤어진 나비넥타이를 맨 채 필Peale** 구두를 신은 모습으로 식탁에 나타나지. 몸가짐은 〈필라델피아 스토리〉에 나오는 캐서린 헵번과 거의 흡사해. 파란 눈에 머리를 짧게 깎은 아이가 "점심식사 후에는 부디 수영장에 데려가주세요" 하고 외치는 거야. 난 어찌나 긴장이 되는지, 애 이름을 프랭크가 아니라 프롱크라고 부르면서 "실례할게" 같은 말을 하게 되더라고. 이곳은 지금 바람이 세고 나뭇잎 색깔이 바뀌기 시작하는데다 호수는 먹빛이고 들판은 황금빛 줄기들로 가득하군. 항공으로 보내지 못한 편지를 받으면 자네들은 내가 너구리들과 얼마나 힘든 시간을 보냈는지 알게 될 거야.

사랑을 담아,

---

* 정장 위주의 고전적인 미국 패션 브랜드 '브룩스 브러더스'를 줄여 말한 것.
** 명품 구두 브랜드.

존

에틀링거 부부는 해외여행을 계속하고 있었다. 쥐앙레팽은 프랑스의 해안 마을이다. 장편을 쓰려는 아버지의 노력은 이때도 여전히 계속됐다.

이스트 59번가 400번지

9월 9일 [1946년]

돈과 카트리나에게,

사방에서 배수구 냄새가 나고 공기는 더러운 회색 펠트 천 같은, 그렇게 잔뜩 흐린 아침이야…… 6월부터 생활비가 거의 30퍼센트나 올랐어. 쥐앙레팽에서는 잘들 지내고 있나?

우리는 멋진 여름을 보냈어. 딱 지루하지 않을 만큼의 폭력이 섞여 있었지. 마침내 너구리 한 마리가 덫에 걸렸고 호저도 한 마리 쏘았거든. 게다가 어느 날 오후에는 1928년산 스튜드베이커 스테이션왜건을 몰고 브리스틀 마을을 지나는데 차에서 불이 났어. 집에 돌아올 무렵이 되자 날씨가 눈부시게 좋더군. 폴리는 손도끼를 가지고 숲으로 들어가 꽃꽂이에 쓸 울긋불긋한 나뭇잎들을 잘랐지. 해만 지면 굉장히 추워졌고 동풍이 계속 불어 노란 이파리들이 우수수 떨어졌어. 장작 태우는 냄새도 굉장했고, 마티니 맛도 굉장했고, 춥기는 했지만 수영 역시 짜릿했어.

개중에 가장 좋은 시간을 보낸 건 수지일 거야. 가정부가 매주 목요일과 일요일에 피크닉 음식을 마련해줘서 사람들은 늘 수지를 피크닉에 데려갔지. 그러다 우리가 이곳으로 돌아오기 일주일 전에 요리사가 떠나자 이번 주에는 마리가—72세 된 이 집안의 충복—수지를 돌봐주었어. 정말 재미있는 한 쌍이었지. 상대를 대하는 모습이 어찌나 진지하던지. 서로를 부를 때는 '스위트러브'라든가 그 밖의 여러 가지 달콤한 호칭을 쓰고, 매일 저녁 난롯가에서 삶은 달걀을 먹고는 산책을 나갔어. 나는 둘이서 그렇게 손을 꼭 잡고 어둠과 추위를 겁내면서도 달콤한 말로 서로를 감싸주며 산책을 나가는 모습을 지켜보곤 했어. 그런 여정에 나설 때마다 마리는 가장 좋은 검은 옷을 입었고, 수지는 잠옷에 파티용 구두와 마리의 진주목걸이와 마리의 지갑으로 치장을 하고는 오래된 마리의 스웨터를 걸치고 죽은 풀 위로 질질 끌고 다녔지. 둘은 어두워지기 직전에 출발해 차가운 바람이 그들의 조그만 발 주변에 낙엽을 몰아오곤 했어. 매일 밤 숲속에서 족히 2마일은 걷더라고. 출발할 때는 둘이 서로를 걱정하는 소리를 들을 수 있지. "춥진 않아요, 스위트러브?" 등등.

장편소설은 끝을 향해 잘 나아가고 있지만 봄까지는 끝내기 힘들 것 같아. H___ M___이 타운하우스 시리즈를 각색하고 있는데 1막을 우선 보냈어. 굉장히 외설스러운데다 웃기는 농담으로 가득하더라고. 하트가 그 사람에게 전화해 맘에 들지 않는다고 말했더니 M____이 하트에게 제정신이냐고 따지면서 끝내주는 희곡이 될 거라고, 2장에서는 캐럴이 유산을 하게 될 거라고 했다는군. M____은 이제 회사를 나갔고 하트는 폴 오즈번을 데려오려고 하고 있어. M이 쓴 1장에서 가장 큰 문제는 할리우드의 영향을 받았다는 점이었어. 등장인물들이 다 좀 이상해. 인테리어 디자이너가 있는데 검은 옷을 입고 군인처럼 술을 마시고 계속 천연덕스럽게 웃긴 농담을 지껄여. 또 축구 얘기만 하는 지루한 인물이 있는가 하면, 생김새는 귀엽지만 성격은 거칠고 삐딱한 농담을 즐기는 여자와 그 여자를 애인으로 둔 늙은 신사도 나와.

지금 내가 앉은 곳에서 보이는, 그리고 지난겨울 내내 보았던 우울한 장면, 퀸스보로 다리를 건너 롱아일랜드의 거대한 묘지로 가는 장례 행렬이 끝없이 이어지고 있군. 해가 나오고 트럭기사 파업이 끝나면 모든 게 좀 나아지겠지. 분명 그럴 거야. 조만간 가을햇살을 받은 5번가 풍경에 대해 좀 밝은 소식을 보내도록 할게.

그럼 이만,

존

존 치버

이스트 59번가 400번지, 뉴욕 시

10월 2일

돈과 카트리나에게,

자네들 편지는 축축하고 어두컴컴한 아침에 도착해, 카우벨과 술잔에서 달그락거리는 얼음과 최신 독일 탱고와 젊음의 웃음에서 나오는 은은하고 사랑스러운 음악으로 우리의 우울한 아파트를 채워주었어. 편지는 내가 먼저 읽고 그다음엔 메리, 그다음엔 가정부가 읽었지. 사진들에 대해서는 뭐라 말로 표현할 수 없군. 쥐앙레팽에서 두 사람이 춤추는 사진은 정말 감동적이었어. 수지가 우리 어깨너머로 넘겨다보며 안달을 내기에 두 사람이 해변의 바에서 찍은 사진을 잠시 빌려주며 제 '마더 구스' 이야기 책에 장소를 표시해보라고 했어. 우리 모두 여태 받아본 편지 중 이게 최고라고 입을 모았어. 나는 계속 메리에게 우리도 올버니든 어디든 좀 다녀와야 편지에 무슨 풍경이나 역사적인 흥밋거리라도 담아 활기를 좀 불어넣을 거 아니냐고 말하고 있는데, 메리는 올버니에 가기 싫대. 메리는 자신이 마치 모국을 떠나 낯선 외지에 사는 사람처럼 갈수록 까칠해지는 것 같다며, 한시라도 빨리 이 혹독한 해변 동네를 떠나야 한다고 얘기하고 있어.

수지는 월트 휘트먼 스쿨에 입학해 두번째 주를 보내고 있어. 아침마다 억지로 쥐어짜낸 침착함을 유지하며 스테이션왜건에 올라타지. 메리는 9층에서 잠옷 차림으로 내려다보고 나는 손을 비비며 보도 위를 서성거려. 아이를 유치원에 보내는 심정은 귀중한 혼수함을 통째로 위생국에 보내버리는 것과 비슷해. 오후에 아이가 돌아오면 우리는 게슈타포 대원들처럼 아이에게 다가가 유치원 생활에 관해 정보를 얻어내려고 애쓰지. "점심으로 뭐 먹었니, 무슨 활동을 했니, 어딜 갔니, 낮잠은 잤지?" 수지는 우리 질문에 아무런 대답을 하지 않았어. 다만 우리가 아는 거라곤 벼룩 재주 부리기 공연을 구경하러 간다는 사실뿐이야. 그사이에 메리는 자수를 놓기 시작했어.

이 도시는 변한 게 별로 없어. 일요일 오후 늦게 센트럴파크 동물원에 갔더니 나뭇잎은 산업지대 매연처럼 흐릿한 무채색이고, 산책로는 붐비고, 사자들은 으르렁대고, 풍선은 펑펑 터지고, 어떤 멋쟁이 여자는 흰 장갑에 코를 팽 풀었어. 호텔들은 봄까지 예약이 꽉 찼는데 시장에서는 비누나 고기를 구할 수 없고, 생활비가 올라서 우리 같은 사람들은 통조림 어묵으로 저녁을 먹지만 날씨는 밍크를 입으면 좋겠다 싶을 정도로 추워. 밤에는 『신곡』과 프랭클린 루스벨트 연설문을 읽고 있어.

자네들이 스위스에 있어서인지 난 요즘 1920년대 초반에 파리에 모여들었던 무리들이 미국에 대해 했던 얘기들을 자꾸만 생각하게 돼. 하지만 지난 몇 년 동안 이 나라에서는 돈에 대한 집착이 다른 모든 것을 능가하게 되었지. 우리 친구들 중에서도 저녁 내내 돈 얘기만 할 사람들이 있잖아. Y부부의 아파트는 월세가 얼마인지, P는 모피코트를 얼마 주고 샀는지, J의 진주목걸이는 진짜인지 등등 6년 전만 해도 이렇지는 않았어.

아직도 나는 장편소설 초고를 11월까지는, 아니 11월 말까지는 끝낼 수 있을 거라고 생각하고 있어. 난 이 이야기가 좋은데도 자꾸 자문하게 돼. 이 책의 인물 중에 직접 만나면 좋겠다 싶은 인물이 있나? 그리고 또 자문하지. 이 책의 인물 중에 가능하다면 피하고 싶은 인물이 있나? 그래서 마음에 걸려. 난 정말 많은 사람들을 사랑하고 하늘의 빛깔도 사랑하는데, 나의 그런 면이 내 글의 특징을 이루지는 않아.

사랑을 담아,

수와 메리와 존

아버지는 아침마다 양복을 입고 일터로 가기 위해 다른 남자들과 함께 엘리베이터를 탔지만 내리는 곳은 1층이 아니었다. 아버지는 지하까지 계속 내려가 아래 편지에서 언급된 청소부의 방으로 갔다. 거기에서 그는 양복을 벗어 옷걸이에 걸고 속옷 차림으로 타자기를 두드렸다. 그렇게 함으로써 체면도 차리고 드라이클리닝 비용도 아꼈던 것이다. 비니는 폴리의 다른 이름이다.

[1946년 11월 6일에 수신]

존 치버

이스트 59번가 400번지, 뉴욕 시

일요일

폴리와 윈터 보세요,

……저희 가족의 유일한 문제는 수지와 월트 휘트먼 스쿨의 관계입니다. 이미 500달러를 지불했으니 79번가까지 끌고 가는 한이 있어도 어떻게든 학교는 보내야 합니다. 수지는 일단 그곳에 가면 굉장히 즐거워하는데도 아침마다 둥지를 떠나는 건 자기가 원하지 않는 일이라고 결론을 내렸어요. 저희가 발견한 바로는 등교 과정을 순조롭게 처리하면 그뒤는 무탈하더라고요. 그래서 요즘은 아침마다 아이 옷을 입힐 때면—7시에서 8시 사이—오직 행복하고 다정한 분위기만을 조성해야 한다는 불안감에 시달리다보니 이때가 하루 중 가장 괴로운 시간이 되어버렸습니다. 아이를 택시에 태우는 순간까지 우리의 웃는 표정은 조금도 풀어지지 않고 목소리도 절대로 높아지지 않아요.

발레 공연을 보러 한 번 나간 걸 빼고 저희는 한 달 동안 외출을 하지 않았습니다. 메리는 매디슨과 제퍼슨* 행정부에 대해 공부하고 있고 저는 대부분의 시간을 지하에 있는 청소부 방에서 보내며 장편소설을 쓰려고 노력하고 있어요. 어느 날은 카트리

* 제임스 매디슨과 토머스 제퍼슨은 각각 미국의 4대와 3대 대통령이다.

나의 어머니 월링포드 부인이 칵테일을 마시러 와서 결혼식 사진을 주셨는데 메리는 그걸 받으며 무엇이 굉장히 거슬렸는지 사진을 어서 비니에게 보여줄 생각만 하더군요. 월링포드 부인은 언제나처럼 재미있으시더군요. "내 뼈가 녹아내리고 있어요" 하면서 이런 얘기를 하시더라고요. "그래서 서로 모르는 의사 둘을 찾아갔는데, 그러니까 둘 다 내가 상대방의 병원에 갔다는 사실을 모른다는 거지. 그런데 둘 다 내게 하는 말이 자기들이 여태 진료한 사람들 중에 내가 혈압도 가장 낮고 맥박도 가장 낮고 기타 모든 것들이 가장 낮다는 거예요. 그러니까, 죽어버린 사람을 빼면 그렇다는 말이지."

저희 모두 두 분을 곧 뵐 수 있기를 빕니다.

변함없이,

존

2월 24일 [1947년]

조시,

……선배님이 가실 때 보셨던 것과 마찬가지로 우리는 편안하면서도 살짝 지루하고 자주 쪼들리는 생활을 하고 있어요. 수지는 선배가 마리아—성모마리아—의 남편이라는 엉뚱한 생각을 하며 휴일 동안 자꾸만 선배님을 찾았어요. 그림 속 구유에 있는 인물들이 누구냐고 사람들이 물으면 "여기는 마리아, 여기

는 예수님, 여기는 조시 허브스트예요"라고 대답했대요.

약 한 달 전에 메리는 세라로런스 대학교에서 일주일에 이틀씩 영어를 가르치는 일자리를 구했습니다. 그래서 화요일과 금요일마다 브롱크스빌에 갔다가 집에 올 때는 작문지로 꽉 찬 서류가방을 들고 오는데, 글을 쓴 어린 숙녀들 이름이 누키Nooky나 푸시Pussy*, 이런 것들이에요. 하지만 그 별명들을 보고는 작문 내용이 무엇인지 전혀 알 수가 없더군요. 그 외에는 모든 게 그대로입니다. 때때로 돈이 충분히 들어오면 사나흘 정도 장편을 쓸 시간이 생기지만 그런 편안한 생활에는 드는 비용이 엄청나네요. 지난달에는 쇼 부부와 함께 일주일간 버몬트로 스키 여행을 가서 마티니를 마시고 백개먼 게임**을 하면서 재미있게 보냈어요. 좋은 추억이 생겼습니다.

그럼 이만,

존

존 위버는 아버지가 통신대에서 만난 작가다. 아버지가 일을 하러 할리우드에 갈 때면 자주 존과 그의 아내 해리엇의 집에서 머물렀다. 다른 통신대 친구 레너드 필드는 1947년 4월 13일에 존과 해리엇 위버의 연극 〈버지니아 릴〉을 제작했다.

---

* 각각 성행위와 여성의 성기를 이르는 속어.

** 주사위를 던져 나온 숫자만큼 말을 전진시키며 상대의 말을 잡아 모으는 게임.

2월 24일 [1947년]

존,

여기 있는 우리는 네 연극 소식을 듣고 아주 신이 나 있다. 그리고 봄이 되면 책을 끝낸다니 정말 부럽구나. 부럽고 기쁘다. 내 책은 4월 1일인 마감 기한에 맞추지 못할 것 같은데 그때까지 보내지 않으면 1950년까지 책을 내지 않을 거란다. 난 한 달 전에 다시 장편으로 돌아갔는데 그로부터 3주 후에 자금 사정이 크게 나빠져 지금은 다시 단편 일로 돌아왔다. 단편 쓰는 것도 좋지. 닭이랑 씹하고 싶은 만큼, 딱 그만큼 하고 싶은 일이지.

존

4월 2일

피트와 리브에게,

……위버 부부가 한 달 전에 캘리포니아에서 허겁지겁 돌아왔어. 이곳에 있는 실험적인 극단이 존의 연극을 무대에 올릴 예정이라서. 좋은 극단이기도 하고, 제작자, 대행사, 상업 프로덕션들이 모두 영화 판권이나 가을 상업무대에 올릴 가능성을 염두에 두고 연극을 보게 될 거라 존과 해리엇이 굉장히 흥분해 있어. 게다가 존이 장편소설 초고를 끝낸 참이니 위버 부부는 지금 상당히 괜찮은 상황이야.

우리 친구 에틀링거 부부는 금요일에 뉴욕을 떠나 스프링밸리(나이액 근처)에 가서 월도 피어스의 집을 빌려 머무를 거래. 카트리나는 7월에 아기를 낳으러 뉴욕에 돌아오겠지만 그때 말고는 계속 시골에 머무를 거라는군. 우리 친구 쇼 부부는 캘리포니아 남부에 있는 유카로마 농장이라는 곳으로 이사 갔는데, 어윈을 빨리 보내버리자고 모인 자리가 아마도 우리의 마지막 파티였던 것 같아. 어윈 아버지도 거기 계셨는데 모자 사업을 하셨던 정력적인 노인이야. 가족이 멋진 오케스트라를 구성했었다는 얘기를 하시더군. 어윈은 코넷을 불었대. 그 파티에서는 모두들 자신이 유명한 사람이라고 생각하는 분위기였어. 앨런 던이 스텔라 애들러에게 다가가 이렇게 말했어. "외향적인 분이시군요." 그러더니 다시 빌 맥스웰을 보고 묻더라고. "손을 사용하세요? 손을 사용하신다면 염려는 없겠군요." 나는 던의 아내 메리 페티와 얘기했는데 그녀는 마음씨가 고울지 몰라도 안색은 창백하더군. 매지 에번스도 있었는데 거울에 비친 자기 모습을 보더니 씁쓸하게 말하는 거야. "제 얼굴이 여기 막 도착했을 때보다 10년은 더 늙어 보이네요." 그러더니 바로 집에 돌아가더라고. 초대장에 9시부터 12시라고 쓰여 있어서 스카치와 샴페인이 많이 남았는데도 사람들 대부분이 12시에 겉옷을 찾아 들고 쇼 부부에게 입맞춤을 한 다음 떠났지. 난 술병이 빌 때까지 남아 있고 싶었는데 메리가 안 된다고 했어. 세상이 변했어.

메리의 의붓여동생 조지프 호치키스 부인(결혼 전엔 해나 유지니아 로런스 휘트니)이 어제 아기를 낳았는데 이름을 노아 웹스터 호치키스라고 지었지. 아기 노아에게는 사촌이 둘 있는데, 하나는 더들리 랭 휘트니, 또하나는 휘트니 트레이시 그리스월드야. 아무리 좋은 거라도 과하면 별로인 듯해. 에틀링거 부부는 메리가 아이 이름을 맥스나 루빈으로 지으라고 제안한 뒤로 우리에게 상당히 싸늘해졌어. 수전 라일리 치버는 잘 지내고 있어. 학교 선생이 편지를 보냈는데 수가 아주 흥미로운 일화들을 이야기하며 모든 사람들을 늘 즐겁게 해준대. 그 일화들이 어떤 건지 짐작이 가더군. 메리는 잘 지내. 아니 세라로런스 대학에 있는 다른 사람들만큼은 잘 지내지. 안부 전하라네. 곧 만나게 되기를 빌어.

존

수전은 이때 채 네 살이 되기 전이었다.

존 치버

이스트 59번가 400번지, 뉴욕 시

6월 6일 [1947년]

조시,

수지 머릿속이 온통 30달러짜리 구두와 밍크코트 생각으로 가득 차 있어요. 차일즈 레스토랑 좌석안내원의 취향과 기질을 갖게 된 이 녀석은 아침마다 목에 가짜 진주목걸이를 하나 두르고 하루종일 사람들을 식탁으로 안내할 수만 있다면 더할 나위 없이 행복해할 겁니다. 메리는 학생들을 가르치는 일이 좋았다면서, 정식으로 해볼 생각인 것 같아요. 저는 한 손으로 계속 단편들을 써나가면서 다른 한 손으로는 장편을 만지작거리고 있어요. 이게 다 수지의 머리망과 제가 마실 진을 계속 사들이기 위함이죠.

……뉴햄프셔로 편지 주세요. 날마다 빈 우편함만 들여다보는 일이 없도록.

그럼 이만,

존

[우편 소인 1947년 6월 7일 오후 6:30]

존 치버

이스트 59번가 400번지, 뉴욕 시

6월 6일

피트와 리브에게,

우린 수두 얘기말고는 새로운 소식이 거의 없어. 수는 두 주간 격리되었고, 두 주간 앓았지. 그러고 두 주 후에 내가 수두에 걸려 제대로 앓아누웠어. 머리끝부터 발끝까지 상처투성이여서 호가스가 그린 베들렘 병원의 레이크* 같아. 이제 아프진 않은데 상처가 나을 때까지 거리에 나갈 수 없어. 금요일에 뉴헤이븐에 갔다가 토요일에 뉴햄프셔에 가기로 했는데 얼른 낫지 않으면 베일을 쓰고 기차에 올라야 할 노릇이야.

이 정도로 줄일게. 뉴햄프셔 주소는 브리스틀의 트리톱스, 시간 있을 때 편지해줘.

그럼 이만,

존

이 사람은 존 위버다.

[1947년 7월 17일]

목요일

존,

문제가 좀 있어. 우리 빨래를 해주는 피치 프렌치 부인이 중년의 절름발이 고양이를 한 마리 키우는데 그걸 수지에게 주고 싶어해. 수지는 갖고 싶어하고. 나는 수지가 그 고양이를 갖는 게

* 18세기 영국 화가 윌리엄 호가스의 연작 회화로 톰 레이크웰(일명 레이크)의 추락을 여덟 장의 그림에 묘사했으며, 마지막은 레이크가 런던의 정신병원 베들렘에 갇히는 모습을 그리고 있다.

싫어. 그래서 일요일에 토끼를 세 마리 샀어. 하나는 수지에게, 나머지는 요리사네 애들 아이린과 재키에게 한 마리씩 주려고. 4달러가 들었지. 토끼들을 집으로 데려와 예전에 오리 우리로 쓰던 곳에 넣었어. 그곳이 토끼들에게 편할 것 같아서. 아이린이 오줌을 누려고 오리 우리 뒤로 돌아갔는데 하필 말벌 집 위에 앉은 거야. 말벌들은, 참 뉴햄프셔답게도, 아이가 일어날 때까지 기다렸다가 우리 모두를 맹렬히 공격하기 시작했어. 그뒤로 오리 우리 근처에는 얼씬도 못하다가 어두워져서야 가볼 수 있었지. 난 토끼들을 오리 우리에서 꺼내 예전에 칠면조 우리로 쓰던 곳으로 옮겼어. 거긴 말벌들이 많지 않으니까. 다음날 저녁 수지가 밥을 주려고 칠면조 우리로 갔는데 토끼가 죽어 있는 거야. 아이는 소리를 지르며 우는데 도저히 달랠 수가 없었어. 내가 정원 맨 위쪽에 토끼를 묻어주었는데 옆에 서 있던 정원사가 내게 시간낭비하지 말라더군. 스컹크라도 먹을 수 있게 토끼를 숲속에 던져놓아야 한다는 거지. 공산주의자인 그는 부르주아적 감상에 반감이 어찌나 심한지 자기 말에게 이름도 안 지어줬어. 그뒤로 난 오리 우리로 가 토끼가 왜 죽은 건지 알아보다가 독약을 발견했어. 내 장인 '거츠'* 윈터니츠가 쥐를 잡으려고 놔둔 거였어. 그 독약은 미합중국 육군의 화학전 분과에서 제조한 건데 아마도

* 배짱, 근성 등을 뜻하는 별명.

러시아인들에게 먹이려고 한 것 같아. 토끼들이 모두 독약을 맛보았는데 그중 한 마리만 죽었어. 이건 우리 국가안보에 위협적인 문제 아닐까?…… 수지 인생에 생긴 공허함을 피치 프렌치 부인의 절름발이 고양이로 채워줘야 한다는 말들이 여러 사람들 사이에 돌고 있어.

변함없이,

존

맥스웰 퍼킨스는 스크리브너 출판사에서 조시를 담당한 편집자였다. 로버트 린스콧은 랜덤하우스에서 아버지를 담당한 편집자였는데, 나중에 아버지는 이 사람을 진심으로 싫어하게 된다.

트리톱스, 뉴햄프셔 주 브리스틀

화요일 [1947년]

조시,

신문에서 퍼킨스가 사망했다는 기사를 보자마자 우린 선배님을 생각했어요. 일이 중단된 건 꺼림칙하지만 퍼킨스의 사무실에 누군가 있겠죠. 최소한 자기 일을 이어갈 수 있도록 염두에 둔 사람이 있을 겁니다. 스크리브너에 가셔서 상황을 파악한 뒤 곧장 연락 주세요. 주변에도 괜찮은 사람들이 있어요. 랜덤하우스의 밥 린스콧도 그중 하나고요.

존

프레드는 침대시트를 제조하는 회사에서 일하고 있었다. 맥스 고든과 조지 코프먼은 타운하우스 단편들의 각색을 맡고 있었다.

이스트 59번가 400번지

일요일

폴리,

제 형이 수요일에 오는데 그때 시트 얘기를 하겠습니다. 어려워하실 필요 전혀 없어요. 시트를 구하는 건 형에게 쉬운 일이기도 하고, 제가 형에게, 제 친형에게, 시트를 구해달라고 할 수 없다면 그 누가 할 수 있겠어요?

전 무대 일에 푹 빠져 있습니다. 오후마다 맥스 고든, 조지 코프먼과 함께 냉방이 잘되는 라이시엄 극장에 가서 붉은 금발의 여자들 수백 명에게 아뇨, 정말 고마워요, 하면서 돌아다니죠. 지금껏 단편에만 매달려 살아온 건 정말 확실히 시간 낭비였다는 생각이 듭니다.

변함없이,

존

『뉴요커』는 이 단편을 거부했다. 맥심 리버는 아버지의 저작권 대리인이었다. 러셀 라인스는 『하퍼스』의 편집국장이었다.

5월 18일 [1947년]

조시,

선배님께 보여드렸던 단편 「베가Vega」를 잡지 『하퍼스』가 샀어요. 그래서 지난주 어느 오후에 그곳에 가서 편집자들을 만났습니다. 『뉴요커』말고는 잡지사 사무실에 정말 오랜만에 가본 건데 접견실은 창문도 없이 어둑어둑하고 벽에는 무늬가 조각된 책장들과 벽화들이 있었어요. 그리고 구석에는 유명 작가들의 사진을 한데 모아 붙여놓았는데 어디 가나 보는 것처럼 너무도 친숙한 것이, 아마도 백 년 전쯤 농장의 창문마다 놓여 있던 로저스 조각상들이 이런 느낌이었겠다 싶더라고요. 여성 편집자 한 명이 초조하지만 단호한 모습으로 숱 적은 머리칼을 쓸어올리며 말했어요. "음, 저희는 사랑 얘기 비중을 좀 줄이고 문제 자체를 부각시켰으면 어떨까 하는 생각이, 어쩌고저쩌고." 가장 좋은 옷으로 차려입고 온 작가가 한 명 있었고, 게다가 맥심 리버가 파이프를 빨면서 거기 앉아 있는 거 아니겠어요. 저는 러셀 라인스를 만나 선배님께 얘기 많이 들었다고 말했어요. 선배님 말고는 그 사람 얘기를 해준 사람이 없으니까. 근데 이자는 자꾸 전화를 받으면서, "좋지, 좋지, 대충 5시? 좋지, 좋지, 대충 9시?" 하더군요. 이렇게 세월이 흐르고 나서 보니 저는 이런 것들이 약간은 연극적인 분위기로 느껴집니다. 엘리베이터를 기다리고 있는데 편집자 하나가 작가의 팔을 잡고 나왔어요. "네, 저희에게 책을 보여주셔서 정말 감사합니다." 편집자가 말했어요. "네, 그렇게 꼼꼼히 읽어주셔서 정말 감사합니다." 작가가 그렇게 말하는데 딱 봐도 상처받은 티가 나더라고요. 그 작가와 함께 타고 내려갔어요. 가장 좋은 옷을 차려입고 나온 모습이었죠. 33번가로 발걸음을 내딛는데 어디로 가야 할지 몰라 허둥대더군요. 편집자의 사무실을 나서는 작가는 어디로 가야 할지 모르기 마련이죠. 저는 34번가로 가서 한잔 마셨습니다.

메리도 수도 선배님 댁에 놀러가기를 고대하고 있어요. 29일이 적당한 날이기를 빕니다.

존

[우편 소인 1947년 10월 2일, 오전 2시]

존 치버

이스트 59번가 400번지, 뉴욕 시

피트와 리브에게,

일을 꽤 했어. 운이 있어서 그 운이 잘 발휘되기만 한다면 눈이 오기 전에 나의 이 회심작을 끝마칠 수 있을 거야. 조시 선배가 와서 하루 머물다 가셨어. 들었는지 모르지만 요즘 책 때문에 어려움을 겪고 계셔. 초여름에 원고를 마감하고 서둘러 맥스 퍼킨스에게 보냈는데 그걸 집으로 가져간 퍼킨스가 갑자기 세상을 뜬 거야. 그래도 선배는 후임이 맘에 드는 것 같으니 스크리브너는 이 달에 책을 낼 거야.

존

아버지가 타운하우스 시리즈의 극화에 따른 저작권료를 받기 위해서는 극작가협회 회원이 되어야 했다. 어머니는 아버지에게 노퍽재킷*이 있었던 적이 없다며, 아버지는 노퍽재킷을 입은 모습으로 남들 앞에 결코 나서지 않았을 거라고 말한다.

1947년 12월 16일

존,

지난주에는 내 노퍽재킷 양 주머니에 원고를 집어넣은 채 앨곤퀸 호텔로 가서 로스와 도로시 파커**, 윈저 공 등과 점심을 먹었어. 한참 식사를 하는데 식당 출입구에 잡다한 불한당이 나타났지. "사디스에 불이 났나보군" 하고 로스가 말했는데, 그 말이 맞았더라고. 사디스가 일주일 동안 영업을 안 한대서 불만스러

---

* 움직임이 편하도록 앞뒤에 주름이 잡히고 허리에 벨트를 매는 형태의 외투.
** 미국의 시인, 소설가, 비평가.

워하는 사람들이 많아. 나를 포함해서. 메리가 크리스마스에 극작가협회 회원권을 선물한다고 했거든.

[1947년 12월 17일 오후에 부침]

존 치버

이스트 59번가 400번지, 뉴욕 시

피트와 리브에게,

우린 요즘 사교 생활을 별로 못했지만 태리타운에서 열린 한 파티에 간 적이 있어. 거기에서 메리는 존 록펠러와 느릅나무병에 대해 얘기했고, 나는 헨더슨 부인이라는 사람과 버마에서 활동하는 선교사들의 의학교육이 부족해 그 실태가 통탄할 정도라는 얘기를 나누고 있었어. 헨더슨 부인이 록펠러 씨와 그 얘기를 하고 싶어한다는 인상을 받았는데 메리가 느릅나무병 얘기에 너무 빠져 있어서 부인은 접근할 수 없었지. 조시 선배가 지난주에 잠깐 다녀가셨어. 선배 말이 네이선은 나파밸리에 살면서, 포도가 많이 나는 데 말이야, 정말로 아름다운 장편소설을 쓰고 있대. 메트로폴리탄 미술관의 태피스트리 전시는 훌륭하더군.

그럼 이만,

존

수요일 [1948년 2월]

폴리와 윈터 보세요,

수가 구술시험을 보러 브리얼리 스쿨에 갔습니다. 행동거지가 더이상 좋을 수 없었지요. 깨끗이 씻겨 머리도 곱게 땋아주고, 트리톱스에서 입던 니트 원피스를 입혔어요. 메리가 애를 데려다주고 몇 시간 후에 다시 데려왔는데, 집에 들어온 애에게 저희가 꼬치꼬치 물었습니다. 수지는 자기가 한 대답에 만족스러워하는 듯한데 저희는 잘 모르겠어요. "선생님들이 내게 물었어." 수지가 말했죠. "꼬마애가 자기 집에서 도로를 건너지 않고 학교까지 가는 길을 연필로 그리래. 그건 너무 쉽잖아. 도로에 구멍이 있어도 그 위로 뛰어넘으면 되니까!" 어쩐지 정답으로는 들리지 않는군요.

변함없이,

존

헤밍웨이 양은 폴리의 친구로서 브리얼리 스쿨에 연줄이 있는 사람이었다. 어머니는 나를 임신하고 있었고, 소커스Soakers는 아기들이 천기저귀 위에 입는 짧은 바지를 말한다.

[1948년 3월 23일]

폴리와 윈터 보세요,

헤밍웨이 양에게 축복이 있기를, 두 분께도 축복이 있기를. 토요일 오전에 수가 브리얼리 스쿨에 합격했다는 소식이 왔고, 스카치는 토요일 오후에 도착했습니다…… 한 달 내내 초조하게 기다린 끝에 브리얼리 합격 소식을 받았어요. 학교는 수를 받아주었을 뿐만 아니라 근사한 편지도 보내주었습니다. 수가 독립적이고 보기 드물게 어른스럽다는 얘기였어요. 그런 표현들은 헤밍웨이 양한테서 나온 것 같습니다. 그렇지 않고서는 학교가 우리의 뚱뚱하고 제멋대로인 딸을 어찌 그렇게 묘사할 수 있었겠어요…… 어젯밤 저녁식사 전에 결혼기념일을 축하하며 스카치를 좀 마시고 10시에 잠자리에 들었습니다. 술맛이 좋더군요. 메리의 말을 빌리자면 진주만 공습 이전에 마시던 스카치 맛이랍니다.

톰의 아내 엘리자베스가 몇 번이나 상냥한 편지를 보내주었는데 어제는 아기에게 입힐 소커스를 소포로 보냈어요. 잠시 안 보는 틈을 타 수가 그걸 제 곰인형에게 입혀놓았더군요. 저희는 그걸 애한테서 받아내 아직 태어나지 않은 아기를 기다리며 점점 늘어나고 있는 신발이나 담요와 함께 잘 놔두었습니다. 수는 아직도 자기가 이집트의 여왕이라고 생각하지만, 일요일이면 한참을 왕좌에서 내려와 저랑 회전목마를 타러 센트럴파크에 갑니다. 수도 저도 똑같이 날아다니는 말을 좋아해요. 그리고 생각이 유치한 사람들에게 기쁨을 주는 데 봄날의 회전목마 음악 소리만한 게 어디 있겠어요……

변함없이,

존

이스트 59번가 400번지

금요일 [1948년 4월]

폴리와 윈터 보세요,

……메리가 오늘 병원에 갑니다. 수도 이젠 조바심을 내면서 아기가 빨리 나오지 않을 것 같으면 차라리 없는 게 낫다고 하네요……

어제는 정오에 초인종이 울려 문을 열어보니 안색이 붉고 머리가 하얀 신사가 서 있어서 현관으로 들였습니다. 매사추세츠주 프린스턴 출신에 이름이 제임스 치버인 이 남자는 처음 가는 도시에서 항상 치버 성을 가진 사람들을 찾아가 어떻게 생겼는지 확인한다고 하더군요. 제 모습에는 실망한 것 같았어요. 오거스타에 가면 흑인 치버도 여럿 있다고 말하면서 그건 별로 개의치 않는 듯했지만, 세인트루이스에서 만난 아일랜드 가톨릭 신자 치버는 좀 당황스러웠나봐요. 이 이름이 노르만어라는 신사의 말을 듣고 메리가 엄청 좋아하더군요. 분명 셰브르Chevres에서 변형된 이름일 텐데, 노르만어로 셰브르는 염소*를 뜻하거든요.

변함없이,

존

이스트 59번가 400번지

5월 18일

피트와 리브에게,

5월 4일, 메리는 자기 생일 오후에 목욕용 가운의 가격을 비교하며 벤델 상점을 돌아다니더니 초저녁에는 하크니스 병원에 가서 7.5파운드 나가는 아들을 낳았어. 이름은 내가 지은 벤저민 헤일 치버야. 당연히 우리 둘 다 아주 기뻐하고 있어. 우리가 보기에 애는 잘생기고 영리하고 탄탄하고 강한데, 수와는 굉장히 달라. 수는 지금 뉴헤이븐에 있어서 아직 아기를 보지 못했지만 내일 내가 가서 데리고 올 거야. 메리는 토요일에 병원에서 퇴원해 간호사 한 명과 함께 집에 왔어. 간호사는 일주일에 84달러를 받는데 예전 경험을 생각하면 그만큼의 가치가 있다고 말할 수도 있을 듯해. 두루두루 다 좋아.

그럼 이만,

존

트리그브 리는 당시 유엔 사무총장이었다.

---

* 영어로 염소goat는 호색한을 뜻하기도 한다.

금요일 [1948년]

조시,

훨씬 더 일찍 연락드리려고 했는데 이렇게 늦어졌네요. 정말 좋았던 『파르티잔 리뷰』 글과 메리에 대해서 말씀드리려고요…… 그 글은 『파르티잔 리뷰』에 실렸던 대개의 글과는 달리 창작욕뿐 아니라 창작 경험도 풍부한 사람이 썼다는 게 여실히 느껴졌습니다. 앞으로 그런 글을 더 많이 쓰시면 좋겠어요. 『파르티잔 리뷰』는 독특한 잡지임에는 틀림없지만 자신의 유일한 존재 이유인 샘물을 말려버리는 효과를 낸다고 생각합니다. 한 호 한호 나올 때마다 이보다 더 맥빠지고 역겨운 비평이 있을까 싶어요. 문학을 갈망하고 사랑하는 사람들이라면 이 잡지에 글을 써야 합니다. 이들은 지금 매음굴 계단에 앉아 있는 셈이거든요.

5월 4일 메리의 생일에 대해서 얘기하자면, 그날 메리는 하크니스 병원에 간 뒤 한 시간 만에 아들을 낳았어요. 아기 이름은 벤저민 헤일 치버인데, 제가 생각해낼 수 있는 가장 멋스러운 이름입니다. 아기는 묘비 각인 서체로 이름을 새긴 은대접도 받았고, 에틀링거 부부에게서는 『보바리 부인』 초기 판본을 선물 받았어요. 검은 눈에 잘생기고 활달한 녀석인데 벌써부터 수와는 굉장히 다릅니다. 메리는 잘 회복하고 있고 이번엔 괜찮은 간호사도 구했어요. 간호사가 떠나기 하루 전날 메리가 젖몸살을 앓기 시작해 지난주에는 내내 침대에 누워 있었습니다. 하지만 어제는 벤을 목욕시키기도 했고 오늘도 그럴 거예요. 휴식을 충분히 취하면 일주일 내로 괜찮아질 겁니다. 메리는 벤에게 푹 빠져서 애한테 말할 때 보면 개가 무슨 트리그브 리라도 되는 것 같아요. 아기는 건강합니다.

존

트리톱스에서 돌아온 직후.

이스트 59번가 400번지

9월 19일 [1948년]

폴리와 윈터 보세요,

……수요일 아침에 돌아와 보니 뉴욕은 습하고 흐리더군요. 지금껏 가장 훌륭했던 여름이 그렇게 끝났고, 저희는 두 분의 완벽한 후의와 넉넉한 아량에 어떻게 감사드려야 할지 모르겠습니다.

메리는 그 어느 때보다 몸 상태도 좋고 휴식도 잘 취했습니다. 우리 아파트도 굉장히 마음에 들어하고 가정부한테도 매료된 것 같아요. 이 가정부는 앞치마가 딸린 회색 제복을 가지고 와서 그걸 입고 일하겠다고 하네요. 두 분 중 아무라도 한번 들러봐주시면 정말 감사하겠어요. 우스운 안경을 낀 그 가정부는 요리사로서는 별 볼 일 없지만, 정오가 되면 맵게 양념한 햄 샌드위치를 만들어줍니다. 저희가 현관에 바글바글 모여 조그만 종을 울리면 샌드위치를 가지고 들어오는데 발걸음 뒤로 파촐리 향과 뉘 다무르Nuit D'Amour 향수가 진하게 섞인 냄새를 남기지요. 가정부는 지금까지 사흘 동안 저희와 함께 지내며 아주 적극적이고 상냥하게 행동하고 있습니다. 당연히 우리도 그이를 굉장히 정중하게 대하고 있으니, 그 때문에 두 분은 골치가 좀 아프실지 모르겠습니다. 그리고 우린 이제 아무도 맨발로 돌아다니지 않습니다.

변함없이,

존

메리 윅스는 타운하우스 단편들을 각색한 연극에 출연했다.

금요일

조시,

매리와 저는 뉴햄프셔에서 보스턴으로 이동해 리츠 호텔에 처박혀 술을 진탕 마셨습니다. 보스턴에서 상연한 연극은 감상적이면서 적당히 재미있는 허튼소리랄까요. 메리와 제 가족들은 오케스트라석에서 관람했고, 발코니석은 전직 가정부들과 청소부들이 가득 메워 연극은 대성공이었어요. 맥스 고든은 케이 브라운과 로비에서 왈츠를 추면서, 이 작품을 백만 달러를 받고 영화사에 팔 거라고 말했어요. 그러자 조지 코프먼이 장단을 맞췄죠. 연극을 보다가 웃음을 터뜨린 부분이 어찌나 많은지 마치 배우들이 유머 책을 낭송하는 것 같았다면서, 누가 뭐래도 이 작품은 돈이 될 거라고 확신한다더군요. 제가 무슨 말만 했다 하면 조지는 제게 어서 가서 단편을 더 쓰라는 거예요. 세트도 훌륭했고 에스더 역을 연기한 여배우도—메리 윅스—훌륭했고요, 전반적으로 메리와 저에게 정말 즐거운 시간이었습니다. 저는 54달러를 벌었는데 맥스 고든과 동료들은 10만 달러를 썼어요. 저로서는 해마다 이런 행사를 하고 싶지만 맥스는 돈이 없어서 안 된다고 하네요.

이제 여기는 모든 게 똑같습니다. 벤은 아주 착한 녀석입니다. 순하고 명랑해요. 수는 브리얼리 스쿨에서 목공을 배우고 있는데 내년쯤이면 목수협회 회원증이라도 딸 수 있으려나 기대하고 있답니다. 저는 돈이 없어서 장편은 쓰지 않고 있어요. 하지만 일을 잘하고 있으니 계속 열심히 하면 크리스마스까지는 생활비를 충분히 마련해 장편을 한두 장章 정도 쓸 수 있을 겁니다.

그럼 이만,

존

이스트 59번가 400번지

일요일 [1948년 9월]

폴리와 윈터 보세요,

수는 어제 오후에 남색 니트원피스를 입고 생일파티에 갔습니다. 프랑스 공주 같은 모습이었죠. 뚱뚱한 공주지만, 오 퐁au fond*, 공주는 공주죠. 수는 뉴욕에 돌아온 이래로 계속 다이어트를 하고 있어서 그동안 케이크나 사탕, 쿠키, 흰 빵 등은 입에도 대지 않았는데, 어제 파티에서 아이를 데리고 올 때 보니 귀에 케이크 크림이 묻어 있고 입안에는 사탕이 여러 개 들어 있었어요. 파티에서 나올 때 사탕이 든 조그만 바구니와 꾸러미 몇 개를 손에 든 걸 보고 저는 여태 우리가 한 고생이 물거품이 되는 건 아닌가 걱정이 들었습니다.

연극은 토요일 밤에 종연되었는데, 그다지 놀랍지는 않았습니다. 저를 제외한 누구의 잘못인지 잘 모르겠지만 투자비 7만 5천 달러 중에 우리 돈은 한푼도 없었다는 사실은 위안이 되네요. 좋은 배역을 얻지 못하는 메리 웍스가 굉장히 안쓰럽고, 제 자신도 참 안됐다는 생각이 듭니다. 돈을 벌면 어떻게 쓸 것인지 좋은 아이디어가 많았거든요. 하지만 연극은 대체로 투기에 가까운 사업이기도 하고, 저는 우리의 모든 투기적인 생각들이 몽상 수준을 벗어나지 못했다는 사실을 다행이라고 여깁니다. 어쨌든

* 프랑스어로 '사실상' '본질적으로' 등을 의미.

보스턴에서는 정말 즐거웠고요, 전 이제 올겨울에 희곡을 한 편 써서 9월쯤 다시 한번 무대에 도전해보면 좋겠다는 생각을 하고 있습니다. 정말 놀라운 것은 쇼비즈니스에 잔뼈가 굵은 고든과 코프먼이 이 작품에 그토록 확신을 갖고 사비를 털어넣었다는 사실입니다. 작품이 충분히 좋지 않았던 거죠. 그리고 한편으로는 관객의 안목이 이리도 뛰어나다는 사실이 다행스럽게 느껴지기도 합니다.

변함없이,

존

이스트 59번가 400번지

선거일 [1948년 11월]

폴리와 윈터 보세요,

……브리얼리 스쿨을 둘러싼 사회적 풍토에 가끔씩 불편한 감정이 듭니다. 며칠 전 아침에 수를 학교에 데려다주며 안으로 함께 들어가는데 어떤 조그만 유치원생이 다른 애한테 이렇게 말하더군요. "우리 아빠는 하아버드 나왔어. 또 울 형들도 둘 다 하아버드야."

하지만 수는 학교를 좋아합니다. 그곳 선생들 역시 기적적인 인내심과 기지를 발휘하는 듯하더군요. 수가 최근에 더러운 앞치마와 찢어진 스카프, 몇 야드에 달하는 긴 줄과 판지로 만든 날개 두 개로 의상을 만들었습니다. 그 복잡한 의상을 장착하는 데만 이십 분이 걸렸어요…… 음, 그런데 오늘 아침엔 그 망할 의상을 입고 학교에 가겠다는 겁니다. 만류해봤죠. 용돈으로 구슬려도 봤고요. 그런데 얘는 꿈쩍도 안 하고 그 의상을 종이가방에 담아 학교를 향해 출발했습니다. 택시에서 내릴 때는 찢어진 앞치마와 더러운 스카프로 치장하고 두 날개는 풍만한 배에 묶은 모습이었죠. 하지만 그애의 자존감은 전혀 손상이 되지 않았더군요. 선생들이 어떻게 한 건지 알 수가 없어요.

변함없이,

존

이스트 59번가 400번지

11월 25일 [1948년]

폴리와 윈터 보세요,

……어느 날 메리가 브리얼리에 가서 수지가 얼마나 잘하고 있는지 확인하고 왔는데 거기에서는 모든 걸 즐겁고 근면하게 해나가고 있더랍니다. 돈으로 살 수 있는 것들 중에는 좋은 초등교육도 있는 것 같습니다. 수가 속한 그룹에는 문제아도 없고—선생들 말이 그래요—반마다 분위기가 명랑하고 다정합니다. 크리스마스 전 어느 일요일에 세인트토머스 성당 제단에서 수가 천사 역을 할 거예요. 진짜 고교회파 성공회 천사의 날개를 달고

서요. 거기 사람들이 보답으로 스테인드글라스를 해주길 기대하지 않았으면 좋겠지만, 물론 당연히 기대하겠죠……

변함없이,

존

폴리와 윈터는 내 부모에게 아래 편지에 언급된 선물을 주었다.

이스트 59번가 400번지

수요일

폴리 보세요,

……아이들을 재우고 둘이서 책장에 책들을 꽂고 난 뒤, 메리는 중국풍의 그 숄을 두르고 춤을 추었고 저는 백과사전을 들춰 크랜머와 찰스 에드워드 스튜어트와 루터를 찾아보았습니다. 그런 다음 메리는 예쁜 식탁보들을 자세히 살펴보고는 함께 있던 냅킨 수만큼 많은 사람들을 초대해 파티를 열겠다는 무시무시한 계획을 세웠어요. 아내가 그 문제를 근심스럽게 궁리하고 있을 때 저는 『고대 세계사The History of the Ancient World』 속 그림들을 들여다보았죠. 정말 멋진 역사서입니다. 문장은 단정하고 깊이 있는데 삽화는 온통 대학살과 정욕으로 넘쳐납니다. 글은 합헌적 정부의 진보에 대한 고결한 이야기를 하는데 삽화는 가슴이 빵

빵하고 홀딱 벗은 여인들이 음탕한 고트족과 발정난 훈족에게서 도망치는 이야기로 역사를 해석하더군요. 제가 가장 좋아하는 역사서입니다.

변함없이,

존

아버지는 송어낚시를 하러 크랜베리 호수에 있는 거스 로브래노의 황야 오두막에 다녀온 참이었다.

이스트 59번가 400번지, 뉴욕 주 뉴욕 시 22

5월 29일 [1949년]

폴리와 윈터 보세요,

메리와 수는 내일 사흘 일정으로 펜실베이니아로 떠납니다. 제가 크랜베리 호수에 갈 때 합의한 협상에 따른 거죠. 저는 집에 머무르며 벤저민을 돌보기로 되어 있어요. 하지만 전 오전과 오후로 나눠 부를 베이비시터들을 예약해놓았고, 어쩌면 저녁에 올 사람까지 예약하게 될지도 모르겠어요. 벤저민은 요즘 집안에 깨거나 넘어뜨리거나 풀어헤치거나 입에 넣지 못할 게 거의 없는 수준에 이르렀습니다. 아직 걷지는 못하지만 그 한계를 은밀함과 속도로 만회하고 있어요.

수의 학교가 목요일에 끝나 학년말 총회에 참여하려고 브리

열리에 갔습니다. 수의 학급이 노래를 부르더군요. “들어보라, 바람결에 조그만 앵초꽃 종이 울린다” 등등. 그러더니 몇 분 동안 무대 위를 깡충깡충 뛰다가 우레 같은 박수를 받았어요. 청중 가운데는 어린 동생들이 굉장히 많이 와서 공연하는 아이들을 요란스럽게 불러대고 소리를 치더군요. 그뒤로 이어진 음악과 춤 역시 단순하고 케케묵은 것들이었고 의상은 다 손으로 만든 것들이었죠. 그 어린 소녀들을 유심히 보면서 여자들에게 우아함과 화사함이라는 선물이 얼마나 잔인할 정도로 불공정하게 배분되는지 흥미롭게 관찰했습니다. 나무랄 데 없는 외모에 움직임이 우아한 아이들 세 명마다 송곳니가 뾰족하고 뚱뚱한 소녀들이 한 명쯤 섞여 있어서, 땀 흘리고 헐떡거리며 저보다 예쁜 아이들과 비교당하는 고달픔을 견뎌내고 있더라고요. 그 행사에서 유일하게 걱정스러웠던 점은 그중 누가 우등생인지 눈을 감고도 알 수 있겠더라는 사실이었습니다. 그런 애들에게는 어쨌든 뭔가 튀는 구석이 있어요. 행사가 끝나고 학부모들은 현관으로 나가 서로 인사를 나눴는데, 그토록 말쑥한 차림새에 피곤에 지친 얼굴을 한 여자들, 그토록 희한하게 추레한 하버드 출신 남자들, 그토록 고압적인 할머니들을 본 적이 없었습니다. 지팡이를 짚은 그 할머니들은 보석과 향수 치장은 덜했지만 상류층의 고상한 분위기는 더 강렬하게 풍기더군요. 마치 프레이밍햄에서 열린 장례식에 간 것 같았어요. 우리도 생활방식을 바꿔야 하나 싶어서 걱정됩니다. 제가 땅콩버터를 병째 들고 퍼먹는 짓을 계속 하면 불쌍한 수가 그런 환경에 어떻게 적응할 수 있겠어요?

변함없이,

존

이스트 59번가 400번지

10월 13일 [1949년]

폴리와 윈터 보세요,

뉴욕에 돌아오고 나서 수지는 이제 손가락 빨기를 멈추고 약속대로 개를 사달라고 졸랐습니다. 아이랑 기차를 타고 부자 개들의 동네인 웨스트베리에 가 진한 갈색 스탠더드푸들 강아지들을 봤어요. 우리가 고른 암컷 강아지는 카프리스인데 이름이 좋아서 돈이 아깝지 않더군요. 카프리스는 일주일 후에 새 스테이션왜건에 실려 배달되었습니다. 오 분이 지나자 수는 눈이 충혈되고 기침과 재채기를 하더니 숨소리도 가빠지더라고요. 의사가 카프리스를 내보내야 한다고 해서 다음날 오후에 메리가 수지를 동네 약국에 데려가 아이스크림소다를 사주었고, 저는 카프리스를 웨스트베리에 데려다주었어요. 이별은 물론 요란했고 눈물범벅이었죠. 하지만 여전히 손가락을 빨지 않는 걸 보니 마음에 상처를 입은 건 아닌 듯합니다.

변함없이,

존

이스트 59번가 400번지

[1949년 11월]

조시,

우리 가족은 선배님이 추수감사절 저녁식사에 와주시기를 바라고 있어요. 오시겠다고만 하면 저희는 수지의 방에 있는 침대들 중 하나에, 물론 불편하실 수 있지만, 모실 수도 있고 더 낫게는 호사스러운 호텔방을 얻어드릴 수도 있어요. 겸허하게 드리는 제안이지만 제가 감당할 능력이 충분하지 않다면 하지도 않았을 제안이라는 건 아실 거예요. 가정부가 저녁식사 후까지 남아 설거지도 해줄 테니 함께 샤르트뢰즈*를 마시고 시가를 피울 수도 있을 겁니다.

이 건물에는 작가가 한 명 더 있어요. 지금껏 6개월 정도 그 사람을 유심히 봐왔고, 엘리베이터에서도 자주 만납니다. 그자는 오후 4시쯤 되면 볼에 베개 자국이 찍힌 채로 집에서 나오는데 토막잠을 자는지 눈은 충혈되어 있고 팔에는 도서관에서 빌린 책들을 한아름 안고 있어요. 재미있어서가 아니라 요즘에는 어떤 쓰레기들이 팔리나 궁금해서 대충 훑어본 책일 겁니다. 한 달

* 프랑스의 샤르트뢰즈 수도원에서 허브를 원료로 만드는 초록 또는 노란색의 향기로운 술.

에 한 번씩 겨드랑이에 서류가방을 끼고 로비에 나타나는데 보나마나 『콜리어스』나 『코즈모폴리턴』 등에 더러운 식당 혹은 불법 낙태업소에 대한 기사 아이디어를 의논하러 가는 길이겠지요. 다른 많은 작가들과 마찬가지로 그자 역시 이 시대 위에 두 발을 확실히 딛고 선 사람 같지 않고, 팔꿈치에 가죽을 덧댄 트위드재킷과 잦은 낮잠으로 구깃구깃해진 회색 플란넬 바지를 입은 차림새가 고등학교 신입생 같은 느낌을 줍니다. 어제는 멋지게 차려입은 신사숙녀들과 엘리베이터를 타고 아래층으로 내려가는데 그 작가가 중간에 탔어요. 『마리아와 이집트인』을 손에 들고 있었는데 왼쪽 얼굴 전체가 빨갛고 눈은 충혈되어 있고 바지 지퍼는 완전히 다 열려 있더군요. 저는 지퍼가 열렸다는 말을 해주지 않았습니다. 이걸 선배님께 말씀드리는 유일한 이유는 오늘날 문학계가 얼마나 극심히 분열되어 있는지, 그리고 한 작가가 다른 작가에게 자유롭게 할 수 있는 말이 얼마나 조금밖에 남지 않았는지 확실히 보여드리기 위한 것이지요.

그럼 이만,

존

조시는 아래의 편지 위에 다음과 같은 메모를 해두었다. "스크리브너 출판사 사람들이 깜짝 놀라 내 생사를 확인하러 전화했더라는 얘기를 편지에 썼더니 치버가 보낸 답장. 커피가 출판사에 전화해 내가 파리에서 죽었다는 얘기를 페기 카울리에게서 들었다고 말했던 것이었다." 캐서린 앤은 조시와 오랫동안 반목한 친구 캐서린 앤 포터이다. 프레더릭 루이스 앨런은 당시 『하퍼스』의 편집자였다.

1949년 12월 10일
토요일

조시,

제가 들은 바에 의하면 죽은 사람은 캐서린 앤이랍니다. 파리가 아니라 필라델피아의 포츠빌에서 생선 식중독에 걸려 죽은 거래요. 서머싯 몸이 글렌웨이 웨스콧을 위해 연 기념만찬에 참석하러 동부로 가던 길이었다는데요. 몸과 웨스콧 역시 죽었다고들 합니다. 어윈 쇼는 레너드 얼리치가 죽었다고 누군가 하는 말을 들었답니다. 하지만 메리가 며칠 전에 치과에서 레너드를 봤다고 해요. 확실히 초주검이 된 모습이긴 하더라는데, 우리가 뭘 알겠어요? 레너드는 어윈이 죽었다고 말하더랍니다. 주류 판매점에서 만난 남자 하나는 오드와이어 시장이 죽었다고 하는 라디오 아나운서의 말을 자기 아내가 들었다고 전해주던데요. 그리고 얼마 전 우리집에 왔던 베이비시터는 시무룩한 얼굴로 들어와서는 프랭크 시나트라가 죽었다고 말했어요. 페기 카울리는 이 분야의 전문가죠. 그리고 저는 사람들에게 그녀가 죽었다고 말하고 다닙니다. 페기는 제게 밥 코츠가 죽었다고 말했어요. 반면에 풀턴 루이스는 프랭클린 루스벨트와 레닌, 이바르 크루거, 스트라빈스키, 카우츠키가 살아 있다고 말해요. 선배님 출판사는 제 출판사보다 낫습니다. 최근에 랜덤하우스에 갔을 때 밥 린스콧이 저를 문까지 배웅했는데, 초조하게 양손을 비비면서 눈은 마치 보험증권을 바라보는 듯 빛을 내며 제게 말했어요. "뭘 하든 간에, 존, 절대 목을 매지는 말게."

……제가 쓴 「베가」라는 단편 기억하세요? 『하퍼스』에서 이 달에 그 작품을 게재하면서 잡지 표지에 조그만 공지를 낸답니다. 『하퍼스』가 그 단편에 관심을 가진 것은 사회에서 유리된 채 살아가는 사람들에 대한 이야기이기 때문이며 작품과 관련된 정치사는 중요하지 않다는 내용이라고 합니다. 간단히 얘기하자면, 그 단편을 게재한 건 실수였다고 알리는 각주를 단 거나 다름없지요. 제가 보기에, 프레더릭 루이스 앨런은 죽었어요.

그럼 이만,

존

이스트 59번가 400번지

토요일 [1949년]

윈터 보세요,

……벤은 날이 갈수록 커가고 피부가 붉어지고 점점 고집스

러워지고 있습니다. 하루이틀은 시킬 때마다 손을 흔들며 안녕 인사(바이바이)를 하더니 메리가 자장가를 너무 일찍 억지로 가르치려들면서부터는 안녕 인사를 해보라고 하면 팔을 허공에 마구 휘두르고 바지에 쉬를 하고 자기 배를 때려요. 수는 여전합니다. 어떨 땐 씁쓸하고 어떨 땐 달콤한 차라고나 할까요?

변함없이,

존

윌리엄 포크너는 1949년에 노벨문학상을 탔다. 헤밍웨이는 1954년에 되어서야 같은 상을 탔다.

이스트 59번가 400번지

월요일 [1949년]

조시,

일요일 밤에 저는 헤밍웨이가 '뉴욕 타임스'에 썼을 법한 편지에 관해 꿈을 꾸었습니다. 그 편지는 다음과 같은 내용이에요. "빌 포크너가 노벨상을 탄 건 좋은 일이라고 생각합니다. 심사위원들이 일을 잘했다고 생각해요. 노벨상은 화창한 날 베로나에서 앉아 있는 오리를 가장 많이 쏘아 맞춘 사람에게 주는 상금과 같지요. 다른 종류의 사냥법도 있지만 그런 걸로는 상을 받지 못해요. 아브루치*에서 5월의 눈을 맞으며 하는 사냥도 있고, 수중

사냥도 있고, 홀로 조준기에 붙은 손거울을 보며 왼쪽 어깨 너머로 뒤에 있는 그리즐리 곰을 쓰러뜨리는 사냥도 있지만 그런 걸로는 상을 받지 못하지요. 토머스 하디 씨와 허먼 멜빌 씨가 그런 사냥을 했지만 그분들은 상을 받지 못했습니다. 저는 빌 포크너에게 그가 죽기 전에 상을 준 것은 좋은 일이라고 생각합니다."

보잘것없는 위로군요. 하지만, 우리집 소파에서 주무시고 싶으시면 언제라도 오십시오…… 수지는 토요일에 발레 공연을 보고 온 뒤로 내내 앙트르샤** 동작을 연습하고 있어요. 계속 바닥에 넘어지면서도 얼굴에는 항상 발레리나들이 짓는 백치 같은 미소를 띠고 있죠. 벤은 감기에 걸려 목소리가 걸걸해졌지만 곧 나을 거예요.

변함없이,

존

로스는 해럴드 로스다. 기브스는 『뉴요커』의 작가이자 편집자인 울컷 기브스일 것이다. 파티는 『뉴요커』의 창립 25주년을 기념한 것이었다.

이스트 59번가 400번지

---

* 헤밍웨이의 『무기여 잘 있거라』에 나오는 이탈리아의 지명.

** 제자리에서 뛰어오르며 발뒤축을 여러 차례 교차시키는 동작.

3월 6일

폴리와 윈터 보세요,

『뉴요커』 파티의 반향 몇 가지를 알려드릴게요. 호텔 관리부에서 로스에게 편지를 보내 그렇게 점잖은 손님들은 난생처음이었다고 말했다고 합니다. 기브스는 이렇게 말하더군요. "그 파티에서 증명된 게 한 가지 있어. 여성 작가들은 죽지 않는다는 사실이지. 난 해리엇 비처 스토*와 두 번이나 춤을 췄거든."

변함없이,

존

이스트 59번가 400번지

3월 22일

폴리와 윈터 보세요,

기억이 아직 어느 정도 생생할 때 『뉴요커』 파티에 대해 보고할까 합니다. 메리는 검은색 짧은 원피스를 입고 목이 긴 흰 장갑을 낀 모습이 아주 세련되고 기품 있어 보였습니다. 저는 짧은 턱시도를 입고 장갑은 끼지 않은 모습이 아주 기품 있어 보인다고 스스로 생각했지요. 우리는 10시 십오 분 전에 리츠 호텔로 갔는데 비서들과 사복경찰들이 진을 치고 서서 손님들을 선별해

* 『톰 아저씨의 오두막』을 쓴 19세기 작가.

입장시키고 있었습니다. 혼란 속에서 저는 안으로 들어갔지만 메리는 밖에 남겨졌다가 화가 나서 막 집으로 가버리려던 참이었어요. 초청도 안 받고 안으로 들어가려다 실패한 콜번 길먼도 함께 있었죠. 마침내 메리와 만나 함께 계단을 올라갔습니다. 호텔 관리부에서 로스에게 오벌룸 연회장과 무도회장을 둘 다 대여하라고 했어요. 왜냐면, 그들 말에 따르면, 25주년 행사에는 당연히 노인들이 많을 테고 노인들은 의자에 앉아야 하니까요. 시장도 오기로 되어 있었는데 도착이 늦어져 로스가 초조해하고 있더군요. 시장 각하를 맞이하기 위해 계단에 E. B. 화이트와 존 맥널티와 필 햄버거를 대기시켜놓았어요. 그런데 이 환영단이 기다리다 짜증이 나 술에 얼근하게 취하는 바람에 막상 시장이 도착했을 때는 제자리를 지키지 못했죠. 1시에 참으로 무질서한 만찬이 있었고요, 2시에는 호텔 담당자들이 오벌룸 조명을 껐다 켰다 하기 시작했지만 그게 오히려 손님들의 흥을 돋우고 말았습니다. 3시 반에 메리와 저, 그리고 몇몇 사람들은 어윈과 함께 그 친구 집에 가서 5개월 동안 병상에 있는 매리언에게 인사를 했어요. 편치 않은 시간대였는데도 매리언은 상냥하더군요. 그런 다음 다시 리츠로 갔는데 약삭빠른 호텔 담당자들이 무도회장 문을 야자수 화분으로 막아놓아 어쩔 수 없이 집으로 갔습니다. 옷을 갈아입고 나니 몇 분 뒤에 아이들이 일어나기에 저는 오늘 아침 수지와 벤을 데리고 센트럴파크에 가서 회전목마를 타고 놀았어요. 아이들은 저보다 훨씬 재미있어하더군요.

메리와 수는 오늘 그리니치에 가 있고 내일 벤은 수술을 받으러 병원에 갑니다.

변함없이,

존

이 수술에 대한 나의 유일한 기억은 그후로 몇 년 동안 슈퍼마켓에 들어가기 싫어했다는 것이다. 나는 슈퍼마켓에서 흰 가운을 입고 일하는 남자들이 의사이며 나를 아프게 할 거라고 생각했다.

이스트 59번가 400번지, 뉴욕 시

3월 24일

폴리와 윈터 보세요,

'메종'에 주문하신 술은 저희 결혼기념일마다 늘 그랬듯이 어두워지기 직전에 도착했고 이번에는 그 술을 마신 것이 축하에 가장 가까운 행동이었습니다. 이렇게 세심하게 기억해주시다니 진심으로 감사드립니다. 보내주신 술을 마시고 있는데 아마 블루밍데일 백화점 지하에서 제조한 듯한 스카치이고요, 변화를 주기에 아주 좋았습니다. 메리의 기분을 좀 띄워줘서 한 시간이나마 '대수술'에 대해 잊을 수 있게 해주었고요.

어제 9시 이십 분 전에 벤을 병원에 데리고 오라는 지시를 받고 그렇게 했지요…… 10시에 마침내 의사가 검사를 하려고 하는데 아이가 엄청나게 저항을 했어요. "저, 어쨌든 애한테는 충격이 될 거예요. 차라리 애를 제게 맡기시죠." 의사가 말했습니다. "그럴 순 없어요." 애엄마가 말했죠. 메리는 아이를 검사대에 올려놓고 제 손으로 잡고 있었어요. 한 시간 뒤에 의사가 아이를 데려왔는데 탄력붕대를 감은 얼굴에 의심 가득한 붉은 눈 하나만 내보이더군요. 오후 일찍 아이를 데리고 집에 온 뒤로 하루종일 벤은 조용하고 눈물겨운 동정을 받고 있습니다. 그런데 밤중에 탄력붕대가 떨어져나가 상처 위로 조그만 붕대만 남게 되었는데, 그뒤로는 아이의 기분이 완전히 살아났어요. 제 생각에 내일 병원에서 그 붕대도 떼어내고 나면 흉터가 남진 않을 것 같습니다. 다시 말해, 벤의 얼굴에는 흉터가 남지 않겠죠. 저희 지갑에는 깊은 상처가 남겠지만요.

변함없이,

존

이스트 59번가 400번지

화요일

폴리와 윈터 보세요,

……부활절은 잘 보냈습니다. 수지와 베우 5시에 일어났고,

수지가 벤을 방에 가두고 거실에서 선물을 찾아다니기 시작했습니다. 벤이 나올 수 있게 문을 열어주었더니 아래층으로 내려와 삶은 달걀 두 개를 껍질째 먹어버렸어요. 수의 선물은 아주 예쁜 자주색 원피스인데, 지금 입고 있습니다. 벤의 선물은 모직코트와 차양이 있는 모자인데, 절대로 걸치지 않으려고 해요. 아직까지도 그 옷을 입혀보지 못했습니다.

변함없이,

존

이스트 59번가 400번지

4월 19일

조시,

……며칠 전에 스폰서를 구하는 라디오 프로그램에 베넷 서프가 출연했을 때 저희가 방청석에 초대를 받았어요. 아마도 제 웃음소리가 커서 잘 들리기 때문에 초대받은 것 같아요. 정말 형편없는 프로그램이어서 중간에 나가버린 사람들이 반은 되더군요. 출판업자들이 밤에는 집에서 쉬면서 해포석으로 만든 파이프에 담배를 피우던 시절이 기억납니다.

존

아래에 언급된 트리톱스의 요리사는 변형된 모습으로 「참담한 작별」에 등장한다.

그해 여름에 우리가 고용한 요리사는 안나 오스트로비크라는 폴란드 여자였다. 요리 솜씨가 일류급인 그녀는 키가 크고 뚱뚱하고 원기왕성하고 부지런한 여자로서 자기 일을 중요하게 여겼다. 요리를 즐겼고 자기가 만든 음식을 맛있게 먹이는 걸 좋아해서, 우리를 볼 때마다 뭔가 먹으라고 재촉했다. 일주일에 두세 번은 아침식사로 따뜻한 빵—크루아상과 브리오슈—을 구워 직접 식당으로 가지고 나오며 말하곤 했다. "먹어요, 먹어요, 먹어요!" 가정부가 서빙용 접시를 가지고 식료품 저장실로 들어가면 그곳에 서 있던 안나가 "좋아! 먹는구나" 하고 말하는 소리가 들릴 때도 있었다. 그녀는 쓰레기 수거인과 우유 배달부와 정원사에게도 음식을 내주었다. "먹어요!" 그녀는 말했다. "먹어요, 먹어요!" 목요일 저녁이면 그녀는 가정부와 함께 영화를 보러 나갔지만, 배우들이 모두 너무 말랐다는 이유로 영화를 즐기지 못했다. 그녀는 한 시간 반 동안 어두운 극장에 앉아 초조하게 스크린을 바라보며 음식을 맛있게 먹는 사람이 나타나기를 기다렸다…… 초저녁이 되면 안나는 우리 모두를 배불리 먹이고 솥과 팬을 씻은 뒤 남은 음식을 모아 밖으로 나가 동물들을 먹였다. 그해에 우리는 닭을 몇 마리 키웠는데, 그 시간쯤이면 모두 홰에 올라 있는데도 안나는 먹이통에 음식을 쏟아넣고는 잠자는 닭들에게 먹으라고 재촉했다. 그녀는 과수원에서 지저귀는 새들에게도, 마당의 얼룩다람쥐에게도 먹이를 주었다. 정원 끝자락에 나타난 안나의 모습과 다급한 목소리는—"먹어, 먹어, 먹어" 하고 외치는 목소리가 들렸다—일몰을 알리는 보트클럽의 대포 소리와 헤론 곶 등대에서 나오는 불빛처럼, 그 시간대를 이루는 풍경의 일부가 되었다. "먹어, 먹어, 먹어." 안나가 말하는 소리가 들렸다. "먹어, 먹어……" 그러고 나면 어둠이 내렸다.

트리톱스, 뉴햄프셔 주 브리스틀

1950년 7월 18일

조시,

이달 말에 우리는 이곳을 떠나 마서스비니어드*로 갑니다. 그곳에 자리를 잡으면 바로 편지를 드릴 테니, 가능하다면 저희를 보러 오시면 좋겠습니다. 여기에는 얼마나 있었는지 잘 모르겠지만 불과 일주일 정도밖에 안 된 느낌입니다. 수지는 가무잡잡하고 통통하고 행복하며, 밤마다 나이든 가정부 마리 더그래스 여사와 함께 슬랩잭 카드놀이를 해요. 벤은 가무잡잡하고 통통하고, 메리는 가무잡잡하기만 합니다. 저는 여기에 도착한 뒤로 날마다 일을 하려고 애를 썼는데 자꾸만 중단되네요. 펌프가 세 번 고장났고 어제는 우물이 말라버렸어요. 다 사소한 문제들인데, 사실 저에겐 글을 쓰는 것보다 차라리 배관공을 돕는 일이 더 나아요.

* 매사추세츠 주 케이프코드 남쪽에 위치한 섬의 이름.

여기 정원사는 한국전쟁을 계기로 스탈린주의에 다시 열을 올리며 북한을 열심히 응원하고 있습니다…… 마리 더그래스는 세탁기 안에 담배를 숨겨두고요, 밤에는 베개 밑에 손도끼를 숨겨두고 자요. 요리사는 동물을 좋아하는 폴란드 여자인데 좀 괴짜예요. 밤에 설거지를 끝내면 버터 바른 빵을 들고 밖으로 나가 얼룩다람쥐와 호저와 새와 물고기 들을 먹여요. "먹어, 먹어, 먹어" 하고 소리치죠. 메리는 컴컴한 방에서 드라이저*를 읽고 저는 연을 날립니다.

그럼 이만,

존

마서스비니어드 세븐게이츠 농장,

매사추세츠 주 비니어드헤이븐

일요일 [1950년]

조시,

일주일 전에 여기 도착했습니다. 집에는 버터를 부드럽게 보관할 수 있는 칸이 따로 있는 커다란 냉장고가 있고, 욕실 네 곳에서 모두 온수와 냉수가 나와요. 우리에게 익숙한 공간보다 훨씬 고급스러운데 임대료 역시 마찬가지죠…… 가정부 방 두 개

* 시어도어 드라이저. 미국의 소설가.

가 다 괜찮은데요, 가정부 방이 싫으시면 수지를 거기 재우고 선배님은 수지 방에서 지내시면 됩니다……

여기가 어떤 곳인지 떠올릴 수 있게 설명을 좀 해드리고 싶군요. 이 집은 야도와 거의 같은 시기에 지어진 것 같습니다. 저는 쥐똥 냄새를 맡으면 야도가 떠오르는데요, 그게 이 집과 야도의 유일한 연결고리예요. 해변이 2마일 정도 펼쳐져 있고, 너른 땅에 집이 여덟에서 열 채 정도 숨겨져 있습니다. 사람들 종류도 다양해요. 거구에 얼굴이 붉은 셰이라는 아일랜드인 변호사는 워싱턴에서 왔어요. 그의 아내는 스탕달을 읽더군요. 사실 모두가 스탕달을 읽어요. 아내와 함께 온 드라이어라는 남자는 사람이 참 좋고, 블랙마운틴 대학에서 16년간 재직했다고 하더군요. 아주 멋진 외모에 성격이 활발한 마고 모로라는 여자는 발밑에 늘 팬지 몇 송이가 있다는 사실이 위로가 되기도 하고 슬프기도 하고 그렇답니다. 하지만 저희 집은 멀리 떨어져 있습니다. 해변은 길고 텅 비어 있고요, 저는 날마다 8시부터 5시까지 일하면서 팔릴 만한 단편을 짜내기 위해 애쓰고 있습니다.

메리가 안부 전해달라면서 선배님이 꼭 오셨으면 한답니다.

변함없이,

존

뉴욕 주 스카버러에서 살던 집은 작았지만 차고는 아니었다. 그전에도 차고였던 적은 없다. 사실 따로 차고를 갖춘 집이었다.

이스트 59번가 400번지, 뉴욕 시

1951년 1월 28일

맬컴,

구겐하임가에 추천서를 보내주셔서 정말 감사합니다. 그런 호의를 베풀어주시다니요. 지원금을 받을 수 있으리라고 낙관하는 건 아니에요. 선배에게 추천을 부탁하고 난 후, 가능성이 100만분의 일도 안 된다는 생각이 들더군요. 선배가 아니라 누구에게라도 그런 가망 없는 일에 응모를 도와달라고 부탁해선 안 되는 거였어요. 어쨌든 지지해주셔서 정말 감사합니다……

올봄에 메리와 저는 웨스트체스터에 있는 차고로 이사 갑니다. 웨스트체스터에서는 많은 사람들이 차고에서 살더군요. 우리 차고는 스카버러에 있어요. 이 차고로 들어가면 한참 연락이 힘들 것 같으니 이사 가기 전에 선배와 뮤리얼을 함께 만날 수 있기를 바랍니다.

변함없이,

존

아버지는 2천 달러의 지원금을 받아 좀더 긴 작품을 집필할 수 있게 되었다.

이스트 59번가 400번지

1951년 3월 30일

맬컴,

오늘 아침에 구겐하임가에서 연락을 받았어요. 정말 기쁩니다. 이제 제 단편들의 우수함을 똑똑히 확인한 느낌입니다. 제 평생 지금까지는 전에도 이랬다면 참 좋았겠다는 생각을 해본 적이 없는 것 같아요. 이 일에 도움을 주셔서 진심으로 감사드립니다.

우리는 5월에 스카버러로 이사 갑니다. 한번 놀러오시면 좋겠어요. 아니면 우리가 차를 몰고 셔먼으로 갈 수도 있고요.

뮤리얼에게 안부 전해주세요.

변함없이,

존

캐서린 화이트는 『뉴요커』의 소설 편집자였다. 그녀는 아버지가 그 잡지에 판 첫 두 작품을 선택해준 사람이다. 캐서린과 폴리는 둘 다 보스턴에 있는 미스윈저 스쿨에 다녔다. 이 학교는 전에 비컨 스트리트에 있었다. 밴더립 가족은 뉴욕 주 스카버러에 있는 주택단지를 소유하고 있었고, 우리 가족은 59번가 아파트에서 나와 그곳의 집에 세 들어갈 예정이었다.

이스트 59번가 400번지

4월 30일 [1951년]

폴리와 윈터 보세요,

금요일에 그 이름도 빛나는 캐서린 에인절 화이트와 함께 점심을 먹었습니다. 캐서린은 처녀 시절 이름이 서전트였다고 했고, 자기 며느리도 "부분적으로 윈저 사람"이라고 말했어요. 캐서린은 그 학교가 비컨 스트리트에서 마지막으로 졸업시킨 학년이었다고 하더군요. 저희는 토요일에 스카버러에 가 밴더립 부인과 공동으로 사용하게 될 잔디밭에서 도시락을 먹었어요. 메리는 이사 생각에 기분이 좋은 것 같습니다. 교외 생활이 어떨지는 머지않아 알게 되겠지요.

변함없이,

존

교외로

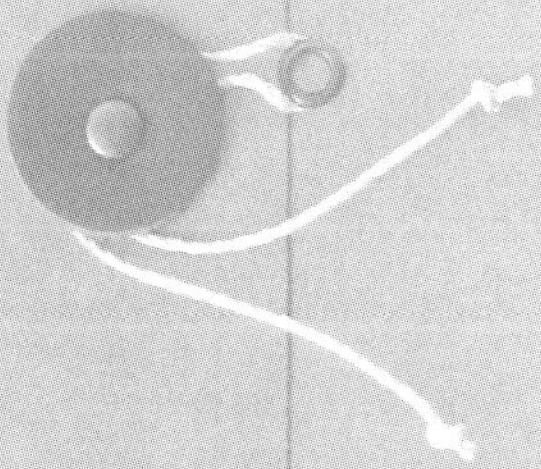

1951년 5월 28일에 우리 가족은 59번가 아파트에서 나와 뉴욕 주 스카버러에 있는 조그만 주택으로 이사했다. 프랭크 A. 밴더립 소유의 주택단지에 지어진 그 집은 바로 전까지 아버지의 친구이자 동료인 E. J. 칸 주니어가 살던 곳이었다. 집은 단지를 둘러싼 높은 벽돌담을 등지고 서 있었다. 벽을 통해 9번 고속도로 위를 달리는 육중한 트럭 소리가 들려왔다. 그럴 때마다 접시가 달그락거렸고 때로는 회벽에 금이 가기도 했지만 벽 안쪽 우리의 세계는 세심한 구상과 상당한 비용을 토대로 조성되어 있었다. 나는 바깥에서 맘껏 뛰어놀며 자라면서 황야란 슬레이트가 깔린 길이 사방으로 이어지고 길 양옆으로는 거대한 진달래 관목이 자라는 곳이라고 생각했다.

커다란 수영장 외에도 여기저기 정원들이 많았고 운영중인 농장도 있었다. 단지 안에는 밴더립이 자기 아이들을 교육시키기 위해 설계하고 건축한 학교도 있었다. 수전과 프레드와 나는 모두 스카버러 컨트리 데이스쿨*에 다녔다. 학교 본관에는 런던의 리틀시어터를 모델로 지은 강당도 있었다. 두 개의 출입문 위 현판에는 다음과 같은 글귀가 새겨져 있었다. "인생은 봉사를 위한 것이다" 그리고 "예절이 사람을 만든다". 프랭크 A. 밴더립의 주택단지는 지금의 비치우드 콘도미니엄으로 바뀌었다.

우리가 웨스트체스터의 시골로 이사했을 때 나는 겨우 세 살 정도였다. 가족 사이에 전해오는 얘기에 따르면, 내가 집 앞의 슬레이트 길 위에서 놀고 있을 때 전몰장병 추모일 기념 행렬이 9번 고속도로 위로 우르릉거리며 지나갔는데 내가 집 안으로 뛰어들어가며 "인디언이다! 인디언이 나타났다!" 하고 소리를 질렀다고 한다.

이스트 59번가 400번지

[1951년 5월 22일]

---

* 데이스쿨은 기숙사에서 생활하지 않고 통학하며 다니는 사립학교를 뜻한다. 스카버러 데이스쿨은 유아원 과정부터 대입 고등 과정까지 실시한 정규 교육기관으로 1913년에 설립되어 1978년에 문을 닫았다.

조시 부인 귀하,

저희는 28일에 이사를 합니다. 어제로부터 딱 일주일 후인데요, 지금부터는 비현실적인 기분이 지속되리라 생각해요. 이사는 유쾌한 헝가리 남자에게 맡겼는데 자꾸만 이렇게 말합니다. "앞으로 어떤 일이 일어날지 누가 알겠어요?"…… 우리는 선배님이 한번 놀러와주시리라 기대하고 있습니다.

며칠 전 엘리너 클라크를 봤는데, 이보다 더 로마 사람처럼 보이는 이가 또 있을까 싶더군요. 이건 진지한 칭찬으로 하는 말입니다. 선배님에 대해서 굉장히 다정하게 얘기하면서 연락처를 알고 싶어하더라고요. 금발에 흰머리가 섞였고 그 어느 때보다 몸집이 커졌는데, 움직임이 육중하면서도 기원전 시대의 사람 같은 우아함이 풍기더군요. 저는 엘리너가 정말 좋습니다. 아니, 그녀에 대해 제가 아는 아주 작은 부분을 좋아한다고 말해야 하겠군요……

존

뉴욕 주 스카버러

6월 8일

조시,

이사했습니다. 어서 좀 오셔서 보세요. 여기 도착하던 날 수표를 너무 많이 끊어서 잔고 한도를 넘겨버렸는데, 거의 동시에 수영장 물이 넘쳐흘러버렸어요. 수영장 테두리를 두른 이탈리아 대리석이 고운 설탕 덩어리처럼 투명하게 반짝거립니다. 나무들이 거대하고 멋지고요, 가끔 어마어마하게 큰 무리를 지어 공원을 돌아다니는 양떼를 보고 벤저민이 겁을 먹기도 해요. 제 작업실은 밝고 조용하고 메리는 거실을 굉장히 만족스러워합니다. 자꾸만 거실 구석에 서 있으면서 어쩌다 그곳을 지나친 척하고 있어요. 우리가 처음에 어떻게 시작했는지 잊지 않고 있습니다. 그리고 식당에서는 밴더럽 부인의 쓰레기통이 정면으로 보이기도 해요. 저희에게는 좋은 집이고, 제가 어느 정도 절제된 일상을 구축한다면 뉴욕에서보다 훨씬 수월하게 일할 수 있을 것 같습니다. 뉴욕에서 멀지도 않아요. 빠른 기차를 타면 한 시간 이내, 차로 가면 그보다 더 짧은 시간에 시내까지 갈 수 있거든요. 저희 모두 선배님을 무척이나 보고 싶어하니 어서 일정을 살펴보세요. 만일 먼저 결단을 내리시지 않으면 제가 날짜를 맘대로 정해버릴 겁니다. 오면 주무실 쾌적한 방도 있고 음식과 술도 아주 많아요. 저희 집 전화번호는 브라이어클리프 6-0075입니다.

지난주 파티에서 캐서린 앤을 봤습니다. 소파에 앉아 공작부인과 대화를 나누고 있더라고요. 캐서린은 자기가 살 수 있는 곳이 되려면 최소한 어떤 조건을 갖춰야 하는지에 대해 성마른 태도로 얘기하더군요. "저는 세계의 수도 격인 도시에서만 살 수 있어요. 로마, 베를린, 파리, 뉴욕……" 그때 메리가 대화에 끼어

들어 물었어요. "로스앤젤레스에서는 어떻게 4년이나 사셨어요?" 그로써 그 얘기는 끝이었죠.

그럼 이만,

존

이곳에 언급된 웨스트는 작가 너대니얼 웨스트다. 아버지의 아첨에 조시가 감동을 받았는지는 모르겠지만, 흥미로운 것은 아버지가 자신에게 편지를 쓴 거의 모든 사람에게 편지를 아주 잘 쓴다는 감탄의 말을 전했다는 사실이다. 돈 에틀링거에게 보낸 편지에서도 어쩌면 그렇게 편지를 잘 쓰느냐고 말했다. 필 보이어에게도 편지가 훌륭했다고 말했고, 존 위버에게는 그의 편지를 가져가 여러 사람들 앞에서 낭독하는 이들이 있다는 얘기도 했다. 내 할아버지 밀턴 찰스 윈터니츠에게는 '게시판'에 실린 할아버지의 글이 좋았다고 칭찬하기도 했다. '게시판'은 할아버지가 우편을 통해 정기적으로 보내는 가족 소식지였는데, 그의 딸마저도 지독하게 지루했다고 기억하고 있다. 아버지와 서신을 교환하던 사람들이 많은 경우 대단히 훌륭한 작가들이었음은 분명하지만 아버지의 감탄 능력은 때로 그 아첨의 대상이 되는 사람들의 글쓰기 능력을 초과하는 경우가 있었다. 『성스러운 것은 없다Nothing Is Sacred』는 조시의 첫 소설로 1928년에 카워드매캔Coward-McCann 출판사에서 나왔다.

[1951년]

조시,

최근에 뉴디렉션스 출판사에서 일하는 밥 맥그리거라는 사람과 얘기를 나누었습니다. 웨스트의 서신을 검토하다 선배님이 보낸 편지들을 발견했다는데 다른 편지들 중 단연 돋보이는 글이었다면서 선배님에 대해 알고 싶어하더군요. 재판 발행을 염두에 두고 『성스러운 것은 없다』를 읽어보겠다면서, 혹시 웨스트의 서간문을 편집하실 의향이 있는지 물었습니다. "보수는 못 드리지만요" 하고 말했지만 액수가 적다는 뜻일 거라고 생각합니다. 당연히 보수는 있어야겠지요. 그 사람이 연락하지 않았다면, 그리고 선배님이 관심을 가지신다면 제가 그 사람에게 편지를 써서 선배님 주소를 보내겠습니다.

여긴 모든 게 조용하고 평범합니다. 집필중인 장편의 100페이지를 금요일에 랜덤하우스에 보냈고 지금은 전화가 울리기만을 초조하게 기다리고 있습니다. 하지만 아마 영영 울리지 않을 거예요. 출판사에서 전화가 온다 해도 통화 내용에 놀라진 않을 겁니다. 제가 미리 모든 가능성을 다 생각해봤으니까요. "부분적으로는 괜찮더군요" 한다거나 "소재를 다루는 방식은 좋았습니다만 그 소재가 맘에 안 들더군요" 한다거나 "우리 편집자 한 명이 원고를 가지고 웨스트포트의 집으로 가다가 그만 기차에 놓고 내렸지 뭡니까" 한다거나 "조금만 더 제임스 존스와 비슷하게 쓰신다면 좋겠는데요" 하겠지요. 소재 자체는 특별히 좋았다고 저는 생각해요. 하지만 랜덤하우스가 지난 몇 년간 펴낸 책들과는 전혀 다른 소재라는 사실을 감안해 이런 반응을 예상해보게 된 거죠. 어쨌든 저는 좋습니다.

모두의 사랑을 담아,

존

조시가 내게 밸런타인데이 카드와 장난감 원숭이들을 보내주었다. 아버지는 다른 능력 있는 작가들의 작품에 대해 질문을 받을 때마다 "글쓰기는 경쟁이 아니"라고 말하곤 했다. 하지만 아버지는 그 경쟁에 사악하게 대응하기도 했다. 1952년에 특히 더 사악했던 것 같기도 하다. 자신의 장편소설 때문에 "너무도 침울한 시간"을 보내고 있던 참이었기 때문이다. 네이선 아시는 오랜 친구였으며, 아버지는 출판사들로부터 그토록 냉담한 반응을 받았던 그 책을 보지도 않은 상태였다.

[1952년 2월]

조시,

벤저민이 밸런타인데이 카드를 정말 좋아했고요, 선배님의 밸런타인 연인이 된다면 행복에 겨워할 겁니다. 그애는 선배님 외에 다른 여성에게 애착을 느껴본 적이 없긴 하지만 아직도 자기를 빌리 더 키드*라고 생각하고 있으니 그 점은 고려해보셔야 할 거예요. 원숭이 장난감들을 보고 엄청 좋아하면서 수많은 질문들을 퍼붓기 시작했어요. 원숭이들은 나무통 속에서 살아? 원숭이들은 물기도 해? 원숭이들은 바닥에 응가를 해? 원숭이들이 있으면 수지가 재채기를 할까? 원숭이랑 친구하면 안 돼? 왜 원숭이랑 친구하면 안 돼? 메리가 예전에 세라로런스에 다닐 때 거기에 원숭이가 있었거든요. 그래서 그 질문들에 대응하는 짐은 전부 메리에게 떨어졌지요. 고전적인 교육을 받은 보상이 바로 이런 겁니다.

네이선이 너무도 침울한 시간을 보내고 있다는 소식을 들으니 안타깝습니다. 네이선의 책들이 훌륭하고 출판사 사람들이 모두 바보이기를 바라는 맘이야 간절하지만 불행히도 그 반대가 사실일 거라는 느낌을 떨칠 수가 없네요. 저는 캘리포니아에서 지내본 시간이 워낙 짧아 그곳에 정착한 사람은 제 삶에서만 멀어진 것이 아니라 제 상상의 범위에서도 떨어져나간 듯한 느낌이 듭니다. 캘리포니아에 사는 사람들도 밥을 먹고 버스 정류장에 걸어간다는 게 상상이 안 돼요. 불쌍한 네이선. 워싱턴에서

* 19세기 미국 서부에서 악명을 떨친 무법자, 전설적 총잡이.

그가 제게 했던 말이 생각납니다. 모든 게 내 머릿속을 쏜살같이 지나가고 있어! 굉장한 책을 쓸 수 있을 거야! 그런 점에서 말하자면요, 조시, 착각에 빠진 동료들에게는 아량을 베풀어야 합니다. 저는 그런 동료들 생각을 자주 해요. 그들에게는 저마다 마침내 가장 순수한 창조의 샘물을 발견했다는 느낌이 드는 한 달, 때로는 일 년이 찾아오지요. 그런 황홀감! 그런 도취! 해질녘이 되어 눈은 충혈되고 바지 단추가 열린 채로 지하실이나 외투 보관용 벽장 속에서 나오면서 그들은 이 세상이 자기 손아귀 안에 들어왔다고 생각합니다. 자신이 남긴 원고가 자손들에게는 괴로움 또는 수치만 주게 될 뿐이라는 사실은 그들에게 중요하지 않아요.

헤밍웨이에 대해 한마디. 이웃에 쿠바의 풍경을 그린 작품으로 전시회를 하는 화가(레지 로)가 있습니다. 쿠바라면 영감이 글에서 입에 침이 마르도록 떠받들던 곳 아닙니까. "쿠바에서 보는 그 불빛은" 하고 시작하죠. "수단에서 오는 불빛이다. 비록 위도상으로 쿠바는 인도의 카라치*보다 아래에 있지만." 계속 이런 식이잖아요.

그럼 이만,

존

* 카라치는 인도가 아니라 파키스탄의 도시다.

부모님은 목걸이흰비둘기를 여러 마리 길렀다. 1964년 『타임』의 표지에 아버지가 비둘기 한 쌍과 함께 있는 사진이 실렸다. 조시 역시 설득을 당해 새를 한 마리 키우게 되었다. 필립 보이어 부부는 웨스트체스터에 살던 절친한 이웃인데 비둘기, 래브라도레트리버, 그리고 왕부리새 한 쌍을 포함해 여러 동물을 키웠다.

[1952년 4월]

조시,

선배님 비둘기에게 암컷을 구해주세요. 지금 그놈이 잘 지내는 것 같아 보여도, 잘 아시겠지만, 자기가 뭘 놓치고 있는지 몰라서 그러는 것뿐이에요. 보이어네가 어린 비둘기 한 마리를 키우고 있는데 알을 낳는다거나 씨앗 접시를 치운다거나 해서 표지가 될 만한 행동을 하게 되면 편지를 드릴게요. 선배님도 그 새를 좋아하실 겁니다. 저희 비둘기는 암컷이 처음 새장에 들어갔을 때 적응하는 데 큰 문제를 겪었어요. 수컷이 이틀 동안 고개를 까닥이며 구구 울었지만 암컷은 갈수록 시름시름 앓는 것 같았지요. 눈은 몽롱해지고 깃털은 윤기를 잃고 모이를 먹거나 물을 마시지도 않았어요. 그러더니—펑—알을 하나 낳더군요. 그러다가—펑—하나 더 낳았어요. 메리가 오래된 모자 안쪽에

다 알을 넣어두었더니 며칠 후 비둘기가 뒤뚱뒤뚱 걸어가 알 위에 앉더군요. 처음에 수컷은 암컷을 혼내면서 등을 밟고 오르락내리락하더니 지금은 먹을 것도 갖다주고 부리로 먹여주기도 하더라고요. 둘 다 굉장히 행복해 보입니다.

저희가 선배님께 단편에 대해 이야기한 것은 선배님이 뭔가 고칠 거라든가 고쳐야 한다는 생각에서 그런 게 아닙니다. 저희가 열의를 덜 보인 유일한 이유는 오늘날 작가들과 친구들이 서로 비위 맞추기에 급급해 다들 어둠 속을 헤매고 있다는 생각이 들어서입니다. 모두가 글렌웨이 웨스콧과 캐서린 앤처럼 행동한다면 앞으로 우리는 도대체 어떻게 되겠습니까.

불쌍한 벤은 설사병이 나서 살이 쭉 빠졌어요. 하지만 아프기 전에는 아침마다 씩씩하게 학교로 갔죠. 이 아이한테는 온 세상이 속속들이 잘 맞는 모양이에요. 보이어네에서 부활절 달걀 찾기를 크게 벌였는데, 불쌍한 벤은 처음엔 달걀을 하나씩 찾을 때마다 마음이 약해져 자기 바구니에 있는 달걀로 빈자리를 채워놓더군요. 하지만 누군가 그런 심약함을 떨치게 만든 뒤로는 결국 가장 많은 달걀을 모았습니다.

이틀마다 치과에 가는 일정이 아직 변함없다면 저희에게 전화하시고 다시 한번 오세요.

그럼 이만,

랜덤하우스는 아버지의 장편소설을 좋아하지 않았고, 이때는 아버지에게 직업적으로 힘든 시기였다. 20년 이상 장편소설을 발표하려고 애를 써왔던 참이었다. 아버지는 일기에 이렇게 썼다. "린스콧에게서는 아직 아무런 연락이 없다. 열의가 없다는 뜻인 것 같다. 내가 보낸 작품이 형편없다면 그건 내가 지금까지 심각한 실수를 저질렀다는 얘기다. 내 안목이 틀렸고, 내 감성이 틀렸고, 판단 착오로 이 오랜 세월 동안 여태껏 빗소리만 듣고 있었던 것이다……"

거의 같은 시기에 쓴 다른 일기는 아버지의 실망과 당혹스러움을 드러낸다. "치과 의자에 누워 있는 동안 나는 스스로가 잘못된 경로로 탈옥을 시도하는 죄수처럼 느껴졌다. 사실 문은 그냥 열려 있을지도 모르는데 나는 이렇게 티스푼으로 열심히 굴을 파고 있는 것이다. 아, 나는 생각한다. 조금이라도 성공을 맛볼 수만 있다면."

워런 부부는 이탈리아의 그로세토에 있었다. 그들은 라 로카라 불리는 널찍한 석성石城에 머물고 있었는데 우리가 1957년에 이탈리아에 갔을 때 여름 동안 이 성을 빌렸다. 무용교실은 밴더립 주택단지의 본관 저택에서 열렸다.

뉴욕 주 스카버러

7월 3일 [1952년]

엘리너,

우리가 두 사람에게 작별인사를 하러 시내에 갔을 때 레드 워런*은 정말로 엉덩이에 종기가 난 사람처럼 심사가 불편해 보이더군. 아마 내 잘못이었을 거야. 대개는 다 내 잘못이더라고…… 그로세토에 있는 두 사람의 모습을 그려보면 굉장히 강렬한 느낌이 들어. 웨스트체스터의 먼지를 발뒤꿈치에서 털어내버리고 싶은 마음이 지금처럼 강한 적이 없었어. 심지어 아이들까지도 영향을 받은 듯해. 학기가 끝나던 날 수지가 자리에서 일어나 발표했대. "가을에 저는 배를 타고 유럽으로 떠나 거기에서 학교를 다닐 거예요." 수지의 선생이 흥분해서 찾아와 자기 생각에는 수지를 내년에 외국으로 데려가서는 안 된다는 거야. 수지가 이 동네에 너무도 깊고 넓게 적응했기 때문에 그래선 안 된대. "수지의 뿌리는 이제 이곳에 있기 때문에 서먹함이나 부끄러움이 전혀 없어요." 하면서 날 수상쩍은 눈으로 쳐다보더군. 지금과 같은 삶의 방식에 따르는 문제점 중 하나는 누구나 뿌리를 내려야 한다는 통념에 묶인다는 거지. 벤도 뿌리를 내렸고, 수지도 뿌리를 내렸어. 사람들은 계속 내게 물어. "이제 정착을 좀 하고

---

* 엘리너 클라크의 남편은 시인 로버트 펜 워런인데 그는 젊은 시절에 머리색이 선명한 붉은색이었다는 이유로 '레드'라는 별명을 얻었다고 한다.

나니 기분이 어떠세요?" 옛 보스턴 우편로*의 '위 보니브레이Wee Bonney Brae'**에서 해충퇴치등의 불빛을 받으며 미니어처 골프***를 칠 때도 자주 너희 생각을 해. 제일 낮은 점수를 낸 사람이 네 사람이 먹을 커스터드 아이스크림—27가지 맛—을 사지. 길을 따라 더 내려가 하몬 조차장操車場 근처 크론버그 부인의 식당에서 중국식 춘권을 먹으며 〈쿠오바디스〉를 볼 수도 있어. 난 요즘 단편에 자꾸 이런 첫 문장을 쓰게 돼. "우리는 웨스트체스터에서 6개월을 살았다." 우린 앞으로 몇 년은 더 여기에서 살 것 같아.

그로세토에서 여기는 정말로 먼 거리지. 별로 알려줄 게 없네. 비치우드는 아직도 참 이상하지만, 다 좀 빤해. 밴더립 부인의 늙은 푸들 베이비는 예전에 허버트 후버****가 식사했다는 자리에서 밥을 먹고, 요리사와 사교 담당 비서는 시시때때로 자꾸 말다툼을 해서 우리집 부엌에서도 싸우는 소리가 들려. 최근 비치우드 무용교실은 토요일에 열렸는데 나는 아직 한 번도 안 가봤어. 늙은이들이 모여 삼바 추는 꼴을 누가 보고 싶겠어. 아니 난 보

---

* 뉴욕에서 보스턴까지의 우편배달 경로로 미국 초기 고속도로의 원형이 된 도로이며 길을 따라 사적들이 산재해 있다.

** 보스턴 우편로에 있었던 식당 '보니브레이'와 그 대지를 1920년에 펠럼 컨트리클럽에서 사들여 골프장으로 만들었다.

*** 골프의 퍼팅그린만을 살려 소규모 시설에서 어린이와 어른이 모두 즐길 수 있도록 만든 게임.

**** 미국의 제31대 대통령.

고 싶기도 한데, 좀 당혹스러울 듯해. 게다가 말버러 로드의 나무들조차 내게 망측한 건 무시하고 하늘빛과 소프트볼 같은 것으로 눈을 돌리라고 명하고 있어. 1년 정도 관찰한 뒤 발견한 놀라운 사실은 이 동네 사람들 대다수가 겉으로 보이는 것과 똑같다는 거야. 물론 열심히 들여다보면—이미 난 그러고 있지만—술 취해 테라스에 누워 있는 여자도 있는데 그런 사람들은 아무도 신경쓰지 않는 것 같더군. 지난주 어느 따뜻한 밤에는 나무가 우거진 길들을 따라 걷다가 어느 집 창문을 들여다보았더니 한 남자가 뜨개질하는 아내 앞에서 와이셔츠 차림으로 회사에서 할 연설을 연습하고 있더라고. 가끔 뉴욕의 창문 안 풍경들이 그리워. 창가에 디기탈리스가 있기도 했고, 속옷만 입고 다림질하는 여자들도 보였지. 요즘 말을 타고 있는데 알고 보니 동네에 멋진 오솔길이 끝없이 펼쳐져 있더군. 그런 점들—시골 풍경과 수영—은 아주 좋아.

메리가 안부를 전한대. 수지는 가정부에게 이탈리아의 성에 사는 친구가 있다고 자랑했지. 우리가 갖고 있는 이탈리아 지도에서 그로세토에는 교회와 멧돼지, 토끼, 갈매기가 표시되어 있군.

변함없이,

존

아버지가 이 편지를 쓴 뉴햄프셔의 여름별장에는 조부모가 살던 돌집과 주방 시설이 없는 작은 통나무집들이 여러 개 있었다. 그 집들에는 소나무, 솔송나무, 발삼나무, 가문비나무 등 상록수 이름을 붙여놓았고, 좀 자란 아이들이 머무르던 일종의 기숙사 같은 통나무집은 떨기나무, 세탁실은 자작나무라고 불렸다. 부엌과 식당이 있는 본관의 이름은 사과였다. 내가 왜 이곳들의 이름을 과거 시제로 설명하고 있는지는 나도 잘 모르겠다. 트리톱스는 아직도 남아 있고, 여름이면 할아버지의 자손들이 아직도 그곳을 찾는데도 말이다. 1952년에 수전은 처음으로 집을 떠나 특별활동 캠프에 갔다.

트리톱스

빌,

제 단편을 좋게 읽으셨다니 물론 전 기쁘기도 하고 놀랍기도 했습니다. 수요일에 차를 몰고 이곳으로 오는 길에 커다란 단풍나무와 오래된 집들을 하나하나 볼 때마다 그 작품을 다르게 썼어야 했다는 생각이 떠올랐습니다. "좀더 길었어야 해" 하고 윈저록스에 있는 오래된 집 하나가 말했어요. "좀더 만연체로 썼어야 해" 하고 디어필드의 모든 나무들이 얘기했죠……

……돌집에서는 아직도 장작불과 카네이션 등의 멋진 냄새가 나네요. 우리는 전에 지내본 적 없는 건물에 짐을 풀었습니다. 목재는 부실하고 서까래에는 말벌들이 살고 있는데다 아무

도 읽고 싶어하지 않는 책들이 꽂혀 있고 윈저 성의 풍경을 담은 석판화가 한 점 있어요……

올해 고용한 요리사는 안나라는 나이 많은 할머니예요. 일하기엔 너무 늙은 거 아닌가 싶네요. 식탁에서 시중드는 아이는 앨리스라는 시골 처녀인데 비티 베이비라는 보스턴테리어를 길러요. 개를 부엌의자 다리에 묶어두었다가 코스 요리를 내가는 사이사이에 무릎에 올려 안고 있어요. 머리에 핀을 잔뜩 꽂고 껌을 씹으며 음식을 내오고 콩깍지를 입으로 뜯는 아이인데, 어제 한바탕 싸우고는 해질녘에 그만둬버리더군요. 수지에게서 오는 소식은 밝았다 흐렸다 하지만—대부분은 처량하죠—그래도 잘 견딜 것 같습니다. 여기에서는 일을 하기가 정말 어렵네요. 공기가 워낙 훈훈하고 맑고 텅 비어 있어서 일해야겠다는 생각을 하기조차도 굉장히 힘들어요. 다음주에는 긴 산행이나 산책을 하고 수지에게 가본 뒤에 뉴욕으로 돌아가고 싶습니다.

변함없이,

존

다음 편지에서는 고양이를 싫어하기로 유명했던 아버지가 고양이를 사랑하는 맥스웰 가족에게 골드팝이 얼마나 좋은 대접을 받고 있는지 강조하고 있다. 내 누나 수전은 캠프 케이오라에 있을 때 아버지의 두번째 방문은 없었고, "골풀이 푸릇푸릇 자라네, 오!"라는 노래도 없었고 저스틴 엘리엇이란 애도 없었다고 말한다. 아버지는 빌이 마음 편하도록, 그리고 자기 자신도 편해지려고 그 이야기를 지어낸 것이 틀림없다.

트리톱스[1952년]
수요일

빌,

제가 이 편지를 쓰는 동안—방울이 달린 목걸이를 잃어버린—골드팝이 제 발치의 양탄자 위에서 뒹굴었다 기지개를 켰다 하고 있습니다. 이런 얘기를 들으시면 마음이 놓이실지 모르겠지만, 동물학대방지협회에서 데려온 이놈은 꼬리가 낀 줄 모르고 제가 문을 쾅 닫아버린 날만 빼면 한순간도 불안이라고는 모른 채 살고 있어요. 스카버러에 와서 행복해했고, 산 공기 때문에 하루이틀 졸기는 했지만 재빨리 적응했지요. 지금은 통통한 들쥐를 먹고 살면서 산에 버려져 창고에 사는 추레한 수고양이와 함께 뛰어다니고 수지의 열렬한 그리움의 대상이 되었어요. 동물학대방지협회를 떠나온 뒤로 골드팝의 삶에 그 어떤 어둠이라도 있다면, 그 녀석은 이런 호강을 받을 자격이 없다는 뜻일 겁니다.

수지 소식을 전해드리자면, 집이 그리워 죽어가고 있다면서 슬프면서도 호소력 있는 편지들을 보내고 있어요. 그와 다르게 캠프의 지도자와 책임자에게서는 수지가 케이오라의 쾌활한 주민이 되었다고 칭찬하는 편지가 오고요. 금요일에는 차를 몰고 아이를 보러 갔는데 수지가 만면에 억지웃음을 머금고 있더군요. 계속 제 손을 잡은 채 말했어요. "아빠, 난 모든 활동에 참여하고 있어." 수지는 새된 목소리로 말했죠. "물속에서 옷을 벗을 수도 있고 4분의 1마일을 헤엄쳐갈 수도 있어. 합창단에서 노래도 하고 모든 게임에 참여하고 있어." 우리는 수지가 수영을 하고, 발삼 나뭇가지를 베개에 채워넣고, 배를 젓고, 박스하키를 하고, 킥볼 경기에 뛰어드는 모습을 지켜보았어요. 수지는 킥볼에서 열성적으로 경기에 임하는 유일한 선수였고(선수들 여럿이 오두막 아래에 숨어 있더군요) 비가 오기 시작했을 때는 마지막으로 경기를 포기한 선수였죠. 지도자들이 "우천시 일정" 하고 소리를 치며 호루라기를 불었습니다. "스퀘어 댄스!" 그러자 수지가 버지니아 릴 춤을 추러 오두막 안으로 잽싸게 들어갔어요. 그다음 우리는 빗속을 뚫고 승마장으로 가 아이가 말 위에서 평보, 속보, 구보를 하는 모습을 구경했습니다. 승마를 가르치는 여선생이 절 옆으로 데려가더니 수지가 좀 정신없어 보인다고 하더군요. 아닌 게 아니라 정말로 기진맥진한 것 같았어요. 애가 말에서 내릴 때 제가 이제 우린 돌아가야 한다고 말했죠. "좀만 기다려." 애가 한숨을 쉬며 말했어요. "아, 좀만 기다리라고." 제가 저녁식사 시간에 늦겠다고, 그리고 플리머스에 들러 요리사에게 줄 신발을 사야 한다고 말했어요. 메리도 그렇게 말했고요. "얘야, 요리사 신발을 꼭 사다줘야 돼." 메리가 수지에게 얘기했죠. 우리는 흙길에 서서 작별인사를 하고 요리사 신발에 대해 얘기했습니다. 그러자 수지가 저를 불러 저는 애한테 되돌아갔어요. 수지는 울지는 않았지만 눈물이 그렁그렁하더군요. "아빠, 아빠는 알지, 응." 수지가 말했어요. "내가 하루종일 매순간마다 집을 그리워한다는 걸." 저는 안다고 말했습니다. 수지는 걸어서 돌아갔고 우리는 애가 어디쯤 가고 있나 뒤돌아보며 천천히 차를 몰아 나왔어요. 수지는 숲속으로 들어갔고요. "저렇게 어린 애를 부모에게서 떨어뜨려 눈물을 감추고 걸어가게 하다니." 메리가 말했어요. 저도 굉장히 죄책감이 들더군요. 캠프가 워낙 음산하고 개성이라고는 찾아볼 수 없어서 군 주둔지와 다를 바 없어 보였어요. 음식도 맛없고, 게임들도 지루했고, 많은 아이들이 외로워 보이기도 했고요. 토요일에는 수지가 연극 공연을 해서 그걸 보러 다시 갔습니다. 수지가 무대에서 우릴 보고 웃었어요. 합창단에서 "골풀이 푸릇푸릇 자라네, 오!" 하는 노래를 불렀고, 우리에게 가볍게 입맞춤을 한 뒤 저스틴 엘리엇이라는 여자애랑 함께 달려갔습니다. 그렇게 행복한 모습은 처음이었어요.

지금 여기엔 폴리와 윈터, 메리와 저말고는 아무도 없어서 금요일에 그리즈월드 가족이 도착할 때까지 여기 있을 겁니다. 일은 거의 안 하고 있어요. 마침내 제 마음 한 곳을 차지해버린 풍경이 있어서인지, 이곳에 처음 오는 사람들에게 산을 가리키면 그들은 저와 다른 것을 본다는 것을 깨닫습니다. 다른 두 장소예요. 시골에 정착해 사과 아니면 육우 아니면 닭을 키우며—뭘 키울지 아직 확신이 없으므로—살고 싶어하는 다트머스 대학 출신 담요 제조업체 사장에게 이곳은 초목이 우거진 고장입니다. 불어오는 산바람을 맞고 모닥불을 피워 주위를 밝히는 단순한 삶이 되겠지요. 그리고 풍경이 어찌나 절묘한지 엽서 만드는 사람들은 눈이 전혀 내리지 않는 산에 눈을 그리기도 해요. 하지만 이곳에서 북쪽으로 조금만 가면 나오는 치버 마을의 비참한 폐허에서 테라스를 내다보면 대개 원망과 굴욕의 땅이 보입니다. 날빛이 6시에는 10월 같고 9시에는 2월처럼 느껴지는 이런 밤에 불을 피워놓고 스크래블 게임을 하고 있으면, 찢어진 차양이 날갯짓 같은 소리를 내지요……

존

스카버러

11월 4일

엘리너,

멋진 여름을 보내고 돌아오니 웨스트체스터는 침침하게 느껴지는군. 올가을에 집에 막 돌아와 우리가 휘말리게 된 다툼은 우리 친구들과 이웃들 사이에 만연한 정신적 공허를 반영하는 듯해. 옆 마을에 사는 이아고* 같은 골칫거리 인사가 날 만나본 적도 없으면서 누군가에게 이렇게 말했다더군. 내가 밴더립 가문의 명예를 훼손하는 연대기를 쓰려고 자료수집차 이곳에 사는 거라고 말이야. 이야기는 계속 부풀려지더니 결국은 내가 작고한 F. A. 밴더립을 티포트돔 석유 사건**에 연루시키는 내용의 책을 쓰고 있다는 얘기까지 나오게 되었어. 밴더립 사람들은 충격을 받았지. 사람들은 내가 어떤 사람인지 묻는 전화들을 주고받았고, 그들의 편지와 편지 사본들이 이곳저곳으로 오가는 와중에 결국 내가 이야기를 듣게 된 거야. 난 사과를 요구했지만 아무도 사과하지 않았어. 그래도 잠잠해지긴 했지. 밴더립 부인은 수지에게 린디합 춤을 가르치고 있어. 수지가 비치우드에 가면 두 사람은 깡충깡충 뛰고 빙빙 돌면서 도서관을 위아래로 쓸고 다니지. 하지만 난 그런 것에 대한 책은 쓰고 있지 않아.

제노바의 세관창고 꿈을 꾸지만, 내 자식들처럼 신발을 잘 잃어버리는 아이들의 아버지는 여행을 자주 하지 않을 거라는 사실을 나 스스로도 이해하고 있는 듯해. 만날 수 있게 되면 정말 좋겠다. 저녁식사 하러 올 수 있다면 메리도 나도 기쁠 거야. 레

---

* 셰익스피어의 희곡 『오셀로』에서 거짓말로 오셀로를 파멸에 이르게 하는 인물.

** 1921~1922년 미국에서 발생한 사건으로 내무장관이 내물을 받고 와이오밍주 티포트돔에 위치한 해군의 석유 재고를 입찰 없이 한 석유회사에 저가로 팔아넘긴 일이다.

드에게도 안부 전해주고.

변함없이,

존

장편소설에 대한 반응에 의기소침해진 아버지는 두번째 단편집을 낼 생각을 하고 있었다.

뉴욕 주 스카버러

12월 29일 [1952년]

맬컴,

부탁을 좀 드리려고 펜을 들었습니다. 전쟁이 끝난 뒤부터 발표한 단편들 중에 열네 편 정도가 제게는 읽을 만한 것 같은데요. 서프는 출간하지 않겠답니다. 영국의 출판사가 출판 비용의 절반을 분담하겠다고 하는데도 거부하더군요. 신생 출판사라 어서 실적을 쌓으려고 안달이 난 펑크 앤드 웨그널스Funk and Wagnalls가 2월에 제 단편들을 내겠대요. 선배님은 이 소설들을 어떻게 생각하시는지 알고 싶고, 교정쇄를 봐주실 시간이 있는지도 궁금합니다. 별로 보고 싶지 않으실 것 같은데요, 그렇게 말씀하셔도 전 놀라거나 기분 나빠하지 않을 거예요. 이 단편들은 모두 선배님이 '창백한 얼굴palefaces'*이라고 부르는 인물군에 대한 내용이고 전부 『뉴요커』에 실렸던 것들입니다. 제가 보기엔 괜찮은 것 같은데, 그걸 판단할 사람이 저는 아니죠.

변함없이,

존

아래 편지에 언급된 교정쇄는 『기괴한 라디오 그리고 다른 이야기들The Enormous Radio and the Other Stories』이다. 미안해하는 듯한 말투가 흥미로운데, 그 이유는 말년에 아버지가 「참담한 작별」을 자신의 최고 작품 중 하나로 꼽았기 때문이다. 원숙함이 준 혜안이었을 것이다. 또한 맬컴이 그 작품에 대해 많은 질문을 했기에 아버지가 그 작품을 점점 더 좋아하게 되었을 가능성도 충분하다. 아버지는 대중 강연을 부탁받으면 「저스티나의 죽음」을 자주 읽었고 청중에게 『뉴요커』에서 거부한 작품이라는 말을 즐겨 전했다. 로터리클럽이든 상공회의소든 이런저런 대학교든 자신을 초청한 사람들 앞에 서면 아버지는 그 작품을 읽기 전에 "그들은 이걸 예술에 관한 소설이라고 생각했어요" 하고 서두를 시작했다. 롭은 맬컴의 아들이다. 롭은 1967년에 내 누나와 결혼했다.

스카버러

---

* 북미 원주민들이 백인들을 낮춰 부르던 말.

2월 8일 [1953년]

맬컴,

교정쇄를 읽어주셔서, 그리고 출판사에 편지를 써주셔서 정말 감사합니다. 선배님의 의견은 모두 큰 도움이 될 겁니다. 제게는 충고와 조언을 해줄 사람이 절실히 필요한데 그런 이를 찾기가 참 힘들어요. 편지를 좀더 일찍 썼어야 하지만 우리가—네 명 다 말이에요—독감에 걸려 앓아누운 바람에 이렇게 늦었습니다. 오늘 처음으로 자리에서 일어났어요. 메리와 아이들은 아직도 앓고 있고, 타인 지향적인 우리 이웃들은 아직도 커스터드를 들고 문 앞에 찾아오고 있습니다.

교정쇄를 검토한 다른 친구도 「참담한 작별」에 대해 선배님과 대략 비슷한 이야기를 하는데, 그게 저는 신경이 쓰입니다. 혹은, 어디에 신경을 써야 하는지 파악할 중요한 기준점이 되는 듯합니다. 단편을 쓰면서 저는 몇 가지 다른 층위에서 이야기를 전개하려고 노력해왔어요. 그게 결국은 장난스럽고 게으른 태도로 보일지도 모르겠네요. 이 작품의 형제 이야기는 기본 골격만 본다면 그저 한 남자의 이야기입니다. 동생은 없어요. 로런스는 없는 거예요. (완성된 이야기에서 로런스는 단지 대사를 몇 마디 할 뿐, 그의 의견은 대부분 서술자의 입을 통해 전해집니다.) 저는 이 골격을 표면 아래로 묻고 다른 골격 몇 가지를 그 위에 얹어 마치 양파 껍질을 까듯이 이야기를 펼치고 싶었습니다. 그리고 두 여자가—검은 머리와 금발 머리—바다에서 나오면서 모든 모호함이 걷히기를 희망했어요. 그런데 실패한 것 같습니다. 신경이 쓰이는 건 그러한 목적을 실행하지 못해서가 아니라 느낌을 담아내지 못해서인 듯합니다.

저희는 지난 4월에 1년간 해외에 갈 계획이었는데 제가 차비를 마련하지 못해 무산되었습니다. 이번 가을에 다시 시도해보려고 해요. 온수기 고장이나 콘솔리데이티드 에디슨Consolidated Edison*의 징수원이 제 문학적 야심을 꺾지 않고 지나가는 날이 거의 하루도 없지만, 온수기나 징수원은 현실의 일부이므로 계획을 실행하는 데 한 요소로 포함시키는 것이 합리적일 듯합니다. 정말로 전 아직 교외 생활에 질리지 않았습니다…… 웨스트체스터를 떠나기 전에 충분히 이곳에 젖어들었다는 느낌이 들었으면, 여기에서 뭔가를 얻었고 뭔가를 잃었다는 느낌이 들었으면 합니다……

지난주에 제 단편들을 조판된 교정지로 받았는데, 보기가 더 좋아졌더군요. 최소한 제 눈에는 이 판형이 보기에 더 좋았어요. 잡지에서 한 발짝 더 멀어진 느낌입니다. 군데군데 문제가 있어 보이는 문장도 있는데, 이 모든 작업을 비판적으로 보는 메리는 기성적인 기법을 차용해 뇌우를 묘사한 부분을 지적하더군요.

---

* 뉴욕에 가스, 전기, 증기 등의 에너지를 공급하는 회사.

하지만 저는 계속 메리에게 그런 기성적인 기법을 마련해두면 늘 도움이 된다고 말하고 있습니다. 하지만 전 어떤 '큰 것' '큰 그림'을 놓치고 있는 것 같아요. 이 편지에서도 역시 놓치고 있고요. 거의 항상 1마일 정도 차이로 그걸 놓치는데, 땅을 박차고 떠오를 수 없으니 남은 유일한 방안은 지하로 들어가는 것이 아닐까 싶을 때도 있습니다. 어쩌면 '공포의 방'이라고 이름 붙일 만한 연작 중편을 쓸 수도 있겠지요. 어쩌면 소름 돋는 묘사, 머리카락 타는 냄새, 창문에 걸린 얼굴 같은 것들에 통달할 수도 있을 겁니다. 하지만 다른 한편으로는 글을 쓰며 좋았던 순간, 좋았던 시절이 그토록 많았는데 그런 형식에 안주할 수는 없다는 생각도 듭니다.

제 단편들을 읽어주셔서 그리고 출판사에 그렇게 관대하게 평해주셔서 정말 감사합니다. 롭이 쓴 글도 꼭 읽어보고 싶어요. 뮤리얼에게도 안부 전해주세요. 메리도 두 분 모두에게 인사를 보낸다고 합니다.

변함없이,

존

『기괴한 라디오 그리고 다른 이야기들』은 237쪽에 열네 편의 단편을 담고 있었고 가격은 3달러 50센트였다. 1953년 5월 25일자 『뉴 리퍼블릭』에서 아서 마이제너는 이렇게 썼다. "치버는 대단한 재능이 있는 작가는 아니지만 이 책에 실린 단편들은 모두 짜임새가 훌륭하며 치밀하게 관찰된 행동방식들을 담고 있다. 『뉴요커』에서 최소한 잠깐이나마 큰 성공을 거둔 듯 보이는 콩그리브는 먼저 전달할 교훈을 선택하고 그다음 거기에 맞는 이야기를 설계한다고 말한 적이 있다…… 치버의 단편들 모두 그런 식으로 써낸 느낌이 드는 것은 눈에 띄는 단점이다.”

스카버러

목요일

맬컴,

선배님이 제 단편 몇 편에 대해 호의적으로 써주신 글을 펑크 앤드 웨그널스가 광고에 사용하고 있습니다. 정말 보기 좋아서 어떡해야 제대로 감사의 마음을 전할 수 있을지 알 수가 없네요. 서평들은 그리 나쁘지 않았습니다. 서평이 별로 없었다는 게 문제일 뿐이죠.

『하퍼스』에 실린 선배님 글은 정말 좋더군요. 선배님은 천장에 난 실금을 지적하고, 문학의 안녕을 위한 애정 깊은 관심을 지속시킬 수 있는 얼마 안 되는, 어쩌면 유일한 현업 비평가일 겁니다. 다른 비평가들은 대부분 아래를 갈아엎는 데 집중하는 데 말이에요.

외국에 나가보라는 선배님의 조언에 대해 많이 생각해보고 있어요. 할 수만 있다면 이번 가을에 가족들을 데리고 나가볼까 합니다. 어쩌면 정말로 저는 악의 없는 이웃들을 고발하는 글이나 쓰며 허송세월하는지도 모르겠습니다. 아무도 이 단편집이 서평거리가 된다고 생각하지 않는다는 사실이 장편소설을 써야 한다는 제 생각을 더욱 확고하게 하지만 아직도 저는 장편을 쓰려고 하면 극도로 상반된 감정을 느낍니다. 그것은 파탄난 형식 같아요. 그런 기분에서 벗어나지 못할 듯도 싶지만, 아마도 벗어날 겁니다.

메리가 안부 전해달라고 해요. 뮤리얼에게도 저희 두 사람의 따뜻한 마음 전해주시고요, 좋은 말씀 해주신 것도 다시 한번 감사합니다.

변함없이,

존

부모님은 오시닝 티타운로드의 주택에 살던 필 그리고 미미 보이어와 친해졌다. 보이어 가족은 겨울에 스케이트를 탈 수 있는 호수와 방대한 양의 술과 굉장히 많은 큰 개를 소유했다. 래브라도레트리버를 여러 마리 키웠는데, 1952년 우리는 불운한 푸들 카프리스 이후 처음으로 개 입양을 시도했다. 카시오페이아를 줄여 캐시라고 부르던 검은 암캐였는데, 그 검은 여왕은 케페우스의 아내이자 안드로메다의 엄마였다. 우리는 모두 캐시를 예뻐했다. 캐시는 수전에게 재채기를 유발하지 않았지만, 그것은 녀석이 저지르지 않은 거의 유일한 말썽이라고 할 수 있었다. 아버지는 래브라도레트리버의 지능을 강하게 신뢰했다. 언젠가 그는 죽으면 래브라도레트리버로 이루어진 판정단의 심판을 받기를 기대한다고 말한 적이 있다. 그게 사실이라면 아버지는 무난히 통과했을 것이라고 확신한다.

캐시가 부린 말썽 중에 가장 어이없는 일 하나는 우리 가족 모두 낸터킷 섬의 조수 웅덩이로 소풍 갔을 때 일어났다. 우리는 옷을 벗어 모래언덕 위에 놔두고 하루종일 수영하고 조개를 캐며 놀았다. 오후에 모래언덕으로 다시 올라갔을 때 남은 거라고는 신발 한 짝뿐이었다. 캐시의 작품이었다. 아버지는 홀딱 벗은 채 숙소로 살금살금 기어들어가 우리의 옷을 챙겨와야 했다.

중년에 접어든 캐시는 개이기를 그만두고 '전직 견공'이 되었다. 우리는 캐시를 두고 영락한 귀족 과부라고 말했다. 웨스트체스터 북부 '골드워터 견공 협의회'의 창립자라고도 했다. 퇴위한 러시아 귀족 집안의 일원으로 엄청난 루블화 자산을 갖고 있을 거라도 했다. 캐시는 최초의 '전직 견공'이었다. 아버지는 우리 개들에게 전부 말을 걸었고, 개들도 모두 아버지 말에 대답하지 않았을까 하고 나는 생각한다. 어느 크리스마스에는 누나가 테이프리코더를 사오자 아버지가 거기에 녹음할 이야기와 시를 여러 편 지어냈는데 다음과 같은 것도 있었다.

부활절은 개들에게 정말로 더러운 날이다.
크리스마스는 그보다 더 나쁘다.
그들은 현관에 겨우살이를 걸어놓는다.
하지만 반려동물에게 입맞추는 사람은 아무도 없다.

부활절은 개들에게 정말로 더러운 날이다.
크리스마스는 그보다 더 나쁘다.
그들은 우리 음식을 눈 위에 놓아둔다.
그래서 우리는 발이 차갑게 젖는다.

다음 편지는 캐시가 필과 미미 보이어에게 보내는 편지라고 설정한 것이었다. 보이어 가족은 여전히 캐시의 엄마를 기르고 있었다.

1954년

트리톱스, 뉴햄프셔 주 브리스틀

미미 아줌마와 필립 아저씨에게,

저는 치버 가족이 몰고 다니는 부실한 고물 닷지 자동차 뒷자리에 앉아 여기에 왔어요. 너무 덥기도 했거니와 애견대회 야외경기 챔피언의 증손녀인 레트리버에게는 혐오스러운 환경이었어요. 게다가 영감이 사실상 새벽부터 술을 들이붓고 있었기 때문에 안전하다고 할 수도 없었지요. 빈집털이를 불러들일 수 있다는 둥 하면서 술 장식장을 치우는 동안 진을 병째로 마시는 모습을 제가 이 두 눈으로 똑똑히 보기도 했고, 차도 심하게 덜컹거렸어요. 방광 문제로 고통받은 일에 대해서는 구구절절 설명하지 않겠어요. 초저녁 공기가 선선할 때쯤 매사추세츠에 도착해서야 저는 용변을 볼 수 있었지만, 그렇다고 제 문제가 해결된 건 절대로 아니었어요. 아침에 우린 다시 북쪽으로 갔고요, 오전 10시쯤인가 어쩌면 그보다도 더 이른 시간에 영감이 점심을 먹으러 어디로 갈 것인지를 두고 아줌마, 아이들과 다투기 시작했어요. 저는 점심을 먹지 않으니까 당연히 그런 건 완전히 관심밖이었지만, 너무 좁고 더워서 잠을 잘 수가 없었고 그 사람들 목소리 때문에 끔찍한 두통에 시달렸죠. 영감은 중국식당에 가고 싶어했는데 잘 아시겠지만 그건 차우면이라든가 다른 중국음식 때문이 아니라 그 식당에 바가 있어 마티니를 판다는 걸 우연히 알고 있었기 때문이죠. 뉴햄프셔에서 그런 곳을 찾기는 예컨대 뉴저지보다는 어렵거든요. 아줌마는 바닷가재를 파는 곳에 들르고 싶어했지만 그 얘기를 들은 영감이 격렬히 항의하고 통탄하는 걸 보니 이 바닷가재 식당에는 바가 없나보다 싶더라고요. 두 아이는 '호리드 존슨Horrid Johnsons'*이라는 데로 마음을 굳힌 것 같았는데, 역시나 바가 없는 곳이니 영감은 아이들에게 중국음식이 얼마나 맛있는 줄 아느냐고 계속 말하더군요. 하지만 입맛을 쩝쩝 다시는 모습을 보니 영감이 관심 있는 건 찹수이**가 아니라는 걸 알겠더라고요. 어쨌든 우리는 싸늘하게 춥고 진냄새가 풍기며 적국 거주민이 운영하는 그 식당에 들어갔어요…… 매니저는 저를 보자마자, 솔리, 솔리, 개 안 돼, 하고 말했어요. 가족들은 그래서 당연히 화가 났는데, 그 와중에도 영감은 손에서 마티니를 놓지 않았다는 건 아마 상상하시겠죠. 그러고 나서 우리는 '옛 마스턴 저택'이라는 곳으로 갔는데 역시 개는 안 된다고 했고, '옛 구리대접'이라는 식당에서도 마찬가지. 마침내 이들은 정신을 차리고 기차 모양 간이식당에서 멈췄는데 그곳에선 저를 반갑게 맞아주었어요. 애초에 그런 곳엘 갔어야 하는 거잖아요. 가족은 모두 입스위치 조개를 먹었고 영감도 아이들도 다 너저분하게 먹는 사람들이라 저도 심신의 안정을 되찾을 만큼 꽤 얻어먹었죠. 저는 지금 산속에서 말고기와 모닥불과 수영을

* '끔찍한 존슨네'라는 뜻으로 당시 인기를 끈 레스토랑 '하워드존슨'을 농담조로 이렇게 부른 듯하다.

** 고기에 달걀과 채소를 넣어 재빨리 볶은 후 전분으로 걸쭉하게 해서 밥이나 볶은 국수 위에 얹어 먹는 미국식 중화요리.

즐기고 있답니다.

엄마한테 사랑한다고 전해주세요.

멍멍

캐시

에미와 빌 맥스웰의 말에 따르면 아래에 나오는 양탄자는 그들이 5년 동안 빌려 썼던 굉장히 평범한 깔개였다고 한다. 부부는 고양이를 많이 키웠기 때문에 양탄자를 깨끗이 빨아서 돌려주었다. 나일스 스펜서는 화가이자 아버지의 술친구였다.

스카버러

화요일 [1954년]

빌,

'양탄자 이야기'는 이렇게 흘러왔습니다. 저희는 이곳을 6시에 출발하면서(레너드 로즈의 강연을 들으려고요) 아이들을 쿠턴시스 부인이라는 나이든 과부에게 맡겼습니다. 그 부인은 자신이 언젠가 강간을 당할 거라는 믿음에서 풀려나질 못하는 사람이에요. 6시 반에 초인종이 울리자—수지 말로는—아주 생난리가 났답니다. 벤은 커튼을 치라는 임무를 받았고, 수지는 라디오 볼륨을 올렸고, 쿠턴시스 부인은 벽장 속으로 사라졌대요. 불쌍한 배달원은 전화를 걸어 양탄자를 배달하려고 들른 거라고 말했답니다. 그 남자는 목소리가—수지 말로는—아주 거칠고 어쩌면 술에 취한 것도 같아서 안 그래도 만연한 불안감을 더욱 부채질했다고 합니다. 배달원은 계속 초인종을 눌러댔고 벽장 속에서는 회의가 열렸어요. 결국은 벤이 현관으로 가서 크게 소리치기로 결론이 났습니다. "양탄자를 벤더립 부인에게 주세요." 애가 여러 번을 그렇게 말했는데도 아무 변화가 없었나봐요. 그래서 다시 회의를 한 뒤 수지가 문으로 가서 증거를 요구했어요. 불쌍한 배달원은 맥스웰, 치버 등의 이름을 여러 번 외친 뒤 선배가 그에게 그려준 지도를 문 밑으로 밀어넣었대요. 그걸 보고 수지가 안심했고 드디어 양탄자가 배달된 겁니다. 그동안에도 쿠턴시스 부인은 벽장에 있었고, 제가 자정에 부인을 집에 데려다줄 때도 여전히 불안해하더군요.

양탄자는 보존 상태가 너무 좋아서 걸핏하면 죄책감을 느끼는 제 성향에 불을 지폈습니다. 전에는 가장자리가 말려올라가 사람들이 걸려 넘어지곤 했던 게 분명히 기억나는데 지금은 아주 반듯해졌네요. 그리고 결혼한 그해에 나일스 스펜서가 낸 담뱃불 자국(나일스가 가고 난 뒤 메리가 울었어요)도 깨끗하게 때가 빠진 느낌입니다. 이렇게 확연히 좋아진 양탄자를 본 적이 없어요. 감사하고요, 저희 기분도 참 좋습니다.

그럼 이만,

존

아버지는 퀸시에 가서 할머니를 보고 온 참이었다.

스카버러

금요일

빌,

수표 정말 감사합니다. 그게 도착했을 때 저는 비교적 활기가 돌았지만 피곤하긴 한 상태였어요. 출발하던 날의 날씨는 지금까지 겪은 중 가장 험악했습니다. 접시들을 차로 옮겨 실을 무렵엔 이미 허리케인이 뉴잉글랜드 남부에 이빨을 박아넣었더군요. "가면 안 돼." 어머니가 말씀하셨어요. "비상상황이야." 가로등이 깜빡거리더니 꺼져버리더라고요. 제니 주유소를 광고하는 커다란 금속 간판이 연처럼 하늘을 날아다녔어요. "꼭 가야 해요." 전 말했죠. "죽을 거야." 어머니가 말씀하셨어요. "가야 한다고요." 제가 말했죠. "돌아와." 어머니가 말씀하셨어요. 회중파교회 앞으로 사탕단풍나무가 쓰러지더군요. "안녕히 계셔요." 제가 말했어요.

지금 이곳엔 약간의 긴장감이 감돌고 있습니다. 수요일에 아이오와 대학교에서 누군가 전화를 해 올해 강의를 맡겠느냐고 물었어요. 저는 그러겠다고 했죠. 웨스트체스터를 벗어나는 건, 비록 그 방향으로 이동할 생각은 아니었지만, 합리적인 결정인 것 같더라고요. 현재 아이오와 시는 완벽한 침묵만을 보내고 있습니다. 월요일쯤엔 이런 편지를 받을 거라고 예상해요. 강의 경험이 풍부하고 미학 이론서를 다수 펴내 우선권을 지닌 위니프리드 그레이프샷Winifred Grapeshot* 여사가 그 자리를 달라고 애원을 했다고요. 저는 몰아치는 허리케인을 뚫고 1950년산 닷지를 몰았던, 그리고 아이오와에서 문예창작을 가르치는 일자리를 실수로 제안받은 단편소설 작가에 대한 단편소설을 쓸 작정입니다.

그럼 이만,

존

스카버러

화요일

빌,

저는 괜찮아요. 글은 많이 못 쓰고 있지만요. 하지만 뭔가 생길 겁니다. 그런데 이 장미꽃들을 어떻게 가꿔야 할지 잘 모르겠어요. 요즘 전 일찍 잠자리에 들고, 오시닝까지 걸어다닙니다. 수요일에는 늦게까지 깨어서 버번을 1파인트 정도 마셨고, 목요일에는 굉장히 빠른 속도로 일을 했지요. 이게 제 신체조직의 퇴행과 관련이 없기를 바랄 뿐입니다.

그럼 이만,

* 작은 포탄이 여러 개 담겨 있어 발사하면 공기중에서 흩어지는 포도탄을 뜻한다. 난데없이 나타난 폭탄이라는 의미로 지어낸 이름이다.

존

스카버러

화요일

조시,

아이오와 대학에서 누가 전화를 걸어와 강의를 하지 않겠느냐고 물었습니다. 전 하겠다고 했죠. 그런데 수락한 뒤로는 무안할 정도로 아무 반응이 없었습니다. 그리고 지금 짧은 편지가 도착했는데 다른 사람이 그 자리를 맡았다고 합니다. 메리가 추측하기로는 대학에서 『뉴요커』에 전화를 해 진 스태퍼드의 전화번호를 물었는데 실수로 제 번호를 얻어간 걸 거라네요. 지금 저는 여기 앉아 더러운 창문을 내다보며 나뭇잎이 떨어지기를 기다리고 있습니다.

존

스카버러

수요일

빌,

제가 동봉하는 작품에 취향의 저하, 사고와 문체의 조잡함, 참혹한 오탈자와 누런 종이가 눈에 띈다면 그건 모두 푸크시아 탓입니다. 제가 피어스 비누*와 니코틴 황산을 진하게 섞은 물을 날마다 두 번씩 그 꽃에 뿌려주고 있어요. 그 옆에 서서 몇 시간이고 가루이가 생기진 않나 지켜보고 있고요. 지금까지 얻은 유일한 결과라면 가루이가 꽃에서 제게로 옮겨왔다는 사실입니다. 어쨌든 저는 보통때보다 훨씬 더 몸을 긁어대고 있거든요.

월요일 밤에 구두를 닦고 있는데 구두약과 솔을 보관하는 상자 밖으로 선배가 보내신 편지가 만져졌어요. 3년 전 편지였는데, 선배는 제게 너무 치열하지 않도록 느슨해지는 법을 배우라고 얘기하셨어요. 배울게요. 배우겠습니다.

존

'너의 빌라'는 엘리너의 저서 『로마와 빌라』를 가리킨다. 아버지는 성공회 신자가 되었다.

와우위넷, 매사추세츠 주 낸터킷 섬

6월 24일 [1955년]

엘리너,

……너희 가족이 올 수가 없다니 정말 안타깝구나. 내년에는 한철 내내 이 집을 빌려야겠다, 그러면 너와 레드와 두 아이가 우리를 보러 여기로 올 수 있겠지, 하고 스스로를 위로하고 있

---

* 1800년대 영국에서 생산된 고급 비누 브랜드로 투명한 색깔과 순한 재료, 은은한 향기로 각광받아 현재까지도 생산되고 있다.

다. 여기 있노라면 다른 곳에 있었으면 하는 생각은 전혀 들지 않아. 오늘은 비가 오고 있는데 지붕이 새고 벤은 울고 난 위스키를 마시고 수지는 부엌에서 쿠키를 굽는다고 난리를 피우는데도 다 괜찮은 느낌이야. 해변은 케이프코드의 그 어느 곳보다 웅장해. 거기엔 우리말고 아무도 없고, 빨래 너는 마당을 지나 조금만 걸어가면 바로 해변에 도착하지. 우리는 꽃게와 대합과 백합과 굴이 가득한 바닷가 호수를 발견했어. 저녁이면 난 헨리 치버*의 작품을 읽어. 불쌍한 헨리는 폴리네시아 전체가 우리의 신심에 대한 도전이라고 생각하는데, 그는 금빛 살결을 가진 그곳의 여인들이 모두 마더 허버드** 같은 옷을 입고 앞섶에는 금주운동 배지를 달고는 길게 줄을 선 모습을 머릿속에 떠올리나봐.

『케니언 리뷰Kenyon Review』는 구할 수가 없어. 출판사 주소도 모르겠고. 네가 한 권 보내주면 정말 고맙겠는데. 깨끗하게 보고 다시 보내줄게. 네가 쓴 글을 어서 보고 싶구나. 네 책과 관련이 있어서 유르스나르***를 읽었는데 아주 형편없었어. 그러다 너의

---

* 헨리 시어도어 치버. 신문 '뉴욕 선교사The New-York Evangelist'의 편집자를 지낸 목사. 1840~1850년대에 포경선을 타고 태평양을 여행한 경험을 책으로 썼다.

** 19세기 초반부터 전해내려오는 영어 자장가의 주인공으로 이야기책마다 조금씩 다르기는 하지만 보통 긴 치마에 앞치마 또는 스카프를 두르고 보닛을 쓴 모습이다.

*** 마르그리트 유르스나르. 벨기에 출신의 프랑스 소설가로 제2차세계대전중 미국으로 이주하여 평생을 미국에서 살았으며, 주요 저서로 『하드리아누스 황제의 회상록』이 있다.

빌라로 다시 돌아갔더니 생기와 지성이 넘치더군.

행복과 관련해서는, 나도 네 말이 무슨 뜻인지 조금은 알 것 같아. 인생의 많은 부분을 남자와 바퀴벌레의 기이한 조합처럼 살았는데, 오래지 않은 언젠가부터 바퀴벌레가 떠나버린 걸 깨달았지만 아직도 가끔은 내 즐거움의 맹렬함에 당황할 때가 있어. 당황하는 이유는 대개 왜 다른 사람은 이렇지 않을까 이해할 수 없어서야. 나는 너처럼 우리가 이런 운명을 타고났다고는 단언하지 못하겠고, 그래서 난 영성체를 받는 신자가 되었어. 난 사제에게 내가 교회에 돌아온 것은 역경을 겪고 있거나 무거운 짐을 지고 있어서가 아니라 행복해서라고 계속 말하는데, 사제는 고개를 저어. 성직자들은 눈물이 참 많지. 바퀴벌레가 가끔은 돌아오기도 하고, 그러면 내가 사는 모습을 보고 절망하거나 몸서리치기도 하지만, 오래 그러진 않아.

메리도 너희가 못 와서 아쉽다고 해. 여긴 물론 처음 와본 숙소이지만 머물 만한 곳이야. 나무패널을 댄 방인데, 창문 너머로 등대도 보이고 늘 파도 소리도 들려오지…… 8월에 뉴욕에 가면 전화할 테니 아기가 딸인지 아들인지 알려줘. 그리고 『케니언 리뷰』는 꼭 보내주고. 우리 식구 모두가 안부를 전해.

존

토파즈 호는 『왑샷 가문 연대기』에 나오는 아버지 리앤더가

모는 배 이름이다. 『왑샷 가문 연대기』에서는 배가 응급타체인* 고장으로 가라앉는다. 이 책은 1957년에야 출간되었지만 그전에도 초기 원고의 일부가 『뉴요커』에 발표되었다. 「셰이디 힐의 절도범」은 1656년 4월 14일자 『뉴요커』에 실렸다.

와우위넷

목요일 [1955년 7월 21일]

빌,

「절도범」 초고를 동봉합니다. 보내주신 수표도 정말 감사합니다. 축하의 의미로 메리와 함께 유람선을 타고 하이애니스에 다녀왔어요. 자료조사의 의미도 있었죠. 배가 항해에 적합하지 않아 토파즈 호와 비슷했거든요. 저는 갑판 위를 걸어다니며 난파에 대해 생각하고 있었는데, 항해 중간쯤에 망할 놈의 키가 고장나버린 거예요. 비상용 키를 급히 설치하긴 했지만 그걸 잡은 선원이 어찌나 겁을 먹었는지 셔츠 밑에서 심장이 벌렁거리는 게 보일 지경이었어요. 저는 맥주를 한 캔 들고 앉아 토파즈 호의 구조 장면에 대해 구상하기 시작했죠……

이 단편 때문에 골치 아파하지 않으면 좋겠습니다. 생기 있는

* 조타기가 고장났을 때 타를 수동이나 전동으로 조종하기 위한 체인.

글을 쓰고 싶었고, 저 역시 때로는 생기가 돈다는 느낌을 받지만 또 그만큼 칙칙하게 흐려지기도 해요. 그런 칙칙함, 제가 계속 술을 마시면서 내는 낮은 웅얼거림이 어느 정도는 작품에 스며드는 것 같기도 합니다.

변함없이,

존

검정 래브라도 개 캐시가 보내는 편지 하나 더.

위다는 루이즈 드 라 라메의 필명이며, 그녀의 저서로는 『두 깃발 아래서Under Two Flags』(1867)와 『나사렌The Nassarenes』(1897) 등이 있다.

1955년 7월

와우위넷, 매사추세츠 주 낸터킷 섬

미미 아줌마와 필립 아저씨께,

다시 여름이 와서 개들이 편지를 쓰고 있어요. 그런데 제가 죽었는지 살았는지 궁금해하실 것 같다고 생각했어요. 존 아저씨가 수요일 아침 일찍부터 제가 발정기인지 아닌지 보려고 제 몸을 아무렇게나 발딱 뒤집더라고요. 그러고 나서 우린 서둘러 컨트리 신탁회사보다, 그리고 미수금 회수 대행사보다도 한발 앞서 라빈스 제화점으로 출발했어요. 그건 그냥 구타페르카* 소재의 평범한 물건이었죠. 그러고는, 창밖으로 머리 내밀지 마, 캐시, 저 여자분한테 짖지 마, 캐시, 착하게 굴어, 캐시 등등이 이어졌어요. 우리는 퀸시로 가서 아주 늙은 할머니와 함께 저녁을 먹은 뒤 우즈홀로 달려가 모텔에 갔죠. 그 구두쇠가 돈을 아끼려고 가족들을 몰아넣은 곳인데 긴 현관 베란다를 따라 침실 여럿이 줄지어 있는 구조예요. 한밤중에는 머리 회로가 뒤죽박죽된 아저씨가 보석상 주인이 그린호넷도넛가게의 웨이트리스와 심심풀이를 하고 있던 방으로 잘못 들어가버렸어요. 그들은 사설탐정이라고 생각했을 수도 있었지만 아저씨가 몸에 걸친 거라곤 손목시계 하나뿐이었어요. 대혼란이었죠.

아침에는 증기선을 탔는데요, 개들한테 그런 게 재미있겠어요? 아저씨는 배를 타고 가는 내내 신문 뒤에서 또는 모자챙 밑에서 흘끔거리며 아는 사람이 있는지 살피더라고요. 그뒤로 고풍스러운 구식 마을에 갔는데, 아저씨는 통장 잔고도 없으면서 공수표를 발행하려고 했어요. 그가 낸터킷에 온 유일한 이유는 이렇게 바다 멀리 떨어진 곳에서는 부도수표 처리가 지연될 거라고 생각해서죠. 그러나 실패했어요. 그런 다음 우리는 와우위넷이라고 불리는 곳으로 이동했고, 그제서야 저는 36시간 만에 처음으로 볼일을 볼 수 있었어요. 그렇게 우린 여기에 와 있

---

* 구타페르카 나무 또는 그 나무에서 채취해 굳힌 고무 물질.

답니다.

아침에는 모두들 조개를 파러 나가고, 오후에는 모두들 굴을 따러 나가고, 어스름에는 모두들 병어를 잡으러 가는데 이 아저씨는 자기가 무슨 위다라도 된 것처럼 방에만 앉아 있어요. 위다는 굉장히 쓸쓸해하면서 필립 아저씨와 미미 아줌마가 놀러와주기를 고대하고 있어요. 딱 한 번밖에 울리지 않은 전화는 화이팅스 우유 회사에서 온 거였죠. 우체부가 오면 위다는 라임에이드 한 주전자와 쿠키를 담은 쟁반을 가지고 달려나가는데 우체부는 이미 도넛을 왕창 먹은 상태예요. 저는 이상한 아이들을 물에서 구조하고 이상한 배에 올라타려고 하는 통에 아주 많이 혼나고 있어요. 하지만 제가 큰 파도에 뛰어들어 유목을 입에 물고 멍청하게 씩 웃으며 부서지는 파도를 타고 돌아오는 모습을 보면 가족들은 아주 좋아해요. 어찌나 꺄악꺄악 소리를 지르는지. 엄마한테 안부 전해주세요. 늘 엄마 생각을 하거든요.

키스를 보내며, 여러분의 말 잘 듣는 귀염둥이,

캐시 드림

징고는 보이어 가족이 키우던 래브라도레트리버인데 캐시와 교배할 계획이었다.

와우위넷

수요일, 1955년

필과 미미에게,

오시지 못한다니 유감이네요. 여기는 멋진 곳이지만 여기까지 오자면 거리도 멀고 비용도 많이 들겠죠. 게다가 이곳은 여름도 거의 끝나갑니다. 메리는 이불을 빨고 벽장에서 모래를 쓸어내기 시작했어요……

개에 관한 소식을 전하자면, 캐시는 지금 발정기의 절정에 다다랐습니다. 조그만 수캐들을 쫓아 해변을 쓸고 다녀요. 저희가 징고를 위해 캐시를 잘 지켜낸 것 같습니다. 힘들었지요. 이 집에는 지하저장고가 없고 부엌 밑에는 개들이 여러 마리 살고 있어요. 미처 못 보고 막지 않은 옹이구멍이 하나라도 있었다면 우린 망한 거죠……

변함없이,

존

이즈음 아버지는 『뉴요커』의 작가로 확고히 자리를 잡은 상태였다. (최종적으로 아버지는 이 잡지에 단편 120편을 싣게 된다.) 잭 칸Jack Kahn은 그때부터 지금까지 『뉴요커』의 작가로 있으며, 윌리엄 숀*은 모르는 사람이 없을 거라고 생각한다.

---

* 『뉴요커』에서 54년을 근무한(편집자로서는 35년) 베테랑 편집자.

다음 글은 존 위버에게 쓴 편지에서 발췌한 것이다.

존,

……최고의 편집자 윌리엄 숀이 지난주에 칸 부부와 점심을 먹으러 나왔어. 잭이 내게 전화를 걸어 얼른 나와 보스에게 인사를 하라고 명했지. 나는 제일 좋은 바지를 입고 거기로 갔는데, 대화가 시들해지자 잭이 터치풋볼을 하자고 제안했어. 숀이 우리 팀이었지. 세번째 게임에서 내가 그의 쪽으로 불안정하게 공을 던졌는데 숀이 그걸 잡으려다 놓치고 미끄러지면서 쓰러졌어. 접시가 쌓인 쟁반이 땅에 떨어지는 것처럼 와장창 요란하게 넘어진 거야. 그 양반이 병원에서 나왔는지 어땠는지 모르겠는데 전화를 해서 물어볼 엄두가 안 나.

이 편지는 병원 입원실에서 쓴 것이다. 맥스웰 가족은 요크타운에 시골집을 소유하고 있다.

204호실

수요일

빌,

선배는 저를 정말 잘 보살펴주십니다. 아무도 제게 그렇게 잘하지 못했어요. 일요일에 입원할 때도 전화를 하고 싶었지만, 선배의 모습—요크타운에서 소설을 쓰고, 43번가에서 잡지 편집을 하면서 출퇴근 시간을 비켜 기차로 통근하고, 감기를 다스릴 뿐만 아니라, 제멋대로에 불안정하고 지쳐 있는 다국적 남녀와 어린아이들을 품안에 들여 보살피는—을 생각하니 제 운명은 선배의 운명보다 훨씬 가벼운 듯하여 전화기를 내버려두었습니다. 지금은 모든 게 좋아져서 내일쯤 퇴원할 것 같아요. 결핵이 아닌가 하여 동요가 좀 있었는데, 의사도 저와 마찬가지로 제가 로버트 루이스 스티븐슨*과 꼭 닮은 사람으로 변신하여 식사 예절도 잘 지키고 사회적으로 좀더 품위 있는 인물이 될지도 모른다고 느낀 것 같았어요. 하지만 폐에 있던 점은 단번에 사라졌고, 의사는 삶은 감자 같은 인간을 폐병쟁이 지식인으로 변신시키지 못한 것에 좀 실망한 듯했어요.

세상에서 잊힌 채 빈민구호소에 사는 노파라도 선배가 보낸 장미를 보고 저만큼 행복해하지는 않을 겁니다. 저는 코를 벌름거리며 꽃향기를 맡고 꽃송이 하나하나 옮겨다니며 테리어 강아지처럼 킁킁거립니다. 제게 혼몽함과 기쁨을 모두 주는 향기예요. 아련한 감정이나 향수 같은 게 아니라—할머니의 잼 병 같은 게 아니라—가령 엄청난 미인이 걸어들어올 것 같은 기분이

---

* 어릴 때부터 평생 폐병을 앓았던 영국 소설가로 『보물섬』『지킬 박사와 하이드』 등의 작품을 남겼다.

랄까. 오늘 아침에 그 꽃들은 그런 향기를 풍겼어요. 병실에 있는 꽃이라고는 이 장미를 제외하면 꽃잎에 솜털이 난 천남성天南星 한 쌍뿐입니다…… 간호사가 말했어요. "세상에나, 설교단의 잭 jackinthepulpits*이네." 제가 그 꽃은 천남성이라 부른다고 얘기해주었죠. 그랬더니 "음, 지금은 뭐라고 부르는지 잘 모르겠지만 제가 어렸을 때 숲속을 돌아다니다 이걸 꺾어오면 사람들은 설교단의 잭이라고 불렀어요" 하더군요.

오늘 엑스레이를 찍었으니 폐에 점이 없어졌다면 집에 가게 될 거예요. 어쩌면 야도에 가 지난달에 코를 훌쩍이며 끼적였던 단편들을 마무리하려고 애쓰게 될지도 모르겠어요. 정신없는 살림살이에서 혼자 떨어져나온다는 게 마음에 걸리기는 하지만 야도에 방만 있다면 2주일은 다녀와야겠습니다. 오늘 전화 드릴게요. 그리고 떠나기 전에 한번 볼 수 있으면 좋겠네요

그럼 이만,

존

야도, 새러토가스프링스

금요일

빌,

---

* 꽃잎 한쪽이 비스듬히 뭉툭한 암술을 감싸고 있는 모습에서 설교단에 선 사람을 연상하여 생긴 이름인 듯하다.

……여기는 일하기에 참으로 훌륭한 곳이긴 한데 (이보다 더 좋은 곳은 잘 모르겠어요. 선배도 언제 여기 와서 일해보세요.) 사람들이 대화를 잘 안 해요. 저는 8시에 아침을 먹고 1시까지 일한 뒤 샌드위치 도시락과 보온병에 든 차로 점심을 해결합니다. 침실에서 혼자 밥을 먹는 건 왠지 좀 천박한 느낌이 있어요. 마치 음식을 훔쳐온 것 같은 느낌이 들거든요. 점심식사 후 4시까지 글을 쓰고 나서는 스키를 신고 한 시간 동안 현관 앞 잔디밭을 활주해 내려갑니다. 하늘도 감상하고요, 날마다 만나는 커다란 붉은 수여우는 제게 행운의 한 조각처럼 보여요. 그런 다음에는 방으로 들어가 벽장에 숨어서, 양치컵에 부은 위스키를 옷걸이에 머리를 부딪쳐가며 뚝딱 마셔버립니다. 이렇게 몇 번 더 하고는 상당히 취한 상태에서 저녁 식탁으로 가지요. 지금 여기엔 다른 작가들이 세 명 더 있는데 다들 발목까지 오는 사슴가죽 단화를 신고 있고, 하나같이 말이 없어요. 저녁식사 내내 혼자 떠들다가 방으로 돌아와 밀린 독서를 하고—예를 들면 『노스트로모』*—9시 반쯤 되면 혼자서 큰 소리로 말을 하기 시작합니다. 제 자신에게 즐거웠던 유년기 이야기를 해주고, 30년간의 연애사들을 되새겨보고, 불운했던 플로렌스 아줌마 이야기를 해보고, 랠프 아저씨가 소파에 불을 질렀던 때를 회상하며 키득거리

* 조지프 콘래드의 1904년작 소설.

기도 하죠. 바보처럼 정신이 빠져나가는 게 보이는데 불러들일 수가 없어요. 그러고 나서는 10시에 잠자리에 듭니다……

빌에게는 케이트라는 딸이 있다.

스카버러

화요일

빌,

메리가—엿듣기를 잘하는—말하기를 제가 선배에게 '그 작품은 짜임새가 좀 있던가요?' 하고 물었을 때 그렇게 느끼하고 역겨운 말투는 들어본 적이 없다면서, 선배가 제게 어서 가서 찬물 양동이에 머리를 처박으라고 말했어야 한다고 하네요. 하지만 저는 그 단편을 쓰면서 즐거웠고, 전화 드리기 전에는 하루종일 전화기 앞을 서성이며 통화할 핑계를 생각해내려고 애를 썼어요. 가령, 케이트는 감기가 좀 나았나요, 또는 장미 온실재배 사업에 저랑 같이 투자를 하실래요, 그런 핑계들이요. 물론 제 작품과는 아무 관련이 없죠. TV 저작권료가 좀 들어올 거라 그 단편을 다들 맘에 들어하지 않는다 해도 별문제 없어요. 아, 또 이러네요—느끼하게.

그럼 이만,

존

「세인트 제임스 스쿨버스」는 1956년 1월 14일자 『뉴요커』에 실렸다.

스카버러

수요일

빌,

저는 지금 메리의 타자기를 메리의 침대용 탁자에 올려놓고 침대에 누워 통증에 시달리며 이 편지를 쓰고 있습니다. 추수감사절에 궁둥이를 수리하러 병원에 갔어요. 결국은 잘 끝났어요. 땅거미가 질 때쯤 털을 밀어주러 온 나이든 남자가 자기가 어렸을 때는 강이 얼어붙었다고 말하더군요. 날이 밝을 무렵 방광을 비워주러 온 의사는 아이섀도와 마스카라를 진하게 바른 중년의 독일 여자였어요. 수술을 한 외과의는 빈 거나 다름없는 수술용 키트를 가져왔어요. "내 칼들이 다 어디로 간 거지?" 하고 외치더군요. 괴로운 하룻밤과 반나절을 보내고 난 뒤로는 회복세로 돌아선 것 같습니다. 어제 아침에는 화장실 앞에 너무도 긴 줄이 서 있기에 메리에게 전화해서 집에 데려다달라고 했어요. 목요일에 다시 진찰을 받으니 다시 의자에 앉을 수 있게 되면 전화드릴게요. 「스쿨버스」 얘기를 하고 싶거든요.

선배님에게서 오는 돈은 그리도 많은데 제게서 나가는 글은 이리도 적으니 다 잘못되었다는 생각이 들지만, 곧 괜찮은 단편들을 몇 편 쓰면 균형이 잡히겠지요. 정말 감사합니다. 하지만 오늘은 더는 편지를 쓸 수 없겠어요.

변함없이,

존

카울리는 아버지에게 유럽에 가라고 권유하고 있었다.

스카버러

만성절

맬컴,

……퀸시에 들러 어머니를 뵈었는데—여든둘에도 활기가 전혀 꺾이지 않은 분—평생 처음으로 어머니 본연의 모습을 보았습니다. 최근까지만 해도 가구의 나뭇결 하나하나가 고통의 늪에 잠겨 있는 것처럼 보이던 집에 돌아가 수렁과 지옥의 불길과 머리카락 타는 냄새를 꿈꾸지 않으며 잠든다는 것은 대단한 기쁨이었습니다.

……웨스트체스터 북부가 상대적으로 보면 그리 중요하지 않다는 선배님 말씀에 동의하게 되었습니다. 여기 처음 이사 와서는 그렇게 빈번히 파티에 초대받으니 즐거웠고(저는 항상 따

돌림당하는 걸 두려워하거든요), 그렇게 부유하고 힘 있고 남의 눈을 신경쓰지 않는 사람들의 공동체에 속해 있다는 것도 즐거웠습니다. 하지만 그들의 힘을 제가 오판했던 것 같아요. 부유한 사람들이기 때문에, 시간도 거스를 것 같은 인상을 주는 사람들이기 때문에, 그들의 퇴락이 중요한 의미를 띤다고 착각했던 것 같습니다. 또한 그들의 극도로 까다로운 성미를 시적이고 진정성 있는 성향으로 착각했던 것 같기도 하고요. 전 지금 주민방위 근무를 서고 있는데, 며칠 전에 '그 재해'에 대해 논의하기 위해 예배당에서 모임을 가졌습니다. 사람들이 다 모였죠. 레이온담요 재벌, 생명보험사 부회장, 등등. 예배당에서는 낡은 셋방 냄새가 풍깁니다. 가을햇살이 하느님의 어린양의 유리 얼굴을 뚫고 예배당 안을 비춥니다. 그렇게 우리는 나쁜 냄새와 채색된 햇살 속에 앉아서 세상의 끝에 대해 얘기했는데, 그때 갑자기 저는 그 모임에서 더할 나위 없는 사소함, 진정한 우려와 긴장의 결여를 느꼈습니다. 그리고 제 머릿속에는 나가서 터치풋볼이나 하고 싶다, 그게 차라리 옳은 일이다, 하는 생각이 가장 먼저 들었고요. 제가 하려는 말은 일종의 비관주의와 그에 동반되는 감정들이 변질되었다는 겁니다. 우리는 불안이라는 감정을 적어도 한 단계 이상은 소진해버린 것 같습니다. 저는 윌리엄 배럿William Barrett이나 앤서니 웨스트Anthony West 같은 사람들, 문학이 자신들 특유의 나른한 부부애를 묘사할 수 있도록 개조되어야 한다고 느끼고 있는 듯한 사람들의 멍청한 쾌활함을 말하는 게 아닙니다. 또한 이곳의 지독한 체제순응주의를 과소평가하는 것도 아니고요. 하지만 전체적인 그림의 비율이 새롭게 조정된 듯합니다. 우리는 40대에 이르러서야 성년이 된 것 같습니다. 친구들에게 편지를 받으면—때로는 10여 년 동안 만나지 못한 이들까지도—다들 침울함을 떨치고 일어나려 한다고 얘기합니다.

지난봄에 선배님은 제 단편들이 좀더 나아져야 한다고 편지에 쓰셨죠. 저는 때로 새벽 3시나 4시에 잠에서 깨어, 나아진다는 것, 나아진다는 것, 하고 혼잣말을 하는데요, 사실 전 나아지고 있다고 생각합니다. 저는 늘 제 소설 속 인물에 좀더 빛을 드리우고 싶었는데 지금은 그럴 수 있을 것 같아요. 그리고 육체적 정신적 고통을 묘사한 글로 수많은 가방과 상자와 오렌지 궤짝과 트렁크 들을 꽉 채우고 있는 저로서는 그것들에 의지한다면 지나치게 쾌활해 보이지 않도록 균형 잡을 수 있을 겁니다.

언젠가 선배님이 9번 고속도로에 오르시기를 바라고 있습니다. 저희가 사는 곳은 테리타운 북쪽으로 2마일 거리예요. 뮤리얼에게 안부 전해주시고, 메리도 두 분께 안부인사드린답니다.

변함없이,

존

스카버러

조시,

……어머니는 수요일에 돌아가셨습니다. 본인 뜻대로 가셨어요. 생전에는 두려워하시던 것들이 많았지만—붐비는 곳, 막힌 곳, 깊은 물—죽음은 전혀 두려움 없이 맞이하시는 듯했어요. 그런데 어제 아침에는 거스 로브래너가 세상을 떴습니다. 훌륭하고 진실한 사람, 제게 낚시를 가르쳐준 사람, 거스가 그리울 겁니다. 머리로는 이해한 것 같은데 왜 마음은 야구방망이로 머리를 강타당한 듯한 느낌일까요. 화요일에 사흘 일정으로 야도에 갑니다. 재미있는 일이 생기면 보고할게요.

그럼 이만,

존

영화 판권 수입

1956년 초 MGM의 도어 섀리는 「셰이디 힐의 절도범」을 영화화하기 위해 판권을 4만 달러에 샀다. 그전에 『뉴요커』는 그 작품에 대해 원고료 2075달러를 지급했고, 1956년 4월 14일자 잡지에 실었다. 헨리 루이스는 아버지의 서부해안 지역 연락책이었다. 영화는 제작되지 않았다. 다음 두 편지는 존 위버에게 보낸 것이다.

스카버러

목요일 [1956년 5월 3일]

존,

오늘 아침 네 전보를 통해 처음으로 진행 상황에 대한 현실적인 소식을 들으니 정말 좋았어, 끝내줬어. 메리는 그 단편이 그렇게 큰 금액에 팔렸다는 것을 믿지 않고 여전히 고기를 살 때면 소 혀나 목심만 고르고 있어. 하지만 당신도 할리우드가 어떻게 돌아가는지 알잖아, 하고 메리는 말하지. 수지는 내 말을 믿는 것 같지만 그애도 영화에 누가 나올지말고는 별 관심이 없어. 개도 내 말을 믿는 것 같지만 그 녀석은 내 작업실이어야 할 이 좁은 방에서 이젠 내 구두끈을 풀고 발목을 깨물 정도로 자란 강아지 여덟 마리랑 살고 있으니 말은 다 했지. 개한테 그 얘기를 한 이유는 헨리 루이스가 내게 전화했을 때 여기에 벤과 나와 개밖에 없었기 때문이야. 메리와 수지는 〈꼬맹이 납치범들The Little Kidnappers〉이라는 영화를 보러 갔거든. 나는 벤 나이의 아이들에게 돈 얘기를 하면 안 된다고 생각하니까 남은 건 개뿐이잖아. 개한테 그 얘기를 하고 난 뒤에 벤이 내게 『곰돌이 푸』를 읽어달라고 해서 '피글렛과 헤팔럼프의 만남'이라는 장을 읽어주었지…… 그러고 나서 아래층에 내려가 위스키를 1파인트 마셨어…… 메리가 집에 왔기에 소식을 전했더니 이 여자는 코웃음을 치며 듣다가 위층에 올라가서 자는 거야. 그러니 내가 짜증이 안 나겠어? 그래서 위스키를 좀더 마시고 소파에 앉아 곰곰 생각했지. 이 돈이면 입만 뻥긋해도 뭐든지 해주는 가지각색의 매춘부들을 살 수도 있겠구나. 네 전보를 받고 우리 모두 기분이 훨씬 좋아졌어.

타이밍이 이보다 좋을 순 없을 거야. 장편을 끝장낼 수 있겠지. 단편을 쓸 거리가 하나도 없는데 은행 잔고는 바닥이거든. 일이 이렇게 풀리면 난 장편을 끝낼 수 있을 테고, 가을에는 어쩌면 1년 정도 외국에 나가 살 수도 있겠지. 하지만 메리는 만일 임신을 했다면 외국에 가지 않을 거라네. 임신했을 수도 있거든. 그래서 내가 말했듯이 메리는 줄곧 목심만 사고 있어.

사랑을 담아,

존

[1956년 5월 7일]

존,

네 편지가 큰 도움이 되었어. 그래서 오늘밤엔 저녁식사로 로스트비프를 먹을 거야. 비록 메리는 이걸로 세끼를 다 해결할 작정이지만. 난 전기 달걀거품기와 잭대니얼 1쿼트를 샀고, 아이들에게는 점심에 디저트로 커스터드 아이스크림을 사줬어. 가을에 로마에 갈 수도 있을 것 같다…… 하지만 내게 가장 중요한 것은 『왑샷 가문 연대기』라는 이 책을 끝내는 거야. 그런데 여태 너무 여러 번 망해서 이번에도 망하지 않으리라는 확신을 못 하겠다.

그럼 이만,

존

마이클 베시는 점심 파티에서 아버지를 만났다. 그로부터 얼마 후 아버지는 편지에 랜덤하우스가 자신의 장편소설에 2400달러를 지불했다고 썼지만, 끝내 이 관계는 깨지고 말았다. 잃어버렸거나 어디 있는지 찾을 수 없는 어느 편지에서 아버지는 "이 늙은 뼈를 시장에 내놓겠소"라고 썼다. 그러고는, 많은 사람들이 존 치버는 장편을 결코 쓸 수 없을 거라고 말하는데 그 사람들 말이 맞을지도 모르지만, 정말로 자신이 장편을 쓰게 된다면 그 책에 관심 있는 회사는 랜덤하우스에 2400달러를 주고 출판권을 가져올 수 있을 거라고 했다. "내가 그분한테 전화를 걸었어요." 베시는 당시를 회상한다. "수표를 어디로 보내면 될까요?"라고 말했죠.

그렇게 마이클 베시는 아직 완성되지 않은 『왑샷 가문 연대기』의 편집자가 되었고, 둘 사이의 유일한 조건은 책이 어떻게 되어가는지 묻지 않는 것이었다. 그전까지 오랫동안 아버지는 파티나 출판 행사 등에서 베넷 서프와 마주쳤는데 그때마다 서프가 기억 속 파일을 서투르게 훑고 있음을 알 수 있었다. "아, 치버 씨군요." 그는 말했다. "소설은 어떻게 되어갑니까?" 그래서 베시는 그런 행동을 하지 않겠다고 맹세했고, 지금 돌이켜봤을 때 다른 할말을 찾기가 늘 쉽지는 않았음을 그는 시인한다. 하지만 그는 미래의 장편 작가가 먼저 말을 하지 않는 한 스스로 책 이야기를 꺼내지 않았다.

정말로 책이 나왔을 때는 편집이 필요 없는 상태였다면서, 베시는 딱 한 가지만 수정을 요청했다고 회상한다. '이달의 책 클럽'에서 『왑샷 가문 연대기』를 검토해주겠다고 했는데, 그것은 책이 성공하는 데 큰 의미를 지녔다. 클럽은 단어 하나를 빼기를 원했다. 아름다운 멜리사 스캐던은 모지스 왑샷과 결혼한 후로 섹스에 대한 흥미가 가파르게 줄어든다. 문제의 장면은 모지스가 멜리사를 바닥에 쓰러뜨리면서 시작된다. 여기에서 그녀는 다시 한번 그를 밀어내고 머리를 올려 핀을 흉하게 꽂은 뒤 오랫동안 목욕을 한다.

……그때 그녀가 욕실 문을 열고 나왔다. 알몸이 아니라 길고 묵직한 잠옷을 걸친 모습이었고, 잇새로는 부지런히 치실을 움직이고 있었다. "아, 멜리사." 그가 말했다.

"당신은 날 사랑하지 않는 것 같아." 그녀가 말했다. 흐릿하고 감정 없는 노처녀의 목소리였다. 그 목소리를 듣자 그는 연기나 먼지 같은 흐릿한 것들이 떠올랐다. "가끔 당신이 날 전혀 사랑하지 않는다는 생각이 들어." 그녀가 말했다. "게다가 당신은 섹스를 지나치게 중시해. 아, 정말 너무 심해……"

"하지만 난 당신을 사랑해." 그가 기대를 담아 말했다.

"어떤 남자들은 일거리를 집에 가져와." 그녀가 말했다. "남자들 대부분이 그래. 내가 아는 남자들은 대부분." 말을 할수록 그녀의 목소리는 점점 건조해지고 감정이 졸아들면서 목소리의 깊은 울림도 사라지는 것 같았다. "사업을 하는 남자들은," 그녀는 계속 흐릿하게 말했다. "출장을 많이 다니잖아. 아내와 떨어져 있는 시간이 많아. 섹스말고 다른 분출구도 있지. 건강한 남자들은 대부분 그래. 스쿼시를 하기도 하고."

"나도 스쿼시 해."

"날 만난 뒤론 한 번도 안 했잖아."

"예전에는 했어."

"물론," 그녀가 말했다. "나랑 기어이 잠자리를 하겠다면 나도 따를 거야. 하지만 그게 당신 생각만큼 중대한 일이 아니라는 걸 당신도 깨달아야 한다고 봐."

"당신 말을 들으니 씹할 생각이 완전히 사라지는군." 그가 음울하게 말했다.

'씹'이어야만 했는가, 하고 '이달의 책 클럽'이 물었다. 장편의 이 부분을 단편으로 전개한 작품이 그전에 『뉴요커』에 실린 적이 있었는데 그때는 이 단어가 빠져 있었다. 클럽과의 협상은 매출 향상의 가능성 외에도 상당한 액수의 돈이 좌우되는 문제였다. 하지만 아버지는 강경했다. 『뉴요커』는 20대 청년기부터 아버지를 지원했고 작품을 실어주었으며 아버지 또한 『뉴요커』를 위해서라면 거의 모든 일을 했을 것이다. 하지만 이것은 아버지 자신의 책이었고, 그 단어는 딱 들어맞는 단어였다. 베시도 동의하며 협상 테이블로 돌아갔다. 그는 성공리에 협상을 타결했고 그리하여 '이달의 책 클럽' 회원들은 사상 최초로 '씹'이라는 말을 받아들였다.

빌 맥스웰이 완성된 원고를 읽고 나서 아버지에게 보낸 전보에는 간단하게 "포효가 좋았어, 사자"라고 쓰여 있었다. 훌륭한 단편소설을 그렇게도 많이 쓴 작가가 장편소설을 쓰기까지 왜 그리 오랜 시간이 걸렸느냐고 사람들이 물으면 아버지는 자신의 어머니가 세상을 뜰 때까지는 그 소설을 발표하고 싶지 않았다고 대답했다. 1956년 할머니의 사망이 아버지에게 장편을 끝마칠 자유를 주었을 가능성도 있다. 하지만 아버지는 할머니의 건강이 더할 나위 없이 좋았던 1952년에 랜덤하우스에 이 작품의 초안을 제출하기도 했으며, 전업 소설가로 살던 시기에도 다른 장편소설을 쓰거나 제출한 적이 있다. 그럼에도 이 설명에는 어떤 울림이 있었고, 아버지는 그후로도 언론에서 자주 그런 이야기를 했다. 사실 사람들은 그 설명을 굉장히 열광적으로 받아들였고, 아버지가 첫 장편 발표를 자신의 아버지가 돌아가실 때까지 미뤘다는 보도 역시 적어도 두 번 이상은 나왔다. 프레더릭 링컨 치버는 1946년에 세상을 떴는데, 『연대기』 발표까지는 꽉 찬 10년의 간극이 있었다. 하지만 그럴듯한 거짓말은 크게 떠들어댈 가치가 있다.

1956년 여름에 우리 가족은 메인 주 프렌드십 마을에 있는 아버지의 오랜 친구 아서 스피어의 집을 빌렸다.

메인 주 프렌드십

6월 26일

엘리너,

MGM과 계약을 했으니 아마도 돈을 받을 것이고 아파트 임대료로 175달러 정도는 지불할 수 있을 거야. 아마도 10월에 배를 탈 것 같아…… 로마에서 너희를 만날 생각을 하니 정말 흥분돼. 그리고 장편을 끝냈다고 말할 수 있어서 기분도 좋아. 최소한 장편의 모양새는 하고 있지. 어쨌든 단편처럼 생기진 않았으니까. 이게 훨씬 무겁고 우송료도 더 들거든.

……여기—프렌드십—는 바닷가재 낚시를 주업으로 하는 마을인데 외지에서는 주로 보스턴 사람들이 와서 낚시를 해. 해변이 정말 멋지지만 우리 이웃들은 쓰레기를 바다로 던져버려. 그러면서 "우린 숫자도 얼마 안 되잖아요" 하더라고. 주말에 배를 빌릴 거니까 더 재미있어지겠지. 난 여기에 8월 초까지 있을 거고, 그 무렵 나와 연락이 가장 잘될 주소는 '뉴요커 전교, 웨스트 43번가 25번지, 전달 요망' 이런 식일 거야.

나는 길 잃은 애완견과 따분한 춤 같은 건 꽤 잘 묘사하는 것 같은데, 뜻밖의 횡재나 장편소설 출간이나 로마에서 너희를 만날 생각을 묘사하는 건 내 능력 밖이야. 유레카!

그럼 이만,

존

메인 주 프렌드십

6월 26일

조시,

약 한 달 전에 선배님께 수표를 (조금) 보내드릴 어떤 근거와 의미를 밝히려는 길고 바보 같은 편지를 썼습니다. 그 편지는 찢어버렸고 지금 이렇게 수표를 보내니, 이 돈은 꼭 진이나 신발이나 장미나무 등을 사는 데 쓰셔야 합니다.

목요일에 책을 끝내고 금요일에 여기로 올라왔어요. ……친구—소방대원—에게서 이 집(스프루스)을 빌렸습니다. 얼핏 보기에 이곳은 바닷가재 낚시 마을인 듯하고요, 우리가 있는 이 조그만 곶은 뉴잉글랜드 가족 서넛의 일가친척들이 빽빽이 차지하고 있어요. 기억하실 건 해변이 정말 멋지다는 겁니다. 날씨가 맑을 때면 이곳은 마치 세상의 꼭대기 같다는 느낌이 들어요. 하지만 날씨는 참 변덕스럽기도 합니다. 이곳에서 선배님을 만날 수 있다면 저희는 정말 기쁠 겁니다. 비행기로 록랜드까지 오시면 제가 거기로 마중 나갈 수 있어요. 하지만 저희 집이 우리 애들말고도 여러 아이들로 북적거린다는 사실은 미리 말씀드려야

온당하겠죠. 가끔 저도 조용한 곳으로 가고 싶거든요.

변함없이,

존

우리의 검은 래브라도 암캐 캐시가 자신을 태어나게 해준 사람들에게 보낸 편지 하나 더. '아들'은 캐시의 강아지들 중 하나다. 강아지의 이름은 이 나라 최초의 치버였던 에제키엘 치버의 이름을 따라 에제키엘이라고 지었다. 우리가 이탈리아에 갔을 때 제키는 보이어 가족과 함께 지냈다. 그후로는 제키를 그 집에 주었다. 녀석은 정말이지 잘생긴 개였는데 언젠가 필은 2천 달러에 개를 팔라는 제안을 받기도 했다. 오시닝의 부모님 집 서재에는 제키의 머리를 조각한 흉상이 아직도 놓여 있다. 제키는 조각가의 집에 여러 번 가서 모델을 서곤 했는데 그러다 집으로 돌아오는 길에 차에 치여 죽었다.

메인 주 프렌드십

1956년 7월 10일

필립 아저씨와 미미 아줌마에게,

이곳은 개들이 수영하기에 정말 좋아요. 사람들에게는 너무 춥지만요. 우린 차를 타고 돌아다니기도 하지만 대부분 록랜드에 있는 주류 판매점에 다녀오는 거예요. 그곳에서 우리 아들은 구세군 아가씨 치마에 으웩 해버렸어요. 그 아가씨 탬버린이 딸그랑거리며 떨어지는 소리를 들으셨어야 하는데. 지금 영감은 이탈리아 로마에 살러 갈 거라고 생각해서, 삼 분 안에 이탈리아어를 원어민처럼 할 수 있게 가르친다고 보장하는 축음기 레코드를 샀어요. 영감은 진을 한 병 들고 축음기 옆에 앉아요. 축음기가 케 코사 데시데라 하면 영감은 운 포 디 파네, 페르 파보레* 하지요. 아직 영감은 진이나 위스키를 뭐라고 하는지는 몰라요. 여자는 이 모든 헛소리를 굉장히 잘 참고 듣지만, 참지 않으면 뭘 어떡하겠어요?

아들은 신발 세 켤레와 스웨터 두 장, 지갑 한 개, 야수용 글러브 한 개, 야구방망이 한 개를 물어뜯었고, 신발 세 짝, 안경 한 개, 방향타 핀 한 개를 숨겼어요. 저는 영감이 배 안에서 허둥대는 동안 파래박을 물고 도망치는 방법을 아들에게 가르치고 있답니다.

아저씨와 아줌마의 다정하고 충실한 조카

캐시 드림

『연대기』가 나왔을 때 아버지는 마흔넷이었다. 그는 열여덟 살 때부터 장편을 이것저것 쓰고 있었다. 나는 대학에 다닐 때

* "무엇을 원하십니까?Che cosa desidera?" "빵을 좀더 주시겠어요?Un po di pane, per favore?"라는 뜻의 이탈리아어.

이 책의 마지막 부분을 외웠으며, 그 부분을 읽노라면 아직도 아버지 목소리가 들린다.

자살하기 전 리앤더는 가족이 보는 셰익스피어 책에 쪽지를 남겼다.

……"아들들에게 주는 충고." 쪽지에는 그렇게 쓰여 있었다. "건조한 지역이나 나라의 경계를 건널 때는 절대로 위스키를 탕파湯婆에 넣어선 안 된다. 고무 때문에 맛이 변할 것이다. 절대로 바지를 입은 채 성교하지 마라. 위스키 다음에 맥주는 망하는 술, 맥주 다음에 위스키는 살리는 술. 위스키를 마실 때는 사과, 복숭아, 배 같은 걸 먹지 마라. 단, 프랑스식으로 긴 시간 저녁식사를 하고 과일로 마무리할 때는 제외. 다른 음식들이 진정효과를 주거든. 달빛을 받으며 자면 안 된다. 광기를 일으킨다고 과학자들이 말한다. 맑은 날 밤, 창문 옆의 침대에 들기 전엔 꼭 커튼을 치거라. 시가를 손가락과 직각이 되게 들어서는 안 된다. 촌놈들이 그러거든. 시가는 사선으로 비스듬히 들도록 해라. 상표가 붙은 띠를 제거하든 말든, 그건 좋을 대로 하거라. 빨간 넥타이를 매지 마라. 접대할 때는 숙녀들을 위해 작은 잔에 가벼운 술을 내놓아라. 너무 센 것들은 연약한 여성들에게 처참한 결과를 가져오는 법. 매일 아침 차가운 물로 목욕을 해라. 몸은 시리지만 기분은 상쾌할 것이다. 게다가 자꾸만 아랫도리로 쏠리는 정신을 맑게 해주지. 일주일에 한 번씩 이발을 해라. 오후 6시 이후에는 어두운 색 옷을 입도록 해라. 아침에는 가능하다면 신선한 생

선을 먹어라. 난방이 안 된 석조 예배당에서 무릎을 꿇지 마라. 교회의 눅눅함 때문에 머리가 빨리 센다. 두려움은 녹슨 칼과 같은 맛, 두려움을 집안에 들이지 마라. 용기에서는 피 맛이 난다. 꼿꼿하게 서라. 세상을 예찬하여라. 온화한 여자의 사랑을 음미하여라. 주님을 믿어라."

메인 주 프렌드십

7월 26일

맬컴,

……편지를 드리지 못한 것은 장편소설의 막바지를 정신없이 써내려가고 있었기 때문입니다. 이제 끝난 것 같아요. 아시겠지만 이건 제게 상당한 업적입니다. 책을 완성하기까지 악마와 너무 많은 거래를 해왔던 터라 마지막 단어를 찍고 나서 저는 목욕을 하고 깨끗한 속옷을 입은 후 병원에 가서 어디든 망가지거나 없어지지 않았는지 진찰을 받았습니다.

저희는 여기서 한 달 정도 더 지내고, 그다음 8월에 얼마간은 뉴욕의 호텔에서 지낼 겁니다. 그때 전화드릴게요. 아마 선배님과 뮤리얼을 만나 뵐 수도 있을 겁니다. 원고는 아직 출판사에 도착하지 않았습니다. 그들의 반응에 따라 많은 것들이 좌우되겠지요. 작년에 랜덤하우스가 계약금을 토해내고 나가라고 했는데 『하퍼스』가 더 낮은 금액으로 그 계약을 가져갔습니다. 원고가 통과되면 가을에 저희 가족은 1년 동안 유럽에 갈 겁니다.

변함없이,

존

메인 주 프렌드십

목요일 [1956년]

빌,

이 집 구석구석에 익숙해질 때를 기다리고 있습니다. 우리가 빌린 여름별장들은 모두 우리의 자식이 아닌 아이들로 단번에 꽉 찹니다. 먹을거리 때문인 것 같아요. 처음에 아이들은 정원으로 기어들어와 그물침대나 베란다 가구를 사용해도 되는지 물어요. 그러고는 물을 한 잔 달라고 (매우 공손하게) 부탁하고 소파에 자리를 잡습니다. 그다음에 아이들은 여기에서 점심을 먹어도 엄마가 (하나같이 포틀랜드에 갔다면서요) 야단치지 않을 거라고 말합니다. 그리고 침실로 들어가 숨바꼭질을 하죠. 당장 지금도 그러고 있어요. 오늘은 안개가 짙어서 창밖을 보려 해도 창문이 돌덩이로만 보이네요. 화요일은 굉장히 좋았어요. 어디에서도 그렇게 멋진 저녁 어스름은 보지 못했거든요.

변함없이,

존

'왑샷 가문'은 그 소설의 원고를 뜻하는 말로 쓰였다. 원고는 『하퍼스』로부터 논평과 함께 돌려받기로 되어 있었다. 캐스 캔필드는 『하퍼스』에서 베시의 상관이었다.

프렌드십

안식일 [1956년]

빌,

아직도 이곳 구석구석에 익숙해질 때를 기다리고 있는데, 그 이유는 아마도 제가 우체국을 오가는 데 너무 많은 시간을 쓰고 있어서인 것 같아요. 왑샷 가문이 도착하기를 기다리고 있지만 아직도 안 왔습니다. 기분도 찜찜하고 해서 대부분의 시간은 정오의 마티니와 5시의 위스키를 기다리며 보냅니다. 그리고 이 예비용 침실에 앉아 제 자신에게 책에 대한 축하편지를 썼다가(눈부신 작품이군요!) 기를 꺾는 편지를 쓰기도 합니다(캔필드 씨가 아들라이 스티븐슨*과 함께 일리노이에 가시며 말씀을 남기길, 이 책은 그냥 경험으로 생각하고 덮어둔 뒤 새 출발을 하시랍니다). 해변은 정말 멋지고 전나무가 자라는 섬들이 줄줄이 늘어서 있지만 이 집에서는 섬이 하나도 안 보입니다. 어제는 배를 저어 메리와 벤을 섬으로 데려가 소풍을 즐겼는데 근래 들어 가장 즐거웠어요. 오늘 저녁에는 조개구이 모임이 있었습니다.

---

* 일리노이 주지사와 유엔 주재 미국대사를 역임했고, 대통령 선거에도 여러 번 출마했다.

남자들은 3시에 섬으로 나가 돌을 쌓고 불을 피우며 맥주를 마셨어요. 여자들은 6시에 모터가 달린 대형보트에 실려 섬으로 들어왔는데, 그게—외딴섬, 이글거리며 타오르는 불, 아녀자들을 가득 실은 배가 다가오는 모습—꽤나 장관이더군요. 하지만 바닷가재와 조개를 굽는 데 몇 시간이 들어 10시가 되어서야 먹게 되었는데 그즈음엔 모두 곤드레가 되어 있었죠. 그중에 토이푸들 한 마리를 데리고 부스베이에서 온 뚱뚱한 아주머니는 계속 "그냥 누나라고 불러" 그러더군요. 저도 거나하게 취해서 연거푸 바닷속으로 다이빙을 했어요.

여기는 일요일 아침이면 사람들이 빨래 너는 마당에 나와 잼병에 마티니를 담아 마시는 그런 종류의 동네라고 말한다면 좀 심한 감은 있지만 적어도 반 정도는 사실이라고 할 수 있습니다. 자세히 설명하자면, 이 집 잔디밭에는 빨간 파라솔이 달린 하얀 양철 테이블이 있고 캔버스 천으로 된 분홍색 의자가 두 개 있는데 각각 '주인님' '여왕님'이라고 쓰여 있죠. 그 옆에 세워진 깃대에는 이 집의 이름 '스프루스'가 쓰인 깃발이 휘날리고 있고요. 이 동네 사람들의 벽난로 얘기도 들어보시겠어요? 우리 벽난로를 만든 사람은 애꾸눈 그리스인인데, 이름을 머피로 지었다는 이 동네 우스갯소리가 있어요. 머피는 먼 섬으로 나가 달걀 모양의 회색 돌들을 바지선에 실어와서 이 벽난로를 만들었다고 합니다. 이 돌들은 밖으로 돌출되어 있고, 시멘트로 만든 벽난로

선반 위에 걸린 프랑스제 벽시계 주위로 테두리를 그리며 박혀 있어요. 그리고 시계 위에는 고무로 만든 생쥐가 한 마리 있죠. 도로 건너편에 사는 은퇴한 목사 아서 리틀의 집 벽난로는 교구민들이 준 돌로 만들었답니다. 요세미티에서, 요르단 계곡에서, 그리스에서, 샌프란시스코에서 가져온 돌들도 있어요. 도로 위쪽에 사는 프랫 가족의 벽난로는 올드베일리 감옥*에서 가져온 돌과 철창으로 만들었답니다. 지하감옥을 개조할 당시 런던에 체류하던 그 집 할아버지가 자기네 응접실에 그 돌들을 갖다놓으면 얼마나 멋질까 생각했대요. 그의 자손들은 우울해하는 것 같지만요. 이 마을에 있는 집들은 모두 흰색 목재에 레이스처럼 조각된 테두리를 두르고 있어요. 서로 멀찌감치 떨어져 있고 다들 소박하죠. 바다를 등지고 서서 바라보면 대초원의 쓸쓸한 마을처럼 보입니다. 여자들은 유모차를 밀고 중심가를 왔다갔다하고, 빨래가 바깥에 여기저기 널려 있어요. 들판에서는 루핀이 야생으로 자라고 있지만 마을 경계 안에 장미는 단 한 송이도 없습니다. 라일락은 막 지고 있고 모란 꽃봉오리는 아직 녹색으로 헤이즐넛만 해요. 튤립은 아직도 피어 있고요. 길 건너편에 있는 아주머니에게 '굿모닝' 하고 인사를 했더니 아주머니가 말합니다. "프렌드십에서는 굿모닝 하지 않고 하이! 하고 인사해요." 아

---

* 런던의 올드베일리 스트리트에 있던 뉴게이트 교도소를 일컬으며 1188년에 지어졌다가 1902년에 철거되었다.

주머니는 하루에 한 번씩 우리집에 와서 외쳐요. "유후, 유후, 유후" 이런 식으로요. 주민들은 모두 다 아주 좋은 사람들이지만, 제가 보기에 이들은 보스턴이나 뉴턴과 관련되지 않은 일에는 눈에 띄게 무관심한 것 같습니다. 책은 딱 한 권 봤어요. 슬론 윌슨Sloan Wilson. 퀸시 웨일스가 문학에 대해 얘기하면서 말하더군요. "예전에 『라이프』를 구독했는데, 언젠가 보니 실제로는 아무도 안 읽었더라고요."

이 모든 얘기들을 늘어놓는 유일한 이유는 물론 제가 타자기 앞에 앉아 있을 때 가장 행복하고 평온해지기 때문이지요. 밖으로 나가 햇볕을 좀 쬐기를, 그래서 하루나 이틀이라도 저 혼자 이야기를 주절거리는 짓을 멈출 수 있기를 바라고 있습니다. 할리우드에서 받은 돈이 여행가방 안에 들어 있고, 우리 가족은 로마에 가게 될 것 같아요. 화요일에 고등학생 여자애가 메리를 도와주러 온다고 하니, 저는 늘 그렇듯 뉴욕에 가 호텔방을 잡아 쉬면 어떨까 궁리하고 있습니다. 왑샷 가문이 도착하면 기분이 나아질 것 같아요.

변함없이,

존

아버지는 일기에 다음과 같이 썼다. "단편을 더 쓰고 싶지만 쓸 거리가 전혀 없을 듯하다. 그리고 떠나기 전에 돈이 떨어질 거라는 생각이 든다. 뱃삯을 지불하고, 자동차와 트렁크와 옷을 사고, 소득세를 내고 나면 남는 돈이 별로 없을 것이다."

해외 체류

우리 가족은 이탈리아 국적의 여객선 콘테 비안카마노 호를 타고 대서양을 건넜다.

콘테 비안카마노 호

10월 30일

조시,

……저희는 뉴욕 항에서 서서히 벗어나 엿새간 지속된 폭풍우 속으로 곧바로 들어섰습니다. 약병들과 환송선물 바구니들이 이리저리 날아다녔죠. 이레를 항해하고 포르투갈에 도착했어요…… 일요일 정오에는 바르셀로나에 도착해 배가 정박한 사이에 아이들을 데리고 동물원에 갔습니다. 바르셀로나에서 승선

한 사람은 딱 세 명뿐이었는데, 수백 명이 내려와 우리를 떠나보내며 마치 우리가 자기들의 유일한 자식이라도 되는 양 손을 흔들고 아우성을 쳤습니다. 다음날 해가 뜰 무렵 칸에 도착했고—산에 눈이 쌓여 있고 굉장히 추웠죠—5시쯤 제노바에 이르러 배에서 내려 저녁식사를 했습니다…… 지난 일주일 동안 이곳은 마치 노면전차와 같았어요. 승선하는 사람, 하선하는 사람, 우는 사람, 웃는 사람, 그리고 매번 정박할 때마다 방문객들이 우르르 몰려와 라운지의 미술작품도 감상하고 화장실도 사용하고 그랬지요.

제가 인류 역사상 처음으로 이 지역을 여행하는 사람이 아니라는 사실을 자꾸만 잊게 됩니다. 하지만 어쨌든 선배님도 가능할 때 한번 와보셔야 한다고 생각합니다.

변함없이,

존

우리 가족이 배에 올랐을 때 나는 여덟 살이었는데 아버지가 점점 유명해지고 있다는 사실을 전혀 모르고 있었다. 당시 배 안에 있던 바에서 만난 어떤 젊은 여자가 내게 진저에일을 사준 적이 있다. 내 이름을 듣더니 그녀는—이미 내 이름을 알고 있었을 가능성도 있으며, 그래서 진저에일을 사준 것인지도 모르지만—내 아버지가 "작가 존 치버"냐고 물었다. 나는 아닌 것 같다고 했다.

"아버지가 『뉴요커』에 단편을 내시지 않니?"

나는 잘 모르는 얘기였다. 아버지에게 타자기가 있다는 것, 그것은 알고 있었다.

음, 그녀가 말했다. 치버는 희귀한 이름이니까, 타자기를 갖고 있고 뉴욕에 산다면 네 아버지는 분명 "그 유명한 작가" 존 치버일 거야.

"아니에요." 나는 말했다. "그럴 리가 없어요."

우리가 이탈리아에서 살고 있을 때 필 보이어는 우리의 검은 래브라도 에제키엘의 이름으로 우리 가족에게 편지를 보냈다.

비아 델 플레비시토* 107번지, 로마

1956년 11월 17일

필과 미미에게,

제키가 정말로 글을 잘 쓰는군요. 마크 트웨인 이후로 문학의 하늘에 그런 별이 떠오른 적은 없는 것 같습니다. 아이들이 편지를 읽고 족히 삼십 분은 시끌벅적하게 웃어대다가 급기야 울음을 터뜨리더니 밤새 내내 울면서 소리쳤어요. 제키 보고 싶어. 제키 보고 싶어. 아침에는 수지가 여기 펜시오네pensione**의 응접

* 플레비시토 가街.

** 식사를 제공하는 하숙집 혹은 숙소.

실—형편없는 그림이 잔뜩 걸려 있고 아무도 이용하지 않는 차 서비스 코너가 있는—로 내려가 혼자서 편지를 읽으며 요란스럽게 웃다 울다 하니까 매니저가 무슨 일이 있느냐고 물었답니다. 수지는 "우리 막내 개가 보낸 편지예요" 하고 대답했대요. 우리는 그날 오후에 또 이동을 했지요.

지금은 팔라초 도리아*의—17세기에 지어진 부속건물—피아노 노빌레**에 머물고 있는데, 사방에는 거인을 위해 만든 듯한 물건들뿐입니다. 응접실에는 제가 앉았을 때 발이 바닥에 닿는 의자가 딱 하나뿐이고, 발을 아래로 늘어뜨릴 수도 없는 의자도 두 개나 있어요. 때로는 농담 같기도 하고, 때로는 어처구니없는 실수 같기도 하고, 때로는 아름다워 보이기도 합니다. 메리는 물론 좋아합니다. 긴 의자에 드러누워 한숨을 내쉬는데, 어쩌면 자서전을 쓸 계획을 세우고 있는지도 모르겠어요. 이 토요일 정오에 여러분 모두 보고 싶습니다. 저는 이제 빗자루를 넣어놓는 창고에 들어가—벽에 걸린 교황님들과 추기경님들을 피해—로마산 진을 한 모금 마실 겁니다.

---

* 도리아 궁전. 여러 건물로 이루어진 이 궁전은 현재 주로 미술관(도리아 팜필리 미술관)으로 쓰이고 있으며, 그중 17세기에 지어진 부속건물 한 동은 주거지로서 도리아 팜필리 가문의 후손이 생활하며 임대공간으로도 쓰인다.

** '고귀한 층'이라는 의미로, 르네상스 양식의 건물에서 가장 주요하게 사용되는 층을 일컬으며 창문의 크기가 크거나 발코니가 달려 있어 밖에서도 쉽게 알 수 있다.

변함없이,

존

프랑스, 영국, 이스라엘은 수에즈 운하를 두고 이집트와 전쟁을 벌이고 있었고, 헝가리 혁명은 소련의 탱크와 군대에 진압당하는 중이었다. 아버지는 로마에 있는 미국문예원에 대해 얘기하고 있다.

비아 델 플레비시토 107번지, 이탈리아 로마

11월 24일

조시,

마침내 저희는 로마에 정착했으니 선배님 소식을 전해주세요. 여행중에 너무도 많은 일이 일어난 터라 저는 아직도 머릿속이 정리되지 않습니다. 한정되고 제한된 화제에 대해서는 글을 쓸 수 있어요. 예컨대 장미, 전쟁, 진, 대서양의 돌풍, 섹스, 의자놀이, 유적 등에 대해서는 쓸 수 있지만, 전반적인 상황 묘사는 제 능력 밖입니다. 비가 올 때나 해거름에는 전쟁 생각을 많이 합니다. 그리고 물론 로마 사람들에게는 헝가리가 매우 가깝게 느껴지겠지요. 많은 신문들이 러시아가 한 달 안에 어떻게 유럽을 휩쓸지를 지도와 함께 보여주고 있고, 이곳 사람들에게 대피, 점령, 투옥 같은 일들은 너무도 익숙한 사실인지라, 이들의 걱정은 물론 히스테리도 섞여 있겠지만 너무도 당연하고 뿌리깊습니다. 신문들은 비관적이고 끔찍한데 사람들은 멋지고 쾌활하며, 저는 어쩌면 장미를 화제로 삼았어야 했다는 생각이 드네요.

포럼 광장에는 아직도 장미가 피고 있고, 아라코엘리의 산타 마리아 성당과 캄피돌리오 광장으로 올라가는 계단 사이의 경사지에도 장미나무들이 꽃을 피우고 있습니다. 하지만 꽃은 끝물이고, 가을이라 꽤 춥고 비가 내려요. 하늘은 12월의 뉴욕 하늘보다 밝을 것도 없어요. 이곳에는 넓은 미국인 거주지가 있는데 문예원과 비非문예원으로 양분됩니다. 양쪽에 다 훌륭한 사람들과 모자란 사람들이 섞여 있지만 제가 참을 수 없는 건 모자란 사람들이에요. 여기에 와서 정착하는 것은 너무도 비용이 많이 드는 일이라, 아무 생각 없이 말하는 어떤 바보가 작년 여름에 케이프코드로 놀러간 얘기를 하기 시작하면 저는 목적지가 틀린 표를 산 것 같은 기분이 들면서 정말 짜증이 납니다. 하지만 곧 느긋해질 겁니다. 그동안 선배님 소식 좀 전해주세요.

그럼 이만,

존

로카 성은 포르토에르콜레 마을에 있는 석성이다.

비아 델 플레비시토 107번지

11월 24일

빌,

단편 하나를 끝내기 전까지는 선배에게 편지를 쓰지 않으려고 결심했는데 어쨌든 지금 편지를 쓰고 있습니다. 제 평생 빡빡하게 고삐를 조인다고 보람 있는 결과가 있었던 적은 없으니까요…… 그립군요. 선배도, 선배의 조언도 다 그립습니다. 선배의 편지를 받고서 그 편지를, 다른 미국인들이 그러는 것처럼, 코르소 가에 서서 읽으니 정말로 좋았습니다. 이곳의 미국인들은 모두 베레모를 쓰고 길거리에서 편지를 읽거든요.

그 누구보다 선배에게 편지를 쓰고 싶은데, 아직 제대로 된 편지를 쓰기가 힘든 것 같아요. 사실들 몇 가지 전합니다. 벤에게 로널드 아웅 딘이라는 친구가 생겼어요. 제가 보기에 아웅 딘 가족이 벤을 좋아하는 건 벤의 피부색 때문인 것 같아요. 그들은 버마 사람들인데 모두가 연신 벤을 꼬집고 쓰다듬고 합니다. 벤은 추수감사절에 그 집에서 쌀밥과 회, 브랜디, 와인 등이 나온 저녁식사를 함께 했습니다. 정말 좋아하더군요. 남은 우리는 부엌에서 살라미 샌드위치를 먹는데 수지가 울음을 터뜨리고 말았어요…… 저는 칠면조를 사자고 생각했고, 결과적으로 모두가 행복해졌지요. 그리고 어제 저는 워런 부부와 빗속을 뚫고 다시 그로세토로 가 타르퀴니아의 도성 벽을 따라 삭막한 풍경을 지났습니다. 로카 성이 서 있는 반도로 들어서니 모든 것이 달라졌죠. 정말로 멋진 풍경, 애초에 기대했던 것과 가장 흡사한 풍경이었습니다. 나이든 노파가 화로에 고기를 구워주면서 포르토에르콜레에 파루크 왕*이 왔었다는 얘기를 해주더군요. 왕에게 마련해준 요강이 몸무게를 이기지 못하고 부서져버려 요강을 구하느라 마을 곳곳에 요청을 했대요. 여러 개를 만들어 가져다주었지만 적당한 건 하나도 없었답니다. 결국은 항구에서 커다란 철제 통발을 꺼내 왕실 문장을 새긴 후 여러 사람들이 함께 거리를 따라 운반해 왕의 호텔로 가져갔대요. 눈물이 나도록 엄청 웃었습니다. 저는 로카 성 주변을 걸어다녔어요. 그곳의 유령은 포럼 광장의 유령보다 더 실체적으로 느껴지더군요. 집합나팔 소리, 경비대 교대식, 미카렘**에 창녀들이 호객하는 소리 등이 들렸어요. 그러고 우리는 또다른 성 라 스텔라에 오른 뒤 우박과 비를 뚫고 로마로 돌아왔습니다.

에미와 딸들에게 안부 전해주시고, 선배도 이제 좀 쉬실 수 있기를 빕니다.

변함없이,

---

* 이집트의 국왕으로 1936년부터 1952년까지 재위했으며 1952년에 발생한 이집트 혁명 당시 이탈리아로 망명했다.

** 사순절 중간의 세번째 목요일을 뜻하며 사순절의 엄격한 제례에서 잠시 벗어나 여유를 갖는 시기. 결혼식을 거행하거나 하인들에게 휴가를 주어 고향에 다녀오게도 한다.

존

비아 델 플레비시토 107번지, 로마, 기타 등등

11월 25일

맬컴,

지금 저희는 선배님이 미리 귀띔해주신 대로 지독한 지중해의 추위 속에서 이곳에 정착했습니다. 해가 나오기만 하면 아주 찬란한데 그렇지 않을 때는 하늘이 그랜드 콘코스* 위의 그것처럼 어둡고, 바람은 리버사이드 드라이브 위를 부는 바람과 비슷합니다. 저는 비아 사크라**를 걸어내려오는 내내 기침과 재채기를 했습니다……

『하퍼스』가 다음주에 제 장편의 교정쇄를 낼 거라고 알려주기에 제가 그걸 선배님께 한 부 보내라고 요청했습니다. 좋게 읽어주신다면 저야 당연히 정말 기쁘겠지만 좋지 않다 하시더라도 타당한 이유가 있으리라 믿습니다. 어찌되었든 읽어주신다는 것만으로도 저는 감사합니다. 소설이 완성되었을 때는 만족스러웠지만 그것도 이미 아주 오래전의 일이 되었군요.

로마에 온 것은 우리가 한 일 중 가장 잘한 일이기는 하지만

---

* 뉴욕 시 브롱크스 구에 있는 대로 이름.

** 로마에서 가장 오래되고 유명한 거리로 '성스러운 길'이라는 의미를 지니고 있다.

비용이 너무 많이 드네요. 아이들은 집을 그리워하더니 지금은 잘 극복했습니다. 수지는 어느 수녀원 학교에 다니며 정신없이 생활하고 있고, 벤은 국제학교 비슷한 데를 다니며 대부분 버마 출신 아이들과 어울리고 있습니다. 지금 이 도시에는 전쟁에 대한 얘기가 많이 돌고 있고, 카이로에서 온 피란민들과 부다페스트에서 온 난민들이 있지만 제가 이탈리아어를 잘 못하니 무슨 일이 일어나고 있는지는 모르겠어요.

뮤리얼에게도 안부 전해주세요.

변함없이,

존

비아 델 플레비시토 107번지

필과 미미에게,

두 사람과 제키의 소식을 듣는 것보다 즐거운 일은 없을 겁니다. 그리고 이번엔 아무도 소리치며 울지 않았어요…… 저는 이 '정의의 궁전'인지 '귀신 나오는 공공도서관'인지에서도 속옷 차림으로 아침식사를 준비해요. 해질녘이 되면 흐릿한 전등과 로마산 진이 합쳐지면서 아주 오묘한 기분이 듭니다. 진은 정말이지 형편없어요. 토리노에서 만든다고 하네요. 이 도시는 좀 변덕스러워서, 햇살 아래 분수가 반짝거릴 때는 정말 멋지다가도 비가 오면 마치 오래된 영화의 한 장면 같습니다. 영화 제목은 '전쟁 전야에 접어든 유럽의 수도'. 모두가 젖은 우산을 가지고 다니고, 신문가판대 근처에는 불안해하는 군중이 모여 있어요. 영사관 대기실에는 이집트에서 온 피란민들이 소식을 듣거나 우편물을 받기 위해 북새통을 이루고, 불안하고 침울한 분위기가 가득합니다. 그러다가도 해가 나오면 모든 게 괜찮아 보이지요.

이 집은 여흥을 위해서는 별로 좋지 않아요. 사람들이 말을 해도 들리지 않거나 울려퍼지거든요. 저는 아침에는 일을 하는 척하다 오후에는 유적지를 돌아다닙니다. 제가 제일 좋아하는 곳은 산탄젤로 성이지만, 여기에서 무척 가까운 포럼 광장도 좋아합니다. 지금은 관광하기에 좋은 철이에요. 남아 있는 관광객들이 우리뿐인 것 같거든요. 이따금씩 결의에 찬 독일인 무리와 마주치기도 하지만 자주는 아니에요. 그들의 분위기는 가을처럼 쓸쓸하고 거위 울음처럼 약간 슬퍼 보여요. 미술관들은 텅 비고 너무 어두워서 1마일 정도를 걷는 동안 발 모양도 분간할 수가 없을 정도예요.

변함없이,

존

바바라 프리치는 내가 키우던 흰 생쥐였다. 바바라는 가벼운 사슬을 타고 올라갈 줄 알았고, 언젠가 코네티컷에서 열렸던 매우 혁신적인 소규모 서커스에서 공연한 적도 있다. 또한 대서양을 건너는 배에서 열린 모자 콘테스트에서 모자 위에—치즈 한 조각을 가지고—출연해 내게 2등상을 안겨주기도 했다. 내 생쥐의 이름은 존 그린리프 휘티어의 시 「바버라 프리치」에서 스톤월 잭슨Stone Wall Jackson*에 대항했던 인물의 이름을 따서 지은 것이었다. 그녀는 남부연합의 행렬이 자기 집 앞을 지나가는 것을 보고 창가로 다가가 북부연합의 깃발을 흔든다.

"쏘아라, 꼭 그래야 한다면, 이 늙은 잿빛 머리를,
하지만 너희 나라의 깃발은 살려두어라." 그녀가 말했다.

몇 년이 지나고 나서야 아버지는, 빌라 보르게세 공원에서 숟가락으로 무덤을 팔 생각을 하니 너무 창피해 바버라의 조그만 관을 쓰레기통에 버렸다고 내게 말했다.

12월 2일 [1956년]
비아 델 플레비시토 107번지

조시,

아직도 저는 다른 글보다는 편지를 쓰는 것이 훨씬 수월하여,

---

* 토머스 잭슨. 미국 남북전쟁 당시 남부연합의 장군으로 전쟁중에 눈부시게 활약해 돌담이라는 뜻의 '스톤월'이란 별칭을 얻었다.

선배님의 훌륭한 편지가 제 손에서 벗어나자마자 답장을 날립니다. 아이들은 잘 지냅니다. 저도 아이들과 이렇게 즐겁게 지내본 건 처음 같아요. 수지는 관세 사무소에 갈 때 아주 요긴합니다. 수지가 검사관들에게 먼저 자기 가방 하나를 건네서 열어보게 하면 그 안에는 온통 낡은 신발, 더러운 옷, 조개껍질, 깨진 사기 그릇 등이 가득하니 다른 가방은 안 보고 들여보내줘요. 처음 두 주는 펜시오네에서 묵었는데 그런 곳은 워낙 삭막하기로 유명하잖아요. 그래서 메리와 저는 거의 매일 저녁 외출을 했습니다. 제가 읽은 형편없는 책들에는 로마의 펜시오네에 사는 아이들이 많이 나오는데, 책에서처럼 저녁마다 부모님이 식당으로 들어와 잘 자라고 입맞추고 나가버리면 아이들이 참 슬플 거라고 생각했죠. 그런데 웬걸요. 이애들은 스파게티를 먹느라 고개도 들지 않아요. 그리고 바버라 프리치가 위풍당당하게 대서양을 건너(선장이 함교에 데리고 있기도 했죠) 선풍을 일으키며 나폴리로 입국한 뒤 이승을 하직해버린 날이 있었죠. 메리가 스페인 광장에서 제비꽃을 사오고 바버라를 사탕 상자에 뉘였을 때 제게는 바버라를 보르게세 공원에 묻으라는 임무가 떨어졌지만, 땅이 너무 단단해 바버라는 결국 지저분한 곳에서 영면하게 되었습니다. 아이들은 울고불고하면서 집에 데려다달라고 하더니 그후로는 아주 착하게 잘 지내고 있습니다. 수지는 수녀원 학교에 가면 무릎을 살짝 굽히며 절을 하고 기도하고 공부를 열심히 해야 하는데, 그 모든 것들을 멋지게 해내고 있습니다. 벤은 베네치아 광장에서 남자답게 학교 버스에 오르고요. 상황이 어려울 때—그리고 아시겠지만 여행에는 나름의 심연이 있잖아요—아이들은 훌륭하게 견뎌주었습니다. 이런 얘기들을 하는 건 제가 지금껏 사람들의 회복력을 과소평가해왔다는 사실을 전하려는 겁니다.

선배님이 제 책을 어떻게 생각하실지 정말로 궁금하지만 언제쯤 책을 받으시게 될지 모르겠습니다. 3월쯤이면 될까 싶기도 한데 제가 출간일을 확실히는 모르니까요. 출판사가 지난여름에는 교정쇄를 원하는 만큼 다 보내주겠다고 하더니 제가 대서양을 넘고 나자 마음을 바꿔버렸어요. 선배님이 교정쇄를 보실 수 있게 연락을 취해보겠습니다. 저도 본 적은 없지만요. 가장 행복한 출판사는 저자가 바다 건너에 있는 출판사일 거예요.

변함없이,

존

『타임』이 혹평한 것으로 얘기되는 선집은 '단편집Stories'이라는 제목으로 패러, 스트라우스 앤드 지루Farar, Straus & Giroux에서 1956년 12월에 나왔다. 빌 맥스웰, 대니 푹스, 진 스태퍼드와 아버지의 작품을 엮은 책이었다. J. D. 샐린저에게 이 책을 함께하자고 제안했지만 그는 거절하고 빌을 추천했다고 한다.

비아 델 플레비시토 107번지, 로마

12월 7일 [1956년]

빌,

……이곳의 응접실은 센추리클럽*에 있는 어떤 응접실보다도 크지 않나 싶습니다. 우리 침실 역시 굉장히 크고 천장이 멋진데, 그것말고는 별거 없어요. 응접실 뒤에는 기다란 내부 홀이 있고, 계단과 거울이 있는 넓은 연회장도 있어요. 아이들 방은 작고, 부엌으로 이어진 복도는 컴컴한데다 구조도 복잡합니다. 지금껏 일을 도와줄 사람을 구하지 못해 메리와 제가 응접실을 쓸고, 우유배달부를 맞이하고, 침대를 정돈하고, 불빛 침침한 부엌에서 보잘것없는 음식을 준비했어요. 하지만 어제는 가정부가 와서, 지금 응접실 한가운데에는 성경에나 나올 법한 엄청난 먼지구름이 일고 있습니다. 메리는 이탈리아어를 아주 잘해서 제가 못 알아듣는 비밀을 만들 정도예요. 저는 전국 단테 알리기에리 협회라는 곳에 가서 공부를 합니다. 선생은 흰머리가 나고 다리가 성치 않은 육중한 여자인데 커다란 자수정 브로치를 단 정장을 입고 다녀요. 수업이 채 반도 지나기 전에 선생은 분필 가루로 머리부터 발끝까지 뒤덮입니다. 학생들을 조용히 시킬 때

---

* 1829년에 수립된 저명 작가, 예술가, 학자 들의 사교클럽으로 뉴욕에 본부를 두고 있으며 정식 명칭은 '센추리 협회'이다.

는 프스스스슷! 소리를 내요.

메리는 우리의 팔라초를 좋아해서 입덧도 안 합니다. 이 집에 대한 제 감정은 복잡해요. 이곳은 그 광대함과 불편함에 대해 조금이라도 농담 섞인 묘사를 할 수 없게 만드는 구석이 있습니다. 이곳에 들어오는 사람들은 입을 떡 벌리는데—그럼 전 기분이 좋아지고요—대개 저는 잘 의식하지도 못하고 지냅니다. 어제 필라델피아의 어떤 여자로부터—모르는 사람—온 편지에는 『타임』이 제 단편들을 혹평했다고 써 있더군요. 그게 사실이라면, 선집에 함께 들어간 다른 작가들이 타격을 받지 않았으면 좋겠습니다. 에세드라 광장*에 걸어가 『타임』을 한 부 샀는데 다른 호를 샀나봐요. 결국 확인할 길이 없네요. 이 도시는 참 변덕스럽습니다. 어제는 산에서 바람이 불어오고 안개가 지독해서 당장 가방을 싸 집으로 돌아가고 싶더군요. 오늘은 해가 나와 날이 정말 좋고요. 마치 5월 같은 날씨라 모두들 창문을 열어놓았어요. 하루이틀 사이에 단편 하나를 끝내야 해서 이제 다시 일을 해야겠습니다.

변함없이,

존

* 레푸블리카 광장의 옛 이름. 에세드라는 회랑이 있는 반원 모양의 광장을 뜻한다.

아래 편지는 메리 더크스에게 쓴 것이다. 존과 메리 더크스는 우리 가족의 오랜 친구들이다. 존의 아버지는 『캐천재머 키즈The Katzenjammer Kids』*라는 창작만화를 그렸고, 존이 그 뒤를 이어 연재가 끝날 때까지 계속했다. 존은 조각가이기도 하며, 아버지가 정기적으로 나갔던 점심식사 모임의 일원이었다. 이 모임은 '금요클럽'이라고 알려져 있었다. 메리 더크스와 내 어머니는 함께 브라이어클리프 대학에서 강의를 했다.

비아 델 플레비시토 107번지, 로마

12월 17일

메리,

멋진 편지를 보내주어 여기에 있는 우리 모두가 행복했습니다. 편지란 건 그렇게 사람을 행복하게 해주죠. 우리는 보통 즐겁게 지내고 있는데, 그래도 스카버러 같지는 않아요. 제가 이 오래된 도시 로마의 사교 생활에 대해 아는 만큼만 얘기해볼게요. 먼저, 사교활동이 엄청 많이 벌어지기는 하는데 질이 어떤지는 잘 모르겠어요. 제가 워낙 침울한 성격이라 그에 대해 뭐라고 논평하기에 적절하지 않을지 모르지만 그래도 한번 해보겠습니다. 어제를 예로 들게요. 어떤 사람들이 크리스마스 파티를 열었

* 루돌프 더크스와 해럴드 너가 1912년부터 1949년까지 37년간 연재한 미국 만화로 못 말리는 두 악동의 소동을 그렸다.

어요. 일단 이름을 스노드그래스라고 해두죠. 그들이 사는 15세기 궁전은 일단 팔라초 스노드그래스라 부르기로 하고요. 이 스노드그래스 가족은 시카고에서 왔고, 돈이 아주 많아요. 부모와 아이들이 함께 가는 파티였어요. 벤의 생쥐가 공연을 하기로 되어 있어서 제가 벤을 먼저 데려다놓았죠. 이 사람들이 사는 곳은 우리가 사는 팔라초에서 가까운데, 그곳에 가려면 사원 유적 하나를 지나야 합니다. 이건 색채를 가미하기 위해 하는 얘기고요. 어쨌든 우리는 4시에 거기에 도착했는데, 여주인과 그녀의 친한 친구들이 베네치아의 꼭두각시 인형으로 하는 코메디아 델라르테* 리허설을 하고 있더군요. 이곳의 팔라초들을 제대로 묘사하기는 불가능합니다. 모든 방이 길이가 1마일은 되고 천장은 모두 벽화로 장식되어 있어요. 파티에 나온 음료는 약한 샴페인 펀치였어요. 여주인이 알려주기를 이탈리아의 집사들은 음료를 돌리지 않는답니다. 펀치가 담긴 커다란 그릇이 있는 곳으로 직접 가야 한다는 것이죠. 그때 미리 불러둔 피아니스트가 와서 칵테일 음악을 연주하기 시작했어요. 로마에서도 뉴욕의 이스트 50번가에서와 똑같은 음악을 연주하더군요. 제가 펀치 그릇 옆에 확실히 자리를 잡자 다른 손님들이 들어오기 시작했습니다. 모든 아이들이 모피로 된 모자를 쓰고 아이스크림콘을 들고 있더군요.

---

* 16세기에서 18세기 사이에 이탈리아에서 유행한 즉흥극.

거의 모든 여자들이 이혼을 했고요. 올해 이곳의 유행하는 드레스는 몸을 대단히 꽉 죄는 모양인데, 응접실 한 곳에 모인 거들의 탄성을 합치면 핵폭발의 위력과 맞먹을 겁니다. 응접실 바닥에 천 달러를 떨어뜨린다 해도 허리 숙여 돈을 집을 수 있는 여자는 한 명도 없을 거예요. 6시쯤 되자 코메디아가 시작되었어요. 물론 이탈리아어로. 이어서 벤의 생쥐가 공연을 했고 그다음엔 무대의 커튼이—모든 인형극 커튼이 그렇듯이—멈칫멈칫하며 닫히더니 다시 활짝 열리며 눈 내리는 풍경과 천사의 모습이 나타났습니다. 우리는 모두 일어서서 〈고요한 밤〉과 〈징글벨〉을 불렀지요. 즐겁기도 하고 떠들썩하기도 하고 슬프기도 했어요. 그 모든 미국인들의 꺽꺽거리는 목소리가 징글벨에 맞춰 금빛 서까래 위로 퍼져올라가던 광경이요. 이혼녀 몇 명은 울더군요. 그리고 조명이 켜지면서 파티는, 말하자면, 시작된 셈이었는데 저는 지루해서 집에 돌아왔습니다. 우리는 빵집에 들러 아침에 먹을 코르네티*를 샀습니다. 빵집 주인이 벤의 생쥐들 중 하나를 우리에서 꺼내 그걸로 자기 아내를 놀라게 했어요. 여주인은 굉장히 뚱뚱한 여자였는데—전혀 놀라지도 않았고요—소리를 꽥 지르며 카운터 아래로 숨는 명연기를 펼쳐 모두를 재미있게 해주니 길 가던 사람들도 여럿 들어와보더군요. 이런 정도, 좋을

* 크루아상과 비슷한 반달형 페이스트리 빵.

때도 나쁠 때도 있지만, 이 정도가 비아 델 플레비시토 주변의 전형적인 밤 풍경입니다.

아주 즐거운 새해를 맞이하시기 바랍니다. 우리도 보이어 가족처럼 여러분과 좋은 시간을 보내고 싶군요. 모든 분들께 안부를 전해주시고, 새해를 알리는 종이 울릴 때 저희도 생각해주세요.

존

피터와 에비 블룸은 카울리 가족과 치버 가족의 친구들이었다. 피터는 화가다.

비아 델 플레비시토 107번지

1월 7일

맬컴,

아량 넘치는 편지를 보내주셔서 정말 감사합니다. 그 책과 관련해서는 해결되지 않은 많은 질문들이 있었는데, 제가 워낙 옹고집 바보라서 그렇게 된 겁니다. 여러 질문들이 충분히 예의 있게 제기되었지만 저는 대답을 거부했습니다. 이번 한 번만은 제 뜻대로 하면서 단어 하나도 바꾸지 않고 설명도 하지 않을 생각이었어요…… 스물일곱은 멜리사에게 너무 많은 나이 맞고요, 교정쇄를 보면 저도 그걸 발견할 수 있겠죠. 그 책을 쓰면서 즐거웠고, 선배님이 좋게 읽으셨다니 얼마나 기쁜지 모르겠습니다. 많은 시간이 걸린 일이었지만 그동안 내내 선배님은 제게 관심과 조언을 베풀어주셨습니다.

저희는 블룸 부부를 만나고 있는데 제가 알던 그 누구보다도 맑고 다정하고 비현실적인 사람들입니다. 저희는 선배님과 뮤리얼이 이곳에 와주시면 좋겠다는 얘기를 굉장히 많이 합니다. 분명 이곳을 아주 좋아하실 테고 문예원에도 크게 활기를 불어넣어주실 거라 생각합니다……

이곳은 궁전인데 널찍하고 바람도 잘 통하고 멋집니다. 기다란 응접실이 있고 천장은 금빛이에요. 하지만 제 능력으로는 이 궁전도 로마도 제대로 묘사하지 못할 것 같습니다. 터치풋볼이나 뒷소문 한 토막이면 하루가 다 가던 세상에서 오랫동안 살아서인지 지난 두 달간의 사건들이 제겐 압도적으로 다가옵니다. 오늘 아침에 학교에서 걸어서 돌아오다가(외국인들을 위한 재단에서 이탈리아어를 배우고 있거든요) 햇살과 사람들과 분수로 가득 찬 판테온 앞의 광장에 들어섰다가 다시 어느 골목으로 들어갔습니다. 죄악처럼 싸늘한 그곳에는 대리석으로 된 커다란 발이 하나 있고—거대한 조각상의 잔해—따뜻한 빵냄새가 강하게 나더군요. 어제는 카포단노*였는데 베네치아 광장에 코끼

* 새해 첫날.

리들이 있었어요. 수지에게 잘 자라고 입을 맞춰주고 아이 방 창 밖을 보니 마당에서 도리아 공주*가 줄을 지어 선 네덜란드 수녀들과 악수를 하고 있었습니다. 공주는 파시즘에 반대하는 사람으로 점령기에는 트라스테베레의 지하 저장고에 숨어 있었다고 합니다. 긴 이야기예요. 하지만 스카버러에서 말하는 긴 이야기하고는 차원이 다르죠.

뮤리얼에게 안부 전해주세요. 메리는 아주 평온해서 그 무엇에 대해서도 걱정하지 않습니다. 아이들도 잘 지내고요.

변함없이,

존

비아 델 플레비시토 107번지

2월 25일

빌,

선배에게 어윈 쇼의 언어 능력에 대해 얘기해서 안 될 이유는 없겠지요? 어윈과 엑셀시오르 호텔에서 함께 술을 마시고 저녁 식사를 하러 간 젊은 로마 여자가 제게 해준 얘기입니다. 호텔을 나설 때 어윈이 프런트에 들러 이탈리아어로 우편물을 달라고 말했대요. 그런데 어찌나 횡설수설하던지 그녀가 통역을 해주겠

---

* 오리에타 도리아 팜필리 공주. 치버 가족은 공주 소유의 도리아 궁 부속건물의 아파트를 빌려 거주하고 있었다.

다고 나섰는데 어윈은 그럴 필요가 없다고 했답니다. 그러고는 자기 아들의 가정교사가 이탈리아인이라 자신이 이렇게 유창한 이탈리아어를 할 수 있는 거라고 설명했다네요. 어윈은 우편물을 찾았고—큼직한 꾸러미—두 사람은 어윈이 로마에 있을 때마다 타고 다니는 기사 딸린 차로 다가갔답니다. 그러고는 여자에게 "제가 기사에게 우편물을 좀 맡아달라고 할게요" 하더니 벨라 링구아*에 또 한번 폭행을 저질렀다고 해요. 어윈이 말을 마치자 기사는 "시, 시, 시뇨레"** 했대요. 어윈이 흡족해하며 자동차 뒷좌석에 앉았는데 기사가 거리 저편으로 재빨리 걸어가더니 어윈의 우편물을 우체통에 넣어버렸답니다.

어윈이 세심하게도 제게 클로스터스***에 가자고 제안했는데 지금은 메리 곁을 떠날 수가 없어요. 처음에 의사는 메리에게 임신중독증이 있다고 하더니 나중에는 또 몸 안에 부종이 생겼다고 하더군요. 그러더니 식이요법으로 알약과 함께 시금치를—오로지 시금치만—먹으라고 했어요…… 지금은 괜찮아 보이지만 임신 말기라서 혼자 두면 안 될 듯해요. 그래도 워런 부부에게 작별인사를 하러 나폴리에도 갔고 주말엔 수지를 데리고 피렌체에도 다녀왔는데, 이제는 아기가 나올 때까진 아무 곳에도 가지

* '아름다운 언어'라는 뜻의 이탈리아어.

** "예, 알겠습니다"라는 뜻의 이탈리아어.

*** 스위스의 스키 리조트 타운.

않을 겁니다. 재무부에서 주최한 포럼 광장 연주회에서 베토벤의 7번 교향곡을 들었습니다. 저는 이 음악이 아이를 빨리 나오게 할 수도 있겠다고 생각했는데 아니었어요. 그뒤로 이어진 〈람메르무어의 루치아〉 모음곡도 소용없었고요.

제 유일한 걱정은 글인데요, 만일 정말로 일이 끝내주게 잘되기 시작한다면 우리 가족은 앞으로 어디에 있을까요? 집에는 절대로 돌아가지 못하겠죠. 수지는 포트사이드*에서 진을 마시는 어른이 될 테고, 저는 라팔로**에서 마지막 숨을 거둘 겁니다. 이곳에서 제대로 된 분량을 쓰지 못하는 주된 이유는 제 머리 꼭대기부터 천장까지의 거리가 너무 멀어서 그런 것 같아요. 생각이 위로 튀어올라 황금 조각에 부딪히거나 아니면 아래로 흩날립니다. 안정이란 없어요. 하지만 이건 병약자들이 말하듯이 걷기를 다시 배우는 일과 같습니다. 어쨌든 전에는 아시시에 폭풍우가 몰아칠 때 계단에서 굴러떨어지는 주교 같은 걸 묘사해본 적이 없었으니까요. 그리고 태어날 아기와 장편 출판과 힘든 이탈리아어 공부 등이 있지만, 대개 문제는 장편 때문이라는 생각이 듭니다. 그걸 완성하고 나서는 변변히 쓴 게 없거든요. 그리고 그걸 얼른 처치해버리고 나면 기분이 훨씬 나아질 것 같습니다.

* 지중해에 면한 이집트의 도시.

** 이탈리아 북서부의 항구도시.

사랑을 담아,

존

비아 델 플레비시토 107번지, 로마

2월 26일

맬컴,

메리의 '일 베이비Il Baby'는 아직도 소식이 없고 우리는 계속 기다리고만 있습니다. 아기는 곧이라도 나올 참이라 저는 메리가 제발 로마 전차 좀 타지 않았으면 하고 바라고 있어요. 그리고 로마 전차의 안내원들 역시 그걸 바랄 겁니다. 하지만 메리는 즐거운 시간을 보내고 있고, 12월 이후로는 한 번도 부엌 개수대 앞에 서본 적이 없어요……

하퍼스에 제 책의 가제본을 선배님께 한 부 보내달라고 요청했습니다. 그 사람들은 모든 면에서 책을 아주 잘 만들었더군요. 저도 어제 한 부를 받은 참이라, 이제 인쇄된 모습도 봤으니 손을 털 수 있을 것 같아요. 그래야만 할 때도 되었고요. 일곱 달 전에 탈고한 후 한 일이라고는 변기 위에 앉아 상상 속의 찬사를 받는 것말고는 거의 없으니 말입니다.

뮤리얼에게도 안부 전해주시고요. 메리도 두 분께 인사드린답니다. '일 베이비'가 나오면 즉시 편지 드리겠습니다. 선배님을 여기서 만난다면 정말 재미있을 텐데요.

변함없이,

존

비아 델 플레비시토 107번지

3월 22일

빌,

아기는 페데리코라는 이름으로 코무네* 명부에 로마 시민으로 등록되었습니다. 우리는 프레더릭이라는 이름을 원했지만 이탈리아 글자에는 K가 없어서 한두 시간 고민하다 포기했어요. 치버는 아예 알아듣지 못해서 말을 할 때마다 글자를 하나하나 불러줘야 해요. 치-아카-에 안코라 에-비-에-에레**, 이렇게요. 코무네 사무실은 200만 시민의 사무를 처리하는 곳인데 타자기나 서류 캐비닛 같은 게 없습니다. 고골***을 보는 듯해요. 수천 명의 사무원들이 도장이 새겨진 반지를 끼고 더러운 셔츠 차림으로 하루종일 글씨를 써요. 기록은 거대한 장부나 노끈으로 묶은 서류뭉치 속에 보관되죠. 다만 이 매력적인 시스템은 전혀 작동하지 않습니다. 불쌍한 페데리코를 등록시키는 데만 나흘이 걸렸어요. 하지만 아기는 착해요. 아주 잘생겼고 깔끔하고 모양이 잘

* 주민 공동체.

** c-h-e 다시 e-v-e-r. 이탈리아어로 'h'는 아카, 'r'는 에레라고 읽는다.

*** 니콜라이 바실리예비치 고골. 제정러시아의 작가.

잡힌 머리가 예쁜데다 우릴 성가시게 하지 않습니다.

메리는 분만실에 삼십 분 정도 있었어요. 흰 제복을 입고 부드러운 목소리로 말하는 간호사들도 아주 마음에 들었습니다. 입원실에 딸린 발코니에서는 (나이팅게일들과 공작들이 거니는) 빌라 시아라가 내려다보였고, 그 뒤로는 햇빛에 따라 호박색 또는 금색으로 변하는 도시가 보였습니다. 병원비도 고국보다 훨씬 저렴했고요. 주변에 아기가 있었던 시절이 워낙 오래전이라 그게 얼마나 즐거운 일인지 잊고 있었어요. 아기는 정말 깨끗해 보이고 대개는 좋은 냄새가 나며 천장을 쳐다보는 걸 좋아하는 것 같아요. 두 아이도 동생을 좋아해서 수레에 태워 밀고 다니죠. 불쌍한 벤은 바람 속에서 뭔가 두려운 변화를 감지한 것처럼 보일 때가 있지만 벤에게 커다란 위안을 주는 시골은 여기 없네요.

글을 써야 하는데, 지금은 서평을 기다리고 있습니다. 기다릴 뿐만 아니라 직접 쓰기까지 해요. 웬만한 건 다, 심지어 올버니의 '타임스 유니언' 서평까지 다 썼어요. 『뉴요커』가 서평을 실으면 톰이 기사를 잘라 항공우편으로 보내줄 수 있을까요? 하지만 이런 바보짓도 곧 끝날 겁니다. 차를 한 대 사서 여름 동안엔 엘리너의 로카 성을 빌릴까 생각중입니다…… 어윈이 로마에 불쑥 나타나 알파로메오를 굴리고 디너파티를 열 정도로 오래 머물렀습니다. 이제 저는 나가서 메리에게 줄 선물을 사고 불규칙

동사 공부를 좀 해야겠어요. 선배에게 로마의 문패도 함께 보낼게요.

변함없이,

존

1957년에 아버지는 카파롤라의 빌라에서 그림들을 보고 난 단상을 일기에 썼다. 그 그림을 그린 화가들이 자기 작품에 대해 느꼈을 감정을 추측하는 이 글은 아버지가 자신의 작품에 대해 어떻게 느꼈는지를 잘 말해준다. "그 그림은, 빌라에 있는 다른 그림들과 마찬가지로, 매력과 풍요로움이 돋보인다. 그릴 것이 너무도 많았던 터(모든 걸 다 그려낼 수는 없다), 이 화가들은 자신과 자신의 아내, 정부, 아이들을 성인으로, 예수의 사도로, 프랑스와 스페인의 왕족으로 묘사하며 얼마나 즐거웠을 것인가. 정말 굉장한 즐거움이었을 것이다."

솔 벨로의 아들 애덤이 바로 얼마 전에 태어난 참이었다. 현재 애덤도 작가다.

비아 델 플레비시토 107번지, 로마

3월 28일 [1957년]

솔,

마이크 베시가 자네 편지를 전해주었어. 내 책을 읽고 좋아했다니 기쁘군. 기쁘고 고마워. 선행상의 취지는 과연 옳다고 봐. 그 상은 재능이 가장 뛰어나면서도 가장 훌륭한 행동으로 그 재능을 탐구하는 사람에게 주어지는 것이지.

그리고 아들 본 것도 축하하네. 우리도 비슷한 시기에 아들을 얻었는데, 어쩌면 이 아이들이 자라 함께 힘을 모을 수도 있겠지. 벨로 앤드 치버. 마차 대여소. 선박잡화상. 주류 판매점. 문집 발행은 안 되고.

감사와 성심을 담아,

존

아버지는 솔의 편지를 받고 일기에 다음과 같은 글을 썼다.

출판된 책이 한 부 도착하다. 관대한 평이 담긴 S.B.의 편지와 함께. 몹시 도취된 느낌, 어쨌거나 동요가 되는 건 사실이다. 오만이라는 죄악을 저지를까봐, 겸손함을 갖추기가 힘들까봐. 하지만 내 책이 조금이라도 읽을 만하다고 한다면 그건 순전히 우연일 뿐, 그것이 성실의 산물이요 전력을 다한 열정의 결과물이라는 식으로 간주하는 것은 아무 의미가 없다. 그럼에도 흥분으로 머리가 어지러워져 담배를 사러 나갔다가 바람기가 굉장히 많아 보이는 카페의 예쁜 여자가 내게 보이는 철저히 무관심한 표정 때문에 낙담하며 다시 현실로 돌아오다.

아래에 언급된 수술은 프레드의 포경수술이었다. 아버지는 이탈리아에 있을 때 단편이 써지지 않아 어려움을 겪었다.

화요일 [1957년]
델 플레비시토

빌,

타자기 리본을 새로 갈았는데 이젠 타자기 오른쪽 끝부분이 떨어질 것 같아요. 하지만 이것도 프레드의 수술과 마찬가지로 집에 돌아갈 때까지 기다려야 하겠죠. 여러 면에서 로마 생활에 적응하지 못하고 있다는 것을 저도 알고 있지만, 이런 실패의 본질이 가장 민감하게 느껴지는 건 제 친구 네드 챈들러를 만날 때입니다. 네드는 풀브라이트 (연구) 지원금을 받고 이곳에 와 펜시오네에서 사는 친구인데, 제가 그냥 만들어낸 인물이에요. 대강 묘사한다면 네드는 도덕주의자이고—수준 낮은 쪽—이탈리아에서의 시간을 주변 상황의 도덕적 본질을 감지하려 애쓰는데 허비하고 있죠. 전 그 친구를 자주 만나고 그의 실수들도 많이 알고 있지만, 오늘 오후에는 그냥 그 친구가 메이틀랜드 러시와 알고 지낸 얘기만 간단히 할게요. 메이틀랜드는 로마의 영어 사용자 집단에서 거의 모르는 사람이 없는 인물로, 백만장자입니다. 이탈리아에서 백만장자는 별로 희귀하지도 않아서, 저 위 피렌체에서 저 아래 소렌토 반도까지 널려 있다시피 하죠. 대개는 정력적이고 개성 있는 자수성가 집안의 아들들입니다. 그들은 부모의 까다롭고 때로는 우스꽝스럽기까지 한 기대를 충족시키지 못하고 이탈리아로 도피해 글을 쓰거나 그림을 그리거나 가구를 수집하거나 하면서 돈을 씁니다. 메이틀랜드가 하는 일이 뭐냐고 묻는다면— 로마에서는 절대 하지 않는 질문이지만요—아마 바이올리니스트라는 대답을 듣게 될 겁니다. 공연을 한 적은 없어요. 그럴 필요가 없는 사람이다, 라고 사람들은 말했죠. 그가 근면한 바이올리니스트라는 사실은 모두가 잘 알고 있었어요. 매일 아침 9시에 스튜디오에 들어가면 5시에 차를 마시러 그의 궁전으로 돌아올 때까지 연락이 닿지 않았어요. 심지어는 아들이 계단에서 굴러떨어져 목뼈가 부러지는 응급사태가 일어나도 연락이 되지 않는 사람이었대요. 그는 아이들과 쾌활한—하지만 굉장히 뚱뚱한—아내와 함께 방이 열다섯 개인가 스무 개인 화려한 궁전에서 살았습니다. 그런 근면함 때문에 사교 생활은 제한적이었죠. 사람들과 점심을 먹으러 나가는 일은 전혀 없었고 저녁 모임에는 일주일에 한두 번 정도 나갔어요. 그러면서 사교활동이 너무 많으면 음악에 방해가 된다고 설명하곤 했죠. 하지만 불쌍한 네드는 그런 단순한 사실들에 의문을 품기 시작했습니다. 그러면서 묻곤 했어요. 대중 앞에서 공연을 하지 않는 연주가는 어떤 연주가일까, 아무도 들어보지 못하는 바이올린 기술을 연마하느라 10년, 20년을 헌신하는 사람은 어떤 사람일까. 네드는 그쯤에서 생각을 접었어야 했어요. 메이틀랜드의 집에는 훌륭한 요리사와 훌륭한 와인이 있어 네드는 그곳에 저녁식사하러 가는 걸 좋아했습니다. 비록 매번 식사가 끝나면 집주인이 종을 울려 요리사를 불러서는 이탈리아어로 수프가 너무 짜다는 둥 불평하는 모습이 거슬리긴 했지만요. 하지만 네드는 그런 면을 계속 거슬려할지언정 그 집주인의 직업에 대해서는 눈을 감아야 했어요. 자기가 상관할 바도 아니었으니까.

하지만 그 의문에 대해 어떤 얘기가 있었고—분명 네드보다 메이틀랜드와 더 가까운 누군가가 얘기한 듯—메이틀랜드는 자기 궁전에서 연주회를 열기로 결심했습니다. 100여 명에게 초대장을 보냈고 황금빛 의자를 80개나 대여했는데, 그날 밤 네드가 거기 도착했을 때는 이미 늦은 시간이었는데도 앞줄에 열다섯에서 스무 명 정도만 앉아 있었어요. 그 웅장한 방 안에 켜져 있는 수백 개의 촛불과 유명한 천장 벽화(부케팔로스를 길들이는 알렉산드로스를 묘사한), 수많은 장미꽃은 네드의 불안과 의심을 더욱 부채질할 뿐이었습니다. 그때 메이틀랜드와 반주자가 나타났고—흰 넥타이를 매고요—공연이 시작되었어요. 끔찍했어요. 나머지 우리 같으면 의견은 비슷하더라도 천장 벽화나 감상하면서 참을성 있게 뷔페와 음료를 기다렸겠지요. 하지만 네드는 아니었어요. 마치 쇠덫에 걸린 짐승처럼 한순간, 한순간을 괴로움에 몸부림쳤지요. 찍찍 긁히는 그 바이올린이 자기 몸이라도 되는 양 의자 위에서 배배 꼬고 앉아 있었습니다. 이마에서는 땀이 뚝뚝 떨어졌고요. 엉덩이의 감각이 사라져버린 느낌이야, 내 턱시도 바지가 사타구니에 꽉 낀 느낌이야, 내 독특한 인생의 독특한 밤이 극심한 고난 속에서 소진되고 있는 느낌이야, 그는 생각했죠. 네드는 그 집주인의 근면함이 단지 사기였음을 깨닫고, 분명 스튜디오에서 낮잠을 자거나 탐정소설을 읽거나 파리를 때려잡으며 보냈을 그의 20년 세월을 생각하며 험한 표정으로 연주자를 쳐다보았습니다. 메이틀랜드는 연주를 할 수가 없어—자기도 그렇다는 걸 알고 있었고 한번은 연주를 멈추기도 했죠—어깨를 으쓱하며 멋쩍은 듯 웃기도 했지만, 반주자가 계속할 것을 요구하니 그도 노력을 했습니다. 그의 문제는 참으로 어려운 것이었죠. 재능도 열정도 전혀 없이 수중에 100만 달러를 갖고서 그는 자기 인생에 질서나 규율의 면모를 유지하고 싶었던 겁니다. 자신의 게으름에 그리도 허세 넘치는 이름을 붙였다는 것이 반드시 그의 잘못만은 아닐 거예요. 어쨌든 그 곡이 끝나고 중간휴식 시간이 되었을 때 네드의 옷은 땀으로 흠뻑 젖어 움직이기가 불편할 정도였어요. 그는 주변에 앉은 사람들을 둘러보며 마치 동성애자들에게—멍하고 무감정한 유형말고요—둘러싸여 있는 것 같다는 생각을 하고 있는데, 어떤 경박한 젊은 남자들이 요리에 대해 얘기하고 캄파냐*로 여행 갈 계획을 세우기 시작했어요. 다들 함께 묵을 것으로 보이는 어느 집 정원에서 야생화를 꺾을 거라나. 네드가 그들에게 말을 걸자 다들 연주를 칭찬하는데—황홀하지 않았어요?—무성의함이 역력해서 기계적인 대답이라고 느꼈죠. 그래서 네드는 펀치 그릇이 있는 곳으로 갔지만 묽은 프라스카티 와인 맛이 워낙 많이 나 당근물을 마시는 것 같았습니다. 펀치를 막 맛본 참에 여주인이 자기한테 다가오는 게 보이자 그는 바로 내빼버렸어요. 의자를 쓰러뜨리고 모르는 사람에게 부딪혔지만 사과도 작별인사도 그 어떤 예의 표시도 없이 (모자도 놔두고) 거리로 달려나갔습니다. 남아 있었다면 훌륭한 뷔페 음식과 와인을 맛보았을 텐데, 그는 그저 화나고 비참한 심정으로 로마의 거리를 배회했답니다. 그 친구가 얼마나 바보인지 아시겠죠? 저도 얼른 알게 되기를 바라는 마음입니다.

변함없이,

존

비토리아와 이올레는 둘 다 가정부 이름이다. 여기 나오는 매클리시는 시인 아치볼드 매클리시이다. 도리아 가문은 우리가 살던 아파트의 건물을 소유하고 있었다.

---

* 전원, 시골.

비아 델 플레비시토 107번지

3월 28일

엘리너,

답장을 아 프레스토*로 보내지 않은 것은 먼저 로카 성에 대해 결정하기 위해서였는데 방금 전에 끝났어. 우리가 거기에 감으로써 네가 너무 귀찮아진다거나, 내가 결정을 너무 오래 미뤄서 문제가 된다면 꼭 말해주길 바란다. 이로써 사무적인 얘기는 끝내노니……

아기가 태어나기 전에 있었던 일을 말해줄게. 목요일과 금요일에 메리는 딴 데 정신이 팔려 분위기가 이상하더니 수지에게 외투를 만들어준 양복장이에게 돈을 주지 않았다는 얘기를 털어놓더군. 토요일 아침에는 경미한 산통이 왔지만 메리는 의사에게 전화하지 않겠다면서 로널드 아웅 딘을 집으로 불러 벤이랑 놀게 하더라고. 산통이 지속되기에 정오에 메리의 만류를 뿌리치고 내가 의사에게 전화했더니 메리를 데려와 검사를 받게 하라더군. 4시가 되었지. 메리는 계속 꾸물거리면서 여행가방을 챙기지도 않겠다고 하고, 비토리아에게는 집에 와서 저녁을 먹겠다고 말하는 거야. 병원에 데려갔을 때는 주름치마 값도 치르지 않았다고 실토했어. 나는 집에 돌아가 로널드를 데려다주었는데

* 신속히a presto.

이애 집이 죽어라 먼 곳이야. 병원에 돌아갔더니 메리가 병실에서 혼자 엄청난 산통을 겪고 있었어. 내가 도착하고 일이 분이나 되었을까, 간호사가 메리를 데리고 나가더니 십오 분이나 이십 분쯤 후에 돌아와서는 내게 아들이 생겼다고 말해주더군. 그리고 블룸 부부가 위스키와 체스터필드 담배를 가지고 왔더라고. 아기는 정말 잘생겼어. 어쨌든 나는 아주 잘생겼다고 생각해. 이올레는 아기를 처음 보고 "일 두체, 일 두체Il Duce!"* 하고 외치더라고. 지금은 아기를 팔에 안고 "피콜로, 피콜로, 피콜로 무솔리니Piccolo Mussolini"** 하고 떠들어대고 있어.

지금 여기는 덥고 거리에서는 바다 냄새가 나. 샌들을 신고 다니는 사람들이 양말을 벗어던져버렸어…… 난 교황이 세디아 제스타토리아Sedia Gestatoria***에 탄 모습을 보았고, 도리아 가문 사람들과 차를 마시기도 했어. 팔라초 베네치아에는 빗물 홈통에 (또는 나무에) 나이팅게일이 살면서 밤새 노래를 해…… 그리고 어느 날 밤에는 매클리시 부부가 대문 열쇠를 카에타니가家에 놓고 와버려서, 내가 경비를 불러 문을 열게 해주겠다고 안심시켰어. 나는 술에 취해 말도 안 되는 이탈리아어를 지껄이며 불

---

* 장군·지도자를 의미.

** 작은 무솔리니.

*** 교황이 타는 가마 모양의 의자.

쌍한 M 부부를 두어 시간이나 산 넘고 물 건너 끌고 다녔지. 두 사람은 겨우 나에게서 도망쳐 택시를 타고 문예원으로 갔는데, 거기에서 잘 곳을 찾았나보더라고…… 내 첫 장편을 좋아해줘서 정말 기쁘고, 내 마지막 책도 좋아해주길 바랄게. 우리 가족 모두가 안부를 전하며 너희 가족을 보고 싶어한다.

변함없이,

존

헬런 퓨너는 우리 가족의 이웃이자 친구다. 그녀는 『왑샷 가문 연대기』를 읽고 책이 좋았다는 편지를 보낸 참이었다.

비아 델 플레비시토 107번지

3월 29일

헬렌,

정말 상냥한 편지를 보내주셨네요. 정말로 좋았습니다. 편지를 내려놓았을 때 메리가 "그 역겨운 미소 좀 거두시죠" 하고 말했지만 지금 전 화랑으로 숨어들어 혼자서 연신 미소 짓고, 함박웃음을 짓고, 낄낄거리고 있습니다. 서평이 좋은 것은 정말 행운인데 책도 좀 잘 팔렸으면 합니다. 오늘 아침에는 밖에 나가 차를 한 대 살 거예요. 아니, 나가서 차를 사려고 다녀본다는 거죠. 그런 다음엔 차를 운전해볼 겁니다. 이곳은 교통이 정말로 지독하게 위험하거든요. 처음 여기에 와서 피아트 자동차들이 외투 단추를 뜯고 지나갈 정도로 아슬아슬하게 다니는 걸 보면 이런 생각을 하게 돼요. '아, 그래도 사람이 죽지는 않으니까.' 그러고는 베스파 스쿠터에 친 노부인이 로톤다 광장 한쪽 끝에서 다른 쪽 끝까지 맥주통처럼 데굴데굴 굴러가는 모습을 보면 의구심이 듭니다. 그러다 통계를 살펴보고는 이곳에서 1년 동안 차에 치인 사람의 수가 고대 로마의 검투사 경기에서 죽은 사람들을 전부 합친 것보다 많다는 걸 깨닫게 되고, 코르소 거리를 천천히 걸으며 로마에서의 삶에 대해 도덕적 판단을 하게 되지요.

메리는 아주 건강하고요, 처음에 프레더릭으로 시작했다가 지금은 페데리코가 된 예쁜 녀석도 아주 건강합니다. 하지만 오늘은 음산하고 춥네요. 등나무 꽃들이 다 피었는데도 말이죠. 저도 그렇고 아이들도 그렇고 시골이 그리워요. 오늘 전해드릴 수 있는 유일한 소식은 불쌍한 도리아 공주 얘기입니다. 예쁘고 호리호리하고 재치 있는 이 공주는 누마 폼필리우스*에서 시작된 가문의 마지막 후손인데, 남자들과 잘 어울리지를 못해요. 이곳 탑에는 (필라델피아에서 온 가족이 사는 곳 바로 위에) 부엉이가 둥지를 틀고서 밤새도록 이 가문의 종말에 대해 부엉부엉 노래를 부르죠. 영국에서 공작들과 백작들을 불러다가 공주와 춤을

* 고대 로마를 세운 로물루스 다음으로 왕위에 오른 인물.

추게 했지만 공주는 이들을 싫어해요. 공주에게 정신과 상담을 받아보는 게 어떻겠느냐고 제안할 만도 하죠. 그런데 문제는 예법상 공주는 소파에 누워서는 안 된다는 겁니다. 그러고 보면, 벤이 하는 말처럼, 우리에겐 모두 제 나름의 골칫거리가 있어요.

그럼 이만,

존

아버지는 우리가 해외에 체류하던 1년 동안 『뉴요커』에 단편을 단 한 편밖에 발표하지 못했다. 『연대기』를 끝낸 직후라는 시기적 요인도 있겠지만, 주변 환경이 너무 생소했던 사정과도 관련이 있을 것이다.

비아 델 플레비시토, 로마

6월 14일 [1957년]

맬컴,

오늘 벤의 학교가 끝나면 우리는 곧 로카 성으로 갈 예정인데, 메리가 계속 미루기만 합니다. 그리고 페데리코의 여권도 만들자면 열흘이 더 걸릴 거예요. 9월 2일에 배를 탈 예정이지만, 시골에 가면 늘 그렇듯 몇 달이 눈 깜짝할 사이에 지나갈 테고, 그러니 메리는 벌써부터 출발 일정을 바꾸자고 합니다. 봄에 이삿짐을 싸면 훨씬 일이 쉬울 거라고 메리는 얘기하지만 저는 어서 집으로 돌아가고 싶어 안달이 납니다. 고국에서 멀어지는 느낌이에요. 3~4년을 본국에서 떨어져 산 사람들은 모이기만 하면 미국이 얼마나 형편없는 나라인지 성토를 해요. 음식은 죄다 냉동이고, 집집마다 거실에 떡하니 TV를 놓고 산다고들 말합니다. 장보기도 직접 해야 한다는 둥 말이 많습니다. 가정부를 부리는 생활은 정말이지 그리울 겁니다. 면도와 구두끈 묶는 일말고는 뭐든 해주거든요. 외투를 입을 때도 도와주고, 모자를 잃어버리기 전에는 모자의 먼지도 털어주었습니다. 하지만 여기에선 글을 쓰기가 너무 힘들어서, 시골에 정착했더라면 더 낫지 않았을까 하는 생각도 듭니다. 저희는 주말이면 안티콜리에 다녀오곤 하는데, 그곳에 가기만 하면 머릿속에 수많은 아이디어가 떠오르지만 로마로 돌아오면 전차들 소음 때문에 다 지워져버리는 것 같습니다. 로카 성에 가면 아마도 좀 나아지겠지요.

변함없이,

존

라 로카는 오늘날의 이탈리아에서 꽤 세련된 동네가 된 포르토에르콜레에 위치한 광대한 석성으로서 지중해를 굽어보는 위치에 서 있다. 지금은 복구되었지만 우리 가족이 머무르던 시절에는 웅장한 폐허나 다름없었다. 지하감옥에는 녹슨 양철컵들과 버려진 신발들이 널려 있었다. 심지어 뼈도 있었는데 사람의 것인지는 불분명했다. 안마당은 털이 빠지고 있던 염소 한 마리, 닭 몇 마리, 굶주린 고양이 20여 마리 등과 함께 사용했다. 변기 물을 내리려면 양동이로 물을 부어야 했다. 아버지는 1959년 9월 『뉴요커』에 발표한 「황금시대」라는 단편의 서두에서 라 로카와 상당히 유사한 장소를 묘사하고 그에 대한 느낌을 서술했다.

우리의 어린 시절에 형성된 성城에 대한 생각은 다분히 고정된 것인데 그것을 굳이 바꾸려 할 이유가 있을까? 진짜 성에 가면 안뜰에 엉겅퀴들이 자라고, 폐허가 된 왕의 알현실 문턱에는 시퍼런 독사들이 똬리를 틀고 있다고 굳이 지적할 이유가 있을까? 우리가 수두로 앓아누웠을 때 납으로 만든 장난감 병정들을 가지고 점령했던 성채와 도개교와 성가퀴와 탑 들이 여기 있다. 첫번째 성은 영국 성이었다. 그리고 지금 이 성은 토스카나 점령기에 스페인 왕이 세운 것이지만 상상 속 절대 권력의 느낌—고양된 귀족적 미스터리—은 동일하다. 여기에서 하찮은 것은 아무것도 없다. 성가퀴에 기대어 서서 마티니를 마시는 것도 짜릿하고, 샘에서 미역을 감는 것도 짜릿하고, 저녁을 먹고 난 뒤 계단을 내려가 마을에서 성냥 한 갑을 사는 것은 더더욱 짜릿하다……

아래의 편지를 읽었을 때 나는 아버지가 요리사 이올레 펠리치를 정말로 해고하려 했다는 사실을 알고 깜짝 놀랐다. 이올레는 로마에 있을 때 우리집에 일하러 왔었다. 당시에는 미혼에 자식도 없었기 때문에 내 동생 프레드에게 흠뻑 빠졌다. 그녀는 프레드가 엄마 젖보다 자신이 만들어준 음식을 더 좋아했다고 아직도 우리에게 즐겨 이야기한다. 이올레는 1957년 가을에 우리와 함께 미국으로 왔고, 우리 모두의 삶에 여전히 적극적인 영향력을 가진 존재로 남아 있다.

아버지는 로카 성으로 떠나기 전에 이올레를 해고할 생각이었는데, 그것은 성의 살림을 담당하는 에르네스타가 이올레와 마찰을 일으킬 게 틀림없다는 엘리너 클라크의 경고 때문이었다. 아니나 다를까 두 사람은 서로를 몹시 싫어했다. 라 시뇨리나*는 당시 성의 소유주를 말한다.

라 로카, 포르토에르콜레(그로세토 현)
7월 6일 (아마도)

빌,

우리는 금요일에 이곳에 왔고, 아마도 여름을 보내게 될 겁니다. (제가 낫에 오른손을 베여서 타자 글씨가 그 어느 때보다 더 제멋대로일 거예요.) 월요일에는 차를 몰고 로마로 가서 나머지 짐(태엽으로 움직이는 장난감, 이브닝드레스 등)을 가져왔고, 다

* 아가씨 또는 여사.

음 월요일에도 다시 로마에 가서 볼일을 좀 보고, 선배에게서 온 편지가 있으면 가지고 올 거예요. 우리는 요리사를 해고했지만 그녀가 막무가내로 여기까지 따라온 바람에 지금 가정부는 셋이나 되면서(에르네스타, 이올레, 비토리아) 욕실과 화장실 시설은 열악합니다. 위생시설의 수준은 인도의 가장 험한 곳과 비슷하지만, 바다는 짙은 보랏빛을 띠고 진은 훌륭한 치유제가 됩니다. 아름다운 이탈리아어 공부는 계속되어 이제는 라 시뇨리나에게 수업을 받을 겁니다. 엘리너는 모두에게 어느 추기경을 향한 그녀의 불행한 사랑에 대해 이야기했지만, 키가 3피트밖에 안 되고 박새 같은 눈에 말도 못할 구두쇠인 노부인이 빵껍질로 저녁을 해결한다는 얘기는 해주지 않았어요. 여름의 열기 속에서 모든 게 피어나고 있습니다. 소년들, 소녀들, 무화과들, 야자들, 그리고 괴짜들까지. 예전에 포르토에르콜레가 폭격당했을 때 사람들이 성으로 대피하자 이 노부인은 도개교에 지켜 서서 입장료를 요구했다고 하네요. 이 요새는 가장 취약한 지점들에—터키인들이 성벽을 타고 몰려들 것으로 예상했을 지점들에—훌륭한 건축적 세부를 많이 가미한 것을 보니 르네상스 양식 같습니다. 해변이 좀 깨끗했으면 하고 정말로 바라지만, 해변이 깨끗하다면 수영복에 대한 규제가 있을 것이고, 사람들은 점잖음과 미덕과 발기부전과 소화불량과 변비 등에 대해 걱정하게 될 것이고, 바닷물의 보랏빛은 옅어지겠지요. 이곳 사람들은 간에 대해서는 굉장히 걱정을 하더군요. 모두들 간을 걱정하고 있어요.

여기는 정말 더워요. 12시에서 5시 사이는 아프리카와 다름없어서 모두들 시에스타에 들어갑니다. 당나귀마저도 울지 않아요. 하지만 5시부터는 날씨가 정말 좋아지지요. 아침해는 새벽 4시에 나오는데 프레더릭도 그때 일어납니다. 이올레는 석조물 틈에서 작은 새들을 꾀어내어 점심 요리에 쓰려고 애를 쓰는데 새들은 나오지 않고요. 엘리너는 이올레와 에르네스타가 싸울 거라고 하는데, 그러거나 말거나……

아우구리Auguri*,

존

라 로카, 포르토에르콜레, 그로세토 현

토요일

빌,

여기 사람들은 정말 아름다워요. 그들이 이렇게 아름답게 남아 있는 이유는 이곳에 외국인이 거의 없기 때문인 것 같습니다. 이들은 아름답고자 하는 사람들이지만 현대 세계에서 그리 살기란 힘든 일이죠. 그렇게 활활 타오르는 자만심과 완벽한 순수함

---

* 행복을 기원하며.

은 처음 접해봅니다. 남자아이들은 밝은 색 샅주머니* 차림이고, 여자아이들은 얌전하게 몸을 가린 옷을 입고서 모래밭에서 손을 잡고 원을 그립니다. 우리 아이들은 그걸 '틈 메우기' 놀이라고 부르는데 제가 보기엔 이곳의 바다 그 자체만큼이나 오래된 놀이 같더군요. 저는 바위에 앉아 아이들을 바라봅니다. 제가 입고 있는 건 브룩스 브러더스의 긴 수영복인데 바지 속에 또 바지가 들어 있어서 난처한 상황을 막아주죠. 저는 좀더 날렵한 수영복을 사고 싶었지만 모두가 소리를 지르고 난리였어요. 특히 이 올레와 수지가 제일 요란했죠. 제 수영복은 단순히 펑퍼짐하기만 한 게 아니라 물속에 들어가면 공기가 꽉 차 풍선처럼 됩니다. 하지만 이곳 사람들은 미국인들과는 근본적으로 달라요. 며칠 전 멋진 미국 남자애가 해변으로 성큼성큼 걸어들어올때 보니 차이가 역력히 드러나더군요. 무슨 실수라도 한 사람 같았거든요.

존

존 베커John Becker는 작가이자 잡지 발행인이었다.

비아 델 플레비시토 107번지

---

* 코드피스. 과거에 유럽에서 남자들이 사타구니를 보호하기 위해 바지 앞 샅 부분에 덧댄 천.

월요일

빌,

선배에게 편지를 쓰는 방식을 새롭게 좀 고안해내야 한다는 생각이 들어요. 그래프라든가 수채화라든가 암호 같은 거라도. 여기 와서 처음에 쓴 일기에 빌에게 일관성 있는 편지를 쓰려는 노력을 그만두자, 그런 게 있는데 저는 아직도 노력하고 있습니다. 로카 성의 조그만 망루에 앉아, 안티콜리에 있는 베커의 빌라 테라스에 앉아, 오페라 극장의 박스석에 앉아, 마티니를 마시며 욕조에 앉아, 카파롤라의 빌라에 앉아, 피아트 자동차에 앉아, 라치오 주* 곳곳에 널려 있는 이끼 낀 바위 위에 앉아, 이곳 궁전의 옥좌에 앉아, 포르토에르콜레 해변에 앉아, (팔라초 베네치아의 빗물 홈통에 살고 있는 듯한 나이팅게일 소리에 잠 깨어) 새벽 3시에 침대에 앉아, 버스와 기차와 곤돌라와 교회에 앉아, 저는 생각합니다. '이제 빌에게 일관성 있는 편지를 써야지.' 하지만 결코 그렇게 되지 않을 거예요. 요즘 일어난 일들과 제 일기장도 엇비슷한 상황이고, 예를 들어 제가 한 번도 다루지 않은 화제인 장미 얘기만 하더라도 책 한 권이 다 찰 거예요.

요즘 일어난 일들을 얘기하자면, 베커 부부가 저희에게 주말 동안 사용하라고 자기들 빌라를 빌려주었는데, 침실 발코니까지

* 이탈리아 중부의 로마를 포함한 주의 이름.

장미가 자라는 곳이에요. 저희는 그곳과 거친 매력이 있는 로카 성을 왔다갔다하며 지내고 있습니다. 친구 하나가 엑셀시어 호텔 로비에서 600달러와 여권을 소매치기당했고요, 우리의 요리사 이올레는 페데리코와 계속 함께 살지 못한다면 죽을 거라고 말합니다. 페데리코를 사랑해요…… 벤은 이곳에서 생일잔치를 했어요. 저는 내일 저녁에 두번째로 〈오셀로〉를 보러 갑니다. 그리고 한 가지 주제에 대해 편지를 쓰려 했는데 결국 그것만 빼고 나머지 얘기만 했군요.

변함없이,

존

팔라초 도리아, 비아 델 플레비시토 107번지

8월 10일

빌,

주소가 바뀌었습니다. 어제 로카 성에서 격돌이 벌어져 그렇게 되었어요. 우리가 시에나에서 돌아온 이후로 내내 엘리너의 요리사 에르네스타가 너무 과민하게 굴고 있었어요…… 어쨌든 수요일에 열풍이 불기 시작했습니다. 목요일에는 메리와 함께 수영을 하러 갔는데, 바다가 위험했어요. 모래톱에서 상어가 보였거든요. 금요일 아침에는 등대지기가 아이들을 불러 등대 근처에 있는 나무에서 무화과를 따라고 했어요. 에르네스타가 아이들을 보더니 소리를 지르기 시작했지요. 이올레는 페데리코와 함께 테라스에 있었고요. 그 아이 축일이었거든요. 태어난 지 5개월이 되었죠. 페데리코는 흰색 골프셔츠에 빨간색 바지를 입고, 긴 양말과 스웨이드 신발을 신고, 차양과 끈 달린 모자까지, 페르 파레 일 폴로Per fare il polo*. 에르네스타가 아이들에게서 무화과를 빼앗자 이올레가 목청을 높여 "바다 알린페르노, 스트레가Vada all'inferno, strega"** 하니까 에르네스타는 "바다 알 디아볼로Vada al diavolo"*** 하고 소리를 질렀어요. 저로서는 이해할 수 없는 말들이 엄청 오고간 뒤, 에르네스타가 신경질이 머리끝까지 난 채로 안뜰의 엉겅퀴 풀숲에서 장화를 신은 오른발을 쾅쾅 울리며 카카카카카 하고 소리를 질렀습니다. 제가 중재를 하러 내려갔고, 수채화로 옛 탑을 그리고 있던 메리도 내려왔죠. 그러자 에르네스타의 남편 포스코까지 끼어들어 당나귀처럼 요란하게 쟁쟁대기에, 한 시간 뒤 저는 가족들을 데리고 오르베텔로로 가서 로마에 가는 기차에 태워 보냈습니다. 그런 다음 수지와 제가 로카 성으로 돌아와 짐을 챙겼지요. 그리고 에르네스타에게 한 달 임금을 꽉 채워 준 뒤 이제 다시는 보고 싶지 않다고 말하고서 아우렐리아 길을 따라 차를 몰고 나왔어요. 조만간은 이게 마지막이겠구

* "완전히 폴로 선수처럼 차려입었습니다"라는 뜻의 이탈리아어.

** "지옥에나 가버려라, 이 마귀할멈"이라는 뜻의 이탈리아어.

*** "악마한테나 가버려라"라는 뜻의 이탈리아어.

나 하는 생각을 하면서요. 로카 성의 부엌에서 모든 것—소금, 후추, 설탕 등등—을 가지고 나온 이올레가 8시쯤에 이곳 식탁에 훌륭한 저녁식사를 차렸습니다. 집에 온 기분이더군요.

그럼 이만,

존

다시 미국으로

1957년 가을에 우리는 스카버러로 돌아왔다.

스카버러

22일

조시,

선배님 편지 받고 정말 기뻤습니다. 빨리 답장하지 않은 것은 저희 집이 남자들, 여자들, 아이들로—개들도—어찌나 붐비는지 타자기를 올려놓을 탁자를 찾을 수 없어서였어요. 이 편지는 오시닝에 있는 사무실에서 쓰고 있지만 이곳 역시 완전히 만족스럽지는 않네요. 우리는 9월 초에 나폴리에서 배를 타고, 이올레까지 데리고 돌아왔습니다. 이올레가 있어서 얼마나 좋은지,

계속 이탈리아어를 쓰며 파스타를 먹을 수도 있고 이탈리아를 그리워할 필요가 없죠. 수지만 빼고요. 1년 내내 이탈리아에 대해 불평을 늘어놓더니, 이제는 꿈꾸는 듯한 눈빛을 하고 수녀원에 돌아가고 싶다고 말합니다.

하지만 저는 집에 돌아와서 정말로 기뻐요. 이곳의 가을이 좋고, 엿들은 얘기를 알아들을 수 있어서 좋습니다. 어서 다시 일로 돌아가고 싶기도 하고요. 이런 희망은 아무것도 하지 않았던 이탈리아에서보다는 어쨌든 더 강렬합니다. 수지처럼 저도 다시 이탈리아에 가고 싶긴 하지만 제대로 된 작품을 쓰기 전까지는 아닙니다. 장편을 끝내고 나서는 제대로 된 걸 쓰지 못했거든요. 지난 몇 주 동안 야도에 가 있었는데 무릎 위로 올라오는 개나 팔에 안긴 아기가 없으니 일하기가 훨씬 쉽더군요. 하지만 아무래도 그런 산만함에 중독돼버린 건지 그것들이 없으니 갈피를 잡을 수가 없네요.

변함없이,

존

아버지는 1957년에 국립문예연구원National Institute of Arts and Letters 회원으로 선출되었다. "아, 루트 티 투트Ah root tee toot / 아, 루트 티 투트 / 오, 우린 연구원 아이들이라네 / 오, 우린 거칠지 않다네 / 험하지도 않다네 / 우린 교양이 넘치니, 그만

하면 충분하다네" 아버지는 선출 직후 자식들 앞에서 이런 시를 낭송하고는 우리더러 사람들 앞에서는 이렇게 하면 안 된다고 경고했다. 아버지의 불경함에도 한계는 있었던 것이다. 회원이 된 후 처음으로 한 활동은 솔 벨로를 회원 후보로 지명하는 일이었다. 펠리시아 게펀Felicia Geffen은 국립문예연구원과 미국문예원의 사무국장이었고, 미국문예원의 회원은 국립문예연구원에서 초빙했다. 게펀 역시 아버지가 존경하는 인물이었다.

뉴욕 주 스카버러

1957년 10월 9일

게펀 양께,

솔 벨로의 후보 지명 과정을 느긋하게 기다려주신 점 깊이 감사합니다. 지명할 당시 로마에 있었던 연구원 회원은 치아디 씨와 피터 블룸과 저뿐이었습니다. 블룸 씨는 벨로 씨의 소설을 읽어본 적이 없어서 지명 재청을 거부했습니다. 그래서 서명자가 부족했던 것입니다. 처음 사무국장님께서 편지를 보내셨을 때는 분명 다른 누군가가 벨로 씨를 지명할 것 같아서 저는 추천서를 쓰지 않았습니다. 첨부하는 추천서가 적합하기를 바랍니다.

진심을 담아,

존 치버

[첨부]

존 치버

솔 벨로의 첫 소설 『허공에 매달린 사나이』는 1944년에 발표되었습니다. 많은 훌륭한 평론가들이 이 책을 매우 개성적인 작가의 탄생을 알리는 작품이라 평했습니다. 이어 발표된 소설들 『희생자』와 『오기 마치의 모험』에서 벨로 씨는 대단한 활력과 모험심으로 큰 재능을 펼쳐 오늘날 미국에서 가장 개성적인 작가로 우뚝 섰습니다. 그는 이 나라의 삶과 말이 얼마나 변화무쌍한지를 가장 창의적으로 보여준 작가입니다.

다음은 1958년 3월에 존 위버에게 보낸 편지이다. 상을 받은 작품은 『왑샷 가문 연대기』였다. 나는 이 편지를 읽었을 때 심사위원에 관한 부분은 아버지가 지어낸 거라고 생각했다. 아버지에게 세 친구가 있었는지는 모르지만, 그해 전미도서상 소설 부문 심사위원은 밴 윅 브룩스, 앨버트 게라르, 엘리자베스 앤 맥머리 존슨, 윌리엄 맥스웰, 그리고 프랜시스 스티그멀러였다. 빌과 프랜시스는 둘 다 아버지의 친한 친구였다. 클리프턴 패디먼은 작가이자 비평가다. 시 부문은 『약속: 1954년부터 1956년까지의 시』로 로버트 펜 워런이 수상했고, 논픽션 부문은 에드워드 쿡 경의 전기 『사자와 왕좌Lion and the Throne』로

캐서린 드링커 보엔Catherine Drinker Bowen이 수상했다. 초청 연사 랜들 재럴은 의회도서관의 시 부문 자문위원이었다. '침팬지'는 J. 프레드 머그스다. 그는 〈데이브 개러웨이 쇼〉에 고정 출연했다. 존 위버의 말에 따르면 진Jean 스트래턴 포터는 『림버로스트 습지의 소녀A Girl of the Limberlost』와 『성경 속의 새들Birds of the Bible』을 쓴 인기 작가 진 스트래턴 포터Gene Stratton Porter의 오기라고 한다.

스카버러
토요일

존,

네가 전미도서상을 받고 싶어할 경우에 대비해 내가 몇 가지 조언을 할 수 있을 것 같다. 첫째, 심사위원 중에 친구가 최소 3명은 있어야 하고, 배짱이 두둑해야 하며, 커다란 방광과 넉넉한 양의 버번이 필요해. 난 월요일에 소위 '테이프'라는 걸 6개나 찍었어. 덥고 조그만 스튜디오에 들어가면 눈이 작고 목소리가 큰 남자 한 명과 카드테이블 하나, 접이식 의자 두 개, 먼지 쌓인 피아노 한 대, 그리고 더블베이스가 한 대 있어. 그때 음향기사가 유리 칸막이 뒤쪽에서 나와 뱃속 상태에 대해 물어. 매번 그러더라고. 그런 다음 타임시그널을 보내면, 내 혀는 보통때의 두 배로 부풀어오르는데 눈이 작은 그 남자는 우르릉 울리는 목소리로 미국의 대중독자에 대해 어떻게 생각하느냐고 묻는 거야. 이런 걸 여섯 번 하고 나니 어찌나 피곤한지 잠도 전혀 못 자겠더라고. 그래서 화요일 아침에는 10시 반경에 버번을 몰래 챙겼지. 그런데 메리가 내게 100달러짜리 드레스를 새로 샀다고 털어놓는 거야. 그전에 산 드레스에 맞춰 쓸 모자를 사느니 모자를 쓸 필요가 없는 새 드레스를 사는 게 더 저렴하다면서. 우리는 차를 몰고 뉴욕으로 향했고, 코모도어 호텔 중이층中二層 C구역의 B연회장으로 갔더니 벨벳 밧줄로 두른 울타리 안에 굉장히 많은 사람들이 있더군…… 그때 클리프턴 패디먼이 우리에게 명판과 천 달러를 주겠다면서 명판만 주는 거야. 그러더니 누가 와서 명판을 가져가버리더라고. 패디먼이 다시 명판을 주었는데 또 누가 와서 가져가버렸어. 그리고 우리는 책에 사인하는 시늉을 하고 있었는데…… 패디먼이 다시 명판을 주었다가 또다시 가져가버렸어. 화장실에 다녀와 계단을 내려가니 사람들이 더 많이 와 있더군. 들어가는 데는 10달러를 내야 했어. 패디먼이 레드 워런에게는 명판과 수표를 주었지. 레드는 구조로서의 시와 시로서의 구조에 대해 십 분간 연설을 하고 나서 '시 부문 수상자'라고 표지판이 붙은 자리에 앉더라고. 그리고 캐서린 보엔이 연설을 했는데 나는 내 연설문을 잊어버릴까봐 겁나서 듣지 않았어. 그러고 나서 내가 연설을 했고 '픽션 부문 수상자'라고 붙은 자리에 앉았지. 그다음엔 막 턱수염을 씻고 온 랜들 재럴이 긴 연설을 했는데 요지만 추리자면, 베넷 서프는 빌어먹을 놈이다, 남태평양은 개똥 같은 곳이다, 〈6만 4천 달러짜리 질문The Sixty-four Thousand Dollar Question〉*을 보는 사람들은 더러운 개자식들이다, 이 정도가 될 거야. 이런 연설이 사십사 분 동안이나 계속되었고, 랜덤하우스의 대표단은 내내 헛기침을 해댔지. 그런 다음에는 차단막 같은 것들이 치워지고 바가 나타났는데, 침대보 같은 걸 뒤집어쓴 가대架臺식 탁자 위에 각각 얼음 두 개와 위스키를 티스푼으로 하나 정도 넣은 하이볼 잔을 200여 개 올려놓았더군…… 그리고 우리는 투츠쇼스 레스토랑에 갔는데 영화 시사회 때 나오는 것과 비슷한 뷔페가 차려져 있었어. 훈제목살햄, 삶은 콩, 그리고 진부한 대화. 출판업자들 모두가 술에 취해 〈옛 물레방아 아래서Down by the Old Millstream〉를 불렀지. 그다음 우리는 다시 호텔로 돌아가 친구들 몇몇과 함께 내 버번을 마셨어. 2시 정도까지 그랬지. 그리고 아침 일찍 나는 데이브 개러웨이의 스튜디오로 갔는데, 사실상 52번가에 있는 상점 진열장이나 다름없는 곳이었어. 밖에서는 400명 정도 되는 여자들이 "헬로 마마" "도리스" "모금합시다" "글래디스" "도웁시다" "IDA"** 등이 쓰인

---

* 1950년대의 퀴즈쇼. 이 방송은 그 이름이 '누구나 답을 알고 싶어하는 질문'을 뜻하는 숙어로 남을 정도로 인기를 끌었다.

** 도리스는 1950~1960년대에 인기 있었던 여배우 도리스 데이를 말하며, 글래디스 나이트는 1953년에 활동을 시작해 수십 년간 인기를 누린 여가수다. IDA는 국제개발협회를 말한다.

팻말을 들고 서성거리더라고. 초록색 방에서 대기하라기에 들어갔는데, 거기엔 침팬지가 커피를 마시고 있었고 턱수염을 길게 기른 남자와 아랍 의상을 입고 노래연습을 하는 여자가 있었지. 그 여자는 아랍 노래라며 조그만 빗방울들이 커다란 우물을 채운다는 내용이라고 알려주었어. 그 여자가 올라가 노래를 불렀고, 그다음이 내 차례라며 부르더라고. 날 스튜디오로 집어넣기까지 튼튼한 남자 두 명이 밀고 당기고 해야 했어. 들어갔더니 거리에 있는 사람들이 모두 외치는 거야. "게리 무어*다." 나는 녹색 당구대 천을 씌운 탁자 앞에 앉아 십오 분 동안 사발 속 닭고기 지방처럼 발발 떨다가 차로 메리와 함께 집에 돌아왔어. 수표는 메리가 가져갔고 명패는 벤이 나무궤짝 두 개로 숲속에 지어놓은 제 클럽하우스에다 달았어. 그래서 난 조금도 부자가 되진 못했지만 신경줄만은 죽도록 예민해졌지.

사랑을 담아,

진 스트래턴 포터

스카버러

3월 17일

조시,

* 미국의 코미디언, 사회자. 사진을 보면 존 치버와 꽤 닮았음을 알 수 있다.

아시겠지만 화요일에 레드와 저는 상당한 중노동 끝에 천 달러를 받았습니다. 그러다 수요일 아침에 숙취에 시달리며 침팬지와 아침을 먹을 때는 거의 한계점에 도달했어요.

모두 잘 지내고 있습니다. 단지 문제라면 메리가 집을 사고 싶어하고 이 점에 관해 상당히 까다롭게 군다는 거죠. 전 이 시점에 엄청난 주택담보대출을 감당할 여력이 없거든요. 메리가 최근에 브라이어클리프 도서관을 위한 모금을 하고 다녔는데, 우리의 부유한 이웃들은 (모조리 다 광고업계에 있어요) 자기들이 밀턴*과 동급이라고 생각하는 것 같더라고요. 그들은 방 17개짜리 저택에서 붉은 가죽의자에 앉아 이렇게 말하죠. "아, 저도 남편분만큼 자유시간이 많다면 굉장히 많은 소설을 썼을 텐데 말이죠."

아기는 정말 굉장합니다. 걸음마도 하고 이탈리아어로 말도 하고 벤의 어릴 적처럼 춤도 춰요. 정말로 순한 아기예요. 모두들 선배님께 안부를 전합니다.

변함없이,

존

크로우스 네스트, 매사추세츠 주 낸터킷 섬 와우위넷

---

* 존 밀턴. 『실낙원』『복낙원』 등의 서사시를 쓴 17세기 영국 시인.

목요일 [1958년]

빌,

지금 전 메리의 올리베티 타자기를 쓰고 있는데 이 기계가 제 손가락에는 반응을 잘 안 하네요. 선배님 집이 여기 우리집보다 큽니다. 이 작은 집에 수지가 피니라는 아이를 초대해 데려왔어요. 두 아이들은 아침마다 침대에 누워 낄낄거리고 연신 '브레망 vraiment'*을 외쳐가며 이 집의 이름으로 가령 "왓츠 네스트What's Nest"** 같은 걸 생각해냅니다. 그 아이들 방과 이 집의 중심이 되는 방을 구분하는 건 얇은 판자벽에 지나지 않아서, 화장실에 갈 때면 마치 배서 대학*** 졸업식장 한복판에서 요강 위에 앉아 있는 기분이에요. 참 민망합니다. 피니는 오늘 아침 비행기로 떠날 예정이었는데 어두컴컴한 하늘이 갈수록 더 어두워지네요.

저는 날마다 해변을 걸으면서 생각을, 주로 바보 같은 생각을 합니다…… 또 창작지원금위원회 일로 많은 소설들을 읽습니다. 그런데 이 영감은 12시 정오에 뭘 하고 있을까요? 진을 한 잔 따르고 있지요. 손에는 뭘 들고 있을까요? 로마에 가고 싶어 하는 젊은이의 섬세한 장편소설이지요. 술 취한 영감 심사위원

---

* '정말로' '진짜로' 등을 의미하는 프랑스어.

** 발음이 What's Next?(다음은 뭐지?)를 연상시키고, 의미는 '무엇의 둥지' 정도 되는 장난스러운 이름.

*** 뉴욕 주에 위치한 대학으로 수준 높은 인문학 교육으로 유명하다.

이 섬세한 소설의 장점을 어떻게 심사할 수 있을까요? 못하지요. 젊은이들의 운명이 이런 떨리는 손에 달려 있다니 이 얼마나 잔혹한 세상입니까! 영감은 이제 뭘 하려는 걸까요? 진을 한 잔 더 따라 마시려고 하지요.

변함없이,

존

존 포스터 덜레스는 아이젠하워 행정부의 국무장관이었다. 그는 "필요한 기술은 전쟁 직전까지 밀고나가되 전쟁은 하지 않는 능력……"이라고 썼다. 엘리자베스 에임스는 야도의 사무처장이었는데, 편지에 서명을 E. A.라고 했다.

스카버러

수요일

조시,

시드 페렐만은 제게도 말을 안 합니다. 아마도 이유는 그자가 근래에 노안이 왔거나 그 어느 때보다도 신경이 과민해져서 그런 것 같아요. 그 인간 나름의 문제가 있겠죠. 선배님은 지금 자기 몫보다 더 많은 문제를 떠안고 계신 듯해요…… 지금 제 눈에는 세상이 해체되고 있는 것 같습니다. 물론 제 정신 상태를 그대로 보여주는 생각일 수도 있겠지요. 폭탄과도 관련이 있는 것 같아요. 하지만 하늘을 계속 올려다본 사람이라면 최근 6개월간 하늘빛이 변했다는 걸 부인하진 못할 겁니다. 맘에 안 들어요. 어제 오후 4시경에는 덜레스가 분명 단추를 잘못 누른 게 아닐까 싶은 생각까지 들었습니다. 서쪽에서 기이한 녹색 빛이 올라오고 있었어요. 머리 위 하늘은 비늘구름과 말꼬리 모양의 구름과 짙은 갈색의 적운으로 뒤덮여 있었고요. 제가 좀 맛이 갔든지 저 위층에 문제가 있든지, 둘 중 하나예요. 물론 우리집 위층 얘긴 아니고요.

큰 아이들은 캠프에 갔습니다. 벤에게서는 아주 웃긴 편지들을 받았는데 수지는 아무 소식이 없네요. 수지는, 정말로 우연히, 유대인 캠프에 가게 됐어요. 페데리코는 저희가 데리고 있고요. 고국으로 절대 돌아가고 싶지 않다는 이탈리아인 보모도 함께 있지요. 보모의 의견이 자꾸 변하는 걸 지켜보면 참 재미있습니다. 처음에는 이곳의 모든 것을 맘에 안 들어하면서 참으로 분별 있는 의견들을 내놓고는 했지요. 하지만 온수와 풍부한 전기와 라디오 무료청취의 매력에 빠져들고 있어요…… 야도 조합 회의 후에 솔 벨로와 산책을 했는데, 시카고에서 선배님을 만난 일을 정답게 얘기하더군요…… 엘리자베스는 갈수록 생기가 돕니다. 도로시 파커가 야도에 있는데, 아마도 이런 쪽지들을 받고 있을 겁니다. "쓰레기통에 바나나 껍질을 넣지 마시기 바랍니다. E. A." "점심 도시락통을 제 시간에 반납해주시기 바랍니다. E.

A." "4시 반 이전에는 구금Jew's harp 연습을 금해주시기 바랍니다. E. A." "근처에 다른 작업실도 많습니다. E. A."

세상의 종말이 근접해왔다고 생각되는데도 제 글은 잘 풀려서 가을에는 꽤 괜찮은 단편집이 나올 겁니다. 지난 장편소설은 그렇게 운이 좋았는데도 다섯 식구를 충분히 건사할 수 있는 돈을 벌지는 못했습니다. 다음 장편을 쓸 자금을 확보할 길이 없네요. 그리고 어쩐 일인지 전 단편 쓰기가 지겨워요. 단편은 큰 어려움 없이 쓸 수 있지만 대충 팔아넘기는 느낌이 듭니다. 요즘 가장 하지 않는 글쓰기가 편지 쓰기예요. 재미를 잃은 것 같아요. 창밖의 녹색 빛 때문인지도 모르겠습니다.

벤을 캠프에 데려다주고 오는 길에 메리의 부모님을 살피러 잠시 들렀습니다. 두 분은 70대 중반에도 별난 연애를 이어가고 있더군요. 장인이 말했어요. "이 사람은 새벽 2시에 날 깨워서는 왼쪽 발이 흐물흐물해진 것 같다고 말하더니, 3시에 또 깨워서는 왼쪽 발에 아무 느낌도 없다고 해. 이런 바보를 어떡하면 좋지?" 그러면 장모가 "저 사람 또 실성한 거야?" 그래요. "저 사람 또 실성한 거 맞아? 실성한 거면 난 이거 한 잔 더하려고." 밤낮없이 이렇습니다. 이제 저는 시내에 나가 가이거 계수기*와 납으로 만든 속옷을 좀 사와야겠어요.

그럼 이만,

J

스카버러

금요일 [1958년 10월 10일]

조시,

……데이비드 셀즈닉이 『밤은 부드러워』의 영화 시나리오 작업을 제게 맡길 생각이라는 소문이 있었어요. 제가 할 일은 전화기 옆에 앉아 있다가 점심 초대를 받으면 정중하게 수락하는 것뿐이었죠. 두 주 하고 반을 전화기 옆에 앉아 있었는데 유일하게 전화한 사람은 생일파티에 벤을 초대하고 싶어하는 중국인 꼬마뿐이었어요. 벤 헥트가 그 일을 맡은 것 같습니다. 그랬기를 바랍니다.

이탈리아에서 온 소위 '보모' 이올레가 2주 전에 배를 타고 고향에 다니러 간 바람에 저는 근 2년 만에 다시 앞치마를 입게 되었습니다. 아기는 기가 막히게 예쁜데 영어를 하면 싫어해요. 사실입니다. 우리의 고귀한 언어가 그 아이의 귀에는 거슬리는 거죠. 영어만 들으면 우니까요. 아주 활달한 아이라 같이 산책을 나가면 즐겁습니다. 다른 두 아이가 이 나이였을 때 그랬던 것처럼 이애한테도 저는 모든 걸 설명해줍니다. 예컨대 매끄러운 산문체의 무익함이라든가, 섹스의 문제점, 모르고 지나치기 쉬운

* 과학자 한스 가이거가 만든 방사성 물질 측정 장비.

버지니아 울프의 위대성 같은 걸요. 이곳에선 좋은 계절이 지나고 있습니다. 이 계곡에서는 지금이 최고의 계절이지요.

존

텔러는 수소폭탄의 아버지 에드워드 텔러를 뜻한다.

[1958년 12월]

조시,

우리는 모두 잘 지냅니다. 토요일에 메리는 수많은 전기공, 배관공, 철도 건널목 안내원, 술집 종업원 등과 함께 〈천지창조〉를 부릅니다. 아주 재미있어해요. 악보를 읽을 줄은 모르지만 꾸밈음을 열심히 내지요. 저는 프린스턴 대학에서 강연을 했는데 학생들 차림새가 어찌나 우아하고 고급스럽던지 제가 무슨 신문팔이나 부랑아처럼 느껴졌어요. 학생들이 제 강연에서 유일하게 깊은 인상을 받은 점은 제가 멜빵을 매지 않았다는 사실인 듯합니다. 오하라와 칼로스 베이커도 봤고요, 돌아오는 기차 안에서는, 감기에 걸린 듯 갈라진 음성에 교양이 철철 넘치는 말투로 툴루즈 근처의 아주 조그만 마을들에 대해 얘기하는 소리가 등 뒤에서 들리더라고요. 메리 매카시였습니다. 저는 화창한 여름을 보내기 위해 엉덩이가 빠개지도록 단편을 쓰고 있지만 지금으로선 희망이 없네요.

이올레가 이탈리아에서 돌아왔는데, 불쌍한 우리 아기는 다시 한번 말이 뒤죽박죽되었습니다. 이제야 조금씩 영어로 말하기 시작했는데 그게 다 물건너가버렸어요. 여기엔 히야신스와 러시안 바이올렛, 스노드롭이 피고 수천 마리의 새들이 지저귀는데 대부분 홍관조들입니다. 하지만 하늘은 낮부터 일찌감치 흐려져 해질녘까지 구름으로 뒤덮여 있어요. 저는 이 모든 게 덜레스와 텔러의 탓이라고 생각합니다. 아기는 다리 한쪽에 서서 시냇물에 나뭇가지를 던지면 반대편에 다시 나타난다는 사실을 막 발견했어요. 저는 아기와 함께 몇 시간이고 행복하게 그런 장난을 하며 지냅니다.

그럼 이만,

존

아버지가 존 위버에게 보낸 책들은『셰이디 힐의 절도범』(하퍼 앤드 로)이었다.

스카버러

월요일 [1958년 12월 8일]

존,

책들은 모두 증정 대상에 맞춰 적절히 사인해 월요일에 보냈다. 너무 시간을 끌어서 미안하다. 지난번에 널 만난 이후로 시내에 한 번도 나가지 않아서 그렇게 되었어. 시내에서 아무도 날 부르지 않았고, 나는 나대로 집에 박혀 있으면 글이 좀 나올까 생각했지. 얻은 거라곤 몹쓸 코감기뿐이야. 코감기는 몇 년 만에 처음이라 나름 재미있다고 생각하는데, 나에 대한 메리의 사랑은 내 병약함까지 포용하지는 않는 듯하다. 원시시대에 누군가 훌쩍이기만 해도 옷을 다 벗겨 까마귀 먹잇감으로 눈밭에 내놓던 종족기억에 휘둘리는 것 같아.

변함없이,

존

「클레멘티나」는 1960년 5월 7일자 『뉴요커』에 실렸다. 여기에 언급된 프레드는 아버지의 형이다. 형제가 젊었던 시절에는 아버지가 어려울 때 프레드가 도왔는데, 나이들어서는 프레드가 어려울 때 아버지가 도왔다.

스카버러

금요일

빌,

계약서를 보내야겠다고 생각하고 있으면서도 늘 그걸 제 집 책상 위에 놔두고 나중에야 발견하네요. 수표 정말 감사하다는 말씀을 꼭 드리고 싶었어요. 제 생명을 구해준 돈입니다. 프레드는 이제 직장을 얻었으니 앞으로는 형편이 좀 나아질 겁니다. 저는 계속 이올레를 쳐다보며 그녀가 「클레멘티나」의 결말을 보여주길 바라는데, 이올레는 자꾸만 로마에서 살던 시절이 아닌 카프로니아에서 보낸 시간으로 되돌아갑니다. 월요일에 폭풍이 닥치기 시작하자 이올레는 불을 피우려고 했어요. 손도끼를 들고 나가 벽난로에 넣을 솔송나무 가지를 한아름 잘라오더니 부엌 스토브에서 신문에 불을 붙이고는 그 웅장한 횃불을 들고 거실까지 달려가며 자기 몸과 우리 모두를 횃불먹이(그런 말이 있다면)로 만들 뻔했습니다. 카프로니아에서 그랬던 것처럼 불을 이곳에서 저곳으로 옮기면서 말이죠. 나중에는 아기가 식탁에서 파스타를 흘리자 그걸 쓱 닦아 바닥 양탄자로 떨어뜨리는 것 아니겠어요? 제가 그랬죠. "내가 무슨 귀족은 아니지만, 자네가 음식을 양탄자 위로 쓸어내 버리는 걸 보니 너무 지저분해서 싫군." 그러자 이올레가 말했어요. "별거 아니에요, 시뇨레. 개 먹이려고 그런 거예요." 그러더니 부엌으로 들어가 접시를 몇 개 깨뜨렸어요. 스톤 부인이 (친척은 아님) 제게 말했습니다. "신기한 이야기를 들려드릴게요. 글로 써서 『뉴요커』에 팔아 부활절에 메리에게 밍크코트나 한 벌 사주시면 되겠어요. 연로한 풀러턴 부인이 벽난로 선반에 쭈글쭈글한 두상을 하나 올려놓았기에 제가 물었더니 부인이 이렇게 말했어요. '아이고, 눈여겨봐주다니 고마워요. 내 눈엔 저 남자가 정말 아름다운데 이 긴 세월 동안 그걸 언급한 사람은 부인이 처음이라오.' 정말이지 신기하지 않나요?"

사랑을 담아,

존

빌,

「클레멘티나」를 손봐서 실을 수 있을 거라니 정말 기쁩니다. 힘이 솟는 것 같아요. 동봉한 원고는 뭔가 손질이 필요하다는 생각이 드는데—가족이 좀 이상해요—손이 아니라 코끝으로 쓴 글 같기도 하고, 그냥 이만 끝내고 싶습니다.

어제 수지에게 샐린저 단편들을 읽으라고 주었더니 "어, 이 사람 글은 제인 오스틴과 똑같네" 그러더군요. 언제 함께 산책이든 점심이든 뭐든 합시다.

그럼 이만,

존

캐시는 우리가 키우던 검은 래브라도레트리버이다. 피치는 내 남동생 프레드의 애칭이다. '그 책'은 빌 맥스웰이 쓴 장편소설 『성The Château』을 말한다. 블루벨은 보이어 가족이 키우던 래브라도인데 잠시 맥스웰 가족과 함께 살고 있었다.

서프사이드, 매사추세츠 주 낸터킷 섬

토요일 [1959년]

빌,

프로비던스는 상황이 좋아졌지만 그리니치에서 로드아일랜드 주 끝까지의 그 먼 길은 아무래도 인간 존엄에 대한 모욕인 것 같습니다. 그날은 눈부시게 밝은 날이었고 다리 두 곳을 제외하면 길에는 그림자 하나도 없었어요. 그 누가 시속 70마일로 달리며 하늘 색깔을 볼 수 있겠어요? 우리는 하이어니스에 있는 괴이한 모텔에서 하룻밤 묵었습니다. 변기와 유리잔과 서랍장은 투숙객 위생을 위해서라며 모두 봉해놓았고, 창문의 불투명 유리 블라인드를 열면 식당 뒷문과 줄줄이 늘어선 쓰레기통들이 보였어요. 가구는 어떤 시기나 양식을 나타내줄 특징이 하나도 없었고, 화장대는 오래 쳐다보고 있으면 돌아버릴 것 같더군요. 머리를 지푸라기 색으로 염색한 파드로나*는 캐시를 차 안에 재우라고 우겼습니다. 우리는 아침에 시어스콘셋 호를 타고 섬으로 건너갔는데, 판지로 만든 것 같은 배 안이 6월 말에 그곳 섬들을 향해 가는 사람들로 꽉 찼습니다. 설사 섬이 가라앉아버렸다 해도 꼭 갈 사람들이었어요. 오늘 파업이 끝나니 첫 증기선이 정오에 들어올 겁니다. 배가 오면 전통의상을 입은 여자들이 맞

---

* '여주인'을 뜻하는 이탈리아어.

이해줘요. 하지만 벌판에서 휘몰아치는 북동풍이 반음까지 갖춘 한 옥타브 멜로디로 이 오두막 구석구석에 스며드는 형편이니 후프스커트를 입기에 좋은 날씨는 아니죠. 지금까지는 날씨가 나쁘지 않아서 우리는 모두 바삐, 열심히, 그리고 때로는 은밀하게 태양에 몸을 드러냈습니다. 흰 살갗이 구릿빛으로 바뀌며 우리의 모든 불완전함이 고쳐지고 서로에게 거친 매력을 발산하는 사람들이 되기를 바라면서요.

차가 없지만 가져올 생각도 없어요. 벤과 저는 자전거를 타고 하루에 두 번, 때로는 세 번씩 마을에 나갑니다. 둘 다 아주 즐기는 일이죠. 몸이 건강해지고 근육질이 되어가는 듯합니다. 제 자전거에는 피치를 태울 조그만 좌석을 붙였는데, 아이가 새 흉내를 내며 양팔을 격렬하게 파닥거리기를 좋아해서 두 번이나 심하게 넘어지는 바람에 제 등에 멍이 들었고 엄지손가락을 삐었어요. 글은 별로 못 썼습니다. 계속 마을로 나가야 하니까요. 참 이상적인 생활방식이죠.

좀 휴식을 취하셨기를, 그리고 책 관련 문제들이 모두 정리되었기를 바랍니다. 저도 어서 그 책을 읽고 싶습니다. 출판업자들은 죽으면 수백만 달러에 달하는 땅을 남기는데 왜 우리의 귀한 자식들은 남의 집 욕조나 닦아야 하는 걸까요? 요즘 수지가 와우위넷에 가서 하는 일이 바로 그겁니다. 지난여름엔 탈리랑 공작부인 집 욕조를 닦았답니다. 염색약 때문에 욕조에 띠 모양 얼룩이 생겼다더군요. 블루벨에게 안부 전해주세요.

사랑을 담아,

존

낸터킷

토요일 밤

빌,

여름별장 교환원 업무 개시. 여기는 서프사이드에 있는 예이츠-셰퍼드 오두막이에요. 처음 와본 곳이죠. 예이츠 씨가 베티에게 결혼선물로 준 오두막인데, 결혼식과 선물의 기운이 아직도 감돌고 있어요. 그들은 트리니티—뭉툭한 탑이 솟은 마을의 성공회성당—에서 결혼식을 올리고 요트 클럽에서 피로연을 열었을 겁니다. 그들이 언제 이혼했는지는 아무도 모르지만 방들에는 유산流産의 기운이 아로새겨져 있군요. 비록 원인은 드러나지 않지만. 이곳에는 남자가 있었다는 흔적이 없어요. 그들이 싸움을 벌인 곳은 어느 방들일까요? 남자가 짐을 챙겨 떠나버린 건 하루 중 언제였을까요? 여자는 수채화가인데 벽마다 걸린 그림들이 그녀의 유치한 성향을 드러내는군요. 알몸의 남녀 형상, 풍경, 고래 들이 모두 젊은 여성의 둥근 필체 안에 갇혀 있어요. 남자는 화가인 그녀의 재능에 대해 생각해봤을까, 저는 궁금합니다. 그녀는 남자가 아이라는 짐을 자신에게 지우고 화가로서의 장래를 망가뜨렸다고 비난했을까? 저는 열정을 지닌 그의 존재를 느낍니다. 어쩐지 그가 화가인 그녀의 재능에 감탄했을 거라는 생각도 듭니다. 뒷방에서 그의 존재를 느낍니다. 호리호리하고 잘생긴 청년, 뉴욕에서 막 도착한 참이라 아내보다 피부가 훨씬 희군요. 그들은 함께 릴낚시를 하러 바다로 가 상대의 품속에 누워 있지만, 서로 맞지 않는다는 근본적인 진실을 극복하지 못합니다. 남자는 재혼하지 않고 헤이스팅스에 있는 정원 딸린 아파트에서 큰누이와 함께 살고 있을 거라 생각합니다. 여자는 여전히 자신이 초대장 또는 불참 알림장을 보낼 때 사용하는 것과 똑같은 둥근 필체로 일몰이나 폭풍우 이는 바다를 그리고 있을 거고요. 주변에 결혼선물들은 보이지 않습니다. 덩치 큰 램프나 이탈리아제 만찬용 접시나 육중한 카나페 쟁반 등은 없어요. 남자의 아버지는 기차 승무원이고 어머니는 멀리 아이오와에서 체조를 가르치는 선생이었을까요? 아니라면 결혼선물이 하나도 없다는 걸 어떻게 설명할 수 있을까요? 물론 조개껍질 수집품은 있습니다. 대개의 작품들보다 훨씬 야심만만하군요. 조개껍질 여러 세트를 상자 뚜껑 위에 붙여놓고 깔끔하게 라벨까지 붙여 벽에 그림처럼 걸어놓았습니다. 불쌍한 헨리의 작품은 별로 성공적이지 못했던 것 같습니다. 조개껍질 대부분이 떨어져버렸고 글씨체도 엉망인데 누가 이렇게 묻고 있네요. "겨우 이 정도밖에 못하니, 헨리?" 어린 헨리가 안쓰러워요. 제가 어린 헨리예요. 광택을 잃어버린 조개껍질 수집품과 상자 뚜껑을 가지고 바닥에 앉아 있어요. "풀 엎지르지 마, 헨리, 알겠니?" 그들은 말하지만 그들이 가자마자 저는 엎지르겠죠.

사랑을 담아,

존

서프사이드

금요일

빌,

저는 선배를 그저 무턱대고 잘 봐주려는 게 아니라 존경하고 사랑하는 겁니다. 선배가 책을 끝낸다는 건 불가능한 과제처럼 느껴졌고—특히 아버지께서 사경을 헤매고 계시는 상황에서—그래서 그 모든 변화와 장애를 뚫고 나아가는 모습을 보며 굉장히 기뻤습니다. 큰불만 없었다 뿐이지 별의별 일을 직접 감당해야 했잖아요. 우리 몸에는 용기를 되살리는 어떤 분비선이 있어서 그것이 거침없이 글을 쓰는 일과 모종의 관련이 있지 않나 생각해봅니다. 저도 바쁠 때는 강도 걱정을 덜 하거든요. 블루벨이 사랑받으며 지낸다니 좋습니다. 블루벨에게 전해주세요. 잘생긴 오빠 에제키엘은 필이 스코틀랜드에서 산 누런 암캐 브리디와 새끼를 만들었다고요. 에제키엘은 개들 중에 가장 아름답고 어리석은 놈입니다. 마음은 달콤한 버터 같은데 몸가짐은 사자 왕처럼 당당하지요. 브리디가 발정기일 때도 에제키엘은 야구공 놀이를 하고 나비를 쫓아다녔습니다. 우리 모두 엄청나게 무안했지요. 그래서 녀석의 아비 징글스를 불러다 브리디와 연애를 붙였어요. 에제키엘은 깜짝 놀라 그 광경을 쳐다보았습니다. 징글스는 결국 성공하지 못했고, 에제키엘에게 다시 기회가 돌아갔죠. 그러자 놈은 앞서 봤던 걸 굉장히 다정하고도 힘있게 해내더군요. 우리 모두 기분이 좋습니다.

변함없이,

존

극도로 가까웠던 장인과의 관계가 깨진 후 아버지는 노인이 돌아가실 때도 임종을 거부했다.

스카버러

화요일 [1959년 9월]

조시,

저희는 모두 잘 지내고 있습니다. 지난 한 달간 죽음의 고통을 겪고 있는 메리의 아버지만 빼고요. 그런 상황이라 메리는 아버지가 돌아가실 거라는 의사의 통보가 있을 때마다 뉴햄프셔로 급히 찾아갔습니다. 그러면 노인은 기운을 되찾아 모두들 놀라고, 어떤 사람들은 무안해하고, 또 몇몇은 화를 내는 가운데 메리는 다시 급하게 집으로 돌아옵니다. 하지만 그동안 저는 끔찍하게 많은 집안일을 해야 하고, 페데리코와 거의 모든 시간을 보내야 하죠. 아이는 엄청나게 귀엽지만 다루기 어렵기로 치면 바퀴벌레 한 마리와 별 차이가 없습니다. 전 3시나 3시 반쯤 되면 백기를 들죠. 아이를 텔레비전 앞에 앉혀놓고 총싸움을 보여주며 진을 스트레이트로 조금 마십니다. 하지만 어젯밤에 메리가 친정에서 돌아왔는데 아마도 이번이 마지막일 듯합니다.

그럼 이만,

존

1959년에 조시는 아버지에게서 받은 편지를 간직하고 있다고 말했다. 아버지는 편지의 복사본을 보관하지 않았으며, 세월이 흐른 뒤 조시가 상당한 돈을 받고 아버지의 편지를 예일대학교에 팔았다는 사실을 알고는 크게 놀랐다. 조 슈랭크는 공통의 지인인데, 그다지 통찰력이 없는 사람으로 묘사된다.

스카버러

금요일

조시,

편지가 아직도 남아 있다니 기분이 이상하군요. 난 항상 그 망할 것들을 다 내버리는데 말이에요. 그건 어제 핀 장미, 어제 한

키스, 어제 내린 눈과 같아요. 조 슈랭크는 내가 곧 유명해질 거라고 생각한다는데 듣기가 참 민망하더군요. 참으로 조 슈랭크다운 생각이에요. 내가 유명한 사람이라면 궁둥이에 구멍난 바지를 왜 입고 있겠으며, 지난달 치 고지서를 처리할 돈이 왜 부족하겠어요. 사실 전 구멍난 바지를 입을 필요는 없어요. 바로 얼마 전에 장인의 옷가지를 물려받았기 때문이죠. 하지만 장인은 한줌 재가 되어버렸고, 저는 도저히 꾸러미를 열어 망자의 바지를 입어볼 엄두가 안 납니다. 그래서 아직도 속옷이 보이는 바지를 입고 있는데, 모르긴 해도 제가 구멍난 바지로는 꽤 유명할 거예요.

시내로 이사를 하신다니, 정말로 잘 생각하셨습니다. 그 소식을 들으니 정말 기쁘네요. 그리고 책 집필에도 진전이 있기를 바랍니다. 저는 항상 일을 하고 있고 그래서 기분이 좋습니다…… 저희 집에 잠시 들른 랠프 엘리슨이 솔의 아기가 기저귀를 뗐다는 소식을 전해주더군요. 우리 아기는 아직이에요. 하지만 메리가 지적하듯 그 때문에 우리는 항문기의 감각을 새로이 느끼게 됩니다. 서양 문화에서 병폐의 원인은 바로 이 항문기 감각의 상실이라고 프로이트가 지적했죠. 저는 아니에요. 우리는 아니에요.

그럼 이만,

존

이올레는 밴더립 저택에서 일하는 나이 많은 남자 샘 마술로와 결혼했다. 안젤로는 샘의 관리자였다. 이올레는 「클레멘티나」라는 단편에 영감을 준 인물이다.

스카버러

금요일 [1959년 11월]

빌,

지난 주말에는 폭풍우가 몰아쳤습니다. 샘과 이올레가 토요일 밤에 대판 싸웠는데 그게 일요일에도 다시 터진 거죠. 샘이 이올레를 팼고, 이올레는 잠옷가운 차림으로 도망 나왔어요. 월요일에 저는 옷도 없고 (혹은 없다고 하고) 돈이나 서류도 없이 친구와 함께 있는 이올레를 찾아냈습니다. 그녀의 말로는 샘이 우리 집 우유배달부를 질투했다고 합니다. (메리는 우유배달부가 이올레에게 반했다고 해요.) 이올레는 집으로 돌아가면 샘이 자기를 죽일까봐 못 가겠다고 했습니다. 그래서 안젤로에게 확인해봤더니, 그는 제게 이올레의 처지가 딱하다고 생각된다면 한번 가서 샘을 보라고 하더군요. 샘은 왼쪽 귀가 떨어져나갔고 양쪽 눈이 시퍼렇게 멍들었더라고요. 싸움은 이올레가 문자 그대로 하자면 '양배추 줄기'를 뜻하는 욕을 하며 샘을 조롱하면서 시작된 것 같아요. 그러자 안젤로의 아내가 끼어들어 쉰일곱 먹은 남편을 둔 여자로서 애초에 예순둘의 남자에게 기대할 수 있는 게 어디까지인지 이올레에게 경고를 하려고 했답니다. 그러자 안젤로가 콧방귀를 뀌며 여자에게는 제 본분을 알게끔 해줘야 한다고 말했대요. “누가 상전인지 알려줘야 해. 빅터 마자콘은 결혼생활 50년 내내 항상 마누라가 상전 노릇을 했지. 빅터가 앉아서 맥주 한잔 하거나 TV라도 볼라치면 마누라가 늘 일거리를 찾아서 시켰어. 그러다 지난여름에는 마누라가 시키는 대로 뒷마당에 커다란 구덩이를 파다가 뇌졸중으로 쓰러져 더는 일을 못하게 되었지. 여자들에게 제 본분을 알려주지 않으면 결국은 남자를 잡을 거라고.” 저는 이올레를 다시 데려오기로 되어 있었는데 그럴 수 없었어요. 아침에 데려오려고 봤더니 뉴욕으로 사라져버렸더군요. 샘은 다시 밴더립 부인 집 마당에서 낙엽을 쓸고 있습니다. 지난 46년간 그래온 것처럼요.

그럼 이만,

존

아버지는 이전 편지에 미완의 원고를 동봉했다. 프레디 패커드는 『뉴요커』의 교양이 뛰어난 교열담당자였다.

스카버러

토요일 [1959년 11월 17일]

빌,

싸구려 잡동사니 같죠. 글이 너무 혼란스러워서 걱정입니다.

이올레, 클레멘티나, 라 타타*가 되돌아왔습니다. 먼저 수요일에 샘이 여기로 와 창문 아래에서 치브 씨, 치브 씨, 외치기에 제가 아래로 내려갔지요. 이올레가 두 가지 서류를 원하는 것 같더군요. 하나는 샘이 다시는 질투하지 않는다는 각서. 또하나는 그가 가진 재물의 반을 주겠다는 각서. 샘은 변호사를 만나러 가는 길이라며 제게 같이 가서 통역을 해달라고 했습니다. 그렇게 했지요. "어디 출신이시죠?" 변호사가 물었습니다. "매사추세츠예요." 제가 말했죠. "압니다." 변호사가 말했습니다. "그러니까 이탈리아의 어디냐고요." 그런데 혹시 프레디 패커드를 보고 개구리인 줄 안 사람들도 있지 않을까요? 선배는 어떻게 생각하세요? 어쨌거나, 샘은 막무가내였고 약간 취한 것 같기도 했어요. 변호사에게 이올레를 데려오라는 거예요. 변호사는 그 여자가 어디에 있는지도 모르는데 말이죠. 목요일 정오에 메리가 점심 파티에 갈 거라고 선언했어요. 아기 음식은 스토브 뒤쪽에 있고 기저귀는 세탁실에 있다더군요. 바이! 메리는 가버렸어요. 저는 벽과 그림들에 대고 요란하게 고함치고 화를 냈죠. 그랬더니 겁먹은 아기가 젖병을 빨며 자고 싶어하더군요. 그렇게 해주고 이달 치 요금 고지서를 살피다보니 해가 졌고, 메리는 프랑스 요리

* '보모'를 뜻하는 구어체 이탈리아어.

냄새를 풍기며 돌아왔어요. 저는 굉장히 예의바르게 행동했다고 생각하는데—체스터필드 경*을 닮은 우아한 예의—비꼬는 말투가 좀 심했는지 피아노 연습을 하던 벤이 울음을 터뜨렸어요. 벤을 들볶는다고 메리가 저를 책망하자 저는 제 모든 불평을 큰 소리로 일목요연하게 늘어놓기 시작했죠. 그런데 막 시작한 참에 안젤로가 붉고 희고 노란 국화를 한아름 들고 들어오는 거예요. 무슨 소식을 전할 구실로 꽃다발을 들고 온 게 뻔했어요. 여자가 돌아왔어요, 그가 말했습니다. 돌아왔어요. 메리는 꽃을 화병에 꽂았고, 저는 안젤로에게 술을 한 잔 주었고, 벤은 다시 〈환희의 송가〉 연습으로 돌아갔지요.

사랑을 담아,

존

다음은 1960년 2월에 필립 로스와 노먼 메일러의 추천사를 요청한 국립문예연구원의 편지에 대한 답장이다. 수신인은 사무국장 펠리시아 게펀이었다.

스카버러

마감일 전날

---

* 18세기 영국의 정치가이자 문필가인 체스터필드 백작으로 세련되고 우아한 예의의 대명사로 쓰임.

펠리시아,

노먼 메일러에 대해. 문학의 위기에 대한 섬세한 감각과 전통에 대한 도전정신을 활달한 재주로 입증하는 두드러진 재능을 지니고 태어남(어디였는지는 모르겠지만).

필립 로스에 대해. 뉴저지 주 뉴어크에서 태어남(아마도). 로스 씨는 그가 속한 세계의 풍경과 인물들을 흥미롭고 인간적인 방식으로 잘 그려내, 이제는 뉴어크와 오렌지스* 지역을 고통 없이 지나갈 수 있게 되었다. 그의 작품집에 담긴 「굿바이, 콜럼버스」와 그 외 단편들은 눈부신 재능과 예리한 통찰력, 불굴의 대담함을 지닌 젊은 작가의 탄생을 (오, 주여!) 고하고 있다.

친애하는 펠리시아, 내게 그럴 능력만 있다면 분명 이보다는 더 잘 썼겠지요.

창작지원금위원회 모임은 16일을 제안합니다. 바람을 쐬고 싶은 생각이 절실합니다.

그럼 이만,

존

밀턴 그린스타인은 『뉴요커』의 법률고문이었다. 빌 맥스웰에 의하면 그린스타인이 프리랜서 작가는 부동산을 소유해서

---

* 뉴저지 주에서 마을 이름에 오렌지Orange가 붙은 네 곳을 이르는 지역 이름.

는 안 된다고 말한 적이 있다고 한다. "내가 눈치 없이 네 아버지에게 그 말을 전했어." 빌이 말했다. "그런데 그게 두고두고 마음에 남은 거지."

빌,

우리는 (아마도) 지금 집을 사는 과정에 들어선 것 같은데, 선배가 제일 먼저 알아야 할 거란 생각이 듭니다. 니커보커 주택대출은행에 잡지사로 전화하라고 말했는데 밀턴이 자기는 모르는 일이라고 발을 빼지는 않았으면 좋겠습니다. 집은 두 군데를 놓고 고민하고 있어요. 스파타의 빈민가에 있는 아주 작은 집 한 채가 1만 8천 달러에 나왔는데 은퇴한 영국인 공무원 두 명이 살고 있습니다. 부인은 눈이 고운 잿빛이고 머리는 50년 전에 잉글랜드 중부지방에서 많이 했을 것 같은 모양으로 핀을 꽂아 올렸더군요. 휠체어에 앉아 있었고요. 남편은 붉은 얼굴에 느슨한 의치를 끼우고 있었어요. 남자가 말했죠. 우리가 이 집을 산 첫해에 난 들보에 머리를 부딪쳐 2년 간 뇌염을 앓았어요. 애엄마는 척추에 농양이 생겨 다리를 못 쓰게 되었고, 아기는 뇌수막염으로 죽었지요. 선배는 제가 이 집을 사야 한다고 생각하세요? 밀턴은 그렇게 생각하겠죠. 두번째 집은 3만 7천 달러인데 홍보 관련 일을 하다 망한 사람의 집이에요. 멋진 나무들과 시냇물, 웅장한 거실이 있습니다. 침실의 개수는 메리의 자매들이 와서 머물기엔 부족하지만 우리 식구들이 쓰기에는 넉넉합니다. 전 이걸 사게 될 거예요.

결정을 내리기가 상당히 힘들었습니다. 은퇴한 공무원 계급과 한편이 될 것인가, 홍보업계에서 망한 사람과 한편이 될 것인가. 하지만 스파타의 빈민가는 갈수록 누추해지는데 불쌍한 피치는 이제 막 인생을 시작한 참이잖아요. 토요일 밤에는 너무 걱정을 한 나머지 몸에 열이 오르고 이런 꿈을 꾸었습니다. 첫 꿈에서는 데번셔 공작부인*이 아이비클럽**에 프린스턴 학부생들을 모아놓고 자기가 지은 시를 읽어주고 있었습니다. 공작부인은 피부가 곱고 생생하며 머리는 연갈색이었는데 오른쪽 눈이, 세상에, 왼쪽보다 훨씬 작은 거예요. 부인의 시는 형편없었고, 젊은이들 중 하나가 그런 언급을 피하려고 공작부인에게 전쟁에서 어떤 역할을 했는지 말해달라고 했어요. "그 전쟁은," 부인이 말했습니다. "무시무시했어요. 아침식사는 끔찍하게 이른 시간에 나왔고 베이컨도 없었죠. 점심은 어이없어 웃음이 나올 지경이었고요. 차에 곁들일 음식도 거의 없어서 티타임에도 굳이 내려가지 않았고, 저녁은 어김없이 실망스러웠어요." 두번째 꿈은 대규모 고고

* 18세기 영국 귀족으로 뛰어난 미모와 화려한 패션, 정치활동, 도박, 외도 등으로 유명했다.

** 프린스턴 대학에서 구내식당과 사교클럽을 겸하는 여러 건물들 중 가장 오래된 곳.

학 원정대가 바지선을 타고 출발하는 장면이었습니다. 앞쪽 세 척에는 제 친구들이 타고 있었는데 네번째 바지선의 확성기에서 다음과 같은 말이 흘러나왔습니다. "자 이제, 마지막이지만 마찬가지로 중요한 분을 소개하겠습니다. 탄생의 운명이 조금만 달랐다면 오늘날 미국의 대통령이 되었을 훌륭한 청년입니다. 스웨덴 국왕을 모시겠습니다." 그러자 스웨덴 국왕이 안경 낀 얼굴로 나타났는데, 손에는 이렇게 쓰인 플래카드를 들고 있었어요. "50세가 넘은 모든 이들에게 레몬을 띄운 홍차가 무료." 저는 메리를 깨우고 그 집을 사자고 말했습니다.

사랑을 담아,

존

스카버러

월요일

조시,

……집을 사려고 해요. 상당한 모험이 될 것 같지만 그래도 해보는 게 낫겠다 싶습니다. 여기에서 가까운 곳에 있는 집인데 저희 두 사람을 모두 묘하게 잡아끄는 힘이 있어요. 부분적으로는 선배님 집과 닮아서 그런 것 같기도 합니다. 그렇게 크지 않은 돌집인데 언덕을 뒤로하고 서 있고 현관 베란다 밑에는 시냇물과 수양버들이 있습니다. 저는 지금 장편소설과 희곡 한 편,

단편 다섯 편, 그리고 20일에 샌프란시스코에서 발표할 연설문 등을 동시에 잡고 있어요. 하지만 많은 시간을 그저 타자기 앞에 앉아 재떨이 속 꽁초 수나 세며 보내고 있지요.

…… 소작인들에 대해 쓴 에이지*의 책을 1941년에 읽은 후 처음으로 다시 읽고 있습니다. 짐과 저는 친구였어도 아주 가까웠던 적은 없었지만, 이젠 그의 목소리를 들을 기대조차 할 수 없다고 생각하니 이 책에서 전에는 발견하지 못했던 광채와 속도감을 느낍니다. 아주 멋진 책이라는 생각이 들어요. 연례회의 참석차 야도에 갔습니다…… 그곳은 여전히 똑같아요. 좋은 공기, 확 트인 풍경, 낯선 발자국 소리가 들리면 덤불 속으로 요란하게 파고드는 시인들과 화가들의 어슴푸레한 형상. 엘리자베스는 전혀 나이가 들지 않고 얼굴이 굉장히 좋더군요. 저는 딱 하루만 머물고 일요일 아침에 집으로 돌아왔습니다.

메리도 다정한 안부인사를 전해달라고 합니다.

변함없이,

존

스카버러

---

* 제임스 에이지. 미국 작가. 1936년 대공황 시기에 사진작가 워커 에번스와 함께 앨라배마의 소작농들과 생활하며 쓴 글이 『이제 유명한 사람들을 찬양하자Let Us Now Praise Famous Men』라는 책으로 발표되었다.

9월 16일 [1960년]

맬컴,

선배님께서 구겐하임 지원금을 신청하시는 데 당연히 후원자가 되어드려야지요. 저야 그럴 수 있다면 영광이지만, 오랜 친구 사이에 쓰기엔 너무 무거운 말이죠?

저희의 큰 뉴스이자 유일한 뉴스는 집을 산다는 겁니다. 얼마나 이상하게 느껴지는지. 메리는 5년 동안 집을 보러 다녔습니다. 뭔가에 사로잡힌 사람처럼 의욕이 넘치죠. 부동산 기사를 날마다 읽어요. 일주일에 사흘 정도는 오후가 되면 아기를 차에 집어넣고 나가서 주인이 더는 유지비를 감당할 수 없는 저택이나 시골집을 둘러보고 다닙니다. 3주 전에는 오시닝 뒤편 계곡에 있는 돌집을 발견하고는 꿈에서 본 집이라고 주장하고 있습니다. 시냇물과 커다란 나무들이 있는 아름다운 집입니다. 저는 대출을 받으려고 은행에 갔는데 은행원들이 뚱하고 미심쩍은 표정으로 무시하면서 무례한 태도를 보이더군요. 그러자 우리의 부유한 이웃 하나가 이 어리석은 짓에 보증을 서주겠다고 했고, 이제 남은 일은 오직 한 가지, 향후 20년간 단편을 일주일에 하나씩 쓰면서 저녁에는 희곡과 장편소설을 찍어내는 거지요. 일평생 정서적 재난의 가능성에 근접해 살아온 제가 이제는 금전적 참사의 가능성에도 다가서게 되었습니다. 하지만 우리 소유의 집을 갖는다는 생각을 하면 신이 납니다. 저희 둘 다 요즘 잘 잠들지 못하고 있어요. 저는 과수원에서 풀을 베는 상상을 하고—새벽 3시에요—메리는 잠자리에서 자꾸만 뒤척이며 가구 배열을 이리저리 바꾸고 있습니다.

선배님 편지를 읽으니 피곤함이 전해져옵니다. 어서 기력을 회복하시길 바랍니다. 저는 20일에 『에스콰이어』 행사 때문에 샌프란시스코에 가서 '단편소설의 죽음'에 대해 연설한 뒤 스포츠 코트를 입고 모델 노릇을 할 겁니다. 행사에 계속 얼굴을 내밀다 23일쯤에는 집에 돌아올 수 있으리라 생각합니다. 『하퍼스』에는 3월에 「내 다음 소설에 나오지 않을 사람과 장소와 사물들Some People Places And Things That Will Not Appear in My Next Novel」이 실릴 것이고, 장편소설 자체도 계속 쓰고 있습니다. 제가 원하는 글과는 꽤 다른데도 잘 끝낼 수 있을 거라는 생각이 일주일에 이삼일 정도는 늘 들고 있으니 기분이 좋습니다. 뮤리얼에게도 안부 전해주세요.

변함없이,

존

야도에 있는 작업실에 대한 묘사.

야도

월요일 오후 3시 [1960년]

빌,

6호실에 있는 것들. 창문 20개(13개는 납틀 창문). 분홍색 벨벳 양탄자. 여러 번 수선을 했지만 예뻐요. 머리 위에는 불을 켜지 않은 교회당의 기원 양초 하나. 창틀에는 IHS*라고 적힌 꽃병이 둘. 책장에는 포도가 놓인 염소 발굽 모양 동제 받침 옆에서 불멸을 상징하는 솔방울을 들고 있는 바쿠스를 그린 대리석 꽃병 하나. 그 옆 책장 위에는 지팡이를 들고 헬멧을 쓴 채 뱀과 함께 서 있는 미네르바 대리석상 하나. 그 옆에는 루마니아의 엘리자베스 여왕 사진. 여왕은 정식 상복을 입고 숲속에 서 있어요. 여왕이 쓴 글도 있죠. "나의 나무들은 내가 사랑했던 모든 것들에 대해 속삭여준다." 그 옆에는 '르 주르 네상Le Jour Naissant'**이라 불리는 황금동상 하나. 횃불과 리라를 들고 있는 알몸의 남자 동상입니다. 그 옆에 있는 건 샹젤리제 거리인 듯하고. 어쨌든 호머와 사포와 오르페우스와 단테 등등이 있어요. 모두 월계관을 쓰고 행복해 보이는 모습이죠. 그 옆에는 시에나파 화풍의 〈수태고지〉 그림 패널. 그 옆에는 기도대 하나와 십자가로 장식한 널찍한 의자 하나. 그리고 산 웅덩이에 무릎까지 잠긴 소 네 마리가 있는 허드슨 강의 풍경화 아래에 대리석 조각상 하나. 엽라이

* Iesus Hominum Salvator. '인류의 구세주 예수'를 뜻하는 라틴어로 교회의 성물에 각인된 경우가 많다.

** '새로운 날'이라는 뜻의 프랑스어.

트 피아노 한 대. 어떤 실없는 인간이 분홍색 티파니램프* 7개 중 하나에 말굽 편자를 매달아놓음으로써 도상학을 완성했군요.**

등장인물: 화학자에서 소설가로 변신한 헝가리인 한 명. 아스트리드와 밥 코츠. 대포에서 발사되어 나온 사람처럼 얼떨떨하고 부스스한 모습을 한 케임브리지 출신의 젊은 시인 한 명. 검은 신발과 타이츠, 검은 셔츠와 스웨터 차림의 소설가 루스 X. 옷은 죄다 보푸라기가 잔뜩 일어나 있어요. 머리는 늘 귀 뒤로 넘긴 모습이고요. 그리고 저녁식사에 깃털 장식이 달린 군모를 쓰고 오는 늙수그레한 엘리자베스 스파호크존스가 있고, 아들들 생각만 하면 마구 가슴이 뛰는데 정작 그 에너지를 당면한 일로 전환시키지 못하는 듯한 JC도 있습니다. 날빛은 계곡에서보다 훨씬 곱고, 우울도 이 시간에는 한 옥타브 정도 깊네요.

그럼 이만,

존

레너드 필드는 통신대에 근무했을 때 아버지와 존 위버의 친구였다. 내 기억에 브렌던 비헌Brendan Behan은 엄청나게 쾌활하고 엄청나게 뚱뚱했다. 우리가 만났을 때 그는 수영복 바지

---

* 루이스 티파니가 디자인한 전등으로 스테인드글라스로 된 화려한 갓이 특징이다.

** 집에 편자를 매달아놓으면 행운이 깃든다는 미신이 있다.

차림에 입에는 시가를 물고 있었는데, 배꼽이 시가만큼이나 까만데다 툭 튀어나와 있었다. 『소년원의 아이Bostal Boy』를 읽었을 때 특히 인상 깊었던 부분은 야위고 어린 비헌이 자신의 마른 상체를 내려다보며 비만이 되는 느낌은 어떨까 상상하는 장면이다. 레너드 필드는 비헌의 희곡을 연극으로 제작하고 있었다. 빈센트는 사디스 레스토랑 주인이었고, 레너드 라이언스는 가십 칼럼니스트였다. 지니는 레니 필드의 아내, 밴더립 부인은 우리가 임대한 집의 소유주였다.

스카버러

어느 화요일

존,

지난주에 레니를, 아마도 지난봄 이후로 처음 봤는데 잘 지내더라. 비헌과 다 함께 점심을 먹으며 보니 공연이 굉장한 성공을 거둘 거라는 확신이 들더군. 아니라면 왜 빈센트가 우리 테이블로 거의 기다시피 다가왔겠으며, 왜 레니 라이언스가 나를 껴안았겠어? 또한 비헌이 카넬로니*를 시키자 (이 젠장 맞을 카넬로니는 도대체 무슨 염병할 음식이야, 이러면서) 간 닭고기를 잔뜩 채운 아주 특별한 걸 갖다주더라고. 나머지 우리가 시킨 어느 요

* 커다란 튜브형 면에 고기 등을 채워넣은 파스타 요리.

리보다도 훨씬 좋았지. 토요일에는 지니가 비헌을 수영장에 데리고 갔어. 이제 술을 끊고 나니—그 녀석이 말했지—파니에 더 관심이 가네. 파니가 뭐예요—밴더립 부인이 물었지. 파니는요, 부인, 비헌이 말했어, 파니케이션*의 약자예요. 이 녀석이 정말이지 너무 좋아. 그리고 연극도 분명 크게 성공할 거야. 레니의 훌륭한 성격도 그 어느 때보다 빛을 발했어. 여전히 친절하고 느긋하고 유쾌하더라고.

메리와 나는 집을 살 계획인데, 그래서 심히 긴장된다. 은행에서 대출을 안 해주려고 해서 창피하기도 하고. 내가 프리랜서 혹은 무직이라서, 게다가 나이도 많아서 대출이 어렵대. 집은 멋지고 가격은 적당한데 은행들이 참 무자비해……

존

아버지는 짧은 일정으로 할리우드에 몇 번 다녀왔고 20세기폭스의 일을 맡기도 했다. 제리 월드는 아버지의 그 지역 연락책이었다. 아버지가 맡은 작업 중에는 D. H. 로런스의 소설 『길 잃은 소녀』를 각색하는 일도 있었다. 존 위버와 그의 아내 해리엇의 집은 아버지가 로스앤젤레스에 가면 반드시 들르는 곳이었다.

* Farnication은 fornication(간음)과의 발음 유사성에 착안해 농담으로 지어낸 말이다.

20세기폭스 [1960년]

캘리포니아 주 베벌리힐스

빌,

상당히 산란한 마음으로 이곳에 와 있습니다. 탁 트인 로스앤젤레스 풍경이 보이고, 좋은 가구가 구비된 거실과 구석에 냉수기까지 있는 호텔식 아파트에 머무르고 있어요. 어젯밤에는 걸어서 위버 부부의 집으로 갔는데 해리엇이 서랍장을 열고 변기 물을 내리며 내는 소음이 엄청나게 뭉클하더군요. 집이 좀 그립네요…… 제 사무실은 전혀 호화롭지 않습니다. 부지 외곽에 있는 오래된 목욕탕 같아요. 전화기는 3대가 있는데 모두 제가 이해할 수 없는 복잡한 체계의 버튼들이 달려 있어서 누구든 저와 통화하는 건 거의 불가능합니다. 또한 사무실에 남자화장실이 없어서 간신히 저와 통화를 하게 된 사람들도 제가 안절부절못한다는 느낌을 받을 겁니다. 제 비서가 구슬 장식이 달린 불그스레한 배낭을 메고 방금 도착했어요. 비서는 굉장히 점잖은 여자인데, 시킬 만한 일이 생각나지 않습니다. 전화를 받게 하면 되겠죠. 저 자신도 별로 할 일이 없는 것 같아요.

우리의 모든 악덕과 대부분의 나약함과 부분적인 활력을 확대해 보여주는 것들이 모두 어딘가에 배치되어 있는 것처럼 보입니다. 제 침실 창문 밖에는 종이 반죽으로 만든 10피트짜리 나체상이 빙글빙글 회전하고 있고, 그 여자 뒤로는 제게 맥주 한 잔을 권하는 거대한 남자 그림이 있습니다. 제 옆방에는 은둔자가 사는 듯한데, 분명 여자일 것 같고요, 저녁마다 뮤직박스를 틀어요. 벽을 통해 음악이 상당히 또렷하게 들려옵니다. 날씨는 화창하지만 꽤 선선하고 장미가 활짝 피었습니다. 하얀 차를 렌트해 그걸 타고 돌아다니는데, 별 탈 없으면 크리스마스 전까지는 집에 돌아갈 겁니다.

존

우리는 오시닝의 시더 레인에 있는 집을 3만 7500달러에 샀다. 이사는 1961년 초에 들어갔다. 아버지의 네번째 단편집 『내 다음 소설에 나오지 않을 사람과 장소와 사물들』(하퍼 앤드 로)이 그해 3월에 발간되었다. 아버지는 과거에 수입을 확보하기 위해 『왑샷 가문 연대기』 초안의 일부를 단편 형태로 팔아야 했던 것을 못내 아쉬워했다. 분명 이런 아쉬움은 장편을 단편으로 잘라서 발표할 경우, 비평가들이 전체 작품의 긴밀성이 떨어진다고 평하기 쉽다는 사실과 부분적으로 관련이 있을 것이다.

존 치버

시더 레인, 뉴욕 주 오시닝

화요일

빌,

……제가 떠나기 전에 선배를 만나지 못할 경우를 대비해, 「마리토Marito」에서 삭제하고 싶은 부분을 말씀드릴게요. 하나는 남자의 아내가 모금 안내 문서에 대해 언급하는 장면입니다. 이 소재를 너무 많이 쓴 것 같아요. 두 번쯤 나오는 것 같은데 빼버리기 어렵진 않을 거예요. 또하나는 남자의 정부가 하는 말을 좀 단순화시키려고 해요. 그냥 단순하게 이렇게 말하는 걸로 하죠. "난 사랑을 나누려고 할 때는 향수를 뿌리지 않아요." 나머지는 자르고. 그런 다음 "언젠가 난 남자에 대해 아는 걸 모두 종이 한 장에 적은 다음 그걸 벽난로에 넣고 태워버릴 거예요"라고 말하는 겁니다. 그러면 남자는 여기에는 벽난로가 없잖아요, 하고 말합니다.

대학생 수지가 집에 왔는데, 온 세상이 그 아이 발밑에 엎드린 것 같네요. 기막히게 멋진 볼거리예요. 하지만 제가 일할 곳이 없어져서 조그만 텐트를 하나 샀어요. 지금 이 편지도 텐트 안에서 쓰고 있습니다. 부드러운 녹색 빛, 인공 라임 음료 색깔의 빛만 빼면 안이 많이 어두워요. 밤에는 모든 게 축축해지고요. 이탈리아에는 메리와 저만 가고, 그곳 주소는 '앨런 무어헤드 전교. 포르토에르콜레, 그로세토 현'입니다……

그럼 이만,

존

C부부는 캐스 캔필드 부부를 말한다. 캐스 캔필드는 하퍼 앤드 로 출판사의 회장이었다. 샐리 스워프는 우리 가족의 오랜 친구다. 우리는 낸터킷 섬의 와우위넷에 있는 샐리의 집을 빌렸다.

월요일

빌,

정말 아름다운 장미였습니다. 지금도 여전히 그렇고요. C부인은 긴 목을 숙여 꽃향기를 맡고서 묻더군요. "그럼, 이것들두?" ('두'라고 말했어요.) 아니요, 제가 말했죠. 그건 빌 맥스웰 선배 집에서 온 겁니다. 모두 유쾌하게 흘러갔지만 우리는 선배와 에미도 함께 계셨으면 했고, 지금도 저는 두 분이 돌아오시도록 설득할 방법은 없었을까 곱씹고 있어요. 저는 미리 계획했던 대로 바깥 계단을 통해 손님들을 서재로 모셨어요. 모두들 잠시 '내가 무슨 짓을 저지른 거지' 하는 표정으로 서로를 바라보더군요. 수지가 C부인에게 무릎을 굽혀 깊이 절하자 C부인은 기분좋게 활짝 웃었어요. 저녁식사는 훌륭했지만 이올레가 커피를 전부 위층으로 가져오는 바람에 남자 손님들이 방광을 비울 기회를 찾지 못했죠. 저녁이 깊어가자 샐리 스워프가 점점 불안해하며 안절부절못하는 것 같더라고요. 샐리의 부친이 딸을 보러 와 계셨는데, 그게 샐리의 행동에 영향을 미쳤을 거라는 생각도 들어요. 어쨌든 샐리는 C씨에게 옷방도 좀 둘러보시라고 말했습니다. 샐리의 불안에 감염되었는지 저 역시 C씨의 오줌보가 터질지도 모른다는 생각이 들어, 우리 둘은 그분을 편안한 의자에서 일으켜 세워 화장실 쪽으로 재빨리 모시고 갔죠. 그런데 C씨는 옷방이 참 좋다고 하시더니 샐리의 손을 놓고 재빠른 걸음으로 다시 서재로 되돌아가는 겁니다. 내내 상쾌한 비가 내렸고요.

교정쇄 보고 두 군데 삭제, 두 군데 수정해서 동봉합니다. 꼭 다시 놀러오세요.

그럼 이만,

존

동일한 저녁 파티에 대해 캐시의 목소리를 빌려 보이어 가족에게 보고하는 편지이다.

제키에게,

네 소식을 들으니 기쁘구나. 내 인생의 여정이 끝나가는 지금 네 편지들이 내게 얼마나 소중한지 넌 절대로 모를 거야. 아, 물론 너는 아니에요, 엄마, 아니야, 아니야, 할 거라는 점 나도 안다. 하지만 사실 네 늙은 엄마는 지난 몇 달간 너무 약해져서 보통 크기의 쓰레기통 뚜껑 위로도 올라갈 수가 없단다. 캐벗 삼촌도 걷는 게 시원찮고, 사촌 델릴라는 피부병에 걸렸어.

데이지 맥스웰이 놀러왔단다. 온몸이 노란색이더구나. 여기에서 몇 가지 결례를 저질렀지만 일일이 설명하진 않으련다. 바보 영감은 화요일에 술에 떡이 되어가지고 자기 출판사 회장을 저녁식사에 초대하더구나. 이 출판사 회장이라는 부자 영감은 이름이 캐시오야. 그러다보니 당연히 우리 바보 영감이 내게 소리칠 때마다 엄청 혼란스러웠지. "캐시오, 크래커 접시에서 얼굴 떼지 못해?" 또는 "캐시오, 주둥이 닥쳐." 스워프 부인도 거기 있었는데 얼마나 낄낄거리던지. 그 사람들은 파스타와 함께 소스가 있는 어떤 고기 종류를 먹었는데 나한텐 잘 안 맞았어. 밤새 뿡뿡뿡 하느라 한숨도 못 잤지 뭐니.

부디 즐겁게 살아라. 외롭고 가난하고 쇠약한 늙은 엄마를 생각하느라 네 행복을 망치는 일이 없길 바란다. 몸에서 눈을 돌려 진실과 빛을 바라보도록 해라.

사랑하는 너의

엄마가

다음의 두 편지는 아버지와 빌 맥스웰 간에 처음으로 발생한 실질적인 의견 충돌을 기록하고 있다. 아버지는 「여단장과 골프 과부」를 제출해놓은 참이었다. 빌은 내게 그 단편은 결말이 두 가지라고 말했다. 그는 하나를 잘라내면 어떤 효과가 생기는지 보려 했다고 한다. 그날 아버지는 시내에 나가 『뉴요커』 사무실에 들렀다가 끝을 잘라낸 작품이 책상 위에 놓인 것을 보고 자신의 허락 없이 원고가 대폭 수정됐다고 생각했다. 처음에는 바뀐 대로 갈까 생각도 해봤던 아버지는 그날 밤에 격노한 채 빌에게 전화를 걸었고 결국 단편은 잡지에 원래대로 실리게 되었다. 아래의 첫번째 편지는 두번째 편지 뒤로 몇 주가 흐른 시점에 쓴 것이다. 시간 순서를 바꾼 이유는 위버에게 보낸 편지가 상황을 훨씬 더 완전하게 보여주기 때문이다.

[1961년 12월 5일]

존,

네가 그 단편을 좋게 읽었다니 기쁘다. 그 안엔 얽힌 사연이 있어. 교정쇄 수정을 하러 들어갔다가 작품 반이 잘려나갔다는 걸 알게 되었고, 숀 편집장이 그렇게 하고 싶어한다는 얘기를 들었지. 골치 아파지겠다는 생각이 들기에 빌에게 삼십 분 뒤에 클럽에서 보자고 해서 함께 술을 몇 잔 마셨어. 점심을 먹는 동안 난 빌의 아내와 아이들 얘기만 했는데, 헤어지려고 할 때 빌이 삭제에 대해서 묻는 거야. 나는 "하고 싶은 대로 하세요" 하고 역으로 걸어가 『라이프』를 한 부 샀는데, J. D. 샐린저를 윌리엄 블레이크와 루트비히 판 베토벤, 윌리엄 셰익스피어 등과 비교하는 기사가 있더군. 속이 뭉근히 끓어오르는 느낌이더라고. 그러다 그날 밤 9시에 폭발해서 빌에게 전화를 했더니 우연히 엘리자베스 보엔과 유도라 웰티를 접대하고 있더군. "내 작품을 그렇게 동강내버려요?" 나는 소리를 질렀어. "이젠 그 잡지에, 아니 그 어느 잡지에도 글을 쓰지 않을 거요. 빌어먹을 하류 작가 샐린저한테나 얘기해서 그자의 빌어먹을 단편을 실으시고, 나한테서는 이제 한 편도 받을 생각 마쇼. 그렇게 애먼 사람 사타구니를 걷어차고 싶으면 나말고 딴사람을 찾아봐요" 기타 등등. 어쨌거나 잡지는 이미 인쇄소로 넘어가 있어서 뒷부분을 전부 다시 만드느라 밤을 완전히 새웠나보던데 작품은 자르지 않고 다 실었더라.

그럼 이만,

존

월요일

빌,

지난번 만남 뒤에 선배의 편지를 받았어요. 샐린저에 대한 제 언급이든 뭐든 좀 해명해야 할 것 같습니다. 샐린저를 블레이크, 베토벤, 셰익스피어 등에 비교하는 글을 읽은 것이 하필이면 제 판단이나 재능에 대한 심각한 의문을 접한 지 삼십 분 후였다는 사실은 지금 생각해보면 순전한 우연이었습니다. 물론 저도 샐린저를 존경하고, 그의 재능이 어떤 것인지, 그게 얼마나 귀한 것인지 안다고 생각해요. 제가 그렇게 흥분했던 또 한 가지 이유는 제 작품에 스스로 만족하지 못했기 때문입니다. 제가 그리는 대로 작품이 잘 나오지 않는다는 사실 때문이죠. 그렇다고 잘해낼 희망을 상실했다는 얘기는 아니에요. 잘해내리라 생각은 하지만 제가 좀 예민하네요.

그럼 이만,

존

다음은 빌 맥스웰의 회상이다. "나는 이 단편의 결말이 둘이라고 생각했어. 베토벤 교향곡의 코다*처럼 하나가 다른 하나 위에 얹혀 있는 거라고. 나는 단편을 편집할 때 시험 삼아 교정지를 뽑아보는 경우가 많은데 그런 건 숀 편집장이나 교정자에게 보내지 않아. 「여단장과 골프 과부」의 경우가 그랬어. 나는 네 아버지에게 두번째 결말을 뺀 글을 인쇄된 교정지 상태로 한번 읽어보라고 할 작정이었지(원고 상태에서 읽는 것과는 다를 때가 많거든). 그때는 인쇄소에 보내기 직전이 아니었어. 일정이 정해지지도 않은 상태였지. 그저 한번 고려해보라고 뽑아놓은 시험 교정지였던 거야. 그런데 그걸 본 네 아

* 한 곡이나 악장의 끝맺음을 강조하기 위해 앞의 내용을 확장, 장식하여 종결하는 부분.

버지가 어찌나 흥분을 하던지 진정시키느라 진땀깨나 흘렸어. 사실 그런 게 아니었는데, 편지를 보면 그런가 싶겠지만, 그 문제로 존이 전화했던 기억은 없어. 엘리자베스 보엔과 유도라 웰티를 각각 다른 시기에 요크타운의 집에 초대한 적은 있지만 함께 부른 적은 한 번도 없어. 단편은 존이 원하는 형태로 잡지에 실렸지."

아버지는 사람들에게 돈을 주곤 했다. 가족에게는 물론이고 친구들에게도 주었다. 젊든 나이가 많든 어려운 처지에 있는 작가들을 알게 되면, 그리고 수중에 돈이 있으면 아버지는 그 돈을 주었다. 상당히 궁한 처지에 놓일 때가 많았던 조시 역시 아버지에게 돈을 청해 받았던 적이 있다. 조시에게는 특별히 인상적인 면이 많았지만 그중 하나는 쉬지 않고 글을 썼다는 사실이다. 성공을 거둔 적도 있었으나 큰 좌절도 많이 겪어서, 전기요금 낼 돈이 없는 중년 여자가 되어 있는 자신을 대면해야 했다. 그래도 조시는 쉼 없이 글을 썼다.

시더 레인

금요일

조시,

그런 생각은 하지도 마세요. 제게 도움을 청했다는 사실이 전

기쁘기도 하고, 그런 일은 저도 경험을 해봐서 얼마나 어려운지 압니다. 저는 새벽 3시에서 4시 사이에 참으로 후해집니다. 형이 덴버에 광고회사를 차릴 자금을 대줘야겠다, 선배님 집에 널찍한 욕실을 하나 마련해드려야겠다, 동네 음악선생을 줄리아드 음악원에 보내줘야겠다, 야도에 파이프오르간을 한 대 들여놓아야겠다, 그런 계획들을 세웁니다. 하지만 7시가 되어 두 발을 바닥에 내려놓는 순간 저는 아주 인색해져서 동전 한푼 쓸 생각만 해도 돼지처럼 꿀꿀거리는 겁니다.

돈이 있으면 분명 편하지요. 일생의 대부분을 파산 직전의 상태로 살아온 제게 돈은 속도의 변화를 가져다줄 뿐 그다지 대단한 건 아닙니다. 아직 세금 고지를 못 받아서 돈이 얼마나 남을지는 모르지만, 장편 하나를 미리 잘라서 발표하지 않고 끝까지 쓸 정도의 자금은 될 것 같습니다.

그럼 이만,

존

아버지는 어서 조시를 불러 오시닝의 집을 보여주고 싶어했다. 스카버러에 있는 임대주택으로 이사했을 때도 얼마 지나지 않아 조시가 왔다. 아버지가 조시를 아주 좋아하기도 하지만 "조시에게는 마력이 좀 있는 것 같다는 것이 숙고 끝에 내린 의견"이라고 아버지는 설명했다. 조시가 와서 하룻밤을 묵으며 오븐에 뭔가를 넣고 태우면 우리의 새집에 살고 있던 불행한 혼들을 달래 쫓아낼 수 있을 거라고 아버지는 생각했다.

조시는 물론 오고 싶다며, 멋진 고양이가 한 마리 있는데 사정이 있어 자신은 키울 수가 없으니 우리에게 키워보라고 했다. 조시는 새까만 고양이 한 마리를 데리고 왔다가 녀석을 두고 돌아갔다.

그전까지 한동안 고양이는 조시와 그녀의 친구 엘리자베스 폴릿과 함께 살았다. 엘리자베스 폴릿은 시인 델모어 슈워츠와 결혼한 적이 있었기 때문에 아버지는 고양이 이름을 델모어로 지었다. 나중에 아버지는 조시가 델모어를 아기 고양이라고 했다고 주장했다. 그것이 사실인지는 모르겠으나 어쨌든 델모어는 절대로 아기 고양이가 아니었다. 사실 우리는 녀석이 아기 고양이였던 적이 **있기는** 한지에 대해서도 의문을 품었다. 당시 델모어는 완전한 성묘였고, 두 귀와 눈 사이에 털이 빠진 곳까지 있었다. 처음 며칠은 누나 방 서랍장 밑에 숨어 있었고, 나온 뒤로는 벽에 오줌을 뿌리기 시작했다. 수의사에게 의논했더니 '거세'를 하라고 제안했다. "칼이 손에서 살짝 미끄러진다 해도," 아버지가 수의사에게 말했다. "너무 심하게 질책하지는 않을 거요."

벽에 오줌을 묻히는 행동은 멈췄지만 델모어 슈워츠는 여전히 적응하지 못했다. 조시는 자신의 귀염둥이를 함부로 다뤘다며 크게 앙심을 품고는 아버지와 말도 하지 않았고 아버지 역시 조시와 말을 하지 않았다. 몇 년 후 연락이 재개되었을 때 아버지는 델모어가 골드워터*에게 투표했다고 전했다. 조시는 자기가 아는 그 고양이는 절대로 골드워터에게 투표하지 않았을 거라고, 자기가 아는 그 고양이가 골드워터에게 투표했다면 분명 불알도 없는 놈일 거라고 말했다. 델모어는 불알도 없는 놈이 맞았기 때문에 그 논쟁의 승자는 조시였다.

시더 레인, 오시닝

어느 금요일 [1963년 12월 6일. 조시가 말한 날짜]

조시,

지금껏 몇 번의 변변찮은 연락을 제외하면 실로 몇 년 만에 편지를 쓰는군요…… 선배님의 고양이가 어떤 운명을 겪었는지 설명해드려야 하는데 너무 오랫동안 도리를 못하고 있었어요. 이제 알려드립니다.

선배님이 저희 집에 고양이를 두고 가신 후 녀석이 자기 성격이나 지위에 대해 확신이 없는 듯해서 이름을 델모어로 바꿔주었어요. 단번에 훨씬 생생해지더군요. 그 생생함의 첫번째 표시

* 미국 공화당의 보수파 정치인으로, 1964년 대통령 후보로 지명되었으나 낙선했다.

로 놈은 클리넥스 상자 안에 똥을 쌌어요. 제가 감기로 고생하던 때에 말이죠. 저는 발작적으로 재채기를 하다가 클리넥스를 잡아챘습니다. 이 이야기를 전하며 제 자신이 잘못한 부분도 빼놓지 않으려고 합니다. 저는 얼굴과 천장에서 고양이 똥을 닦아내고는 델모어를 부엌 문간으로 데리고 가 빨래 너는 마당을 향해 드롭킥으로 날려버렸습니다. 용인할 수 없는 잔인한 행동이었고, 전 아직도 용서받지 못하고 있어요. 놈은 용서를 모르는 고양이거든요. 정말이지 거만한 놈입니다. 그후 봄이 왔을 때, 제가 프레드의 방에서 투명한 방풍창을 막 떼어내려 하자 창문이 열렸다고 생각한 델모어가 유리로 몸을 날렸습니다. 그 때문에 녀석은 콧잔등과 마음에 큰 상처를 입었습니다. 그러고는 메리와 아이들이 산으로 여행을 떠났고, 저는 델모어의 밥을 만들어주며 그런대로 행복한 여름을 보냈어요. 다음 사건은 추수감사절에 일어났습니다. 가족들이 저녁식사를 위해 모였고, 제가 막 칠면조 고기를 잘라내려는데 화장실에서 뭔가가 질식하는 듯한 소리가 나더라고요. 달려가 봤더니 델모어가 변기 안에서 목까지 찬물에 잠긴 채 잔뜩 골난 얼굴로 앉아 있지 뭡니까. 제가 놈을 꺼내 수건으로 닦아주었는데도 용서는 없었어요. 크리스마스 직후에는 할리우드의 작가가 자기 아내와 함께 점심을 먹으러 왔습니다. 제가 보통 델모어에게 하는 인사는 "뒈질래?"거든요. 그런데 제가 그러는 걸 작가 부인이 듣더니 저를 경멸하며 델모어를 가슴에 안더라고요. 델모어는 번개같이 발을 날려 부인의 오른쪽 눈알을 파내려 했고, 델모어를 떼어내려다 메리 말로는 250달러나 된다는 부인의 이탈리아제 드레스가 크게 찢어져버렸죠. 그래도 저희는 그 일로 델모어를 원망하지 않았고, 며칠 뒤 스케이트 파티를 열었을 때도 연못에 함께 가자고 권했습니다. 녀석은 기분이 좋은 듯 가족을 사랑하는 고양이처럼 즐겁게 뛰놀며 따라오고 있었는데 그 순간 북동쪽에서 바람이 살짝 불면서 솔송나무에 쌓여 있던 눈이 델모어에게 쏟아진 거죠. 놈은 저를 험상궂게 째려보더니 집으로 되돌아가 클리넥스 상자에 또 한번 똥을 쌌어요. 이번엔 청소부 아줌마가 당했고 둘은 아직도 사이가 나쁩니다.

이건 원한을 쏟아내자고 하는 얘기는 아니고요, 제 생각에 델모어는 즐겁게 잘 지내는 것 같습니다. 저는 지금껏 고양이를 학대한다는 비난을 받아왔고, 루스 허시버거라는 여자는 엘리자베스 폴릿에게 계속 편지를 써서 제게서 고양이를 데려가라고 말하지만, 사실 델모어는 우리의 모든 인간관계에 역동성을 더해주는 역할을 합니다. 저를 싫어하는 사람들은 즉시 델모어의 편이 되니 놈은 따라서 중재자가 되는 거죠. 녀석은 화장지를 가지고 놀기를 좋아해요. 캣닙*을 넣은 쥐 인형은 싫어하고요. 지저귀

* 고양이가 좋아하는 개박하풀.

는 새들을 죽이지 않습니다. 봄에는 토끼들이 잔디밭 위에서 델모어를 쫓아다니지만 상추를 다 먹고 나면 가버려요. 놈은 테라스를 독차지하다시피 합니다. 요즘은 굉장히 살이 쪄서, 칼 샌드버그*가 뭐라 했든 간에 놈의 발자국 소리는 겨울안개가 내리는 소리는커녕 맨발로 화장실에 가는 중년 남자의 발소리에 가깝습니다. 하지만 녀석에게는 제 역할이 있고 저희는 모두 그걸 존중하며, 이것으로 고양이 델모어에 대한 보고를 마치겠사옵니다.

두루 평안하시기를 빕니다. 메리는 강의를 하고, 저는 글을 쓰고, 아이들은 저마다 학교에 다니고 있으며, 이곳은 모두 평안합니다.

그럼 이만,

존

1963년 말에 아버지는 맬컴에게 『왑샷 가문 몰락기』를 한 권 보냈다. 맬컴의 집 앞 솔숲은 잘 정돈되어 있기로 유명했다.

시더 레인, 오시닝

금요일 [1963년]

---

* 미국의 시인으로 「안개」라는 시에서 내리는 안개를 고양이의 발걸음에 비유했다.

맬컴,

전화해주셔서 정말 감사합니다. 선배님은 늘 너무도 너그러우시니 오히려 더 걱정스럽더군요. 책이 마음에 들지 않는데 그렇다고 하기가 민망해서 말씀을 못하실까봐 불안했거든요. 제 솔숲 역시 워낙 엉망인지라 저 자신이 이것저것 다 실패한 사람처럼 느껴졌습니다.

뮤리얼에게도 안부 전해주세요.

변함없이,

존

시더 레인

토요일

맬컴,

몸이 편찮으시다는 얘기를 듣고 너무 안타까웠습니다. 그런데도 그런 관대함을 베풀어주시다니 정말로 감사합니다. 이 책이 가공할 만한 웅대한 작품이 되기를 얼마나 바랐는지 모릅니다. 어쨌거나 이젠 지난 일이 되었으니 계속 더 좋은 작품을 쓰게 되기를 바랄 뿐입니다. 지금까지 그 어떤 작품을 쓸 때보다 더 오랫동안 쓰라린 자신감 부족에 시달렸습니다. 그리고 지난 3년 동안 계속 다른 일들이 끼어들었는데 그 일들을 해결하고 나면 다시 글쓰기로 되돌아가는 일이 참 힘들더군요. 다른 일들이라는 게 별건 아니고요, 예를 들어, 벤이 방문을 가볍게 두드리던 아침이 생각나네요. 그러고는 제게 말했죠. "방해해서 죄송한데요 아빠, 고추가 지퍼에 끼었어요." 다양한 사건들이 저를 중심으로 정리되는 삶을 살아왔다는 게 행운이라는 생각이 들긴 하지만, 지퍼를 해결하고 나서 하던 일로 늘 돌아갈 수 있는 건 아니더라고요.

뮤리얼에게도 안부 전해주시고요, 조만간 두 분을 함께 뵐 수 있으면 좋겠습니다. 시내에서 점심식사를 하실 수 있다면 저는 기꺼이 나가겠습니다. 선배님은 오랜 세월 제게 큰 도움을 주신 분입니다.

변함없이,

존

어느 날 오후 학교에서 집에 돌아와보니 잔디밭 아래쪽에서 양복과 조끼 차림에 키 크고 호리호리한 오스트레일리아 남자가 옆으로 재주넘기를 시도하고 있었다. 아버지는 한쪽으로 비켜서서 지켜보고 있었다. 본인 역시 평론가들이 즐겨 표현하던 대로 '어린애 같은 경이감'으로 가득한 사람이었지만, 아버지는 자신만의 별난 예절 감각을 위반하는 다른 남자들을 볼 때면 자주 혹독한 반응을 보였기 때문에 나는 '저 사람은 아빠가 좋아하지 않겠구나' 하고 생각했던 기억이 난다. 하지만 앨윈 리가 가고 나서 아무런 비평이 나오지 않아 나는 크게 놀랐다. 앨윈은 1964년 3월에 나온 『타임』의 커버기사를 썼다.

맬컴 카울리에게 보내는 다음 편지에서 아버지는 앨윈을 그저 편집자 A로만 밝히고 있다. 사실, 우리는 스토에 앨윈과 함께 가게 될 것을 알았고, 여행경비는 『타임』이 부담했다고 나는 믿고 있다. 그 부분에 대한 거짓말에 해롭거나 이기적인 의도는 없었다고 생각한다. 그저 편지를 더 재미있게 만들었을 뿐이다.

언급된 단편집은 『여단장과 골프 과부』(하퍼 앤드 로, 1964)이다.

존 치버
시더 레인, 뉴욕 주 오시닝
화요일 [1964년]

맬컴,

선배님이 없었더라면 저는 작가로서 제대로 된 경력을 쌓지도 못했을 것이고, 선배님의 양식과 아량이 없었더라면 지금까지의 직업적 삶도 견디기 힘들었을 것입니다. 제가 『타임』 건에 대해 처음 알게 된 건 어느 화가가 피츠버그에서 전화를 걸어 제 초상화를 그리러 비행기로 이곳에 온다고 말했을 때였습니다. 벤과 저는 기차를 타고 스토로 갔지요. 기차에는 『타임』의 편집자 한 명과 자료조사원 아가씨가 한 명 탔더군요. 그들은 저를 따라 산을 오르락내리락하며 제 어머니의 키가 얼마였는지 묻고 그러더라고요. 스토에서 돌아왔더니 두번째 편집자가 기다리고 있었고 화가는 제 헌 셔츠를 의자 등받이에 걸쳐놓고 그리고 있더군요. 이제 보니 편집자 A는—둘 중 연장자—진지하고 너그럽게 이야기를 풀어갈 계획인 것 같아요. 편집자 B는 도끼로 절단도질하고 싶어하고요. 췌장이 나쁜 편집자 A가 분별력 또는 장기에 문제가 생겨 그 일을 못하게 되면 이 기사는 편집자 B에게로 갈 겁니다. 편집자 B는 자꾸 무례한 질문들을 해대서 제가 집에서 내쫓았어요. 비가 오고 있었죠. 그자는 현관문에서 차까지 가느라 흠뻑 젖었어요. 앙심을 품었더군요. 저는 계속 스스로 되뇌고 있습니다. 그들은 제게 좋은 영향도 나쁜 영향도 끼치지 못하니, 샐린저처럼 화장실에 숨었다가 나올 길을 찾지 못하는 것보다는 이런 식으로 지내는 게 더 낫다고요.

이곳은 두루 평안합니다. 비록 저는 다시 일로 돌아가기가 좀 힘들긴 해도요. 가을에 단편집이 하나 나올 텐데 저는 장편보다 이 단편들이 더 마음에 듭니다. 4월에 메리를 캘리포니아에 데려가고 싶고, 『타임』 기사가 정말로 나온다면 그 여파가 사라질 때까지 저는 이탈리아에 가 있을까 합니다. 두 분 모두에게 따뜻한 마음을 전하며.

존

존 치버 [1964년]

시더 레인, 뉴욕 주 오시닝

맬컴,

『타임』 사람들에게 닦달을 당한 건 재미없었지만 재미있는 이야기도 하나 있었습니다. 조지아 주 소도시 출신으로 언덕 위쪽의 시골 주택에 사는 샐리 지글러라는 여자가 한 달 동안 『타임』과의 인터뷰를 준비해왔다고 합니다. 금요일에 초인종이 울리자 그 여자는 남자를 안으로 들였대요. "저는 이런 식의 치사한 언론 보도에 찬성하진 않아요." 그 여자가 말했습니다. "하지만 사실 저는 그 사람에 대해 굉장히 많은 걸 알고 있어요. 우리집 창문에서 다 보이거든요. 제 말은, 그 사람이 대단한 술꾼이라는 얘기인데요, 12시 정오부터 마티니 칵테일을 들고 밖에 나와 있는 모습을 자주 보거든요. 그리고 때로는 우리 애들이 다 보는데도 과수원을 누비며 자기 아내 뒤꽁무니를 쫓아다녀요. 그리고 수영하러 갈 때는 수영복을 거의 입지 않는다고 보는 게 맞아요. 저는 항상 수영복도 없이 수영하러 가는 남자들은 뭔가 이상하다고 생각해왔거든요. 하지만 아까 말했듯이 저는 이런 식으로 뒷소문을 흘리는 건 찬성하지 않아요. 그의 습관에 대해 적절히 질문하시면 능력껏 잘 대답하도록 노력해볼게요." 그러자 남자가 말했습니다. "아주머니, 저는 풀러 브러시 생활용품 회사에서 나온 사람입니다."

변함없이,

존

'오시닝의 오비디우스'라는 제목으로 나온 『타임』의 기사가 호의적이지 않은 건 아니었다. 게다가—아버지는 이 점에 더 민감했을 거라고 생각되는데—재미없지도 않았다. 기사에서 앨윈은 글쓰는 일의 도덕적 토대를 중시했다. 그는 다음과 같이 썼다. "치버 성을 가진 최초의 미국인은 청교도 교사로, 코튼 매더*는 그를 향해 '지칠 줄 모르고 악마를 부정'하며 '인간은 고통으로 가득한 존재요, 모든 세속적 아름다움은 음탕하고 타락한 것'이라 믿은 사람이라고 칭송했다." 앨윈은 존 치버의 세계관은 그보다는 탄력적이고 생기 있다는 점을 분명히 밝히면서 다음과 같이 덧붙였다. "부부 교환이라든가, 그 외에도 사회학적 냉소와 함께 의무를 회피해버리는 다른 식의 불경함을 용인하는 안이한 현실주의는 그를 분노케 한다. 근본적으로 그는 뉴잉글랜드의 도덕주의자이기 때문이다."

『타임』은 아버지를 '일부일처주의자'라고 묘사한 소제목 아래의 기사에서 다음과 같이 서술했다. "치버 작품의 상당수가

* 뉴잉글랜드 청교도 사회에 막대한 영향력을 발휘한 성직자.

어떤 식으로든 부부간의 불화나 위기를 다룬 것이라는 점에서, 치버 부부의 결혼은 그들의 친구들에게 일상적 수준을 넘어서는 관심의 대상이다. 이 문제의 본질은 존 치버가 현대소설이라는 분야에서는 거의 유일하게 일부일처제의 영광과 기쁨을 찬양하는 사람이라는 사실에서 가장 잘 유추해낼 수 있을 것이다." 물론 아버지의 소설은 불륜의 영광과 기쁨을 찬양하기도 했다. 하지만 1964년에 나는 이 점 역시 거론할 엄두를 내지 못했다.

이 기사의 마무리 부분은 그때 읽었을 때도 그랬지만 지금 읽어도 역시 진실을 잘 담고 있다고 느껴진다.

궁극적으로 치버는 "당혹스럽고 거대한 꿈처럼 우리 주변에 펼쳐져 있는 세계를 찬양"하려 한다. 그는 말한다. "사람은 누군가에게 기쁜 소식을 전하고 싶은 충동이 있습니다. 문학에 대한 저의 감각은 무엇을 주는 것이지 깎아내리는 것이 아닙니다. 소설 한 편이 저마다 다른 사건들을 한데 모아 서로 관련되게 함으로써, 인생 자체가 창조의 과정이라는 느낌, 어떤 것이 다른 것과 만나게 되는 데는 목적이 있다는 느낌, 하나의 만남에서 상실한 것은 다음 만남에서 채워진다는 느낌, 그리고 우리에게 주위에서 벌어지는 일의 의미를 헤아릴 능력이 조금은 있다는 느낌을 확인시켜줄 때, 제게는 그런 작품을 쓰는 것보다 더 큰 즐거움은 거의 없습니다."

러시아

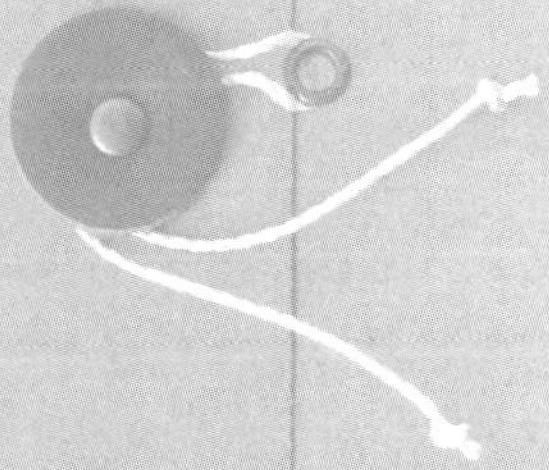

1964년 가을, 아버지는 문화교류 프로그램의 일환으로 한 달여 간 러시아에 갔다. 아버지는 그 기간 중 일부를 존과 메리 업다이크와 함께 여행했고, 러시아 시인 옙투셴코를 만나 흠모하게 되었다. 아버지는 통역사 타냐 리트비노프도 만났다. 타냐의 아버지 막심 리트비노프는 제2차세계대전 이전, 스탈린 정권의 외무장관이었다. 리트비노프는 자신의 평판을 걸고 러시아와 서방 세계를 연결하는 반나치 연합을 추진했다. 결국 외무장관은 뱌체슬라프 몰로토프로 교체되었다. 몰로토프는 스탈린과 히틀러 사이의 악명 높은 불가침조약 협상에 일조했다. 타냐의 어머니 아이비는 『뉴요커』에 단편소설을 썼다. 아버지와 타냐의 우정은 여생 내내 지속되었다.

존 치버

시더 레인, 뉴욕 주 오시닝

11월 16일 [1964년]

타냐,

내 아이들의 이름은 수전 라일리 치버, 벤저민 헤일 치버, 그리고 로마에서 태어난 페데리코가 있어요. 까만 개의 이름은 카시오페이아이고 스코틀랜드 태생의 누런 암캐는 플로라 맥도널드예요. 난 분명 앞으로 4년이 훨씬 못 되어 러시아에 다시 갈 겁니다. 사치를 즐기는 서양인이 모스크바에서 암스테르담을 향해 떠나자마자 느낀다는 기쁨과 안도감을 나는 전혀 경험하지 못했습니다. 품격 있는 암스테르담 공항에서 침울하게 앉아 진 앤드 토닉을 마시며 모스크바로 되돌아가기를 빌었어요. 난 당신 나라와 당신 나라 사람들이 좋아요……

베를린은 우울하더군요. 거기에서 비행기를 타고 집으로 왔어요. 메리는 참 사랑스러워 보였는데 실제로도 그랬고, 벤은 학교에서 주말 동안 집에 왔어요. 러시아에서의 시간은 눈 깜짝할 사이에 지나버린데다 정서적으로 너무도 강력한 경험이어서 난 아직도 두 세계 사이에 걸쳐져 있는 느낌이에요…… 언젠가 당신이 이곳 정원 계단을 뛰어올라오는 모습을 보게 될 거라고 확신합니다. 별다른 일은 없었지만 일요일에 영성체를 받으러 성당에 갔을 때는 예외라 할 수 있겠네요. 〈하느님의 어린양〉 성가가 끝나고 발작적으로 기침이 나와 성례를 할 수 없었죠. 누가 그러더군요. "저 사람 러시아에 갔다 왔대." 맞는 말이죠.

사랑을 담아,

존

다음은 시간이 흐른 후 아버지가 했던 러시아 여행에 대한 연설이다. 국립문예연구원에서 열린 행사였다.

제 러시아어 독해 수준은 식당 메뉴를 읽는 것 정도에 국한되고, 러시아어로 대화할 때 쓰는 어휘는 100개가 못 되며, 러시아를 여행한 기간은 한 달을 조금 넘긴 정도라, 그 광활한 나라와 국민에 대해 이야기할 만한 능력으로 치자면 발이 닳도록 돌아다닌 관광객의 수준을 넘지 못할 것입니다.

제가 국무부로부터 러시아 여행에 대해 간단한 지침을 받은 당시는 반공사상이란 기계적으로 외워서 숙지하는 것, 변화도 없고 어떤 사건의 영향도 받지 않는 것처럼 보이던 시기였습니다. 제가 그때 들은 것은 자유가 위협받을 것이고 소지품 수색을 당할 것이며 대화가 도청되고 산책할 때 미행이 붙을 거라는 경고였습니다. 그런 일은 전혀 일어나지 않았습니다. 작가 대표단이 공항에서 우리를 맞아주었는데 그렇게 다정하고 솔직하고 격렬한 사람들은 본 적이 없습니다. 어떤 종류의 불쾌한 일도 전혀 없었지만, 감지한 적은 딱 한 번 있었죠. 어느 날 밤, 트빌리시에서 함께 여행하던 우크라이나 사람이 제 호텔방에 오더니 자기가 불편한 임무를 맡았다고 하더군요. "하필 제가 이런 말씀을 드리게 되어 유감입니다만," 그가 말했습니다. "선생님, 이발 좀 하셔야겠어요."

모스크바에서 마지막날에는—저는 존과 메리 업다이크와 함께 여행중이었죠—옙투셴코가 전화를 걸어 2시에 호텔에 가도 되겠느냐고 묻더군요. 저는 좋다고 말은 했는데, 러시아 사람들은 식사 시간을 그다지 확실하게 구분하지 않는 듯하여 점심을 먹자는 얘긴지 아닌지는 모르겠더군요. 옙투셴코는 가장 좋은 양복에 자잘한 점무늬가 흩뿌려진 외투를 차려입고 왔습니다. 코트는 분명 해외에서 산 듯했어요.

"선물을 드리려고 왔습니다." 그가 말했습니다.

"예브게니," 제가 말했죠. "난 선물을 원하지 않아요. 내일 아침에 서베를린으로 떠나잖아요. 지금 가방을 꾸리고 있어요. 모피 모자가 네 개에 성상이 두 개나 있고, 그루지야 뿔 술잔은 모두 내다버려야 했어요."

그가 말했습니다. "아니, 아닙니다. 가져가실 물건이 아니에요. 특별한 것입니다."

그의 차에 오른 우리는 모스크바를 벗어나 주택 개발지를 지나서 일종의 빈민가로 보이는 곳으로 갔고, 그곳에서 구식 벽돌 건물로 된 공동주택 계단을 올라갔습니다. 그는 저를 노부인과 젊은 남자, 그리고 그의 부인에게 소개하고는 스튜디오로 쓰이고 있는 조그만 거실로 데려가더군요. 그러고는 그림 열두 점을 보여주는데 제 눈에는 굉장히 훌륭한 그림, 굉장히 독창적인 그림이었습니다. 사람들이 보통 그림을 보고 난 뒤에 하는 정중하고 어색한 말들을 저도 늘어놓았지만, 내심으로도 정말 좋은—뛰어나고 진보적이고 이단적인—그림이라고 생각했습니다. 그러고 나서 우리는 아파트를 나와 계단을 뛰어내려갔습니다. 예브게니는 달리기를 굉장히 잘해요. 그때 그가 외치더군요. 무대에 선 배우처럼 오른손을 내뻗으면서 말이죠. "보세요! 저자는 자기 그림을 보여주지도 못해요. 자기 그림을 팔지도 못해요. 자기 그림에 대해 논하지도 못해요. 선생님께 드리는 제 선물은 그 무엇도 꺾을 수 없는 그림의 힘입니다."

12월 14일 [1964년]

조시,

러시아에 다녀왔습니다. 소비에트 작가들이 저를 초대해서 간 것이죠. 거기 사람들은 선배님이 가셨을 때 이후로 그리 변하지 않은 것 같고, 지금 가장 선명하게 기억하는 것, 사실은 잊을 수 없는 것이 바로 그 사람들입니다. 2억이 넘는 인구와 사랑에 빠지기는 어려운 일인데, 그리고 국무부로서는 굉장히 난감한 일일 텐데, 지금 제가 바로 그렇게 된 것 같습니다.

그럼 이만,

존

이웃이자 친구인 헬렌 퓨너가 아버지의 하우얼스 메달* 수상을 축하하는 편지를 보내자 아버지는 다음과 같은 답장을 썼다. 루이스 멈퍼드는 사회학자이자 비평가이다. 솔은 솔 벨로이며, 캐서린 앤은 캐서린 앤 포터이다.

존 치버

시더 레인, 뉴욕 주 오시닝

금요일

헬렌,

확실하지는 않은 듯해요. 제 것은 가장자리에 14K라고 쓰여 있고, 어느 전당포에 가더라도 400달러는 받을 수 있을 거라고 들었어요. 하지만 무게가 1파운드 정도 되는데, 금 1파운드면 그보다 더 받을 수 있는 거 아닌가요? 한쪽 면에는 하우얼스의 초상이, 뒷면에는 야자수와 월계관이 멋지게 새겨져 있습니다. 설

* 미국문예원에서 5년에 한 번씩 최고의 미국소설을 선정해 수여하는 문학상.

령 불량 금속이라 해도 메달로 쓰기에는 적절할 거예요. 처음에는 멈퍼드에게서 편지를, 즉 흑점*을 받았죠. 저는 그 영예를 받아들일 수 없어 유감이라고, 오, 아주 품위 있게요, 답장 초고를 써서 메리에게 보여줬어요. 메리는 상을 받아야 한다고 말하더군요. 아트 스피어에게 물었죠. 아트도 받아야 한다고 하더군요. 그러다 랠프 엘리슨과 점심을 들며 어떤 개자식이 날 후보로 올린 건지 아느냐고 물었죠. 랠프가 화를 내며 자기가 그랬다고, 굉장히 힘겨운 투쟁이었다고 하더군요. 루이스 크로넨버거는 투표에 불참했고 다른 사람들은 모두 솔에게 상을 주고 싶어했지만, 캐서린 앤에게 표를 주겠다고 약속한 글렌웨이 웨스콧은 반대했다고 합니다. 캐서린은 받고 싶어했대요. 금은보석에 열광하거든요. 랠프가 저에게 상을 줘야 한다고 우긴 이유는, 그가 티볼리에서 솔과 한집에 살 때 솔이 어느 날 아침 테라스에 나갔다가 미끄러져 개똥 무더기 위로 넘어진 사건 때문이었습니다. 솔이 랠프에게 개 훈련 좀 제대로 시킬 수 없느냐고 따졌고, 랠프는 네가 뭘 몰라서 그런다고 말했답니다. 솔이 키워본 유일한 개는 잡종이었죠. 랠프가 자기 개는 샹뒤라스**라서 테라스에 똥을 싸는 건 그런 개들의 습관이라고 했어요. 격렬한 언쟁이 뒤를

* 로버트 루이스 스티븐슨의 『보물섬』에서 해적들이 누군가를 죽이거나 선장 자리에서 물러나게 할 때 보내는 둥글고 검은 종이쪽지.

** '경주용 개'를 뜻하는 프랑스어.

이었고요. 솔의 혀는 랠프보다 길고 날카로워서, 랠프는 그 메달을 제게 주는 것으로 앙갚음을 했죠. 메달은 피아노 의자 안에 보관중입니다.

그럼 이만,

존

엘리펀트는 타냐의 남편이다. 코르네이 추콥스키는 아버지의 글을 러시아 대중에게 소개하는 데 도움을 주었다. 그는 러시아 문학계의 저명인사였고, 아버지가 그를 만났을 때 두 사람은 즉시 서로에게 호감을 느꼈다.

5월 1일

타냐,

존 허시는 『아다노의 종』과 『히로시마』를 쓴 사람이 맞습니다. 팔이 길고 링컨처럼 목도 긴 것이 특징인 사람이죠. 그는 가장 좋은 의미에서 가장 치열하게 양심적인 사람이며, 선교사의 아들로 중국에서 자랐고, 자신의 책임을 문학 너머까지 확장시킨 몇 안 되는 미국 작가 중 한 사람입니다. 부유한 여자와 몇 년간 결혼생활을 했는데, 처음엔 꽤 미인이던 사람이 서른을 넘기면서 성질 사나운 여자로 변해갔지요. 그후 허시는 바바라 애덤스와 결혼했어요. 사랑스럽고 마음이 순수하고 나긋나긋한 여자예요. 그 부부에겐 어린아이가 있고, 바버라는 여행을 못합니다.

지금 이곳은 길고 맹렬하고 경이로운 봄이에요. 나무에는 색색의 지저귀는 새들이 가득하고, 시내에는 물이 가득하고, 정원에는 꽃들이, 강물에는 (가끔씩) 고기가 가득합니다. 집 앞에 있는 커다란 백목련나무가 가장 먼저 꽃을 피우면 그 뒤를 이어 자두나무, 사과나무, 체리나무, 그리고 층층나무라고, 우리집에 숲을 이루고 있는 선캄브리아기의 나무가 꽃을 피웁니다. 이 나라는 노래하는 새들을 보존하고 북돋우려는 경향이 굉장히 강해서 새소리가 참으로 요란해요.

……완전히 빗나간 생각이죠. 지난주에 우리는 학교로 벤을 보러 갔다가 라크로스 게임을 구경했습니다. 인디언들이 고안한 멋진 스포츠예요. 이 학교는 규모가 작고 영국의 공립학교들과 비슷합니다. 변하는 시류를 늦춰보려는 미국 상류층의 노력이 역력히 드러나지요. 그래도 운동장은 푸르고, 나무들은 웅장하고, 숙녀들의 목소리는 음악처럼 들려요. 음식은 끔찍하고, 사내아이들은 배경 좋은 애들이죠. 흘러간 시절의 풍경이지만 그래도 매력이 있습니다. 다행히도 벤은 그런 데 크게 신경쓰지 않아요. 한편 수지는 올여름에 앨라배마에 있는 깜둥이 대학교에서 강의를 할 거랍니다. 엘리펀트와 코르네이에게 안부를 전해주세요.

사랑을 담아,

존

프레더릭 엑슬리와 아버지의 서신 교환은 1960년대에 시작되었다. 개들을 키우는 보이어 가족은 위스키 섬에 별장을 가지고 있었다. 아버지는 엑슬리의 글을 예찬했다.

존 치버

시더 레인, 뉴욕 주 오시닝

6월 1일 [1965년]

엑슬리 씨,

기분좋은 편지를 보내주셨군요. 근처에 올 일 있으면 꼭 전화해요. 기꺼이 술 몇 잔 대접하지요. 문학의 왕국은 바라는 만큼 평화적인 곳이 아니에요. 얼빠진 얘기지만, 나는 오로지 공공의 복지에만 관심 있는 순진한 사람이라고 주장하고 싶군요. 그리고 솔의 작품에 대한 저의 예찬은 진심이지만, 사실 업다이크의 경우는, 물론 그가 뛰어난 사람이라는 걸 알고 있으며 지난가을에 같이 러시아에 다녀오기도 했지만, 나로서는 상당한 비용과 불편을 감수하고서라도 그와의 동행은 피하고 싶어요. 그의 호탕함은 허울뿐이고, 그의 작품의 동인이 되는 것은 탐심貪心과 노출증, 냉정한 가슴이라는 게 내 생각입니다. 지금 이런 말을 구구절절 늘어놓는 것은 내가 진정 얼마나 순진하고 관대한 사람인지 보여주기 위한 것이지요. 벨로는 물론 박식하고 호전적이고 기민한 정신의 소유자로, 함께 있으면 정말 헤어지기 싫은 친구입니다.

나는 1년에 몇 번은 주말이면 클레이턴 마을에서 가까운 위스키라는 섬에 가기 때문에 그 강을 압니다. 위스키 섬에 가면 제가 테니스를 치지 못한다는 사실이 참 힘들어요. 내가 못하는 경기의 소음과 사람들의 목소리를 듣고만 있으려면 그렇게 괴로울 수가 없어요. 놀이터 가장자리에 붙잡혀 있는 풀죽은 어린애가 된 느낌인데 난 그 느낌이 아주 싫거든요. 이런 맘을 이해 못하는 그 집주인은 내게 위스키 한 병과 루이스 오킨클로스Louis Auchincloss의 소설을 내주면서, 자신은 남자 복식에서 대활약을 펼치는 동안 난 그런 거나 즐기고 있으라고 하지요……

모든 호의를 담아,

존 치버

비버는 1963년 11월 2일자 『뉴요커』에 실린 「많이 배운 미국 여성」에 나오는 병약한 어린 소년으로, 어머니가 고속도로 건설위원회에 나가 증언을 하는 동안 홀로 집에 남겨졌다 폐렴에 걸려 죽는다.

6월 2일 [1965년]

타냐,

비버의 종말을 좋아하는 사람은 아무도 없지만 그 작품은 그렇게 쓰였고 앞으로도 그대로 유지되어야 한다고 봅니다. 여자 주인공이 외아들을 기억하며 느낄 감정을 감당할 수 없어서 장면을 피렌체로 이동시킨 것이고요. 결국 자전적 원한을 담은 글이 되고 만 것 같군요. 나는 열한 살 때 치명적인 유형의 결핵에 걸린 적이 있는데, 위기가 지나가자 며칠 뒤에 우리 어머니는 날 담요로 감싸고 피를 토할 깨끗한 수건을 몽땅 쌓아놓더니 공공복지에 관한 무슨 위원회의 회의를 주재한다며 가버렸어요. 지금은 건강하니 살아 있다는 데 감사하고 그토록 의무수행에 성실한 부모를 두었다는 사실에 감사해야 하지만, 아직도 그때의 텅 빈 집과 죽음의 공포는 잊고 싶습니다.

……미국 대통령이 화요일에 있을 만찬에 날 초대했어요. 완전히 어리둥절하네요. 수지는 이게 다 어처구니없는 실수일 거라고 생각하고요. 거기 가면 업다이크가 있을 것 같아요. 그자는 『뉴요커』 최근호에 러시아의 도시들을 주제 삼아 아주 멍청한 시를 발표했더군요. 끊임없이 비가 내리고 또 내리네요. 그래서 아주 좋습니다.

사랑을 담아,

존

존 치버

시더 레인, 뉴욕 주 오시닝

월요일 [1965년 6월]

엑슬리 씨,

러시아에 대해 얘기할 겁니다. 그 얘기라면 사실 아무도 날 못 말려요. 이야기는 모스크바의 비 오는 밤에서 시작되어 크림반도까지 휩쓸고 내려오는데, 십오 분 동안 옙투셴코를 흉내내는 부분도 포함됩니다. 업다이크와 나는 서로를 험담하며 대부분의 시간을 보내지요. 나는 그자가 아주 오만하다고 생각하는데 내 딸은 제가 오만하다고 말하는군요. 화요일 백악관 만찬에서도 만났는데, 나는 그의 벅주스bug juice*에 폭죽을 떨어뜨리는 것만 빼고는 별짓을 다 했습니다. 기분이 끝내주더군요. 러시아에 대해서는 얘기할 거지만, 내 책들에 대해서는 극심한 불편함 없이 얘기하기가 불가능해요. 간밤에 아내에게도 이렇게 설명해봤는데, 달리기하는 사람이나 수영하는 사람의 이미지가 내 이런 사정을 가장 잘 드러내주는 것 같습니다. 지금 어디까지 왔나 살펴보는 데는 현저히 무관심하고, 작품에 대해 조금이라도 자의식을 갖게 되면 모두 와르르 무너질 것처럼 느껴져요. 우리집엔 내 책이 하나도 없습니다. 그런데 이건 겸손이 아니에요. 상식적인

* 과일향이 나는 가루를 탄 달콤한 음료수나 펀치 또는 싸구려 독주.

행동이죠.

……오킨클로스는 왠지 노처녀 같은 느낌을 풍기고, 아는 것도 딱 그만큼이더군요. 그건 아주 유감스러운 태도죠. 그 사람도 백악관에 왔어요. 오하라, 짐 브래들리, 스탠 뮤지얼, 마리안 무어도 왔죠. 우리는 벅주스만 빼고 다양한 칵테일을 마시면서 뷔페 음식을 먹었습니다. 어젯밤 늦은 시간에 돌아와 냉장고를 열고 차가운 햄을 한 조각 꺼내 먹다가 틀니를 삼켜버렸어요. 플라스틱으로 된 뒤판에 날카로운 갈고리가 두 개나 달린 것을 말입니다. 내과의사도 치과의사도(워터타운에서 온 친구예요) 병원을 비운 채 내일에나 돌아온다는군요. 하지만 이제 정오가 다 되어가는데, 잔뜩 흐린 월요일이 주는 괴로움말고는 아무 느낌도 없단 말이죠. 지금 계속해서 되뇌고 있어요. 나는 부자다, 유달리 아름답고 열정적인 여자들 여러 명이 나를 좋아한다, 18세기풍의 석조 집과 충성스러운 래브라도레트리버 한 쌍을 소유하고 있으며, 예쁘고 총명한 자식 셋의 아버지인데다 백악관 초청도 자주 받는 사람이다. 그런 절세의 인물이 어떻게 고작 틀니 하나 때문에 무너진단 말인가?

줄이며,

존 치버

지금은 화요일이고, 난 아직 살아 있어요.

존 치버

시더 레인, 뉴욕 주 오시닝

월요일

엑슬리 씨,

결국 가장 괴로워하는 사람은 그 워터타운 출신의 치과의사인 듯해요. 내게 턱받이를 씌우고 완전무장을 시킨 뒤 틀니의 어느 부분을 삼켰느냐고 묻기에 몽땅 다 삼켰다고 하자 낯빛이 창백해졌어요. 아마도 배설되어 나온 것 같다고 내가 쾌활하게 말했더니 그가 쉰 목소리로 의학적인 조치 없이는 밖으로 나왔을 리 없다는 거예요. "불가능해요." 그가 말했어요. "그 갈고리들 때문에요." 그때는 당장 그 의사 입을 꿰매버리고 싶었는데 지금 보니 그 작자가 뭔가 잘못 안 것 같아요. 요즘에는 방귀 소리가 흡사 경찰 호루라기 소리 같긴 한데 통증은 거의 없는데다 택시를 부를 땐 무척 유용하군요.

업다이크와 나는 페스티벌에 초대받은 게 아니라 그전에 있었던 만찬에 스탠 뮤지얼, 존 글렌 등과 함께 초대받았어요. 하지만 엑슬리 씨가 공상한 내용을 듣고 보니 내가 앞가림을 상당히 잘하는 사람이라는 점을 알려드려야겠군요. 우리의 갈등은 모스크바 대사관에서 시작되었습니다. 그가 "선생님이 그렇게 위대해 보이는 이유가 뭐죠? 저는 이미 저세상분인 줄 알았네요" 하더군요. 그러더니 내가 하드커버로 나온 『연대장The

Brigadier』을 사람들에게 돌리고 있자 그자는 페이퍼백으로 된 자기 책 『켄타우로스The Centaur』를 돌리기 시작했어요. 8 대 6으로 내가 이겼죠. 다음날 우리가 스파소하우스*에 갔을 때 그는 책을 가져오는 걸 잊어버렸지만 난 여섯 권을 뿌렸지요. 레닌그라드로 가는 기차에서는 그자가 내 책들을 창문 밖으로 던져버리려고 하자 그의 사랑스러운 아내 메리가 끼어들었어요. 메리는 책을 구했을 뿐만 아니라 읽기까지 했지요. 베개 밑에 숨겨놓고 아픈 척하며 읽었대요. 남편이 알면 자길 죽이려들 거라고 하더군요. 레닌그라드 대학교에서는 청중의 관심을 독차지하고 싶어 자기가 쓴 엉터리 시를 낭송하려고 하기에 난 재떨이에 불을 붙이고 물병을 엎어버렸죠. 하지만 내가 존슨 대통령과 영부인에게 업다이크가 유난히 우람해 보이는 건 속옷을 껴입어서 그런 게 아니라고—직접 사인해서 가져온 『켄타우로스』 때문이라고—지적했을 때는 깊이 상처받은 모습이었습니다. 그들 부부에게 우리와 함께 웰플리트에 가서 지내자고 초대했는데 아직까지 아무런 대답이 없군요.

그럼 이만,

존 치버

* 모스크바 주재 미국 대사의 사택 명칭.

타냐에게는 트리카라는 개가 있었다.

존 치버

시더 레인, 뉴욕 주 오시닝

6월 15일

타냐,

……미국 생활의 자잘한 일상에 대한 게으른 나열. 일요일 아침에 잔디밭에서 악어거북을 봤어요. 길이는 3.5피트 정도에 꼬리에는 뾰족한 돌기가 나 있는데 턱은 성인 남자의 다리도 부러뜨릴 것처럼 생겼더라고요. 이렇게 단정한 풍경 속에서 그런 선사시대의 야수를 발견하다니 정말이지 흥분되더군요. 놈의 머리에 산탄총알 열 발을 박아넣었지요. 우리는 수지네 학교의 평의회와 졸업식에 참석하려고 프로비던스로 차를 몰고 갔습니다. 그 대학은 1760년에 설립되어 지금까지 오랜 세월 동안 수많은 의례들과 알 수 없는 의식들을 축적해왔어요. 종을 울리고 의식용 지휘봉을 이리저리 이동시키다가 월계관을 수여하고, 라틴어로 된 식사式辭와 영어로 된 연설을 하고, 끝없는 행렬이 이어지다가 마침내 수지는 월요일 오후에 졸업장을 받았습니다. 난 화요일에 비행기로 워싱턴에 가서 백악관 파티에 참석했어요. 당신도 알지 모르지만 미국의 지식인들 사이에서는 자신들이 혐오하는 외교정책을 펼치는 대통령의 초대를 수락할 것인가 말 것

인가를 두고 굉장한 논쟁이 있었어요. 나는 수락했지요. 손님이 예순 명 정도 되었는데, 우주비행사, 운동선수, 시인, 소설가, 물리학자, 의사 들, 그리고 배우도 한 명 있었어요. 아주 재미있었지요. 대통령은 지쳐 보였지만 존슨 여사는 우아하더군요. 엽다이크 부부도 거기 왔는데, 나는 그자의 아랫도리를 걷어차는 것만 빼고 별짓을 다 했죠. 기분이 나아지더군요. 수요일에 다시 비행기로 집에 왔고 목요일에는 깜둥이 대학교에 강의하러 앨라배마에 가는 수지를 공항까지 배웅했어요. 내가 가장 예뻐하는 벤은 금요일에 돌아왔습니다. 우리집의 누런 암캐가 수요일에 임신을 해서 8월 중순에 새끼들을 낳을 거라고 트리카에게 전해주세요. 짱Pow! 요즘 애들 쓰는 은어예요. 짱은 좋다는 뜻이죠. 꽝Zilch!은 나쁘다는 뜻이고요.

짱,

존

존 치버

시더 레인, 뉴욕 주 오시닝, 10562

16일

엑슬리,

비록 선생과 선생 부인을 만나본 적은 없지만 (그리고 선생과 나는 분명 서로를 망가뜨릴 거라고 확신하고요) 부인과 합쳤다는 소식을 들으니 기쁘군요. 나는 작가에게 별거와 이혼은 막대한 에너지 낭비라고 봅니다. 선생은 자신에게 무얼 기대해도 좋을지에 대해 아내에게 거짓말한 적 없다고 하지만 난 그건 과장이라고 생각해요. 한 불쌍한 여자가 문학하는 남자와 결혼하면서 들어서게 될 화산 지대에 대해서는 선생도 나도 다른 누구도 제대로 묘사할 수 없는 법이죠. 난 내 아내에게 앞으로 24사 시간 동안 뭘 기대할 수 있을지도 말해줄 수 없어요. 작가들의 아내는 서로 연락을 주고받게 해서는 안 됩니다. 그건 배반이에요. 그들은 서로 만날 기회를 거의 갖지 못하다가 만나게 되면 아주 심오한 감정을 드러내는 눈빛을 주고받지요. 한 가지 더. 일하기에 좋은 방을 찾게 되면, 이내 틀림없이 아기의 탄생이나 강아지 형제들, 집에 놀러온 친지들, 어떤 경우엔 화재 등으로 인해 그 방에서 쫓겨나게 될 겁니다. 최소한 내 경험으로는 그랬어요. 이 집에서 나는 테라스로 문이 나 있는 사각형의 멋진 방을 쓰고 있는데, 어젯밤에 메리가 선언하기를 문제학생을 한 명 데려다가 그 방에서 지내게 하겠다는 거예요. 그래서 이렇게 또 쫓겨나 어디 남는 방이나 공구창고나 사무실이나 다락이나 차고는 없는지 찾아보게 되는 겁니다.

그럼 이만,

존

시더 레인, 오시닝, 기타 등등

6월 25일

타냐,

『셰이디 힐의 절도범』을 드디어 구해 항공등기우편으로 보냈어요. 눈이 오기 전에 받을 수 있으면 좋겠군요. 싸구려 종이에 인쇄한 열악한 책이지만 내게 있는 게 그것뿐이에요. 당신이 여기로 놀러오게 되면, 당연히 그럴 거라고 확신하지만, 괜찮은 걸로 한 부 구해줄게요.

8월 중순에 내 친한 친구 아서 스피어가 아내 스텔라와 함께 일종의 친선 국제 여행으로 모스크바에 갑니다. 아서는 내 낚시 친구이자 술친구로, 보수당 후보에게 표를 던지고 일요일마다 교회를 두 번 나가는 우리의 전통적인 중산층의 뿌리 깊은 일원이지만, 내게는 함께 있으면 아주 좋은 친구예요. 아서의 아내 스텔라는 주교의 딸로, 비올라를 연주한다는 것 외에는 달리 어떤 묘사도 시도하지 않겠어요. 내 생각엔 당신도 아서를 만나면 즐거워할 것 같은데, 그래도 된다면 당신 전화번호를 주려고 해요. 싫다고 하면 안 그럴 거고. 당신도 알다시피 난 러시아 사람들이 정말 좋은데, 내 보수적인 친구들은 어떻게 반응할지 굉장히 궁금하기도 합니다.

여자에게 행복하냐고 묻는 건 그저 남자들의 이차적인 습성에 불과해요. 남자는 늘 여자에게 행복하냐고 묻고 여자는 늘 우둔하고 대답하기 힘든 질문을 한다며 톡 쏘지요. 인류의 초창기부터 쭉 그랬어요.

행복해요?

존

오늘 존 허시에게서 편지를 받았는데 이 나라 외교정책을 맹렬히 반대하는 입장이라 러시아에 가려던 계획도 취소했다고 합니다.

존 치버

시더 레인, 뉴욕 주 오시닝

웰플리트, 매사추세츠 주 [1965년 7월 21일]

타냐,

바닷가의 빌린 집에서 고장난 타자기로 편지를 쓰고 있어요. 이건 내 아들 벤에게 크리스마스 선물로 준 타자기인지라, 내가 진정으로 얼마나 인색한 사람인가 곰곰 생각해보는 중입니다. 우리 가족 모두 여기에 있어요. 수지는 주말에 앨라배마에서 돌아왔는데, 인종 갈등을 잠깐 경험하고는 아주 흥분해 있습니다. 백인 분리주의자들이 자기에게 침을 뱉었다면서, 이 아이는 우리 모두가 무심하고 보수적인 습관의 동물들이라고 생각해요. 벤은 눈썹을 덮도록 머리를 기르고 여자애들을 쫓아다닙니다. 프레드는 조개껍질과 돌멩이와 죽은 게 들을 모아 해양박물관을 꾸미고 있어요. 식탁 위에다 차려놓지요. 진정한 내 사랑, 우리 늙은 개는 점점 쇠약해지면서 내 곁을 떠나려 하질 않네요. 누런 암캐는 새끼 낳을 때가 다가오고 있고, 나는 창피할 정도로 하는 일이 없군요. 다음주에는 집으로 돌아갈 것 같아요.

여기는 케이프코드인데, 빙하로 인해 퇴적물이 바다 쪽으로 밀려나가며 생긴 빙퇴석 지형입니다. 150마일에 걸쳐 어마어마한 해변이 펼쳐진 대륙의 동쪽 말단이죠. 파도 소리는 우레 같고, 얕은 물은 초록색이며 깊은 바다는 자줏빛이에요. 정말 멋집니다. 긴 해변은 국립공원의 일부를 이루고 있는데, 여기에는 어떤 고질적이고 특이한 계급 구분이 있답니다. 안쪽 깊숙이 들어간 만의 해변은 물이 미지근하고 잠잠한 곳으로, 사용하는 문법이 좀 의심스럽고 값싼 옷을 입은 사람들이 애용합니다. 좀더 험하고 파도 소리가 요란한 열린 해변에서는 얼핏 들어도 구별되는 상류층의 꽥꽥거리는 소리가 들리지요. 해변은 늘 한산해요. 우리집은 아주 오래된 집으로—1820년—포플러 수풀 속에 서 있습니다. 밤새 내내 큰 파도 소리가 들려요. 하지만 난 일을 전혀 안 하고 있네요.

변함없이,

존

언급된 단편은 「사랑의 기하학」이다. SEP는 『새터데이 이브닝 포스트』를 가리킨다.

존 치버

시더 레인, 뉴욕 주 오시닝

1965년 10월 4일

엑슬리,

두어 주 전, 1년여 만에 처음으로 단편을 하나 써서 『뉴요커』에 보냈습니다. 묵묵부답이더군요. 토요일 해질녘에 소설 편집자가 찾아와서 애잔한 얼굴로 날 바라보며 부드럽게 등을 토닥였어요. 그 단편은 지독한 실패작이라고, 내가 제정신이 아닌 것 같다는 의견을 넌지시 전하고 가더군요. 월요일에 그 작품을 SEP에 보냈더니 딱 십 분 만에 3천 달러에 사겠다고 했어요. 기운이 났습니다.

줄이며,

존

러스트 힐스는 당시 『새터데이 이브닝 포스트』에 있었다.

존 치버

시더 레인, 뉴욕 주 오시닝

토요일

엑슬리,

물론 난 『뉴요커』에 대해 걱정하지 않았습니다. 그 단편은 다른 곳에 내는 게 더 적합한 것 같았어요. 물론 그 단편에 논란이 될 만한 장면이 있는 것도 사실이에요. 한 여자가 술을 마시다가 자기 남편이 새끼 고양이를 웨어링* 믹서에 넣었던 일을 상세히 설명하거든요. 빌 맥스웰이 어느 날 오후에 찾아와서 그 단편은 실패작이라고 하더군요. 어두워질 무렵이었고, 난 진을 마시며 개들과 뛰놀고 있었죠. 난 개를 열 마리 키워요. 빌이 침울한 표정으로 하는 말을 들어보니, 그 단편은 실패작일 뿐만 아니라 그 실패가 어떤 미묘한 측면에서 볼 때 위중하고 돌이킬 수 없는 성질의 것이라는 암시를 하는 것 같더군요. 난 고주망태가 된데다 그 많은 다정한 동물들에 둘러싸인 상태여서 빌의 말을 진지하게 받아들일 수가 없었죠. 그래서 그간 거부당했던 수많은 단편들과 오랜 세월 감내해야 했던 그 모든 쓰레기 같은 편집 행태에 대해 가차없이 따졌습니다. 그게 토요일이었지요. 월요일에는 『포스트』가 그 단편을 3천 달러에 샀고, 내가 외롭고 자신 없어 할까봐 러스트 힐스가 보내는 칭송의 노래까지 덤으로 얹어주더군요. 맥스웰은 나를 단편소설 제조기라고만 한 게 아니라, **자기의** 단편소설 제조기라고 했습니다. 폄하하려는 의도는 아니었어

* 1930년대에 설립된 미국의 주방가전제품 회사.

요. 원래 비유는 토마토 나무였지요.

그럼 이만,

치버

존 치버

시더 레인, 뉴욕 주 오시닝

7월 13일

타냐,

지금 웨스트포트—여기에서 가까운 소도시—에서 〈헤엄치는 사람〉을 찍고 있는데 영화를 아주 잘 만들고 있는 것 같습니다. 수영장 13개를 사용할 거라 하고, 버트 랭커스터가 네드 역을 맡았어요. 그는 쉰두 살에 몸이 유연하고 잘생겼는데, 외과수술로 일그러진 흉터가 있어요. 어려 보이기도 하지만 나이들어 보이기도 하고, 능수능란해 보이기도 하지만 금방이라도 울 것처럼 보이기도 하는 사람이죠. 촬영하는 걸 보려고 아트 스피어를 데리고 다녔는데 거기 가면 그 친구는 진을 잔뜩 마시고 모든 여배우들에게 입을 맞추고 돌아다녀요. 각본을 맡은 엘리너 페리가 장면을 몇 개 더 집어넣었지만 원작의 흐름과 의미를 정확히 따랐더군요. 회상 장면도 없고, 주인공의 신비한 여행에 대한 설명도 없이, 뇌우 속 빈집에서 영화가 끝납니다. 촬영은 9월에 끝날 텐데 당신도 대사관에서 볼 수 있을지 모르겠군요. 메리와 내가 걸어가는 모습도 한 장면 나올 거예요.

요즘 여기는 굉장히 더워서 다들 그저 모여 앉아 덥다는 얘기만 하고 있습니다. 그리고 지금 나는 수지가 있는 테라스로 나가 더위에 대해 이야기할 참이고요.

그럼 이만,

존

빌 맥스웰 역시 러시아 여행중에 타냐를 아주 좋아하게 되었다.

존 치버

시더 레인, 뉴욕 주 오시닝

월요일

빌,

선배의 소설을 받으면 타냐는 정말 신이 날 겁니다. 그리고 타냐에게 편지라도 몇 자 보내시지 그래요……

타냐가 러시아제 기구 하나를 자랑스럽게 수지에게 보냈습니다. 분홍색 플라스틱 소재에 크기와 모양이 남자의 국부처럼 생긴 물건이에요. 그걸 냄새가 지독한 러시아산 접착제로 욕실 벽에 붙이는 겁니다. 끝부분 아래쪽에는 자석이 붙어 있고요. 두번째 자석에는 비누를 꽂을 뾰족한 갈퀴가 붙어 있어요. 그렇게 자석 두 개를 붙이면 비누가 공중에 떠서 흐물흐물해지지 않는 거죠. 편지에서 타냐가 말했어요. "남근과 참 닮았죠. 하지만 양탄자와 벽지만 빼면 모든 게 다 그렇지 않나요."

그럼 이만,

존

아버지의 일기에는 다음과 같은 글이 있다.

정열적인 한 흑인 여자와 로마의 미국문예원 도서관에서 뒹구는 꿈을 꾸다. P는 옆 침대에서 내가 알지 못하는 누군가를 열심히 애무하고 있는데 그 누군가는 거듭 이렇게 말한다. "괜히 시간 낭비만 하고 있군요." 어둑해질 무렵 벤과 함께 아동회관 운동장의 잔디를 깎았다. 자선 행위에 열심인 아버지와 아들. 나는 로마에 메리와 페데리코를 데리고 가서 로렌*을 인터뷰하는 데 동의했지만 메리는 그리 좋아하는 눈치가 아니다. 가족들이 영화를 보러 나간 뒤 나는 큰 소리로 "혼자 있게 되다니 얼마나 행복한가, 이렇게 혼자 있으니 얼마나 행복하고, 행복하고, 또 행복한가 말이다!"라고 외치며 집 여기저기를 돌아다녔다. 테라스에서 술을 마셨고, 저녁별을 보며 소원을 빌었고, 개와 대화도 나눴다. 의사가 전화를 걸어왔다. 그는 유별나게 둥근 얼굴과 둥근 눈을 가진 젊은이로, 내가 볼

* 영화배우인 소피아 로렌을 가리킨다.

때 비록 의학에 대한 열정은 넘치지만 고통의 힘에 대한 지식이나 존중은 없는 사람일 것이다. 그는 장밋빛 미래에 대한 어떤 환상이 있는 듯하다. 콜레스테롤과 우울증을 치료하는 알약, 나태를, 욕정을, 동성애를, 분노를, 불안을, 탐욕을 치료하는 알약이 있는 미래. 비행기에 공포를 느끼신다면 이 빨간 알약을 써보세요, 그는 열정적으로 말한다. 고소공포증에는 여기 노란 알약을 복용하시고요. 우울해질 때는 흰 알약을 드세요. 알약, 알약. 요즘에는 대단한 알약들이 얼마나 많은가. 요즘엔 불로장생의 묘약을 만들려는 시도도 이루어지고 있지만 아직은 오류가 완전히 시정되지 않았다. 내년쯤엔 그런 약이 나올 거라고 나는 확신한다.

오시닝에서 가장 건강한 남자가 10시에 복부팽만으로 인한 통증 때문에 밀타운*을 한 알 먹지만 별 효과가 없다. 효과가 있을지도 몰라서 복잡한 미궁과 원형의 미로와 거울 들에 대해 계속 중얼거리다. 정오에 진을 좀 마시고 대장을 마취시키는 강력한 정장제를 먹은 뒤 지속적이고 불쾌한 감각 상실을 겪다. 고전적인 통일성을 따르는 짧은 소설을 하나 읽지만 역시 별 효과가 없다. 유감스럽게도 저녁식사 자리에서 성질 더럽게 굴다. 초저녁에는 흉통이 있고 설사가 나고 목구멍이 아프고 땀이 발작처럼 확 쏟아지곤 한다. 9시에 넴뷰탈**을 먹고 쓰러져 자다. 새벽에 잠에서 깨다. 대단한 슬픔이 느껴지는 건 아니지만 내 모든 상상에서 색채가 빠져나간 듯한 느낌이 든다. 세 살짜리 아이가 서투르게 축구공을 차는

* 1940년대와 50년대에 주로 쓰이던 진정제의 상표명.

** 강력한 진정·수면제로서 지금은 동물 안락사에 쓰이는 금지 약물이다.

모습이 눈앞에 펼쳐지자 맹렬히 저항하다. 상상 속에서 축구경기를 창조할 거라면 나는 이탈리아 프로축구팀을 보고 싶다.

존 치버

시더 레인, 뉴욕 주 오시닝

8월 3일

타냐,

나폴리가 해낸 것 같습니다. 나폴리와 로마가. 엘리펀트가 이탈리아를 좋아한다고 당신에게 들었던 기억이 나는데, 나도 마찬가지예요. 요즘 미국의 비행기에서는 영화를 상영하는데, 영국해협과 몽블랑과 마터호른 위로 태양이 떠오르는 동안 우리는 (메리와 프레드) 어두운 기내에 앉아 지루한 영화를 보았어요. 난 내 이탈리아어가 유창하다고 생각해 칠면조처럼 쫑알거리며 비행기에서 내립니다. 기사 딸린 차가 와서 로마에서 출발해 사라센의 흔적이 깃든 스페르롱가라는 어촌으로 우리를 데려다주었어요. 여기저기의 하얗게 칠한 계단들이 바다까지 이어져 있는 곳이죠. 우리는 미국 시간으로 아침 6시에 토마토와 모차렐라를 먹고 파도 속에서 즐겁게 놀았습니다. 떠나오기 전 뉴욕에는 찬비가 내리고 있었으니, 이 모든 것들이 좀 이상하게 느껴졌지요.

소피아 로렌의 인터뷰를 맡았기 때문에 우리는 월요일에 나폴리로 갔어요. 그녀는 대단한 미인이지만—똑똑하고 능력도 있는—논란거리를 만들지 않으려고 어찌나 애를 쓰는지, 인물을 깊이 있게 다루기는 힘들었어요. 하지만 어쨌든 기사는 썼지요. 우리는 포시타노와 아말피 등등에 갔다가 로마로 돌아왔어요. 로마는 그 어느 때보다도 아름답더군요. 수요일 정오에 비행기에 올라, 몽블랑과 마터호른 위를 나는 동안 끔찍한 영화 한 편을 더 보았죠. 아마도 난 내 베트 느와르*를 대서양에 던져버리고 온 것 같아요.

여긴 모두 평안합니다. 월요일에는 다들 산으로 여행을 떠날 테고, 나는 다시 장편 집필로 돌아갈 겁니다.

변함없이,

존

내 누이 수전은 애스펀 근처의 학교에서 강의를 하고 있었다. 내 개였던 누런 래브라도 플로라는 내가 기숙학교로 떠난 후로 큰 슬픔에 빠졌다.

존 치버

시더 레인, 뉴욕 주 오시닝

---

* '검은 짐승'이라는 뜻의 프랑스어로서 지긋지긋하게 싫은 것 또는 사람을 의미한다.

수요일

벤,

난 또다시 눈에 갇혔다. 이건 네 엄마의 타자기인데, 이걸 쓰면 난 실수를 많이 하게 돼. 수지가 전화해서 방학 때 집에 온다고 하던데, 그럼 넌 애스펀에 가지 않아도 되겠지? 어쩌면 너도 스토에 함께 갈 수 있겠구나. 누나는 외떨어진 느낌이 든다고 하더라. 그건 플로라도 그렇다. 수캐들이 나타나지 않으면 시더 레인을 위아래로 쏠고 다니며 녀석들을 몰고 들어온단다. 우리는 지난밤에 텔레비전으로 〈웨스트민스터 도그쇼〉를 봤는데, 출전한 개들 중 래브라도는 단 한 마리인데다 심판들이 그 녀석에겐 눈길도 안 주는 걸 보고 충격을 받았단다. 녀석이 저기 뒤쪽에서 꼬리를 흔들고 있는데도 아무도 신경을 안 쓰지 뭐냐. 거기 나온 소위 '사냥개'라는 녀석들은 죄다 긴 털을 땅에 질질 끌고 다니더라. 진드기 덫이지.

여긴 모두 잘 있고 무탈하다. 프레드를 데리고 볼링장에 갔는데 그렇게 못할 수가 없어. 내가 계속 소리쳤다. "핀이 있는 쪽을 보지도 않으면 어떡해." 그애는 신경도 안 쓰더라. 다들 네게 안부를 전하는구나.

그럼 이만,

아버지

아트는 아서 스피어다.

타냐,

요즘 아트를 많이 봤는데 우리는 자주 서로를 쳐다보며 이렇게 외치곤 해요. "아, 타냐가 이걸 볼 수 있다면." 어느 겨울날 오후에는 시내의 불빛이 하나둘 켜지는 시간에 뉴욕으로 차를 몰고 들어가면서 아트가 외쳤어요. "아, 타냐가 이걸 볼 수 있다면." 메리와 내가 말로 표현할 수 없을 정도로 호화롭고 속물스러운 사교계 입문 무도회에 초대받아 갔을 때도 음악 소리 너머로 메리가 외치는 소리가 들렸지요. "아, 타냐가 이걸 볼 수 있다면." 수지는 당신에게 콜로라도의 산맥을 보여주고 싶어하고, 스텔라는 자기 딸들을 보여주고 싶어합니다. 당신이 여기로 우리를 보러 오든가 우리가 모스크바로 다시 가든가 해야 할 것 같아요. 두 곳 사이의 거리가—북대서양, 그리고 서유럽의 대륙—편지 쓰기라는 이 정든 게임에 어떤 억제 작용을 하는 거 아닌가 싶군요. 모스크바에 편지를 쓴다는 것은 이 나라나 이탈리아에 있는 친구들에게 편지를 쓰는 것과는 굉장히 다르게 느껴집니다. 당신과 당신의 국민과 당신의 나라에 대한 감정을 표현하려 하면 내 문장은 곧바로 사이비가 되어버려요. 왜 그런지는 나도 모르겠지만. 며칠 전에 이고리 페트로비치에게 쓰는 편지에서 키예프와 가을낙엽 등을 회상했어요. 내 기억은 선명하고 감정 역시 진실한데 내 문장은 거창한 쓰레기더군요. 아마 삶의 흔하고 자질구레한 세부가—대개는 좋은 편지들의 재료가 되어주는 그런 세부가—폭풍우 몰아치는 대서양 너머로 날려 보내기에는 너무 사소하게 느껴지는 것이겠지요.

여기에선 모든 게 잘 흘러갑니다. 장편도 잘 진행되고 있어요. 내 결혼생활도—가끔 폭풍우가 지나기도 하지만—평안합니다. 아이들은 행복해 보이고(동봉하는 사진은 머리에 가짜 빛줄기를 드리운 벤의 모습이에요), 나는 오후가 되면 개들을 데리고 눈 쌓인 숲속을 산책합니다. 늙은 검둥개도 같이 가겠다고 나서는데 갔다가 돌아오면 하루종일 움직이지도 못합니다. 주말에는 폭설이 내렸어요. 시골 깊숙한 곳에 집이 있어서 자동차들은 모두 눈에 파묻혔고, 우리도 토요일부터 월요일까지 갇혀 있었지만 다 즐겁게 지나갔습니다. 곧 아트와 함께 점심을 먹을 텐데 반쯤 먹다가 아트가 외칠 거예요. "아, 타냐가 이걸 볼 수 있다면." 정말 그럴 수 있다면 좋겠어요. 메리가 옆방에서 안부 전해달라고 소리치네요.

사랑을 담아,

존

1967년 5월에 내 누이 수전은 맬컴 카울리의 아들 롭 카울리와 결혼했다.

5월 9일 [1967년]

타냐,

결혼식은 흡사 톨스토이의 작품 같았습니다. 당신도 함께했다면 좋았을 텐데. 성당은 대단히 수려한 18세기 건물이었지요. 수지는 짧은 레이스 드레스를 입고 베일을 썼어요. 나는 젊어서 퍼셀의 〈트럼펫 볼런터리〉를 처음 들었을 때, 결혼해서 딸을 낳으면 이 위풍당당한 선율에 맞춰 딸을 신랑에게 인도하겠다고 결심했고, 그래서 이번 결혼식에 바로 그 음악을 썼죠. 수지는 겁에 질렸더군요. 그 아이가 겁에 질린 모습을 전에 딱 한 번 본 적이 있어요. 다섯 살 때 자연사박물관에서 브론토사우루스 렉스*의 골격을 처음 보았을 때였죠. 트럼펫 소리가 들리자 나는 기쁜 마음으로 딸에게 팔짱을 끼게 했어요. 아버지로서 가장 큰 보답을 받는 듯한 기분이었죠. 결혼예배에서는 크랜머** 전례문 그대로 "이 몸을 바쳐 그대를 숭배합니다" 등의 맹세도 했습니다. 벤은 신랑 신부 뒤에서 고릴라처럼 걸으며 제 어머니를 밖으로 안내했고, 나는 신랑의 어머니를 데리고 밖으로 나왔어요. 신랑 어머니는 굉장히 소유욕이 강한 여자여서 결혼식이 끝날 때까지

---

* 브론토사우루스와 티라노사우루스 렉스를 섞어 쓴 듯하다.

** 영국의 종교개혁 지도자 토머스 크랜머가 『일반기도서Book of Common Prayer』에 쓴 결혼서약문이 지금까지 전해내려오고 있다.

잘 견딜 수는 있을까 의문이 들 정도였죠. 춥고 비 오는 날이었지만 성당 정원에 거대한 천막을 치고서 탁자를 채워넣고 꽃으로 장식했지요. 수많은 웨이터들, 강물처럼 흐르는 샴페인, 저마다 빛나고 잘생기고 총명하고 다정해 보이던 200명의 하객들. 모두가 자기 성격 그대로 행동하더군요. 메리의 불안정한 언니는 화병 두 개를 움켜쥐고 자기 차로 가져갔죠. 그 남편은—수줍음 많은 남자—근처 술집으로 사라져 자기 돈을 내고 술에 취했어요. 메리는—아주 매력적인 모습으로—수지보다 더 주목을 받으며 마치 신랑과 함께 도망이라도 갈 기세였고요. 프레드는 이탈리아인 유모의 시중을 받으며 케이크를 여섯 조각이나 먹어치웠고, 나는 83명의 여자들에게 입을 맞추고 버번을 1파인트나 마셨죠. 내 오랜 친구인 자그레브 부인은 남자 하객들을 모두 긁어모으더니 피터 블룸이라는 화가를 가리키며 쉰 목소리로 말했어요. "다음에 내가 원하는 남자는 저 사람이야."

지금 이곳에서는 모든 게 다 피어나고 있습니다. 어젯밤에는 뇌우가 쏟아졌는데 그 소리에 놀라 잠에서 깨어 생각했어요. "어둠은, 밤은, 많은 방이 있는 대저택이고, 나는 그 안을 수월하게 걸어다닌다." 그런 생각을 하니 무슨 이유에선지 만족감이 들더군요.

변함없이,

존

호른을 부는 남자는 샐리의 남편 테드 지글러였다.

존 치버 [1967년]

시더 레인, 뉴욕 주 오시닝, 10562

타냐,

벤은 이번 주 말에 졸업하고, 수지와 그애 남편은 소유욕이 강한 시부모에게서 도망치기 위해 런던으로 이사하는 걸 고려하고 있어요. 시부모가 그애들에게 계속 전화를 해서 왜 집에 오지 않느냐고 묻는답니다. 메리와 나도 나을 건 없어서, 아이들은 현명하게도 주말을 바닷가에서 보내지요…… 우리집에서 가장 가까운 집에 사는 젊은 남자가 프렌치 호른을 연습해요. 그는 모든 음을 반음 내리거나 올려서 연주하는데, 특히 모차르트의 협주곡에 악랄한 폭행을 가하지요. 어젯밤엔 언덕을 행군하듯 올라가 나는 완벽한 음감의 소유자라고(거짓말), 모차르트의 곡을 계속 그렇게 학대하면 오 분 간격으로 산탄총을 발사하겠다고 선언했어요. 그는 연주를 계속했고, 나는 양손으로 귀를 막고 퇴각했지요. 메리에게는 이 모든 게 그렇게 우스운 것 같더군요.

변함없이,

존

『불릿파크』에서 해머의 베트 느와르 역시 그를 따라다녔다. 아버지 자신의 우울증과 마찬가지로 해머의 검은 짐승 역시 가끔 연결편을 놓치곤 했다.

극심한 우울증이 여행 내내 나를 따라다녔지만 그렇게 따라다니면서도 별 속임수를 부리지는 않았던 이유는 게을렀거나 아니면 제 희생양에 대해 자신만만한 자객이라 별로 힘을 쓸 필요가 없어서 그랬을 것이다. 토요일 아침에 나는 상쾌하고 흥분된 상태로 잠에서 깼다. 일요일도 마찬가지로 상쾌했지만 월요일에 잠에서 깼을 때는 우울이 어찌나 깊은지 침대에서 기어나오다시피 빠져나와 한발 한발 비틀거리며 샤워를 하러 갔다. 화요일에 우리는 기차를 타고 폰디로 간 다음 택시로 산악지대를 통과해 스페르롱가에 가서 친구들 집에 머물렀다. 그곳에서 이틀간 좋은 시간을 보냈지만 베트 느와르는 사흘째에 나를 따라잡았다……

맬컴 카울리와 그의 아내 뮤리얼은 코네티컷 주 셔먼에서 살고 있다. 엘리자베스는 엘리자베스 에임스다.

존 치버

시더 레인, 뉴욕 주 오시닝, 10562

수요일

조시,

메리와 저, 둘 다 선배님의 연락을 받고 기뻤습니다. 새로 구운 빵과 신선한 생선은 거의 모든 것을 치유해줄 겁니다. 메리와 여러 아이들 다 잘 지냅니다. 우리 벤은 앤티오크에 있어요. 12월의 어느 금요일 오후에는 느지막이 친구에게서 전화를 한 통 받았는데, 벤이 신시내티 노역장에 갇혀 있다는 거예요. 보석금이 900달러고, 죄목은 반전 시위중 치안 방해라는 겁니다. 이곳의 웨스턴유니언 은행에 연락해 제가 돈을 마련할 때까지 문을 닫지 말라고 부탁했어요. 아이는 아침에 나왔고, 재판은 2월에 있을 겁니다. 벤은 크리스마스 때 집에 왔는데—멀쩡하더라고요—저를 좀 냉담하게 쳐다보는 것 같더군요. 제 아비는 노역장 징역도 안 살아본 사람이라는 거겠죠. 벤은 지금 밴데일리아라는 소도시에서 신문사 기자로 일하고, 금발의 여자친구가 있어요.

저는 지금 인생의 기묘한 시기로 접어들었거나, 그러한 시기를 지나고 있는 것 같습니다. 약 1년 전부터 극심한 우울을 느끼기 시작했어요. 7월에는 메리와 프레드를 데리고 나폴리에 갔습니다. 우울증은 비행기를 놓친 것 같더니 우리가 로마에 갔을 때 절 따라잡더라고요. 그러다 9월에는 제가 국부에 대고 분풀이를 해버렸어요. 당황스럽고 돈이 드는 일이었고 의사들도 혼란스러워하는 것 같더군요. 모스크바에 있는 타냐 리트비노프에게 편지를 써서 성 바실리 성당에서 저를 위해 기도해달라고 부탁했습니다. 타냐는 그렇게 했고 그래서 좀 치유가 되었지만 아직도 일주일에 닷새는 우울증이 찾아와요. 그래도 일하는 능력에는 영향이 없는지 지난주에는 쓰고 있던 장편소설의 일부를 해치웠는데 여태까지 쓴 것보다 나쁘지 않았어요. 이 작품은 (오늘 생각으로는) 앞으로 순조롭게 진행될 듯하고요, 마치고 나면 햇살 반짝이는 해변으로 이 궁둥짝을 옮겨놓고 물수제비나 뜨면서 여름을 보낼 겁니다.

수지와 롭은 제 스스로 할 수 있는 한 최선의 방식으로 행복하게 지내고 있습니다. 약간 우화 같은 얘긴데요, 뮤리얼이—때로는 맬컴까지도—최고로 사악한 왕과 왕비처럼 행동해왔거든요. 두 사람은 젊은 왕자가 집에 있는 제 침대로 돌아오기를 바라면서, 셔먼의 왕좌에 앉아 왕관을 비딱하게 쓴 채 그물을 짜고 있는 것 같기도 합니다. 좀 이상한 얘기죠. 메리와 저는 예상 못했던 일이지만 아이들은 누구도 꺾지 못할 만큼 행복해하고, 외교적 수완이 있는데다 슬기로운데, 사악한 왕과 왕비가 멕시코로 겨울을 나러 갔기 때문에 갖은 비책들을 당분간은 쓸 수 없을 겁니다. 크리스마스에 엘리자베스가 보낸 짧은 편지를 받았습니다. 잠시 눈앞이 안 보이는 상태 같지만 회복하려는 의지가 강한 듯합니다. 엘리자베스는 병이 들어서도 그곳에서 여전히 강한 위력을 발휘하나봅니다. 만일 그녀가 세상을 뜬다면 그 모든 것도—전나무들, 호수들, 그리고 그 저택도—다 함께 펑! 하고 사라질 것 같은 느낌이 듭니다. 우리 모두 사랑을 전합니다.

존

1월 30일 [1968년]

타냐,

회복 후에 편지를 여러 통 보냈는데 모두 어딘가로 새버린 모양이에요. 하지만 이즈음 내 편지들은 우중충한 날씨 얘기가 대부분이라 지금껏 편지 도둑이 알아낸 거라고는 눈이 왔다거나 눈이 오지 않았다는 소식뿐일 거예요. 내 건강은 덕분에 많이 나아졌지만 지금은 술 때문에 큰 괴로움을 겪고 있어요. 너그럽게도 당신이 이 문제에 대해 몇 마디 주문을 걸어준다면 정말 고맙겠어요. 난 정오까지는 술을 마시지 않으려고 노력하지만 늘 생각대로 되는 건 아니에요. 간밤에는 벤이 전화를 해 벌금을 조금 물고 방면되었다고 알려주더군요. 혹시 앞에 보낸 편지를 못 받았다면 모르겠지만, 벤이 평화시위 도중에 체포되었거든요…… 어젯밤에는 러시아 문학에 대해 논의하는 문예원 모임도 있었어요. 바벳 도이치Babette Deutch(야몰린스키)*가 최고의 연설을 했습니다. 그곳의 청중들은 아주 덕망 있고 출중하지만, 귀가 어두워서 연설 내용을 잘 듣지는 못했을 거예요. 빌이 뒷줄에 앉아 있다가 나를 보고는 눈을 찡긋하더군요. 케넌은 정신세계가 상당

* 미국의 시인, 소설가, 번역가로서 아브람 야몰린스키와 결혼했다.

히 메마른 사람 같아요. 릴리언 헬먼과 쿠니츠도 연설을 했지요. 이유는 잘 모르겠지만 우리는 모두 러시아 문학과 러시아 사람들을 좋아하는 것 같아요. 피로스마니* 그림도 벽에 걸어놓았더군요.

늙은 개가 죽었습니다. (이거야말로 편지 도둑에게 자극이 될 만한 소식이겠군요.) 일요일에 다리를 못 쓰게 되더니 월요일에는 정신줄도 놔버렸기에 어제 오후에 수의사를 불러 숨을 끊어 주었어요. 그 개는 내게 훌륭한 동반자였고 난 녀석을 깊이 사랑했지만 별로 눈물을 흘리지는 않았어요. 프레드는 한 시간 정도를 울더군요. 그 개는 우리 곁에서 15년을 지내며 아주 활기차고 유익한 삶을 살았지만 내가 마지막으로 산책에 데려갔을 때는 깊은 눈밭에 빠져서 집까지 안고 데려와야 했어요. 몇 년 전에 정신과 상담을 받을 때 의사는 내가 어머니에게 집착한다고 하더군요. 그 의사는 내가 수영을 좋아한다고 해도 "어머니", 비를 좋아한다고 해도 "어머니", 술을 너무 많이 마신다고 해도 "어머니" 그러더라고요. 모두 다 헛소리였죠. 그런데 여기에서 캐시와 함께 앉아 있던 어느 날 저녁에 캐시가 생전에 어머니가 하던 그대로 고개를 들고 고통과 다정함이 섞인 미소를 스치듯 짓는데 정말 소름이 돋더군요.

---

* 니코 피로스마니. 그루지야의 민속화가.

사랑을 담아,

존

시더 레인, 오시닝

2월 26일

타냐,

제임스의 작품은 열여덟 살 때 거의 대부분 정독했고, 그 풍자와 우회적 표현과 웅덩이진 빛과 해질녘에 오고가는 과장된 대화에 도취된 적이 있었죠. 5년 전에 전집을 사서 다시 찬찬히 읽어보았습니다. 엉망이더군요. 당신이 언젠가 '잡다한 것들'을 혐오한다고 말한 기억이 나는데, 제임스가 딱 그런 것 같아요. 풍경을 꾸며내고 꽃을 꽂고 차를 끓이고 하는 일에 왜 그리 많은 시간을 들이는지 알 수가 없어요. 그렇게 놀랍도록 아름다운 방들의 벽 뒤에서 작가가 몰아쉬는 거친 숨소리가 들리는 것 같습니다. 마치 어떤 부적절한 취미, 예컨대 자수 같은 걸 하다가 들킨 기분이랄까. (나 같은 소설가 부류는 대담하게 무대 위로 걸어올라가 트림을 꺽 하고 성냥개비로 이를 쑤시고는 벽난로에 숨겨둔 병을 몰래 꺼내 위스키 한 잔을 마시지요.) 하지만 그의 작품에는 도덕적 긴급성도 열의도 별로 없는 것 같아 다섯 권을 읽고 그만두었습니다. 여기에서는 이런 말을 하면 아직도 이단으로 여겨져 클럽에 나가 이만큼이나마 얘기했다간 난 아마 제

명되고 말 겁니다.

새 책 생각이 잠들 때도 깨어 있을 때도 머리를 떠나지 않는데 내게 도착하는 소식이라고는 창문을 통해 보이는 것밖에 없군요. 잎을 모두 떨군 나무들. 뼈를 물고 있는 개. 구름처럼 생긴 구름……

그럼 이만,

존

악마의 술

스타이런의 책은 아마도 『냇 터너의 고백』(랜덤하우스, 1967)이었을 것이다. 폴리는 야도에서 엘리자베스의 비서로 일한 사람이다.

월요일 [1968년 5월]

조시,

제 기운을 북돋아주는 편지를 보내셨군요. 정말 감사드립니다. 어느 폭풍우 치는 밤에 그 고양이 녀석과 함께 이 우울증을 내쫓아버리겠습니다. 우울에 가세한 것은 악마의 술과의 투쟁입니다. 알코올의 희열과 은유의 희열 사이에는 엄청난 동질성—상상의 범위가 무한하다는 느낌—이 있어서 때로 저는 하나를 다른 것과 대체하거나 서로를 확장시키기도 하지요. 이따금 제 행동은 참 웃겨요. 저는 10시 15분 정도에 타자기에서 일어나 술병들이 있는 아래층의 식품저장실로 내려갑니다. 술병을 건드리지는 않아요. 심지어 쳐다보지도 않고서 멍청하게도 제 의지력을 자화자찬하지요. 11시에 또 한번 식품저장실로 내려가 거듭 자화자찬을 하지만, 12시에 쇠뿔피리 부는 소리가 들리면 저는 날듯이 계단을 내려가 한 잔을 붓습니다. 오후에도 똑같은 일이 벌어지죠. 오랜 시간 산책을 하고, 장작을 쪼개고, 집 곳곳의 목제 테두리에 페인트칠을 하고, 눈을 치우고, 겨울햇빛이 아름답다고 요란하게 감탄하는 동안에도 제 머릿속에는 위스키 병의 이미지가 어른거립니다. 대부분의 경우, 이건 두 힘의 팽팽한 투쟁 같아요.

벤은 벌금 150달러를 내고 방면되었고 신시내티에서 영원히 추방당했습니다. 간단히 말하자면 이제부터 비행기를 데이턴에서 타야 된다는 뜻이죠. 벤은 모든 게 다 흡족한가봐요. 보고 있으면 마음이 참 흐뭇해지는 아들입니다. 저는 엘리자베스가 (내용도 의기소침한) 편지들을 구술로 쓰고 있고, 폴리에게는 제게 따로 편지하지 말라고 했다기에 병세가 위중한 줄 알았습니다. 하지만 괜찮다는 소식을 들으니 기쁘군요. 스타이런의 책은 놀라운 작품 같네요. 그런 역작을 내놓을 능력이 있는 사람이라고 믿지 않았는데, 결국 해냈구나 싶었습니다. 저는 올해 출간된 책을 거의 다 읽었지만 그 작품에 필적할 만한 것은 보지 못했어요. 게다가 작가 자체도 아주 좋은 사람이라는 생각이 들고요. 그의 작품에는 허세가 전혀 없어요. 전미도서상 심사위원을 했을 때 저는 술에 취해 회의에 들어가 사십오 분간 쉬지 않고 이야기를 했습니다. 효과가 있더군요.

이제 저는 식품저장실의 11시 방문을 위해 일어나겠습니다. 대단한 절제예요! 대단한 의지력이죠!

그럼 이만,

존

5월 22일

타냐,

「헤엄치는 사람」은— 일류는 아니었지만—이곳에서 꽤 괜찮은 반응을 얻었고 판매도 좋은 것 같아요. 존은 새 장편소설(『커플스』)로 백만장자가 되었어요. 한 권 보내줄까요? 성애에 강박적으로 초점을 두고 있는데 벗은 여자에 대한 묘사 하나는 끝내주더군요. 최근 이곳에서는 성적 유희에 관한 글쓰기에 엄청난 진전이 있었어요. 순도 높고 정확하고 아주 오래된 어휘들을 자유롭게 사용하며, 자위 기법들을 논의하고, 자유, 발견, 새로움 등의 의미를 추구한다는 거죠. 필립 로스가 그 그룹을 이끌고 있고요. 내 친구들은 모두들 오르가슴을 묘사하고 있는데 나는 아직도 저녁별의 아름다움에 머물러 있습니다.

내 병은 부활절까지도 계속되다 갑자기 미그림스megrims, 베트느와르, 카파드cafard, 멜랑콜리* 그리고 감염증까지 각자 상당한 짐들을 싸서는 떠나버렸어요. 날씨가 이들을 보내버렸는지도 모르겠군요. 기억하는 한 가장 아름다운 봄이거든요. 강의 계곡은 초록의 벽을 이루었고 구름은 마치 산처럼 보이며 거의 매일 밤 비가 조금씩 내립니다. 이게 레닌그라드에 가고 싶지 않은 이유 중 하나이기도 하지만, 사실은 그 어디에도 가고 싶지 않았어요. 어쩌면 그곳에는 가을에 갈지도 모르겠군요.

변함없이,

존

앨런 퍼쿨라는 영화감독이고, 대표작으로 〈대통령의 음모All the President's Men〉가 있다. 그는 여배우 호프 랭과 결혼했다.

존 치버

시더 레인, 뉴욕 주 오시닝

6월 28일 [1968년?]

타냐,

---

* 모두 우울증을 뜻하는 말.

프렌치 호른과는 그럭저럭 지내고 있지만 함께 씹는담배를 논할 만큼 잘 지내는 건 아니에요. 때로는 그가 내 신경을 갉아먹을 생각인가 싶을 때도 있어요. 오늘 아침을 예로 들면 (눈부시고 화창한 날) 그자가 6시 45분에 〈그린 슬리브스Green sleaves〉를 연주하기 시작했어요. 음악에 관한 기억력이 지나치게 세심한 사람에게 이건 하루를 망칠 수도 있는 일이거든요. 당신이 보스턴심포니를 좋아한다니 다행이에요. 내 생각에 그들은 우리나라 최고입니다. 나는 보통의 상상을 초월할 만큼 오랜 세월 그들의 음악을 들어왔어요. 우리 어머니는 날 임신한 직후, 원치 않았던 아이의 운명을 조금이라도 개선할 방법을 두루 찾아보다가 보스턴심포니에 회원으로 가입했죠. 모든 콘서트를 다 다니면서 발달중인 내 귀에 평화로운 음악을 흘려보내주었답니다. 어렸을 때 나는 행복한 아이였다고 들었는데, 그런 노력이 효과가 있었나 싶기도 해요. 난 당신이 ___와 굉장히 비슷하다고 생각지 않습니다. 그 사람이 곧 여기에 오기로 했는데 수화기를 들고 그 음침한 목소리를 들을 생각을 하니 두려워지네요. 동성애는 본질적으로 흔한 현상 같은데, 사실이 그렇다면 그는 왜 그렇게 정신적으로 세련되지 못한 모습을 보여야만 할까요? 자연의 생식 명령이 그토록 엄격하고 보복적인 것은 아니지요. 나는 동성애자가 없는 세상에 살고 싶지만 천국은 그런 사람들로 넘치는 곳이 아닐까 싶어요.

나의 절친한 친구 호프와 앨런 퍼쿨라가 영화제 때문에 (아마도) 7월 15일에 거기 갈 거랍니다. 어느 호텔에서 머무르는지 알게 되는 대로 전해줄게요. 앨런은 아주 정감 있는 젊은이이고, 호프에게는 한때 내가 푹 빠졌던 적이 있어요. 난 비 오는 숲속에서 멍하니 서성거리거나 넋을 잃고 걸어다니곤 했지요. 당신도 그녀를 좋아할 거라 생각하고 엘리펀트도 그럴 겁니다. 7월에 일주일 정도 이탈리아에 갈 수도 있어요. 내 평생 지금처럼 안 좋은 적은 없었던 것 같군요. 모든 종류의 터무니없는 불안에 시달리고, 잠자리는 뒤숭숭하고, 일은 더디게 진행되고, 손바닥은 땀으로 축축하고, 귀는 윙윙거리고, 심장은 쿵쿵거려요. 어차피 쓰러질 거라면 교황청 근처에서 쓰러지는 게 낫지 않을까 합니다. 보스턴 콘서트는 효과가 없었나봐요.

사랑을 담아,

존

존 치버

시더 레인, 뉴욕 주 오시닝

1968년 7월 16일

타냐,

금요일 정오에 『불릿파크』를 끝내고 우편으로 보냈습니다…… 아무에게도 책을 끝냈다는 말을 하지 않아서 축하 의식은 없었고요. 일요일에는 이가 아파서 잠에서 깼습니다. 월요일 아침에 송곳니를 빼고 나서 그만큼 내 일부를 잃었다고 생각하니 어마어마하게 우울하더군요. 정오에는 저작권 대리인이 전화해 책이 대단히 훌륭하다고 했지만 나는 입에 탈지면을 잔뜩 물고 있어서 대답할 수 없었어요. 어젯밤에 우리는 축하를 하기로 결정하고 저녁을 먹으러 나갔는데 무엇 때문이었는지는 기억나지 않지만 메리와의 씁쓸한 다툼으로 끝나버렸어요. 난 보내버린 원고보다는 잃어버린 치아 때문에 더 상실감이 큰데, 이러는 데는 다 의미가 있겠죠.

벤이 제 나이 또래의 다양한 아이들을 데리고 와 두 주간 머물다 갔어요. 이스트 빌리지*에 살던 가출한 유부녀도 있고, 장신구로 치장하고 향을 피우는 흑인도 있고, 머리를 어깨까지 기르고 맨발로 다니는 젊은 남자도 있었죠. 벤이 금발 애를 차버리고 새로 사귄 갈색 머리 애는 어느 날 새벽에 여기 도착해 벤의 침대로 들어가더니 그 다음주까지 거기서 살다시피 하더군요. 그러다 둘이서 가끔 저녁을 먹으러 내려오고는 했지요. 어젯밤에 예전에 내 책을 냈던 출판업자가—캐스 캔필드—저녁 비행기를 타고 모스크바에 간다기에 당신 주소를 줬어요. 나는 내일 아니면 모레에 모스크바에 가야겠다고 계속 생각하지만, 턱이 나을

* 뉴욕 맨해튼에 있는 동네.

때까지 기다려야 하고 어쨌든 피곤하기도 한데다 우크라이나의 키예프식 닭요리를 생각하면 사기가 꺾여요. 그래서 난 이렇게 치아도 없고 원고도 없이 지내고 있습니다.

줄이며,

존

아버지는 엑슬리의 『어느 팬의 기록』(랜덤하우스, 1968)을 감탄하며 읽었다.

시더 레인

7월 21일

프레드,

그렇게 다정하고 유익한 편지를 보내주어 진심으로 감사하네. 자네를 아랫사람으로 보고 봐주려는 의도는 없었네. 나는 어렸을 때 언제나 내가 치바CHEEVAH라는 사실을 잊지 말라는 말을 들었어. 그런 헛소리가 날 치유했다고 믿네. 난 사람들과 너무 급속히 얽히는 경향이 있어서 때로는 뒤로 물러서기도 하지. 결혼식에 가서 모르는 사람과 오 분 동안 춤을 추고는 6개월 동안 사랑에 빠졌던 적이 있을 정도야. 유혹에 잘 넘어가는 사람에 속하지. 난 『어느 팬의 기록』을 내팽개친 적이 없네. 메리와 내가 얼마나 열정적으로 그 책을 읽었는지 아직도 기억하는데 말이지. 우리집 책장에서 중요한 위치를 차지하는 책이고, 우리는 그걸 뽑아보는 사람들—대부분 젊은 사람들—수가 많다는 사실에 기뻐하고 있네. 나는 『뉴요커』 그룹의 일원도 아니고, 나 자신이 중요한 사람이라고 생각한 적도 없어.

내가 시간과 관련해 겪는 어려움은 가족 내력 탓도 있는 것 같네. 형은 50대에 술 때문에 세 번 무너졌고, 아버지의 시간관념은 참혹했지. 한번은 우리 아버지가 자살했다고 생각한 적이 있었어. 나는 시신을 수습하러 갔다가 아버지가 엉망으로 취한 채 롤러코스터를 타고 있는 모습을 발견했지. 그 늙은 신사를 구경하려고 군중이 몰려들었더군. 9시 반이네. 가정부가 양탄자를 청소하고 있어. 식품저장실에 있는 진 병을 정확히 가로막고 서 있지만 거실에 있는 재떨이를 비워달라고 부탁하면 식품저장실에 슬쩍 들어갈 수 있을 거야. 존 치버는 술을 퍼마실 것인가, 리브륨*을 먹을 것인가, 아니면 둘 다 먹을 것인가? 채널 고정.

줄이며,

존

존 치버

시더 레인, 뉴욕 주 오시닝, 10562

---

* 불안장애나 알코올의존증의 금단증상에 쓰이는 신경안정제.

8월 21일 [1968년]

조시,

장편을 하나 끝내고 아일랜드에 갔는데 선배님께 소식을 전해야겠다는 생각을 했습니다. 책을 끝낸 뒤에 끔찍한 치통에 시달렸어요. 이를 뽑고 나서는 술에 절어 지냈죠. 결국은 다 무의미한 것 같아 메리, 프레드와 함께 비행기로 섀넌까지 가서 다시 차를 몰고 케리 주로 갔습니다. 제 눈엔 세상의 그 무엇도 저마다 다 다르지만, 그중에서도 아일랜드는 가장 특이한 곳입니다. 아일랜드는, 대단히 좋은 의미에서, 신들린 곳 같습니다. 산들은 청색과 녹색을 띠고, 연달아 이어지는 호수들과 갯물이 드나드는 하구 유역과 연어가 회귀하는 하천들이 있으며, 그 웅덩이진 수면에는 폐허가 된 성들의 모습이 비칩니다. 그런 성에서는 가장 높은 탑 밖으로 나무들이 뻗어 자라고 대연회장에는 벌들이 날아다니지요.

제 원고의 질에 관해 저는 전혀 확신이 없지만 대리인과 출판사는 들떠 있습니다. 아주, 아주, 깨끗한 원고예요. 자지나 똥구멍 같은 건 찾아볼 수 없고, '씹'이란 말 역시 한 번도 나오지 않습니다. 제 친구들이 다들 손가락을 가랑이에 찔러넣고 엉덩이를 더듬는 동안 저는 저녁별의 아름다움을 찬양하고 있는 형편이죠. 그게 통하기를 바랄 뿐입니다. 그리고 이 편지를 받는 선배님이 잘 지내고 계시기를 바라기도 하고요. 아일랜드에서 돌아오자마자 메리와 프레드가 뉴햄프셔에 가서 저 혼자 여기에 남아 빈둥거리고 있지만, 곧 다시 일을 시작할 수 있을 거라 믿습니다.

그럼 이만,

존

존 치버

시더 레인, 뉴욕 주 오시닝, 10562

퀴라소

12월 20일 [1968년]

엑슬리,

우리는 다음주에 앤틸리스로 가네. 부자라네, 부자야, 부자. 큰아들은 여행을 가는 것 자체도 난감해하지만 1월에 그을린 피부로 다니게 될 것이 벌써 난감한가봐. 이 아이는 1월에 피부가 그을려 있는 사람들을 혐오하거든. 비싼 가방에 머리를 집어넣고 다니면 되겠지. 자네와 부인에게 진심으로 다정한 안부를 전하네.

줄이며,

치버

『불릿파크』는 1969년 4월에 출간되어 호평과 악평을 동시에 받았다. 양장본으로 3만 3천 부가 팔렸다. 4월 27일자 『뉴욕타임스 북리뷰』 1면에 실린 단평은 벤저민 드모트가 쓴 것이다.

존 치버는 새 장편소설에서 교외에 사는 네일즈의 핵가족을 묘사하는데 전체 분량의 반 정도를 할애하고 있다. 멀찍이 떨어진 서술자가 초점을 어머니에서 아버지로, 그리고 아들로 이동시키며 이야기를 진행하면서 간혹 불릿파크의 이웃들도 간략히 소개한다. 그러다 중간쯤에 이들은 모두 사라지고 새로운 화자가 나타난다. 그는 폴 해머라는 매력 없고 우울한 인물인데, 인디애나의 절도광과 사회주의자인 백만장자 사이에서 사생아로 태어난 자신의 삶을 피카레스크 구성*으로 반추한다. 이 두 부분은 끝에 가서 합쳐지는데, 해머가 납득할 만한 이유도 없이 네일즈 가족의 아들에게 폭행을 가하려고 결심하며 교외 동네에 도착하는 장면이 그것이다.

……세번째 장편으로서 작가의 전작 목록에 추가되는 이번 소설이 일류 작품이라고는 말할 수 없을 것 같다. 우선 구조의 문제가 있다. 이 작품은 가운데가 쪼개져 있으며, 해머-네일즈 수법에서 나타나듯 두 부분이 엉성하게 접합되어 있다.

존 치버의 단편소설들은 사랑스러운 새들 같은 작품이며—불가해함으로

* 악한의 행동과 범행을 중심으로 사건이 전개되는 소설을 피카레스크 소설이라 하며, 여기에서 유래된 것으로 독립적인 여러 이야기를 모아 하나의 계통을 세우는 방식을 가리켜 피카레스크 구성이라 한다.

꽉 차 있고 아름답도록 잘 정돈된 이야기들—앞으로도 그렇게 남을 것이다. 하지만 『불릿파크』의 끈적끈적한 대기에는 노래하는 새가 없다……

이런 뼈아픈 서평의 영향은 당시 아버지가 술을 과하게 마시고 있었다는 사실로 인해 더욱 고조되었다. "다들 그 원고에 열띤 반응을 보였습니다." 아버지는 『파리 리뷰』와의 인터뷰에서 말했다. "하지만 벤저민 드모트가 『뉴욕 타임스 북리뷰』에서 헐뜯은 후로는 모두 짐을 챙겨 집으로 가버린 꼴이었죠. 그때 저는 스키 사고로 왼쪽 다리를 다쳤고, 돈이 바닥나서 막내아들을 건사하기 위해 구직서류까지 제출했어요."

드모트는 착실하고 가정적인 토니 네일즈와 방탕하고 제멋대로인 폴 해머 사이에 어떤 연결고리가 있을 수 있는지 의문을 품었다. 저지르기 쉬운 실수였다. 그 책이 나왔을 때 나 역시 그런 실수를 저질렀다. 나는 매사추세츠 주 케임브리지에서 어느 집 옥상에 앉아 종이팩에 든 중국음식을 먹으며 네일즈의 가정적인 성생활에 대한 단락을 결혼할 여자에게 읽어줬던 기억이 난다. 나는 아버지를 불륜이 판치는 세상에서 혼자 일부일처제를 옹호하는 사람으로 묘사했다. 나는 네일즈를 믿고 싶었고, 아마 아버지도 그랬을 거라고 생각한다. 하지만 폴 해머가 없이는 토니 네일즈도 있을 수 없었다. 그 둘은 같은 사람이었다. 우리가 주변에서 만나는 사람들은 네일즈처럼 선하기만 하거나 해머처럼 악하기만 하지는 않다.

아버지의 편지들은 대체로 사교적이고 사랑스러운 존 치버의 일면을 보여주지만, 주의 깊은 독자라면 배경에 도사리고 있는 다른 인물, 허영심 많고 옹졸하고 가차없고 제멋대로인 폴 해머를 볼 것이다. 그것은 마치 해질녘 알프스 산속 숲가에 보이는 늑대와 같다. 그 늑대가 없었다면 잠자는 아이들도, 초가집도, 마을도 없었을 것이다.

존 치버

시더 레인, 뉴욕 주 오시닝, 10562

화요일 [1969년]

엑슬리,

책을 끝낸 후로 아무것도 하지 않았네. 심지어 일기도 쓰지 않았지. 하나밖에 없는 친형이 어제 영국에 가는 길에 여기 들렀어. 25년간 극심한 알코올중독과 편집증과 대혼란의 결혼생활을 겪은 뒤, 예순두 살이 된 형은 순수하고 지적이며, 멋진 옷차림에 술까지 끊은 모습으로 나타났다네. 그런데 형수는 요즘 깊은 구렁텅이에 빠진 것 같아. 나는 (교활하게도) 그게 형이 좋아진 것과 어떤 관련이 있지 않을까 궁금해. 우리는 늦도록 앉아 있었어. 좋은 형제와 나쁜 형제였지. 좋은 형제(나)는 버번을 거의 1쿼트나 마셨는데 그동안 나쁜 형제는 진저에일을 홀짝거렸다네.

아침식사 때도 나쁜 형제는 매력이 넘치고 침착했지. 좋은 형제는 빌어먹을 망나니였고.

그럼 이만,

존

음주는 항상 우리 가족 문화의 일부였다. 내가 10대였을 때, 주말을 맞아 집에 돌아온 어느 날 밤이었다. 나는 우리집 스테이션왜건을 몰고 여러 술집을 전전하고 다녔다. 오전 5시에 머리가 깨질 듯 아파 잠에서 깬 순간, 사고를 낸 기억이 생생하게 떠올랐다. 당시 나는 기숙학교에 다녔는데 기숙사에서는 부모님의 폰티액을 몰고 나갔다가 바퀴덮개 부분에 흠집을 낸 바람에 군대식 학교에 보내진 학생들의 얘기를 숱하게 들었다. 나는 침대에 누워 두통을 음미하면서, 앞으로 급격히 달라질 미래를 예상하며 두려움에 떨고 있었다. 마침내 6시쯤 자리에서 일어나 차를 살피러 진입로로 나갔다. 당시 우리집 스테이션왜건은 어찌나 심하게 망가져 있었던지 그 숱한 사고의 흔적들에서 내가 낸 사고의 흔적을 구분해내는 것은 불가능했다.

그러므로 아버지의 흥겨운 과음 습관이 10대 아들에게 전혀 이점이 안 된 것은 아니었다. 그러나 1960년대가 막을 내리던 즈음, 우리 가족의 희비극 같았던 삶이 본격적인 비극으로 치닫고 있음이 분명하게 드러나기 시작했다.

존 치버

시더 레인, 뉴욕 주 오시닝, 10562

3월 6일

빌,

전 선배에게 단편을 써드릴 수가 없어요. 사실 그 누구에게도 마찬가지입니다. 『불릿파크』가 그렇게 대단한 작품이 아니라는 건 저도 알지만 6개월이 지나고도 그 여파에서 벗어나지 못했는지 여전히 멍해요. 두 번쯤 주제를 잡은 것 같았지만 그걸 밀고 나갈 동기가 없을 듯합니다. 처음부터 다시 시작해야 할 것 같다는 생각이 들어요. 게다가 바셀미*의 뚝뚝 끊어지는 문체가 저는 참 당황스럽습니다. 이런 도입부는 언제라도 쓸 수 있겠죠. "유럽에서 1년을 지내고 돌아온 프로비셔 씨가 세관원 앞에서 트렁크를 열어보였을 때 그 안에는 옷가지와 기념품 대신 벌거벗은 이탈리아 선원의 토막난 시체가 들어 있었다." 망할. 마치 보드빌vaudeville**의 종막 같기도 하지만, 어쨌거나 내가 15년 전에 이미 써먹은 얘기라는 느낌이 들어요. 그런 고충이 있습니다. 단편을 쓰기 시작했는데 언젠가 이미 쓴 이야기라는 걸 깨닫는 거죠.

일하지 않고 있으니 너무도 괴롭고 아직도 술과 씨름하고 있

* 도널드 바셀미. 포스트모던 스타일의 단편소설로 알려진 작가.

** 노래, 춤, 곡예, 희극 등 여러 가지 볼거리로 이루어진 공연.

습니다. 병원의 도움을 받으려고 등록했지만 아직은 아슬아슬해요. 나를 위한 하루가 있으면 술을 위한 하루가 있죠. 제가 좋아하는 아름답고 총명하고 공감을 잘해주는 금발 여배우가 자기 남편에게 나와 단둘이 세 시간을 보내겠다고 선언했어요. 남편은 뚱하게 동의했고요. 저는 그녀와 스케이트를 타러 갔어요.

그럼 이만,

존

호프 랭과 그녀의 남편 앨런 퍼쿨라가 시더 레인의 집 돌계단을 올라오던 모습이 기억난다. 호프가 나를 '귀염둥이'라고 부르며 심지어 입맞춤까지 했던 것 같다. 당시 나는 10대 초반이었고, 나중에 아버지에게 그에 대해 불평했다. "한 번도 만난 적 없는 사람이 내가 귀염둥인지 아닌지 어떻게 안다고 그런 말을 해요?" 아버지는 할리우드 사람들은 별 뜻 없이 그렇게 말한다며 나를 타일렀다.

아버지는 언젠가 할리우드에 다녀오고 난 뒤 페기 리와 데이트했다며 내게 자랑했다. 컨버터블을 타고 함께 돌아다닌 얘기, 그녀에게 '키스'한 얘기도 했다. 우리는 집에서 빈둥거리며 페기 리의 음반들을 듣곤 했다. 나는 그 노래들이 꽤 좋다고 생각했다. 그런 식으로 다른 여자들이 공공연히 거론되었다. 수전과 나는 농담삼아 캘리포니아 해변에서 아버지가

'만족시킨 수많은 신인 여배우들'에 대해 얘기하곤 했다. 그러면서도 나는 제대로 이해하지 못했다. 아버지가 그들과 그저 키스나 했을 거라고 생각했음에 틀림없다. 하지만 호프와 그녀의 남편이 실제로 시더 레인의 우리집에 나타났을 때 나는 키스보다 더 심각한 무엇이 진행되고 있었다고 의심하기 시작했다. 호프와의 관계는 이어졌다 끊어졌다 하면서 아버지가 돌아가실 때까지 지속되었다.

말년에 아버지는 내게 시내로 와서 그녀를 함께 만나자고 했다. 아버지와 나와 호프는 스테이크하우스에서 함께 식사했다. 다들 말은 별로 없이 연신 미소만 지었다. 그다지 재미없는 한 편의 텔레비전 가족드라마 같았다. 제목은 '아버지, 장남에게 내연녀를 소개하다'.

나는 아직도 아들이 아버지의 불륜에 대해 어떻게 반응해야 하는 건지 잘 모르겠다. 그것이 어려운 이유는 아버지를 사랑했기 때문이고, 또한 어머니도 사랑하기 때문이다. 『세일즈맨의 죽음』에서 비프는 윌리의 과오에 대해 알게 될 때 아버지에 대한 믿음을 완전히 상실한다. 그 연극이 개봉했을 당시에는 어땠을지 모르지만 오늘날에는 그런 반응이 조금 케케묵은 것처럼 느껴진다.

아버지가 돌아가신 후 나는 호프와 만나 점심을 먹었는데, 그녀가 아버지의 편지 사본을 내게 주었다. 그녀는 아버지가 어머니를 떠나는 문제는 한 번도 거론된 적이 없다고 했다. "네 아버지는 한 번도 내게 네 어머니에 대해 나쁜 말을 한 적이 없다." 호프가 말했다. 어찌되었든 부모님은 헤어지지 않았고, 나로서는 다행이라고 생각한다. 부모님의 관계는 평탄치 않았고 두 분 다 고통을 받았지만, 한편으로는 굉장히 건설적인 관계이기도 했다.

나는 호프에게 아버지가 양성애자라는 사실을 언제 알았는지 물었다.

"후기 장편들을 읽고 나서." 그녀가 말했다.

"그러면 처음에는 모르셨어요?"

"몰랐어." 그녀는 말했다. "감쪽같이 속았지. 존은 내가 만나본 최고의 호색한이었거든."

존 치버

시더 레인, 뉴욕 주 오시닝, 10562

화요일

호프,

사랑해. 경미한 스키 사고를 당하는 바람에 좀더 일찍 편지하지 못했어. 과수원 나무들 사이로 급강하(라고 생각한 것)를 하다가 접시가 잔뜩 쌓인 쟁반이 무너지듯 와장창 내려앉아서 왼쪽 무릎 인대가 모두 찢겨나갔어. 심각하거나 통증이 심한 건 아니고, 내일 병원에 가서 깁스를 할 거야. 이게 좀 나아지면 서부로 갈게. 일자리를 구한다거나 그런 건 안 할 생각이야. 그냥 위버네 집에 머물면서 야자수 뒤에 숨어 당신이 차에 타고 내리는 모습을 지켜볼 거야. 당신 사진이 있었으면 정말 좋겠지만 좀 구질구질한 느낌이 들기도 하고, 어쨌든 난 당신이 어떻게 생겼는지는 잘 아니까. 내 감정에 복잡함이라고는 전혀 없는 것 같아. 생각에 잠기거나 우울해지거나 질투가 나거나 고뇌 혹은 불안이 들지도 않아. 당신을 사랑해.

사랑을 담아,

존

프레드를 신생아 때부터 키운 이탈리아인 가정부 이올레는 우리 가족과 여전히 긴밀한 관계를 유지하고 있었다.

4월 3일

달링,

난 지금 여기서 꼼짝도 못하는 지경이 되었는데, 이 편지를 쓰는 이유는 그저 내가 당신을 내 나름의 못난 방식으로 사랑한다고 말하기 위해서야. 엉덩이에서 발까지 깁스로 덮여 있어서 타자기로 손을 뻗기도 힘들어. 메리와 이올레가 날 극진하게 보살펴주고 있어. 난 서부에서 일자리를 구하는 대신 당신을 인터뷰

해서 『에스콰이어』에 실을까 생각중이었어. 『에스콰이어』 인터뷰 할 생각 있어? 금요일에 의사를 만날 건데 앞으로의 내 기동성에 대해서는 그때 더 잘 알게 될 거야.

사랑을 담아,

존

책은 『불릿파크』를 가리킨다. 아버지는 쉰일곱 살이었다.

금요일

달링,

앞으로 3주는 더 깁스를 하고 지내야 해. 크기가 어마어마하지. 이걸 구경하러 사람들이 꽃과 그림 퍼즐을 들고 와. 지금까지 받은 그림 퍼즐이 수십 개는 되겠어. 한동안 나는 이 깁스가 금주와 근면이라는 새로운 삶의 방식의 상징이 되리라 생각했지만 일이 그런 식으로 흘러가지 않는군. 11시가 되면 이올레가 얼음과 술병들을 들고 올라오지. 책이 일주일쯤 뒤에 나올 거라 요즘 나는 홍보용 사진을 찍는다고 카메라 앞에서 포즈를 취하는데 많은 시간을 보내고 있어. 카메라 앞에 아마 열다섯 번은 선 것 같군. 난 이런 걸 그다지 좋아하지 않아. 한두 시간 정도 지나면 가식적이고 단조롭게 행복에 겨운 미소를 띠고 사냥개처럼 렌즈를 응시하지. 책 홍보가 너무도 대대적이라 내가 책을 쓴 게 아니라 요리기구 신제품—녹이 슬지 않고 가볍고, 등등—을 생산한 듯한 착각이 들기 시작해.

늘 당신 생각을 하는데, 사진이 있으면 얼마나 좋을까 싶어. 토요일 밤에 텔레비전에서 당신을 봤지만 별로 도움은 안 돼. 여기 술병을 든 이올레 뒤로 또 사진작가가 오고 있군.

사랑을 담아,

존

다음은 아버지의 오랜 친구 레니 필드의 얘기다. 루투올라는 『불릿파크』에 나오는 힌두교 주술사다.

존 치버

시더 레인, 뉴욕 주 오시닝, 10562

5월 8일 [1969년]

타냐,

레니의 아내 이름은 버지니아인데 보통 지니라고 부르고 때로는 (세상에!) 진이라고도 하지요. 그의 딸은 캐서린이고 캐시라고도 불러요. 당신이 라이트모티프*를 잡아내줘 얼마나 기쁜지 몰라요. 이곳의 한 비평가는 작품에 일관성이 없다고 합니다.

---

* 음악, 미술작품, 소설 등에서 반복적으로 나타나는 중심 주제.

나는 그 말이 틀렸다고 생각해요. 이 작품은 아주 긴밀하게 구성되어서 거꾸로 읽어도 될 정도거든요.

나 역시 루투올라를 만나면 좋겠지만 그는 이미 볼티모어로 돌아갔어요. 나는 보통 확신을 잘 하지 않지만 한 가지 확신하는 것은 내가 죽고 당신도 (오랜 시간이 흐른 후) 죽으면 우리는 곧바로 만나서 대단히 활기 넘치는 사후세계를 살아갈 거라는 점이에요. 깁스는 풀었지만 다리는 여전히 붓고 아파서 밤에는 안절부절못하고 있어요. 모든 게 결국은 다 지나가겠지요.

사랑을 담아,

존

『타임』 서평을 동봉할게요. 봉투에 딱 맞게 들어가니까.

존 치버

시더 레인, 뉴욕 주 오시닝, 10562

5월 14일 [1969년]

엑슬리,

록펠러 재단 일*에 행운을 빌며 나도 자네의 문학적 목소리에 찬사를 보내도록 하겠네. 그들이 어떤 선택을 할지는 알기 힘들어. 포드 재단이 내게 희곡 지원금을 받겠느냐고 묻더군. 친절한

---

* 프레더릭 엑슬리는 1969년 5월 21일에 록펠러 재단으로부터 만 달러의 창작 지원금을 받는다.

제안을 당연히 받아들였지. 그런데 다시 편지를 보내서는 예상보다 많은 사람들이 제안을 받아들였다며 8월까지는 결정하지 않겠다는 거야. 8월에 또 편지가 와서 보니 내 작품은 수준 미달이라더군. 그 지원금은 윌리엄 고옌William Goyen에게 갔다네. 개스Gass* 같은 작가가 그들이 좋아하는 스타일이야. 글을 못 쓰는 사람에게 깊은 인상을 받는 이들이더라고.

난 깁스에서 벗어났지만 아직 곤경에서 벗어나진 못했다네. 책은 베스트셀러에 아내는 다정하고, 아이들은 예쁘고 정원에는 꽃이 피었는데 나는 알코올과 우울의 늪에 갇힌 것만 같네. 지나가겠지.

그럼 이만,

치버

7월 8일

달링,

간밤에 곤드레가 되도록 술을 마시고 당신의 목소리가 절절하게 그리웠지만 전화번호를 찾을 수가 없었어. 차라리 다행이라는 생각이 드는군. 최소한 술은 안 마셔야 할 것 같아. 당신이 그립지만 우울한 마음은 전혀 아니야. 당신에게는 향수와 감미

---

* 윌리엄 개스. 미국의 작가이자 전직 철학교수.

로운 음악과 설익은 갈망을 차단하는 듯한 밝음이 있어. 내가 얼마나 당신에게 어울리지 않는 사람인지 적어보자면 긴 명세서가 나오겠지. 그리고 당신을 보지 않는 것이 최선일 거야. 난 당신을 보게 되면 한동안 다른 건 하나도 안 보이니까. 당신이 아침에 일하러 가는 모습, 중국음식을 먹는 모습을 상상해. 그 상상 속에서 나는 늘 야자수 뒤에 숨어 있는 것 같군.

거창했던 만찬 무도회 때문에 우리 모두 정신이 없었는데 잘 끝났어. 수지는 다음주에 남편과 마요르카 섬*에 가고, 뒤이어 22일에 우리도 갈 거야. 그런 다음 메리는 로마에 가겠지만 나는 그냥 해변에 남아 있을까 해. 내 책은 크노프가 예상했던 베스트셀러는 되지 못했지만 매주 400명 정도는 책을 사는 것 같아. 그 400명이 얼마나 사랑스러운지. 그들은 운동화를 신는 사람들일 거야.

사랑을 담아,

존

크리스틴 킬러는 영국의 육군장관 존 프러퓨모가 '부적절한 관계'를 맺은 파티걸이었다. 킬러가 정보요원으로 의심되는 소련의 한 관리와도 매우 가까운 사이임이 밝혀지면서 프러퓨

* 지중해에 있는 스페인 휴양지.

모는 장관직에서 사임했다.

존 치버

시더 레인, 뉴욕 주 오시닝, 10562

[1969년 9월 10일]

달링,

당신 소식을 들으니 정말 기뻐. 당신에게서 편지가 와 있길 바라며 우편함을 뒤지고 다녔지만 나오는 건 결혼식 청첩장이나 무료 면도날뿐이더군. 내가 당신을 싫증나게 한 건지 생각도 해보고 전화를 걸어보려고도 했지. 전화번호부에 데이비드 앨버트랭이 나와서 전화를 해봤어. 졸리고 짜증난 목소리더라고. 텔레비전에서 당신을 본 적은 있지만 전화번호는 모른다고 하더군. 당신 생각을 정말 많이 해.

여행에 대한 메모: 팔마에서 수지와 롭을 만나 함께 차로 산을 넘어 반대편 해안으로 갔어. 데야는 바다와 가파른 산맥 사이로 돌집들이 모여 있는 마을이야. 물가가 믿을 수 없을 정도지. 와인 한 병에 9센트, 세끼 식사가 모두 포함된 펜션이 하룻밤에 3달러도 안 해. 이런 환경에 당황한 메리는 마드리드의 리츠 호텔로, 그다음에는 로마의 하슬러 호텔로 가버렸지. 나는 데야에 남았고. 아침에 일을 좀 하고 올리브와 레몬 나무 숲을 지나 해변까지 1마일 정도를 걸었어. 해변에는 바위가 많고, 물은 공기처럼

투명해. 바다 위쪽으로는 동굴 안에 조그만 카페가 있어서 그곳에서 체스를 두거나 진 앤드 토닉을 마실 수 있지. 오늘 오후에는 다른 쪽 만에 갔는데, 거기에는 바다로 내려가는 긴 사다리가 있더군. 저녁을 먹고 나면 모두들 카페로 가지. 거기엔 유럽과 미국에서 온 잡다한 사람들이 있어. 한 남자는 크리스틴 킬러와 닷새 밤을 보낸 걸로 유명하더군. 그곳에서 좋은 기분으로 있다가 행복하게 돌아왔는데 이곳은 모든 게 어두침침해. 내일은 세인트로렌스 강으로 떠날 거야.

가족에 관한 메모: 수지와 롭은 이번 주에 데야를 떠나 런던으로 가서 겨울 동안 머무를 거야. 화요일에는 벤이 목요일에 결혼하겠다고 선언하더니 정말로 했어. 여자애는 총명하고 재치 있고 예뻐. 아버지가 IBM의 보안책임자라는데, 그 가족은 결혼에 대해 우리와는 다른 개념을 지닌 것 같더군. 그들은 충격에 빠졌지만 결혼식에는 제시간에 왔어. 성혼선언이 끝나자 나는 성단소*를 비집고 나아가 종을 울렸지. 아주 요란하게 울렸어. 신랑 신부는 새 오토바이를 타고 신혼여행을 떠났지. 둘은 한 시간 정도를 달리다가 무섭고 불편하다는 데 의견을 모으고 가장 먼저 나온 모텔에서 멈췄대. 나머지 여행은 차를 타고 마쳤고.

부디 가끔씩 편지를 보내줘. 긴 편지를 말하는 게 아니라 그냥

* 성직자와 합창대가 앉는 제단의 옆자리.

잘 지낸다는 정도의 짧은 편지라도 좋아.

사랑을 담아,

존

9월 22일 [1969년]

달링,

수많은 광고와 텔레비전 화면에 그 사랑스러운 얼굴을 내미는 당신을 보니 마치 당신이 그랜드캐니언 같은 국가 소유물처럼 느껴지기 시작하는군. 때로 당신은 정말로 아름답고 때로는 아주 진실해 보이는데, 난 그 두 모습이 다 당신이라고 생각해. 언젠가 엘리베이터에서 내 책을 들고 있는 여자를 본 적이 있어. 책을 뒤집어 들고 있어서 여자 팔꿈치 위로 내다보는 내 얼굴이 보이더라고. 내 모습을 보고 있자니 정말 당혹스럽더군. 여자가 내리고 나니 마치 그녀가 내 얼굴을 가져가버려서 아침에 면도할 게 없어진 듯한 끔찍한 기분이 들었어. 당신은 그런 괴로움을 겪지 않길 바라.

사실 난 별로 할말이 없지만 계속 말을 잇는 이유는 당신과 이야기를 나누고 싶은데 이러고 있으면 그런 기분이 들거든. 글도 쓰고 낚시도 하려고 세인트로렌스 강에 갔어. 글도 썼고 농어도 좀 잡았지. 무게가 무려 50파운드에 주둥이는 증기굴착기처럼 생긴 머스키muskie를 잡으려고 해봤어. 야구방망이로 머리를 내리처 죽여야 한다는데, 잡으면 어떤 일이 벌어질까 궁금했지만 잡지는 못했어.

벤이 자꾸 오토바이를 태워준다고 해. 난 그애 오토바이에 타는 게 싫지만 말은 안 했지. 지금 여기는 가을이고 상당히 춥군. 아직도 날마다 수영하러 가는데 몸은 덜덜 떨리면서도 대범한 사람이 된 기분이야. 이제 물이 너무 차가워지면 내 성미를 누그러뜨리기 위해 뭘 할지 모르겠어. 일단 겨울이 오면 어찌될지는 알 수 없지.

사랑을 담아,

존

존 치버

시더 레인, 뉴욕 주 오시닝, 10562

10월 3일

타냐,

이 편지를 받을 때 당신은 바닷가에 있겠군요. 러시아에서 내가 아는 유일한 해변은 예전에 수영을 하곤 했던 얄타의 흑해입니다…… 세상이 좀더 평화로워지면 당신도 이곳에 와서 해변들을 봐야 해요. 메인 주에서 해터러스 곶까지 길게 이어진 백사장도 있습니다. 갈매기가 끼룩끼룩 울고, 파도는 우르릉거리죠. 최고의 찬사를 받는 해변은 회복력이 뛰어나며 산책지로도 훌륭합니다. 우리는 여름에 그곳의 여러 섬들 중 한 곳에서 휴가를 보내곤 했어요. 나는 해변을 따라 몇 마일을 걸어가 조수 웅덩이에서 조개를 주워 자루에 담았어요. 메리는 조개와 양파를 넣어 바다 냄새가 물씬 나는 조개수프를 만들었고요. 그러고 나서 (이 장면에 부드러운 빗소리를 넣어주면 좋겠군요) 잠자리에 들었지요.

이곳에서 『불릿파크』는 출판사가 기대한 만큼의 성공을 거두지 못했지만 10만 부 정도는 팔린 것 같습니다. 『뉴욕 타임스 북 리뷰』에 혹평이 실리자 출판사에서는 모든 광고를 중단해버렸지요. 교외를 사회의 은유로 삼은 게 실수였는지도 모르겠어요. 이제 머지않아 산길에서 간통하는 남녀, 바다에 몰아치는 폭풍우 등에 대해 쓸지도 모릅니다. 서평들은 대부분 점잖았지만 이상하리만치 진단적이어서 혹시 나를 철학자로 착각한 게 아닌가 싶을 정도였죠. 몇몇 비평가들은 내게 세인트보톨프스*로 돌아가라고 권하지만 난 그럴 수 없어요. 애초에 존재하지 않는 곳이니까.

사랑을 담아,

존

* 『왓샷 가문 연대기』의 배경이 되는 마을.

아래의 편지를 보면 「네번째 경보」를 어떻게 쓰게 되었는지 그 내막을 엿볼 수 있다. 역시 시더 레인에서 쓴 편지이며 날짜는 1969년 10월 20일이다.

10월 20일

달링

……뉴욕은 특별히 연극적이야. 뉴욕은 날 얼떨떨하게 만들지. 내가 극장에 갔는데 만약 옷을 벗으라는 요구를 받는다면 그건 크게 개의치 않겠지만 지갑과 손목시계와 차 열쇠는 어떡해야 하지? 그러니까, 알몸으로 뒹구는 사람들 사이에서 귀중품들을 꽉 쥐고 있으면 좀 없어 보일 거 아냐. 내 지갑 내놔, 기타 등등. 당신이라면 이 대목에서 당신과 동종업계에 있는 번스 부인에게 관심이 갈 수도 있겠군. 남편과 어린 두 자식이 있고, 최근까지 고등학교에서 8학년과 9학년의 영어를 가르친 여자지. 따분해서 그런 건지 호기심에 그런 건지 〈오! 캘커타oh! Calcutta〉*의 오디션을 봐서 배역을 얻었어. 지금 그 여자는 일주일에 여덟 번을 홀딱 벗고 무대에 오르지. 실로 가장 행복한 여자야. 그 어떤 변호사도 남편의 이혼소송을 받아들이지 않을 거야. 공개된 장소에서의 모의 성교가 이혼 사유가 된 전례는 없거든. 이에 대한

---

* 1969년에 초연한 아방가르드 뮤지컬로 성적인 주제를 촌극 형식으로 다루며 모든 배우가 나체로 무대에 나와 공연한다.

도덕률은 잘 모르겠지만.

간밤에 서리가 두껍게 내렸고, 지금은 빈센트라는 노인이 마지막 남은 낙엽을 쓸고 있어.

사랑을 담아,

존

아이비는 타냐의 어머니이고, 베라는 타냐의 딸들 중 한 명이다. 아이비는 『뉴요커』에 단편을 썼다.

존 치버

시더 레인, 뉴욕 주 오시닝, 10562

1월 13일

타냐,

존 스워프가 당신과 베라와 아이비를 찍은 멋진 사진들을 보내주었어요. 당신을 만난 지 너무 오래되어 당신의 눈이 생각나지 않네요. 스피어가 와인잔들과 함께 찍힌 당신의 사진을 훔쳐가려고 했지만 내가 다시 빼앗아왔어요. 하지만 그루지야에서 찍은 사진은 빼앗기고 말았죠. 3대—돋보기를 쓴 아이비와 와인잔 옆의 당신, 담배를 든 베라—의 모습이 굉장히 흥미로워서 그 사진들을 오래 들여다보고 있습니다.

땅은 눈으로 뒤덮였고 아주 추워요. 아직도 금요일에는 스피어와 함께 점심을 먹는데, 그 친구는 스케이트 타는 걸 그만뒀어요. 나는 『불릿파크』가 별로라고 최종 결론을 내렸고요. 뭐가 잘못됐는지는 잘 모르겠지만 의도대로 표현되지 않은 부분이 있는 듯합니다. 하지만 난 다시 사랑에 빠져 있어서 대개는 극복할 수 있어요.

사랑을 담아,

존

존 치버

시더 레인, 뉴욕 주 오시닝, 10562

2월 20일 [1970년]

타냐,

벤에 대해서는 이미 편지에 쓴 것 같군요. 정말 결혼을 했어요. 목요일에 결혼하겠다고 화요일에 선언하더군요. 여자애는 아름답고 재치 있어요. 외동딸이고요. 아버지는 IBM에서 보안을 책임지고 있답니다. 이는 곧 극도로 보수적인 옷차림과 지적인 관습을 의미하지요. 아버지는 유쾌하고 호리호리한 사람으로 입가에서 엷은 미소가 절대로 사라지지 않아요. 이렇게 말하면 좀 야박하지만, 그 사람은 아마 불속에 손을 집어넣어도 미소를 거두지 않을 거예요. 하지만 난 야박한 사람이 아닙니다. 그 부인은 예전에 분명 상당한 미인이었을 것 같더군요. 그들은 술도 마시지 않고 담배도 피우지 않고 책도 안 읽어요. 이 결혼에 충격을 받았지만 기정사실이 된 후로는 그 어느 때보다 더 행복하다고 한답니다. 아들을 하나 얻었다는 거지요.

벤은 나처럼 『일반기도서』를 좋아해서 결혼식은 교회에서 열렸습니다. 벤이 양복을 입은 모습은 서커스에서 곰이나 침팬지가 양복을 입은 모습과 흡사했지요. 신부는 아름다웠고요. 축도가 끝난 뒤에 나는 성단소를 빙 돌아나가서 종을 울렸습니다. 나는 커다란 종소리가 아주 중요하다고 생각하거든요. 샴페인이 걱정이었는데 신부 아버지가 조금 구했더군요. 그리고 벤과 신부는 오토바이에 올라타 황혼 속을 달려갔지요. 당신은 아마 벤을 좋아할 거예요. 굉장히 온화하고 사려 깊고 강한 아이지만, 어떤 옷을 입어도 몸에 잘 맞지 않는 그런 남자들 중 하나예요. 내가 이 아이를 가장 비싼 양복점에 데려갔는데도 여전히 곰처럼 보이더군요.

사랑을 담아,

존

나는 이제 전처의 부모와 연락을 주고받지 않지만 그들을 변호해 지적해야 할 점은 두 사람이 날마다 세일럼 담배를 각각 한 갑씩 피웠다는 사실이다. 양복에 대해서는 아버지의 말이 맞다.

아버지와 존 업다이크의 우정에는 항상 경쟁적인 요소가 있었지만—그리고 아버지는 상당히 고약한 뒷담화도 하곤 했지만—진심 어린 감탄과 애정 역시 존재했다.

존 치버

시더 레인, 뉴욕 주 오시닝, 10562

4월 24일 [1970년]

존,

자네를 서울에서 만날 수 있을 것 같군. 그러면 정말 즐거울 거야. 나는 메리와 열세 살 난 아들도 데리고 가 도쿄에서 내처 레닌그라드까지 가볼까 생각중이야. 물론 미친 짓이지. 서울에서는 돌을 맞고, 도쿄에서는 강도를 당하고, 레닌그라드에서는 감방에 갇힐 거야.

1년 전에 곶에 놀러간 이후로 자네 부부를 못 본 것 같은데, 두 사람을 다시 만나기를 진심으로 바라네. 메리에게도 안부 전해주게.

줄이며,

존

이 사람은 존 위버다.

존 치버

시더 레인, 뉴욕 주 오시닝, 10562

17일

존,

소식 들으니 정말 반갑다. 네 책이 곧 나온다니 기쁘구나. 지난 몇 년 동안 네 편지들을 워낙 재미있게 읽은 터라 그간 많이 그리웠지만 나 자신도 편지 쓰는 습관이 줄어든 참이었다. 비가 오는지, 비가 안 오는지, 비가 올 것인지에 누가 얼마나 관심이 있겠어? 요즘에는 단편을 시작하기만 하면 언젠가 쓴 이야기라는 걸 깨닫게 돼. 지난달에는 새러토가에 가서 유니언 애버뉴까지 3마일을 걸으며 이전 단편에 쓴 재료를 정확히 27가지 발견했어. 나무로 된 탑, 오래된 경마장 티켓, 다리가 세 개인 개, 사슴 동상, 고사되고 있는 느릅나무 등등. 풍경을 바꿔보려고 월요일에는 도쿄와 서울에 간다. 하지만 미장센에 아주 탐욕스러운 존 업다이크와 함께 가는 게 문제야. 바로 내 뒤에서 걸으며 풍경에 대한 내 섬세한 논평을 모두 가로채버리는 인간이라. 한국에는 국제펜클럽 대표단으로 가는데, 메리와 프레드도 함께 갈 거야.

호프와 앨런이 이혼할 거라는데, 어떤 요술의 작용인지 나 또한 앨런과 마찬가지 신세가 된 것 같아. 호프가 새 남자를 찾았어. 제 입으로 '창의력이 없는' 남자라고 부르더군. 런던에 사는 수지와 롭이 여기에서 한 달을 지내다 갔는데, 정말 즐거웠지. 벤과 신부는 뉴욕에서 살아. 이곳의 수영장 상황은 아주 위태롭다. 내가 이용하는 수영장들은—또한 그곳 직원들은—대부분 너무 오래 됐어. 5월이면 개장하던 수영장들이 아직 페인트칠도 안 된 상태야. 요즘 일본어를 공부하고 있어서 아침인사(오하요)와 남자 화장실이 어딘지 묻는 말(오토코노 벤조와 도코데스하*)을 할 수 있지.

사라노야**

존

이 편지는 오시닝에서 쓴 것인데, 편지지는 한국에서 열린 펜클럽 세계대회에서 배포한 것이 틀림없다.

제37회 국제펜클럽 세계대회

서울-1970년

조선호텔

시더 레인, 오시닝

목요일

---

* 도코데스카どこですか의 잘못.

** 끝인사 사요나라さよなら의 잘못.

빌,

이상한 일이지만 우리는 즐겁고 무탈하게 돌아왔습니다. 비행 시간이 길었고—열일곱 시간—페어뱅크스*(에스키모들, 덫 놓는 사냥꾼들, 등등)에서는 애크런 대학** 교수 36명이 부부 동반으로 비행기에 탔지요. 모두가 이름, 주소, 우편번호 등을 적은 표를 옷에 박아넣었고, 여자들은 고향을 떠날 때 선물로 받은 꽃이 이미 죽었거나 죽어가는데도 여전히 달고 있더군요. 그들은 도쿄, 싱가포르, 타슈켄트 등을 거쳐 세계를 돌아보는 중이었는데, 많은 이들이 애크런에서 가져온 물병을 들고 다녔어요. 도쿄에 도착했을 때 도시와 산들은 스모그에 가려 보이지 않았고, 저녁 산책을 나온 가족들은 모두 외과수술용 마스크를 쓰고 있더군요. 우리는 디럭스 호텔에서 머물렀고, 저는 아침마다 "카르마, 카르마"를 외치며 잠에서 깼습니다. 서울에서 존의 발표문은 눈부시게 멋있었고, 사람 자체도 그렇더군요. 우리는 처마가 치솟은 궁궐에서 열린 연회에 여러 번 참석했습니다. 연회장에는 거울이 많고 샹들리에가 달린 걸 보니 조약을 체결할 때 사용하는 그런 종류의 방 같더군요. 게이샤 하우스에서 기막힌 파티가 열렸는데 제 옆의 게이샤는 저를 씻겨주고 꼼꼼히 살펴보고 키스해주고 손으로 음식을 먹여주더니, 엎드려서 제 신발 버클을 채

* 알래스카 내륙에서 가장 큰 도시.

** 오하이오 주 애크런 시에 위치한 대학교.

워주었을 뿐만 아니라 제 손을 잡고 빗속을 걸어가 택시에 태워 주기까지 하더군요. 파란 옷을 입은 아름다운 여자였는데 이름이 소Saw*였어요.

서울은 많은 산으로 둘러싸여 있는데 산속에는 적들이 살고 있습니다. 대통령은 경호원들로 둘러싸여 있고요. 그가 차로 거리를 지날 때면 사람들에게 창문을 닫고 커튼을 치라고 명령합니다. 자정에는 통금이 있어요. 한국 사람들이 우리에게 비단과 목함과 꽃과 족자와 세 권으로 된 대통령 연설문을 선물했습니다. 도쿄로 돌아갔을 때 우리는 엑스포에 가지 않았습니다. 신사 몇 군데와 삼나무숲, 폭포를 둘러봤는데, 저는 계속 "카르마" "카르마" 하고 외쳤지요.

존

아버지는 일기에서 같은 여행을 다음과 같이 회상했다.

그렇다면 내가 생생하게 기억하는 것은 무엇인가? 물고기뼈 모양으로 생긴 페어뱅크스의 숲. 이 벽지의 소도시. 하늘에서 비치는 햇살은 비록 희미했지만 그 광채는 열다섯 시간 이상이나 사라지지 않고 버티었다. 시든 꽃을 걸치고 고향의 물이 담긴 병을 들고 서 있던 애크런의 교수 부

* '톱'을 뜻하는 단어로 한국인의 성姓인 '서'를 그렇게 알아들은 듯하며 앞의 행동에 대한 설명과 톱의 이미지가 이루는 부조화가 웃음을 자아낸다.

인들. 그들을 조롱하는 것은 얼마나 시간 낭비란 말인가? 그들은 세상 구경을 나온 것인데 그게 뭐가 잘못되었단 말인가. 그들은 약간의 흥분과 기쁨, 컬러사진 한 묶음에 담긴 추억, 그리고 설사와 무좀과 반미 폭동과 베링 해에서 급사할지도 모르는 위험과 공포를 경험하게 될 것이다. 도쿄의 스모그는 도시와 근처의 산들을 뿌옇게 만든다. 택시 운전사는 외과수술용 마스크를 쓰고 있다. '메이드 인 저팬'은 내 유년기의 표어였다. (염가 판매점인) 그 천국에서는 판매되는 거의 모든 것이 메인드 인 저팬이었다. 금붕어, 장난감, 스크루드라이버, 깡통따개, 구슬 모두가 말이다. 폭격으로 불바다가 됐던 그 도시는 이미 사라진 지 오래지만 때로 길모퉁이에 처마가 치솟은 고옥이 서 있다. 역시 메인드 인 저팬이다.

다음 편지에서 프레드는 내 동생이다. 코벌리는 '왑샷 가문 시리즈'에 나오는 두 형제 중 하나다. 어머니는 브라이어클리프 대학에서 10년 동안 강의했다. 재직 기간 끝 무렵에 대학 행정처가 교체되면서 어머니가 좋아하고 존경했던 사람들이 모두 학교를 그만두거나 해고당했다. 샌드라 호크먼Sandra Hochman은 어머니의 친구였다. 샌드라의 소설 『워킹 페이퍼스Walking Papers』(바이킹)는 1971년에 베스트셀러였다. 옛 크레스 주택단지는 시더 레인의 부모님 집에서 가까웠다. 연못이 하나 있었는데 너무 덥거나 너무 취한 사람이라면 수영도 할 만한 곳이었다. 그 외의 사람들이라면 연못의 진흙이 눈에 거슬렸을 것이다. 아트는 오래된 아버지의 술, 산책, 낚시 친구인 아서 스피어이며, 우리는 1956년에 메인 주 프렌드십에 있는 그의 집을 빌린 적이 있다.

아버지가 싱싱 교도소에서 강의한 경험은 이후 『팔코너』의 배경이 된다. 하지만 1977년 3월 『뉴스위크』에 실린 인터뷰를 보면 아버지는 당시 인터뷰를 진행했던 내 누이에게 이렇게 말했다. "난 싱싱 교도소에 자료를 수집하러 간 게 아니야. 결혼해서 아이를 낳아 기른 것이 자료를 수집하려고 그런 게 아닌 것처럼."

1974년 4월에 작가 앨런 거개너스Allan Gurganus에게 보낸 다음 편지에서 아버지는 도널드 랭과 지속적으로 유지해온 관계에 대해 이야기한다. 랭은 싱싱 교도소에서 아버지의 수업을 들었다. 랭이 출소한 뒤에도 두 사람은 친분을 유지했다.

월요일 밤에 랭이 오키드라운지라는 어둡고 형편없는 술집에 갔더군. 거기에서 어떤 금발 녀석을 만나 싸움이 났지. 랭은 쇠지렛대를 무기로 썼어. 상대 녀석은 병원으로, 랭은 교도소로 가게 되었지. 랭이 화요일 아침 일찍 내게 전화를 했고, 나는 세 시간 동안 (내 옷 중 가장 좋은 양복을 입고) 흑백의 경찰관들 등 뒤에 대고 얘기를 했어. 피곤하더군. 랭은 내게 그저 친구 이상은 아니지만 그래도 난 그의 자유를 굉장히 소중하게 생각해. 정오쯤 되어 나는 판사에게 갔고, 판사는 보석을 허가했어. 현금을 구해 랭을 꺼내줬지. 면도도 안 하고 씻지도 않고 구두끈을 손에 든 몰골이더군. 선생님이 어떻게 반응하실지 궁금했어요, 그가 말했어. 고맙다고 말해, 내가 말했지. 고마워요, 그가 말했고, 그렇게 우리는 또 한번 교도소를 나와 햇살 속으로 걸어갔어……

월요일 [1971년 5월 9일, 확실히]

벤,

짜잔. 프레드의 키가 5피트 7인치란다. 나보다 더 커. 키 얘기가 나왔으니 말인데, 얼마 전에 애독자가 새벽 3시 반에 전화를 했어. 전 5피트 5인치밖에 안 돼요, 그자가 말했지. 난 5피트 6.5인치요, 내가 말했고. 목소리가 존 치버 같지 않은데요, 그자가 말했어. 내 이름은 코벌리 왑샷이고, 지독하게 졸린다고 내가 대답했지. 그자의 이름은 와이우드래. 내 애독자들은 모두 새벽 3시 반에 전화를 하고 이름도 죄다 엑슬리, 오노, 머켄퍼스, 우드콕* 같은 것들이야. 그중 내가 가장 좋아하는 이름은 포페스쿠**인데 부쿠레슈티*** 시 줄리어스 퍽fuck 스트리트 16번지에 산단다. 죄다 하나같

---

* 이름들은 각각 Woiwode(Why would와 동음), Exley, Ohno, Mukenfuss(muck and fuss와 동음), Woodcock이다.

** Popescue.

*** 루마니아의 수도.

이 취했거나 미친 사람들 같아서 난 그들이 모두 우리집 식당으로 난입하는 끔찍한 악몽을 꾼단다.

지금 이곳은 편안하다. 벚나무에는 꽃이 피었고 네 엄마는 시를 쓰며 흡족해하지. 엄마네 학교의 상황은 점점 더 우울해지고 있어. 교육 과정에 성교육이 포함되었지만, 대학생활 안내서에 시위를 금한다는 문구가 들어갔더라. 해고된 교수진이 모두 졸업식 행렬 속에서 눈물의 행진을 할 거래. 샌드라 호크먼이 새로운 종마를 데리고 토요일에 왔다. 그는 자신을 '체조선수'라고 묘사했지. 다른 애인보다 잘생겼더군. 두 사람이 떠난 뒤에는 수지와 롭이 와서 로스트비프를 향해 정면공격을 퍼부었어. 고기가 눈 녹듯 사라졌지. 그래도 둘은 행복해 보이더라. 금요일에 크레스로 수영하러 갔다가 젠장 완전히 얼어죽을 뻔했다. 그 여파로 내 기관지에서 클리블랜드 심포니 같은 소리가 나. 토요일에는 아트와 함께 개들을 데리고 댐으로 산책을 나갔다가 마르틴 부버를 읽으며 와인을 마시던 유쾌한 젊은이들이 우릴 끼워줘서 함께 어울렸어. 어제는 크레스 힐을 걸어가는데 숲속에서 사람들 목소리가 들리는 거야. "도로시 파커는 너무도 신뢰할 수 없어." 어떤 남자가 말하더군. 그들과 함께 어울렸지만 와인은 없었다. 내일은 싱싱 교도소에 가서 마약 밀매꾼 등등의 기결수들에게 단편창작 수업을 진행하는 문제로 교도소장과 의논을 할 거야. 내게서 아무런 소식을 없다면 무슨 일이 벌어진 건지 알겠지? 철커덕.

린다에게 안부 전해다오.

줄이며,

J.

수요일 [1971년 5월 말]

벤,

목요일에 있었던 수업은 굉장했다. 가장 재미있었던 순간은 푸에르토리코 출신 마약 밀매꾼(24세)이 일어나서 이렇게 외쳤을 때야. "아, 그 마키아벨리라는 놈, 좆나 쌈박한 새끼네." 항상 그렇게 재미있는 건 아니야. 어제는 프레드와 함께 책 세 상자를 교도소 도서관으로 갖다주었는데, 처리실로 책을 옮기자마자 이 사람들이 우리를 가둬버렸어. 적절한 책임자가 책들을 다 검사할 때까지 기다려야 한다는 거지. 난 더 나쁘게 반응할 수도 있었지만 그러지 않았어. 다시 말해, 돌아다니면서 "저 죄송하지만 이름을 좀 알려주시겠어요?" 이런 식은 아니었다 그 말이지. 차에 가서 담배 하나 가져와도 되겠느냐고 물었더니 교도관이 얼굴을 찡그리며 쳐다보는데, 주먹이 나가려는 걸 참았다. 한 대 치기라도 했다면 폼이 좀 났을 텐데 말이야. 우리는 삼십 분가량 갇혀 있었어. 그래도 오늘 아침에 교도소장이 전화로 사과를 하더라.

엄마는 모든 강의가 끝났지만, 시를 쓰면서 아주 만족하고 있어. 비치우드에서 어느 영화사가 야한 공포영화를 찍는다기에 어제 촬영장에 구경을 가봤다. 모든 게 낡고 부서져 있고, 무도회장에는 시체 먹는 악귀 차림의 배우들이 가득 차 있더라고. 차차차. 긴 작품을 하나 끝냈더니 기분이 좋다. 모두 무탈해. 우리 모두 린다에게 안부를 전한다.

줄이며,

J.

누나는 '태리타운 데일리 뉴스Tarrytown Daily News'에서 일하고 있었다.

금요일 [1971년 6월 4일, 확실히]

벤,

콜벳 백화점을 털었던 흑인 아이 팻 보일이 빠졌다. 화요일에 오번 교도소로 이감되었어. 대략 200명 정도가 이감되었고, 마키아벨리가 좋다던 녀석도 간 것 같다. 그리고 어제 새로운 무리가 들어왔어. 이보다 더 멀쩡해 보이는 남자들이 있을까 싶지만 알고 보면 컴컴한 골목에서 늙은 여자들을 교살한 놈들일 수도 있겠지. 확실히 알 수는 없을 거야. 무슨 죄를 지었는지 말하기 싫어하더라고.

『뉴요커』에서 내 새 단편을 거부했다. 『에스콰이어』는 사고 싶다는데 원고료를 1500달러밖에 안 준대. 그 작품을 쓰느라 걸린 시간을 고려하면 그건 수지가 태리타운 신문에서 버는 것보다 적은 액수야. 『하퍼스』는 틀렸고, 『애틀랜틱』은 아직 오르가슴 얘기가 어떨지 모르겠다고 하고, 그게 전부야.

엄마는 아주 잘 지내고 행복해 보인다. 엄마와 프레드는 콜로라도에 갈 계획을 세워놓고서 나도 갈 거라고 생각하고 있는데, 난 안 갈 거야. 첫째로, 가기 싫어. 둘째로, 그럴 형편이 안 돼. 머지않아 두 사람에게 내 결정을 얘기할 거다. 상쾌한 비가 내려서 잔디밭이 푸릇푸릇하구나. 프레드는 다이어트를 하고 있는데 보이는 건 다 먹는 그런 다이어트인가보다. 시금치만 빼고. 린다에게 안부 전해라.

줄이며,

J.

이 편지는 존 업다이크에게 보낸 것이다. 책은 『돌아온 토끼』(크노프)였다. 제냐는 옙투셴코다.

존 치버

시더 레인, 뉴욕 주 오시닝, 10562

12월 3일 [1971년]

존,

책을 읽고 훌륭하다고 생각했네. 이건 북부나 남부 해안에서는 자주 쓰지 않는 형용사지. 내가 뭘 잘못 생각한 건가 싶어서 다시 읽어봤지만 역시 같은 결론에 이르렀어.

제냐는 엉뚱한 인물인데 그래도 재미있기는 해. 내가 입은 옷이 7년 전과 똑같은 거라고 지적하더군. 제냐는 해달 가죽에 밍크로 테두리를 두른 긴 코트를 입었더라고. 업다이크 부부가 선물한 옷을 걸친 표트르는 간지럼을 태우면 낄낄거리는 착한 소년이야. 눈이 굉장히 많이 왔어. 나는 소련 최고회의 의장에게도 소개되었네. 사무실에 구두닦이 기계를 놔두었더군.

메리에게 안부 전해주게.

줄이며,

존

F는 업다이크 부부와 러시아 여행을 떠났을 때 동행했던 러시아 정부의 관리이다.

시더 레인, 오시닝

12월 28일 [1971년?]

존과 메리에게,

모스크바에 있으니 두 사람이 그리웠네. 그들이 벡*을 언급하기에 내가 쏘아붙였어. 『돌아온 토끼』는 아직 여기에 도착하지 않은 듯하지만 그들은 자네가 얼마나 중요한 작가인지 분명히 알고, 자네와 자네의 작품과 자네의 아내와 자네의 아이들과 자네의 집과 자네의 기타 등등을 대단히 우러러보더군. 난 내 막내아들도 데려갔네. F___가 내내 우리와 함께 다녔는데 험한 꼴을 보인 건 딱 한 번뿐이었어. "지금은 휴식시간입니다." F___가 말했지. "그리고 십 분 뒤에 푸시킨의 집을 구경하겠습니다." 바로 이때 내가 난리를 쳤어. 작가동맹은 나를 도스토옙스키 기념제에 참석하라고 초대한 건데, 거기에 도착하니 F___가 말하기를 "기념제는 리가에서 열려요. 그러니 우리는 트빌리시나 구경할까요?" 하길래 그렇게 했지. 레닌그라드에 있는 표도르의 무덤에도 갔지만 문을 닫았더라고. 표지판에 '주르 드 레포Jours de repos'**라고 쓰여 있고.

오, 우크라이나, 우크라이나. 지금은 온통 눈과 얼음이야. 거대한 회전문들이 돌 때마다 살을 에는 듯한 한기가 새어들어온다네. 로비에서는 젖은 양털과 토끼털 냄새가 나. 움푹 들어간 벽면에 그려진 〈평화로운 왕국〉 벽화 밑에는 외몽고 사람들이 인조가죽 의자에 앉아 있지. 의자가 찢긴 부분은 절연테이프로 때워져 있고. 오른쪽에 엘리베이터가 일렬로 늘어선 구역에는 마

---

* 헨리 벡Henry Bech은 업다이크의 여러 작품에 등장하는 작중 인물이다.

** 프랑스어로 '휴일'이라는 뜻.

치 럭비 스크럼처럼 사람들이 빽빽하게 몰려 있어. 100만 개의 빈 서랍장—내 **생각엔** 그거 같아—냄새 같은 게 나면서 머리가 어질어질해. 그 안에 모든 게 있지. 멈춰버린 벽시계, 먼지 쌓인 복도, 길게 펼쳐진 카펫, 막다른 곳에 위치한 거실의 양치식물들과 그림들, 영원한 감금의 분위기. 레닌그라드에서는 이번에도 유럽 호텔*에 묵었네. 가니메데스와 아폴로와 바닥에서 들떠 밀려다니는 계단 카펫 등이 있었지. 겨울 궁전은 페인트칠이 절실히 필요한 상태더군. 나는 거의 모든 사람들을 다 만났는데, 거의 모든 사람들이 자네들 두 사람에 대해 좋게 얘기했어.

다정하게,

존

타냐의 딸 베라가 올 예정이었다.

시더 레인, 뉴욕 주 오시닝

1월 15일

타냐,

내 뮤즈가 포르투갈에 눌러앉았는지 영감이 떠오르지 않아 편지도 소설도 쓸 수가 없군요. 내가 할 수 있는 일은 바람난 계

---

* 1875년 상트페테르부르크에 문을 연 '그랜드 호텔 유럽'.

집이 어서 돌아오기를 기다리는 것뿐이에요. 전에도 이렇게 밖으로 나돌던 적이 있었지요. 그 무엇도 예리하거나 의미 있게 느껴지지 않는군요. 날씨가 흐려요. 눈이 올 것 같네요. 존 업다이크는 아프리카에 갔어요. 내 결혼생활은 바닥을 치고 있고요. 난 아침식사로 보드카를 마셔요. 스케이트도 타는데 그러고 있으면 절대적인 망각을 발견합니다. 갑자기 얼어붙은 얼음은 공기방울만 아니면 검고 투명해요. 내 그림자 밑으로 잉어떼가 흩어지는 게 보이죠. 토요일에는 반전 시위에 참가했습니다. 걷고 또 걸어 다녔어요. 참회 행위 같았지요. 메리는 한 반동자의 공격을 받았지만 나는 아무도 건드리지 않더군요. 상당한 미인에 허영심이 있는 메리는 피켓을 들기 싫어하죠. 자기 얼굴을 가리니까요. 나는 교도소에서 약간의 시간과 꽤 많은 에너지를 썼습니다. 가장 새로운 학생은—젊은 흑인—26년 형을 살고 있어요. 난 살인자들과 아주 잘 어울립니다.

……우리는 베라를 기다리고 있어요. 나는 내 뮤즈도 기다리고요. 나는 늘 사랑을 하는 쪽이었으므로—사랑 받는 쪽이 되어본 적은 없이—인생의 많은 시간을 기다리며 살아왔어요. 기차를, 비행기를, 배를, 발자국 소리를, 초인종 소리를, 편지를, 전화를, 눈을, 비를, 천둥을, 기타 등등을.

사랑을 담아,

존

아버지는 또 한번 러시아에 다녀왔다.

2월 18일

시더 레인

타냐,

당신의 소식이 오기를 기다리고 있었는데 소식이 없어 우크라이나에서 그 눈 오던 밤에 내가 당신을 불쾌하거나 지루하게 했는지 생각해보고 있습니다. 당신은 지쳐 보이더군요. 나 역시 지쳤던데다 이를 하나 잃은 당신을 보고 당황했어요. 나는 미용에 터무니없이 많은 관심을 쏟거든요. 난 그때도 지쳤고, 오늘도 지쳤어요. 아침식사로 스카치를 마시는 것도 지겹고, 늘그막에 돈 걱정하는 것도 지겹고, 두 번 다시 보지 않을 남자들, 여자들과 모텔에서 사랑을 나누는 것도 지겹고, 이 겨울하늘도 지겨워요……

『플레이보이』에서 단편 세 편을 가져갔습니다. 그중 하나는 제 맘에 드는 작품이에요. 한 남자의 이야기인데 그 사람 배腹의 입장에서 서술하지요. 이제 긴 작품은 쓰지 않기로 했어요. 소설이 아니라 수필처럼 느껴지는데 나는 수필가가 아니잖아요…… 옙투셴코는 아직 여기 있지만 나는 딱 한 번밖에 만나지 못했습니다. 그는 가는 곳마다 청중들에게 충격을 주는데 이젠 마치 서커스처럼 되어버려서 그를 다시 보고 싶은 생각이 안 드네요. 교도소의 학생 중 하나가 12년을 복역하고 출소했습니다. 그를 맞으러 나갔는데, 나와서 하늘을 바라보는 모습이 참 흥미롭더군요. 존과 메리 업다이크는 옙투셴코의 파티에 갔습니다. 존은 다리 하나가 부러졌고 메리는 언제나처럼 매력적이에요. 이 편지를 받는 당신이 건강하기를, 이 하나가 없더라도 매혹적이기를 바랍니다.

줄이며,

존

1972년 가을에 아버지는 아이오와 대학에서 열린 작가 워크숍을 방문해 작품을 낭독했다. 당시 대학에 있던 프레드 엑슬리가 참여를 권한 행사였다.

시더 레인

프레드,

정말 재미있는 시간이었네만, 자네가 너무 많은 돈을 써서 걱정이네. 우리 둘은 근본적인 공통점을 지닌 것 같아. 바라건대 그것이 술과 여자를 밝히는 것보다 좀더 빛나는 무엇이기를. 나는 시카고에서 팬아메리칸 항공 스튜어디스와 함께 날아왔어. 비행이 끝날 즈음에 그녀가 나를 열렬히 끌어안고서 말하더군.

"고객님은 제가 여태 만나본 남자들 중 가장 매력적이고 재미있어요. 그리고 그 누구보다도 제정신이 아니고요." 빨간 망토를 두른 여자였지.

야도에 대해서는 커티스 하낵 사무처장에게 편지를 써야 할 거야. 자네가 편지를 쓰고 나면 즉시 나도 연락을 넣겠네. 엘리엇과 로스가 2월에 거기 갈 것 같은데 확실치는 않아. 이곳에서 자네를 만나기를 고대하네.

줄이며,

존

1972년 11월에 워크숍 책임자 존 '잭' 레깃은 아버지에게 다시 한번 와서 강의를 해달라고 청했다.

시더 레인, 뉴욕 주 오시닝

잭,

우선 자네와 자네의 매력적인 아내를 만나서 정말 즐거웠네. 자네의 아내가 만들어준 파스타와 빵도 생생하게 기억하고 있지. 난 아이오와가 굉장히 마음에 들었어. 동네는 조용하고 학생들은 책임감이 강한 것 같더군. 그런데 예측 불가능한 상황들이 좀 있네. 이 집을 어찌해야 할지 잘 모르겠어. 내 결혼생활은 해마다 한 번씩 오는 위기에 봉착해 있고, 며느리는 화요일에 커다란 아들을 낳았네. 자네 생각엔 할아버지들이 젊은이들에게 문학을 가르치도록 놔둬도 될 것 같은가? 난 잘 모르겠어.

어쨌든 그다지 급박한 일은 없는 듯하고, 자네는 이 편지를 알프스에서 받게 되겠군. 초청해준 호의에 진심으로 감사하네.

줄이며,

존

1950년대에 아버지는 아이오와 대학에서 강의 초청을 받았다가 철회당한 적이 있었다. 잭이 자신을 초청한 후로 마음을 바꿀 수도 있다고 생각했다는 사실에서 아버지의 놀랄 만한 겸양이 엿보인다. 아버지의 자기확신 결여는 또한 깊어가는 절망의 암시이기도 했다.

시더 레인, 뉴욕 주 오시닝

1월 15일 [1973년]

잭,

우선, 이건 내 타자기가 아니란 얘기부터 해야겠네. 내 아들이 쓰는 올림피아 타자기인데, 실수가 있더라도 그건 타자기 탓이야.

스키 여행이 성공적이었기를 바라네. 나도 스키를 타던 시절이 정말 그립군. 아이오와에 초청해준 호의에 진지하게 응할 생각이 있네. 가능하다면 연속으로 두 학기보다는 일단 한 학기를 배정받았으면 해. 보나마나 동부가 그리워질 거라서 말이야. 이곳의 예측 불가능한 상황은 정리가 되었네. 아들은 기숙학교로 갈 것이고, 아내는 이곳에 남을 거야. 난 스스로를 유능한 문학 창작 강사라고 생각하지만, 우선 싱싱 교도소에서 하던 방식은 바꿔야 하겠지. 가장 최근에 들어온 학생은 잡지 『스크루Screw』* 의 전직 편집자인데 26년 형을 복역중이야.

아직은 시간이 많이 남은 듯하니 혹시 의문이 생기거나 다른 생각, 또는 질문이 있으면 언제라도 얘기하길 바라네.

부인께 안부 전해주게.

줄이며,

존

부어젤리는 작가 밴스 부어젤리Vance Bourjaily이다. 내 동생 프레드가 '확정'한 학교는 앤도버였다.

시더 레인, 뉴욕 주 오시닝

1월 23일 [1973년]

잭,

아이오와에 가서 첫 학기에 강의를 하게 되면 아주 기쁠 것 같

* 포르노 주간지.

아. 그리고 그런 후한 조건을 제시해줘서 고맙네. 늦겨울이나 봄에 그곳에 다시 한번 가서 대학에 대해 좀더 잘 알아두어야 할 것 같아. 지금 생각나는 거라고는 눈과 자네 아내의 라자냐와 부어젤리의 가축들뿐이야.

내 아들은 아직 갈 곳을 확정하지 못했지만 다음달에 학교를 둘러보고 나면 뭐든 좋은 점을 발견할 수 있을 거라고 확신해. 자네가 동부에 온다면 기꺼이 시내로 나갈 테니 점심이나 함께 하세. 좋은 눈을 만나길 바라네.

줄이며,

존

존 치버

시더 레인, 뉴욕 주 오시닝, 10562

2월 7일

잭,

약 일주일 전에 가을학기 강의를 맡게 되면 좋을 것 같다고 편지를 썼는데 답장이 없군. 일이 잘못된 게 아니기를 바라네.

줄이며,

존

존 치버

시더 레인, 뉴욕 주 오시닝, 10562

잭,

주차 허가증을 신청할 것이고, 아이오와 하우스에서 지내고 싶네. 자네에게 알려야 할 사실이 있는데, 2주 전에 심각한 심장마비가 와서 6월 중순까지 병원에 있게 될 거야. 경과는 더할 나위 없이 좋아. 의사에게 아이오와 얘기는 안 했는데, 꼭 해야 할 이유도 없을 듯해. 심박수가 증가했고, 심근에 손상까지는 아니지만 경색이 좀 있었어. 며칠 내로 다시 연락하겠네.

줄이며,

존

3월 22일 [1973년]

시더 레인, 오시닝

프레드,

아이오와 일로 그렇게까지 초조한 것은 아니지만 어쨌거나 도와주어 고맙네. 폭스 부부와 그 바텐더에게도 연락해보겠네. 아마도 밴스가 여기로 와서 심장병 전문의를 추천해줄 거야. 그런데 옷이 문제가 될 것 같아. 체중이 많이 줄어서 맞는 옷이 없거든. 잉여 군수품 상점에서 아주 괜찮은 바지를 사긴 했지. 잘 맞지만 지퍼가 고장나서 오줌을 누려면 바지를 벗어 바닥에 펼쳐놓았다가 나중에 지퍼의 톱니를 하나하나 맞물려줘야 해. 옷을 다 입을 즈음이 되면 불은 꺼져 있고 사람들은 다 집에 가버리고 없어.

자네 일도 그렇고 책도 그렇고 다 잘 정리되기를 비네. 2만 2천 달러면 괜찮은 듯한데 저작권 대리인이 더 잘 알 거야. 어서 읽어보고 싶군. 나는 일의 진척이 느리고 서툴러서 풍경이 바뀌면 도움이 되기를 바라고 있어. 연락 주게.

줄이며,

존

이 편지들의 경쾌한 어조와는 달리 아버지의 회복은 빠르지도, 확실하지도 않았다. 5월 중순에 집중치료실에서 아버지와 함께 있었던 끔찍한 오후가 떠오른다. 아버지가 제멋대로 구는 속물이었다고 기억되는 몇 안 되는 시기들 중 하나가 심장마비 이후로 강제 금주에 들어가 진전섬망을 겪던 때였다. 아버지는 병원 사람들에게 극도로 고압적인 태도를 보였다. 내 누나—당시 아버지의 병간호를 맡아 하던—는 가족 중 한 사람이 병상을 지키지 않으면 병원 사람들이 아버지의 약해진 심장에 치명적일 수도 있는 거친 태도로 아버지를 다룰지도 모른다고 느꼈다. 당시 나는 문제가 많고 고립된 결혼생활에 깊이 침잠해 있었지만 그래도 오후의 간병 당번으로 불려나갔다. 나는 아버지가 5월 15일에 입원중이었다는 사실을 기억하고 있다. 이유는 아버지의 입원이 자기 생일에 방해된다고 아내가 짜증스러워했기 때문이다. 내 삶의 그 시기에 나는 아내의 불만을 대단히 두려워했고, 누나 역시 두려움의 대상이었다. 누나는 내가 집중치료실 간병을 맡아야 한다고 주장했는데, 지금은 이에 대해 누나에게 깊이 감사하고 있다. 아버지의 병상을 지키는 아들, 심장 모니터와 산소 튜브 등은 텔레비전과 영화에 단골로 등장하는 장면이 되었지만, 실제 삶에서는 유독 우리만이 겪는 끔찍한 일로 느껴진다.

아버지는 침대에 바로 누워 섬망을 겪는 듯 혼잣말로 중얼거리며 담배를 찾아 이불을 더듬거렸다. 병실에서 단둘이 있은 지 한참이 지난 뒤 아버지가 집중치료실의 계기판에서 나오는 불빛을 보게 되었다. 그는 그것을 술집의 조명이라고 생각했다. 아버지는 짜증이 나면 극도로 도도해졌고 억양이 세지면서 말투는 오만하고 사무적으로 변하곤 했다. 그날 오후에도 아버지는 환자복을 입은 처지인데다 주변 환경도 그리 고상하지 않은 상황에서 품위 있는 말투로 내게 말했다.

다음의 대화가 어휘 하나하나까지 정확하지는 않을 테지만 그날의 기억이 이토록 생생하게 남아 있는 것으로 보아 정확도는 상당히 높을 것이다.

"벤," 아버지가 말했다. "저기 저 술집에 들러서 말보로 한 갑과 마티니 한 잔만 사다주겠니? 말보로가 없다고 하면 윈스턴도 괜찮다. 그리고 마티니는 더블로 해주면 좋겠다." 아버지는 심장마비를 겪었고 코에는 산소 튜브를 꽂은 상태였다. 진을 마시면 심장이 멈춰버릴 수도 있을 것 같았고, 담배를 피운다면 우리 두 사람 다 무사하지 못할 상황이었다.

"저건 술집이 아니에요, 아버지." 내가 말했다. "지금 여기는 병원이에요. 집중치료실에 입원해 계시잖아요. 저기 저건 간호사실의 불빛이고요."

"넌 상상력도 추진력도 전혀 없는 거냐?" 아버지가 물었다. "저게 술집이 아니라면, 나가서 좀 찾아봐라. 그리고 술집을 찾으면, 그러니까, 천지에 널린 게 술집인 주에서 딱 한 곳이라도 찾아낼 능력이 있다면, 내게 담배 한 갑과 더블 마티니를 사다주겠니?"

"그러면 안 될 것 같아요, 아버지."

"아, 그러면 내가 일어나서 직접 갔다 오지." 아버지가 말했다.

"그것도 안 될 것 같아요, 아버지." 내가 말했다.

"결정권은 내게 있지 않을까?" 아버지가 말했다.

"그러면 돌아가실 수도 있어요." 내가 말했다.

그때 아버지는 몸을 일으키기 시작했다. 그러자 심장 모니터에 반응이 나타났고, 나는 산소 튜브 때문에 코에 문제가 생길까 걱정이 되어 침대 난간을 잡고 몸으로 아버지를 막았다. 아버지는 처음엔 좀 버둥거리더니 이내 다시 누웠다. 그러다가 팔뚝으로 내 가슴팍을 쳤다. 아프지는 않았지만 나는 깜짝 놀랐다. 아버지는 격노했다. "예전부터 너는 실망스러운 아들이었다." 아버지가 말했다.

어쨌거나 아버지의 병은 사소한 사건이 아니었다. 아버지는 하루에 5분의 1갤런*을 마시는 사람이었다. 알코올 섭취를 줄이기 위해 의사들은 진정제를 처방했지만 아버지는 그 약을 진과 함께 먹었다. 그것은 자살 행위였는데, 그는 그것을 알았을 뿐만 아니라 자살이라고 말하기도 했다. 최악의 기간 동안 집에서 함께 살았던 남동생 프레드는 그런 아버지의 뒤치다꺼리를 도맡는 끔찍한 처지였다. 병원을 자주 드나들어야 했고, 매번 병원행을 결정하기 전까지 얼마간은 상황이 무섭게 나빠지는 과정을 거치고는 했다.

아버지는 자식들을 모두 사랑했고 우리를 각기 다른 방식으로 사랑했지만 가장 사랑한 자식은 프레드였다. 그 어떤 상황이었더라도 아버지는 프레드를 가장 사랑했을 거라고 생각한다. 프레드는 아버지가 첫 장편소설을 출간한 해에 태어났다. 프레드는 아버지가 사랑하는 형의 이름을 받았다. 또한 사랑을 부르는 성격을 타고 이 세상에 온 것 같기도 하다. 한 예로 우리의 이탈리아인 가정부 이올레는 프레드 때문에 인생의 경

* 약 750밀리리터. 음주량을 재는 흔한 기준으로 알코올도수 40도 가량의 증류주를 기준으로 한다.

로를 바꿨고 국적을 바꿨다. 그래서 프레드는 가만히 있어도 가장 많이 사랑을 받는, 분명 부러움을 살 만한 위치에 놓이게 되었지만, 그러면서도 사랑 받아 마땅한 행동을 했다. 프레드는 이 방종한 남자를 보살핀 소년이었다. 아버지가 쓰러지면 안아 일으킨 사람이었다. 아버지는 누구든 그런 역할을 맡은 사람에게 가슴 찌르는 말을 했는데도 말이다. 아이오와에서 자신의 학생이었던 작가 앨런 거개너스에게 보내는 편지에 아버지는 프레드가 너무 빨리 어른이 되기를 강요당한 아이라고, 그리고 그것이 어떤 근본적인 면에서 아이의 성격을 바꿔놓았다고 인정했다.

"수지와 나는 그 아이를[프레드를] 완전히 어른스럽게 대했다. 우리 둘 다 그가 전생에 수수한 일을 성공적으로 해내고 두 번 결혼해 일곱 명의 아이를 키운 사람일 거라고 생각했다. 그는 이런 생각을 의심하게 할 만한 모습을 보인 적이 전혀 없다." 내가 이 글을 썼을 때 프레드는 20대였을 것이다.

당시 나는 첫 결혼생활을 잘 수습하기 위해 노력했지만 성과가 없었다. 부모님 집에 몇 주씩 가보지 않은 적도 많았다. 누나는 책임을 방기하지 않았지만 상황이 가장 심각했을 때 외국에 살고 있었다. 물론 어머니는 있었지만, 어머니 역시 심한 모욕을 감내하며 인내와 지지로 대응하고 있었다. 하지만 어머니는 성인이었고, 아버지가 정기적으로 그녀의 자존감에 가했던 상처를 감당할 힘이 있었다. 어쩌면 프레드만큼이나 어머니도 힘들었을지 모르지만, 나로서는 프레드의 공이 얼마나 대단한지를 더 쉽게 이해할 수 있다. 왜냐면 프레드는 아버지의 자식이었고 나 또한 그랬기 때문이다. 그리고 프레드는 아버지만 도운 것이 아니라 우리 모두를 도왔다.

특히 떠오르는 기억은 어느 지독했던 추수감사절의 한 장면이다. 자막은 이렇다. "이 그림에서 무엇이 잘못되었을까요?" 모두 잘 차려입은 가족이 있고, 리넨 식탁보도 보인다. 기도를 드린 후 칠면조를 자르고 식사를 시작한다. 하지만 상석에 앉은 남자의 이마에는 왜 벌어진 상처가 있을까? 왜 그의 얼굴은 부어 있을까? 그는 포크로 콩을 떠먹으려 한다. 손이 너무 심하게 떨려 콩은 입에 넣기도 전에 모두 포크 아래로 쏟아진다. 한동안 아무도 입을 열지 않다가 누군가 가장에게 숟가락을 쓸 것을 제안한다. 그는 포크를 내려놓는다. "너희들은 죽어가는 아버지를 보고 있어." 그가 말한다. 그러자 프레드가—신께서 프레드를 축복하기를—말한다. "우리들은 멜로드라마 취향을 가진 아버지를 보고 있어요."

다음 편지는 존 업다이크에게 보낸 것이다. 업다이크가 국립문예연구원에 존 바스를 제안한 것으로 보인다.

존 치버

시더 레인, 뉴욕 주 오시닝, 10562

6월 1일 [1973년]

존,

난 사실 바스를 좋아하지 않지만 모임에 새로운 인물을 포함시키는 제안이라면 언제든 동의할 거야. 어느 저녁식사 자리에서 그를 만났어. 진 스태퍼드가 나를 껴안더니 말하더군. "문학계에서 선배의 평판이 굉장히 불안한데 저 녀석 심장에 칼을 찔러넣으면 선배는 영원히 살 거예요." 난 그렇게까지 독한 감정은 없어.

아직 심실이 제멋대로 움직이기는 해도 위기는 지나갔네. 중요한 점은 그래서 내가 센추리클럽에 훨씬 친근감을 느낀다는 거야. 나는 예컨대 계단을 올라갈 수가 없는데, 그래서 더욱 훌륭한 클럽 회원이 될 거야.

자네 부부 둘 다 보고 싶네. 언젠가 함께 해변을 걷게 될 거라고 믿어.

줄이며,

존

네브래스카로 가는 관문

심장마비의 좋은 점은 병원에 입원해 있는 동안 알코올이 든 음료를 전혀 마실 수 없다는 것이며, 따라서 아버지는 퇴원할 당시 단주한 상태였다. 단주는 1973년 가을에 아이오와로 떠날 때까지 지속되었을 것으로 나는 믿는다. 금요클럽은 한 무리의 남자들이 정기적으로 만나 뉴욕 주 오시닝 안팎의 특별히 대단할 것 없는 식당에서 식사를 하던 모임이었다. 이 모임에는 만화가이자 조각가 존 더크스, 아서 스피어, 포크가수 톰 글레이저, 에디 뉴하우스, 록펠러 패밀리 앤드 어소시에이츠에서 일하는 로저 윌슨, 그리고 배우 배럿 클라크 등이 포함되었다. 이외에도 많은 초대손님들이 함께했다.

아이오와 기념 조합, 아이오와 주 아이오와시티, 52240

9월 8일 [1973년]

아서,

나도 정말 금요클럽이 그립지만 그 위대한 조직을 이곳 중서부까지 모셔올 핑계를 만들어낼 수가 없었어. 이곳 건축물은 1840년대부터 애브러모비츠 앤드 해리슨Abramovitz & Harrison*까지 망라하지만 농업국이 보살피는 멋진 느릅나무 강변부지와 강이 양쪽을 나누고 있지. 이곳은 조금 난삽하긴 해도 내가 본 마을들 중에 가장 기분좋은 한 곳이야. 학생들은 공손하고 예쁜데, 책을 잔뜩 들고는 맨발로 돌아다니지. 첨탑이 많지만 종은 없고, 동양인들이 많아. 치카노**와 북미 인디언들도 좀 있고 흑인은 거의 없지.

낡은 주의회 의사당을 복원한다며 건물 부재들을 판매하고 있어서 자네에게 기다란 처마 돌림띠 조각을 사줄까 생각했지만 그걸 포장해서 소포로 보낼 방법이 없을 것 같아. 의회 의사당은 상당히 멋지긴 한데 이걸 보러 올 가치는 없을 것 같군. 자네와 톰이 공연을 하나 만들면—음유 시인과 역사학자—내가 학교 행정처에 소개해보지.

스텔라에게 안부 전해줘.

---

* 1940년대부터 1970년대 중반까지 활발하게 활동한 뉴욕 소재 건축회사.

** 멕시코계 미국인.

줄이며,

존

존과 메리 더크스는 우리 가족의 오랜 친구다. 아버지가 편지에 "저스티나를 할 거"라고 쓴 것은 단편 「저스티나의 죽음」을 낭독한다는 의미다.

9월 20일 [1973년]

아이오와 하우스

존과 메리에게,

이곳 군중들에게는 하프가 한 대쯤 있을 거라고 생각했는데, 이들을 따라 미시건과의 경기가 있는 운동장으로 들어가보니 하프는 없더군. 행군악대(150명)와 트램펄린 위의 수많은 곡예사들, 술에 취해 카우벨을 울리고 고함을 지르며 선수들에게 잔소리하는 졸업생들, 빅아이오와 보험회사를 광고하는 조그만 비행기 한 대, 그리고 학부생들이 핀터의 『지난 세월』을 공연한다고 홍보하는 확성기 소리 등은 있었지. 아이오와 팀은 끔찍이 실력이 없는데도 관중들은 마지막 다운*까지 경기장에 앉아 있다가 수많은 느릅나무 아래로 걸어서 집으로 가지. 연극, 영화, 낙하산

* 미식축구에서 공격 방식의 한 종류.

다이빙, 럭비, 도자기 교실, 직조 교실, 크리켓, 제본 교실, 축구, 라크로스 등등이 모두 성황을 이루고, 자동차의 범퍼에는 "네브래스카로 가는 관문, 아이오와에 오신 것을 환영합니다"라고 쓰인 스티커가 붙어 있어. 내 방 창문에서 강 건너로 폴 베리*의 10피트짜리 조각이 있는 분수가 보이는데, 분수라기보다 웅덩이에 가깝지. 건축 양식은 1840년대부터 시작해 처마 돌림띠에 핀다로스와 아리스토텔레스가 새겨진 벽돌 건물들을 거쳐 애브러모비츠 건물까지 다양하네. 느릅나무와 강이 도움이 돼. 흔들의자 콘테스트(80시간)를 놓쳤고, 어젯밤에는 여성 아마추어들이 토플리스topless로 고고 댄스를 겨루는 콘테스트가 있었지만 내 취침시간을 훨씬 넘긴 늦은 시간으로 연기되어버렸지.

이 편지를 며칠 전에 썼다면 이곳은 교내 정치가 전혀 없는 곳이라고 말했겠지만, 지금 보니 사실이 아닌 것 같아. 하지만 나랑은 관계가 없지. 내 학생들은 뛰어나고 다양해서, 세미나를 무사히 끝낸 뒤에 나를 천장에서 끌어내리려면 남학생 셋쯤은 필요하다네. 그런 식의 도취감을 전에는 알지 못했어. 다음달에 네브래스카에서 저스티나를 할 거야. 그녀는 노스다코타까지도 가게 될 것 같아. 거의 모든 게 아주, 아주 좋아. 아이오와로 가는 관문, 오시닝에 오신 것을 환영합니다.

---

* 벨기에의 화가, 조각가.

사랑을 담아,

존

미니는 아서가 키우던 래브라도다. 그의 아내 스텔라는 음악가이다.

아이오와 하우스

일요일 [1973년 가을]

아서,

……대단히 즐거운 시간을 보내고 있지만 좀 피곤해졌고, 다시 술 문제도 겪고 있어. 보트 경주를 보고 곧장 럭비 경기장으로 달려갔다가 거기에서 워즈워스에 대해 강의하는 벵골 출신 미인과 데이트하러 간다네. 미식축구를 보며 목이 쉬도록 소리를 지르고, 젊은 여자들을 콘서트에 데리고 가고, 버지니아 릴을 추고, 미식축구를 하고, 현대소설의 문제에 대해 강의하고, 여기 중서부 풍경 곳곳에 나 자신을 흩뿌리고 다니고 있어. 시골 풍경은 아름다워. 교정의 느릅나무는 보존되고 있지만 그 외 지역에서는 점점 사라지고 있어. 대형 떡갈나무들은 많지. 추수는 반 정도 끝났어. 이 시골마을에는 구릉지가 많고, 햇빛과 공기는 깨끗하다네.

개들의 상황은 열악하다고 미니에게 전해줘. 소위 래브라도라는 애들이 많은데 다리는 가늘고 꼬리는 구부러졌고 귀는 늘어져 있지. 외로울 때는 그애들에게 막대기를 던져주면서 놀아. 스텔라에게 이곳에서는 거의 날마다 사중주단, 오케스트라, 독주 공연들이 열린다고 전해줘. 한편으로는 아주 활발하게 활동하는 낙하산 다이빙 클럽도 있는데, 학부생 중 하나가 기구를 가지고 있어서 토요일 오후마다 여자친구를 태우고 캠퍼스 위를 떠다닌다네.

줄이며,

존

이 편지는 존 업다이크에게 보낸 것이다.

아이오와 하우스, 아이오와시티

10월 1일 [1973년]

존,

이곳 학생들이 자네 작품에 열광한다는 얘기는 진지하게 한 말이야. 바셀미의 유행은 이미 지났고, 코진스키를 읽는 애들이 있는데 그를 방어하려들진 않아. 물론 자네를 여기에서 만나면 얼마나 즐거울까 생각해보니 참으로 감회가 깊네. 백악관과 웰플리트의 해변, 모스크바, 서울 등으로 이어지는 의미가 있겠지. 나는 여기를 돌아다니며—사실은 마을 정도에 지나지 않아—

나무에게, 하늘에게, 건물들에게, 등장인물들에게(시인에게 강간이라도 당하고 싶고 첫눈도 보고 싶어 캘리포니아에서 온 젊은 여자들) 과연 이곳에 자네가 올 가치가 있는지 물어보네. 확신은 없지만, 나로서는 정말 좋을 거야. 학교에서 자네에게 최소한 천 달러는 지불할 거야. 하지만 자네의 대답을 듣기 전에는 이 편지에 대해 아무에게도 말하지 않겠네. 아주 난리가 날 거야.

줄이며,

존

아버지가 뉴욕으로 돌아가 내게 전화했을 때 나는 목소리를 듣고 그가 다시 술을 마시고 있음을 알 수 있었다.

시더 레인, 뉴욕 주 오시닝

1974년 1월 10일

타나,

……당신에게 5월이나 6월쯤에 편지한 것 같은데 기억이 나지 않는군요. 나는 2년마다 한 번씩 죽을 고비를 넘기는 듯하지만 그때마다 팔팔한 의욕과 함께 활기를 되찾습니다. 이보다 더 좋은 삶의 방식이 있을까 싶어요. 8월에는 아이오와 대학에 가서 한 학기 동안 강의를 했어요. 처음엔 대초원의 지방도시와 옥수수밭의 고독을 찾아 떠나는 나 자신이 아주 불쌍하게 느껴졌

지요. 크리스마스까지 거기에 있었는데 평생 그보다 더 즐거웠던 적이 있었나 싶더군요. 하지만 글은 쓰지 못했고, 나라는 사람의 쓸모는 주로 글쓰기에 있는 터라, 꼭 행복하지만은 않은 집으로 돌아오게 되었습니다.

……내가 아이오와로 떠났을 때 프레드는 앤도버에 있는 기숙학교로 떠났어요. 거기에서 러시아어를 배웠더군요. 날마다 한 쪽씩 외워야 한답니다. 창문을 연다, 닫는다, 하는 단순한 문장들이지만 테이프를 들어가며 공부하더니 놀랍도록 멋지면서도 향수를 불러일으키는 러시아풍 소음을 낼 줄 알게 되었어요. 그걸 들으면 저는 모스크바의 거리들이 생각납니다. 아이는 학교에서 행복하게 잘 지내는 것 같아요. 여기에는 어마어마한 폭설이 내렸는데, 이렇게 갇혀 있는 느낌도 장편소설을 쓸 때 필요한 종류의 고요를 만들어주지 못하는군요. 하지만 눈은 녹을 테고, 나는 다시 글을 쓰게 되리라 믿어요.

사랑을 담아,

존

이 편지는 프레드 엑슬리에게 쓴 것이다.

1월 31일 [1974년]

프레드,

몸이 아팠다는 소식은 너무나도 안타깝네만, 라나이 섬에 간다는 소식은 정말로 반갑네. 호턴 미플린의 거절 건에 대해서는 모르고 있었어. 수지와 롭이 결혼생활에 문제를 겪고 있어서 한동안 그를 만나지 못했거든. 치버 가문 사람들은 모두들 신성한 결혼에 전면공격을 퍼붓는구먼. 이제 둘의 결합은 끝을 본 듯하네. 보스턴 대학에서 제안한 교수직(맞아, 맞아)을 수락했고, 여름 끝 무렵에 거기로 이사할 거야. 양복 세 벌과 로퍼* 두 켤레. 칼라가 닳은 셔츠 다섯 장. 메리는 나이액에 있는 진보적인 학교에서 강의를 하게 되어 행복해하네. 『네이키드 런치』**를 가르치고 있어. 프레드는 걱정을 좀 했는데 앤도버를 아주 좋아해. 보스턴에 가면 그애를 볼 수 있지. 크리스마스트리 등등을 어떻게 처리해야 할지 모르겠군.

섬에서 즐거운 시간 보내게.

줄이며,

존

앨런 거개너스는 아버지가 아이오와에서 가르친 대학원생이었다. 아버지는 앨런의 단편이 『뉴요커』에 실릴 수 있도록

---

* 끈을 묶지 않고 간편하게 신는 구두.

** 미국 작가 윌리엄 버로스의 1959년작 소설로 마약중독자의 기괴한 상상과 경험을 그렸다.

길을 열어주었다. 그 작품의 제목은 '소소한 공적Minor Heroism' 이었다. 다음 편지들은 이 책에서 처음으로 드러나는 구체적이고도 반박할 여지가 없는 아버지의 양성애의 증거다. 나는 아버지가 남자들과 성적 관계를 맺고 있다는 사실을 점차적으로 알게 되었다. 처음에는 1975년에 단주를 한 이후 시작되었을 거라고, 그리고 아버지가 술과 관련해서 겪은 그전의 어려움은 적어도 부분적으로는 그런 갈망을 잠재우려고 애쓴 결과일 거라고 생각했다. 그러다가 아버지가 술을 잠시 끊기 전에도 남자들과 관계를 맺고 있었다는 사실을 알게 되면서, 그것이 음주 문제가 가장 심했던 시절에 시작되었을 거라고 추측했다. 지금은 아버지가 1950년대에도 남자들과 성적 접촉을 했음을 알고 있으며, 어쩌면 그는 태어나면서부터 양성애자였을 수도 있다고 생각하게 되었다. 다음의 편지가 쓰였을 당시 나는 아버지가 자신의 '힘든 성향'이라고 부르던 것에 대해 완벽히 무지했다. 공개적으로 아버지는 열렬한 이성애주의자였고, 나에게도 동성애는 남자를 허황되고 옹졸하고 궁극적으로는 우스꽝스럽게 만든다고 말했다. 내 자신이 동성애자였다고 해도 아버지에게는 감히 얘기하지 못했을 것이다. 아버지가 나를 집에서 쫓아내버릴 거라고 예상했을 것이다.

스티브는 소설가 스티븐 베커Stephen Becker다. 존 어빙은 아버지가 아이오와에서 강의할 때 그곳에 있었고, 아버지와 함께 월요일 밤의 미식축구 경기를 시청하곤 했다.

시더 레인

앨런,

네 편지를 받고 정말 기뻤고 굉장히 즐겁게 읽었다. 지금쯤이면 너도 알지 모르겠지만 스티브와 나는 오랜 친구이고, 지금쯤이면 네가 분명히 알겠지만 그는 탁월한 사람이다. 그의 재능이 어디에 있는지는 확실히 알 수 없지만, 알맞은 환경과 알맞은 재료가 주어진다면 그는 내가 아주 강력하다고 느낄 만한 영적인 분위기를 그려낼 수 있는 사람이야. 누군가 그의 그리스적인 손에 대해 얘기한다면 그건 물론 길어서라기보다는 비현실적이어서 그럴 테지. 그런데 착한 우리 존 어빙을 근사하다고 한 네 묘사에 난 눈이 휘둥그레지더구나. 그건 남성미에 관한 우리 둘의 약간의 시각 차이에서 비롯되는 거겠지. 존을 볼 때마다 나는 엑서터 아카데미에서 레슬링부 주장을 맡았던 영광이 순식간에 끝나버렸다는 사실에 슬퍼하는 사람 같다는 생각이 들었거든.

네가 보고 싶지만 안달하며 괴로워하진 않을 거다. 뭐든 강렬하거나 우습거나 재미있는 일이 생길 때마다 네가 여기에 있었으면 좋겠다는 생각을 해…… 우리의 결혼생활은 파탄 직전에 있지만 메리는 합의 얘기도, 다른 얘기도 전혀 못하게 해. 아침 인사도 안 하는 지경이야. 요즘 메리는 학교에 필요한 기금을 모으기 위해 신데렐라를 공연하고 있는데 남장 여자와 여장 남자들이 나오는 팬터마임이란다. 사악한 새언니들은 물론 남자들이고, 요정 대모는 정말 웃긴 캐릭터더군. 왕자님은 젊은 여자인데, 우리 아들이 해클리 스쿨에 다닐 때 입던 운동복 반바지를 입은 메리의 손을 잡고 무대를 떠나지. 그 모든 게 날 지독히도 슬프게 한다. 나는 전기톱으로 사과나무 목재를 자르고, 언덕 위를 개들과 산책하고, 스케이트를 자주 타면서 아주 단순한 사람처럼 보이려고 노력하고 있어.

…… 너는 나에게 요구하는 게 여자들보다 더 적지 않을까 하는 생각을 가끔씩 해봤다. 여자들이 스포츠 경기장과 박물관에서 얼마나 끔찍하게 구는지 모르는 사람이 없겠지…… 하지만 박물관에만 가지 않는다면 난 괜찮을 거야.

사랑을 담아,

존

시더 레인

2월 21일 [1974년]

앨런,

단편들을 받고 나서 정말 기뻤다. 여전히 재미있구나. 다른 기후에서 다른 시각으로 그 작품들을 읽으니 좋더라. 특히 세번째 단편이 좋았어. 메리에게도 보여줬더니 네 재능이 대단하다고 생각하더구나. 그것들을 빌 맥스웰에게 보낼 거야. 빌은 글을 보는 눈이 있고, 공감도 잘하는 사람이란다. 그의 의견을 들어보면 좋을 텐데, 네가 돌아오기 전에 무슨 연락이든 있을 거야……

……내가 보스턴 대학 임용을 수락했고 가을에 거기로 이사할 거란 얘기는 했지? 그건 별거 또는 이혼에 준하는 상황이 될 거야. 나는 아주 가벼운 마음으로 이 집을—할머니에게 물려받은 식탁 등을 포함해—떠날 것 같다. 아무것도 가져가지 않을 거야. 조개껍질 하나, 돌멩이 하나도. 나는 이런 상황과 관련된 문제들이 좀더 명확히 인식되게 하고 싶고, 유물들을 밀쳐버리고 싶은 내 바람에는 분명 신경질 같은 게 섞여 있다. 내가 원하는 것은 오직 좁은 침대 하나와 내 오래된 청색 셔츠들뿐이야. 분명 유치한 생각이지. 하지만 꽃이 피면 내가 좀 현명해질지도 모르겠다. 너를 너무도 사랑한다.

사랑을 담아,

존

앨런은 바로 전에 마디그라* 축제에 다녀온 참이었다. 나는 '눈이 일곱 개 달린 시빌레'**와 로드 스워프 부분은 전혀 믿지

---

* 사순절이 시작되기 전날에 열리는 축제로 알록달록한 의상을 입고 거리에서 춤을 추며 행진한다.

** 고대 로마 신화에서 아폴론의 신탁을 전하는 여사제.

않지만 이야기 자체는 근사하다고 생각한다.

시더 레인

2월 24일

앨런,

내 편지들이 거기에 차곡차곡 쌓이겠구나. 텔레비전에서 시간의 흐름을 표현할 때 보여주는 장면처럼 말이다. 빌이 원고를 받았으니 연락이 오면 바로 알려주마. 굉장히 열의를 보일지도 모르지만, 미안하다는 편지를 보내올 수도 있어. 기다리는 수밖에 없지.

네가 그렇게 멋진 시간을 보냈다니 기쁘구나. 너와 함께 거기에, 아니 어디에라도 있을 수 있다면 정말 좋을 텐데. 하지만 빌린 연미복을 입은 내 모습은 굉장히 뜬금없어 보였을 게다. 내게 가장무도회가 엄청나게 즐거웠던 기억은 전혀 없구나. 윤활유가 부족해 투구가 삐걱거리거나 중국식 외투에 붙인 거울들이 떨어져나가기도 했지. 트라우마도 겪었어. 메리가(눈이 일곱 개 달린 시빌레로 분장하고) 로드 스워프(기마병)와 눈이 맞아 떠나버렸거든. 나(중국인 곡예사)는 혼자서 차를 몰고 집에 돌아와야 했고, 그뒤로는 절대로 가장무도회 의상을 입지 않는단다. 내 스타일이 아니야. 네 애인들은 어떤 사람들인지 모르겠다. 한 명도 만난 적은 없지만 다들 예쁘고 자격 있는 사람들일 거라 믿는다.

네 편지의 맺음말들이 좀 당황스럽다. 우리는 사랑으로 시작해 존경과 헌신과 애정으로 옮겨갔잖니. 내가 마치 애국가나 저축은행쯤 된 듯한 기분이다. 우리는 '성심으로'와 '진심을 담아'를 지나 '구술 작성, 서명은 생략'으로 끝나게 될 것 같구나.

사랑을 담아,

존

시더 레인

3월 5일

앨런,

이곳의 흥분은 묘사가 힘들 정도다. 마치 하르툼 함락*과 같은 분위기야. 빌이 일주일 전에 전화해 단편을 출간하자면서 너를 훌륭한 작가라고 하더라. 하지만 숀 편집장이 작품을 주말에 몰아서 읽기 때문에 월요일까지는 소식이 없을 거야. 그래서 나는 괴로운 긴장의 시간을 보내며, 한밤중에 자꾸만 잠에서 깨어 너와의 전화 통화를 미리 상상하곤 한다. "앨런?" "네." "존이야. 네 단편이 채택되었어." 다른 형태도 있어. "앨런?" "네." "존이야. 숀이 네 단편을 거절했지만 다른 작품을 더 보고 싶어한단다." 이

* 19세기 이집트와 영국의 공동 지배를 받던 수단에서 이슬람 원리주의자로 구성된 마흐디스트 군대가 1884년에 하르툼을 함락하고 영국군을 격퇴한 사건. 결국 1898년에 마흐디스트 군대는 영국군에게 괴멸된다.

런 통화를 상상하면 끔찍이도 우울해져 이불 속에서 태아처럼 웅크리게 돼. 빌이 토요일 오후에 와서 몇 가지를 얘기했다. 1. 내가 꼭 바이런 경* 같다는 것, 2. 내가 꼭 개 같다는 것, 3. 네 운명에 대해 예측 불가능한 점 하나는 숀이 동성애자에 대한 작품은 받아들인 적이 없다는 것. 이 세 가지 얘기를 들으니 머리가 빙빙 돌았어. 빌은 좀 늦게까지 있다 갔고, 나는 저녁식사에 온 손님들을 옷도 안 입은 채 맞아들였지. 칵테일을 반쯤 마셨을 때에야 마음을 진정하고 옷을 입었어. 일요일에는 기분이 엉망이 되어 바이런이 베네치아**에서 어떤 심정이었을까 생각했지. 너에게 전화하지 말고 기다렸어야 했지만 물론 나는 전화를 했지. 월요일 아침에는 마티니를 마시며 전화기 근처를 맴돌았다. 정오에 빌에게 전화했지. 숀에게서 아무 얘기가 없었다며, 일주일을 더 기다려야 할 것 같다고 하더군. 만약 그렇게 되었다면 참을 수 없었겠지. 나는 계속 술을 마셨고, 개들과 언덕 위로 산책을 다녀왔다. 그때 빌이 전화했지. "앨런에게 전화해도 될 것 같네." 그가 말했어. 그래서 전화를 했고. 끊고 난 후에도 다시 네게 전화하고 싶었다. 턱없이 부족한 느낌이었어. 턱없이 부족한.

---

* 조지 고든 바이런. 영국의 낭만파 시인으로 탁월한 작품세계 외에도 동성애, 근친상간, 여성편력으로 유명했다.

** 바이런은 숱한 스캔들과 이혼의 여파로 영국을 떠나 여러 나라의 도시를 전전하다 결국 영국으로 돌아가지 못하고 36세의 나이에 그리스에서 죽었다.

네 작품이 저작권 대리인이 아닌 빌의 손을 거쳐 출간돼서 기쁘구나. 그리고 내게 가장 흥미진진한 것은 숀과 헨더슨과 빌에게 그 작품을 알아보는 안목이 있었다는 점이야. 그들은 네 단편을 샀을 뿐만 아니라 너를 존중할 만한 신인작가라고 여긴단다.

사랑을 담아,

존

시더 레인, 오시닝

3월 8일

소중한 앨런,

……지금쯤 빌에게서 얘기를 들었겠지. 나도 정말 행복하구나. 너는 빌이 일하는 방식을 좋아하지 않을지도 모르겠다만, 나는 현장에서 빌이 최고의 편집자라고 생각한다. 나보코프, 샐린저, 로스 등과 일했지. 그는 때로 한 작가를 만들어내고는(브로드키*) 그 발명품이 통제 불가능해지면 아예 짓밟아버린단다. 하지만 너에겐 그런 위험이 없지. 너는 이미 다 성장한 채로 침착하게 그에게 온 거니까. 나는 빌을 사랑한다. 그리고 사랑 얘기가 나왔으니 말인데, 너는 내 요구가 얼마나 수수한지 알아야 해. 내가 너에게 기대하는 것은 오직 이것뿐이다. 요리를 배울

* 해럴드 브로드키. 미국의 소설가.

것, 하루에 세 번에서 일곱 번 정도 내게 성적으로 봉사해줄 것, 날 방해하지 말고 내 의견에 반박하지 말고 내 문장이나 지성이나 외모의 아름다움에 대해 어떤 식으로도 비난하지 말 것. 또한 축구와 하키와 미식축구를 할 수 있어야 돼. 언젠가 (스케이트를 타면서) 자문해봤어. 앨런과 내가 연인이 되면 난 스크럽 하키를 그만둬야 할까? 이미 5년 전에 하키 스틱을 잃어버렸다는 사실을 그때는 까맣게 잊었던 것 같구나.

존

3월 15일 [1974년]

소중한 앨런,

네 편지를 받고 통화도 하니 정말로 기쁘다. 이건 대답 없는 사랑에 신음하는 연인으로서 하는 말이 아니라, 오늘 아침에 상당히 명료하고 고요해진 마음으로 하는 말이야. 널 깊이 사랑한다. 네가 존재한다는 사실, 비록 그곳이 아이오와 강변이기는 해도, 그 사실을 아는 것만으로도 기쁘구나. 나는 수백 명의 합창단이 〈언덕 위의 집〉을 부르는 동안 네가 그 들소 앞에서 나를 퇴짜 놓는 장면을 글로 쓸 계획이었다. 하지만 그러지 않을 거야. 네게 더 자주 전화하고 싶지만, 전에 아이오와 하우스에서 나와 하룻밤을 보낸 사람이 2주 동안 밤마다 뉴욕에서 전화를 해대니 내 마음이 완전히 냉담해지더라. 널 그런 입장에 처하게 하고 싶진 않다. 나는 늘 사랑을 하는 사람이지 받는 사람은 아니라고 주장했는데, 사실이 아니었다는 생각이 든다 ……

사랑을 듬뿍 담아,

존

아버지는 미국문예원 회원으로 승격되었다.

시더 레인

3월 28일 [1974년]

소중한 앨런,

내 성적 욕구와 편지 욕구가 얼마나 끈질긴지는 유명하단다. 난 전자에 대해 네가 좀더 나긋나긋하면 정말 좋겠어. 내가 스물한 살이었을 때, 어느 날 워커 에번스가 자기 아파트에서 자고 가라고 하더라. 나는 그러겠다고 했지. 난 옷을(브룩스였지) 바닥에 벗어두었고, 그는 자기 옷을(역시 브룩스) 벽장에 깔끔하게 걸어두었어. 내가 어떻게 하는 거냐고 물었더니 그는 좀 풀이 죽더군. 그의 물건은 거대했지만 생명의 흔적이라곤 거의 없다시피 했어. 나는 게걸스럽게 달려들었지. 이불 곳곳에, 르코르뷔지에 의자에, 마티스 판화에 엄청나게 사정을 하고 그의 턱밑으로도 싸질렀지. 3시쯤에는 그만두고 옷을 입은 뒤 강가 공원의 벤치로 나와 남은 밤을 거기에서 새웠단다. 아침에는 매사추세츠로 가서 내 사랑하는 형을 껴안았고, 바다에서 수영을 했지. 그 경험에서 뭔가 배운 게 있었다고 생각해. 우리 가족이 팔라초 도리아에서 살던 때에는 편지들이 현관 밖으로 썰물처럼 쏟아져 나갔지. 그런데 빌의 편지는 마치 무늬를 새긴 가죽으로 장정한 책처럼 귀해서 자주 받지도 못했고, 마이크 베시는 이렇게 썼어. "선생님과 연락을 주고받는 건 불가능해요." 난 너무나도 마음이 상해서 카페 카스텔로로 가 담배 파는 아가씨의 손을 부여잡았단다. 조시 허브스트는 늘 곧바로 정성껏 답장을 보내주더니, 나중에 내 편지들을 예일 대학교에 팔아넘겼더구나. 작년에 그랜드센트럴 역에서 어떤 동성애자가 내 몸값으로 20달러를 제안했지만 나는 기차 시간에 늦은 참이었어. 젊은 애였고 아마도 괴짜였을 거야. 난 엄청나게 정중했지.

넌 빌이 원고료를 얼마나 주었는지 내게 말해주지 않았어. 난 원고가 통과되는 문제만큼이나 원고료 문제에도 신경쓰고 있단다. 결국 나는 이 결혼식의 안내원이잖니. 빌려서 맨 애스콧타이를 귀에 닿도록 휘날리며 바삐 돌아다니는 그런 안내원 말이다. 그들이 단편 하나를 더 받게 되면 네게 계약서를 쓰자고 할 거다. 앞으로 이런저런 우여곡절을 거치며 나아가는 너를 상상만 해도 얼마나 즐거운지 모르겠다. 센추리클럽의 앨런, 문예연구원의 앨런, 투트 교구의 앨런. 한편으로는 너를 다시는 볼 수 없을 거라는 생각도 가끔 들어. 나는 너를 너무도 사랑하기 때문에 널 그저 비쩍 마른 대학원생 한 명쯤으로 생각할 수가 없단다. 너의 분명한 단점들을 알고는 있지만 그냥 못 본 체하기로 했지. 아마 너도 줄에 묶여 네 손길을 받는 개들의 단점을 못 본 체해 주겠지. 빌은, 아마 너도 감지했겠지만, 지독하게 꼼꼼한 사람이야. 한번은 빌이 전화를 하더니 차를 마시러 오겠다고 하더라. 메리는 청소하고 왁스를 바르고 꽃을 꽂으며 야단법석을 떨었어. 빌이 도착했을 때는 모든 게 질서정연했어. 메리가 차를 따랐지. 예절의 승리라고 할 만한 장면이었는데, 어느 순간 거대한 고양이 하몬이 죽은 금붕어를 물고 방으로 들어왔단다. 우리의 관계를 여실히 보여주는 것 같았어. 난 긴 작품을 하나 끝냈다. 성 바실리 대성당이 수컷들의 광기의 산물이라는 내 견해가 담겨 있지. 『뉴요커』가 아주 좋아할 거야. 난 (내 생각엔) 그리 까다로운 사람이 아니지만, 문예원의 자리를 선뜻 받아들일 수는 없을 것 같구나. 난 네 기도보다는 네 품안에 들기를 더 바라지만, 선택은 내 것이 아니니 어쩔 수 없지.

사랑을 담아,

존

시더 레인

토요일

소중한 앨런,

치버 가문 사람들이 개의 영혼을 지녔다는 걸 알아차리다니 넌 정말 영리하구나. 나 자신은 그걸 깨닫기까지 시간이 좀 걸렸지. 어머니가 돌아가신 다음날 나는 이곳 서재에서 옛날에 키우던 검은 래브라도와 함께 앉아 있었어. 네가 본 누런 개의 할머니지. 그 녀석은 평생 한 번도 광견병 접종확인 꼬리표를 잃어버린 적이 없었고, 목줄에 여러 가지 꼬리표들을 매달고 다녔어. 그런데 그게 어머니가 차고 다니던 목걸이처럼 보이는 거야. 개에게 말을 걸었지. 그러자 녀석이 머리를 높이 쳐들고 내게 말을 하더군. 메시지는 아주 명확했어. "존," 개가 말했어. "좀더 깔끔해지려고 애쓸 순 없어?" 어머니가 세상을 뜨고 하루도 안 된 때였지. 그러고는 바로 꿈을 꿨는데 견공들의 재판소에 불려나가 내가 개가 될 수 있는지 아닌지 심판을 받았어. 그들은 내게 우호적인 판결을 내려주었단다. 네 장갑을 무는 그 개는 나의 일부분이야.

아버지를 주제로 한 얘기들을 모아 작업하고 있다니 정말 반갑구나. 알다시피 작가로서 또 남자로서 네 운명(어떤 걸 더 중시하는지는 확실히 모르지만)에 대해 나는 넓고 깊은 관심을 쏟고 있단다 …… 아이오와에서 만나지 못하면 다른 곳에서라도 곧 만나자. 그동안 개들을 사랑해주고 친절히 대해주어라.

사랑을 담아,

존

보스턴 대학교

아버지는 일기에 다음과 같이 썼다.

매우 해롭고 자기파괴적인 일상을 이어가고 있다. M은 요즘 7시에, 동이 트기도 훨씬 전에 집에서 나간다. 나는 조금 더 있다 자리에서 일어나 홀딱 벗은 채 커피를 마시고 술을 마시는데, 글쓰는 데 필요한 맑은 눈과 맑은 머리로 이 기계 앞에 앉는 일은 결코 없다. 해질녘이 되면 아주 잠깐 동안 그날 하루의 형체가 잡히기 시작한다. 나는 새벽이나 석양에만 활동하는 동물일까? 일, 절제, 자기존중.

해가 떠오르고 있다. 날이 화창하다. 머리가 맑아 일할 수 있을 것 같다. 나는 생각한다. 기도한다.

우편물을 반드시 발송하고, 아무것도 망치지 않으리라 확신한다.

1974년 가을과 1975년 초에 쓰인 이 편지들은 아버지가 알코올중독으로 무너져내려간 마지막 과정을 개략적으로 보여준다. 아버지는 혼자서 보스턴 대학교로 문예창작을 가르치러 갔다. 형 프레드와 존 업다이크를 포함해 여러 친구들이 그를 돕기 위해 할 수 있는 일들을 했다. 빌의 책 『조상들Ancestors』(크노프)은 1971년에 출간되었다. 보스턴에서 아버지가 작심하고서 술로 죽음을 재촉하고 있을 때 나는 나이액에 있는 신문사에서 일하고 있었다. 보스턴에서 아버지를 만난 에디 뉴하우스는 내게 전화를 걸어 어떻게든 손을 써야 한다고 말했다. 하지만 내가 도움이 될 것 같지는 않았다. 어쨌거나 나는 집중치료실에서 담배를 피우지 말라고 아버지를 설득하는 것조차 어려움을 겪었던 사람이니까. 이 편지를 읽었을 때 나는 깊이 상처받았다. 아버지는 내게 이 전화번호를 가르쳐준 적이 없다. 물론 가르쳐주었더라도 난 아마 전화하지 않았을 것이다.

베이스테이트 로드 71번지, 매사추세츠 주 보스턴

빌,

제겐 앨런의 주소가 없고 앨런에겐 제 주소가 없으니 선배가 둘 중 누구에게든 상대의 행방을 알려주세요. 여기는 보스턴에서도 제가 많이 와보지 않은 지역이어서 자꾸만 이곳을 시카고라고 착각하게 돼요. 여기 방 두 개에 무엇이 놓여 있는지 나열해봐야 별 의미도 없을 것 같군요. 좀 지나치게 점잖고 효율적인 곳인데 의자마다 더러운 옷가지가 널려 있습니다. 이 방 맞은편으로 보이는 동네에는 전면이 볼록하게 굴곡진 벽돌 건물들이 모여 있는데 건물의 창문들 위에는 화강암으로 된 처마가 붙어 있습니다. 반은 학생들이 사는 곳이고, 반은 빈민가예요. 개강이 화요일이라 학생들이 옷과 그림과 전축과 아프리카 제비꽃 따위의 짐을 내리고 있습니다. 다른 도시에서 새로운 삶을 시작해야 한다는 사실에 불만은 전혀 없지만 때로는 정말이지 엄청나게 지겹다는 생각이 들어요. 그러다가도 선배가 『조상들』에 불어넣은 어마어마한 활기를 떠올리면 또 희망을 갖게 됩니다. 어떤 어리석은 이유로 전화번호부에 제 번호를 등록하지도 않고서 전화가 울리기만을 오래도록 기다립니다. 당연히 울릴 수가 없죠. 지독한 외로움을 느끼는 건 아니고, 앞으로도 안 그럴 듯하지만, 인생의 이 시기에 보스턴 외곽의 가구 딸린 방에서 살겠다는 건 계획에 없던 일입니다. 이제 어서 전화기 옆으로 가 앉아 있어야겠어요. 제 번호는 617-266-2351입니다. 모두에게 전해주세요.

큰 사랑을 담아,

존

같은 학기에 작가 앤 섹스턴Anne Sexton 역시 보스턴 대학교 교수진 중 한 명이었다. 그녀는 1974년 10월에 목숨을 끊었다.

베이스테이트 로드 71번지, 매사추세츠 주 보스턴

빌,

금요일에 별 이유 없이 앨런에게 전화했는데, 선배에게서 멋진 편지들을 받았다는 얘기를 하더군요. 글을 많이 쓰지 않는다고 앨런을 나무라지는 않았지만, 봄부터 보여준 글이 하나도 없기는 합니다. 이곳에서의 경험은 지금까지는 좀 당황스럽습니다. 제 학생이 32명으로 너무 많아요. 행정처는 이 문제에 대응하기를 회피하면서 거짓말을 합니다. 보스턴은 굉장히 아름다운데 사람들에게서는 유랑자의 분위기가 흐릅니다. 사람들은 서로의 눈을 똑바로 쳐다보지 않아요. 목요일에는 학생들이 저와 친해져보겠다고 파티를 열었습니다. 아파트의 지하방이었는데 창문을 통해 들어가더군요. 생각나는 유일한 가구는 매트리스 두 개와 어느 슈퍼마켓에서 훔쳐온 손수레예요. 그게 일종의 커피 테이블 역할을 했고요. 젊은 남자애 하나가 제 신발과 양말을 벗기더니 발톱을 깎아주더군요. 더 점잖은 파티가 그리운 건 아니지만 취하고 피곤해지고 그렇습니다. 오늘은 새 교수진을 기존 교수진에게 소개하는 저녁식사 모임이 있어요. 앤 섹스턴이 그리울 거예요. 이곳에 진정한 전문가라고는 우리 둘밖에 없었어요. 앤은 늘 가방에 보드카 한 병을 가지고 다녔죠. 머리가 멍해질 때면 앤이 품위 있게 제 음료에 술을 타주곤 했어요. 저는 앤을 공격적인 여자라고 생각했고 그렇게 말하기도 했지만, 그녀는 제 유일한 동료였어요.

존 업다이크가 이 거리 저편에 아파트를 얻었습니다. 그들 부부의 결혼생활을 이해해보겠다는 생각은 없어요. 존과 저는 박물관에 함께 다녔고 앤도버에도 함께 갈 겁니다. 제 생각에 우리 둘 사이에는 뚜렷한 자아 충돌이 일어나서 즐거운 우정을 나누기가 힘든 듯해요. 저는 때로 지독하게 외롭지만, 사람이란 외롭기 마련이라는 생각이 듭니다. 제겐 정부情夫도 없고 앨런도 없어요. 제가 먹는 게 거의 없다보니 메리의 모성 본능이 화산처럼 분출했어요. 금요일에 식재료를 가지고 서둘러 올 겁니다.

사랑을 담아,

존

금요클럽의 회원들은 저마다의 생각을 글로 써 장식한 식탁 매트를 아버지에게 보냈다. '하원'은 금요클럽 내에 설치한 가공의 입법기관들 중 하나였다.

존 치버

베이스테이트 로드 71번지, 매사추세츠 주 보스턴, 02215

월요일 [1975년]

여러분,

식탁매트를 보내주셔서 감사합니다. 금요클럽에 암울한 기운을 드리우기는 싫지만, 이곳은 정말 좆같습니다. 박물관의 그림들이 훌륭하고 주 의사당도 멋지지만 그 외는 대부분 좆같아요. 제가 이사 들어온 뒤로 이 건물은 일곱 번이나 약탈을 당했습니다. 저는 손목시계 하나와 50달러를 잃었지요. 이제는 시계를 손목에 차고, 돈은 숨겨둡니다. 문제는 어디에 숨겼는지 잊어버린다는 거죠. 부츠 안쪽의 발가락 부분에 숨겨놓은 50달러 지폐를 찾고 있는 남자의 모습은 하원에 회부해야 할 사안이 아닌가 싶어요. 이 건물에는 계속해서 도둑이 들어 모피코트와 전축과 장물로 넘길 수 있는 식기들이 모두 털렸습니다. 새로운 자물쇠를 달아봤자 한낱 도전거리에 불과해요. 도둑들은 쇠지렛대를 가지고 달려들거든요. 제 주요한 걱정거리는 복도에서 작업중인 강도를 만나면 무슨 말을 할 것인가 하는 겁니다. 대학에서는 좀 전에 제게 75달러짜리 방범용 자물쇠를 달라고 명했어요. 그러한 자물쇠에 따르는 문제는 조작하기가 어려운데다 화재가 나면 끝장이라는 거죠. 제가 사는 매력적인 거리에는 전면이 불룩하게 굴곡진 벽돌 건물들이 들어서 있는데, 집집마다 '아파트 임대'라고 쓴 빛나는 분홍색 간판을 내걸고 있습니다. 이 거리의 남쪽 편에 사는 사람들은 식물을 매달아놓아요. 정글이 따로 없죠. 사람처럼 보이는 야자수, 외국여행 기념품, 가족사진, 종교 조각상 등도 달아놓고요. 방안이 무척 어두울 거예요. 좆같죠.

강변을 산책하는 것도 좋고, 커먼웰스 애버뉴를 따라 리츠 호텔까지 쿵쾅거리며 걷는 것도 좋지만, 대학 행정처는 무질서하고 불친절한데다 이번 학기의 수업들은 활기가 없어 보입니다.

……예쁜 여자애는 딱 한 명밖에 없는데 독감에 걸렸어요. 이 모든 게 너무 암울하긴 하지만, 여러분은 술이나 한 잔 더 하시면 되겠습니다. 저도 그렇고요.

줄이며,

존

스미더스

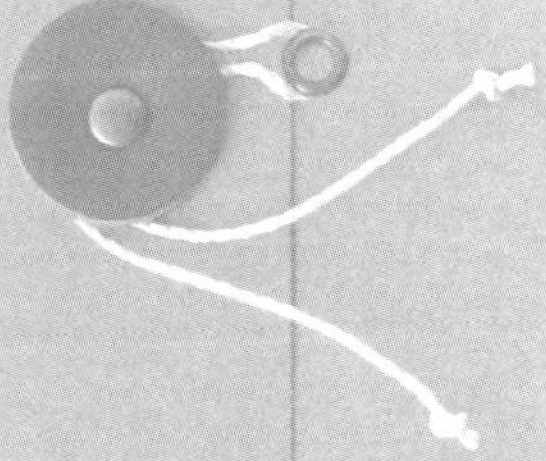

아버지는 언제나 '익명의 알코올중독자들AA'에 경계심을 가지고 있었다. 그 회원들을 '예수쟁이 무리'라고 불렀다. 아버지는 알코올 및 마약 중독 치료소에 입원할 것을 받아들였고 그곳에서 결국 완전히 술을 끊을 수 있게 되었는데, 입원 전에 누나에게 전화를 걸어 그곳에 전화해 해당 프로그램이 익명의 알코올중독자들과 연계된 것이 아님을 철저히 확인하도록 했다. 누나는 치료소에 전화를 하고 나서 아버지에게 다시 전화해 관련이 없다고 말했다. 그것은 거짓말이었지만 아버지는 나중에 그 프로그램이 자신의 생명을 구했다고 말하곤 했다.

4월 4일 [1975년]

빌,

보스턴 대학교에 간 건 엄청난 잘못이었어요. 앤 섹스턴은 첫 주에 자살을 했고 저는 그 일을 완전히 극복하지 못했죠. 학생들은 정말 훌륭했지만 행정처는 너무 비효율적이어서 심지어 제 급료를 지급하는 걸 잊어버리기도 했습니다. 저는 켄모어 광장 너머에 있는 퇴폐적인 동네의 가구 딸린 아파트에서 살았어요. 집집마다 번쩍거리는 분홍색 간판에 '아파트 임대'라고 써붙여 놓았지요. 참으로 불길해 보였어요. 산책하기는 아주 좋았지만 그 도시에서 살았던 시절은 무언가에 휩쓸리는 느낌이었고 술 문제는 더 심각해졌죠. 심장 상태도 마찬가지였고요. 소중한 우리 형이 제가 위험에 처한 걸 깨닫고 집으로 데리고 왔습니다. 의사에게 갔는데 금주를 돕는 병원으로 저를 보내더군요. 거기서 정신과 의사에게 상담을 받고 나니 그가 저를 28일짜리 알코올중독 프로그램에 등록시켰고요. 저는 일요일에 교회에 갈 때만 밖으로 나올 수 있습니다. 이스트 93번가 54번지에 있는 스미더스 인스티튜트The Smithers Institute이고요, 어떤 우편물이라도 환영입니다.

모든 게 왜 이리도 칙칙한지. 저는 기숙사에서 지낼 것이기 때문에 방안에 뭐가 있는지 열거할 순 없을 거예요. 술을 마실지도 모른다고 집에 돌아가지도 못하게 합니다. 수요일에 메리가 차로 뉴욕에 데려다줄 겁니다. 제 평생 이렇게 삭막한 편지를 써본 기억이 없어요. 전 좋아질 겁니다.

사랑을 담아,

존

데이지와 플로라는 개들이다.

존 치버

베이스테이트 로드 71번지, 매사추세츠 주 보스턴, 02215

스미더스 클리닉

뉴욕 시 이스트 93번가 56번지

14일

빌,

제 상태는 차도를 좀 보이는 것 같습니다. 이곳은 회복을 위해 거쳐야 할 길에서 가장 기묘한 정류장은 아닐지언정 확실히 이상한 곳이긴 해요. 건물은 웅장한 궁전 같지만 전혀 낡지는 않았습니다. 이곳의 거주자들은 마약중독자와 병적인 알코올중독자 42명이에요. 우리는 감금되어 있습니다. 자발적 감금이지만 이곳에서 나가려면 12일을 기다려야 하고 그다음엔 두 시간 동안 헤븐리레스트 성당의 아침미사에 참석해야 해요.

방금 전에 선배의 편지를 받고(알 마노*) 엄청나게 기분이 좋아졌어요. 특히 개와 도버 이야기가 그랬고요. 래리와 브루키의 소식은 정말 유감이지만, 저는 수지가 그 특출난 남편을 떠나 얼마나 행복하게 지내는지 보았습니다. 플로라가 뒷다리 쪽에 큰 문제를 겪고 있다고 데이지에게 전해주세요. 플로라를 브라이어 클리프에 있는 의사 그래노에게 데려갔는데 고기와 채소로 이루어진 비싼 식이요법을 시켰답니다. 이제는 계단도 올라갈 수 있고 겁 많은 배달원들을 뒤쫓기도 하지만 저를 그리워한다고 해요. 제가 쓰라리게 세상을 그리워하는 것처럼요. 어제 수지가 여기 왔다가 메리를 데리고 파티에 갔어요. 올해의 미녀 셋에게 소개시켜줬더니 메리가 큰 소리로 말했답니다. "난 저 성형미인이 좀 맘에 든다."

사랑을 담아,

존

다음 편지는 존 업다이크에게 보낸 것이다.

스미더스 클리닉, 뉴욕 시 이스트 93번가 56번지

14일 [1975년]

존

* '손으로'를 뜻하는 이탈리아어.

나는 보스턴에서 죽어가고 있었던 것 같네. 이유는 잘 모르겠지만. 착한 우리 형이 차를 한 대 빌려 나를 집에 데려다주었고, 의사들은 나를 마약중독자와 병적인 알코올중독자로 이루어진 거대한 무리와 함께 93번가에 있는 궁전에 감금했어. 심장이 과도하게 두근거린다는 사실말고는 내가 베이스테이트 로드를 내 무덤으로 선택한 이유를 알 수가 없어.

크레인 해변*에서 이보다 더 먼 곳이 있을까 싶네. 감금기간은 28일이고, 공손한 태도로 지내야 해. 그건 가능할 거야. 자네 가족 모두에게 안부 전해주게.

줄이며,

존

스미더스 클리닉, 뉴욕 시 이스트 93번가 56번지

4월 19일

아트,

……나는 9일부터 감금되어 있었지만, 내일 아침에는 교회에 갈 수 있도록 내보내준다네. 내일 오후에 메리가 면회하러 올 거야. 이곳의 교의는 엄격함, 복음주의, 개신교주의, 지칠 줄 모르는 꾸준함 등으로 설명될 수 있지. 등장인물은 40여 명의 전직

* 보스턴에서 북쪽으로 48킬로미터 정도 떨어진 곳에 위치한 유명 관광지.

마약중독자, 병적인 알코올중독자들이야. 배경은 1920년대에 지어진 저택이고 방들은 다른 저택이나 성에서 가져온 집기들로 장식되어 있지. 내가 추측하기론 오스트리아 스타일이야. 나는 침실과 욕실을 다른 4명과 함께 쓰고 있어. 1번은 실패한 사기꾼, 2번은 독일 출신의 실패한 식료품점 주인, 3번은 트롤* 같은 얼굴과 색 바랜 문신을 한 취업 불가능한 선원, 4번은 아메리칸 발레단의 주역 발레리노. 창문들은 92번가 건물들의 뒷마당을 바라보고 있지. 개가 두세 마리, 바리톤 성악가 한 명, 고양이 한 마리, 교회의 종들이 있고, 바리톤을 빼면 사람 목소리는 하나도 없다네.

여기에 와 있을 이유가 있다고 생각될 때가 반 정도, 그럴 이유가 없을 것 같을 때가 반 정도야. 이러한 갈등이 정말로 고통스럽다네. 그렇게 갈등하다 계단을 반쯤 내려가기까지 할 때면 거의 실신할 지경에 이르러. 퇴원 날짜는 5월 둘째 주야. 자네는 메인 주에 가 있을 것 같지만 그래도 여름에는 만나겠지. 여기를 나간 뒤로 석 달간 술을 입에 대지 않으면 시곗줄을 선물로 준다는데 정작 나한테는 회중시계가 없거든. 대강 그런 생각을 하고 있어.

줄이며,

---

* 북유럽 신화에 나오는 초자연적 괴물로 심술쟁이 거인 또는 장난꾸러기 난쟁이로 묘사된다.

존

스미더스

4월 25일

빌,

……제 왼쪽에 있는 남자는 뜨개질로 모자를 하나 더 만들면서 관리부에 대해 불만을 늘어놓습니다. 자신이 계단 밑으로 여행가방을 가져갈 힘만 있다면 이곳을 떠나겠다고 말해요. 제가 가방을 내려다주겠다고 제안했지만 아무 말이 없네요. 발레리노는 거품을 푼 욕조에 몸을 목까지 담근 채 피아프의 전기를 읽고 있습니다. 화장실에 가고 싶은데 그럴 수가 없어요. 지금은 오전 8시입니다. 식료품점 주인은 깊이 잠든 채로 물어요. "누가 널 보살펴준 적이 있어?" 이 사람은 월요일에 퇴원할 거예요. 그는 아내와 아이들, 집(진짜 캐러스탄Karastan* 러그와 함께), 식료품점까지, 모든 것을 잃었어요. 저는 메리에게 가끔 전화를 하면 늘 불평만 듣습니다. 불평의 요지는 은행 잔고가 다르다, 개들이(4마리) 진흙투성이다, 잔디가 말랐다, 수지가 하찮은 녀석을 따라 시카고로 갔다, 그리고 (완곡하게) 자기 남편이 93번가에 있는 금주치료소에 들어가 있다 등이에요. 일요일 오전에는 옷을 차려입

* 미국의 고급 카펫 제조업체.

고 헤븐리레스트 성당에 갔다가 매디슨 애버뉴에서 버지니아와 레니 필드를 만나고 공원에서 자전거를 탈 겁니다. 하느님은 아시고, 보살피시고, 이해하시고, 사랑하시죠. 그리고 대중에게 개방된 공원과 정원은 하느님의 사원이고요.

사랑을 담아,

존

브루키는 빌의 딸이며, 헤븐리레스트 성당의 어린이집에 다니고 있었다. 웬디 애들러 소넨버그 내시는 누나의 친구였다.

존 치버

베이스테이트 로드 71번지, 매사추세츠 주 보스턴, 02215

스미더스 클리닉

어느 월요일

빌,

어제 헤븐리레스트 성당에 갔지만 브루키는 안 보이던데요. 그곳은 제 눈엔 굉장히 인공적으로, 마치 교회의 모방물처럼 보이더군요. 저는 (성공회 지하조직을 통해 제 소재를 알게 된) 호턴 박사를 피해 웬디 애들러 소넨버그 내시와 함께 공원을 산책했습니다. 웬디는 티로즈Tea Rose*를 들이부은 건지 그날 하루 내내 제 옷에서도 냄새가 빠지지 않더군요. 메리와 벤과 린다가 절 보러 왔어요. 상황이 이런데도 메리는 유순하고 다정하더군요. 독일인 식료품점 주인이 밤새 잠꼬대를 하며 "누가 널 보살펴준 적이 있어?" 하고 물었습니다. "누가 네 시중을 들어준 적 있어?" 밤새 내내요.

줄이며,

존

이 편지는 앨런 거개너스에게 보낸 것이다.

네가 물으니 하는 말인데, 나는 정말로 스탠퍼드에 네 칭찬을 했다. 나는 늘 네 칭찬을 한단다.

시더 레인

5월 10일

소중한 앨런,

이런 예측 가능했던 상황에 대해 네게 미리 일러두었어야 했다는 생각이 드는구나. 『뉴요커』는 너에게서 건강한 자존감이 조금이라도 보이면 네 발밑의 카펫을 잡아빼버리는 사람들이야. 처음에는 나도 상처를 받았는데 그뒤로는 신경쓰지 않는다. 빌

---

* 여성용 향수 브랜드.

은 40년을 알고 지냈지만 아직도 속이 잘 읽히지 않는 사람이야. 나는 언젠가 그를 이해했다고 생각했다. 그는 권력을 사랑이라고 착각한 사람 같았어. 성장하지 않거나 변화하지 않는 작가를 괴롭히는 사람, 그런데 성장하고 변화하는 작가는 잔혹하게 괴롭히는 사람 말이다. 한번은 빌에게 이렇게 소리친 적 있다. "선배가 샐린저와 브로드키를 만들어냈을지는 몰라도 나를 만들어내진 않았어요." 나는 『왑샷 가문 몰락기』를 빌에게 헌정할 생각이었지만 그가 책에 대해 살인적인 비판을 퍼붓기에 헌정 대상을 W. M.으로 바꿔버렸어. 그랬더니 갑자기 돌변해서는 책을 찬양하더구나. 그래도 헌정은 W. M.에게 하는 걸로 그냥 두었다. 빌은 나를 좋아하는데, 내가 죽는 걸 보는 것도 좋아할 거야. 사람은 자기 생긴 대로 살아야 해. 너는 앨런, 나는 존, 여기는 우리가 발 딛고 선 땅, 기타 등등. 나는 그 단편이 훌륭하다고 생각했다.

오늘은 퇴원한 이틀째야. 나는 세 언어를 섞어가며 말을 굉장히 많이 한다. 그 점에 대해선 전에 너와 웃으며 얘기했던 기억이 나는구나. 오늘따라 더 많이 사랑하는 너와 말이다. 내일이면 통탄할 환상이 될지도 모르지만 이 사랑은 지금까지 내게 고통은 거의 없이 어마어마한 기쁨만을 주었다. 내 유일한 불만은 엉브로스* 콧수염만 보면—얼굴 생김새는 상관없이—그리움이 밀려든다는 거야. 야도에 있는 네 모습을 상상만 해도 기쁘구나.

나는 계단 난간을 타고 미끄러져 내려와 비너스상(전구는 다 빠지고 없는 채로)의 엉덩이를 치고 노란 양탄자 위를 맨발로 뛰어다녔단다. 헤르메스상도 가끔 한 대씩 쳐줄걸, 그러질 않았네. 나이 많은 가정부 중 하나가 날 야단쳤지. "미스터 존," 가정부가 말했어. "계단 난간을 타고 내려오고 저택 안에서 맨발로 다니면 안 돼요." 그렇게 나는 폰틀로이 경**이 되었지.

금주 시설 얘기는 편지로는 불가능해. 거기는 괴짜와 사기꾼과 아일랜드 경찰 들을 짜깁기한 몽타주 같은 곳이었지. 몸 파는 애들, (마카로니 같은 발목을 가진) 비참한 신세의 게이들, 지하 공사장의 인부들, 선원들을 뒤섞어 만든 몽타주를 합스부르크가 저택 무도회장의 코린트식 기둥에 붙여놓은 셈이랄까. 나는 지하 공사장 인부에게 백개먼 게임을 가르쳐서 그자의 용돈을 모조리 털어버렸다. 그걸 가지고 우표값과 세탁비를 충당했지. 난 지금 20파운드 가벼워졌고, 느낌으로는 20년 젊어진 것 같은데 그건 이점이라기보다는 딜레마로구나. 내 주위는 똑같거든. 웃음, 정오 무렵 햇살의 열기, 비는 물론이고, 내가 사랑하는 사람들, 특히 너.

존

---

* '칫솔'을 뜻하는 프랑스어로, 솔을 연상시키는 코밑의 짧은 수염을 의미.

** 프랜시스 호지슨 버넷이 쓴 『소공자』의 어린 주인공.

존 치버

베이스테이트 로드 71번지, 매사추세츠 주 보스턴, 02215

시더 레인

5월 10일

빌,

돌아오면 나는 일기를 쓸 수 없을 거예요. 나는 래브라도레트리버가 되어 돌아올 것이기 때문이죠. 몰랐어요? 몇 년 전, 병에 걸렸을 때 선배에게 쓴 편지가 기억나네요. 내가 의식을 잃었을 때마다 정신을 들게 해준 것은 래브라도가 짖는 소리였다고요. 작년에 보스턴으로 떠나기 전에 저는 숲에서 단풍나무를 뽑아다가 잔디밭에 심었어요. 죽는 듯하다가 다시 살아나기에 저는 시더 레인에 무언가 살아 있는 것을 남기고 떠난다는 행복한 믿음을 가지고 대학으로 갔습니다. 지금 그 나무에 잎이 무성한데 모든 개들이 (네 마리예요) 다 거기에 오줌을 누어요. 무솔리니는 전쟁터에서 아들이 죽고 나자 도시, 소도시, 마을, 촌락, 농장 할 것 없이 모두 나무를 한 그루씩 심으라고 명령했지요. 물론 다들 그렇게 했고요. 하지만 자정에 근처 카페가 문을 닫고 나면 모든 남자들이 거기에 오줌을 누었어요. 50년대에 안티콜리에서 여름을 보냈을 때 당시에 심은 나무가 아직도 남아 있었는데(명판을 붙인 채로요) 사람들은 여전히 거기에 오줌을 누더군요. 금주 클리닉에서 나온 지 사흘째, 제 사유의 카덴차*가 이렇게 흘러가는군요. 저는 맘에 들지만 숀은 좋아하지 않을 것 같네요. 제가 거기에서 마지막으로 한 일은 지하 공사장 인부(조류학자이기도 하고요)에게 백개먼 게임을 가르친 겁니다. 그자의 용돈을 몽땅 털어버렸고, 그 돈으로 우표값과 세탁비를 댔지요. 그는 머리로는 하늘의 까치를 꿈꾸며 지하로 들어가 이스트 강과 세컨드 애버뉴, 센트럴파크 아래를 팠어요. 땅 밑에서 일하면서 일주일에 800달러와 이른 죽음의 약속을 받았습니다. "본인이 터널을 왜 파는지, 이유를 아세요?" 눈이 부리부리한 심리학자가 그에게 물었답니다. "아버지가 지하 공사장 인부였어요." 그랬더니 그 여자가 말했대요. "그게 아니에요. 당신은 어머니의 자궁으로 돌아가고 싶은 거예요." 그는 짐을 챙겨서 아그네스라는 알코올중독증 유부녀와 함께 떠났습니다. 두 사람은 세탁기 아래에서 씹질을 하다 들켰어요. 그 궁전에서 은밀한 곳은 거기밖에 없었거든요. 그 지하 공사장 인부가 제게 다정하게 작별인사를 하며 갚을 돈이 아직 남았는지 묻더군요. 우리는 자연스럽게 친구가 된 사이였죠. 그러고 보니 (『리더스다이제스트』의) 케니 윌슨이 가끔 (센추리클럽에서) 제게 하던 말이 생각나네요. 이따금 제가 왜 그리 상퀼로트** 같아 보이는지 모르겠다고요. 또 생각나는 건 목요일에 에디가 각다귀들에 쫓기며 우리집에 와서 한 말. "이번

* 악곡이나 악장의 끝 또는 마침 직전의 기교적이고 화려한 부분.

** 프랑스혁명 당시 빈곤한 노동계급을 일컫는 말.

만은,” 그가 말했어요. “네 머리카락이 부럽다.” 우리는 안으로 들어갔죠. 채널 고정. 다음 회에 계속.

사랑을 담아,

존

아버지는 스미더스를 나온 후 술을 멀리했고 일주일에 세 번 익명의 알코올중독자들 모임에 참석했다. ‘알코올중독증 야만인’은 워런 힝클Warren Hinckle로 『램파츠Ramparts』*를 설립한 편집자들 중 한 명이다. 최근에 그는 샌프란시스코 시장에 출마했고, 지금은 그곳에서 칼럼니스트로 활동하고 있다. 자신을 저렇게 묘사했다고 해서 그가 반발하지는 않을 거라고 생각한다.

시더 레인, 뉴욕 주 오시닝

6월 2일[1975년]

타냐,

난 전혀 피로하지 않지만 날 생각해줘서 고마워요. 나는 상당히 잦은 간격으로 땅에 묻혔다가 다시 살아나기를 반복하게끔 타고난 사람이라는, 격언 비슷한 결론을 내렸습니다. 교수 생활은

* 1962년부터 1975년까지 발행한 미국의 신좌파주의 잡지.

내게 해로웠고 치명적이었어요. 보스턴에서의 일 말이에요. 3월에 형이 사직을 하라고 우겨서 그렇게 했어요. 아내가 병적인 알코올중독자를 치료하는 병원에 들어가라고 우겨서 그렇게 했고요. 그 감옥에서 20파운드 가벼워진 몸으로 환성을 지르며 나왔습니다. 그게 한 달 전인데 아직도 난 환성을 지르고 있어요. 나는 환성을 지르고, 글을 쓰고, 춤을 추고, 수영을 하고, 먹고 마시고(오직 차만), 모든 개들과 아이들을 엄청나게 친절하고 참을성 있게 대해요……

내 아들 프레드(우크라이나에 함께 간 애)가 러시아어를 공부하고 있어요. 정말 멋지게 끽끽거리는 소음을 내며 이런 말들을 하죠. "이반, 저 재봉틀에서 가장 가까운 창문을 좀 닫아주시겠어요?" 프레드는 기숙학교에서 내일 돌아와요. 수지는 이혼했고, 알코올중독증 야만인과 사랑에 빠져 아주 행복하고 성공적인 나날을 보내고 있어요. 벤은 여전히 미슈킨과 아주 닮은 모습이지요.

존

여기의 '달링'은 호프 랭이며, 패티는 호프의 딸이다.

새러토가스프링스

3월 2일 [1976년]

달링,

그 유명한 예술인 마을 야도에 와 있어. 이곳을 설립한 고故 스펜서 트래스크 부인은 생전에 그녀에게 가장 매력적인 손님이었던 화가, 작가, 작곡가 들에게 수백만 달러를 남겼지. 혹자들은 부인의 초대를 수락한 이들이 그런 놈팡이들뿐이었다고 생각하기도 하지만 그건 당신이나 나와는 아무 관련 없는 아주 부정적인 사람들이 하는 말이야. 어제 기차를 타고 왔어. 나는 기차가 좋아. 기차는 건널목이 나올 때마다 속도를 늦추고 기적을 울리지. 역에서 빨간색 핀토를 빌려 마을 곳곳을 돌아다니며 패티를 생각했어. 경마장이 있는 조그만 마을인데, 새로운 화재보험의 보장을 받는 1월 말까지는 불이 굉장히 많이 나지. 중심가에 최근 불에 탄 건물이 두 곳이나 있어. 의상실, 커피하우스, 인근의 대학생들을 위한 건강식품 상점 등이 있지만 패티가 좋아할 것 같지는 않아. 나는 참 매력적인 동네라고 생각하지만 사실 굉장히 지저분하기는 해.

다시 그 유명한 예술인 마을 얘기로 돌아갈게. 도착하니 저녁식사 준비가 한창이더군. 아주 작은 방을 받았는데 바람이 잘 통하는 거대한 욕실이 딸려 있어. 욕조는 지난 세기에 주로 은행가들이 애용하던 종류야. 길이는 10피트 정도 되고 단 위에 놓여 있지. 나는 목욕을 하고 나서 예술적인 분위기의 옷을 차려입고 식당으로 걸어갔어. 다른 손님이 9명 있는데 나와 크게 부딪칠 것 같은 사람은 없어. 우리는 촛불 3개를 켜놓고 식사를 했지. 음식은 노동계급이 먹는 고기와 국수, 시금치, 절인 과일이나 잼이 들어 있는 페이스트리 한 조각이었어. 식사 후엔 여기로 돌아와 마르케스를 패러디한(내 아들과 나는 그가 형편없는 작가라고 생각해) 아주 웃기는 글을 한 편 쓰고 잠자리에 들었지. 야한 공상을 한 부분은 그냥 넘어갈게. 하지만 당신은 내가 육상경기에 감동해 눈물을 흘리고, 뇌우가 몰아칠 때 발기가 되는 남자라는 걸 알아야 해. 어쨌거나 잠에서 깨어보니 무릎까지 파묻히도록 눈이 왔더군. 크로스컨트리 스키를 신고 주변을 돌아다니며 즐거운 하루를 보냈어. 정말로 사진 한 장 보내줘. 어, 또 천둥이 치는군.

사랑을 담아,

존

시더 레인

월요일에는 야도

3월 12일 [1976년]

달링,

난 정말이지 한 달여 전에 서먼오크스*의 가로등 아래에서 엄청나게 예쁜 여자에게 키스했다는 증거를, 사진을 원해. 소방서나 익명의 알코올중독자들 모임에서 돌아다니며 보여주진 않을

게. 그저 스키 탈 때 주머니에 넣어 다니고 싶을 뿐.

화요일에 기차를 타고 여기로 올 때는 마치 불길처럼 건잡을 수 없이 눈이 내리더군. 난 이런 게 좋아. 웨스트체스터는 눈에 파묻혔어. 수요일에는 메리를 데리고 아몽크 공항에 가서 새벽 비행기를 태워 보냈어. 대부분 자가용 비행기가 뜨고 내리는 소박하고 멋진 공항으로 고객층이 참 다양하지. 메리는 전화기 발명 100주년 기념식에 참석하러 보스턴에 간 거야. T. A. 왓슨이 메리의 할아버지거든. 프레드도 앤도버에서 보스턴으로 가 알렉산더 그레이엄 벨의 증손녀와 함께 이 위대한 순간을 재연했어. 'UP 통신'에서 그 이야기를 다뤘는데 프레드는 자기가 신문에 난 걸 재미있어하더군. 그애는 오늘 오후에 학교에서 올 거야. 보스턴에서 축제 분위기가 한창일 때 정신이 좀 이상한 메리의 이모—에스터 왓슨 티플—가 100만 달러를 풀고 황천길로 갔지. 대단한 파티였을 게 분명해.

나는 일요일에 야도로 돌아가. 일하기엔 더할 나위 없이 좋은데 그 외에는 별로 할 게 없어. 오후에는 스키를 타고 저녁식사 후에는 동양인 화가 부부와 탁구를 치는데, 매 경기마다 이 사람들이 날 등쳐먹고 있어. 6 대 21, 0 대 21, 이런 식이지. 이들을 데리고 볼링을 가야겠어. 이 밖에 매우 음울한 시인 두 명과 젊

* 로스앤젤레스에 있는 부유한 동네.

지 않은 시인이 한 명 있지. 그 사람은 정말로 젊지 않더군. 일하는 시간은 매우 좋은데, 잘 시간이 되면 뭔가 미진하다는 괴로운 느낌이 절실해. 어쨌거나 나는 이 장편을 써야만 해. 그리고 패러마운트가 이 작품 일부를 지원하고 있으니 당신이 동부에 올 수 없다면 내가 서부로 갈 핑계는 충분하지.

사랑을 담아,

존

타냐는 러시아를 떠나 영국으로 이주했고, 지금도 그곳에 살고 있다.

시더 레인, 뉴욕 주 오시닝

소중한 타냐,

당신의 주소를 모스크바 A-47이라 쓰지 않고 호브라고 쓰노라니 몸의 어딘가가 어긋난 것 같은 예리한 느낌이 듭니다. 어떤 공감 같은 거라고 생각해요. 난 우리의 공감이 대양을 초월한다고 생각하기를 좋아하니까요. 노 젓는 배를 타고 해협을 건너는 당신 뒤로 호기심 가득하고 다정한 갈매기들이 따르는 모습을 상상해봅니다. 이제 당신은 바다에 가까이 왔군요. 발트 해나 흑해와는 냄새가 너무도 다른 영국의 바다…… 당신 어머니는 딸을 만난 이루 말할 수 없는 기쁨을 잘 제어하고 있군요. 일행들과 조그만 프랑스 식당에서 저녁을 먹어요…… 그후의 일은 상상을 못하겠으니 당신의 편지에 의존할 수밖에 없겠어요. 이 편지는 영국에 오신 것을 환영한다는 의미로 쓰는 겁니다. 그런데 난 영국인이 아니라 그럴 수가 없으니, 당신이 오시닝에 훨씬 가까워져 얼마나 기쁜지 알려주고 싶어요.

작가들은 모두 전지전능함에 대한 망상에 시달리는데, 나도 그런 상태예요. 지금 이 순간에도, 호브에 가고 싶다면 그냥 이곳의 햇살 좋은 테라스에 서서 팔을 파닥거리며 하늘로 떠오르기만 하면 될 것 같은 기분이 듭니다. 물론 목이 부러지고 말겠죠. 6월까지 장편을 탈고하면 영국으로 갈게요. 하지만 이보다 더 불확실한 일이 없는 것이, 내 뮤즈가 지독하게 까다로운데다 더러운 홑이불 같은 긴 옷을 갈아입지를 않네요. 그녀는 내가 더 많이 일해야 한다고 생각하는데 그러면 난 미칠 거예요. 하지만 그녀에겐 중요한 문제도 아니죠. 윌키 콜린스*를 위해 일하면서 자기도 이미 미쳐버렸으니까.

당신의 어머니는 내가 본인에 대해 아무것도 모른다고 생각하시는 것 같더군요. 나는 그분의 작품을 재미있게 읽었고, 다양한 얘기들을 들어왔기 때문에 당신 어머니를 오랜 친구처럼 느낍니다. 어찌되었든 최대한 빨리 소식을 전해주세요……

---

* 19세기를 대표하는 영국의 추리소설 작가.

사랑을 담아,

존

이 편지는 아버지가 형의 장례식에 대해 쓴 것이다. 기억할 점은 두 사람이 서로에게 너무도 중요한 존재였다는 사실, 이후 아버지의 장례식도 여기 묘사된 교회에서 열렸다는 사실, 그리고 아버지 자신이 평생에 걸쳐 작별인사를 했던* 형의 곁에 묻혔다는 사실이다. 아래의 글은 앨런 거개너스에게 보낸 편지에서 발췌했다.

소중한 앨런,

……목요일에 힝엄에서 우리 형의 장례식에 참석했다. 18세기 초에 지어진 교회에서 열렸어. 머리를 어질어질하게 하는 방향제와 널찍하고 화려한 창문들 때문에 여름 오후의 들판에 있는 듯한 느낌이었지. 크고 또렷한 오르간 소리에 화려한 트럼펫 소리가 더해졌어. 그래, 그래, 꽃장식은 루이자 해치가 했어. 조문객들은 모두 요트여행으로 그을린 피부에 머리가 희었고 점잖은 아내들을 대동했지. 바로 이런 세계의 우산꽂이에 우리 형은 오줌을 누곤 했던 거야. 조사는 틸리히**, 커밍스, 엘리엇의 글에

* 치버의 초기 대표작 「참담한 작별」의 원제는 'Goodbye, My Brother'이다.

** 폴 틸리히. 독일 태생의 철학자, 신학자.

서 가져왔고, 눈물 한 방울 흘리는 사람이 없더군. 굉장했어.

사랑을 담아,

존

1년 뒤 『팔코너』가 나왔을 때 금요클럽 회원이었던 포크 가수 톰 글레이저Tom Glazer가 아버지에게 책이 좋았다고 편지를 썼다. 그 소설에서 주인공은 형을 살해한다.

시더 레인

2월 24일

톰,

『팔코너』에 대해 보내준 편지 정말 고맙네. 자네의 친절은 곱절로 보답을 받을 거야. 금요클럽 중에 편지를 써준 유일한 회원이 자네거든.

지난 5월에 우리집에서 형에게 잘 가라고 인사하며 내가 소설 속에서 형을 죽였다고 말했어. 형은 "그것 참 멋지다, 조이. 그것 참 멋져" 하더군. 그 말과 함께 우리는 헤어졌다네.

줄이며,

존

1976년 6월 1일 한밤중에 아버지는 존 업다이크가 교통사고로 죽었다는 전화를 받았다. 아버지는 업다이크에 대해 험한 말도 할 수 있는 사람이었지만 그에 대한 애정과 감탄은 진실하고 깊은 것이었다. 아버지는 울음을 터뜨렸다. 그것은 장난전화였고, 아버지는 친구가 살아 있다는 것을 알고 난 뒤 다음의 짤막한 편지를 썼다. 여기에 아버지는 자신이 느꼈던 슬픔을 전혀 내보이지 않았다.

시더 레인
6월 1일

존,

지금쯤 자네도 사건의 전모를 알고 있겠지만, 오늘 새벽 4시에 자네의 사망 소식을 들었을 때 나는 요란하게 울었다네. "아, 개인적인 사연이라도 있나요?" 그 남자가 묻더군. "존은 나의," 나는 흐느끼며 말했어. "동료였어요."

줄이며,
존

시더 레인, 뉴욕 주 오시닝, 10562
10월 3일 [1976년]

소중한 타냐,

당신에게 마지막으로 편지를 쓴 것이, 또는 당신이 내게 마지막으로 편지를 쓴 것이 언제인지 기억나지 않네요. 그리고 지금 이 편지를 쓰는 내게 당신은 결코 이스트서식스에 있는 사람이 아니라 러시아에서 풋사과를 먹다가 치아를 잃은 사람일 겁니다. 이 편지에서 유일하게 중요한 용건은 내 원고가 곧 장정된 교정쇄로 나올 거라 당신에게 한 부 보내라고 출판사에 얘기하겠다는 거예요. 영국에서는 조너선 케이프가 이 책을 출판할 겁니다. 내가 지금까지 쓴 그 어떤 작품보다도 낫다고 생각하는데 패러마운트는 영화화 계약 제안을 사양했고, '이달의 책 클럽'에서는 수백만에 이르는 회원들에게 이 책을 배포할 기회를 사양했어요. 이런 일들은 비록 마음에 상처는 될지언정 놀랄 건 하나도 없습니다. 나는—그리고 당신도 그렇다고 생각하지만—끝없이 기성의 권위를 조롱하는 인습타파주의자이면서도 늘 식탁의 상석에 앉게 되기를 기대하는 사람이거든요. 사람들이 때론 저항을 하지요.

사랑을 담아,

존

시더 레인, 뉴욕 주 오시닝, 10562

10월 17일

소중한 타냐,

당신은 내 오랜 친구이니 이 소식들을 알고 싶을 겁니다. 내가 사과를 먹여 키우는 말이 건강하고 멋진 모습이라는 것과 우리 집에서 가장 나이 많은 래브라도인 플로라가 수요일 밤에 죽었다는 거예요. 플로라는 자신이 저보다 더 오래 살기를 바랐을 거예요. 탁월한 개였고 최후 또한 아주 탁월했습니다. 린던 페이시라는 흑인 정원사—스타오브베델 교회의 집사—가 테라스 가장자리에 플로라를 묻었습니다. 메리는 무덤에 노란 국화와 딸기를 심었지요.

사랑을 담아,

존

'뉴욕 타임스'의 크리스토퍼 레만하우프트와 시인이자 작가인 그의 아내 내털리 로빈스는 둘 다 오랜 세월 아버지의 친구였다. 레이철은 그들의 딸이다. 이 편지는 내털리의 기분을 돋우기 위해 보낸 것이었다.

시더 레인, 오시닝

1976년 12월 8일

소중한 내털리,

내가 진심으로 하고 싶은 말은 오직 사랑입니다. 하지만 나는 나답게 좀더 가벼운 얘기, 적당한 얘기로 들어가겠어요. 이게 적당하다고 생각하는 이유는 지난번에 우리가 만났을 때 레이철과 함께 셋이 바커스에서 오후 시간을 좀 보냈기 때문이지요. (나는 지금도 캘더보다는 바커스가 좋아요. 캘더는 내가 보기에 넓이에 대한 감각을 상실한, 좀더 상류층을 겨냥한 곳 같아요.) 어쨌든 어제는 스케이트를 사러 바커스에 갔습니다. 주방 개조공사 도중에 스케이트를 잃어버렸거든요. 이곳의 관리인 밴 테슬 씨가 카멀로 좌천되고 젊은 러브 씨가 그 자리에 왔어요. 어제 보니 보도에 있는 회전목마, 우주선, 말 등에 새로 페인트를 칠했더군요. '출입' '금연' 등이 쓰인 문을 밀고 들어가니 (자동으로 열리는 건 출구뿐이거든요) 번쩍이는 깨끗한 바닥이 보이고 보수적이지만 울림이 깊은 록음악이 들리자 나는 가까이 서 있는 마네킹—그랜드캐니언의 항공사진이 인쇄된 주름 잡힌 나이트가운을 입고 있었죠—을 붙들고 왈츠를 추면서 담배 매장과 자전거 매장을 지나 하키 스케이트의 쿠폰 세일 매장까지 가고 싶어졌지요. 내 나이의 남자들에게 그런 흥분은 대개 과거에 대한 향수에서 기인한 것입니다. 공기 중에 비누 냄새 비슷한 동양풍 방향제를 맡으니 퀸시의 울워스Woolworth*가 생각나더라고요. 물론 사은품(점화플러그와 변기 시트)도 주지만, 바커스에 가면 정말로 신이 나는 이유는 미확인비행물체의 잘 관리된 내부 같은 분위기 때문이죠. 공상과학소설이 육화된 곳, 미래로 한 발짝

* 대형 슈퍼마켓 체인점의 이름.

다가선 곳. 아, 얼마나 좋은지 몰라요.

물론 실망스러운 점들도 있지요. 쿠폰 세일 매장의 하키 스케이트를 예로 들면, 검정색 합성수지 소재인데다 무도용 구두처럼 화려하게 마감하고 라디에이터에 칠하는 페인트로 울퉁불퉁한 무늬를 넣었더군요. 사이즈도 뒤죽박죽이어서 바닥에 앉아 신발을 벗고는 맞는 게 어떤 건지 신어보며 찾아야 했어요. 찾지는 못했죠. 하지만 스케이트를 신어보는 동안 음악이 델로니어스 멍크Thelonious Monk가 연주하는 〈조그만 스페인 마을에서In a Little Spanish Town〉*로 바뀌었고, 그 순간 광을 낸 바닥 위에서 1달러 지폐 하나가 나를 향해 날려오는 게 아니겠어요? 난 지폐를 주머니에 넣고 내 신발을 신고서 사랑의 부적을 하나 훔친 뒤 모피로 안감을 댄 장갑 한 켤레를 골랐지요. 그리고 내가 가장 좋아하는 8번 계산대—노란 불빛이 꾸준히 빛나고 있는—로 가 줄을 섰습니다.

오호, 오호. 8번 계산대에 비하면 테르모필레의 산길**은—19세기의 카이버 고개***—새발의 피죠. 8번 계산대가 진짜예요. 통과

---

* 1926년에 발표되어 큰 인기를 모은 대중가요. 델로니어스 멍크는 재즈 피아니스트다.

** 그리스 중부 지역의 험한 길로 기원전 480년에 일어났던 제2차 그리스-페르시아 전투의 전장이었다.

*** 파키스탄에서 아프가니스탄으로 넘어가는 산길로 이 지역에서 많은 전쟁이 일어났다.

로서의 삶의 의미를 느끼게 해주는 곳이죠. 내 앞에 선 붉은빛 도는 금발의 여자는 편해 보이는 팬티 네 장을 들었는데 장미, 팬지, 은방울꽃, 노랑수선화 무늬가 보이더군요. 간단히 꼬드길 수 있는 여자였지만 그냥 넘어갔어요. 오전 11시였죠. 그 여자 앞으로는 지저분한 페이퍼백 한 권, 손전등 건전지 네 개, 귀퉁이를 접은 쿠폰들을 가진 남자가 있었어요. 아시겠지만 유효기간이 지난 쿠폰은 시간을 많이 잡아먹잖아요. 그 남자 앞에는 나이든 중국인 한 명이 고급 밍크코트를 입고 커튼봉 열두 개와 플라스틱으로 된 성가족 동상, 전구 네 상자, 고무장갑 한 켤레를 넣은 손수레를 밀고 있었어요. 우리 모두가 카르트블랑슈* 카드로 결제를 해서 부점장이 계속 불려나옵니다. 그 여자는 잿빛 도는 금발에 회색 레이스 원피스를 입고 성 스타니슬라프 훈장**처럼 거대한 보석을 달고 있어요. 오래된 사탕 같은 강하면서도 신선하지 않은 냄새를 풍기는 그 여자는 손으로 셈을 합니다. 그렇게 계산대를 통과했더니 문이 저절로 활짝 열렸고, 나는 훔친 부적과 돈을 주고 산 장갑을 가지고 새사람이 되어 이 세상으로 걸어 나왔습니다. 내털리 당신과 크리스토퍼와 레이철을 진심으로 사랑하지만, 정말로 여러분을 다시 바커스로 데리고 가고 싶군요.

---

* 1960년대와 70년대에 성황을 누렸던 신용카드 회사.

** 18세기부터 20세기 초까지 폴란드와 러시아에서 수여하던 훈장.

사랑을 담아,

존

팔코너

(크노프, 1977)

다음 편지는 존 위버에게 보낸 것이다.

시더 레인, 뉴욕 주 오시닝, 10562
1월 16일 [1977년]

존,

책과 관련한 이곳에서의 인터뷰들은 2월에 시작돼…… 예전에 해본 적이 있는데도 뒤숭숭하다. 예컨대 나는 『뉴스위크』 편집자 12명과 함께 점심을 먹을 텐데 식사가 끝나갈 즈음에 이들은 날 표지에 실을지 말지를 투표로 정할 거야. 난 이런 종류의 일에 재능이 없어…… 내 외투는 메리의 아버지가 입던 37년 된 비쿠냐* 코트야. 이걸 나 혼자 벗을 때는 코트와 내피를 함께 벗을 수 있지만 사람들이 벗는 걸 도와주겠다고 나서면 결국 내 피만 입은 꼴이 되고 말아. 그렇다고 창피한 건 아니지만 체면이 구겨지는 건 사실이야……

넌 실감 못하겠지만 이곳엔 이례적인 한파가 닥쳤어. 하지만 이제 난 그런 게 예전처럼 신나지 않아. 토요일에는 스케이트를 타러 나가긴 했지만, 오늘 아침에 '뉴욕 타임스'를 가지러 언덕을 올라갈 때는 정말이지 너무 힘들더라…… 탐욕은 대죄라는 걸 알지만 오늘은 너희 집 수영장이 정말로 탐난다.**

부르르르,

존

『뉴스위크』의 표지사진은 두에인 마이클이 찍었다.

시더 레인

2월 11일 [1977년]

존,

……그 '점심'을 먹으러 『뉴스위크』 건물의 175층쯤 될 것 같은 곳으로 올라갔더니 많은 사람들이 헛간 같은 분위기의 하얗고 커다란 방에서 술을 마시고 있더군. 편집자 옆의 융 소파에

---

* 털이 부드러운 야생 라마의 일종.

** 존 위버는 날씨가 온화한 캘리포니아에 살고 있었다.

앉자 사람들이 질문을 하더라고. 한참 길게 대답을 하다가 갑자기 빌어먹을 질문이 뭐였는지 잊어버린 적도 한 번 있었어. 그다음엔 다 함께 헛간 같은 분위기의 하얗고 커다란 식당으로 갔는데 웨이터가 양갈비를 돌리더라고. 나는 갈비를 한 대만 받았어. 내가 촌놈이라거나 배고픈 상태라거나 다른 어떤 식으로든 그들의 음식을 얻어먹으려 한다고 생각하게 만들기가 싫어서였어. 그러다보니 한 시간 동안 내 접시 위에는 달랑 뼈 한 조각만 놓여 있었지…… 편집자와 함께 사무실로 내려간 뒤에는 다른 편집자들과 함께 모여 내 사진을 애버던이 찍어야 하는가 아닌가에 대해 얘기했어. 다들 계속 나를 쳐다보더라고. 그러다 그중 하나가 표지에 내 얼굴이 나가면 가판대 판매량이 급감할 거라고 말했어. 그러자 다른 하나가 진지한 작가들의 경우엔 누구라도 마찬가지라고 대꾸했고. 나중에 완행열차로 시내에서 나와 크노프에 전화해 소식을 전했더니 홍보담당자가 말했지. "저는 **지금까지는** 홍보를 잘해왔어요." ……

줄이며,

존

『뉴스위크』 기사는 3월 14일자에 '위대한 미국 소설 한 편A Great American Novel: 존 치버의 『팔코너』'라는 제목으로 실렸다. 그냥 '위대한 미국 소설The Great American Novel'이라고 하지 않은 점이 주목할 만하다. 월터 클레멘스가 쓴 그 기사는 '치버의 승리'라고 불렀다. 클레멘스는 『팔코너』를 걸작이라고 규정했을 뿐만 아니라 전작을 악평한 비평가들을 맹렬히 공격했다. 그는 『불릿파크』에 대해 "제대로 이해되지 못했고 심한 음해를 받았다"고 말했다. 『뉴스위크』의 기사에는 내 누이가 아버지를 인터뷰한 내용도 실렸다. 이 대화는 놀랄 만큼 내밀하고 허심탄회했다. 수전이 물었다. "아버지는 남자와 사랑에 빠진 적 있나요? 제 말은 그러니까, 『팔코너』에 나온 동성애 때문에 사람들은 분명히 그런 의문을 가질 거라는 얘기죠."

아버지가 말했다. "내가 남자와 사랑에 빠질 가능성이 없지는 않을 거야. 그런 일이 일어날 수는 있지. 그런 일이 일어나지 않았다는 것은 그저 우연일 뿐이야. 하지만 이성애의 세계에서 내가 경험한 강건한 느낌과 유쾌함을 포기하지는 않을 것 같다."

수전은 질문을 밀고 나갔다. "음, 동성애를 경험해본 적이 있기는 한가요?"

"그에 대한 내 대답은, 수지, 바로 이거야. 아주 많았다. 전부 엄청나게 만족스러웠고, 아홉 살에서 열한 살 사이에 있었던 일이지."

나는 아직도 이 대화가 이해되지 않지만, 이를 기만이라고 판단하는 것은 옳지 않다고 생각한다. 문자 그대로 아버지의 말은 물론 거짓이 맞지만 어떤 비유적인 의미에서 이는 참말이었다. 아버지는 자신을 동성애자라고 여겨본 적이 없다. 나는 별 차이 없는 것까지 꼬치꼬치 따지고 들거나, 스스로를 동성애자라고 생각하는 사람들과 내 아버지를 구별하려는 것이 아니다. 단지 동성애는 아버지가 자신에게 적용하지 않으려 할 말이라는 얘기를 하려는 것이다. 아버지에게 말이라는 것은 무서울 정도로 중요했다.

시더 레인, 뉴욕 주 오시닝, 10562
토요일 [1977년 2월 26일]

존,

『팔코너』를 잘 읽었다니 정말로 기쁘고, 편지에 그렇게 써 보내주니 기분이 좋구나. 『타임』은 이번 주에—출간이 한 달 남은 시점에—그 책에 똥물을 끼얹었더라. 『뉴스위크』가 특집기사를 실었기 때문이지. 몇 시간 정도 기분이 나빴지만, 단 몇 시간뿐이었어. 내가 의견을 존중하는 사람들은 그 책을 좋아하는 것 같아. 물론 말만 요란한 사람들도 있지. 필립 로스가 자정이 다 된 시간에 전화해서 특유의 숨가쁜 말투로 이렇게 말하더군. "책을 보내주셔서 감사합니다. 다음에 휴가를 내면 읽어보도록 할게요. 그런데 전화를 드린 이유는 존 업다이크의 새 전화번호를 여쭤보고 싶어서예요."

줄이며,

존

이 편지는 존 업다이크에게 보낸 것이다. 아버지와 어머니가 리즈 업다이크의 결혼식에 참석하려고 보스턴에 다녀온 뒤였다.

시더 레인

1977년 3월 2일

존,

나는 『구빈원의 축제』를 아직 읽어보지 못했는데 다시 나오게 되었다니 기쁘네. 서문의 해설도 명쾌하고—해리 그린을 언급한 점이—향수를 불러일으키는군. 그 시절은 잊히고 있지. 자네의 재능이 진정으로 날 기쁘게 하네. 게다가 아직 자네는 그리 젊으니 어떤 앞날이 펼쳐질지 생각만 해도 즐거워.

리즈의 결혼식에 참석하기 위해서라면 서울에라도 갔을 거야. 알다시피 우리가 진짜 가족은 아니지만, 두 집안의 결혼식 정도는 함께해야 하는 조그맣고 독특한 동반자가 아니던가. 우리 사이의 그런 친근한 관계를 생각하면 나는 아주 마음이 뿌듯하다네…… 내 바지에 커프스*가 없는 건 사실이야. 그게 실수라는 것도 아네. 형의 장례식에서도 같은 양복을 입었는데 문상객 한 명이 내 바지를 흘낏 보더니 그러더군. "저 사람은 스페인 춤꾼 인가봐."

자네가 『팔코너』를 높이 평가한다는 것은 내게 큰 의미가 있네. 나는 그 누구보다 자네를 더 기쁘게 해주고 싶어. 그리고 오래전에 오노라의 드레스 자락에 대한 소감을 내게 편지로 알려준 이래로 자네는 늘 아주 관대했지.

줄이며,

존

"그리고 이제 우리는 이 이야기의 불미스러운 부분, 동성애에 대한 부분에 이르렀으니 관심 없는 독자는 읽지 말고 그냥 넘어가도 좋을 것이다." 이 구절은 내가 여덟 살이었을 때 출간된 『왑샷 가문 연대기』에 나오며, 나 자신 또한 관심 없는 독자로 간주되어야 할 거라고 생각한다. 나는 책들을 읽었고 그냥 넘어가도 좋다고 한 부분까지도 읽었지만 어쩌면 판단할 수도 있었을 것을 판단하지 않으려고 했다. 그냥 넘어가도 좋다는 말에 나는 그냥 넘어간 것이다.

아버지의 삶과 글을 되돌아보면, 내가 그의 양성애에 대해 몰랐다는 사실이 믿기 어려울 테지만 실제로 나는 의심조차

* 바지의 접어올린 밑단으로 예전에는 품격 있는 스타일로 여겨졌다.

해보지 않았다. 내 나이 서른 때 부모님 집에 갔던 일이 기억난다. 식당 난로에 불을 피운 뒤 나는 그 온기를 즐기고 있던 손님들을 향해 돌아서서 농담을 했다. "자, 불이 타오르고 있으니 아버지는 뿌듯하실 겁니다. 아버지는 저에 대해 두 가지 큰 우려를 품고 계셨어요. 첫째는 제가 불 피우는 법을 제대로 배우지 못할 수도 있다는 것, 둘째는 제가 동성애자일지도 모른다는 것이었죠." 나는 더할 나위 없는 확신을 가지고 이 말을 했다. 그후 1~2년이 지나고 나서야 나는 피할 수 없는 단서를 얻었다. 제자가 나타났다. 소설을 쓰고 아버지와 함께 시간을 보내기 위해 자기 직업을 버린 젊은 남자였다. 그는 목소리가 굵고 힘있게 악수하며 눈빛에 흔들림이 없다. 그는 기계를 잘 다룬다. 그는 또한 유쾌하고 부드럽고 재치가 있지만, 그런 것들이 뭔가를 암시한다고 생각한 적은 없다. 어쨌거나 그때 우리는 아버지까지 포함해 셋이서 자전거를 타다가 나와 이 남자가 앞서게 되었다. 우리는 자전거를 타고 가며 대화를 나눴다. 나는 그 친구의 작가적 재능을 부러워하며 그에게 일기에 대해 물었다. 우리 둘 다 한동안 일기를 써오던 참이었다. "그런 거 깨달은 적 있어요?" 내가 물었다. "뭐가 중요한지 알 수가 없다는 것? 중요하다고 생각한 걸 쓴다고는 하지만, 1~2년 뒤에 보면 배관공과 실랑이한 얘기는 있는데 거의 죽을 뻔했던 자동차 사고는 언급하지도 않았다는 걸 깨닫게 돼요." 그는 고개를 끄덕였다. "또 한 가지, 나는 때로 일기를 암호 같은 걸로 쓰기도 해요." 그가 말을 이었다. "언젠가 이혼 전에 아내가 제 일기를 훔쳐보곤 할 때였는데, 저는 밖에 나가 술집에서 만난 흑인 남자랑 밤을 보냈어요. 매번 할 때마다 그가 날 '허니차일드'라고 부르더군요. 그래서 그날 일기에는 '허니차일드'라고만 썼죠."

나는 충격받았다. 걱정도 되었다. 당신의 친구가 동성애자라는 사실을 아버지가 알게 되면 어떡하지? 나는 늘 대립을 두려워하는 성격이어서, 그에게 나는 개의치 않지만 아버지에게는 말하면 감당하기 힘들 테니 그러지 말라고 일러주었을 법도 했다. 하지만 나는 그런 말을 하지 않았다. 우리는 그저 자전거 페달만 열심히 밟았다.

나는 서른한 살에 첫번째 아내를 떠나 부모님 집에서 몇 달간 지낸 적이 있다. 그동안 아버지는 나를 불러 당신의 일기를 읽게 했다. 아버지는 엄청난 분량의 일기를 썼으며 그 일기들은 거의 항상 집안 곳곳에 놓여 있었지만, 어렸을 때 우리는 그것을 들춰 보지 말라는 엄중한 경고를 받았다. 그런데 이제 그 일기들을 내게 읽어보라는 것이었다. 어느 날 저녁, 아버지는 내가 일기를 읽는 동안 내 옆의 안락의자에 앉아 있었는데, 고개를 들어보니 아버지가 울고 있었다. 그때 어떤 부분을 읽고 있었는지는 기억나지 않고 아버지 역시 알았을 리 없지만,

지금 생각해보면 아버지는 내가 동성애에 대한 부분을 읽었다고 생각했고 또 그러기를 원하지 않았나 싶다.

말년에 아버지는 내가 일하던 『리더스 다이제스트』 사무실에 자주 찾아와 점심을 사주었다. 그는 내가 당신의 '힘든 성향'을 지니지 않았기를 바란다고 내게 거듭 말했다. 내가 아버지의 재능을 물려받지 않았으면 한다는 말로 생각해서 나는 조금 상처를 받았지만, 지금 생각해보면 아버지는 내가 양성애자가 아니길 원했던 것 같다. 어쨌거나 나는 당시 60대 후반이었던 아버지에게 삶에서 진정으로 후회하는 점이 있는지 물었다. 아버지는 아니라고, 후회는 없다고, 자신의 삶은 극도로 만족스러운 것이었다고 대답했다.

"그러면 '성향'이라는 건 무슨 의미예요?" 나는 물었다. 아버지는 대답하지 않았다.

아버지가 양성애자임을 철저하게 숨겼던 이유에 대해서는 추측만 할 수 있을 뿐이다. 부분적으로는 본인의 내면적 갈등 때문이기도 했겠지만, 한편으로는 자신의 아들들이 좀더 관습적인 기호를 갖기를 희망해서 그랬을 수도 있다.

어렸을 때 아버지는 나를 편하게 해주지 않았다. 내가 킥킥거리며 웃는 소리를 싫어했고, 어떤 식으로든 여자애 같은 행동을 하면 싸늘하고 탐탁잖은 반응을 보였다. 아버지가 자신이 그토록 혐오했던 하위문화의 적극적인 일원이었다는 사실을 알았을 때 나는 혼란만큼이나 강한 분노를 느꼈다. 하지만 돌이켜보면 나 역시 아버지를 편하게 해주지 않았음을 깨닫는다. 나는 젊은 남자라면 당연히 이러저러해야 한다는 아버지의 생각대로 행동하지 않을 때가 많았다. 나는 낚시를 했고 총을 좋아했지만 스포츠에는 전혀 관심이 없었으며, 반면에 아버지는 내가 야구팬이 되기를 절실하게 원했다. 내가 일곱 살 때는 팀을 하나만 고르면 경기장에 데려가주고, 신문에 난 순위표를 찾아보는 것도 도와주겠다고 했다. 그러면서 아버지는 내게 야구팀 목록을 주었다. 우리는 뉴욕 근교에 살고 있었지만 나는 볼티모어 오리올스를 택했다. "왜 그런 거야?" 아버지는 궁금해했다. "오리올이라는 이름이 너무 예쁘잖아요." 내가 말했다.

우리는 볼티모어까지 가지 않았지만 양키스 경기는 보러 갔다. 나는 무릎 위에 손을 올리고 공손하게 앉아 경기가 끝나기를 기다렸다. 경기가 몇 회쯤 지난 뒤 아버지는 크래커 잭을 한 상자 사주었다. 과자에는 미니 가위가 선물로 들어 있었고 나는 그걸로 포장지를 자르면 되겠다 싶어 남은 오후에는 가위질을 하며 즐겁게 놀았다.

열다섯 살 때 내가 가장 좋아했던 글은 에드워드 올비의 희곡 『동물원 이야기』였는데, 그 책을 소리내 읽으며 집안을 돌아다니기도 했다. "...... 나는 누구와도 두 번 이상 섹스를, 아니 그걸 뭐라고 하더라?…… 사랑을 나눠본 적이 없어. 딱 한 번, 그게 다였어…… 아, 잠깐, 내가 열다섯 살 때 일주일 반 동안…… 그리고 나는 사춘기가 늦은 것이 창피해서 고개를 들지 못했지…… 나는 그거였어. 동-성-애-자. 그러니까, 나는 퀴어queer*한 사람이었어…… (아주 빠르게)…… 퀴어, 퀴어, 퀴어…… 종이 울리고 깃발이 바람에 나부끼는데."

어쨌든 나는 다음 편지들에서 표현된 열정에 대해 잘 알지 못했다. 아버지는 이 젊은이를 1970년대 중반에야 만났으며, 그래서 처음에 나는 아버지가 그때 비로소 양성애자가 된 거라고 생각하려는 경향이 있었다. 그러다 나는 작곡가이자 작가인 네드 로럼을 만났다. 네드는 평생 자신의 성적 지향을 공개하고 살았고, 이해할 수 있는 일이지만 그래서 아마도 아버지에게 약간의 우월감을 느꼈던 것 같다. 네드는 1960년대에 아버지와 처음으로 성관계를 맺었다고, 그리고 아버지는 그전에도 여러 남자들과 성적인 만남을 이어갔다고 말한다. 네드의 말이 맞을 거라고 생각한다.

또다른 작가는 내게 약간 신랄한 말투로 아버지는 항상 어떻게든 누군가와 사랑에 빠져 살았다고 했다. 그건 확실한 사실이며, 아버지가 사랑했던 사람들 중 일부가 남자였던 것

* '기묘한' '괴상한' 등을 뜻하는 말로 속어로는 동성애자를 의미한다.

이다. 아버지는 다음 편지의 남자가 『뉴요커』에 단편을 팔 수 있도록 돕고자 했다. 찰스 맥그래스는 그 잡지의 소설 편집자였다.

시더 레인

토요일 아침

[1977년 3월 초, 『뉴스위크』 기사는 3월 14일에 나왔다]

___에게,

……『뉴요커』에서 아무 말이 없는 것은 좋은 소식을 낳을 침묵—너라면 이렇게 말할 테지—의미를 품은 침묵이라고 생각한다. 맥그래스가 작품에 **매우** 관심이 있다고 말한 건 정말로 사실이지만, 앤 비티의 새 단편을 읽어보니 온통 문을 열거나 닫고 계단을 오르거나 내려가는 이야기뿐이어서 고통의 면류관을 쓴 네 주인공들이 어디에 끼어들 수 있을지 의문스럽긴 했다. 게다가 바셀미 같은 사람들이 쓰는 시시한 글도 있지. 야도 역시 네게 어울리는 곳은 아니지만 그래도 고려해볼 만할 거다.

춥고 어둡고 진눈깨비가 날리고 있다. 토요일 아침이면 치즈 가게 주인이 시내에 나가 따뜻한 브리오슈와 크루아상과 다른 빵들을 사오지. 나는 따뜻한 브리오슈를 산 뒤 내 친구 세라에게 가서 (내가 수영을 하는 곳, 그리고 너와 함께 수영할 수 있기를 바라는 곳이 바로 그 집 수영장이야) 함께 커피를 마시며 텔레비전으로 그랜드유니언* 경마를 본단다. 하지만 오늘 아침에는 이 일들을 빨리 끝내야 할 거야. 딸이 와서 점심을 먹고 『뉴스위크』에 실릴 인터뷰를 진행할 거거든. 나는 이게 좀 괴상하다는 생각이 들어. 오늘 아침에 잠에서 깨며 생각했지. '콜리지**라면 자기 딸과 인터뷰를 했을까?'

사랑을 담아,

존

아버지의 제자는 여름에 야도에 갈 계획이었다.

시더 레인

3월 30일

___에게,

너와 막 대화를 마치고 이 편지를 쓴다. 널 정말로 사랑해. 너를 갈망하거나 그리워하거나 못 봐서 서럽거나 한 건 아니지만, 네가 내 옆에 있다는 생각을 하면 기분이 좋아진다. 그렇게 단순한 문제처럼 느껴져. 나는 또한 네 작업에도 굉장히 관심이 많고, 이번 여름은 좋은 시간이 될 거라고 생각한다. 다음에 널 또

---

* 새러토가스프링스에 있는 유서 깊은 호텔로, 이 호텔의 이름을 딴 경마 경기가 유명했다.

** 새뮤얼 테일러 콜리지. 영국의 시인이자 비평가.

언제쯤이나 만나게 될까 걱정은 되지만 그렇다고 너무 심하게 염려하진 않아. 오늘은 편지를 쓰기에 좋은 날이 아닌 것 같다. 국세청에 세금 신고하는 일 때문에 은행 계좌도 확인해야 하고, 시카고 일간지에서 인터뷰도 하러 올 거야. 기자에게 나는 사랑에 성공하고 싶고, 쓸모 있는 사람이 되고 싶다고 말할 참이다. 진짜로 난 그렇거든. 이번 책이 돈을 두둑이 벌어들이고 있단다. 집 앞의 숲을 공원처럼 꾸미느라 전기톱을 든 푸에르토리코 인부들이 우글우글해. 인부들은 시간당 20달러를 받고 일하지. 내일은 현관을 새로 칠할 칠장이들이 올 거야. 어제는 10단 기어가 달린 롤리의 그랑프리 산악자전거를 샀단다. 무게는 28파운드이고, 본체는 역동적인 파란색에 테두리는 은색이야. 와우.

네가 가깝게 있다고 느껴지니 지금 이곳의 온화한 날씨가 얼마나 큰 뉴스거리인지 실감나게 전할 수 있을 것 같다. 우리 세대 사람들은 어제 같은 날씨라면 컨버터블을 타고 돌아다니며 차가운 연못에서 홀딱 벗고 수영을 했지…… 어제 오후에는 '뉴욕 타임스'에서 전화를 걸어와 피터 래빗 100주년에 대해 할말이 있느냐고 묻더구나. 그래서 내가 말했지. "나는 언제나 맥그리거 씨*가 이길 거라는 데 돈을 걸었지요." 오호, 하고 기자가 답했어. 오늘 오후에 네 편지를 받을 수 있으면 좋겠다. 너를 다시

---

* 비어트릭스 포터가 쓴 『피터 래빗 이야기』에서 맥그리거 씨는 배고픈 토끼들이 자기 집 텃밭을 망치지 못하도록 덫을 놓거나 해코지하는 악당 캐릭터이다.

만나면 얼마나 즐거울까 생각하니 기분이 좋아지는구나.

사랑을 담아,

존

시더 레인

3월 31일 [1977년]

____에게,

너에 대한 내 감정을 탐색하고 살펴보는 건 쓸데없는 일이겠지만, 네가 ____에 있는 지금 내가 달리 할 수 있는 일이 없구나. 내 모든 추측들은 결국 젊은이의 살을 탐하는 음탕한 노인네의 생각에 불과하겠지만 그래도 난 얘기할 거야. 멍청한 심리분석가라면 너에 대해 내 지나간 젊음의 영혼을 위로하려고 무덤에서 되돌아온 우리 형의 혼이라고 주장하겠지. 또한 나에 대해서는 좀더 부유해지고 좀더 문학적이 되어 돌아온 네 아버지의 유령이라고 주장하겠지. 난 이런 헛생각을 한단다. 내가 아는 건 다만 우리가 ____에서 ____를 기다리던 그날 아침, 내가 그토록 떨쳐버리고 싶었던 외로움을 네가 내 어깨에서 덜어주는 것 같았다는 사실뿐이다. 그때 네 감정이 무엇이었는지는 상상이 안 되는구나. 비행기를 타고 가는 내내 행복했고, 팰로앨토*도 매력

* 샌프란시스코 근교의 도시.

적으로 보였어. 네가 거기 나와 함께 있었으면 했다. 밤중에 잠에서 깨어 널 찾을 때 네 목소리가 들렸으면 했어. 이 외로움을 영원히 지고 다니는 게 내 운명인지도 모르겠구나. 하지만 내 짐을 함께 지는 것은 결코 젊은 너의 운명이 아닐 거야.

오늘 아침엔 이만 줄일게. 이상 기온이 계속되고 있고, 식물들은 기억장치가 없는지라 다들 꽃을 피우고 있단다. 봄꽃들이 다 피었어. 나이든 사람들은 여기저기 돌아다니며 히아신스가 곧 시들어 눈에 파묻히겠다고 한탄하지만 그들이 간과한 점은 히아신스가 생명력이 강한 꽃이라는 사실이지. 너와 나도 마찬가지야.

사랑을 담아,

존

화요일

____에게

BBC가 오고 있는데 문득 떠오른 생각이, 헨리 제임스*같은 사람들에게 주시당하던 시절의 토머스 하디보다 내가 더 나이가 많다는 사실이야. 아마 질문자의 이름은 와이엇 어프**일 것이고,

---

* 헨리 제임스는 토머스 하디의 『더버빌가의 테스』를 혹평한 바 있다.

** 미 서부개척시대의 전설적인 총잡이로서 오케이목장의 결투로 유명하다. BBC 방송 제작자의 실제 이름은 윌 와이엇이었다.

정면 계단을 반쯤 올라와서부터는 자기 프로그램(〈케케묵은 책들〉*)이 받은 표창장 복사본을 내게 내밀 것이며, 내 서재에 조명을 설치하고 싶어할 거야. 너도 알다시피 내 서재에는 고양이 침대 하나, 고장난 카펫 청소기 하나, 개 세 마리, 그리고 오래전에 고장났지만 너무 무거워서 치우지 못한 텔레비전이 한 대 있지. 창문 밖으로는 녹슨 라디에이터가 보일 테고.

사랑을 담아,

존

필러는 「샘 파는 기술자 아르테미스」에 등장하는 인물이다. 이 단편은 맨 처음 『플레이보이』에 발표되었고, 단편집 『사과들의 세상The World of Apples』에 포함되었다.

시더 레인

4월 9일

____에게,

아침에 일어나자마자(7시 30분) 편지부터 쓰는 중이다. 몸이 안 좋은데 계속 나빠질 것이기 때문이지. 나는 잔뜩 지친데다 할 일이 너무 많다는 생각이 들어. 똥 같은 관점이지. 그러고 보니

* 이 프로그램의 실제 제목은 BBC의 'The Book Programme'이었다.

네가 똥에 대해 많이 쓴다는 사실이 떠오르는구나. 너는 이 위대한 나라 전역에 똥을 퍼붓고, 네가 싸지른 똥에 대해 회상하고, 냉동실 얼음틀에 똥을 누는 생각도 해본 사람이지. 또 그러고 보니 내 소설 속 인물인 J. P. 필러가 떠오르는구나. 똥에 대한 책을 써서 부자가 되고 유명해진 인물이거든. 나는 그게 아주 괜찮은 농담이라고 생각했는데, 그 생각이 바뀐 것은 진짜로 그런 책을 쓴 사람이 내게 편지를 보내오기 시작했을 때야. 시카고에서 부교수를 지내는 사람인데 내 단편이 나왔을 때 그 책을 막 출판하려던 참이었대. 일이 이렇게 된 이상 내가 서문을 써주던가 최소한 표지에 추천사라도 실어주지 않으면 사람들이 책에 손도 대지 않을 거라더군. 그는 내게 출판사의 검토서("뇌리를 떠나지 않는 신랄함")도 보냈고, 저자 본인은 물론 출판사, 저작권 대리인 할 것 없이 내게 도움을 재촉했지. 출판물이 없으면 정교수가 될 수 없고, 은행에서는 주택담보대출을 회수하려 할 것이며, 아내와 아이들은 매음굴에 처박히게 될 거라더군. 그는 매주 편지를 썼어. 나는 결국 다뉴브 강 삼각주로 떠나버렸는데, 그가 분노에 차 지적했던 것처럼 그곳은 유럽의 똥구멍이더군. 그뒤로는 그 사람에게서 연락이 없다.

내 할 일은 '뉴욕 타임스'에 야도에 관한 글을 써 보내고, 화요일에 보스턴에서 할 연설(표가 1500장 팔렸대)의 문안을 작성하고, 면도를 하고, 갈비를 사오고, 손자를 위해 부활절 달걀에

색을 칠해 숨기고, 나가서 점심을 먹고, 영성체를 하고, 나가서 저녁을 먹는 것 등등이야. 그리고 물론 넥타이에 묻은 기름기가 안 보이도록 다시 매기도 해야겠지…… 자, 이제 나는 연설문을 쓰러 가야겠다.

사랑을 담아,

존

가슨 카닌은 극작가이자 소설가로, 여배우 루스 고든과 오랜 세월 결혼생활을 한 적이 있다.

시더 레인

4월 14일

____에게,

우리는 지난밤에 보스턴에서 돌아왔는데 식탁에 편지들이 산더미같이 쌓여 있더구나. 물론 내게 중요한 것은 네게서 온 편지 두 통이었어. 보스턴 여행은 별 부담도 없는 일이었는데, 술도 못 마시고 빳빳한 거시기도 못 느낀 채 공적인 인물로서 다녀오려니 마치 주 돛도 없이 하는 보트 경주 같았다. 이런 일에 익숙해져야 하겠지. 그곳의 리츠 호텔은 세계의 훌륭한 호텔 중 하나일 거야. 우리가 주최한 두 번의 만찬을 위해 수석 웨이터에게 20달러를, 그의 조무래기들에게는 총 40달러를 팁으로 주었더니 서비스가 훌륭하더구나. 나는 말도 안 되게 큰 리무진을 타고 돌아다니며 텔레비전, 라디오, 신문 등과 인터뷰를 했지. '책과 저자' 오찬에는 700명이 왔는데 저자가 자기 책을 홍보하게 되어 있는 것 같더라고. 연단에서 내려오니 가슨 카닌이 말했어. "왜 그리 엉터리야? 자네 소설 제목도 언급을 안 했잖아. 심지어 자네가 글쓰는 사람이라는 말조차 안 했어." 그건 맞는 말이었지만 연설이 끝나고 저자 사인회에서 매진된 책은 『팔코너』가 유일했지. 메리가 그러는데 헨리 캐벗 로지는 팔리지 않은 책들이 탑처럼 쌓인 옆에서 한 시간 동안 헤벌쭉 웃으며 서 있었대. 나는 헨리 캐벗 로지가 책을 팔지 못한 일을 다시 얘기해달라고 계속 메리를 졸랐지.

오늘은 온갖 꽃들이 피어나는 화창한 날이란다. 나는 아주 평온해. 우리가 다시 만날 때까지 얼마가 걸리더라도 그게 엄청나게 중요한 일 같지는 않다. 네가 그 미줄라 출신 여자와 떡을 치더라도 난 그게 그저 즐거운 씹질이 되기를 바랄 뿐이야. 나이가 더 많은 사람으로서 한 가지 지적하고 싶은 점은 그 나이의 보지는 조이는 힘이 좀 부족하다는 사실이지. 하지만 너는 나보다 훨씬 크고 젊은 양물이 있으니 괜찮을 거야. 네가 내 곁에 있다는 사실은 여전히 그 무엇보다 큰 기쁨을 준다. 우리가 언제, 어디서 충분히 대화를 나눌 수 있게 될지는 알 수 없지만 만족감이 크고 아주 멋지고 유머 넘치는 긴 대화일 것임을 알기에 기다릴 수 있을 것 같다.

사랑을 담아,

존

에드거는 골든레트리버였다. 내가 키우던 암컷 개인데 창피한 얘기지만 원래 나는 그 개의 이름을 타라라고 지었다. 첫 아들이 태어나자 우리의 작은 아파트에 아이와 개를 모두 데리고 살기가 어려워져 나는 개를 부모님께 '빌려'주었다. 그 시기에 부모님께 돈을 '빌려'오곤 하던 것과 다를 바 없는 방식이었다. 아버지는 타라를 좋아하게 되었지만, 순식간에 개의 이름과 성별을 바꿔버렸다. 처음에 아버지는 녀석을 '똥개'라고 부르다가 나중에는 '에드거'라는 이름을 붙여주었다. 벨라 아흐마둘리나는 러시아 시인이다.

시더 레인

4월 25일

____에게,

요즘엔 네게 편지만 쓰고 있는 것 같다만 그러면 또 어때? 내 두피가 가렵다거나 에드거가 내 양말을 두 짝 다 숨긴 것 같다는 말에 너말고 누가 관심을 갖겠니? 늘 한 짝만 숨기는 녀석인데 말이지. 새벽 5시쯤 되면 내 상태는 아주 형편없어져. 12시에서

1시 사이에도 너무 큰 부담에 짓눌리고 있다는 기분이 들면서 여전히 상태가 안 좋다. 그러다 엉망이 되는 거야. 어제는 7시 반 미사에 다녀와서 아침식사를 준비했고, 양고기를 자르며 뼈를 발라냈고, 면도를 했고, 수음을 했고, 섬개야광나무의 뿌리를 덮어주었고, (짜증을 내면서) 양탄자를 빨겠다고 나섰고, 편지 여섯 통에 답장을 했고, 12시 반 기차를 타고 온 손님을 마중하러 나갔고, 점심 식탁에서 식전기도를 드렸고, 나 자신이 끔찍하게 많은 짐을 지고 있다는 생각에 시달렸단다. 4시 반에는 차를 타고 퀸스 대학으로 가 무대 측면 자리에서 〈마술피리〉 마지막 장을 관람했어. 그 나름대로 매력이 있더구나. 입술을 진하게 칠한 왕이 느슨한 줄거리를 멋진 바리톤 음색으로 만회하는 동안 위아래가 붙은 검은 옷을 입은 미심쩍은 등장인물 둘이 공주 두 명에게 왕관을 씌워주었어. 피날레. 폐막. 박수 소리. 그때 공연자들이 들어가고 시 애호가들이 나왔지. 벨라 아흐마둘리나는 트레 시크*하더군. 머리는 아주 밝은 갈색으로 염색하고, 파리에서 재단한 코듀로이 정장에 무릎까지 올라오는 번쩍이는 부츠를 신었더라고. '노동자·농민당'이 시크한 것에 빠져들면 그보다 더 멋지게 변신할 순 없지. 그녀는 (통역사와 함께) 두 시간 동안 시를 낭송했어. 나는 미국에 온 것을 환영한다는 연설을 하고서 박

* '매우 멋진'을 뜻하는 프랑스어.

스석 커튼 뒤로 물러나 줄담배를 피우며 네 생각을 하고 통풍구에 부딪치는 폭우 소리를 들었지. 그러고 나서 연회가 있었는데 먹을 거라곤 땅콩밖에 없었어. 나는 많이 배고픈 상태여서 내게 악수하자고 다가오는 사람마다 내 손안에 가득한 땅콩을 보게 되었지.

사랑을 담아,

존

시더 레인

5월 12일

____에게,

어쩔 수 없이 동성애에 대해 곱씹으며 어제 우체국을 나오다가 '그들'을 봤다. 그곳은 우체국과 슈퍼마켓, 할인 약국, 주류 판매점, 세탁소 등이 공동으로 이용하는 주차장이었어. 그들은 멋지게 세차하고 광을 낸 메르세데스 300을 타고 도착했단다. "마이클, 너는 세차를 해, 난 스웨터를 빨게." 그럴 것 같은 분위기. 젊은 애와 나이든 남자로 이루어진 대단한 커플이었지. 내 눈에 그들이 대단해 보인 것은 주차장의 떠들썩함을 완전히 멸시하는 분위기 때문이었어. 훔친 돈 4달러를 들고 주류 판매점으로 돌아 들어가는 노파를 비웃고, 사람들이 놔두고 가버린 쇼핑카트를 보고 비웃고, 사실은 날 보고도 비웃었지. 나이든 쪽은 몸이 아주 말랐고 샛노란 색으로 염색한 머리가 몇 가닥만 남았더군. 젊은 쪽은 머리카락도 다 있고, 모르긴 해도 다른 것들도 다 그대로 남아 있을 성싶더구나. 아주 아름다울 수도 있었을 외모였어. 입이 똥구멍처럼 생기지만 않았다면. 나중에 보니 늙은 쪽은 마치 똥구멍이 입인 것처럼 걷더구나. 차 뒷좌석에는 마치 의무사항처럼 마스티프가 한 마리 앉아 있었어. 외국의 어떤 좆 빠는 자식의 이름을 딴 거대하고 멍청한 장식용 개지. "마이클이 날 버리더라도 저 녀석만은 내 곁에 있어줄 거예요." 늙은 요정은 제 손님들에게 분명 그렇게 말할 거야. 그들은 주변 환경이 혐오스럽다고 판단한 뒤 메르세데스에서 나오더라고. 그러더니 뒷좌석에서 아름답게 포장된 거대한 상자를 꺼냈어. 분명 그 안에는 늙은 남자(도예가)가 가장 좋아하는 물레로 직접 빚은 램프 받침대가 있었을 거라고 생각해. 골든글러브상 차점자였던 전직 야구선수가 바로 얼마 전에 조지아 주 서배너에 차린 골동품점에 위탁 판매하려고 소포로 보내려는 걸 거야. 그 장면에서 얻은 교훈은 엉덩이로 그 짓을 너무 많이 하면 보행능력이라는 축복을 상실하게 된다는 점 같더군.

네가 『팔코너』를 여기저기 가지고 다니고 『사과들의 세상』과 요리책을 사는 생각을 하면 기분이 좋구나. 『사과들의 세상』은 아주 잘 팔린 책인데 (출판사가 생각하기로는) 사람들이 그걸 요리책으로 착각해서 그런가봐. 내일 나는 북쪽으로 올라가. 비행기 시간을 조정하느라 전화통을 붙잡고 긴 시간을 보낼 거야. 대사관, 루프트한자, KLM, 소피아 시 등과 연락해야 하고, 마침내 나는 불가리아의 윙스키를 타고 날아갈 거야. 벌써 내가 야도와 소피아와 암스테르담과 너 사이 어딘가에 있는 느낌이구나. 야도에 도착하자마자 편지하마.

큰 사랑을 담아,

존

시더 레인

예수 승천일 다음 일요일 [1977년?]

____에게,

너는 여자들과 충분히 오래 살아봐서 알 거라고 생각한다. 많은 여자들이 시간을 딱 맞춰 운송수단과 만나는 것을 오르가슴과 혼동한다는 사실 말이다. 아무리 여자들을 핥고 쑤시고 깨물고 빨고 해봐야, 그들을 기차에 타게 하는 유일한 방법이 백과사전 제11판*으로 귀퉁이를 날리는 것뿐이라는 깨달음은 너무 늦게 찾아오지. 메리의 암스테르담행 비행기는 오후 7시 출발이었다. 그 표는 불가리아에서 예약하고 네덜란드에서 확정한 거라 똑같은 일정으로 다시 사기는 어려웠을 거야. 3시에 메리는 여

* 1910~1911년에 출간된 브리태니커 백과사전의 획기적인 개정판.

권이 없어졌다고 했다. 찾은 건 4시 15분. 4시 18분이 되니 고양이들과 개들에게 밥을 주고 식물에 물을 뿌리기 시작하는 거야. 꾸물대는 것이 꼭 결혼식 첫날밤 같더라. 4시 반에 벤과 내가 사정을 해서 억지로 차에 태웠다. 여름의 금요일 밤이었고, 여기는 세계에서 일곱번째로 큰 도시의 외곽이잖아. 모두가 길 위로 나왔더군. 6시 45분에 공항 근처에 도착했어. 7시 사 분 전인데 KLM 간판이 보이기에 벤에게 노란불에 그냥 달리라고 했지. 즉시 경찰관이 와서 벤을 연행해갔어. 도저히 사정이 안 통하는 사람이더라고. 나는 가방을 집어들고 달리기 시작했어. 어떤 뚱뚱한 여자가 우리에게 비행기를 놓쳤다고 하더니 게이트에 전화해 보고 나서 좀더 뛰어가라고 하더군. 탑승 안내판의 불이 꺼질 때 나는 메리에게 작별키스를 했어. 메리의 비행기표를 받은 남자가 묻더군. "그런데 왜 **저 사람**을 떠나시는 거죠?" 그뒤로 나는 계속 쾌활한 기분이야.

불가리아는 상당히 암울한 것 같다. 러시아 사람들이 어제 전화해서 내 정확한 입장이 무엇인지 묻더구나. 나는 거듭해서 치버 부부는 불가리아 정부의 우호적인 초청을 기쁜 마음으로 수락했고, 우방국의 매력적인 국민들을 만나고 그곳의 수려한 풍경을 감상할 수 있기를 고대하고 있다고 말했어. 국제사면위원회에서는 얼마 전에 교도소로 끌려들어간 동유럽 작가들의 긴 명단을 갖고 나를 못살게 굴고 있다. 주중에 함께 이야기하자.

지금 네게 전화를 걸 작정이야.

사랑을 담아,

존

시더 레인

5월 24일

____에게,

네 아버지 소식은 정말 안타깝구나. 그런데 나는 너무 늙어 네게 해줄 만한 새롭고 유용한 말이 생각나지 않는다. 나도 내 아버지와 조금은 평화를 이루어야 한다고 느꼈단다. 비록 우리는 서로 죽이지 못해 안달이었지만. 나는 아버지를 리앤더*의 모습으로 그렸고 아버지가 돌아가신 뒤로는 필요한 만큼의 평화를 찾았지. 너도 그런 노력을 해야 한다는 생각이 든다. 아버지를 이해하려고 노력해야 해. 나는 내 아들들에게도 말하고 있단다. 내가 뭔가 부족하다고 느껴지더라도 계속 날 사랑하면서 다른 사람, 즉 속옷을 잘 챙겨 입거나 안타를 하나도 내주지 않고 공을 던지거나 전화기를 발명하는, 그런 사람들을 찾아봐도 된다고 말이야. 효과가 있는 것 같다. 결국은 다들 잘해내더구나.

널 언제 다시 만나게 될지 모르겠다만 곧 전화할게. 네가 해도

---

* 『왑샷 가문 연대기』의 주요 등장인물.

좋고. 수신자 부담으로 해라. 교환원이 ___에서 걸려온 전화의 요금을 부담하겠느냐고 물으면 나는 말할 거야. 네, 네, 네, 네.

사랑을 담아,

존

시더 레인

5월 25일

___에게,

어제 네게 편지로 썼듯이 나는 네 아버지가 하신 얘기에 대한 네 반응이 진심으로 걱정스럽구나. 내 삶에서도 가장 크고 쓰라린 수수께끼는 내 아버지였기 때문이지. 사춘기 때부터 나는 우리가 서로를 사랑하는 방법을 배워야 한다고 느꼈어. 그게 없으면 내 정신적 균형이 근본적으로 흔들릴 것 같았거든. 그런 문제는 내 작품 모두에 드러나지. 낙태 시술사를 저녁식사에 초대한 것은 아버지야. 술에 취하고 방탕하고 샴페인 코르크를 엮은 목걸이 외에는 아무것도 걸치지 않은 모습으로 발견된 것도 아버지였지. 다들 아버지가 익사한 줄 알고 있었을 때 취한 채 롤러코스터를 타고 있던 늙은이도 아버지였고, 고양이에게 셰익스피어의 소네트를 읽어주던 늙은이도 아버지였지. 나는 그런 상황들을 능숙하게 처리했지만 아버지가 나를 실망시킬 때마다, 수천 수만 번 그럴 때마다, 나는 불알이 짓이겨지는 느낌이 들었다. 내가 아버지를 비극적인 광대로 폄하해버렸다면 잃어버렸을 어떤 중심감각을 잃지 않겠다고 결심했어. 나는 견뎠고, 그 외에는 한 게 없을지도 모르지만, 그런 게 다 존재의 사슬의 일부분이야. 네게 아들이 생기면, 당연히 그렇겠지만, 이해가 더 쉬워질 것이다.

좀더 가벼운 얘기를 하자면, 나는 야도에 있을 너와 네가 만나게 될 사람들을 생각해본다. 예전 직원들 중 남아 있는 이들은 모두 소중한 친구들이야. 저택의 조리장 넬리가 있고, 퇴직한 관리인 조지는 차고의 남쪽 끝에서 아내와 함께 살고 있으며, 주중에 일하는 베벌리는 달걀을 어떻게 요리해주면 좋겠냐고 물을 거야. 베벌리가 그곳에서 처음 일하기 시작한 지가 최소한 20년은 되었을 거야. 내가 사귀자고 했더니 아이가 넷이라고 말하더구나. 아직도 참 귀여운 여자야. 그곳에 체류하는 예술가들 중에 라파엘*에 대해서는 내가 이미 말했지. 하낵** 부부에 대해서는 아마 너와 나의 의견이 일치할 텐데, 그건 만나서 이야기하자. 아이오와에서 내 수업을 들었던 밥 칩카라는 아이도 있을 거야. 그 녀석은 성실함과 카프카에 대한 지적인 열정이 대단해서 눈에 띄었지. 8월에는 소싯적에 전형적인 미남이었던 네드 로럼이 체

* 라파엘 콜라조. 미국의 인상주의 화가.

** 커티스 하낵. 미국의 작가로 1971년부터 1987년까지 야도 공동체 회장을 지냈으며 아내도 작가다.

류할 거야. 아주 오래전에 사흘간 매일 세 번씩 내 좆을 빨아준 적이 있어. 어땠는지는 기억이 안 나지만 분명히 좋았을 거야. 안 그랬으면 매번 절정에 이를 순 없었을 테니까. 그뒤로도 우리는 만났지만 그저 악수나 하고 말았어. 야도의 저택에 처음 들어갔을 때 나는 스물두 살이었다. 트래스크 부인의 취향은 나와 아무 관련이 없다고 결론지었고, 그후 오래도록 그곳을 제대로 살펴본 적이 없어. 식당의 서빙테이블 위에는 진짜처럼 보이는 그림이 걸려 있는데 가짜야. 조각으로 장식된 식당 의자들 중에는 참수 장면을 묘사한 게 하나 있지. 널찍한 계단 오른쪽에는 배꼽이 커다란 황동 인어상이 있고, 3층으로 올라가는 나선계단의 중심기둥 위에는 두 명의 매력적인 여자 사티로스*로 장식된 램프가 하나 있어. 아침을 먹으러 가는 길에 나는 계단 난간을 타고 내려와 비너스상의 엉덩이를 찰싹 때리곤 했지. 서쪽 별관의 낮은 찬장 위에는 성 게오르기우스**가 용에게 정복당하는 장면을 묘사한 그림이 화병에 가려져 있어. 우리는 나무와 하천과 산에 대해서도 의견이 일치할 것이고, 조만간 그곳에서 함께 걷게 될 거야.

사랑을 담아,

존

---

* 그리스신화에서 숲의 신으로 남자의 얼굴에 염소 다리와 뿔을 가진 모습이다.

** 기독교의 성인이며 원래의 전설은 게오르기우스가 용을 무찌른다는 내용이다.

아버지는 제자가 야도에 갈 계획임을 이미 네드에게 편지로 알린 상태였다. 추도식은 엘리자베스 에임스를 위한 것이었다.

존 치버

시더 레인, 뉴욕 주 오시닝, 10562

네드,

『팔코너』가 좋았다니 굉장히 기쁘고 편지로 그런 소감을 전해 주어 정말 고맙네. 엘리자베스를 위한 추도식은 알맞게 진행됐고 날씨도 화창했으며 슈베르트를 연주할 계획이던 델 트레디치는 결국 브람스를 연주했어. 엘리자베스와는 아무 관련이 없는 변동 같았지만 나는 좋았네.

내 가까운 친구 ___가 8월 초에 야도에 가서 9월 둘째 주까지 머무를 거야. 거기서 함께 만날 수 있으면 좋겠군.

줄이며,

존

시더 레인

월요일 [1977년]

___에게,

물론 모든 게 행복하게 마무리될 거야. 그리고 꼭대기에 있는 네 방은 그 저택에서 최고라고 생각한다. 그 웅장한 건물에는 사제들의 은신처가 몇 군데 있지. 작년에는 거개너스가 그 방을 썼는데, 내가 라푼젤이라고 불렀더니 엄청 열을 내더군. 그 녀석 머리가 아주 길거든. 거개너스는 뛰어난 친구인데 진중함이 없어 보이는 게 큰 문제야. 엉덩이와 입으로 너무 자주 그 짓을 하다보니 그렇게 되었다고 봐……

시더 레인

8월 28일

——에게,

——를 사랑하는 네 마음이 잘 표현된 걸 보니 무척 기쁘구나. 내가 감탄해 마지않는 너의 진정성이 새록새록 느껴졌고, 또한 우리 둘 다에게 여자의 사랑은 그 무엇에도 견줄 수 없는 것이라는 사실을 더욱 분명히 깨닫게 해주었기 때문이겠지……

나는 가끔 세상의 적의를 이해하지만 그 이해는 대개 우려와 통하지. 순수함은 우리에게 아주 중요해. 내 편지에 문학적 향기가 부족하다는 생각이 드니, 오늘 아침 나는 〈코닉스고브로드의 성모 마리아〉에 대해 담론을 펼치려고 한다. 러시아 남서부, 오늘날 터키 국경에서 멀지 않은 곳의 작은 마을에 있는 그림이지. 다른 많은 것들과 마찬가지로 이 작품도 관광객들에게는 거의 보여주지 않아. 비잔틴 양식으로 표현된 천상의 모후는 희디흰 피부에 화려한 옥좌에 앉아 평화의 왕자를 무릎에 안은 모습이야. 꽃이 만발한 초원 위에 놓인 높은 옥좌는 춤추는 정령들과 사티로스들이 에워싸고 있단다. 비잔틴 양식이기 때문에 몸의 근육과 옷자락은 그리스풍의 기하학적 선들로 묘사되었지만, 동정녀와 왕자, 그리고 축하하는 이들의 미소는 회화사의 훨씬 나중 시기를 예견하게 해주지.

르네상스 후기에 이르러 그런 지혜와 매력과 음탕함을 다시 볼 수 있게 되니까. 정령들의 가슴과 엉덩이는 풍만하고 아름다우며, 회화사의 이른 시기에는 전례가 없었던 흰빛을 띠고 있어. 사티로스들은 피부색이 어둡고 다리와 엉덩이는 털이 덥수룩하며 발에는 염소의 발굽이 달려 있지. 그들의 미소는 지적이고 음탕해. 그들 중 여럿이 거대하고 단단한 음경을 떠받치고 있는데 갈라진 틈에서 털이 자라나고 있어. 그들이 행복해하는 모습에 동정녀와 아기 예수도 매료된 듯하지만, 육체와 영혼의 불길이 하나가 되는 그런 평화로운 왕국을 관광객들은 한 번도 본 적이 없지. 사실은 그 누구도 본 적 없는 그림이야. 왜냐하면 내가 모두 지어낸 뒤, 5세기에 화형대에서 순교한 성 펠라기우스의 그림이라고 할 것이기 때문이지.

홀리데이인 호텔이 꽉 차서, 나는 룸서비스도 있고 메뉴도 훨씬 좋은 기드온 퍼트넘 호텔에 방을 잡았다. 우리가 만나기 전에 미리 통화하도록 하자.

사랑을, 큰 사랑을 담아,

존

야도

2월 9일

____에게,

오늘밤이나 내일 네게 전화해 주말에 다시 오라고 말할 생각이다. 네가 거절하면, 거절하리라고 생각하지만, 그래도 이해할 거야. 이것은 너를 향한 내 사랑의 일부분인 것 같구나. 모든 게 아주 단순한 느낌이야. 우리 둘 다 동성애자가 아니지만, 우리 둘 다 그 문제를 걱정할 만큼 바보는 아니지. 네 좆이나 입을 원할 때 언제든 말만 하면 된다는 걸 알지만 네 삶에는 내 사랑보다 더 좋은 게 너무도 많다는 것 또한 알기에 나는 아무런 고통 없이 너와의 헤어짐을 생각할 수 있단다. 이 말을 하니 당연히 내 좆이 벽을 따라 솟구치는구나. 이 물건은 네가 ____에서 제 소리를 들을 수 있다고 생각하는 거지. 내가 원하는 것은 우리가 서로 용기 있고 지성적이고 진실한 것이야. 사람의 삶의 공간을 참과 거짓의 체계로 작동시킬 수는 없겠지만 너에 대한 내 사랑에서 나는 아무런 거짓도 찾지 못하겠구나. 네가 오르가슴을 느끼지 못했다고 해도, 아니면 일곱 번이나 절정에 이르렀다 해도 상관없어. 엄청나게 단순한 문제야. 나는 너를 사랑하고 네 곁에 있고 싶은 거란다.

지금은 오후 늦은 시간이다. 빛이 다 스러지기 전에 스키를 타러 가야겠다…… 잘 자, 내 사랑. 우리가 함께 침대에 누워 있다면 이렇게 말하겠지. 그리고—부둥켜안았거나 따로 떨어져 누웠거나—나는 정말로 잘 잠들 수 있을 거야.

사랑을 담아,

존

[1978년 초]

____에게,

……메리가 돌아온 뒤로 계속 아파서 내가 장보기와 요리를 도맡아 하고 있다. 이 분야에서 내 능력은, 우리가 같이 산다면, 너에겐 걱정거리가 될 거야. 어젯밤에 나는 익지 않은 감자구이와 일부만 해동된 콩과 태워버린 양갈비를 식사로 차렸단다. 주방에 연기가 자욱해서 개들마저도 벌건 눈으로 기침을 하며 밖으로 내보내달라고 하더구나. 나는 양갈비를 그릴 위에서 바로 집어서 먹었다. 나는 너를 너무도 사랑하니까 새벽 5시에 네게 스파게티를 먹이진 않을 거야. 아, 정말이지 얼마나 너를 사랑하고 원하고 필요로 하는지.

사랑을 담아,

존

아버지는 〈셰이디 힐의 납치사건〉이라는 공영방송 드라마의 대본을 썼다. 호프에게는 데이비드라는 남동생이 있다.

시더 레인

1978년 4월 15일

달링,

내가 거기 가지 않은 건 우리가 만나면 늘 칵테일파티에나 가고 가로등 아래에서 고작 키스나 하곤 했기 때문이야. 어쨌든 나는 요즘 WNET* 방송국의 드라마를 작업하고 있는데, 그 안에서는 당신이 모든 주역을 맡고 있지. 나는 전통적 텔레비전의 경계 안에서 엄청난 인기작을 쓰고 싶고, 또한 당신과 함께 일하고 싶기도 해. 사실 나는 당신을 전혀 몰라. 당신 생각을 굉장히 많이 하지만, 어렸을 땐 무라드 담배 광고에 나온 여자 생각도 굉장히 많이 하곤 했어. 그 여자가 내 조그만 고추를 뒤흔들어놓았지만 그녀가 실제로 어떤 사람인지는 알 수 없었다는 거지. WNET은 열흘 안에 감독을 정하기로 되어 있어.

당신에 대해 내가 아는 것은 당신이 레스토랑에서 식기를 바닥에 떨어뜨린다는 것, 비밀을 지키는 데 별 소질이 없다는 것,

---

* 뉴욕 대도시권을 권역으로 하는 PBS의 지역방송국.

그리고 내가 하버드에서 명예 학위를 받게 될 거라는 얘기를 데이비드에게 하지 말라고 해도 당신은 어쨌거나 말한다는 것 정도지. 학교 간부회의의 회장, 회원들, 임원들이 외부에 얘기하지 말라고 당부했어. 하지만 이제 당신에게 말했으니 우리가 5월에 만나면 사람들이 상당한 존경을 담아 나를 대할 거라고 예상되는군. 당신이 언제 돌아오는지 말해줘. 그동안 나는 위엄 있는 분위기를 잘 가꿔볼게.

사랑을 담아,

존

존 치버, 명예문학박사

시더 레인

목요일 [1978년 5월]

____에게,

나는 비참하고 아랫도리가 불타오르고 외롭고 우울하고 수염도 덥수룩해. 모든 게 담배를 너무 많이 피워서 그런 것 같다. 요즘은 정원의 한 해가 시작되는 때라 나는 땅을 갈고 숲에 들어가 갈고리로 덤불을 쳐냈어. 오늘 오후에는 돌멩이를 좀 갈려고 하는데 기분이 영 같다. 해질녘에는 내게 있는 유일한 양복을 차려입고 베드퍼드 힐에 있는 캘더스에 가서 담배 매장과 가정용 조리기구 매장 사이 어딘가에 달걀거품기처럼 진열될 거야. 25명의 책장수들이 절판된 판본의 책들을 채워 담은 가방을 들고 나타날 것이고, 자신들만큼 외로운 한 남자를 만나고 싶어했던 이 모든 외롭고 외로운 사람들은 내게 사인을 받고 나면 다시 집으로 돌아가야 할 거야. 네가 내 옆에 있었으면 정말 좋겠다. 네가 이번 여름을 ___에서 보낼 거라고 생각했는데 지금은 네가 어디에 있게 될지 모르겠구나.

요즘은 포상의 계절인데 내가 상을 더 받을수록 메리는 더 화를 낸다. 내게 말을 안 한 지 몇 주가 지났어. 솔 벨로는 여자들의 문학적 야심이 헤아릴 수 없을 정도로 크다고 했는데, 그의 네번째 아내는 읽기도 잘 못하는 루마니아인 수학자야. 그들은 꽤 행복한 것 같아. 나는 그렇지 않고. 나는 매달 일주일 정도는 이곳을 떠나 살 계획이지만, 지금은 메리가 코감기를 앓고 있고 6월에는 내가 큰 상을 받을 거야. 다른 사람들에게 말하지 못하게 되어 있지만, 네가 여기 있거나 내가 거기 있거나 우리 둘이 다른 곳에 함께 있다면 네게 말을 하겠지.

사랑을 담아,

존

6월 6일 [1978년]

호프,

아마 당신에게 전화를 하겠지만, 어쨌든 하려는 말은 어제 폴

보가트를 만났는데 내가 대부분 당신을 위해서 쓴 텔레비전 드라마의 연출을 맡겠다고 하더군. 난 그 사람 속내를 잘 몰라서, 당신이 어떻게 생각하는지 궁금해. 마이크 니컬스는 필라델피아에서 만드는 드라마에 묶여 있는 모양이던데. 보가트는 굉장한 전문가 같지만 얼굴은 커다란 선글라스에 가려져 있고, 그다지 추진력도 강해 보이지 않더라고. 편지나 전화를 좀 해줄 수 있을까? 내일 나는 보스턴에 가서 에프라임 카찰스키카트지르와 보츠와나 대통령과 함께 슬랩잭 놀이를 해야 하지만 주말에는 집으로 돌아올 거야.

사랑을 담아,

존

존 치버

시더 레인, 뉴욕 주 오시닝, 10562

1978년 6월 18일

타냐,

……솔제니친이 하버드 대학에서 명예 학위를 받았어요. 그는 서양의 정신적 빈곤에 대한 연설을 했지요. 멋진 양복 두 벌을 번갈아 입었고 양볼이 벌겋게 달아오른 얼굴에 구원주의 선지자의 단호한 눈빛을 하고 있더군요. 내가 그에게 C.의 후의에 대해 이야기했더니 그는 C.가 사실은 그리 후한 사람이 아니라

고 하더군요. 물론 내가 이런 걸 다 아는 이유는 나 역시 명예 학위를 받았기 때문이죠. 나는 이름이 C로 시작되기 때문에 매사추세츠 주지사 바로 뒤에서 행진을 했고요, 알렉산드르는 맨 끝에 섰지요.

사랑을 담아,

존

존 치버, 명예문학박사

Dr. 존 치버 Phd.

시더 레인, 뉴욕 주 오시닝, 10562

1978년 7월 7일

[아버지는 Dr.와 Phd. 부분을 펠트펜으로 써넣었다.]

타냐,

스피어 부부에게 편지를 좀 써주세요. 두 달 전에 스텔라가 후두암을 진단받고 제거 수술을 했습니다. 지금 스텔라는 일종의 엔진을 달고 말을 하는데, 이 사건은 두 사람 모두에게 가혹한 시련이지요. 둘 다 예외적으로 정신력이 강인한 사람들이라 이를 상당히 의연하게 받아들이고 있는데, 당신 소식을 들으면 아주 기뻐할 거예요.

당신이 그림을 그리고 풀밭에서 대마초를 피우고 바다에서 수영하고 이셔우드*를 읽으며 행복하게 잘 지낸다는 소식을 들으니 나 역시 기쁩니다. 물론 당신은 국제적인 영혼도 아니고 자기 밥값 하고 사는 그만그만한 사람들의 영혼과도 다르지요. 그런 부류들은 리도**나 그와 비슷한 곳들을 드나들며 사람은 향수가 없으면 죽는다는 것을 증명합니다. 박사학위를 받고 나니 내 사고방식이 묘비에서나 볼 수 있는 금언 같은 분위기로 완전히 기우는군요.

사랑을 담아,

존

프랑스혁명 기념일 [1978년]

호프,

당신과 함께 점심을 먹으려는 내 몸부림의 역사는 여전히 계속되는군. 중요한 배역은 모두 당신이 맡는다는 조건으로 공영방송의 드라마 대본을 쓰기로 합의한 것이 12월이었어. 1월에는 내가 러시아에 있긴 했지만, 돌아와서 방송국에 첫번째 줄거리를 제출하자마자 당신은 아파트를 전대轉貸하고 떠나버렸지. 그러자 나는 서부해안 쪽으로 여행을 계획하기 시작했어. 그곳에서 당신과 점심을 같이하려고 말이야. 폴 보가트는 날 신나게 해

---

* 크리스토퍼 이셔우드. 영국의 소설가.

** 프랑스 파리의 샹젤리제 거리에 있는 극장 또는 그곳에서 열리는 쇼의 이름.

주진 않았지만 어쨌든 그는 서부에 있었지. 그는 〈패밀리〉*로 돌아갈 것인가, 내 대본으로 함께 일할 것인가? 어제 그는 둘 다 하기로 결정했어. 이번 달의 남은 기간은 나와 함께 일하고, 8월 1일에 〈패밀리〉로 돌아갈 거야. "내가 내일 서부로 가겠소" 하고 내가 말했지. 그랬더니 그들이 말했어. 그러실 필요 없겠어요. 폴이 지금 자기 집 데크를 수리하고 있는데, 수요일에 동부로 와 여기에서 선생님과 일한다고 합니다. 난 단지 당신과 함께 점심을 먹고 싶었을 뿐인데 이제 폴 보가트와 함께 점심을 먹게 되었군. 11시나 되어야 일어나기 때문에 점심은 거의 먹지도 않는 사람인데 말이지.

당신의 토마토는 어떻게 되었는지 궁금하군. 내 것은 반쯤 열렸고 밝은 녹색이지. 나는 토마토에 가볍게 받침목을 좀 세워주곤 해. 토마토는 근본적으로 넝쿨식물이라는 느낌이 들거든. 무질서하고 마구잡이야. 나도 그렇고.

사랑을 담아,

존

1978년 8월 12일

호프,

---

* 〈올 인 더 패밀리All in the Family〉. 1971~1979년까지 CBS에서 방영해 기록적인 인기를 끈 가족 코미디 드라마.

난 왠지 당신이 현악곡을 들으며 애스펀에 머무르고 있을 거라는 생각을 하는데, 사실 당신 생김새가 잘 기억이 안 나. 현악곡을 들을 때 당신은 다리를 꼬고 앉아 있을 게 분명해. 한번은 애스펀에서 기업체 임원들에게 '위대한 책 100권'에 대해 강연해달라는 초청을 받은 적이 있어. 나는 '위대한 책 100권'을 다 읽지 않았다는 것을 깨닫고 초청장을 뚜껑 달린 수프 그릇 속에 넣어둔 채로 1년 동안 답장을 쓰지 않았지. 그 사람들도 다시 묻지 않더군. 물론 당신은 토마토 나무들과 함께 스카이위에이*에 있겠지. 나는 토마토를 많이 심었는데 여름에 비가 너무 와서 잘 익지 않네. 지금까지 여남은 개나 땄나.

화요일에 공영방송 사람들과 점심을 했는데 사람들이 별로더라고. 연출이 좋기를 기대하고 있어. 보가트는 이 드라마에 의욕을 보이는데, 지금 아치 벙커** 가족 이야기를 26회나 더 만들어야 한대. 니컬스는 아직도 머뭇거리는 중이고, 앨더라는 남자가 관심을 보이고 있어. 당신에게 이런 이야기를 다 하는 건 내가 이 드라마를 쓰는 이유 중 하나가 사실은 당신을 만날 기회를 얻기 위해서기 때문이야. 난 지독하게 외로워. 아직 계약서에 서명은 하지 않았는데 만족할 만한 연출이 나설 때까지 기다릴 생각이야. 화요일에 함께 점심을 먹은 사람들은 지금 『상복이 어울리

* 로스앤젤레스 시내의 거리 이름.

** 〈올 인 더 패밀리〉의 주인공 이름.

는 엘렉트라』*를 드라마로 찍고 있다더군. 내 생각에 그 작품은 2천 년 연극사를 아울러 최악의 희곡이야. 하지만 점심 자리에서 그런 말을 하는 건 멍청한 짓이겠지, 안 그래?

사랑을 담아,

존

내 누이는 1978년에 『뉴스위크』를 휴직하고 프랑스로 가서 첫 소설 『구직Looking for work』(사이먼 앤드 슈스터, 1979)을 썼다. 폴리는 내 어머니의 새어머니였다. 어머니는 누나를 보러 갈 계획이었으며, 뉴욕 시 신문사들은 파업중이었다.

시더 레인

1978년 8월 24일

수지,

먼저, 어제 폴리가 돌아가셨다. 너도 아마 그랬을 테고, 나도 그분을 많이 사랑했지만 장례식에는 가지 않을 생각이다. 폴리가 내게 베풀어준 아마도 열두 번쯤 되는 여름의 경험을 통해 나는 1월 말 오후에 레닌그라드의 빈민가에서 멈춰버린 피아트 자동차 안에서도 꽤 만족할 수 있는 그런 낙관을 갖게 되었지. 비

* 극작가 유진 오닐의 희곡 이름.

현실적인 얘기지만, 나는 죽고 난 뒤 내세에서 그분을 만날 거라고 진심으로 기대한다. 그리고 더욱 비현실적인 얘기지만, 뉴헤이븐에서 폴리를 처음 만난 순간부터 이미 아는 사람 같았다. 비현실적이라 해도 왠지 그런 것들이 사실처럼 느껴지는구나. 폴리의 영혼에 하느님의 자비가 깃들기를.

네 어머니는 칸에 가서 매트리스에 누워 잘 생각에 들떠 있고, 지금은 살 빼기 요가를 하고 있다. 나는 '뉴욕 타임스'를 읽을 수가 없으니 지방지들을 읽고 있어. 기사: ___는 간호학교 졸업을 축하하며 보드카 11온스를 마셨다. 그녀는 차를 후진하다 식당 창문을 박았으며 두 집 사이의 좁은 잔디밭을 질주하고 돌담을 뛰어넘어 알렉산드라라는 어린 소녀를 치어 숨지게 한 뒤 떡갈나무를 세게 들이받았다. 알렉산드라의 부모는 말했다. "우리 아이가 죽었어요. 우리는 성공회 교도들입니다. 고소하지 않겠습니다." 기사: 화요일 밤, 램프라이트 아파트 단지에서는 숯불 화로에서 튄 불똥으로 화재가 일어나 주택 열두 채가 소실되었다. 슈레이드매너 아파트 단지에서는 박쥐가 창궐하여 아파트 열여덟 채의 주민들이 대피했다. 스카버러매너에서는 넉 달 계약으로 한 달에 천 달러의 임대료를 내고 방 하나짜리 아파트에서 사는 임차인 여든 명이 작동하지 않는 엘리베이터와 벽이 부스러지는 문제에 항의하기 위해 어젯밤에 회의를 열었다. 기사: 크로튼에 있는 A&P가 동물병원으로 바뀌며, 용커스 경마장에서 일하던 말 수의사 두 명이 병원을 운영하게 될 것이다. 병원이 애완용 닭은 치료하지 않겠다고 보장했지만 인근 점포 치킨겉로어*의 임차인들을 달래지는 못했다. 기사: 카멀의 댐이 안전하지 않다는 발표에 따라 스물여덟 가구가 켄트클리프스의 무기고 건물로 대피했다.

줄이며,

존

메이지는 골든레트리버였다.

시더 레인

8월 31일

수지,

포시즌스 호텔 반투명 유리문의 커튼이 위로 올라간다. 기차가 늦어 나도 늦었고, 그랜드센트럴 역에서 52번가까지 뛰어왔더니 아주 숨이 찬다. 나는 내 나이를 일깨워주는 이 도시가 싫다고 결론을 내린다. 계단 꼭대기에서 헝가리인 지배인들 중 하나가 큰 소리로 인사를 한다. 폴 기틀린과 점심을 먹을 참인데, 미리 짜놓은 상황이 눈에 보인다. 우리는 수영장 가에 있는 탁자

* '푸짐한 치킨'이라는 의미.

에 앉는다. 나는 기틀린과 악수를 하고, 물에 손가락을 담그고, 성호를 긋는다. 지배인이 방명록을 가져와 사인을 부탁하자 이 모든 것을 꾸민 기틀린은 내 명성에 놀란 척한다. 나는 아주 큰 소리로 별로 새로울 것도 없다고 말한다. 내 딸이 얼마 전까지 『뉴스위크』의 편집자여서 이 식당에서 25퍼센트 할인을 받았다고 설명한다. 코테 바스크*보다 훨씬 싸기 때문에 가족들이 모여 싸울 일이 있으면 이곳에 온다고 말해준다. 25퍼센트 할인이라는 말이 식당에 있던 모든 사람들을 죽고 싶을 만큼 우울해지게 만든다. "하지만 난 겨우 이들의 변호사예요." 기틀린이 말한다. "그런데 난 겨우 12퍼센트밖에 못 받습니다." 그의 눈에 눈물이 맺힌다. 몇몇 사람들은 식당을 나간다. 지배인이 잽싸게 달려와 도버솔**을 추천하자 나는 그것을 주문하고 기틀린은 내내 울면서 새우튀김을 먹는다. 시더래피즈*** 근교 138번 도로변에서 사 먹을 수 있을 만한 음식처럼 보인다. 우리는 작가와 저작권 대리인의 관계를 맺을까 하여 만났지만 그렇게 되지 않을 게 분명하다. 나는 점심에 대해 감사인사를 하고, 택시를 잡아 89번가와 매디슨 애버뉴 교차로에 있는 인터뷰 장소로 간다. 어느 러시아

---

* La Coté Basque. 1950년대에 개업해 2004년에 문을 닫은 고급 프랑스 식당으로 상류층의 사교장 역할을 했다.

** 가자미의 일종.

*** 아이오와에서 두번째로 큰 도시.

인이 레프 톨스토이 탄생 150주년을 주제로 인터뷰를 청한 것이다. 네 엄마와 나는 모스크바에 오라는 초청을 정중히 거절했다.

요즈음엔 아무도 러시아 사람들과 얘기를 하려들지 않는다. 사리넨*이 시그램 빌딩을 지으며 유행시킨 그 몹쓸 침침한 분위기에 싸인 이 아파트의 로비에서 친구가 나를 기다리고 있다. 오후 3시다. 위층에서는 영어를 전혀 못하는 그의 아내가 정장 차림으로 빵집을 차려도 될 만큼 많은 페이스트리를 거실 탁자 위에 차려놓고 있다. 너도 알다시피 나는 러시아 사람들을 좋아한다. 개 한 마리가 어디선가 짖고 있길래 나는 인터뷰를 시작하기 전에 개를 풀어주자고 청한다. 부인이 문을 열자 폭스테리어 한 마리가 곧바로 내게 달려와 내 오른쪽 정강이를 깨문다. 러시아어로 뭐라고 크게 악쓰는 소리가 한참 들리다가 개는 추방되고 인터뷰어는 개가 '질투'하는 거라고 설명한다. 나는 톨스토이에 대한 그의 질문에 대답하고, 그런 다음 그는 그랜드센트럴 역까지 나를 데려다주겠다고 단언한다. 나는 저항한다. 택시를 잡는 편이 훨씬 빠를 거니까. "하지만 선생님이 이해를 못하시는 겁니다." 그가 부드럽게 말한다. "선생님은 제게 친절을 베푸시는 거예요. 뉴욕에서 차를 운전할 기회가 별로 없는데 저는 연습이 필

* 에로 사리넨. 핀란드계 미국인 건축가로 여러 유명한 건축물과 가구 작품을 남겼다. 시그램 빌딩은 사리넨의 작품이 아닌 루트비히 미스 반데어로에의 작품이다.

요합니다." 그래서 우리는 시속 75마일 정도로 파크 애버뉴를 따라 차선을 이리저리 바꾸며 쉴 새 없이 경적을 울려대고 예의 없는 자본주의 운전자들에게 소리를 지르며 달린다. 53번가에서 빨간불이 켜지자 나는 작별인사도 없이 차에서 내려 그랜드센트럴 역까지 남은 거리를 내달린다. 3시 50분 교외선 기차에 타니 딱 하나 남은 좌석은 중국인 대가족 한가운데. 그들은 모두 페이퍼백 『스타워즈』를 읽고 있다. 지역신문—유일한 신문—에서 가장 재미있는 기사는 아카디언 가든스 쇼핑센터 주차장에서 몸통에 노란색 다이아몬드 무늬가 있는 2.5피트 길이의 검은 뱀이 발견되었다는 것. 애완동물 상점 주인이 뱀을 알아보지 못하자 그 뱀은 티타운 자연보호구역 전시관으로 옮겨졌다.

벤의 식구들이 어젯밤에 저녁을 먹으러 왔는데 최고로 즐거운 시간을 보내다 갔다. 프레드의 여자친구가 내일 와. 두 사람은 바로 트리톱스로 갈 거고, 그다음엔 캐나다를 통해 대륙을 가로지를 거란다. 메이지는 '탕피'*라는 말을 꽤 분명히 할 수 있어. 네 엄마가 출발하면 즉시 브란쿠시**가 디자인한 양탄자를 찢어버릴 계획을 세우고 있다. 모두들 살다보면 비도 조금은 맞게 마련이야.

---

* tant pis. 프랑스어로 '낭패로군'의 의미.

** 콘스탄틴 브란쿠시. 루마니아 태생의 조각가, 화가로 모더니즘의 선두주자로 간주된다.

친친*

존

아래에 언급된 긴스버그와의 만남은 일기에도 묘사되어 있다.

그리고 앨런 긴스버그가 있다. 나는 흑인 M___과 M___ G___를 생각한다. 그들이 도맡은 역할의 개수가 많아서 놀랍다는 것은 아니다. 요는 그 역할들이 미리 정해진 또는 기하학적인 진행을 보여주는 듯하다는 점, 정반대로의 탈바꿈이 필연적인 듯하다는 점이다. 그는 바르샤바의 수많은 군중 앞에서 옥수숫대를 똥구멍에 집어넣고 쑤시던 놈이다. 프린스타운 강연장에서는 옷을 벗고 자지를 꺼낸 놈이다. 그런데 지금 그는 연회장에서 가장 말끔한 남자다. 눈부시게 멋진 양복, 잘 다린 셔츠, 다른 어떤 것들보다 눈에 띄는 넥타이. 그는 내 손가락 사이에서 타고 있는 담배를 보고 약간 충격받은 것 같다. 그는 버로스가 담배를 끊었다고 내게 말한다. 국제적으로 유명한 그 개자식이 자신의 마지막 담배를 꺼버렸다는 것이다. 메리는 그를 재능이 뛰어난 사람이라고 여긴다. 편지는 수지에게 써야겠다고 나는 생각한다.

시더 레인

* 중국식의 정중한 인사말.

10월 19일

수지,

문학계 소식: 더블데이가 안드레이 보즈네센스키*의 새 운문집을 펴낼 거란다. 그의 미국 방문은 승인이 연기되고 있었는데 지난주에 케네디 상원의원이 압력을 좀 가한 후에 안드레이는 옷도 다 챙겨 입지 못하고 비행기에 올랐단다. 뉴욕 낭독회가 사흘 내로 준비되어야 했거든. 헌터 대학 강당이 예약되었고, 앨런 긴스버그가 번역본을 낭독하기로 했고, 나는 소개를 맡기로 했지. 어제 오후에 여자 대학원생 두 명이—한 시간 늦게—고물 도요타를 타고 나타났다. 우리는 시내를 향해 출발했지. 모셜루 파크웨이의 특히 험한 구간에서 두 번이나 차 덮개가 열리면서 앞유리에 부딪쳤어. 어쨌든 우리는 도착했다. 나는 저녁을 안 먹은 상태라 웩슬러 총장 사무실에서 샌드위치를 집어들었는데 총장이 그건 지난번 연회 때 나온 샌드위치라는 거야. 우리가 먹을 샌드위치는 낭독회가 끝나고 나올 거라고. 안드레이가 나타났고, 우리는 러시아 사람들이 그러는 것처럼 포옹을 했어. 그때 긴스버그가 나타났는데 나는 그를 몰라봤다. 나는 그가 대단히 흥미로워 보였어. 그런 사람들이 도맡는 역할의 다양함 때문이 아니라 그들의 변신이 예측 가능하고 미리 정해진 듯하다는 사

* 러시아의 시인.

실 때문이었지. ___의 남편이 떠오르더구나. 결국은 포르투갈 저항세력의 손을 잘라버리고 싶어했던 전투적인 흑인 말이다. 긴스버그에게 폭력성은 없었지만 그의 변신은 심지어 카르티에 커프스 단추까지도 너무나 뻔했어.

내가 그를 마지막으로 봤던 시절, 어느 날엔가 그는 완전히 술에 절어 있었고 지저분하고 음란했어. 어젯밤 그는 그 방에서 가장 말끔한 남자였지. 구강세정제, 다이얼 비누, 구두광택제, 문예원 회원 단추, 그리고 값비싸고 고상해서 눈에 띄는 넥타이. 우리는 악수를 하고 얘기를 나눴지. 그는 이제 볼더에 있는 잭 케루악 대학교에서 불교학 교수로 있다. 윌리엄 버로스는 근래에 걸작을 한 편 끝냈다고 하더라. 볼더는 모든 게 고요하고 깨끗하대. 우리는 함께 강당까지 걸어갔는데, 가장 생생하게 기억하는 것은 내가 담배에 불을 붙였을 때 그의 얼굴에 떠오른 경악스러운 표정이었어. "우리는 모두 담배를 끊었어요." 그가 한숨을 쉬며 말했다. 그리고 우리는 무대에서 맡은 일을 했지. 연회에 샌드위치는 없었다. 호밀 크래커와 치즈뿐이었지. 나는 그것들을 주머니에 채워넣고 크로튼행 10시 20분 기차를 탔다.

줄이며,

존

시더 레인

10월 22일

수지,

장편을 끝낸 것을 다정하고 열렬히 축하한다. 우리는 모두 너를 자랑스럽게 생각한단다. 소설을 끝낸 뒤 할 일 중 가장 좋은 것은 큰 낮잠이라고 나는 생각하지만, 페이엔스에서 그런 짓을 하다가는 뒷소문만 무성해지겠지. 나는 잔디 씨를 뿌리고 덧창을 달고 나무를 벤다. 또한 참회와 겸양을 구하는 기도도—놀랍지?—하는데, 그걸 얻게 되면—늘 과잉으로—나는 다시 큰 낮잠로 되돌아가지. 장편소설을 끝낸다는 것은 대단한 성취라고 생각해.

줄이며,

존

시더 레인

토요일

____에게,

내 사랑, 이 편지의 메시지는 네 과거에 어떤 힘겨운 일이 있었다면 그것을 언제나 신중하게 쳐다봐야 한다는 거야. 내 삶을 돌아보면, 어릴 적 내가 뛰놀던 시냇물과 풀밭, 그리고 흰 장갑과 무도용 신발로 이루어진 우리 어머니의 세계 사이에 중대한 분열이 있는 것 같았어. 그것은 사형집행인의 권위를 지닌 것 같은 세계야. 너와 알몸으로 커피를 마시는 것과 같은 푸릇푸릇한 추억을 단지 위협만 하는 게 아니라 아예 박멸하는 것처럼 보이는 세계지……

사랑을 담아,

존

수전의 당시 남자친구이자 이후의 남편, 그리고 그후에는 전남편이 된 이 역시 책을 한 권 마친 참이었다. 그의 이름은 캘빈 톰킨스다. 『뉴요커』에 글을 쓰는 그는 제럴드와 세라 머피의 전기 『잘사는 것이 최고의 복수다Living Well Is the Best Revenge』를 포함해 지금까지 다수의 책을 썼다. 조슈아는 내 첫아들이자 내 아버지의 첫손자다.

시더 레인

11월 27일

눈이 오고 있다.

수지,

너희들 둘 다 책을 썼다는 소식은 정말 신나는 일인데다, 업다이크 캠프에서 화들짝 놀랄 것 같아 기분이 좋구나. 크노프가 6일에 세인트레지스 호텔에서 업다이크를 위해 파티를 열 텐데, 데이비드와 그의 어머니가 손님 영접을 위해 서 있겠지만 데이비드는 여태 단편 두(2) 편밖에 출판한 게 없잖아. 나는 토요일에 조시에게 생일선물로 테이프리코더를 주고는 공상이나 지어낸 것들 중에 가장 재미있는 이야기들을 녹음하라고 부추기고 있어. 나중에 그들이 너를 위해 세인트레지스에서 파티를 열어준다면 우리 쪽에는 아마도 조시와 네 어머니, 벤, 프레드, 그리고 나까지 있을 거다. 업다이크 가족이 불안해하는 게 당연하지(보스턴에서 어떤 여자애가 말해줬는데, 프레드가 지금까지 과거사를 공부해온 것은 역사소설을 쓰기 위해서라더라. 그리고 지금은 사바티니*를 읽고 있대)……

네게 마지막으로 편지를 쓴 게 언제인지 기억은 안 난다만, 내 여행중에 가장 생생했던 기억은 보스턴에서 출연한 〈투데이 쇼〉였어. 작년에 로런 허턴이 바로 이 프로그램에 나와서 몸을 팔아 성공의 사다리를 올라갔다고 말했잖아. 그때는 생방송이었다더라. 그런데 지금은 녹화를 하니 〈보스턴 마냐나**〉가 되는 거지. 1시에 녹화를 한다며 출연자들을 그린룸으로 몰아넣더니 2시까지 아무것도 안 찍는 거야. 보스턴 그린룸은 너도 쉽게 상상할 수 있겠지. 물론 눈이 오고 있었다. 사이다와 설탕을 잔뜩 뿌린 도넛이 뷔페식으로 차려져 있었지. 텔레비전에 출연하기 전에 설탕을 잔뜩 뿌린 도넛을 먹으면 절대로 안 돼. 그린룸 한쪽 구석에는 나비 의상을 차려입은 어린 소녀 8명이 있었어. 2명은 울

---

* 라파엘 사바티니. 이탈리아 태생의 영국 작가로 모험소설을 주로 썼다.

** mañana는 스페인어로 '내일'을 뜻한다.

고 있었지. 다른 한쪽 구석에는 주유소 일꾼 5명으로 구성된 악단이 무대공포증으로 마비되어 있더라. "여러분에겐 엄청난 기회예요." 피아니스트가 그들에게 계속 말했지. "**잘** 생각해요, **잘** 생각해." 그들은 땀을 흘리고 있었지. 방 한가운데에는 필생의 작품들에 둘러싸인 남자가 하나 있었어. 그도 물론 초조해하고 있었고. 평생 나무로 새를 조각해온 사람이라는데 거의 30점쯤 되는 작품들에 에워싸여 있더군. 그의 옆에는 더러운 스웨터 차림의 다른 남자가 새가 지저귀는 소리, 교미할 때 내는 소리 등을 연습하고 있었지. 새 모형이 화면에 잡힐 때 직접 들려줄 거라더라. 내 왼쪽에서는 정장을 갖춰 입은 깔끔한 남자가 사과를 먹고 있었는데, 내가—명랑하게—당신은 프로그램에 나가서 사과를 먹게 되는 거냐고 물었더니 그가 발끈해서 대답하더구나. "나는 닥터 H. B. 허시봄이오." 그가 말했어. "그리고 나는 제왕절개 집도 경험에 대해 얘기할 거요." 바로 그때 나는 가짜 햇빛에 눈이 부셔 앞이 안 보이는 채 가짜 거실로 떠밀려들어가—도넛에 묻은 설탕 때문에 쉰 목소리로—나를 '미국 문학의 위대한 노작가'라고 소개하는 사람과 대화를 나누었지. 물론 업다이크 가족은 아는 게 많아서 이런 프로그램에 출연하지 않는 거야. 지금은 우리도 알게 되었고. 배우면서 사는 거야.

줄이며,

존

단편집

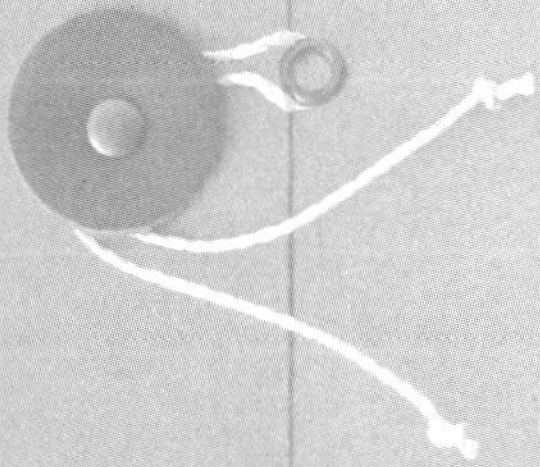

『팔코너』의 성공에 이어 1978년에는 『존 치버 단편선집』이 발간되었고, 아버지의 출판사는 그의 업적을 기리는 만찬을 열었다.

시더 레인

12월 6일 [1978년]

___에게,

……어젯밤 루테스*에서 열린 축하만찬에서 나는 로런 버콜과 마리아 투치 사이에 앉아 너와 내가 그리도 좋아하는 암컷 냄새를 실컷 맡았다. 하지만 일곱번째와 여덟번째 코스 요리 사이

* 1961년부터 2004년까지 40년 이상 맨해튼에서 영업했던 고급 프랑스 식당으로 여러 소설과 영화 작품에 등장했다.

에 오줌을 누러 밖에 나갔다가 네 생각에 깊이 빠져들면서 애드머럴울지스 식당에서 양파링 튀김을 먹으면서도 얼마나 행복했는지 떠올렸어. 억누를 수 없는 슬픔이 몰려온 것은 아니었지만 네 기억이 강렬하기는 했다. 아주 강렬했지. 나는 모두에게 건배를 받고 이야기를 하나 했지. 그러자 다들 손을 잡고 〈그는 무지 좋은 녀석이니까For He's a Jolly Good Fellow〉를 노래했고, 베티* 버콜은 울더구나. 모두 술에 잔뜩 취했고, 나는 줄담배를 피웠지. 만일 우리가 오늘 아침에 어느 부엌에서 알몸으로 함께 커피를 마시고 있다면 존 업다이크의 사류 소설이 8만 부나 인쇄되었는데 내 책은 7만 부에서 그쳤다는 사실에 내가 얼마나 화가 났는지 알 수 있을 거다. 그는 무지 좋은 녀석이야!

나는 기꺼이 M을 만나고 싶지만, 아마도 호프는 너를 만나고 싶어하지 않을 거야. 너를 깊이 사랑한다고 말했더니—정확히 그렇게 말했어—그녀는 서글픈 듯했지만 당황한 것 같진 않았어. 그런데 내가 너와 맥도날드에서 함께 먹는 아침을 사랑한다고 말했더니 호프는 마구 흥분을 하더라. 완전히 흥분했지. 그녀는 벽난로 집게를 들고 나를 쫓아다녔어. 이것의 의미는 뭘까?

사랑을 담아,

존

---

* 로런 버콜의 본명은 베티 존 퍼스키다.

린은 내 첫 아내 린다이다. 어머니는 새 밍크코트를 샀다. 밧세바는 누나가 키우던 골든레트리버였는데 프랑스로 가면서 부모님 집에 맡겨놓았다. 저녁이 되어 늙은 반려견들을 거실에서 2층 침실로 이동시킬 때 아버지는 달래듯 "브리스키프리스키!" 하고 외치곤 했다. 그게 효과가 없으면 밀어올리곤 했다. 그것도 효과가 없으면 안아서 위층으로 옮겼다.

시더 레인

1978년 12월 6일

수지,

축하만찬에서 가장 흥미로웠던 부분은 첫번째 코스 음식이 나왔을 때였다. 페이스트리로 만든 거대한 물고기 모양의 생선 키시quish*였는데, 그 위에는 페이스트리로 돛을 완전히 올린 군함 모양을 만들어 장식했더구나. 나는 오른쪽에는 로런 버콜을, 왼쪽에는 마리아 투치를 앉혀놓고 아주 즐거운 시간을 보냈다. 사람들이 벤과 린을 많이 칭찬해서 내가 아주 자랑스러웠어. 네 어머니도 굉장히 아름다운 모습이었지. 벨벳 드레스를 새로 샀단다. 갈색 빛이 도는 자주색 벨벳인데, 그 때문에 엄마는 형편

* 달걀과 우유에 생선, 고기, 채소, 치즈 등을 섞어 만든 파이.

이 궁해진 프랑스 귀족부인들에게서 성가실 정도로 이런저런 질문을 받았지. 아주 잘 어울리고 품위 있거든. 모두에게 건배를 받았을 때 나는 이야기를 하나 했는데, 별거 아니었지만 벤이 하는 말로는 사람들이 숨을 멈추고 천장을 응시하는 모습이 마치 예언이라도 듣는 것 같았다고 하더라. 모두가, 다시 말해 자꾸만 식기를 떨어뜨리던 네 어머니를 빼고 모두가. 그런 다음에는 전부 일어서서 〈그는 무지 좋은 녀석이니까〉를 불렀지. 그런데 1절만 부르는 거야. 딱 1절만 부르고 말았다니까. 1절.

내가 만일 내 평판과 일치하는 그런 작가라면 나는 교외에 사는 어떤 부인의 이야기를 쓸 거다. 아침에 일어나면 먼저 기압계를 읽고 그다음엔 텔레비전과 라디오와 '뉴욕 타임스'의 일기예보를 확인하는 거야. 날씨 소식에 따라 때로는 기분이 치솟고 때로는 절망에 빠지지. 그녀는 주로 북동쪽에서 생겨나는 '밍크코트 바람'이라고 알려진 소동을 기다리는 거야. 코트는 정말로 멋있고 간밤에 파티에서 그런 코트를 입은 사람은 부인밖에 없었지. 월터 클레먼스도 와 있기에 네 성공에 대해 말해줬다. 아주 기뻐하는 것 같더라. 여기 있는 우리 모두 다 즐겁게 지낸다. 하지만 밧세바는 네 성공에 대해 잘 이해하지 못하는 것 같아. 거의 이해하지 못한다는 게 내 생각이다. 그 아이들의 한계를 우리가 이해해주어야지. 에드거는 지금 눈이 너무 나빠져서 내게 테니스공을 던져달라고 조르고는 얼마 안 있다가 어서 안경을 끼고 나가서 공을 찾아보라고 재촉한단다. 잘 시간이 되면 네 어머니와 나는 개들을 죄다 계단 위로 밀어올려야 돼. 브리스키프리스키!

사랑을 담아,

존

이 편지는 존 업다이크에게 보낸 것이다.

존 치버

시더 레인, 뉴욕 주 오시닝, 10562

4월 2일

존,

나와 서신을 주고받는 이들 중에 나처럼 허드레 종이에 글을 쓰는 사람은 자네뿐이라 제대로 된 이 편지지는 세탁 요청서 용지에 쓴 편지를 받는 데 지친 아랫집 부인이 내게 준 거라는 설명을 해야 되겠군. 그 부인에게 받은 건 딱 한 상자뿐이라 조만간 울코* 리넨 디럭스 광고지로 다시 찾아오겠네. 편지 용건은 메리와 내가 11일에 보스턴으로 가서 12일에 '책과 저자' 오찬에 참석할 거라는 얘기야. 자네가 시간만 된다면 보스턴에서 함

* 미국에서 1960년대부터 1980년대까지 영업한 소매점 체인.

께 만날 수 있으면 좋겠네.

줄이며,

존

아버지와 존 업다이크는 지금은 합병되어 미국문예연구원이 된 기관에서 창작지원금위원회 심사위원으로 활동하고 있었다. 문예연구원은 브로드웨이와 허드슨 강 사이 155번가에 위치해 있다. 이곳은 브롱크스에 속하지는 않지만 매우 가까운 곳이기는 하다. 존 업다이크는 『메이플 이야기The Maple Stories』를 썼다.

존 치버

시더 레인, 뉴욕 주 오시닝, 10562

1979년 7월 11일

존,

맬러머드를 지지해주어 고맙고, 자네의 추천서는 우편으로 브롱크스에 보냈네. 에멧 윌리엄스는 무슨 일이 있어도 추천해야 돼. 그는 우리가 글을 읽어볼 필요도 없는 후보자일 것이네. 어제 우편으로 『메이플 이야기』의 작품성과 통찰력에 대해 노트르담 대학에서 강연해달라는 정중한 초청장을 받았어. 자네는 나를 제대로 알지 못해서 내가 얼마나 사악해질 수 있는지 모를 테지만, 이번에는 겸손하고 경건하게 굴었다네.

줄이며,

존

존 치버

시더 레인, 뉴욕 주 오시닝, 10562

1979년 11월 3일

타냐,

이곳 미국 북동부는 춥고 눅눅하고 흐린 오후입니다. 메리는 인근 지역의 부동산을 산업용지로 용도변경하려는 부도덕한 이탈리아 투기꾼에 대해 조사하고 있어요. 내 정부는 튀니지에 있는데, 주 예수에 대한 형편없는 텔레비전 영화에 출연해 본디오 빌라도의 아내 역할을 하고 있지요. 침대보 같은 옷을 입고 이렇게 말해요. "당신은 **정말로** 충동적인 사람이에요. 언제나 전날 밤에 한 일을 다음날 아침에 후회하잖아요." 내게는 연인이 또하나 있는데 오대호 근처에 삽니다. 나는 지난주 내내 버몬트의 구릉지를 자전거로 달렸고, 내일은 텍사스에 가서 서던메소디스트라는 이름의 대학교에서 「저스티나의 죽음」과 「헤엄치는 사람」을 낭독할 거예요. 데니스 레버토브Denis Levertov는 시인 대표로 나오지요. 메리는 그녀를 매우 뛰어난 시인이라고 생각합니다. 그래서 오늘 저녁에는 레버토프의 시를 읽어보려고 해요.

……메리가 여기에 있다면 당신에게 안부인사를 전하고 빗속에 개를 산책시키러 나갔겠지만, 지금 여기 없으니 내가 대신 우리 두 사람의 안부인사를 전할게요. 그리고 빗속에 개를 산책시키러 나가는 것도 내가 되겠지요.

줄이며,

존

수요일

___에게,

오늘 아침에 사타구니가 단단해지고 축축한 채로 잠에서 깼다. 그리고 너와 통화하고 난 지금도 이 물건은 축축하지만 그런 얘기만 하려고 편지를 쓰는 건 아니야. 나는 이 모든 불가능함에 대해 얘기하려 한다. 가르치고 글을 쓰며, 양상추와 병아리콩 피클로 이루어진 풍성한 샐러드바가 있는 파이어하우스에서 행복하게 뉴욕스테이크를 먹는 것, 웃으며 서로에게 눈뭉치를 던지는 시간, 내 담배기침과 물건의 크기에 대해 불평하는 너, 그리고 나를 세탁물로 위장해 뒷좌석에 싣고 ___까지 함께 돌아가는 너, 그 모든 것의 불가능함. 1년 동안 나는 그런 사랑은 변태적이고 고통스럽고 도착적인 거라고 생각해왔지만 너를 향한 내 사랑에 그런 것들은 흔적도 없단다. 그것은 10월의 어느 맑은 날 미식축구 공을 패스하는 것처럼 자연스럽고 쉬운 일 같구나. 그리고 그 게임에 지겨워진 네가 공을 내게 던져놓고 풀밭을 걸어 나가버리더라도 버려졌다는 적막감은 없을 거야. 지금까지 너의 짧은 삶이나 나의 긴 삶 모두가 내게는 어떤 독특한 모험처럼 느껴진다. 너의 멋진 엉덩이를 손으로 쥐고 내 것에 닿는 네 물건을 느끼는 것은 이 놀라운 순례의 일부인 것 같구나.

네 부드러운 불알을 원해. 네 안경을 벗기고 싶어. 네 엉덩이를, 네 웃음과 사랑스러운 네 입을 원해.

사랑을 담아,

존

아버지는 롤렉스 광고를 찍고 나서 자신과 어머니와 내 남동생 앞으로 시계를 각각 하나씩 받았다. 아버지는 그의 젊은 친구의 글쓰기를 돕고 있었다.

내 6천 달러 롤렉스에 의하면 오늘은 17일 수요일

____에게,

방금 너와 통화를 한 참이다. 네 숙제는 한줄 한줄 살펴가며 보고 싶은 마음이고, 또 그렇게 할 거야. 아주 오래전 ____에서 내 눈을 사로잡았던 재능을 칭찬하는 것은 의미가 없을 듯하구나. 네 글이 눈에 띄게 밝아졌다고 느껴진다. 너는 머리가 좋고 다정한 젊은이인데, ___는 그 사실에 이의를 품는 것 같았지. 이 모든 일을 하는 내 의도는 너를 들볶아 맥그래스가 출간해줄 만한 단편을 쓰게 하는 거야. 그러면 P.와 네 부모님도 아주 기뻐하겠지. 너도 폰티액 뒷자리 시트를 갈 수 있는 현금을 손에 쥘 테고, 출판사와 선금을 협의할 수도 있는 위치에 오를 거야.

내가 이해할 수 없는 것은, 호흡에 대해 그리도 잘 이해하고 있는 네가 단락 구분 없이 다섯 페이지를 채웠다는 사실이다. 담배를 피우지 않는 사람이라도 첫 페이지를 다 읽기 전에 얼굴이 퍼렇게 변할 거야. 불필요한 밀도가 아름다움을 해치는 경우이며, 너도 잘 아는 문제다. 두번째 페이지에서는 남자들과 여자들이 등장하는데 너는 더비셔 가족을 상당히 당혹스럽게 소개했어. 미학의 제1규칙이 흥미인 점을 감안하면, 등장인물의 가슴 사이즈를 알려주기도 전에 그토록 활기 없게 성격을 묘사한 건 분명 실수라고 생각한다. 그런데 여기에 문제와 모순이 있어. 이 등장인물들을 그처럼 경멸스럽게 그리는 태도가 매우 너답지 않다는 점이다. 세상에 대한 보기 드문 예리한 감각으로 빼어난 풍경을 그리며 막을 올린 뒤, 등장인물들이 죄다 엉터리라고 지적하고 있는 셈이야. 이보다 너답지 않은 게 있을까? 소설은 얻는 게 있으면 잃는 게 있다는 점에서 사랑과 아주 닮았단다.

사랑을 담아,

존

아버지와 어머니는 매사추세츠로 와서 내가 처음으로 보스턴 마라톤에 참가하는 모습을 지켜보았다. 나는 입에 전보를 물고 있진 않았지만 아버지가 욕조에서 날 발견한 것은 사실이다.

"마라톤을 완주했니?" 아버지가 말했다.

나는 고개를 끄덕이며 말했다. "그런데 아버지는 퓰리처상을 타셨더군요."

시더 레인

월요일

____에게,

이번에는 참 아름다운 단편을 썼구나. 그것말고는 더 할말이 없다. 네가 보내주는 편지는 뭐든 반갑지만 네 마지막 편지는 똥구멍에 드릴을 박고 쓴 것 같더구나. 아름다운 작품을 써놓고 왜 불평을 할까……

오늘밤 나는 스모크엔더스 금연학교를 졸업해. 소리가 직직 긁히는 테이프로 〈위풍당당 행진곡〉을 틀어놓고 술 장식이 달린 수료증을 줄 거야. 그걸로 네 불알을 간지럽힐 테다. 3주 동안 담배를 피우지 않았더니 오늘 아침 나는 '고냥이'의 철자도 모르겠다. 보통은 '뉴욕 타임스'를 보면 회복되는데, 오늘 아침 신문 뒷부분에서 캐서린 스타크가 바니 소프트니스와 결혼해서 바니 스타크 소프트니스* 부인이 되었다는 기사를 보니 머리가 멍하구나.

보스턴에는 온통 승자들뿐이었다. 우리는 프로펠러가 칵테일 젓는 막대같이 생긴 조그만 비행기를 타고 갔어. 어찌나 낮게 날던지 베란다에 나와 책 읽는 사람들의 책 제목이 보일 정도였지. 모두 어윈 쇼의 단편집을 읽고 있더군. 보스턴 리츠 호텔은 승자 중의 승자야. 상을 줘도 아깝지 않을 근사한 저녁식사를 한 뒤 벤과 나는 거리를 산책했지. 성지순례단의 출발을 앞둔 저녁의 중세도시 같더라. 마라톤 참가자는 8천 명인데 대부분 근처를 총총거리고 다니거나 구석에서 무릎운동을 하고 있었지. 아침 기온은 42도**에 가랑비가 내려서 마라톤 참가자들에게는 승리의 날씨였어. 나는 손자와 백조 보트에서 승리의 뱃놀이를 하고, 빨간 외투***를 무찔렀던 승리의 기념의식을 구경했지. 펜웨이파크 구장에서는 레드삭스가 클리블랜드를 완전히 박살내고 있었고. (역시 승자인) 수지가 대회에서 우승한 개와 애인과 함께 이 또한 우승감이라 할 만한 점심식사에 나타났고, 우리는 모두 커

---

* 스타크stark는 삭막함·가혹함을, 소프트니스softness는 부드러움을 의미하여 두 성의 부조화가 두드러진다.

** 섭씨로는 약 5.5도.

*** 미국혁명 당시의 영국군을 의미.

먼웰스 애버뉴를 걸어 마라톤 경기를 보러 갔단다. 벤은 세 시간을 넘기지 않고 씩씩한 모습으로 나타났으니 그만하면 승자라고 할 만하지. 호텔로 돌아갔을 때 벤은 퓰리처상 위원회에서 온 전보를 입에 물고 욕조에 앉아 있었어. 그리고 우리는 모두—아홉 명의 치버—아래층으로 내려가 식당에 갔는데, 요리사가 사람 키만한 베이크드알래스카 케이크*를 가져와 겉에 브랜디를 부어 불을 붙이더구나. 이 요리사가 올해의 베이크드알래스카 대회에서 우승할 확률은 7 대 3이라고 본다.

네가 정말로 보고 싶다. 계속 전화할게.

사랑을 담아,

존

아버지의 삶에 존재했던 남자들에도 불구하고, 호프의 존재에도 불구하고, 그리고 이 책에 나오지 않는 다른 사람들에도 불구하고, 아버지와 어머니는 계속 서로에게 중요한 사람들로 남았다. 집에는 늘 유머와 활기가 있었다. 톰 글레이저는 아버지를 찾아갔던 어느 날 아침을 다음과 같이 기억하고 있다. 방으로 들어온 어머니는 화난 기색이 역력했고, 아버지의 곁을 알은체도 하지 않고 지나갔다. 아버지는 어머니에게 과장된

* 아이스크림과 빵 위에 달걀흰자로 거품을 올린 머랭을 덮고 살짝 불에 그슬린 디저트.

미소를 보냈고, 어머니는, 톰의 기억에 의하면, "그 가짜 미소 좀 지우시죠"라고 말했다. 아버지가 대답했다. "이 미소에서 유일하게 가짜인 것은 내 틀니뿐이야." 확실히 알 수는 없지만 나는 어머니가 웃음을 터뜨렸을 거라고 추측한다.

이 마지막 겨울에 어머니는 침실의 서랍장을 새로 바꿨고, 그전에 있던 서랍장을 내 아내 재닛과 내가 물려받았다. 그 안에서 우리는 포장을 뜯지도 않은 보온내의를 발견했다. 아버지가 암으로 죽어가는 동안 늘 추위에 시달릴 때 사놓은 것이 분명했다. 그것은 내가 가졌다. 그 외에도 넥타이 몇 개와 아버지가 어머니에게 손으로 써준 시 한 편이 있었다. 1980년에 어머니는 『초콜릿이 필요할 때』라는 시집을 냈다. 시집에 대한 평이 좋지 않자 아버지는 금 장신구를 사서 이 책의 다음 페이지에 실린 시와 함께 어머니에게 주었다.

재닛과 나는 1982년 5월에 신혼여행을 떠났다. 떠나기 전에 아버지는 내가 없는 동안 당신이 내 심리치료사를 만나도 되겠느냐고 물었다. 나는 여행에서 돌아와 기대를 품고 첫 상담에 갔으나 아버지가 그녀를 만나지 않았다는 사실을 알게 되었다.

6월 6일에 아버지가 내 직장으로 전화를 했다. 돌아가시기 12일 전이었고, 목소리를 낼 수 없게 되기 약 일주일 전이었다. 대화는 간단했다. 당시 아버지는 쉽게 피로해졌다. 아버지는 내 심리치료사를 만나지 못했다고 설명했다. "부분적으로는 내가 바빠서 그런 거지만, 부분적으로는 네 얼굴을 보고 직접 말하지 못할 이유가 없다는 생각이 들어서였다." 아버지는 바빴던 게 아니라 병을 앓고 있었지만 우리는 둘 다 그의 허구를 존중했다. "네게 말하고 싶었던 것은," 아버지는 말했다. "평판이 좋지 않은 상당수의 인물들이 네 아버지의 좆을 빨았다는 사실이다. 네게 말해야겠다고 생각한 이유는 머지않아 누군가 네게 이런 말을 할 것이고, 그렇다면 내가 말하는 편이 나을 것 같았기 때문이다."

"그 일이라면 저도 긴가민가했어요." 나는 말했다.

나는 정말 오래도록 그 대화를 곱씹어보았다. 나도 일기를 쓰는 사람으로서, 비록 힘들긴 하지만 가끔은 정말 내게 중요한 것을 일기에 쓰기도 한다. 어쨌거나 나는 그 마지막 대화를 기록했고, 지난 6년 동안 두 번 이상 그 일기를 들춰보았다. 하지만 나는 그렇게 일기를 들춰봐놓고도 읽은 것을 왜곡했다. 왜냐하면 그 당시에 내가 "저는 괜찮아요, 아버지, 아버지만 괜찮다면" 하고 말했다고 생각했기 때문이다. 그래도 나는 다시 한번 일기를 들여다보았다. 다시 봐도 그렇게 거칠고 단호한 말은 아니었다. 나는 용서하는 마음이었지만 대체로 그저 혼란스러웠다. 그리고 지금은 거의 속삭임처럼 이렇게 대답했다는 사실이 기억난다. "전 상관 안 해요, 아버지. 아버지가 상관 안 하신다면."

아버지의 젊은 제자는 뉴욕으로 이사했고, 우리의 삶 속에 하나의 요인으로 계속 남아 있었다. 이웃에 살았기 때문에 그에게 보내는 편지는 잦아들었다. 메리 맥닐은 내 동생이 결혼하게 되는 여자다. 프레드는 캘리포니아에 있는 스탠퍼드 대학에 다니고 있었다. 톰킨스는 캘빈 톰킨스이며, 그는 누나와 결혼하기 전에 당시의 아내와 이혼수속을 밟는 중이었다. 재닛은 재닛 매슬린이며 이 책은 그녀에게 헌정되었다.

초콜릿을 원하는 마음은
금을 원하는 마음보다 훨씬 섬세하며,
나는 그대에게 둘 다 조금씩
구해주고 싶었네.
우리는 함께 사랑의 환영을 좇았지만
오히려,
금이나 초콜릿보다
더 영원한 것을 얻었네.

1981년 3월 3일

프레드,

너의 훌륭한 편지를 받기 전에 나도 네게 보내는 편지를 쓰고 있었단다. 아직 보내지 않은 그 편지에 나는 네가 메리와 그토록 다정하게 사귀고 있다는 것을 알고 얼마나 기쁜지 썼다. (수지는 메리를 영리하고 다정하고 매력적이고 근사하다고 묘사했지.) 너희들이 서로를 사랑한다고 하니 아버지는 얼마나 행복한지 모른다…… 너를 사랑하는 마음은 늘 더 큰 사랑을 지향하여 이 넓은 대륙을 사이에 두고도 전혀 억제되지 않으니, 우리 사이의 지리적 거리는 내게 아무런 괴로움이 되지 않는단다. 메리와 함께 설령 중국에 간다 해도 아버지는 이해할 거야. 우리는 항상 서로에게 자유롭게 말하고 살았잖니. 꺼져버리라고. 어제는 역사에 대해 네 의견이 듣고 싶었다. 역사의 비윤리적 본질에 대한 사르트르의 글을 읽다가 기가 번쩍 살아나, 이 나라의 역사는 『연방주의 교서』로부터 시작된 전통 도덕적 서사라고 하면서 선언했거든. 참고로 난 『연방주의 교서』를 한 번도 읽어본 적이 없어.

네 편지의 좀더 심각한 부분에 대해 답을 하자면, 개들은 소파 위에서 자지 않아. 우리가 저녁에 거실을 나갈 때 쿠션을 다 빼버리거든. 고양이는 아무데나 올라가서 자고, 아무데나 털뭉치를 게워놓는단다. 톰킨스는 이혼했어. 재닛은 메릴랜드 마라톤에서 뛸 거란다. 벤은, 네가 무슨 말인지 알까 모르겠다만, '마른' 모습으로 변했다. 얼굴이 앙상해져서 그 녀석을 볼 때마다 전혀 모르는 사람을 보는 듯해 상당히 유쾌한 기분이 든단다. 조시는 잘 지내는 것 같고, 그 집 식구가 모두 목요일에 저녁을 먹으러 왔었다. 나는 털북숭이 고양이가 참 까다로운 놈이라고 생각하는데 눈치 보여서 그런 말은 못한다. 네 어머니가 그 털북숭이 고양이의 초상화를 그리고 있지. 그렇게 만족한 모습은 본 적이 없는 것 같다.

우리 둘 다 네 사려 깊은 편지에 큰 고마움을 느끼고 있단다.

줄이며,

존

필립 슐츠는 아버지가 야도에서 알게 된 친구였다. 필은 오시닝에 와서 아버지와 함께 자전거를 타곤 했다. 또한 크리스마스, 부활절, 추수감사절 등에도 우리 가족과 함께 지냈다. 필은 성공한 시인으로 늘 소설을 쓰고 싶어했다. 이 편지가 쓰였을 때 그는 장편소설을 마무리하는 중이었다.

존 치버

시더 레인, 뉴욕 주 오시닝, 10562

1981년 3월 9일

필,

젊은 소설가에게 내가 해줄 수 있는 유일한 조언은 아주 좋은 저작권 대리인을 구해 씹을 하라는 거네. 그냥 계속 씹해. 그러다가 그 여자가 조르면 그냥 결혼을 해. 그게 출세하는 유일한 방법 같아. 윌리엄 포크너, 제임스 굴드 커즌스, 게이 탈리스도 자기 대리인과 씹했지. 나는 인생의 여정을 마무리하고 있는 노인으로서 재능 있는 젊은이가 내 임종 자리에 와 조언을 구한다면 이렇게 속삭일 거야. "좋은 대리인과 씹을 하게."

시는 정말 훌륭하더군. 그 얘기는 만나서 하기로 하세. 요즘 나는 오른쪽 어깨 치료 때문에 일주일에 세 번씩 병원에 가고 있지만 낮이 좀더 길어지면 다시 자전거를 타고 싶은데, 자네도 함께할 수 있으면 좋겠군.

줄이며,

존

아래의 편지는 존 업다이크에게 쓴 것이다. 그와 아버지는 미국문예연구원의 창작지원금위원회 일을 함께 하고 있었다.

존 치버

시더 레인, 뉴욕 주 오시닝, 10562

1981년 4월 9일

존,

어제 '뉴욕 타임스'가 자네의 작품에서 인용한 아름다운 글 몇 줄을 읽고 나는 생각했어. 이런 아름다운 목소리를 내다니! 서양

문명에 이토록 헤아릴 수 없이 큰 기여를 하다니! 그렇다고 자네가 의장직을 호텐스 캘리셔에게 양보한 것을 용서한다는 뜻은 아니네.

줄이며,

존

어머니는 프레드가 스탠퍼드에서 역사학 석사학위를 받으며 졸업하는 모습을 보려고 캘리포니아로 날아갔다. 매슬린 부인은 루실 매슬린, 내 장모이다. 점심식사 자리에 실제로 왔으며 아버지에게 물린 사람은 아무도 없었다.

6월 6일 [1981년]

프레드,

너의 아주 좋은 성격과 미덕 몇 가지에 대해 메리와 이야기하다가 네게는 생명을 구하는 사람으로서의 작은 재능이 있다는 사실에 의견일치를 보았던 기억이 나는구나. 자작나무 몸통이 쓰러지고 있을 때 그 밑에서 나를 끌어낸 것도 너 아니냐. 어젯밤에 너는 네 졸업식 문제와 관련하여 정말로 구원자 같았다. 네 어머니는 네 졸업식을 보고 싶어 죽을 지경인 것 같더구나. 내가 만일 그러려고 애를 썼다면 아마 지금쯤 죽어 있을 거야. 너는 그 문제를 아주 깔끔하게 조정해주었다. 마치 가랑비가 내리기 시작해 애스트로 구장의 잔디가 미끄러워지는 11회에 버키 덴트* 를 배치하여 병살을 이끌어낸 것과 같았지. 어젯밤 의사가—공급자 중심적인 태도에다 근본적으로 자신감이 부족한—자기 비옷 주머니에서 포경수술 도구를 꺼내는 걸 볼 때 네 생각이 나더라. 그다음에 일어난 일은 '미용 수술'이었다고 묘사하고 싶지만, 사실은 웨어링 믹서에 수술을 집어넣은 칼라릴리 꽃이 된 기분이었지. 의사는 자꾸만 사소한 문제라고 장담하지만, 오늘 아침부터 나는 걷기도 힘든데다 너무 짜증스럽고 상태가 안 좋아서 매슬린 부인이 점심을 드시러 오시면 목을 콱 물어버릴 것 같다. 채널 고정.

줄이며,

존

다음은 존 업다이크에게 보낸 편지다.

존 치버 씨, 시더 레인, 뉴욕 주 오시닝, 10562

1981년 6월 27일

존,

자네가 여기 온다는 소식에 우리는 얼마나 기쁜지, 편지를 받

---

* 뉴욕 양키스에서 활동한 야구선수.

은 후로 내내 메리의 아름다움과 나의 건강을 가장 잘 보여줄 수 있을 날짜와 시간에 대해 의논하고 있다네. 우리는 7월 7일 화요일이 가장 좋은 날짜라고 생각하지만, 점심이 좋을지 저녁이 좋을지는 아직 결정하지 못했어. 메리는 촛불 아래에서 아주 예뻐 보이지만 나는 한낮에 가장 힘이 나거든. 시간 결정은 자네에게 맡기겠네. 어떤 시간을 결정하더라도 우리 둘 다 아주 좋아할 거야.

줄이며,

존

로저 윌슨은 금요클럽 회원이었다. 닥터 슐먼은 아버지를 진료한 비뇨기과 의사였다. 새라 스펜서는 이웃이자 친구였다.

존 치버 씨, 시더 레인, 뉴욕 주 오시닝, 10562

1981년 7월 22일

아서,

자네의 편지는 언제나 반갑네. 그리고 달걀과 관련된 상황에 대해 얘기해줘서 정말 좋았어. 나는 어제 아침에야 병원에서 돌아왔고, 마치 황천에 갔다 온 사람이 된 기분이야. 닥터 슐먼의 말대로라면 실제로 내가 그런 사람이 맞더군. 로저는 나를 정말 배려 깊게 대해주었는데, 내 생각엔 백개먼 게임에서 내 돈을 왕창 따갈 희망을 품고 있는 거 아닌가 싶어. 나는 끈질기게 게임을 거부하고 있지. 텔레비전 드라마 대본 리딩이 3일에 있을 테고 촬영은 10일에 시작하니 배역 하나 맡을 생각 있으면 참고해. 늙은 보스턴 사람 태미 그라임스의 상대역을 해도 될 거야.

줄이며,

존

이 편지지는 새라 스펜서가 내게 준 건데, 설탕을 쳐서 따뜻한 우유와 함께 먹어도 돼.

프레드는 여름 일자리를 구하려다 뜻대로 안 된 참이었다. 햄릿은 아버지의 삼촌으로, 서부가 개척된 지 얼마 안 돼 캘리포니아로 간 것으로 알려져 있다. 그는 친척들이 다들 좋아하는 사람이었다. 아버지 말로는 그가 고향으로 돌아갈 여비를 부탁하는 편지를 정기적으로 보내곤 했는데, 돈을 보내주고 나면 얼마 후 또다시 고향에 갈 돈을 달라는 편지가 왔다고 했다. 결국에는 동부로 돌아왔다. 골든레트리버 메이지는 누나가 키우던 개였는데 누나가 1969년에 롭 카울리와 함께 런던으로 이주했을 때 부모님이 입양했다. 이 시기에 아버지는 사소해 보이는 질환들을 달고 살다시피 했다. 1981년 봄에는 신장 하나를 제거했다. 종양이 있었던 것인데, 나는 그게 양성이라고, 어쨌든 재발할 가능성이 거의 없다고 들었다. 종양은 양성이 아니었다.

진저 리먼은 이웃이다. 그녀와 그녀의 남편인 건축가 돈 리먼은 그 가족이 맨해튼에서 이사 온 뒤로 계속 아버지와 친하게 지냈다.

1981년 7월 24일

프레드,

지금쯤이면 너는 일자리를 구했을 거라고 확신한다. 그 문제로 내가 너에게 격려 편지를 쓴다는 건 말도 안 되는 일이야. 나는 한 번도 일자리를 구해본 적이 없는데다, 국제적으로 인정받는 우울증 유발인자거든. 네가 일자리를 찾는 과정과 관련해 내 느낌을 표현하자면, 내가 어렸을 때 캘리포니아 사람들에 대해 들은 것을 그냥 반복하면 될 듯싶다. 그들은 인물과 지성을 알아볼 능력이 없어. 그들이 애초에 캘리포니아에 간 것도 다 그래서야. 능력이 조금이라도 있었다면 그들은 보스턴이나 뉴버리포트에 남았겠지. 그들이 운이 좋아 너를 채용한다면 그건 그들에게 동부의 장점이 조금이라도 살아남아 있기 때문일 거야. 햄릿 삼촌마저도 샌프란시스코에서 성공하지 못했잖아. 그건 좀 말이 안 되는 얘기거든.

메이지와 내가 아침마다 싸운다는 것만 빼면 이곳은 모두 화목하다. 응접실 소파가 파란색 커버로 단장되더니, 오늘 아침에는 어떤 남자가 와서 대리석 탁자를 두 개로 자른다고 가지고 갔어. 인테리어 장식을 공부했다는 진저 리먼이 제안한 거라는데, 그보다는 네 어머니가 그 기다란 대리석 탁자를 좋아하지 않아서 그렇게 한 거겠지. 허드슨 계곡은 한여름의 침체기에 빠져 있다. 경작중인 것들과 가치 있는 것들은 모두 나오지 않거나 죽어가고 있고, 밤중이면 가시 돋친 기생식물과 야생포도 넝쿨이 길게 자라는 소리가 귀에 들릴 정도야. 매미울음은 아직 시작되지 않았지만 지금이라도 곧 시작되겠지. 신장 적출 수술 때문에 아직도 기운이 없는데다 몸의 일부를 잃었다고 생각하니 꽤 감상적인 기분이 든다. 에드거가 테니스공을 물어올 때면 가끔 눈물을 흘리기도 해. 다 나아지겠지.

줄이며,

존

웰스파고*는 프레드가 지원한 자리에 '예순 살의 한국전쟁 연대기 작자'를 채용했다. 태드는 캘빈 톰킨스다. 프레드의 장인 장모가 될 맥닐 부부는 스탠퍼드 졸업식을 녹음해두었다. 아버지는 그것을 워크맨으로 듣곤 했다. 피치니노는 피치의 약칭이며, 피치는 프레드의 약칭이었다.

---

* 샌프란시스코에 본사를 둔 미국의 은행.

1981년 8월 4일

프레드,

네가 일자리를 찾았다니 우리 모두 기쁘다. 네 편지 잘 받았고, 네가 메리와 함께 이달 말에 여기 온다는 소식에도 다들 기뻐했다. 웰스파고가 예순 살의 한국전쟁 연대기 작자를 채용한 건 물론 분별력 있는 선택이었어. 직장이 없으면 그 사람은 공동체의 위협이 되었을 테고, 우리는 언제나 공공의 선을 생각해야 하니까. 메리는 화요일에 트리톱스로 떠났다. 그 일대는 내게 수수께끼 같은 지역이지. 어젯밤에 전화해서는 돌집에서 혼자 행복한 시간을 보내고 있다고 하더라. 수지와 태드가 이번 주말에 가서 엄마랑 함께 지낼 거야…… 여기에는 내가 쓰러지면 일으켜주려고 ___가 함께 있다. 그저께는 날 자전거에 앉혔어. 오늘도 그럴 수 있을 거라 생각하는 모양인데 완전히 착각이지.

어젯밤에는 벤이 저녁을 먹으러 왔다. 일요일에 수영-자전거-달리기를 망라하는 바보짓을 하려고 준비중이래. 로드아일랜드의 어느 험한 곳에서 출발한다는데 우리 재닛이 차로 거기까지 태워다준다더라. 매미가 울기 시작했어. 야생장미와 그 외 떠돌이 기생식물과의 전쟁을 도와주던 아메리고라는 친구가 지난 목요일에 말벌의 공격을 받아서 이젠 다시 안 올 것 같다. 그래서 너와 메리가 왔을 때 이곳이 좀 너저분해 보일 수도 있을 것 같아. 그런데 그건 에드거와 나도 마찬가지야. 메리의 부모님이 고맙게도 네 졸업식 녹음테이프를 보내주셨어. 네 어머니가 '피치니노' 하고 외치는 부분을 들을 때 나는 아주 목놓아 운단다. 헤드폰이 날 다치게 한다고 생각한 개들이 내 옆으로 와서 요란하게 짖어대지. 메리에게 안부 전해다오.

줄이며,

존

존 치버 씨, 시더 레인, 뉴욕 주 오시닝, 10562

1981년 8월 24일

존,

메리의 아름다움과 내 건강에 대해서 얘기할 수도 있겠지만, 어젯밤 『토끼는 부자다』를 다 읽은 참이라 오늘은 그 책이 오랜 세월 내가 읽어온 미국 소설 중 가장 중요한 작품이라는 말을 하는 게 급선무일 듯하네.

감사를 담아,

존

존 치버 씨, 시더 레인, 뉴욕 주 오시닝, 10562

1981년 9월 1일

존,

……메리도 나만큼 『토끼는 부자다』의 작품성이 놀랍고도 중

요하다고 생각하고 있네. 때로 메리는 교정쇄 원고를 내려놓고 정원에 물을 주러 가는데, 그러면 나는 아내의 뒤통수에 대고 소리치지. 그런 책을 내려놓고 꽃에 물을 주러 가는 사람은 그게 누구든 바보 천치라고. 하지만 그런 백치 짓을 하면서도 메리는 책을 다 읽었고, 아름답고 힘있는 작품이라는 내 의견에 열렬히 동의한다네.

줄이며,

존

아버지는 거의 40년 가까이 존과 해리엇 위버에게 북동부의 가을낙엽이 지닌 아름다움을 찬양하는 편지를 보냈다. 캘리포니아를 포기하고 치버 부부의 가까이에 와 살라는, 농담에 가까운 설득 작업의 일환이었다. 이제 내 동생 프레드가 서부해안에 자리를 잡으려고 하자 아버지는 프레드의 아내가 될 메리에게 같은 작전을 썼다. 결과는 비슷했다. 위버 부부는 아직도 캘리포니아에서 산다. 내 동생은 최근에 덴버로 이사했지만, 겨울의 찬바람이 한줄기만 불어오면 프레드는 허둥지둥 태평양 연안으로 돌아가버릴 거라고 여기 동부에 있는 우리는 그렇게 생각하고 있다. 동생은 아직도 아버지가 보낸 낙엽들을 간직하고 있다.

9월 10일

프레드,

그 옻나무 이파리들은 캘리포니아에서는 몰랐던 북동부의 찬란함을 메리에게 알게 해주기 위해 내가 앞으로 보낼 수백 종류의 나뭇잎 표본들 중 첫번째가 될 거야. 어제는 뉴욕에서 돌아오다가 단풍나무를 봤지만 교통체증이 심해서 차를 세워놓고 낙엽 화환을 만드는 건 좀 위험한 짓 같았어. 어제 시내에서 수지와 태드를 만나 함께 드라마 시사회에 갔는데, 더이상 바랄 게 없을 정도로 잘 만들었더라. 광고가 굉장히 노골적이지만 광고음악과 미술작업도 좋고 해서 대단한 성공작이 될 것 같다. 미국 방송 역사에 그런 작품은 없었다는 생각이 들어. WNET 사람들 모두 흥분해 있단다. 어젯밤에는 네 형이 전화해서 바하버 모텔에서 재닛과 재미있게 지내고 있다고 했어. 형이 너와 메리의 단란한 모습이 그렇게 보기 좋을 수가 없었다고 하더라. 내 생각에 벤은 달리기로 대륙횡단을 해서 결혼식에 갈 것 같다. 그리고 '뉴욕 타임스'가 보내주기만 한다면 재닛도 함께 달려갈 거야.

오팅거 하원의원에게 그의 비관주의에 동조하는 편지를 보냈다. 하지만 카터를 가장 먼저 저버린 사람들 중 하나가 바로 그라는 지적도 잊지 않았지. 민주정부에는 카터가 통달하지 못한 어떤 예측 불가능성이 있어서 그로 인해 그의 지성적이고 양심적인 프로그램을 시행할 수 없었던 것 같다고 말했다. 지금은

『다이얼Dial』이라는 잡지에서 청탁을 받아 내 드라마 대본이 얼마나 대단한지 쓰고 있어…… 메리, 메이지, 에드거가 모두 너희 둘에게 안부를 전한다.

줄이며,

존

누나와 내 아내 될 사람은 사이가 틀어진 상태였다. 릴리는 고양이 이름이다.

1981년 9월 20일

프레드,

이 편지가 도착하기 전에 너와 통화할 수 있기를 바라고 있다만 안 될 경우에 대비해 얘기하자면, 태드와 수지가 목요일 오후 4시에 이곳 벽난로 앞에서 결혼식을 올릴 거야. 하객은 스펜서, 벤, 태드의 딸이 전부야. 수지가 네 어머니에게 케이크를 구워달라고 했다. 나는 스완슨스에서 꽃을 좀 샀고 플레전트빌에 가서 샴페인을 사올 거야. 식이 끝나면 수지와 태드는 퍼디 호수에 있는 조그맣고 비싼 여관으로 떠날 거야. 밧세바는 하루나 이틀쯤 우리와 함께 있을 거다……

어제 로저와 함께 댐으로 산책 가는 길에 발견한 것은 색색으로 물든 이 나뭇잎들뿐이지만, 좀 다채로운 수사법을 동원하면 북동부 가을의 찬란함이 메리의 마음속에서 계속 타오르게 할 수 있을 것 같기도 하구나. 결혼식이 끝나면 자전거를 타고 나가서 더 좋은 걸 주울 수 있는지 봐야겠다. 결혼식 준비로 다들 정신이 없다. 예를 들어, 릴리-궁둥이는 다락에 가둘 거야. 재닛 매슬린은 초대하지 않을 거고. 여기 치안판사가 성혼선언을 할 거다. 그리고 나는 뒷마당에서 종을 울릴 거야.

줄이며,

존

9월 23일

프레드,

나뭇잎들은 천천히 물들고 있지만 나는 늘 그것들을 주시하면서 메리에게 동부의 찬란함을 알려줄 생각이다. 이탈리아에서 네가 아기였을 때, 나는 버몬트와 뉴햄프셔의 가을나뭇잎들이 얼마나 아름다운지 모르는 사람들이 많다는 사실이 참 당혹스러웠어. 아브루치의 고지대에 가면 가을에 노랗게 물드는 사시나무와 포플러 군락지가 좀 있는데 그들은 그 정도면 적당하다고 생각하는 것 같아. 나는 그들의 정부가 불안정한 데는 그런 이유도 있다고 본다. 가을단풍을 경험하지 못한 민족은 퇴보하게 되어 있지. 캘리포니아에서 레이건이 주지사로 선출된 이유도 그곳에 가을단풍이 없다는 사실로 설명될 수도 있을 거야.

네 어머니는 돌집의 스토브에 배관을 설치하는 걸 감독하느라 뉴햄프셔에 가 있다. 거기는 아주 춥고 바람과 비도 많지. 엄마는 메이지가 없으면 어찌할 바를 모르겠다는데, 메이지는 계단을 올라가지도 못하면서 엄마가 올라가기만 하면 요란하게 짖어댄다더라. 그래서 엄마는 이번 주말에 집으로 돌아올 때까지 목욕을 할 수가 없을 거야. 나는 그런 문제를 전혀 일으키지 않는 에드거와 함께 있다. 어젯밤에는 벤이 저녁을 먹으러 와서 나와 에드거가 식사를 준비했지. 베란다에서 먹기에는 너무 춥고 비도 와서 벤을 식당으로 들였어. 형은 잘 지내는 것 같다. 여기 날씨는 겨울의 초입에 들어선 듯해. 난로도 켰고, 식당에 있는 라디에이터도 덜걱거리며 잘 돌아간다. 하늘은 개었다 흐렸다 하고, 낙엽은 바람에 날리고, 나는 오늘 오후부터 덧창을 달기 시작할 거야. 불쌍한 녀석, 이 모든 걸 놓치다니.

줄이며,

존

케이크와 샴페인과 꽃들은 누나의 결혼식을 위한 것이었다. 산탄총은 20구경이었다. 총은 내 열세 살 때 생일선물이었고, 가끔씩 스키트사격*을 할 때 쓰곤 했다. 또는 오리 먹이를 훔

* 점토 원반을 허공에 던져 쏘는 사격 방식.

쳐 먹는 쥐를 쏘거나 뱀을 쏘기도 했다. 아버지의 세계에서 모든 뱀은 맹독을 가진 독사로 간주되었다. 그 총에 얽힌 가장 생생한 기억은 조금 마음이 불안한 장면으로 남아 있다. 부모님이 출타중이라는 얘기를 들었던 나는 미리 알리지 않고 밤늦게 그 집에 갔다. 식당에 앉아 있는데 아버지가 계단 꼭대기에 나타났다. 알몸에 산탄총을 양손으로 움켜쥔 모습이었다. 장전되어 있었을 거라고 생각하진 않는다. 아버지는 내게 한잔하고 가라고 했지만 나는 거절했다.

1981년 9월 30일

프레드,

……네 어머니가 케이크를 구웠는데 표면에 금이 가 있어서, 나는 '자유의 종'과 〈밀로의 비너스〉*를 기억하라고 권하고 있다. 한 병에 19달러 하는 좋은 샴페인을 여섯 병 샀어. 치안판사가 벽난로 앞에서 성혼선언을 할 수 있도록 거실 탁자는 한쪽으로 밀어놓았지. 태드가 산탄총을 쓰면 어떻겠냐고 제안했지만, 그 낡은 16구경 산탄총을 꺼내면 나는 불법무기 소지죄로 체포될 수도 있을 거야. 네 어머니가 방마다 보기 좋게 꽃을 꽂아놓았고, 수지는 그 어느 때보다도 행복해 보이더구나.

* 자유의 종은 표면에 커다란 금이 가 있으며, 〈밀로의 비너스〉는 양팔이 잘린 모습이다.

스탠퍼드에서 내게 초청장을 보내면서, "화창한 팰로앨토의 혜택"과 "캘리포니아적인 생활방식의 즐거움"을 치버 가문에서 유독 프레드 너 혼자만 누려야 할 이유가 없다고 하더라. 제안은 감사하지만 4월에 책이 출간될 예정이라 나는 그냥 여기에 남아 있다가 너와 메리에게 그쪽 세상에서는 만날 수 없을 야생 봄꽃들의 표본을 보낼 생각이야.

줄이며,

존

프레드의 외증조부 토머스 왓슨은 알렉산더 그레이엄 벨이 전화기를 발명할 때 도움을 주었다.

1981년 10월 10일

프레드,

네 편지를 받으니 정말 좋았다. 네 증조부의 재능에 대해 생각해보지 않고 그냥 말한다면 나는 전화보다는 편지가 훨씬 깊이 있다고 느껴진다. 텔레비전도 마찬가지이긴 하다만, 이번 수요일에 〈딕 캐벗 쇼〉에 존 업다이크와 공동 출연해 녹화를 할 예정이고 방송은 며칠 뒤에 나올 거야. 너와 데이비드 업다이크는 너희들의 늙은 아비들이 화면에 나오는 모습을 볼 수 있을 거다. 나는 자전거를 타고 근처를 돌아다닐 수 있을 정도로 기력을 회복해서 이젠 날마다 자전거를 타려고 한다. 대부분 메리와 가을 단풍을 생각하고 있지. 요즘은 사방이 단풍이야. 수지 결혼식 때문에 산 폴라로이드 카메라로 사진을 찍어보려고 했지만, 가을 단풍의 찬란한 특성 중 하나는 그 모습을 사진에 담을 수 없다는 점이다. 내가 보기엔 묘사조차도 불가능한 것 같아. 세상의 모든 것들이 그렇지만 단풍 역시 자극을 주는 사람과 함께 바라볼 때 가장 빛을 발하지. 예를 들어, 나는 곧 로저와 함께 댐으로 산책을 가려는데 그때 보는 나뭇잎 색깔이 황홀하지는 않을 거야. 하지만—소중한 메리—그건 불을 쳐다볼 때 나타나는 현상과 비슷하단다. 불길이 약간 누그러졌을 때라야만 그 색깔과 변화를 볼 수 있는 거지. 물론 너희는 내년에 와서 보도록 해라.

……작년에 벤에게 내 새 원고의 교정쇄를 주면서 헌정을 받고 싶은지 물어봤다. 『팔코너』 때 네가 그랬듯이 벤도 상냥하게 그리하자고 하더라. 나는 『팔코너』가 더 좋은 책이라고 생각하지만, 두 책 모두 나는 좀더 깊이가 있었다면 하는 아쉬움을 느꼈어. 꾸준히 계속 나아가야겠지.

줄이며,

존

1964년 『타임』에 아버지에 관한 커버기사를 썼던 고故 앨윈 리의 부인 에스 리는 아버지에게 손뜨개 넥타이를 만들어주었다. 넥타이가 표지사진에 나온 잡지는 『다이얼』이다. 넥타이와 작가의 사진은 이 책에 실렸다.

존 치버

시더 레인, 뉴욕 주 오시닝, 10562

1981년 10월 31일

에스,

이곳의 뉴스는 모두 넥타이 관한 뉴스예요. 지난주에 '에스 넘버 원'을 매고 〈딕 캐벗 쇼〉에 나갔어요. 딕은 그렇게 아름답고 두툼한 넥타이는 처음 본다며, 자신의 군복 같은 줄무늬 타이를 처량하게 쳐다보더군요. 넥타이는 이곳에서 11월 10일에 방영하는 캐벗 쇼에서 볼 수 있는데, 캐벗 쇼가 안 나오면 BBC의 다른 프로그램을 보셔도 됩니다. 제가 거기에 나가서 존 업다이크에 대해 어떻게 생각하느냐는 질문에 대답하거든요. 넥타이가 가장 빛나 보일 수 있도록 조끼도 입지 않았습니다. 며칠 전에 리처드 애버던이 전화해서 잡지 표지사진을 찍자고 하더군요. '에스 넘버 원'을 맸지요. 어제는 그 사진작가가 전화로 사진이 멋지게 나왔다고, 특히 넥타이가 훌륭하다고 하더군요. 잡지 사진은 12월 말쯤에 나올 텐데 제가 한 부 보내드리겠습니다. 제가 대본을 쓴 텔레비전 드라마는 어젯밤에 일부 손님을 초대해 시사회를 가졌어요. 목욕하고 옷을 차려입으면서 기분이 상당히 가라앉았는데 해질녘에 집배원이 '에스 넘버 투'를 가져와서 제 관점을, 그리고 어쩌면 인생을 바꿔놓았지요. 제 옷 중에 가장 좋은 어두운 색 양복에 흰색 구찌 실크셔츠를 입고 검정색 구두를 신은 뒤 매듭 아래로 1.5인치쯤에 진홍색 줄이 있는 새로운 타이를 맸지요. 드라마는 성공적이었지만, 넥타이는 선풍적이었습니다. 여자들과 몇몇 남자들이 다가와 손으로 감촉을 느껴봐도 되느냐고 묻기도 했고 생김새를 잘 볼 수 있도록 벗어서 보여준 것도 세 번이나 됩니다. 술집에서는 모르는 사람 둘이서 하는 대화를 엿들었어요. "어느 쪽이 치버야?" 한 사람이 물었고 다른 사람이 답했죠. "넥타이가 멋들어진 사람."

사랑을 담아,

존

존 업다이크는 메리와 이혼하고 마사와 재혼했다. 존이 오시닝에 대해 몇 가지 질문을 한 참이었다.

시더 레인

11월 18일

존,

『이 얼마나 천국 같은가』의 교정쇄를 자네에게 보내라고 크노프에 요청했을 때, 나는 첨부 편지를 써서 내가 이 책에 열의가 없으니 다음번에 더 좋은 책을 쓰면 자네의 의견을 청하겠다고 말할 생각이었어. 자네의 아량은 정말 대단하네. 진정으로 위대한 사람들이 특징적으로 갖고 있는 성마른 불쾌함이란 속성을 어찌하여 자네는 갖추지 않은 것인가. 자네가 관대함을 좀 버리는 법을 배우는 데 마사 역시 아무런 도움이 되지 않는 것 같아. 하지만 마을에는 자네들을 가르쳐줄 성질 나쁜 괴짜들이 분명 있을 거야. 자네 정도의 위상을 가진 사람에게는 그런 관대함이 자리할 여지가 없다네.

방송은 나 혼자 여기 주방에서 봤어. 메리와 개들은 모두 자러 올라갔지. 자네 모습이 보기 좋더군. 나는 내 삼촌 제임스와 똑같더라고. 삼촌은 눈을 가늘게 뜨고서 마치 내장의 가스가 배출되기를 기다리는 사람처럼 머뭇거리며 말을 했거든. 방귀를 뀌려고 애쓰는 독사 같았지.

여기에는 오시닝 고등학교가 있고 크로톤 포인트에 해변이 있는데, 언제라도 기꺼이 이 두 곳에 대한 정보를 주겠네. 그곳 주민들은 대부분이 흑인이지.

줄이며,

존

암

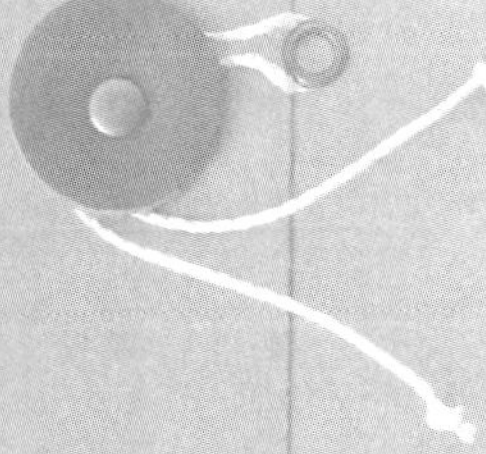

아버지는 한두 해 동안 건강이 좋지 않았지만 그 모든 잔병들은 사소한 것처럼 보였고 의사도 내게 그렇다고 말했다. 아버지는 음주와 흡연을 중단한 상태였으므로 그 시점에 나쁜 일이 생길 수 있다고 믿기는 힘들었다. 1981년 12월 3일 목요일 오후 2시였다. 아버지의 주치의가 내게 전화를 걸어 최근에 아버지를 괴롭혀온 설명하기 힘들었던 질병들이 사실은 '그 나이의 환자에게서는 예외적으로 활발한' 진행암 때문이라고 말했다. 암이 아버지의 다리 한쪽으로 퍼졌는데, 그 모습이 골암의 '교과서 도해'와 똑같다고 했다. 그는 아버지에게 남은 시간이 6개월 정도일 거라고 추측했다. 그날 밤 우리 부부와 어머니는 뉴욕에서 연극을 보러 갈 생각이었다. 아버지가 사준 표였다. 우리는 연극을 보러 갔다. 프레드와 메리는 캘리포니아에서 결혼식을 올리기로 했고, 가족 모두가 참석할 계획이었다.

1월 23일 (아마도) [1982년]

프레드,

……처음 도전해본 텔레비전 드라마가 전국에서 상당히 좋은 시청률을 기록하긴 했지만, 가장 높은 시청률은 샌프란시스코에서 나왔다. 그래서 나는 너와 메리가 가가호호 방문해 그 드라마를 보라고 권해서 그렇게 된 거라고 생각하고 있다. 너는 정말 내게 굉장한 아들이란다. 벤이 우리 7명의 비행기 표를 모두 예약했어. 케네디 공항에서 로스앤젤레스로 정오에 출발하는 유나이티드에어 항공편이야. 그곳에서 일요일 정오에 다시 샌프란시스코로 출발할 거야. 이 얘기는 전화로 자세히 하자. 이올레에게는 식료품을 너무 많이 가져가지 말라고 일러두었어.

추위와 눈발이 꾸준히 지속되고 있구나. 몇 주 동안 20도* 아래로 내려간 적이 없는 듯하다. 스키 타기에 아주 좋을 듯한 눈이야. 내 건강 상태는 거의 비슷한데, 월요일에 의사를 만나면 보통 이렇게 진전이 느린 건지 물어볼 생각이야. 지금 거의 한

* 섭씨로는 약 영하 6.6도.

달간 화학요법을 받고 있어. 정신이 좀 차려질 때마다 잔디밭에 나가는데 일 분 정도 돌아다니면 쓰러지고 말아. 꽃이 필 때까지는 침대 신세를 져야 할 것 같구나.

네 어머니가 말로는 다할 수 없는 사랑과 배려와 실질적인 도움을 주고 있다. 날 여기저기 밀고 다녀야 할 뿐만 아니라 메이지까지 아주 노쇠하고 힘들어해서, 날 계단 위로 밀어올려놓은 뒤에는 메이지를 데리고 그걸 처음부터 다시 해야 돼.

사랑을 담아,

존

이 편지는 빌 맥스웰에게 보낸 것이다.

존 치버

시더 레인, 뉴욕 주 오시닝, 10562

1982년 1월 31일

빌,

제가 요즘 병을 앓고 있는데, 그 소식을 직접 말씀드리고 싶었습니다. 오랜 세월 선배가 제게 쏟아주신 관심을 생생하게 기억하고 있습니다. 저는 꽃을 들고 방문하는 사람들을 만날 여력이 없지만, 의사들에게 『단편선집』을 돌리고는 있어요. 결국 제가 쓴 작품들은 대략 그 정도인 것 같은데—심지어 오노라 왑샷마

저도 잊혀버렸으니까요—그 작품들을 낼 수 있도록 도와주신 점 감사드립니다.

줄이며,

존

아버지는 병환 때문에 프레드의 결혼식에 참석할 수 없게 되어 크게 낙담했다. 시내의 슬론 케터링 암센터에 한동안 입원해 있다가 마지막이 가까웠을 무렵에는 마운트키스코에 있는 한 병원에서 치료를 받았다.

1982년 2월 7일

프레드와 메리에게,

마운트키스코에서 갖은 고생을 하다가 집으로 돌아온 지 이틀째야. 아직도 몸무게가 120파운드밖에 안 되고 타자도 간신히 치고 있다. 결혼식을 못 본 내 심정을 담은 눈물 젖은 편지를 쓰는 편이 내겐 더 쉽겠지만, 그건 너희도 다 알 것이고 내가 얼마나 너희들을 사랑하는지도 잘 알 거다. 좀더 가벼운 얘기를 하자면, 지금 나를 치료하는 이는 슈나이더라는 젊은 의사인데 말 위에 앉아 있는 내 사진이나 배경에 우리집이 보이는 사진 등을 얼핏 본 적도 있고 해서 마치 내가 광활한 말 목장에서 일꾼들을 많이 두고 호화로운 생활을 할 거라고 상상하지. 그래서 우리는 의사가 왕진을 오면 내가 언덕 위로 쓰레기통을 끌어올리고 네 어머니가 샵라이트*에서 산 식료품을 들여놓는 모습을 들킬까 봐 벌벌 떨고 있단다. 언덕 꼭대기에다 팻말을 꽂아 '치버 가족은 여기 살지 않는다'라든가 '여기는 치버 가족의 가장 작은 집이다'라고 써놓고 싶구나.

수지와 벤은 둘 다 이런 불행에 따르게 마련인 고통과 외로움에 큰 위안이 되고 있어. 하지만 재닛과 벤은 내가 베타맥스**를 들여놓고 침대에 누워 밤낮으로 〈영광의 대가What Price Glory〉 같은 옛날 영화나 보고 있어야 한다고 생각한단다. 나는 〈영광의 대가〉를 다시 보고 싶지 않다고 계속 말해도 벤은 내 머리를 쓰다듬이며 이렇게 말해. "그래도 아버지, 베타맥스를 일단 들여놓으면 그게 얼마나 굉장한지 알게 돼요." 이애들이 어제 그걸 설치하려고 했는데 다행히도 보스턴의 파티에 초대를 받았어. 이 모든 것이 시사하는 점은 병에 내재된 위험한 측면들이 상당히 해로워질 수도 있다는 사실이야.

너희 둘을 향한 내 사랑이 이 방안을 가득 채우는 것 같은 지금, 그 사랑을 말로 전한다는 게 헛된 일처럼 느껴지는구나. 내게 더 분별 있는 행동은 여행할 수 있을 정도로 건강이 좋아져서 팰로앨토로 갈 수 있는 날을 상상해보는 것이겠지.

---

* 미국 북동부의 슈퍼마켓 체인.

** 소니에서 나온 아날로그 비디오플레이어.

사랑을 담아,

존

존 치버 씨, 시더 레인, 뉴욕 주 오시닝, 10562

1982년 3월 9일

프레드,

나는 지금 식탁에 앉아 새라 스펜서가 크리스마스 선물로 준 멋들어진 편지지로 답장을 스무 통쯤 쓰려고 하는데, 우선 네가 로스쿨에 진학하는 문제를 다시 생각해보고 있다니 내가 얼마나 기쁜지 말해주고 싶었다. 우리 시대의 가장 타락한 직업 중 하나에 너의 뛰어난 암기력과 지성을 적용하면 재미있는 상황이 벌어지게 되어 있지. 또하나 좋은 소식은, 백금 항암제가 종양의 크기를 줄이기 시작한 것 같구나. 지난 11월 이후로 처음 듣는 좋은 소식이란다. 월요일에 백금 치료를 더 받으러 다시 병원으로 간다.

사랑을 담아,

존

1982년 3월 21일

프레드,

네 편지들을 받으면 항상 기분이 좋은데, 이번에도 편지를 많이 보내주었구나. 요즘 나는 많은 시간을 침대와 변기를 순회하며 보내고 있어서 편지 쓸 거리를 찾기가 어려워. 가끔씩 내 관심을 끄는 인물들이 있기는 하지. 병원 복도 건너에서 어떤 노인은 아무나 붙잡고 이렇게 말한단다. "우리 마누라는 습관적으로 내게 보청기를 선물해요. 이 망할 물건이 450달러 정도 나가거든요. 아, 그런데 마누라는 선물로 보청기를 사줘놓고 그걸 내 바지주머니에 넣은 채 세탁기에 집어넣어버린다고요. 그런 짓을 세 번이나 했어요. 한번은 팜스프링스에 있는 모텔에서 마누라가 주머니에 보청기가 든 채로 내 바지를 세탁기에 넣으려는 걸 붙잡았지요. 벌써 세 번이에요. 도대체 왜 그러는지 알 수가 없어."

지난주에는 간호사들이 모두 예쁘고 친절하더구나. 마지막으로 찍은 엑스레이를 아직 확인하지 않았지만 의사는 이렇게 말했어. "우린 이제 반환점을 돌고 있는 것 같습니다. 백금 항암제 없이 치료할 수 있으면 좋겠어요." 아픈 것도 아니고 메스꺼움도 뱃멀미보다 심하진 않은데, 그렇게 많은 중금속을 내 몸에 흘려보낸다는 게 마음에 안 들어. 병원에서는 목요일 2시에 백금을 투여했지. 간호사가 똑똑해서 6시부터는 병실 문을 닫아주더라. 아무도 보지 않는 데서 구역질을 할 수 있게 해준 거지. 아침에는 5시 반에 일어나서 가방을 쌌어. 간호사가 7시에 정맥주사 줄을 뽑아주었고, 8시에는 아트 스피어가 밝고 명랑한 모습으로 나타나 나를 집으로 데려다주었다.

메이지와 나에 대한 네 어머니의 인내심은 꺾이는 법이 없단다. 메이지는 아무때고 섬뜩한 소리로 캥캥거리고, 나 역시 여러 소음을 내지. 간밤에는 먹은 게 잘못된 건지 배가 끔찍하게 당겨서 밤새 변기에 앉아 속을 비워내느라 만신창이가 되었단다. 하지만 그러고 나니 지난 3개월 동안 내 몸에 들어온 비정상적인 화학물질을 다 배출해낸 것 같아서 기분이 좋았어. 새벽이 다가올 때쯤 이제야 내가 존 치버가 되었다고 느껴졌지. 아마도 맞을 거야. 내일 의사를 만난다.

사랑을 담아,

존

시더 레인, 뉴욕 주 오시닝, 10562

4월 3일

솔,

자네가 시카고에서 그리도 인정 있게 날 생각해주니 꼭 살 거야. 하지만 아직도 의학적으로는 아주 힘든 상태라 중금속과 아드리아 해의 쓰레기를 내 몸에 주입하고 있다네. 지난주에는—뻔한 얘기지만—내 암을 치료할 수 있는 기적의 치유사가 부쿠레슈티에 있다고 들었어. 그 사람이 환자의 몸에 엄청난 양의 말 오줌을 주입하다가 간간이 자기 정원에서 죽어가는 시클라멘에

물을 주는 모습이 눈에 선하군. 낮이 점점 길어지면서 상태가 좀 나아지는 것 같으니 이 속도대로라면 여름에 꽃들이 모두 피어날 때쯤 나는 다시 온전해질 거야.

사랑을 담아,

존

어머니는 인쇄 작업을 위한 스튜디오를 만들고 있었다.

[1982년 4월]

프레드,

……부활절 날 새벽에 이제는 암이 지겨워졌다고 결론 내리고 더이상은 당하지 않겠다고 마음을 먹었더니 그뒤로는 훨씬 나아졌다……

이제 눈은 거의 사라졌고, 사람들이 네 어머니의 스튜디오에 바닥을 깔고 있어. 두 주 정도만 더 있으면 완성될 거야. 이제 암을 창밖으로 내던졌으니 나도 일을 좀 해야겠지. 아마도 네 어머니가 자기 인쇄기를 쓰게 해줄 거야.

줄이며,

존

프레드는 법학대학원 공부에 대해 의구심을 내비쳤다. 그때까지 프레드는 사서로 일하고 있었다.

1982년 4월 17일

프레드,

마음이 통하는 동료들을 만날 수 있는지의 여부에 따라 직업을 찾는다는 것은 내가 보기엔 미친 짓 같다. 길드(와 이탈리아의 학교들)의 전통은 개인적 재능에 대한 인식과 함께 중세가 막을 내린 16세기에 이미 끝났다. 마음이 통하는 동료들을 찾는 것은 길드를 찾는 것과 비슷해. 너에겐 네 나름의 빛나는 운명이 있고 너만의 성취에 도달해감에 따라, 운이 좋다면, 비슷한 성취를 가진 사람들과 어울리게 될 거야. 어느 분야든, 동료들의 탁월함 때문에 그 직업을 택해서 성공에 이른 인물을 너라면 상상할 수 있겠니? 이건 아버지로서의 조언이 아니다. 내가 아버지로서 네게 한 유일한 조언은 콩을 칼로 떠먹지 말라는 거였지.

사서들에 대해서도 나는 편견을 가지고 말한다. 나는 항상 사서라는 직업이 낡은 양말을 수집하려는 충동을 정당화하고, 그것을 위해 자본을 대는 일 같다고 생각했다. 낡은 양말을 다루고, 낡은 양말의 냄새를 맡고, 낡은 양말 분류법을 제정하는 걸 즐거워할 사람들이 좋아하는 직업 같다고 말이야. 하지만 너도 알다시피 나는 끔찍하게도 편견이 강한 사람이니까.

수지가 임신했다는 소식을 처음 들은 후로 아기 세라가 뱃속에서 자라 우리에게 오는 일은 가장 자연스러운 과정처럼 느껴졌단다. 오늘 누나 부부가 아기를 데리고 올 거야. 태드 역시 그런 자연스러운 과정에 수지만큼 깊이 몰두한 듯해. 둘은 참 사랑스러운 부부 같더라.

벤과 재닛은 마라톤에 참가한다고 바로 얼마 전에 보스턴으로 떠났다. 메리에게 안부를 전해주렴.

줄이며,

존

1982년 4월 25일

솔,

나는 무엇이든 상을 타기만 하면 내 왼쪽 중간 서랍에서 자네의 아름다운 노벨상 수상연설문이 실린 누런 신문 조각을 꺼내 거기에서 몰래 베낀다네. 화요일에 내가 무슨 메달인가를 타게 되었다는데 자네의 노벨상 연설문이 사라져버렸어. 그걸 마지막으로 써먹었을 때 곧 분해될 것처럼 보이기에 널빤지 두 개 사이에 잘 넣어두었거든. 그런데 지금 이곳의 모든 서랍을 열어봐도 그걸 찾을 수가 없네. 솔 벨로의 노벨상 연설문을 잃어버려서 수상 인사를 할 수 없다고 말할 순 없지 않은가. 다른 날 또 찾아봐야지.

희석한 백금으로 된 주사약을 중단해 기분이 훨씬 좋다네. 이

제 주로 맞는 약은 아드리아 해에서 나온 오염물질을 증류한 것이야. 한 번 맞는 데 250달러나 들지만 몸 상태가 훨씬 좋아졌어. 여름쯤이면 나아서 자네를 만날 수 있을지도 모르겠네.

사랑을 담아,

존

이 편지는 필립 로스에게 보낸 것이다. 그의 동반자는 배우 클레어 블룸이었다.

시더 레인, 오시닝

5월 10일 [1982년]

필,

우리도 자네를 만나면 아주 즐거울 것 같네. 우리는 거의 항상 이곳에 있어. 클레어를 만나면 정말 신나겠군. 문학계 소식은 좋은 것과 나쁜 것이 섞여 있네. 존 업다이크의 소설이 내가 보기엔 일류급 같더군. 내 메달은 금이 아니야. 내 소설이 그렇게 좋았다는 생각도 안 들어. 나는 암이라는 성가신 병에 걸렸네. 아드리아 해수를 증류한 나폴리제 카펫세제를 일주일에 한 번씩 내 혈관에 채워넣고 있고, 머리카락이 다 빠져서 머리가 꼭 달걀 같다네. 하지만 난 아직도 돌아다니며 고양이들을 구박하고 있어. 자네를 어서 만나고 싶군.

줄이며,

존

아마 이건 말도 안 되는 얘기겠지만, 아버지에게는 미래를 예측하는 능력이 조금은 있었던 것 같다. 『이 얼마나 천국 같은가』에서 벳시 로건은 바이브라이트 상점에서 "한 가족을 죽이고도 남을 개미 약"을 데리야키소스 병에 넣은 뒤 다시 그 병을 진열대에 올려놓는다. 이는 타이레놀 독극물 테러*가 처음으로 발생하기 훨씬 전이었다. 그 범죄자가 아버지의 책을 읽었을 거라고는 생각하지 않지만, 두 인물 모두 20세기 말의 미국 사회를 이런 방식으로 비판하는 것을 적절하다고 여겼던 것으로 보인다. 물론 절묘하고 공감 가는 묘사를 하는 것과 초감각적 지각능력을 보여주는 것의 차이를 구분해내기는 쉽지 않다. 하지만 나는 언제나 아버지가 땅속 저 깊은 곳의 어떤 하천에 줄을 대고 있다고 느꼈다.

분명한 예언처럼 느껴지는 다른 사례들도 있지만 가장 고통스러운 기억은 암이다. 아버지는 암으로 숨을 거두었다. 절대적으로 확신할 수는 없지만, 나는 아버지가 자신의 상태가 얼마나 심각한지에 대해 한동안 듣지 못하고 있었다고 믿는다.

---

* 1982년 시카고에서 타이레놀 캡슐에 시안화칼륨을 넣어 무작위로 사람을 살해한 사건.

최소한 내가 제대로 듣지 못했던 건 사실이다. 아버지가 처음 암 진단을 받은 것은 1981년이었지만 그가 『왑샷 가문 몰락기』에서 암에 대해 쓴 것은 1964년이었다.

……암은 흔한 것이었지만 그 병의 손아귀에 든 사람들은 자신들의 고통에 대해 사소한 잔병치레라는 식의 이야기를 듣게 되었다. 하지만 그들의 형제와 자매, 그들의 남편과 아내는 뒤에서 이렇게 속삭이곤 했다. "빨리 가기만을 바랄 수밖에." 이런 잔인하고 철저한 위선은 역효과를 낳게 마련이어서, 결국에는 배에 통증이 느껴져도 그것이 죽음의 신호인지 그저 가스가 차서 그런 것인지 아무도 확신할 수 없거니와 진실을 들을 수 있으리라 기대하기도 힘들게 되었다. 대부분의 병에는 고유의 신화와 고유한 집단과 고유한 풍경, 고유의 암울한 농담이 있다. 흑사병에는 마스크와 거리의 노래와 춤이 있었다. 결핵은 그 전성기에 하나의 문명과도 같아서, 그 안에서 외모도 재능도 뛰어나지만 저주받은 운명을 타고난 남녀가 사랑에 빠지고, 왈츠를 추고, 자신들의 병을 위한 특권을 고안해냈다. 하지만 여기 움켜쥔 죽음의 손아귀에는 모든 실상이 어떤 사회적 음모에 의해 멸균하듯 지워져 있었다. "금방 일어나 돌아다니실 수 있을 거예요." 간호사가 죽어가는 남자에게 말한다. "따님 결혼식에서 춤추고 싶으시죠? 그렇죠? 따님이 결혼하는 모습 보고 싶지 않으세요? 그런데, 좀더 밝게 기운을 내지 않고서 건강이 나아지기를 바랄 수는 없겠죠. 안 그래요?"

아버지는 본인이 병에 걸렸을 때 오래전에 자신의 책에서 그토록 혐오했던 바로 그 위선과 맞닥뜨렸다. 끔찍한 장면 하나가 떠오른다. 회복 가능성이 큰 것처럼 얘기했던 의사가 다른 의사에게 이렇게 말했다. "이 시점부터 우리는 고식적姑息的 요법에 집중해야 합니다." 아버지가 바로 그곳에서 대화를 듣고 있었다. 그 의사는 아버지가 '고식적'이라는 말을 모를 거라고 생각했을 것이다.

그레이엄 그린은 자전적 작품 『도피의 방법Ways of Escape』에서 소설의 예언적 위력에 대해 다룬다. 그린은 저자가 소재를 끌어오는 꿈의 세계는 과거만이 아니라 미래로도 열려 있음을 시사한다. 그는 졸라가 자신의 죽음에 대해 미리 썼던 것은 아닌지 의문을 품는다. "졸라가 광산에 갇혀 중독된 공기를 마시고 죽어가는 광부들에 대해 썼을 때, 그는 코크스 난로에서 나온 매연에 질식한 자신의 죽음의 기억에서 무언가를 끌어냈던 것이 아닐까. 어쩌면 작가는 자신이 쓴 책들을 다시 읽지 않는 편이 나을 것이다. 거기에는 불행한 미래에 대한 암시가 너무 많을지 모르니까."

아버지의 죽음에 대해 생각할 때 나는 소설로 되돌아간다. 나는 『팔코너』의 마지막 장을 생각한다. 아버지와 마찬가지로 에제키엘 패러것도 시체 운반용 부대에 들어간 적이 있음을 떠올린다. 아버지는 소설에 대해 불완전하게 이해된 기억의 가동이라고 말하곤 했다. 『팔코너』의 마지막 장은 과거의 기억이었을까? 혹은 미래의 기억이었을까? 패러것의 감방 동료인 치킨 넘버 투가 죽어 시체 운반용 부대에 담겼을 때, 패러것은 시체 대신 그곳에 들어가 교도소를 탈출했다.

……기지가 필요했다. 기지, 그리고 자신의 관점에서 마땅히 자기 것이라고 생각하는 자리를 차지할 용기가 필요했다. 그는 자루의 지퍼를 열었다…… 패러것이 자기 침대에 치킨을 올려놓고 매장용 자루에 막 들어가려던 참에 어떤 우연, 어떤 행운, 어떤 기억이 그를 이끌어 면도기에서 면도날을 꺼내게 했다. 그런 다음 그는 밀랍을 바른 자루 안에 드러누워 얼굴 위로 지퍼를 닫았다. 안은 비좁았지만 그의 무덤 냄새는 그저 평범한 캔버스 천의 냄새, 어느 텐트에서 날 만한 냄새에 지나지 않았다.

그를 데리러 온 남자들은 고무창 신발을 신었음에 틀림없었다. 그는 그들이 들어오는 소리도 듣지 못했고 몸이 바닥에서 들려 어디론가 옮겨지는 느낌이 들기까지는 그들이 거기 있다는 사실도 알지 못했기 때문이다. 호흡 때문에 자루의 천이 젖기 시작했고 머리가 아파오기 시작했다. 그는 숨을 쉬기 위해 입을 크게 벌렸다. 자신이 내는 소리가 그들에게 들릴까 겁이 났고 육신의 우둔한 동물적 본능이 공포에 빠져 경련을 일으키고 소리를 지르며 내보내달라고 사정할까봐 더욱 겁이 났다. 이제 천은 푹 젖었고 물기 때문에 고무 냄새가 더욱 강해졌다. 얼굴은 땀에 젖었고 숨이 차올랐다. 그때 공포가 사라지면서 처음 두 개의 문이 열리고 닫히는 소리가 들리더니 터널의 경사로를 내려가는 느낌이 들었다. 기억하는 한 그는 누군가의 손에 몸을 맡긴 채 움직여본 적이 없었다. (오래전에 세상을 뜬 어머니가 그를 여기저기 안고 다녔겠지만 그는 기억하지 못하는 일이었다.) 다른 이의 손에 옮겨지는 느낌은 과거에 속한 감각이었다. 그에게 현실 같지 않은 순수함과 깨끗함을 느끼게 했기 때문이었다. 얼마나 이상한 일인가. 이런 지긋한 나이에 다른 이의 손에 들린 채, 조잡한 성욕과 쉽게 내뱉는 경멸과 분개한 너털웃음에서 벗어난 기분으로 자신이 진정으로 알지 못하는 곳을 향해 나아간다는 것은. 기정사실이 아니라 단지 가능성뿐일지라도, 높은 나무 위에서 빛나는 오후의 햇빛같이 쓸모는 없지만 짜릿한 어떤 것이라고 해도. 얼마나 이상한 일인가. 살아 있다는 것은, 키워진다는 것은, 다른 이에게 나를 내맡긴 채 어디론가 간다는 것은.

[바닥에 혼자 방치된 채 그는] 주머니에서 면도날을 꺼내 지퍼와 평행하게 천을 자르기 시작했다. 면도날이 캔버스 천을 뚫었으나 속도는 느렸다. 시간이 필요했지만 그는 시간을 위해서도, 그 무엇을 위해서도 기도하지 않을 것이었다. 그는 사랑의 끈기에, 그리고 그의 옆에서 어떤 계단의 시작처럼 느껴지는 존재에 만족할 것이었다. 면도날이 손가락에서 미끄러져 셔츠 위로 떨어졌다. 게다가 겁에 질려 발작하듯 둔하게 요동치는 통에 면도날은 자루 안으로 들어가버렸다. 면도날을 찾아 미친듯이 더듬거리던 그는 손가락과 바지와 허벅지를 칼날에 베였다. 허벅지에 손

을 뻗어보니 축축하게 피가 만져졌지만 그는 그 상황이 남의 일처럼 느껴졌다. 그는 손가락으로 젖은 면도날을 잡고 계속해서 자신의 굴레를 잘라나갔다. 일단 무릎이 빠져나가자 그는 무릎을 들어올리고 자루 윗부분 아래에서 머리와 어깨를 웅크려 빼낸 뒤 무덤 밖으로 걸어나갔다.

그렇게 존 치버는 에제키엘 패러것처럼 우리에게서 탈출했다. 하지만 땅 밑으로 사라진 것은 아니다.

감사의 말

이 책 자체가 감사의 말이다. 먼저, 이 책은 아버지의 재능에 대한 감사, 그리고 그가 편지를 쓴 대상을 향해 품었던 애정에 대한 감사의 말이다. 그리고 이 서간집은 거꾸로 그들이 아버지를 향해 품었던 사랑에 대한 감사의 말이다. 아버지는 편지의 사본을 보관하지 않았고, 사람들에게는 자신의 편지를 버리라고 종용했다. 서신을 교환했던 이들의 선견지명이 없었다면 아버지의 편지는 남아 있지 않았을 것이고, 이 책도 나올 수 없었을 것이다.

먼저 윌리엄 맥스웰에게 감사를 전하고 싶다. 그는 나와 긴 시간 동안 아버지에 대해 대화를 나눴고 내가 그리도 잘 알았던 남자에 대한 지식을 크게 보강해주었다. 그는 지금까지 나의 고해 신부이자 친구였다. 모든 대화가 끝난 뒤에는 이 책의 원고를 읽어주었으며 섬세하고도 탁월한 제안을 해주었다.

타냐 리트비노프는 훌륭한 편지를 한 묶음 내주었다. 그중 대부분이 한동안 사라지고 없었으나 그녀는 없어진 편지들을 찾아서 사본을 보내주었다. 또한 내게 아버지를 회상하는 다정하고 사려 깊은 편지들을 보냈다. 그녀의 지원과 선의는 내게 말로는 다 할 수 없는 의미가 있었다.

조세핀 허브스트는 내가 이 프로젝트를 시작했을 때 이미 세상을 뜬 후였지만, 나는 조시 같은 사람이 죽는다는 걸 믿지 않으며 자주 그녀가 내 곁에 있는 것처럼 느껴졌다.

이 책을 시작했을 때 나는 엘리너 클라크를 거의 알지 못했지만 그녀 역시 큰 도움을 주었다. 아버지의 젊은 시절에 대한 엘리너의 회상은 그녀가 내준 편지들만큼이나 유용했다.

네드 로럼은 내게 시간을 내주고 아버지의 복잡한 성적 성향에 대한 수수께끼를 밝힐 수 있게 해주었다. 무엇보다도 그는 아버지의 오르가슴에 항상 햇빛 또는 꽃의 영상이 동반됐다는 사실을 알려주었다.

존 업다이크는 아버지에게 헌신적인 좋은 친구였다. 그가 내게 보내준 메모들, 그리고 아버지가 그에게 또는 그에 대해 쓴 편지들은 극도로 경쟁적인 상황에서도 좋은 사람들 사이의 우정은 살아남을 수 있다는 것, 그뿐만 아니라 크게 피어날 수 있다는 것을 분명히 보여주는 듯하다.

솔 벨로 역시 아낌없는 지지와 함께 편지를 보내주었다. 그와의 우정은 생전의 아버지에게 큰 의미가 있었다.

나는 또한 그의 아들 애덤 벨로에게도 감사해야 할 것이다. 우리가 긴 시간 함께한 산책들은 내게 유명한 작가의 아들로 산다는 것이 무엇을 의미하는지, 그리고 무엇을 의미하지 않는지에 대해 많은 것을 가르쳐주었다.

필립 슐츠는 편지를 많이 갖고 있지는 않았으나 경청하는 능력이 뛰어난 사람이다. 내 친구가 아니라 신경정신과 의사였다면 그는 지금쯤 큰 부자가 되었을 것이다.

레이먼드 보너는 한결같이 탁월한 조언을 해주었다. 오후에 함께 달리기를 할 때면 그는 책을 쓰는 일이 마라톤에서 뛰는 일과 같다고 거듭 얘기했다. "단 결승선을 넘을 때마다 매번 그 선이 옮겨진다는 것만 빼고."

이것은 내 아버지에 대한 책이므로 작품과 삶 사이의 경계는 종종 임의적이며, 가족과 관련된 경우에는 더욱 그러하다. 내가 의구심과 자기혐오를 느낄 때마다 그 짐을 오롯이 진 것은 내 아내 재닛의 작은 등이었다. 책을 마친 한 남자가 그간 자신의 신경질을 견뎌준 아내에게 감사하는 것은 너무도 상투적인 일이지만, 자기 주방의 싱크대에 기대어 선 채 소리지르는 자신의 목소리를 듣는 사람에게는 그리 상투적인 일로 느껴지지 않는다. 그럴 때는 마치 이 세상 최초의 남자와 최초의 여자가 이 세상 최초의 싸움을 하는 것처럼 느껴진다. 재닛은 이 작업의 모든 과정을 잘 알고 있었지만, 이 글을 읽기 전까지 한번은 내가 분노에 사로잡혀 오래된 목제 흔들의자의 다리를 부숴버린 일을 모를 것이다. 나중에 죄책감에 시달리며 접착제로 부서진 다리를 수리했고, 의자는 아직도 제 기능을 하고 있다. 우리의 결혼생활과 마찬가지로.

내게 서간집을 엮어보라고 처음으로 권한 사람은 누이 수전이었는데, 그에 대해 감사해야 할지는 아직도 잘 모르겠다. 하지만 수전은 지금까지 한결같은 마음으로 이 작업을 지지해주었다. 책 내용의 일부는 어머니에게 고통스러울 게 틀림없지만 어머니는 완전한 진실에 닿으려는 내 노력을 이해해주었으며, 나는 그 용기에 무한히 감사하고 있다. 남동생 프레드 역시 관대함과 열의를 보여주었다.

존 위버는 이제 가족의 일원처럼 느껴진다. 그는 이 프로젝트를 처음부터 함께했다. 그는 자신의 방대하고 은밀한 편지들로 큰 기쁨을 주었으며, 아낌없는 지지를 보내왔다. 그의 사적, 직업적 삶 전체가 내게는 헌신과 너그러움의 본보기처럼 느껴진다.

엘리자베스 로건 콜린스는 내게 도움이 될 만한 배후 사정들을 얘기해주었고, 훌륭한 편지가 든 두툼한 봉투를 제공해주었다. 그녀는 또한 내가 어머니와 함께 적어도 일 년에 한 번은 메트로폴리탄 미술관에 가는지 늘 확인하고 있다.

조 호치키스, 마이클 베시, 아서 스피어는 모두 우호적이고 적극적이었다. 세 사람 모두 정보를 주었고 적어도 한 번씩 내게 점심을 사주었다. 호프 랭을 만났을 때 내 밥값은 내가 계산했지만 그녀는 내가 만류하지 않았다면 밥을 샀을 것이다. 아버지에 대한 그녀의 기억은 생생하고 사려 깊었다. 프레더릭 엑슬리 역시 편지 묶음과 함께 내게 메모를 보내주었고 그후 전화로도 대화를 나눴다.

피터 캐닝과 제러미 돌의 격려, 그리고 마틴 가버스의 법률자문에 감사드린다.

제인 치버 카는 새로운 자료를 찾아내지 못했지만 다락을 뒤지고 빈손으로 내려오는 노고를 했으리라 믿으며 이에 감사한다. 나는 이제 다락을 뒤지는 일이 얼마나 힘들 수 있는지 절절히 깨닫고 있다.

앤드루 와일리를 처음 만난 것은 몇 년 전이다. 지금까지 엄정한 인물이라는 평판을 신중하게 다져온 사람이지만, 내가 알고 지낸 그는 오직 다정하고 좋은 친구였을 뿐이다. 이 작업과 다른 프로젝트들에 대한 그의 열의와 지원은 커다란 위안이 되었다.

사이먼 앤드 슈스터에서 내 편집자로 일한 앨런 H. 피콕은 신사적이지 못한 이 세계에서 가장 신사적인 인물이다. 내 생각에 그는 이 작업이 내게 얼마나 고통스러울지 알았고, 그래서 내가 자초하지 않은 고역은 모두 피해갈 수 있도록 세심하게 나를 인도했다. 사이먼 앤드 슈스터 편집부의 소피 소킨과 함께 일한 것도 큰 즐거움이었다.

야도 법인과 미국문예연구원에도 감사의 뜻을 전하고 싶다. 예일 대학교 바이네케 도서관의 직원들, 그리고 시카고 대학교 도서관의 특수장서관장 로버트 로즌설에게도 도움을 받았다. 아이오와 대학교 문예창작대학원장 존 레깃과 하버드 대학교 호턴 도서관의 엘리자베스 A. 팰시에게도 감사를 전한다. 델라웨어 대학교 도서관과 시카고의 뉴베리 도서관, 브랜다이스 대학교 도서관도 자료를 제공해주었다.

나는 너무도 많은 사람들이 여전히 아버지에 대해 품고 있는 좋은 감정의 자격 없는 수혜자였다. 이 책의 모든 편지가 그런 좋은 감정을 증명하는 것 같다. 내게 편지를 써주고 아버지 편지의 사본을 보내준 사람들은 스티븐 베커, 피터와 에비 블룸, 미미와 필립 보이어, 프랜시스 린들리, 베브 체이니 주니어, 맬컴 카울리, 존과 메리 더크스, 돈과 카트리나 에틀링거, 크리스토퍼 레만하우프트, 내털리 로빈스, 필립 로스 등 여러 명이다. 헬렌 퓨너, 에스 리, 앨런 거개너스 역시 편지를 제공해주었다. 톰 글레이저는 편지도 주었고 점심도 먹여주었다. 칸디다 도나디오와 나는 한 번 만나 대단히 즐거운 시간을 보냈다. 그녀는 편지를 주지는 않았지만 내 운세를 점쳐주었다. 로버트 카울리와 나는 지금까지 6개월에 한 번은 만나 함께 점심을 먹었지만 이는 자료조사보다는 우정의 의미가 더 강했던 것 같다. 매번 정보를 얻고자 하는 내 욕구와 아버지의 옛 친구들을 만나는 크나큰 즐거움을 분리하기는 힘들었다.

우리가 사랑했던 사람들의 추억에서 불멸이라는 것을 찾을 수 있다면 내 아버지는 1912년 5월 27일에 힘찬 울음과 함께 이 세상에 왔을 때와 마찬가지로 지금도 역시 살아 있다.

소박한 것에서 시작되는 위대함

존 치버는 뉴욕 근교의 중상류층 공동체를 배경으로 그들의 생활상과 욕망, 모순, 심리적 공허를 포착해 20세기 후반 미국사회의 단면을 그린 단편소설의 거장이다. 치버 자신도 교외에 사는 중산층의 일원으로서, 작가다운 예리한 눈으로 타인과 자신을 관찰하여 풍요로움 속에 존재하는 고독과 속박과 위선을 아이러니한 유머로 묘사했다.

10대 후반부터 글을 쓰기 시작해 70세에 암으로 사망할 때까지 전업 작가로 살면서 그는 무수한 편지를 썼다. 상대는 가족, 친구, 문학계 동료, 심지어 불륜 상대와 동성의 연인들까지 다양하다. 그의 편지에는 안부를 묻거나 용건을 전달하는 실용적인 글들도 있지만 마치 소설의 습작처럼 보이는 글들도 많다. 작업실 안에 있는 물건들을 나열한 편지도 있는가 하면, 가상의 인물을 만들어내 그 인물의 모습으로 자신을 묘사한 편지도 있다. 주변을 유심히 관찰하고 그 본질을 전달하려는 충동은 천생 소설가의 그것이다. 그는 자기가 보고 경험한 것들을 편지에 묘사하기를 즐겼고, 그런 이야기들은 편지 속에서 곰삭아 어떤 것들은 그대로, 또 어떤 것들은 약간의 변형을 거쳐 소설에 녹아들어갔다.

치버에게는 편지가 소설이었고, 삶 자체가 소설의 소재였다. 그의 작품은 주로 자신이 거주한 미국 동부 일대와 일부 여행지를 배경으로 했으며, 소설 속에서 저자의 생활 테두리를 완전히 벗어난 배경이나 인물은 찾아보기 힘들다. 친구에게 보내는 한 편지에서 치버는 긴 산책길에서 여기저기를 눈여겨보니 예전에 소설 속에 묘사한 소재가 27가지나 되더라는 얘기를 한다. 이처럼 그의 삶은 속속들이 편지와 소설의 소재가 되었고, 그래서 존 치버의 편지를 읽는 일은 그의 삶뿐만 아니라 그의 작품을 읽는 일과도 맞닿아 있다.

일생 동안 쓴 편지에서 드러난 치버의 삶은 치열하다. 이 편지들을 읽고 있으면 청년기부터 노년기까지 한 작가의 일생을 엿에서 지켜보는 듯한 느낌이 든다. 그가 가까운 사람들과 나눴던 사랑과 우정, 그리고 그들과의 관계에서 느꼈던 행복과 고통과 원망이 생생하게 되살아난다. 또한 그가 작가로 성장해가며 경험한 불안과 좌절과 성공 등에 대해 읽다보면, 위대함이란 얼마나 소박한 것에서 시작되는지, 예술은 얼마나 맹목적인 헌신을 요구하는지 생각해보게 된다.

존 치버의 편지는 그의 인간적 면모를 때로는 낯뜨거울 정도로 솔직하게 드러내며, 뛰어난 작가이기 이전에 불완전하지만 매력적인 한 인간의 모습을 보여준다. 편지 속에서 그는 때로 냉소적이고 음란하고 뻔뻔스럽다. 타고난 유머 감각을 무기로 마음에 들지 않는 사람을 순식간에 깔아뭉개기도 하며, 이야기의 재미를 위해 사실을 왜곡하기도 한다. 하지만 치버에게는 스스로를 멀리서 쳐다보고 분석하는 눈이 있었다. 그는 자신의 불운이나 고통을 마치 남의 일인 양 태연하게 묘사한다. 늘 회의했고 상심했고 타인의 인정을 원했지만, 농담으로 자신을 희화화하고 웃어넘길 줄도 알았다. 그러기에 그가 묘사한 뉴욕 교외의 중산층 미국인들의 모습은 어쩌면 그가 자신 안에서 연민과 혐오를 느끼며 발견한 인물의 다양한 변주일 수도 있을 것이다.

이메일과 문자, SNS의 시대에 편지란 어쩌면 과거의 유물일지도 모른다. 이메일 창을 열고 내밀한 대화를 시도하는 일이 어쩐지 쑥스럽거나 한편으로는 불안하기도 한 지금, 그리고 문자가 전화 속 목소리를 대신하고 일대일보다는 일 대 다수의 소통이 증가한 지금, 당장 반응을 살필 수도 없는 편지라는 매체는 어쩌면 너무도 비효율적이고 정적인 소통 수단일지 모른다. 하지만 마당의 꽃 소식과 거리 풍경을 전하고 알코올만이 유일한 도피처가 되는 우울을 털어놓거나 연인에게 사랑을 갈구하기도 했던 존 치버의 편지들을 읽다보니 우리가 그런 느리고 깊은 소통의 풍습을 잃어버렸다는 사실이 새삼스럽게 안타깝다. 갑자기 펜을 들고 종이에 편지를 쓰고 싶어진다.

2016년 1월

민은영

지은이 **존 치버**
'교외의 체호프'라 불리며 20세기 미국 현대문학을 주도한 최고의 영미문학 작가. 주요 작품으로 『존 치버 단편선집』『불릿파크』『팔코너』『왑샷 가문 연대기』『왑샷 가문 몰락기』 등이 있고, 퓰리처상, 전미비평가협회상, 전미도서상 등 다수의 문학상을 수상했다.

옮긴이 **민은영**
고려대학교 영어교육과를 졸업하고 이화여자대학교 통번역대학원에서 석사학위를 받았다. 현재 전문 번역가로 활동중이며 옮긴 책으로 윌리엄 포크너의 『곰』, 아모스 오즈의 『친구 사이』, 파울로 코엘료의 『불륜』, 이언 매큐언의 『칠드런 액트』, 앤드루 포터의 『어떤 날들』 등이 있다.

존 치버의 편지

초판 인쇄 2016년 1월 18일
초판 발행 2016년 1월 29일

지은이 존 치버 | 옮긴이 민은영 | 펴낸이 염현숙
책임편집 고선향 | 편집 양미래 이연실
디자인 윤종윤 이주영 | 저작권 한문숙 박혜연 김지영
마케팅 방미연 우영희 김은지 | 홍보 김희숙 김상만 한수진 이천희
제작 강신은 김동욱 임현식 | 제작처 한영문화사(인쇄) 경일제책사(제본)

펴낸곳 (주)문학동네
출판등록 1993년 10월 22일 제406-2003-000045호
주소 10881 경기도 파주시 회동길 210
전자우편 editor@munhak.com | 대표전화 031)955-8888 | 팩스 031)955-8855
문의전화 031)955-8889(마케팅) 031)955-1910(편집)
문학동네카페 http://cafe.naver.com/mhdn
문학동네트위터 http://twitter.com/munhakdongne

ISBN 978-89-546-3946-0 03840

www.munhak.com

존 치버 1912~1982

JOHN CHEEVER

존 치버의 편지

존 치버 지음 | 민은영 옮김

존 치버가 써온 평생의 편지들. 여러 일자리를 전전하던 청년 시절부터 강렬한 단편소설을 쏟아내던 시기를 거쳐 『왑샷 가문 연대기』 『팔코너』 등의 장편소설로 거장의 반열에 오르기까지, 작가의 일생이 고스란히 담긴 편지들을 한데 모았다. 타고난 유머감각과 거침없는 솔직함을 바탕으로 쓴 편지들은 위대한 작가이자 삶을 사랑한 한 인간의 초상을 경쾌하면서도 감동적으로 보여준다.

팔코너

존 치버 장편소설 | 박영원 옮김

안온한 일상 이면에서 균열하는 미국인의 삶을 날카로운 통찰력과 눈부신 언어로 그려낸 존 치버의 대표작. 미국사회가 중요하게 여기는 가족, 결혼, 도덕 같은 가치들이 붕괴되는 과정과 인간 존재의 해방과 구원의 가능성을, 교도소라는 폐쇄된 공간을 무대로 펼쳐 보인다. 〈타임〉 선정 20세기 영문학 100대 작품.

불릿파크

존 치버 장편소설 | 황보석 옮김

도무지 문제없어 보이는 내 삶이 왜 터지기 직전의 풍선처럼 불안하고 아슬아슬하게 느껴지는 걸까? 작가는 탄환저장소를 뜻하는 이름을 가진 뉴욕 근교의 불릿파크를 배경으로 어떠한 악조건에서도 사회에 완전히 등을 돌리지는 않는 인물들을 창조해냄으로써 순수한 자아의 회복을 꿈꾸는 인류의 진정한 대결을 응원한다. 안정된 듯 위태로운 우리 삶을 거울처럼 비춘 현대인의 고독한 초상화.